新潮日本古典集成

大　鏡

石川　徹　校注

新潮社版

目次

凡例

一、『大鏡』は、歴史物語の一種であって、平安時代の嘉祥三年（西暦八五〇）から万寿二年（一〇二五）までの百七十六年間の歴史を、四十年後の康平八年（一〇六五）の五月から振り返って叙述したものである。その方法は、百九十歳の老人が、幼時の記憶から、成人後百五十歳に至るまでの見聞を語るという体裁になっていて、虚構による作り物語仕立《じたて》にしてある。万寿二年から康平八年に到る四十年間、つまり老人の百五十歳から百九十歳になるまでに起った事をわざと老人は語らない。それは、昔物語——過去の話をするという建前で語り出しているからで、万寿二年という時期は、いうならば、「歴史的現在」なのであって、この年を今の事として語っているのである。

一、それで、万寿二年以前においてまだ幼少であった実在人物が、現在どういう地位にあるかという事に触れた時は、当然万寿二年以後の事にも言い及んでいる。この点を目して、従来の『大鏡』の注釈書や研究書が、作者の粗漏であるとし、この作品の欠点にしているのは誤りである。老人は実際は百九十歳なのだから、万寿二年以後四十年の事象は、老人にとっては最近のことで、当然熟知しているからである。これまでの注釈書や研究書は、「今の物語はしない、昔の物語をする」と最初に書いてあるのに、それに注意しないで、ほんとうの万寿二年に老人が語ったものと誤解している。老人はたしかに万寿二年に百五十歳なのだが、彼は百九十歳になった康平八年に語っているのだから、万寿二年以降の四十年間も生き続けて見て来たのである。このように解したのが、本書の新見であり、また正しい読み方だと信ずる。読者諸賢は、本書の手引で『大鏡』を初めて原作者の意図通り、正しく読み解く事が出来るであろう。

一、『大鏡』には、古本と流布本と二種の本が伝わっている。江戸時代の古活字本・整版本はすべて流布本である。古本は写本でしか伝わっていない。流布本は老人の年齢を百五十歳と誤り、古本は「百九十歳」と正しく記している。また流布本は記事が多いが、それはあとから話を増補したからで、古本の所々に挿入しているが、時折、無理に押し入れたため、文の続きがおかしいところがある。それで本書は、流布本は原則として用いなかった。しかし、流布本も古本を増補して出来たのだから、増補部以外の文章の末端にあっては、流布本の方に、正しい語句が残存しているという場合もあろうから、参考にはなるが、あまり期待はできないわけである。増補された話の中身に興味のある人だけが流布本に依られたらよい。

一、『古本大鏡』には、六巻本と三巻本とがあるが、多くは三巻本で、もと六巻であるのが三巻になったように思われる。六巻の完本は、名古屋の東松家所蔵の本で六軸の巻子《かんす》本であり、もと尾張徳川家に蔵されていたものらしく、鎌倉中期文永ころの書写と言われている。『日本古典文学大系大鏡』(松村博司著、昭和三十五年九月五日刊、岩波書店)に翻刻された(昭和三十九年一月十六日発行の岩波文庫も本文は同じ)。

一、東松本は、昭和五十五年三月から、貴重古典籍刊行会から影印で「東松本大鏡」が刊行されはじめた。六巻全部が刊行されたのに拠って、「古典文学大系本」の本文と筆者が照合、さらに、他の古本若干と校合した上で校訂本文を作ったのが、本書の本文である。なお解説の末尾に「底本についての覚書」を付し、「古典文学大系本」の本文との相違点、他の古本との校合の過程を記しておいたので、参照していただきたい。

一、東松本を本文に立てると、(a)「申す」を「ます」と表記、(b)「たまふ」の語尾がなく「たまて」「たまける」「たまし」等に出会うが、すべて、勝手に変えないでおいた。「ます」は漢字を宛て、適宜振り仮名をつけた。「たまて」は「たまひて」か「たまうて」か不明なのでそのままにしておいた。

一、「あめり」「なめり」「べかなり」「べかめり」のたぐいは、「ン」を小字で入れ、「あンめり」「なンめり」などとした。これは、時折「あむなれ」「べかんなり」などのように、原文に「む」や「ん」が入れてある場合もある。それはそのままとし、「ン」を入れたのは、原本に撥音表記が無い場合である。ただし、その方法を徹底させれば「まかづ」を「まかンづ」とすべきところだが、この方は頻度が低いので、そのままにしておいた。

一、また「梅」「馬」を「むめ」「むま」と記してあるのはそのままとし、「うめ」「うま」と現代風に改めなかった。古い表記を残しておく方が、読者に親切と思ったからである。同じように、これは第六巻に出てくるのだが、「怪」という字は漢音「クヮイ」、呉音「ケ」だが、東松本はこれに、古い表記で「クェ」と振り仮名してある。「ケ」でも「クェ」でもないのがおもしろいので、あえて本書の振り仮名として残した。

一、会話は一重かぎ「　」をつけて改行した。会話中の会話は二重かぎをつけ、原則として改行しなかった。

一、心内語や特定の語には、会話同様「　」や『　』を使用して地の文と区別した。

一、原則として漢字は新字体に、仮名遣いは歴史的仮名遣いに統一した。但し、頭注欄に引用文がある場合はなるべくその原文のままとした。

一、傍注の〔　〕は主語や補足語を補う場合に使用し、（　）は会話の話し手や和歌の詠み手を示す場合に用いた。その他、本文、頭注、傍注、小見出しに関しては『新潮日本古典集成』の、他の述作に倣った。

一、頭注欄に余裕のある場合、適宜＊印を付して、内容の鑑賞や説明を加えた。

一、読者の便宜を考えて、柱にその頁（見開き二頁）で話題になっている人物名を掲げた。「大臣列伝」の場合、――伝に当る人物はゴチックで示した。また、各巻の扉裏にも、「話題を賑わす史上実在の人物」の一覧を掲げておいた。

一、付録として、「十干十二支組み合せ一覧表」「年号読み方諸説一覧」を掲げておいた。前者は「壬申」を「じんしん」と読むか「みずのえさる」と読むか、容易に決めにくいので、読者がお好きなように読んでいただくための配慮であり、後者は、本文の年号に振り仮名を付けなかったためである。

一、同じく付録として「皇室・源氏、藤原氏」の系図と外戚関係の系図を載せたので、本文を読む上での参考にしていただきたい。これら系図の作成は新潮社出版部にお手伝いを願った。

一、巻末に、付録として「内裏略図」「大内裏略図」「紫宸殿鳥瞰図」「清涼殿平面図」「平安京図」を付し、読者の参考に供した。特に「平安京図」の中に、「世次の生家」と、百九十歳の「世次の家」を示して、史実と虚構を綯《な》い交ぜにしたこの物語を味読していただく便りとした。

大鏡

(一) 物語の舞台――京都の北郊、紫野の「雲林院」という寺院。ここにありがたい法話を聴きに来た人々を相手に、講師の到着を待つ間、老人たちが話をはじめる。

(二) 年代――康平八年（西暦一〇六五）五月。

(三) 主要登場人物

A **大宅世次**《おおやけのよつぎ》――百九十歳の老翁。雄弁家。記憶力抜群。宇多天皇の母后班《はん》子《し》女王の召使だった。

B **夏山重木**《なつやまのしげき》――世次の古い知人。貞信公《ていしんこう》藤原忠平の小舎人童《こどねりわらわ》であった。百八十歳くらい。

C **重木の妻**――先妻に死なれたあとで重木が娶《めと》った女。あまり学識はないが、世渡り上手。年齢不詳。

D **侍風**《さむらいふう》**の男**――三十歳くらい。世次と重木がかわす昔話に興を示す。特に敦明《あつあきら》親王（三条天皇皇子、皇太子、後に小一条院）が東宮を退いた事件には、世次の話とは異なるニュースソースを持っている。

E **世次の妻**――この女性は具体的には姿を現さない。大宅世次の話の中に、時折出てくる。本日（康平八年五月某日）も、世次と一緒に来るはずだったが、あいにくおこり（マラリア）を患《わずら》って、家に残った由。博識で、世次も一目《いちもく》置いている女。年も十歳上の二百歳。

F **私（筆者）**――物語の最初に出て来て、終にも顔を出す。三条天皇皇女禎子《ていし》内親王（後朱雀天皇皇后、陽明門院）に由縁《ゆかり》のある人物らしい。

大鏡第一

◇大鏡第一　話題を賑わす史上実在の人物

序

帝王本紀

文徳天皇　順子　在原業平　清和天皇　明子　惟喬親王　陽成院　高子　業平　光孝天皇　沢子　宇多天皇　班子　時平　橘良利　陽成院　醍醐天皇　胤子　伊衡　朱雀院　穏子　村上天皇　穏子　保明親王　大輔君　冷泉院　安子　在衡　円融院　安子　経邦　選子　花山院　懐子　道兼　安倍晴明　式神　兼家　一条院　詮子　三条院　超子　禎子　道長　桓算供奉　後一条院　彰子　道長　頼通　教通　頼宗　能信　長家　一条院　敦康親王

大臣列伝序説

神武天皇　孝徳天皇　阿倍倉橋麿　蘇我山田石川麿　元明天皇　天智天皇　中臣鎌子連　大友皇子　天武天皇　持統天皇　高市皇子　文武天皇　良房　公季　冬嗣　道長

（序）

二老人・一老女の出会い

さいつころ雲林院《うりんゐん》[一]の菩提講《ぼだいこう》[二]にまうでて侍りしかば、例人《れいひと》[三]よりはこよなう年老い、うたてげなるおきな二人《ふたり》、おうなといきあひて、同じ所に[四]居ぬめり。「あはれに同じやうなる者のさまかな」と見侍りしに、これらうち笑ひ見かはして言ふやう、

「年ごろ、『昔の人にたいめして、いかで世の中の見聞く[五]事どもをきこえ合はせむ。この、ただ今の[六]入道殿下の御有様《ありさま》をも申し合はせばや』と思ふに、あはれにうれしくも会ひ申したるかな。今ぞ心安く[七]よみぢもまかるべき。[八]おぼしき事言はぬは、げにぞ腹ふくるる心地しける。『かかればこそ、[九]昔の人は、物言はまほしくなれば、穴を掘りては言ひ入れ侍りけめ』と覚え侍り。返す返すうれしくたい

先だって〔私が〕聴聞に参会しておりましたところ通例の人に比べて格段に薄気味が悪いくらいの老人　老婆　席が定まった様子　ホホウ！　二人とも揃いも揃って随分年寄りだナア　〔私が〕　この老人たちは〔さてその一人が〕言うには　(世次)長年　昔馴染のお方に対面して　どうぞして　お話し合ってみたい　御承知の　当今随一の　お互いの意見を交換したい　本当にいい塩梅にお目にかかったことですわい　これで心残りなくあの世へ旅立てると申すもの　全く誰かが言った通り腹が膨れてくる気がして毒じゃ　だからほれ　何か言いたくなると　言い入れて埋めていたのだろう　いや全くもっていい所でお目にか

一　山城国愛宕郡《おたぎ》（現、京都市北区）紫野にあった天台宗の寺。初め離宮だったが、貞観《じようがん》十一年（八六九）に僧正遍昭《へんじよう》に賜り、元慶八年（八八四）官寺となる。平安中期以後栄えたが、中世以降衰微し、今は「紫野雲林院《うじい》」という地名と一小堂だけ残る。

二　極楽往生を願って法華経を講説する法会。源信《げんしん》僧都が始めて行った由で、毎年五月に開催された。なお、「まうで」の主語は、『大鏡』を書いた人、すなわち、筆者であり記者であり、現代風に言えば作者。

三　蓬左本・三条本等の「例の人」が無難と思われるが、『発心集』七の二に「例人《レイビト》」の、『栄花物語』（月の宴）にも「例人となりて」の用例があり、「レイヒト」または「レイビト」という言い方が当時存したかもしれないので、しばらく底本のまま。但し、『栄花物語』の方は、通常「タダビト」と訓《よ》んでいる。

四　「居」は、すわる、腰をおろす。「ぬ」は動作の確定を表す。「めり」は、目に映った様子で判断推測すると、こうだ、が原義。視覚判断の助動詞。

五　底本、文字不明。蓬左本等に従って読んだ。

六　藤原道長。寛仁三年（一〇一九）に出家入道。

七　黄泉路《よみじ》。黄泉《よみ》の国へ行く道。死出の旅路。

八　心に思っている事。言いたくてたまらない事。

九　童話『王様の耳は驢馬《ろば》の耳』と同様の伝説が当時の日本に伝えられていたらしい。たとえば『三国遺事』巻二、景文大王の伝の中にも類話が見える。

めしたるかな《かったものだ》。さても《ところで》、幾つにかなりたまひぬる《あんたいくつになんなさった》」

と言へば、今ひとりのおきな、

(重木)「幾つといふこと、さらに《全然》覚え侍らず。但《ただ》し、己《おの》れは《自分は》、[一]故太政《こだいじやう》の大臣《おとど》貞信公《ていしんこう》、『[二]蔵人《くらうど》の少将』と申しし《申し上げた》折の[三]小舎人童《こどねりわらは》、大犬丸《おほいぬまろ》ぞかし。主《ぬし》は《あなたは》、その[四]御時の[五]母きさいの宮の御方の[六]召使、高名《かうみやう》の『[七]大宅世次《おほやけのよつぎ》』とぞ言ひ侍りしかしな《言っておりましたですね》。されば《だから》、主《ぬし》の御年《みとし》は、己れにはこよなくまさりたまへらむかし《格段にまさっておいででしょうよ》。みづからが《わたくしがまだ》小童《こわらは》にてありし時《ほんの子供だった時分に》、主は二十五六ばかりの男《を》の子にてこそはいませしか《りっぱな男性でいらっしゃいましたよ》」

と言ふめれば、世次、

(世次)「しかしか《さようさよう》、さ侍りし事なり《いかにもそういう事でした》。さても《ところで》、主の御名《みな》はいかにぞや《何と仰しゃいましたかな》」

と言ふめれば、

(重木)「太政大臣殿にて《貞信公さまのお邸で》元服つかまつりし時、『[八]きむぢが《そちの》姓《さう》は何ぞ』と仰せられしかば、『[九]夏山となむ申す』と申ししを、やがて《即座に》『[一〇]重木《しげき》』となむ付けさせたまへりし《〔貞信公さまは〕お付けになりました》」

一 藤原忠平。「貞信公」は諡《おくりな》。

二 近衛の少将で蔵人を兼務している者。忠平は寛平七年(八九五)十六歳の八月、正五位下に加階し、同年九月十五日に昇殿している。近衛の少将は、正五位下相当官だから、この折に少将に任官したのであろう。次いでいつ蔵人を兼任するようになったかは不明。

三 近衛の中将・少将が連れ歩く小童。

四 宇多天皇から醍醐天皇に替る直前である。

五 宇多の母で光孝天皇皇后であった班子女王。式部卿仲野親王女。母贈正一位当麻氏。元慶八年四月女御。仁和三年十一月皇太夫人。昌泰三年四月崩。六十八歳。洞院の后と称す。

六 『大鏡短観抄』に「職員令に『中宮職　使部三十人』と有。此使部にや」とある。

七 「大宅」は公で、天皇・皇室もしくは朝廷をさし、「世次」は世代継承で系譜の義。但し、この姓名は本名ではなく、世間でそう呼んだ通名《とおりな》・綽名《あだな》であろう。

八 もとは敬って言う対称の人代名詞であったが、いつのまにか敬意を失い、ただの二人称で、目下の者に向って用いるようになった。お前、その方《ほう》。

九 五月生れのことがあとに見えるので、作者は、この人物の姓を「夏山」としたのであろう。

一〇 「夏山の繁き思ひをふりはへて茂らすほどに道迷ひけり」(『元真集』)「よそにのみ思ひけるかな夏山の繁き嘆きは身にこそありけれ」(『宇津保物語』)のように歌語。苗字からの連想で「重木」と名付けたもの。

一一 あまりに時代離れがしている会話にあきれ果ててしまった。
一二 教養のある人物。Aクラスでなく Bクラスの人。
一三「侍」は、平安朝においては、貴族の家来で雑用を勤める男で、用人といった人間。宮中にも滝口に候する侍があり、宮家や摂関・大臣家などに仕える侍もあった。いわゆる武士ではない。「めきたる」とあるから、そうした風体の人物である。
一四 どっと笑う。呵々《かか》大笑する。大声で笑う。
一五 後文に出生は貞観十八年（八七六）とあるから数え年百九十は後冷泉天皇の康平八年（一〇六五）に当る。従って、雲林院の菩提講は康平八年五月に開催されたと見るべきである。諸注は誤り。
一六 光孝・宇多・醍醐・朱雀・村上・冷泉・円融・花山・一条・三条・後一条・後朱雀・後冷泉の十三代。世次は九歳で光孝の即位に遇い（第六巻）、その後ただちに女御班子に仕えたか、または班子が皇太夫人となったころ、十二、三歳で仕えたものか。
一七「学生」は当時の国家の教育制度で、大学や国学で学んでいる研究員のこと。国学は京畿以外の地に設けられたから、ここは大学の学生であろう。大学寮に属し定員四百人。「生」が冠せられているから、成績の芳しくない辛うじて学生であった人物。
一八「下賤の者でも都近けりゃ見よう見まね」という諺がございますから。

侍登場と老人達の年齢

など言ふに、《〔私は〕》[一一]いとあさましうなりぬ。
誰《たれ》も少し[一二]よろしき者《ましな連中は》どもは、《〔老人達の方に〕》見おこせ居寄りなどしけり《顔を向けたりにじり寄ったりするのだった》。年三十
ばかりなる[一三]侍《さぶらひ》めきたる者の、せちに《格別に》近く寄りて、
「いで《いやあ》、いと興ある事言ふ《実に面白いことを言う》老者《らうざ》たちかな《年寄りたちだな》。さらにこそ信ぜられね《全然もう信じられないね》」
と言へば、おきな二人《ふたり》見かはして《顔を見合せて》[一四]あざ笑ふ。《〔男は〕》重木と名乗るが方ざま《老人の方を横》
に見遣りて《目づかいに見て》、
《(侍)》「『幾つといふ事覚えず《記憶がないと》』と言ふめり《〔あなたは〕言うようだ》。このおきなどもは《こちらの御老人は》、覚えた《記憶がおあ》
ぶや《りですか》」
と問へば、
《(世次)》「さらにもあらず《申すまでもないこと》。[一五]一百九十歳にぞ今年はなり侍りぬる。されば、
重木は百八十に及びてこそさぶらふらめど《もう手が届くという年配でござろうが》、優しく申すなり《控え目に品よくああ申すのじゃ》。己れ
は、水尾《みづのを》の帝のおりおはします年の《清和天皇が御退位あそばす貞観十八年の一月》正月の望《もち》の日《十五日に》生まれて侍れば、
[一六]十三代に《十三代の天皇に》あひ奉りて侍るなり。けしうはさぶらはぬ年なりな《まんざら捨てたものでもない年ですな》。まこ
とと人おぼさじ。されど、《〔わしの〕》父が[一七]生学生《なまがくしやう》に使はれたいまつりて《お仕えして》、『下《げ》[一八]

臈《らふ》なれども、都ほとり』といふ事[一]侍れば、目[二]を見たまへて《読み書きができまして》、産衣《うぶぎぬ》に書き置きて侍りける、いまだ侍り《今だに残っております》。丙申《ひのえさる》[三]の年に侍り」と言ふも、「げに《なるほど》」ときこゆ。今ひとりに《もうひとりの老人に》、

(侍)「なほ《やはり》、[四]わおきなの年こそ聞かまほしけれ《こちらの御老人の年が伺いたいものですな》。むまれけむ年は知りたりや《いったいいつ生れたんです》。それにていと安くかずへてむ《ごく簡単に勘定できますよ》」

と言ふめれば、

(重木)「これは《私は》、まことの親にも添ひ侍らず。他人《ことひと》のもとに養はれて、十二三まで侍りしかば、はかばかしくも申さず《養い親もはっきりとも教えてくれませんでした》。ただ、(養い親)『我は子産む[五]別《わ》きも知らざりしに、主《しゅう》の御使《つかひ》に市《いち》[六]へまかりしに《買物に行った時》、また私《わたくし》にも《自分も》銭十《と》[七]貫《つら》を持ちて侍りけるに《持っていたのだが》、憎げもなき《ちょっと可愛い顔をした》乳児《ちご》を抱きたる女の、(女)「これ、《この子を》人に放たむとなむ思ふ《どなたかにあげたいんです》。〔私は〕子を十人《とたり》まで産みて、これは《この子は》四十《よそ》足《た》[八]りの子にて、いとど《その上》五月[九]にさへむまれてむつかしきなり《よりによって五月に生れたので先が心配なんです》」と言ひ侍りければ、この持ちたる銭に換《か》へて来にしなり《交換して来た》。(養父)「姓《さう》は何とか言ふ」と〔女に〕問ひ侍りければ、(女)「夏山」とは申《ま》しける』さて《その後》、十三にてぞ《十三歳の折に》、おほき《太政大臣様》

一 底本「なれば」とあるのを、蓬左本・桂乙本等により改訂した。「侍」を「な」と誤写したものか。

二 底本「みづからを」とあるが、「目」とあったのを「自」と読み誤り、それを仮名表記したための誤謬《ごびゅう》と分る。「見たまへて」は、自己または自己側を卑下謙遜する時に用いる語法。「見る」「聞く」「思ふ」などに、この「たまふ」をつける。尊敬の「たまふ」が四段活用であるのに対し、こちらは下二段活用。

三 貞観十八年（八七六）。十一月二十九日清和天皇譲位。陽成天皇践祚《せんそ》、翌十九年正月三日即位。藤原基経摂政。四月十六日、元慶と改元。

四 「わおきな」は「我が翁」で、「わ」は相手を親愛の気持で呼ぶ時につける接頭語。

五 子を持つ分別がなかった。生活に追われ家庭を持つこともなく、うかうかと年月を過してしまったが。

六 当時、東西の両京に公設の市が立ち、賑わった。一箇月の中、十五日までは東の市、十六日以後は西の市。店は東は五十一軒、西は三十三軒。

七 十貫文。穴あき銭を差緒に貫いた一本が一貫。十貫は十本分。

八 妻が四十歳になってから産んだ子を忌む。今日でも「四十の恥掻きっ子」の言がある。

九 五月生れの子は父母に害があるなど、五月誕生を凶とする伝えが諸書に見える。当時結婚も五月を避けた。旧暦だから梅雨の時季。

おほい殿に《のお邸に》は参り侍りし《〔御奉公に〕》」

など[一〇]言ひて。

（世次）「さても、うれしくたいめ《対面》したるかな。仏《ほとけ》の[一一]御しるし《御霊験》なゝめり。年ごろ《ここ数年来》、ここかしこの説経とののしれど《騒ぎ立てるけれど》、『何かは』《出かけるほどの事はあるまい》とて参らず侍り。かしこく《賢明に》思ひ立ちて参り侍りにけるがうれしき事」

とて、

（世次）「そこにおはするは《そこにおいでの方は》、その折《をり》の[一二]女人《をな》にや《奥様で》[一三]御出坐《みでま》すらむ《いらっしゃいましょうか》」

と言ふめれば、重木がいらへ《返事》、

（重木）「いで《いや》、さも侍らず。それは、はや亡《う》せ侍りにしかば、これはその後相添《のちあひそ》ひて侍る[一四]わらべ《小娘》なり。さて、[一五]閤下《かふか》はいかが《あなたの方はいかがで》」

と言ふめれば、世次がいらへ、

（世次）「それは、侍りし時のなり《昔のままじゃ》。今日もろともに参らむと出《い》で立ち侍りつれど《身支度だけは致しましたが》、[一六]わらは病みをして《おこりを患って》、あたり日に侍りつれば《今日が発作のおこる日だったので》、口惜《くちを》しくえ参り侍らずなりぬる《運わるく参れずじまいになってしまいましたわい》」

一〇「言ひて」で句。「言ひて」の主語は重木だから次の「さても」からが世次の語とすると、句にしたほうがよかろう。

一一 御利益《りやく》のこと。「なゝめり」は底本「なめり」または「なんめり」と表記。「御しるしと見える」という意味。

一二 底本のまま。但し、片仮名で「ヲナ」と振り仮名が施してある。当時「ン」の仮名表記がなく、「ヲナ」で「ヲンナ」と訓《よ》ませるつもりだったか。蓬左本・久原本は「御人」、三条家本は「ヲムナ人」とある。

一三「御出坐す」は、かつては「見えます」の誤写かとされていたが、築島裕氏の説に従い、「おいでになる」「いらっしゃる」の意とするのがいい。石山寺本『大唐西域記』の和訓に用例があり、辞書では『色葉字類抄』に掲載されている。

一四 自分の妻をへりくだって「ほんの小娘」と言ったもの。

一五 もと後宮の小門の義だが、相手を親しんで呼ぶ敬称。

一六 童病み。「瘧《おこり》」すなわちマラリヤのこと。日本に多いのは三日熱マラリヤで一日置きに「ふるい」が来る。『倭名抄《わみようしよう》』に「二日一発之病也」と見えている。京都は琵琶湖《びわこ》に近いため、昔からこの病気が多い。

世次、昔を語る　その抱負

と、あはれに言ひ語らひて泣くめれど《しんみりいろいろ話をして泣くように見えるが》、[一]涙落つとも見えず。

かくて、講師《かうじ》待つ《〔の来場を〕》ほどに、我も人も久しくつれづれなるに《自他共に誰も彼もみな待ち遠で退屈していると》、このおきなどもの言ふやう、

(世次)[二]「いで、[三]さうざうしきに《寂しくてかなわんから》、[四]いざ、たまへ《さあご一緒にどうです》。昔物語して、この《ここに》[五]おはさ《ござら》ふ人々に《っしゃる方々に》、『さは《なるほど》、いにしへは、世は斯《か》くこそ侍りけれ《こうだったのかと》』と聞かせ《〔合点のいくように〕》奉らむ」

と言ふめれば《言う様子》、今ひとり《重木老人も》、

(重木)「しかしか《それそれ》。いと興ある事なり。いで《さあ》、[六]覚えたまへ。時々《話の合間に》、さるべき事の差しいらへ《然るべき事の合の手は》、重木もうち覚え侍らむかし《思い浮んだところを申してみましょうぞい》」

と言ひて、「言はむ言はむ」《言いたくてうずうずしている二老人の》と思へる[七]気色《けしき》ども、いつしか聞かまほしく《〔その様子を見ていた私は〕早く聞きたく先が知りたい気がする時》奥ゆかしき心地するに、[八]そこらの人多かりしかど《大勢の人が集まっていたのだけれど》、ものはかばかしく《しっかりと》耳とどむるもあらめど《耳を傾けて聴く者もいようが》、人目に顕《あら》はれて《目立って》、この《先刻の》侍《さぶらひ》ぞ、「よく聞かむ」と、[九]あど打つめりし《相槌を打つように見受けられた》。

世次が言ふやう、

一　人間離れのした大変な高齢なので、涙が出ているようにも見えない。大宅世次の高齢さを簡潔に書き表している迫真の筆と言えよう。

二　えいまあこりゃ退屈でやり切れん。ひとつ無聊《ぶりよう》を吹っ飛ばそう、とばかり口を衝《つ》いて出た不満の発語。

三　平安時代の辞書『新撰字鏡』（僧昌住著・連字第百五十九）の「嘍囉」に「独坐不楽貌」として、あとに「左久左久志」とある。この音便形「さうざうし」と考えていいだろう。「左久」に漢字を宛てれば「索」であろう。興味索漠などの「索」である。

四　「レッツ・ゴウ」と人を誘う時の語。「いざ賜へ」で、あなたを私に下さいの義。行動・身柄を私に任せてくれの意だろう。

五　「おはす」の複数形。「おはし合ふ」の約。「おはしまさふ」は「おはしまし合ふ」の約。「おはさうず」「おはしまさうず」も同様。

六　「思い出したまへ」で、つまり「思い出したことを仰しゃい」「懐旧談をしたまえ」の意。

七　「ども」は複数。二老人の勢い込んだ顔付・恰好を言ったもの。

八　「ここら」とも。数量の多い事。

九　反問応答の意。「何と」「など」「なぜ」「なぞ」の義で、相手の話に「ナントナナント」とか「ナゼ」「ドウシテ」とか反問応酬して、調子を合わせて話に興を添えること。シテに対するワキを古くアドと言った。

「世《(世次)》はいかに興あるものぞや《なんとおもしろいものではないか》。さりとも《いくらなんでも》、おきなこそ《このわしなら》少々の事は覚《回顧》え侍らめ《談ができよう》。昔[一〇]、さかしき《賢い》帝の御政事《まつりごと》の折は、国の内に、『年老いたるおきな・おむな[一一]やある《いるか》』と召し尋ねて《とおさがしになって》、いにしへの《往古の制度・習慣の》掟《おきて》の有様を《状況をおたず》問はせたまひてこそ《ねあそばされて》、奏する事を《奏上することを参考にあそばしてはじめて》きこし召し合はせて、世の政事は行はせたまひけれ。されば《じゃから》、老いたるは《年取った人間というものはごくありがたいものなのじゃ》いとかしこきものに侍り。若き人たち、なあなづりそ《わしたちを馬鹿にしてはいけませんぞ》」

とて、黒柿《くろがい》[一二]の骨九つあるに黄なる紙はりたる扇を差し隠して《かざして顔を紛らわして》、気色《気》だち《取って》笑ふほども《そのしぐさも》、さすがにをかし《何といってもやはり洗練されている》。

「まめやかに《(世次) 真剣に》世次が申さむと思ふ事は、こと事かは《余の儀でない》。『ただ今の入《藤原》道殿下《道長公の》の御有様の、世にすぐれておはします事を、道《僧》俗男女《なんにょ》のお前にて申さむ』と思ふが、いと事多くなりて《関連した多くの事柄に触れることになって》、あまたの帝王《みかど》・后《きさき》、また、大臣《だいじん》・公卿《くぎやう》の御上を続くべきなり《お身の上について順次お話しせねばならない》。その中に『幸ひ人におはしますこの御有様《道長公の》申さむ』と思ふほどに、世の中の事の隠れなく《すっかり》顕《あら》は《明》るべきなり《らかになるというわけじゃ》。つてにうけたまはれば《人づてに聞く処によると》、法華経《ほけきやう》[一三]一部を説き奉らむとて《説明申し上げようとのお》

一〇 昔の賢い天皇の御代には、いろいろ古老に訊いて政治をしたというのである。和銅五年（七一二）の『古事記』の撰進に先立って、天武天皇が帝紀・旧辞を調査させている事や『続日本紀』の和銅六年の条の『風土記』の撰進のことなど、天武・持統から元明・元正に至るころの調査をさすのであろう。

一一 底本「女」蓬左本「をんな」とあるが、桂乙本に、「おむな」とあるのに従う。「おうな」とあるのもよい。「嫗」の義。「女」とあっても、上に「年老いたる」とあるから差し支えないが、「翁」に合わせれば「嫗」とありたいところである。

一二 底本「くろがへ」とあるのは、「くろがい」（蓬左本）の誤り。「くろがき」のイ音便。黒柿は良材。堅《けん》緻《ち》であって美麗なので、床柱・小道具等専ら装飾用に使用された。『西宮記』によると、参議以上の人の机に用いられた。ただし、黄色は無位の者の袍に使用し、「黄服の者」といえば庶民をさす。『織文図絵』にも、黄色は「束帯時、不レ用レ之」とある。従って、世次が無位の老人だから、黄色の紙を張ったと考えられる。『枕草子』の一本に、「貧しげなるもの」という段があり、その中に、「黒柿の骨に黄なる紙張りたる扇」という項目がある。別の段に、「扇の骨は朴《ほほ》、色は赤き・紫・緑」とあるから、赤・紫・緑はよく、黄色は上品な色でないと考えられる。やはり世次が無位だからであろう。

一三 妙法蓮華経の略。「一部」とは、その全部。

こそ《心づもりから》、まず余教[一]をば説きたまひけれ。それを《その講義を》名づけて『五時教[二]』と《と》は言ふにこそは《言うのだそうじゃ》あゝなれ[三]。しかのごとくに《同じようなもので「わしの話も」》、『入道殿の御栄えを中さむ』と思ふほどに《その間に》、余教の説かるると言ひつべし」《余教にあたる事が説き明かされると言ってよいじゃろう》など言ふも、わざわざしく《わざとらしく》、事々しく《大仰に》きこゆれど、「いでや、さりとも《(作者)なあに えらそうな口は利いても》、何ばかりの事をか《何ほどの事が言えるものか》」と思ふに、いみじうこそ言ひ続け侍りしか《どうして大した弁舌で滔々と語り続けたことでした》。

「世間の《(世次)》、摂政[四]・関白[五]と申し、大臣・公卿ときこゆる《仰せられる》、いにしへ今の《昔のお方も今のお方も》、『みな、この入道殿《入道殿下道長公》の御有様のやうにこそはおはしますらめ』《と同じようなお方でいらっしゃるもの》とぞ、今様《いまやう》の児《ちご》どもは思ふらむかし《近頃の若い者どもは思っているであろうな》。されども、それ、さもあらぬ事なり《それが必ずしもそうではないのじゃ》。言ひもていけば《だんだんに煎じ詰めれば》、同じ種《どなたも祖先は同じ》、一つ筋にぞおはしあれど《一つ血筋には違いないが》、門《かど》[六]《家》別れぬれば《門が別れてしまえば》、人々の御心用ゐも《銘々の考えることも》、またそれに従ひて異々《ことごと》になりぬ《まちまちに》。この世始《はじ》まりて後、帝は、まづ神の世七代《ななよ》をおき奉りて《謹んで略させていただいて》、神武天皇を始め奉りて、当代《今上陛下(後一条天皇)》まで六十八代にぞならせたまひにける。すべからくは《本来なら》、神武天皇を始め奉りて《からお話を始めて》、次々の帝《歴代の》の御次第を覚え申すべきなり《順にお話し申し上げるのが本当じゃ》。然《しか》りといへども《それには違いないのだが》、それはいと聞き耳遠ければ《聞いたところで古すぎるから》、『ただ、近きほ

一　法華経以外の経文。説いたのは、天台宗の開祖、中国の智者大師。
二　関根正直博士の『大鏡新註』に「これは支那の僧智者大師の、釈尊一代五十年間の説教に順序次第のある事を示さんため、五時期に分けて、判釈せられたる事なり。之を五時教判とも、約部の判釈ともいふ。第一時　華厳経　廿一日間、第二時　阿含経　十二年間、第三時　方等経　十六年間、第四時　般若経　十四年間、第五時　法華経涅槃経　八年間、但し涅槃は一日一夜に説了と云…（下略）」とある。
三　「あゝなれ」は底本「あなれ」とあるが、読み易く「ン」を補った。聴覚による判断、耳で聞いていることを表す。「かねがね承け給っている」の意。
四　幼帝または女帝に代って天下の政治を行う者。
五　天皇を補佐して百官を総《す》べ万機の政事に関《あずか》り白《もう》す職。天皇幼少の時摂政に任じた者が、天皇成人の後、関白になるというわけであるが、摂政を経ずいきなり関白にもなる。このことばは、もと『漢書』の「宣帝紀」に見え、宇多天皇の仁和三年（八八七）十一月二十一日に藤原基経に下された詔書の中に使用されたのが始めで、以後職名になった。かりに右大臣が関白に任ぜられると、別に太政大臣や左大臣があっても、関白右大臣の方が上席につくのが習いであった。
六　藤原不比等《ふひと》の子が、南家・北家・京家・式家に別れた。

どより申さむ』と思ふに侍り《思うのでございます》。『文徳《もんとく》天皇』と申す帝おはしましき。その帝よりこなた《以降》、今の帝[七]まで十四代にぞならせたまひにける。代《その間》をかぞへ侍れば《の年数を数えてみますと》、その帝《文徳天皇》、位に[八]即《つ》かせたまふ嘉祥三年庚午の年より、[九]今年までは、一百七十六年ばかりにやなりぬらむ《なったじゃろうか》。掛けまくもかしこき《口の端に掛けるのも畏れ多い》君の御名を申すは《お上の御名を申し上げるのは》、忝《かたじけ》なくさぶらへども《もったいないことでございますが》」とて《と前置きして》、言ひ続け侍りし。

七 後一条天皇。「文徳・清和・陽成・光孝・宇多・醍醐・朱雀・村上・冷泉・円融・花山・一条・三条・後一条」で十四代。

八 嘉祥三年（八五〇）四月十七日、文徳天皇即位。

九 「今年」は、嘉祥三年に数えで一七六年を加えると、西暦一〇二五年になる。当時の年号で万寿二年乙丑《きのとうし》の年である。

＊『大鏡』の内容年代の下限はこの万寿二年であり、語り手の主役である大宅世次の今年の年齢は、世次の生れた「水尾の帝のおりおはします年」（丙申《ひのえさる》の年）から数えると、万寿二年には百五十歳になる。雲林院の菩提講で語っている世次は百九十歳なのだから、『大鏡』は四十年遡《さかのぼ》った昔話をしていることになる。そこで雲林院の菩提講は、実際は万寿二年から四十年後の康平八年（治暦元年）だったのが、万寿二年に仮託されていることになる。この虚構は『大鏡』の創作における根本的な作為である。万寿二年は、いわゆる歴史的現在。この点については解説を参照のこと。従来の『大鏡』の諸注釈書は、この事に気付いていない。

（帝王本紀）

文徳天皇とその母五条后順子並びに業平のこと

（世次）一　五十五代　文徳天皇」

（世次）「『文徳天皇』と申しける《御追号申し上げた》帝は、仁明《にんみやう》天皇御《おん》第一の皇子なり。御母《おんはは》、『太皇太后宮《たいくわうたいごうぐう》藤原順子《じゅんし》[一]』と申しき《申し上げた》。その后、左大臣贈[二]正一位太政大臣冬嗣《ふゆつぎ》のおとどの御むすめなり。この帝、天長四年丁未八月にむ[三]まれたまひて、御心明《あき》らかに《ご聡明で》、よく人を知ろしめせり《人を見る明がおありだった》。承和九年壬戌二月二十六日に御元服、同じき八月四日、東宮に立ちたまふ。御年十六。嘉祥三年庚午三月二十一日[四]、位に即《つ》きたまふ。御年二十四。さて世[五]を保《たも》たせたまふ事《御在位》、八年。御母后《ははぎさき》の、御年十九にてぞ、この帝を産み奉りたまふ。嘉祥三年四月に、后《きさき》[六]に立たせたまふ《お立ちになる》。御年四十二。斉衡元年甲戌の年、皇后宮《くわうごうぐう》[七]にあがりゐたまふ。貞観三

一　平安時代の女性の名はよみ方が不明の場合が多いので、すべて音読する例になっている。
二　太政大臣は死後追贈された。生前は左大臣。
三　「むまれ」は底本のまま。現代なら「うまれ」と書くところであるが、「むまれ」と表記するのが平安時代の書き方であるから、あえて改めなかった。
四　三月二十一日は、受禅践祚。即位は四月十七日。
五　天安二年（八五八）八月二十七日、文徳天皇崩御。寿三十二。
六　「后」とあるが、実際は皇子が帝位に即《つ》かれると、それにともなって生母は「皇太夫人」の称号を獲《え》られるので、「后」に准じて考えていいのであろう。
七　皇太后宮の誤り。
八　真言密教の秘法で、香水《こうずい》を頭上に注ぐ儀式。始め

年辛巳二月二十九日癸酉、御出家《すけ》して、[八]灌頂《くわんぢやう》（の儀式などをお受けになった）などせさせたまへり。同じき六年甲申[九]正月七日、[一〇]皇大后《くわうたいごう》にあがりゐたまふ。（この順子さまを世に）これを『五《ご》[一一]条《でう》の后《きさき》』と申す（申し上げる）」

「伊勢物語に、業平《なりひら》の中将の（が）、『[一二]宵々《よひ》ごとに、（〔番人どもは〕毎晩寝こんでしまえばよいのに）うちも寝ななむ』と詠みたまひけるは、[一三]（この御殿での出来事）この宮の御事なり。『[一四]春や昔の』なども（なども〔この御殿です〕）」

清和天皇と東宮争い　源氏の武者の族

（世次）「一　五十六代　清和天皇」

（世次）「次の帝、『清和天皇』と申しけり。文徳天皇の第四皇子なり。御母、皇太后宮明子と申しき。太政大臣良房のおとどの御むすめなり。

この帝、嘉祥三年庚午三月二十五日に、母方の御祖父《おほぢ》、（良房）おほきおとどの[一五]小一条《こいちでう》の家にて、父帝《ちちみかど》（文徳帝）の位に即かせたまへる（践祚の日から五日目の日に）五日といふ日、むまれたまへりけむこそ、（〔相次ぐ慶事の上に時も時〕百花艶を競う春のこととて時期まで華やかで素晴らしかったろうと存ぜられます）いかに折さへ華やかにめでたかりけむと覚え侍れ。この帝は、[一六]御心《みこころ》（優しく）いつくしく、御かたち（お姿がおきれいであらせられたのじゃ）めでたくぞおはしましける。[一七]惟喬《これたか》の親王《みこ》の東宮争ひしたまひけむも、（なさったとか申すのも）この御事（清和天皇の御事だった）とこそ覚

て仏道に入る時の「結縁灌頂《けちえんかんじよう》」であろう。

九 底本「丙申」と誤る。桂乙本・萩野由之博士旧蔵本は「甲申」。貞観六年（八六四）は、甲申年。

一〇「太皇大后」が正しい。『三代実録』等。

一一「大皇太后藤原順子、号二五条后一」（『帝王編年記』）。

一二 上の句は、「人知れぬわが通ひ路の関守は」。業平が五条の后邸の土塀の崩れから忍び込んで後の二条の后藤原高子（順子の姪）の寝所に通ったので、高子の兄たちが通い路に番人を置いて業平が侵入できないようにしたことをさす。『伊勢物語』五段参照。

一三「この宮」は五条の后の住所をさす。

一四「月やあらぬ春や昔の春ならぬ我が身一つはもとの身にして」（『伊勢物語』四段）。

一五『拾芥抄《しゆうがいしよう》』の諸名所部の「小一条」の項に、「近衛南、東洞院西…（下略）」と見えている。

一六 文徳帝は『文徳実録』に「性甚明察、能知二人奸一。…（中略）…天下以為レ明」とあるが、清和帝は、『三代実録』に「性寛明仁恕、温和慈順」「風儀甚美、端儼如レ神」と見えている。

一七 文徳天皇第一皇子。生母は紀静子。惟仁《これひと》（清和天皇）より六歳年長。貞観十四年出家。二十九歳。寛平九年薨。五十四歳。「大鏡裏書」『江談抄』『元亨釈書』『平家物語』等に詳しい。

ゆれ《と存じます》。やがてむまれたまふ年の《お生れになるとすぐその年の》十一月二十五日戊戌、東宮に立ちたまひて、天安二年戊寅八月二十七日、御年九つにて、位に即かせたまふ。貞観六年[一]正月一日戊子、御元服、御年十五なり。世《御治世》を保たせたまふ事、十八年。同じ十八年《貞観》十一月二十九日、染殿《そめどの》[二]の院にて《御殿で》、おりさせたまふ《御退位》。元慶三年五月八日、御出家《すけ》、『水尾《みづのを》[三]の帝』と申す。この御末《すゑ》ぞかし《お血筋じゃ》、今の世に源氏[四]の武者《むさ》の族《ぞう》は《一族は》。それも《その連中も》、おほやけの御固め《朝廷の警固の任に当るということで御縁はつながっておるように見受ける》とこそはなるめれ」

(世次)「御母《明子》、二十三にて、この帝を産み奉りたまへり。貞観六年正月七日、皇后宮[五]にあがりゐたまふ。后《きさい》の位にて四十一年おはします。『染殿の后《きさき》[六]』と申す。その御時の護持僧[七]には、智証大師[八]におはす。天安二年戊寅にぞ、唐《もろこし》より帰りたまふ」

陽成天皇とその御退位以後の長寿

(世次)「一　五十七代　陽成院」

(世次)「次の帝、『陽成天皇』と申しき《申し上げた》。これ清和天皇の第一の皇子なり。

一 『三代実録』巻八参照。この慶事のために、生母明子は、皇太夫人から皇太后の位に昇られた。
二 『拾芥抄』に「正親《おほぎ》町北、京極西二町、忠仁公家」と見える。天皇は十一月二十七日に染殿の院に行幸、二十九日に皇太子（陽成）を染殿の院に召して譲位。崩御は、御出家の翌年元慶四年十二月四日。
三 清和天皇は御出家後、諸国御巡錫《じゅんしゃく》後、元慶四年春三月には丹波国の水の尾山円覚寺に遷り住まわれたらしい。ここに仏堂建築中、左大臣源融《とおる》の山庄棲霞観に起居しておられたが、そこで発病、同年十一月二十五日に出家の地、円覚寺に移られ、崩御。十二月七日大葬。水尾山は、山城と丹波の国境に在る。
四 清和源氏。清和天皇の孫、貞純親王男の鎮守府将軍六孫王経基王が天徳五年（九六一）、初めて源姓を賜った。その子源満仲は正四位下に進み、昇殿を許され、政治的手腕を発揮。世に多田満仲というが、さらにその子の頼光・頼親・頼信及び頼信の子の頼義らは、藤原兼家・道兼・道長に仕えて活躍した。
五 「皇大后宮」が正しい。天安二年（八五八）十一月から昌泰三年五月崩御まで足掛四十三年、満四十一年数箇月。
六 父良房の家「染殿」に住んでいたため。
七 清涼殿の仏間に侍して御身護持の祈禱をする僧。
八 空海の甥円珍。仁寿三年（八五三）入唐。天安二年帰朝。後に天台座主。

御母、『[九]皇大后宮高子』と申しき。[一〇]権中納言贈正一位太政大臣長良《ながら》の御むすめなり。この帝、貞観十年戊子、十二月十六日、染殿《そめどの》の院にてむまれたまへり。同じき十一年二月一日己丑、御年二つにて東宮に立たせたまひて、同じき十八年丙申、十一月二十九日、位に即かせたまふ。御年九歳。元慶六年壬寅、正月二日乙巳[一一]坎日也、御元服。御年十五。世を知らせ《治世》たまふ事、八年。位おりさせたまひて、[一二]二条の院にぞおはしましける《〔二条院での御余生が〕で晩年はお暮しになった》。さて六十五年なれば、[一三]八十一にて崩《かく》れさせたまふ。〔追善の〕[一四]御法事の願文《ぐわんもん》には、『[一五]釈迦如来《にょらい》の一年《ひととせ》の兄《このかみ》』とは作〔後江相公が〕られたるなり《名句を物されたのじゃ》。智恵深く思ひ寄りけむほど、いと興あれど、『仏の御年よりは御年高しといふ心の《御高齢だという思いあがった気持が》、後世《ごせ》の責めとなむなれる《責め苦となり逆効果になった》』とこそ、人の夢に見えけれ《或る人の夢に見えた由》。御母后《ははぎさき》清和の帝よりは[一六]九年《ここのとせ》の御姉なり。二十七と申しし年《申し上げた年に》、陽成院をば産み奉りたまへるなり。[一七]元慶元年正月に后《きさい》に立たせたまひ、『[一八]中宮』と申す。御年三十六。同じき《元慶》六年正月七日、皇大后宮にあがりたまふ。御年四十一」

九 底本のまま。「皇太后宮」としるす本もある。「高子」はタカイコと訓むか。下文に見える業平との情事で名高い。
一〇 長良は権中納言で終ったが、後に正一位太政大臣の追贈を受けた。定員三名の中納言に更に中納言を任命した場合、権中納言とする。
一一 「坎日《かんにち》」は陰陽道で、旅行その他諸行事に凶として外出などを見合せる日。割注になっているのは、成人後の陽成院の行状のよくなかったことに対して、暗にこんな日に元服したからではないかと注意を喚起しているのかもしれない。蓬左本等にはこの注記なし。
一二 『拾芥抄』に「二条北、堀川東、天暦母后御領」とあるが、別に「陽成院」の項に「大炊御門南、西洞院西、件院御誕生」とある。『河海抄』には、この陽成院を二条院と言ったのだと説いてある。
一三 陽成院は天暦三年(九四九)崩御。数え年八十二。
一四 『陽成院四十九日御願文』(後江相公作『本朝文粋』巻十四)。後江相公は大江朝綱(八八六〜九五七)。
一五 「お釈迦さまよりは一年長生きあそばしたお方」の意。願文は長文であるが、中ごろに「計《カゾフレバ》二其《ノ》宝算《ヲ》一、釈迦如来一年之兄《コノカミナリ》」という句がある。
一六 八歳違いの誤りか。
一七 底本「六年」。蓬左本、『三代実録』により改めた。
一八 皇太夫人高子を中宮と申し上げたのである。

二条の后高子と在原業平

「この后《きさい》の宮の、一宮仕へし初《そ》めたまひけむやうこそ、おぼつかなけれ。二いまだ世籠《よごも》りておはしける時、三在《ざい》中将忍びて率《ゐ》て隠し奉りたりけるを、御せうとの君達《きんだち》、基経の大臣《おとど》・国経の大納言などの、若くおはしけむほどの事なりけむかし、取り返しにおはしたりける折、四『つまも籠れり、我も籠れり』と詠みたまひたるは、この御事なれば、五末の代《よ》に、六『神代の事も』とは申し出でたまひけるぞかし。されば、『世の常の御かしづきにては御覧じ初《そ》められたまはずやおはしましけむ』とぞ覚え侍る。『もし、離れぬ御仲にて、染殿の宮に参り通ひなどしたまひけむほどの事にや』とぞ推し測られ侍る。及ばぬ身に、かやうの事をさへ申すは、いと忝なき事なれど、これは皆人の知ろし召したる事なれば。いかなる人かは、このごろ古今・伊勢物語など覚えさせたまはぬはあらむずる。七『見もせぬ人の恋しきは』など申すことも、『この御仲らひのほど』とこそはうけたまはれ。末の代まで書き置きたまひけむ、恐ろしきすき者なりかしな。

一 「宮仕へ」は底本「みやつかひ」を蓬左本等により改めた。高子が正式に清和天皇の女御となったのは貞観八年十二月二十七日（『三代実録』）だが、この年高子は二十五歳（天皇は十七歳）で、当時の女子の入《じゅ》内《だい》の年齢としては遅きに失する。高子には業平という愛人が存在していた。父兄が仲を割いて天皇の側に仕えさせたのは、より早い時期と考えられる。

二 高子が深窓に在ったのは、仁寿・斉衡・天安（八五一～八）の頃で、文徳時代であり、十歳から十七歳。

三 在原氏で中将だった業平が高子を連れ出したのは、たとえば斉衡元年（八五四）なら高子十三歳、業平三十歳。天安二年（八五八）なら高子十七歳、業平三十四歳。嘉祥二年（八四九）に従五位下に叙せられていた業平（『続日本後紀』）が、後に貞観四年（八六二）には正六位上に降格されているから、何かの罪科のためと考えられる。これを高子の一件からと見ることも出来る。『伊勢物語』六段参照。

四 「武蔵野は今日《けふ》はな焼きそ若草のつまも籠れり我も籠れり」（『伊勢物語』十二段参照）。

五 貞観十七年（八七五）か、十八年の十一月以前。業平五十一、二歳。高子三十四、五歳。この時、高子は東宮の母女御として時めいていた。

六 「大原や小塩の山も今日こそは神代の事も思ひ出づらめ」（『伊勢物語』七十六段参照）。

七 「見ずもあらず見もせぬ人の恋しきはあやなく今

いかに、昔は、なかなかに《なかなかどうして一癖ある事》気色ある事も、をかしき事もありけるもの《洒落れた事もあったものじゃの》」

とて、うち笑ふ《破顔一笑する》。気色異《こと》になりて《その様子は打って変って》、いと優しげなり《たいそう優雅に見える》。

（世次）「『二条の后《きさい》』と申すは、この御事なり《このお方のことじゃ》」

光孝天皇の御事と藤壺の上の御局の黒戸の事

（世次）「一　五十八代　光孝天皇」

（世次）「次の帝、『光孝天皇』[八]と申しき。仁明天皇の第三の皇子なり。御母、贈皇大后宮藤原沢子[九]、贈太政大臣総継《ふさつぐ》の御むすめなり。この帝、淳和天皇の御時の天長七年[一〇]庚戌、東六条[一一]の家にてむまれたまふ。御親《おや》の深草の帝[一二]《仁明天皇》の御時の承和十三年[一三]丙寅正月七日、四品《しほん》[一四]したまふ。御年十七。嘉祥三年正月、中務卿《なかつかさ》になりたまふ。御年二十一。仁寿元年十一月二十一日、三品《さんぼん》に昇りたまふ。御年二十二。貞観六年正月十六日、上野大守《かうづけのかみ》かけ《兼任》させたまふ。御年三十五。同じ八年正月十三日、大宰権帥《だざいのごんのそち》に遷《うつ》りならせたまふ。同じ十二年二月七日、二品《にほん》に

日やながめ暮らさむ」（『伊勢物語』九十九段）。天福本等他本は「恋しくは」であるから、『大鏡』作者の見た『伊勢物語』は塗籠本系統の本であったか。

八　時康親王。文徳天皇（道康）異母弟。

九　父は紀伊守藤原総継。母は藤原数子。女御となって、宗康・時康・人康・新子の三皇子一皇女を産む。「寵愛之隆《ナルコト》、独《リ》冠《タリ》ニ後宮一。俄《カニ》病《ミテ》而困篤。載《セ》ニ之《ヲ》小車《ニ》一。出《イダスヨリ》レ自ニ禁中一。纔《ワヅカニ》到《リテ》ニ里第《ニ》一便絶矣。天皇聞《キコシメシテ》レ之《ヲ》哀悼。遣《ハシテ》ニ中使《ヲ》一贈《ラセタマフ》ニ従三位《ヲ》一也」（『続日本後紀』承和六年六月三十日の条）と見える。『源氏物語』の桐壺《きりつぼ》の更衣《こうい》のモデルとなっている所がある。時康親王即位後、更に皇太后が追贈された。

一〇　『三代実録』は天長八年生れとするが、同書仁和三年八月二十六日の条に「是日。巳《ミノ》二刻。天皇崩ニ於仁寿殿一。于レ時春秋五十八」とあり、逆算すると、天長七年が正しい。『帝王編年記』も天長七年誕生とする。

一一　底本「東五条」とあるが蓬左本に拠って訂した。『三代実録』は「東六条第」とする。

一二　仁明天皇を深草の帝と申し上げるのは、山城国（京都市）紀伊郡深草山に陵があるため。

一三　底本「承和三年丙辰正月七日…御年七」とあるのを『続日本後紀』によって訂した。

一四　親王の位階。一品から四品まで。親王宣下がない皇子は、「諸王」だから、一般人臣同様に五位が初位。

昇らせたまふ。御年四十一[一]。同じ十八年二月二十六日、式部卿にならせたまふ。御年四十七[二]。元慶六年正月七日、一品《いっぽん》に昇らせたまふ。御年五十三。同じ八年正月に、大宰帥《だざいのそち》[三]（兼任）かけたまひて、二月四日[四]、位に即きたまふ。御年五十五。世を知らせたまふ（御治世）事、四年。『小松の[五]帝』と申す」

（世次）「『この御時に、藤壺[六]の上の御局《みつぼね》の黒戸《くろど》はあきたる（開けて使用するようになった）』と聞き侍るは、まことにや」

（世次）「一　五十九代　宇多天皇」

（世次）「次の帝、『亭子《ていじ》[七]の帝』と申しき。これ、小松の天皇の御第三皇子。御母、『皇大后宮班子《はんし》女王』と申しき。二品式部卿贈一品太政大臣仲野[八]の親王《みこ》の御むすめなり。この帝、貞観九年丁亥五月五日、むまれさせたまふ。元慶八年四月十三日、源氏になりたまふ（臣籍にくだり源氏の姓を下賜）。御年十八。仁和三年丁未八月二十六日に、春宮《とうぐう》に立たせたまひて、やが（そのまま）

一 底本「四十」とあるが、天長七年（八三〇）誕生と見て、蓬左本等に従い、「四十一」と改めた。

二 底本「四十六」。前項同様「四十七」と改訂。

三 大宰府の長官。九州総督。原則として親王が任ぜられた。但し赴任はせず、実際の事務は権帥《ごんのそち》または大弐《だいに》が執る。

四 二月四日は即位ではなく、践祚《せんそ》。正式の即位は二月二十三日。

五 仁和三年（八八七）八月二十六日に、第七皇子定省親王すなわち宇多天皇を皇太子に定められ、その日の巳《み》の二刻五十八歳で崩御。山城国葛野郡田邑郷の小松山に葬り申し上げたから、御陵を小松山陵と言う。その地名をとって「小松の帝」と申し上げたらしい。

六 弘徽殿《こきでん》と藤壺（飛香舎）に住んでおいでの皇后や女御には、特に清涼殿内に別室を賜った。これを「上《うへ》（清涼殿）の御局《みつぼね》」と称する。この局の北に廊（細殿）があり、更に「黒戸」という一室があった。光孝天皇以前には使用しなかったが、光孝天皇が食べ物をここで調理なさったため薪で煤けて黒くなったので、この部屋を黒戸と称するようになったと『徒然草』に見える。この天皇が庶民的でおわしたことを示す話。

七 宇多天皇は退位後、亭子の院に居住されたので、「亭子の帝」と申し上げる。この院の所在地は、「七条坊門北（異本・南）、西洞院西二町」（『拾芥抄』）。

宇多天皇と賀茂の臨時の祭の起源

て同じ日に《すぐ》、位に即かせたまふ。御年二十一。世を知らせたまふ事、十年。寛平元年己酉十一月二十一日己酉の日、[九]賀茂の臨時の祭始まる事、この御時よりなり。[一〇]使には、右近中将時平なり。〔さて宇多天皇は〕昌泰元年戊午四月十日、御出家《すけ》せさせたまふ」

諸国行脚と橘良利の歌の事

(世次)「肥前掾《ぞう》[一一]橘良利《よしとし》、殿上に《殿上人として側近に奉仕していたが》さぶらひける、入道して、修行《すぎやう》の御供にも、これのみぞ《この良利だけが》、仕うまつりける《随行申し上げた》。されば《それで》、熊野にても《熊野御参詣の折も》、[一二]日根といふ所にて、[一三]『旅寝の夢に見えつるは《見えたのは》』とも詠むぞかし《詠むわけじゃ》。〔この歌を聞いて〕人々の涙落ちもことわりに《もっともで》、あはれなる事よな《人の世の悲しさが胸をうつ事じゃて》」

(世次)「この帝の、ただ人《びと》に《臣下の列に加わられた頃の事情などは》なりたまふほどなど、おぼつかなし《はっきりしない》。よくも覚え侍らず。御母、[一四]『洞院《とうゐん》の后』と申す」

「[一五]この帝の、源氏にならせたまふ事《源氏におなりになった事情を》、〔世次は〕よく知らぬにや《よく知らないのか》。[一六]『王侍従』とこそ申しけれ《と呼ばれておいでだった》。陽成院の御時、殿上人にて、神社行幸には《神社に行幸のあった時には》、[一七]舞《まひ》人《びと》などせさせたまひたり《を勧めておいでになった》。位に即かせたまひて後、[一八]陽成院を通りて《の前を》行幸ありけるに《あそばした時に》、

八 桓武天皇皇子。母は藤原氏。二品式部卿に至る。延暦十一年（七九二）生れ、貞観九年（八六七）薨。

九 賀茂神社の本祭は旧暦四月中《なか》の酉《とり》の日に行われるが、この時から十一月の下《しも》の酉の日にも行うようになったという。第六、三〇三頁参照。

一〇 賀茂の祭には勅使が差遣される。それを「祭の使」と呼ぶ。この時、その勅使に、藤原時平が命じられたのである。

一一 肥前国の三等官の橘良利。同国藤津郡の人で、出家後の名を寛蓮と言い、碁の名手で、『今昔物語集』二十四ノ六に出ている。

一二 和泉国《いずみのくに》泉南郡日根。現在は大阪府泉佐野市日根野。熊野詣の順路。

一三 『大和物語』『新古今集』『十訓抄』にも載る。「故郷《ふるさと》の旅寝の夢に見えつるは恨みやすらむまたと問はねば」。「旅寝」に地名「日根」を詠みこんでいる。「故郷の」は「故郷の光景が」の意。旅に出てから一度も便りをしないから、家人はさぞ恨んでいるだろう、の意。

一四 「皇太后班子女王、号二洞院一」（『帝王編年記』）。

一五 以下、次頁三行目まで後人の補遺か。

一六 孫王で侍従の職にあったからであろう。

一七 神前に東遊《あずまあそび》の舞をする者。殿上人が勤めた。

一八 陽成上皇の御所。「大炊御門南、西洞院西、件院御誕生」（『拾芥抄』）。

当代は家人にはあらずや

（陽成院）『当代は家人《けにん》[一]にはあらずや』（今の帝は朕の家臣ではないか〔偉そうに通りおるが〕）

とぞ仰せられける。さばかりの家人持たせたまへる帝（帝位にまで昇られるほどの家来を持たれた陽成帝も）も、有り難き（世にも稀な素晴らしい御運と申さねばならぬ）事ぞかし」

醍醐天皇御即位とその御製

（世次）「一　六十代　醍醐天皇」

（世次）「次の帝、『醍醐天皇』と申しき。これ、亭子太上法皇《ていじだいじやう》[二]の第一の皇子におはします。御母、『皇大后宮胤子《いんし》』[三]と申しき。内大臣藤原高藤[四]のおとどの御むすめなり。この帝、仁和元年乙巳正月十八日にむまれたまふ。寛平五年四月十四日、東宮に立たせたまふ。御年九歳。[五]同じ七年正月十九日、十一歳にて御元服。また同じ九年丁巳七月三日、位に即かせたまふ。御年十三。やがて（そのまま）今宵、〔清涼殿の〕夜《よる》の御殿《おとど》より、にはかに御かぶり奉りて差し出でおはしましたりける（〔成人のしるしの〕冠をお着けになって玉座におつきになった）。『御手づから（ご自分で成人式を）わざ（なさったのだ）』と人の申すは、まことにや。さて世を（それから御治世）保たせたまふ事三十三年（満三十三年）」

一　流布本は、「あらずや」のあとに「あしくも通るかな」とある。「乗り打ちするとは無礼千万」の義。

二　宇多法皇のこと。太上法皇は出家した上皇。

三　更衣（八八七年）から女御（八九三年）を経て、寛平八年（八九六）薨。翌年皇太后を追贈。母は列子、列子の父は宇治郡の大領宮道弥益《みやじのいやます》。

四　冬嗣の孫、良門の子。昌泰三年（九〇〇）薨。六十三歳。贈太政大臣。勧修寺家の祖。高藤と宮道列子とのロマンスは、『今昔物語集』二十二ノ七に見え、同書中でも屈指の美しい話。現在の洛東勧修寺は弥益の邸址《ていし》で、庭園は平安の遺風を伝える。

五　醍醐天皇の元服は『日本紀略』「裏書」等の諸記録に拠ると、寛平九年七月三日で、同日宇多天皇の禅譲を受け、同月十三日に即位。ところが異伝では、この記事のように二年前の事とする。但しそれは『扶桑略記』ぐらいで、『愚管抄』も巻二ではこの異説を掲げているが、巻三には「十三にていまだ御元服もなかりけるを」とある。萩野・松井共著の『校定大鏡』は衍文《えんぶん》とし、鈴木弘恭の『校正大鏡註釈』は「十一歳元服」の記事の無い古本に拠って削っている。「やがて」以下は、即位に当って慌てて元服したから、「手づからわざ」ではあるまいかという噂が立ったというのである。

(世次)「この御時ぞかし。村上[六]か朱雀院かのむまれおはしましたる御五十[七]《い》日《か》の餅《もちひ》、殿上《てんじやう》に出《い》ださせたまへるに、伊衡《これひら》[八]の中将の和歌仕うまつりたまへるは」
とて、覚ゆめる（思い出して語る様子）。
(世次)「一年《ひととせ》[九]に今宵かぞふる今よりは百年《ももとせ》[一〇]までの月影を見む
と詠むぞかし。御返し、帝（醍醐天皇）のしおはしましけむ忝《かたじけ》なさよ。
祝ひつる言霊《ことたま》[一一]ならば百年の後《のち》も尽きせぬ月をこそ見め[一二]
御集《ぎよしふ》[一三]など見たまふるにぞ、いとなまめかしう、斯《か》くやうの方さへおはしましける（和歌の道まで傑れておいでだった）」

朱雀天皇の御事ども

(世次)「一　六十一代　朱雀院」

(世次)「次の帝『朱雀院《すざくゐんの》[一四]天皇』と申しき。これ、醍醐の帝の第十一の皇子なり。御母、『皇太后宮穏子《をんし》』と申しき。太政大臣基経のおとどの第四の御むすめなり。この帝、延長元年癸未七月二十四日、むまれ

六『玉葉集』巻七・賀に、「天暦の帝むまれさせ給ひて御百日の夜詠み侍りける　参議伊衡朝臣」として「日を年に今宵ぞ換ふる今よりや百年《ももとせ》までの月影も見む」「御返し　延喜御製」として「祝ひつる言霊ならば百年の後も尽きせぬ月をこそ見め」とある。従って村上天皇御誕生の延長四年（九二六）六月二日の事で、さらに「五十日《いか》」とあるのは、「百日《ももか》」の誤りである。

七 子が生れて五十日目の祝で、新生児を吉方に向わせ、父または外祖父が箸をとり餅を子の口に含ませる儀式。「百日の餅」も同様。

八 藤原伊衡。八七六〜九三八。『後撰集』の歌人。『古今集』の歌人藤原敏行の三男。延長四年六月二日のころは、右近衛の権中将で春宮亮を兼ねていた。後、参議に進み左衛門督に至った。

九「一年に今宵かぞふる」より「日を年に今宵ぞ換ふる」の方が分りよい。『延喜御集』には、「一年に今宵かぞふる今日よりは百年までの月影と見む」。

一〇 百歳までの曇りない月影――皇子に譬える。

一一 言葉の持つ霊力。

一二『延喜御集』は「月とこそ見め」。

一三『延喜御集』（『醍醐天皇御集』とも）などを拝見いたしますと。「にぞ」は底本「こそ」とあるが、語格違い。桂乙本により改めた。『御集』巻頭に「なまめかしき帝」とある。

一四「朱雀院」は譲位後の御座所。後院とも。

村上天皇の御事と御母后穏子の事ども

させたまふ。同じ三年十月二十一日、東宮に立たせたまふ。御年三歳。同じ八年庚寅九月二十二日、位に即かせたまふ。御年八歳。承平七年正月四日、御元服。御年十五。世を保たせたまふ事、十六年なり」

（世次）「一　六十二代　村上天皇」

（世次）「次の帝、『村上天皇』と申しき[一]。これ、醍醐の帝の第十四皇子なり。御母[二]、朱雀院の同じ御腹におはします。この帝、延長四年丙戌六月二日、桂芳坊《けいはうばう》[三]にてむまれさせたまふ。天慶三年二月十五日辛亥、御元服。御年十五。同じ七年甲辰、四月二十二日、春宮《とうぐう》に立たせたまふ。御年十九。同じ九年丙午四月十三日、位に即かせたまふ[四]。御年二十一。世を知らせたまふ事、二十一年」

（世次）穏子さまは「御母后、延喜三年癸亥、前坊[五]を産み奉らせたまふ。御年十九。同じ二十年庚辰、女御の宣旨《せんじ》[六]くだりたまふ。御年三十六。同じ二十

一　底本「申」とだけ記載。蓬左本・片仮名本・久原本・桂乙本等は「申しき」とある。
二　穏子。
三　朔平門《きくへいもん》の内にある建物。
四　『日本紀略』によれば受禅《じゆぜん》が四月十三日で、二十八日に即位。
五　前の皇太子保明親王（文彦太子《ぶんけんたいし》）をさす。醍醐天皇第二皇子で、延長元年（九二三）三月二十一日薨、御年二十一歳。「坊」とは「東宮坊」の略で東宮の役所をさし、皇太子の意味になる。
六　女御に任ずる旨の宣旨。『日本紀略』延喜元年（九〇一）の条に「以㆓藤原穏子㆒為㆓女御㆒昭宣公女」とある。
七　『日本紀略』には延喜二十三年つまり延長元年四月二十六日の条に、「以㆓女御従三位藤原朝臣穏子㆒為㆓中宮㆒」とある。当時は、皇后を中宮とも称した。

三年癸未、朱雀院むまれさせたまふ。閏《うるふ》四月二十五日、后《きさき》[七]の宣旨かぶらせたまふ《お受けになる》。御年三十九。やがて、帝産み奉りたまふ同じ月に、后にも立たせたまひけるにや。四十二にて、村上[八]はむまれさせたまへり」

前坊文彦太子の乳母子大輔の君の詠んだ歌

（世次）「后に立ちたまふ日は、先坊[九]の御事を、宮の内にゆゆしがりて《不吉な事とはばかって》、申し出づる人もなかりけるに、かの《前坊の》御乳母子《めのとご》に大輔《たいふ》[一〇]の君と言ひける女房の、かく詠みて出《い》だしける。

（大輔の君）[一一]わびぬれば今はと物を思へども心に似ぬは涙なりけり

また、〔四十九日の〕御法事果てて、人々まかり出づる日も、斯《か》くこそは詠まれたりけれ。

（大輔の君）[一二]今はとてみ山を出づるほととぎすいづれの里になかむとすらむ

五月の事に侍りけり。げに《まったく》、『いかに』《どんな気持だったろう》と覚ゆる節々《ふしぶし》、末の世まで伝ふるばかりの事言ひ置く人《言い残す人は》、優に侍りかしな《優雅なものでございますなあ》」

母后穏子を世に「大后」と呼称

（世次）「さきの東宮に後れ奉りて《文彦太子に先立たれ》、〔御母后が〕限りなく嘆かせたまふ《おなげきになる》同じ年、朱雀院

八『日本紀略』延長四年の条に、「六月二日丁亥、辰刻、中宮御二産第十四皇子ヲ於桂芳坊ニ一。名ハ成明」とある。

九「前坊」に同じ。保明親王。「文彦太子」はその諡《し》号《ごう》（おくり名）。

一〇『作者部類』に「大輔乳母、文彦太子御乳母、但馬《たじま》守源弼《たすく》女」とあり、『後撰集』に十六首入集の女歌人。下文「時平伝」にもう一度出て来る。「乳母子」とするのは『大鏡』と『延喜御集』。従って「乳母」か「乳母の子」かはっきりしない。

一一 宮さまがおかくれになった悲しさにどうしようもない気持でおりますから、もうすべてを諦めて忘れてしまおうと思うのですが、そんな私の決心をあざ笑うように留めどもなく涙が溢れ出るのでございます。『大和物語』五段参照。

一二 七七日の法事も終り、山寺とお別れして思い思いの方向へ帰る私たちは、山を出て里に下る時鳥と同じように、これからどの里へ行ってなき暮すことでしょう。「なかむ」に「鳴かむ」と「泣かむ」を掛ける。『延喜御集』及び『続古今集』雑上に見える。但し、第四句「いかなる宿に」。『御集』の詞書「御乳母《めのと》の命《みやう》婦《ぶ》の娘大輔の君とて侍ひける、親王《みこ》ありける人なりければ常に歌詠み交はさせ給ひければ、悲しき事を思ふに歌の事も忘れてあるに、御果《はて》五月にまかづとて」。

生まれたまひ、我《われ》、后に立たせたまひけむこそ《御自身も后にお立ちになったと申しますがそれこそ》、さまざま、御嘆き御悦《よろこ》び、掻《か》き交《ま》ぜたる心地仕うまつれ《入りまじった複雑な気持が致します》。世の[一]《世間で》、『大后』[二]と、これを《このお方を》申す」

冷泉天皇の御事並びに三条天皇の大嘗会延引

（世次）「一　六十三代　冷泉院」

（世次）「次の帝、『冷泉院《れいぜいゐんの》[三]天皇』と申しき。これ、村上天皇の第二の皇子《みこ》なり。御母、『皇后宮安子』と申す。右大臣師輔のおとどの第一の御むすめなり。この帝、天暦四年庚戌五月二十四日、在衡《ありひら》[四]のおとどの未《いま》だ従五位下にて、備前介[五]ときこえける折《申し上げた時の》の五条の家[六]にて、むまれさせたまへり。同じ年の七月二十三日、東宮に立たせたまふ。応和三年二月二十八日、御元服、御年十四。康保四年五月二十五日、御年十八にて位に即かせたまふ。世を保たせたまふ事、二年。寛弘八年十月二十四日、御年六十二にて亡せさせおはしましけるを《お亡くなりになったのですがその時期が生憎》、三条院位に即かせたまふ年にて、大嘗会《だいじやうゑ》[七]などの延びけるを《延期になった事を》ぞ、『折節』[八]

一 「世の」は「世間が」「世上では」の義。

二 穏子を「大后」、安子（村上天皇皇后）を「中后《なかきさき》」と称する。醍醐天皇皇后で、朱雀・村上両天皇の御生母である穏子に対する特別の尊敬の念の現れであろう。「延喜・天暦の治」という語を、女性側から照射するものと思われる。

三 朱雀院と同じように天皇譲位後居住の後院の一。もと冷然院だったが火災に遭ったので縁起を担《かつ》いで「冷泉院」と改めた。「大炊御門ノ南、堀川ノ西」（『拾芥抄』）。

四 粟田口《あわたぐち》に山荘を持っていたので粟田の左大臣と呼ばれた。山蔭中納言の孫。大僧都如無《によむ》の子。八九二～九七〇。如無については、『長谷寺縁起』や『山蔭中納言物語』（散佚《さんいつ》物語）に委《くわ》しい。『今昔物語集』では十九ノ二十九が「亀報二山蔭中納言恩一語」という見出しでこの話を伝える。在衡は如無の兄但馬守有頼の養嗣子となり、村上天皇の御代に正三位大納言、天徳四年従二位、安和の変で右大臣、翌年左大臣。精励恪勤《かくごん》で、『続古事談』『十訓抄』に逸話を留める。

五 備前の国の次官。大国では、守《かみ》一人、介《すけ》一人。

六 在衡の五条の邸。但し、『日本紀略』「裏書」等によると、丹後守藤原遠規宅で御誕生とある。

七 天皇即位後最初の新穀祭。七月以前の即位なら、その年の内に行われる。

八 折も折。時期が悪かった。流布本は「折あし」。

と、世の人申しける《世間の人がお噂申し上げました》」

円融院の立太子と安和の変

(世次)「一　六十四代　円融院」

(世次)「次の帝、『円融院天皇《ゑんゆうゐんの》』[九]と申しき。これ、村上の帝の第五の皇子《みこ》なり。御母、冷泉院の同じ腹におはします。この帝、天徳三年己未三月二日、むまれさせたまふ。この帝の東宮[一〇]に立たせたまふほど《ころ》は《は》、いと聞きにくく《実に聞き苦しく》[一一]、いみじき事どもこそ侍れな《大変な事件が次々とございましたな》。これは、皆人の知ろし召したる事なれば、ことも長し《話せば長くなることですから》、とどめ侍りなむ《取り止めましょう》。安和二年己巳八月十三日にこそは、位に即かせたまひけれ。御年十一にて。さて天禄三年正月三日、御元服。御年十四。世を保たせたまふ事《御在位は》、十五年」

中后安子と大斎院選子内親王

(世次)「母后の、御年二十三四[一二]にて、うち続き、この帝・冷泉院と産み奉りたまへる、いとやむごとなき御宿世《すくせ》なり《まことに尊い御運のお方です》。御母方の祖父《おほぢ》は《〔安子の〕外祖父は》、出雲守従五位下藤原経邦[一三]と言ひし人なり。末の世《後年》には、奏せさせたまひ《この皇后宮が奏上なさって》

九 御譲位後に円融院にお住みになったから。『日本紀略』の寛和元年(九八五)九月の条に「十九日庚寅、後太上法皇、自二堀河院一遷二円融院一」とあり、後に、「円融寺」となった。

一〇 康保四年(九六七)九月一日、先帝第五皇子守平親王が同腹の第四皇子をさしおいて皇太弟となったこと。

一一 『栄花物語』(月の宴)に、「かかる程に、世の中にいとけしからぬ事をぞ言ひ出でたるぞや。それは、源氏の左の大臣の、式部卿宮の御事を思して、帝を傾け奉らむと思し構ふといふ事出で来て、世にいと聞きにくくののしる」とある、いわゆる安和の変で、安和二年(九六九)三月、左大臣源高明が、皇太子守平を廃して第四皇子為平親王(高明の娘婿)を擁立《ようりつ》しようとしていると、師尹《もろまさ》が讒言《ざんげん》して高明を大宰権帥《だざいごんのそち》に左遷した事件をさす。

一二 母后安子二十三歳の時、冷泉院(第二皇子)御誕生。さらに、三十二歳の時、円融院(第五皇子)をお産み申し上げたのだから、「うち続き」といっても九年の間隔がある。

一三 武蔵守、従五位上、皇后宮大進。安子の母君は、この経邦の娘藤原盛子。「裏書」所引の『村上御記』によると、経邦は出羽守にも任ぜられたらしい。

てこそは、〔経邦はその没後に〕贈三位したまふとこそは承けたまはりしか。在《いま》せぬ後《あと》なれど、この世の光は、いと面目《めいぼく》（名誉のことです）ありかし。『中后《なかきさき》』[一]と申す、この御事なり。（この安子さまの事です）女十《じふ》[二]の宮産み奉りたまふ度（際に）、崩《かく》れさせたまへりし〔村上帝の〕御嘆きこそ、いと悲しく承けたまはりしか。（実においたわしいことだったと伺っております）村上の御日記《にき》[三]御覧じたる人もおはしますらむ。ほのぼの伝へ承けたまはるにも（うすうす人づてに内容をうけたまわるにつけても）、及ばぬ心にも（取るに足らぬ者の心にも）、いとあはれに、忝なくさぶらふな（もったいないことでございますよ）。そのとどまりおはします（忘れ形見としてこの世においでの）女宮[四]こそは、大斎院《おほさいゐん》[五]よ」

花山天皇の御事　弱年御出家

(世次)「一　六十五代　花山院」

(世次)「次の帝、『花山《くわさん》天皇』と申しき。冷泉院第一の皇子なり。御母、『贈皇后宮懐子』と申す。太政大臣伊尹《これまさ》のおとどの第一の御むすめなり。この帝、安和元年戊辰十月二十六日丙子、母方の御祖父《おほぢ》の一条の家にてむまれさせたまふとあるは（と物の本にあるのは）、世尊寺[六]の事にや（事でしょうか）。その日は、〔御父君〕冷泉院の御時の（冷泉天皇の御即位の時の）大嘗会の御禊《ごけい》[七]あり。同じ二年八月十三日、春《とう》

一　穏子を「大后」、安子を「中后」と呼ぶが、「今后」は誰をさすのか明らかでない。『短観抄』は、後三条天皇皇后茂子を「今后」と呼んだとするが、山岸徳平氏は、一条天皇皇后定子を「今后」と称したかと、「大鏡概説」（岩波講座　日本文学）で述べている。

二　村上天皇第十皇女。下文に見える大斎院選子。安子腹の皇女としては四番目。応和四年（九六四）四月二十四日出生。五日後に母后崩御。

三　村上天皇の書かれた日記。『天暦御記』とも言う。「裏書」に「中宮安子崩事」として引用。安子との二十五年に亘る交情を切々と述べ、「いづれの日、いづれの時か、敢《あ》へて心腹《しんぷく》を慰《やす》めむ」としめくくる。

四　「をんな（をうな）みや」と訓むか「ひめみや」と訓むか不明。諸注多く訓《よみ》を示さないが、池辺義象著『新註対訳大鏡』（大正十年刊、田中宋栄堂）が「をうなみや」と振仮名をつけているほかは、佐藤球著『大鏡詳解』（昭和二年、明治書院）以降の諸注釈書は、多く「ひめみや」と訓ませる。

五　天延三年（九七五）六月二十五日賀茂神社の斎王（斎院）に卜定《ぼくじょう》、長元四年（一〇三一）病によって退下するまで、円融・花山・一条・三条・後一条の五朝、五十七年間奉仕、世に「大斎院」と呼ばれ崇敬された。長元八年六月二十二日薨、七十二歳。

六　伊尹の一条第は一条南、大宮東に在り、「世尊寺」ではない。世尊寺は一条北、大宮西の桃園第。

宮《ぐう》に立ちたまふ。御年二歳。天元五年二月十九日、御元服。御年十五。永観八二年八月二十八日、位に即かせたまふ。御年十七。寛和二年丙戌六月二十二日の夜、あさましくさぶらひし事は（びっくり仰天いたしましたことは）、人にも知らせさせたまはで（誰にもお知らせにならないで）、みそかに（ひそかに）花山寺《はなやまでら》九におはしまして、御出家入道せ（御出家）させたまへりしこそ。一〇御年十九。世を保たせたまふ事、二年。その後、二十二年おはしましき（なさってから二十二年ご存命でいらせられました）」

藤原道兼に導かれて密かに宮中を脱出する帝

（世次）「あはれなる事は、おりおはしましける（御退位あそばした）夜《よ》は、藤壺一一の上《うへ》の御局《みつぼね》の小戸《こど》一二戸より出《い》でさせたまひけるに、有明《ありあけ》一三の月のいみじく明《あか》かりければ（あかるかったので）、

『顕証《けんしょう》一四にこそありけれ（［これでは］人目に立ち過ぎる）。いかがすべからむ（どうしたものか）』

（帝が）と仰せられけるを、

（道兼）『さりとて、とまらせたまふべきやう侍らず（中止あそばすわけには参りますまい）。神璽《しんじ》一五・宝剣渡りたまひぬるには（［皇太子さまのお手許に］お渡りになってしまいました以上）』

と、粟田殿《あはたどの》の騒がし申したまひけるは（せき立て申し上げられたのでございますが）、まだ帝出でさせおはしまさ（［清涼殿から外へ］）ざりける先に、手づから取りて（粟田殿御自身で［神璽・宝剣を］）、春宮一六の御方に渡し奉りたまひてけ

七　天皇即位後、賀茂川で十月に行う禊《みそぎ》。

八　円融天皇は御年二十六で御位を花山天皇に譲る。譲位は永観二年八月二十七日。十月十日即位。

九　元慶寺。山城国宇治郡にあった。今も京都市東山区山科《やましな》北花山にあるが、昔から北方の山の上にあった。往時とは打って変って荒廃し名残をとどめるのみ。僧正遍昭の開基で本尊の薬師仏は遍昭の作と伝える。寺の南二町ばかりの所に遍昭の墓がある。

一〇　「こそ」のあとに、「あはれとも悲しとも言はむ方なくおはしましか」などを補って読むこと。

一一　清涼殿の北の廂《ひさし》、萩の戸の西側の部屋。藤壺すなわち飛香舎に住む女性が清涼殿に伺候した時の着更えなどをする部屋。

一二　清涼殿の帝の御寝所から藤壺の上の局に通じる妻戸。

一三　旧暦の二十日過ぎの月で、深更から明け方にかけての月。

一四　明らかな様子。明るいさま。顕《あらわ》なさま。

一五　八坂瓊曲玉《やさかにのまがたま》と天叢雲剣《あめのむらくものつるぎ》。三種の神器の二つ。

一六　懐仁親王。後の一条天皇。『日本紀略』寛和二年六月二十二日の条によると、「令《シム》下左近少将藤原道綱《ヲシテ》持《シテ》二神璽宝剣《ヲ》一、献《ゼ》中東宮御在所凝華舎《ニ》上」とあるから、神璽宝剣を皇太子のいらっしゃる凝華舎《ぎょうかしゃ》（梅壺）に持参したのは、道兼自身ではなく、『蜻蛉日記』を書いた倫寧娘の生んだ道綱だったようである。

れば、〔帝が〕還り入らせたまはむ事はあるまじくおぼして《宮中にお戻りになるような事があっては以てのほかとお思いになって》、しか申させたまひける《さように申し上げたということです》とぞ」

（世次）「さやけき影をまばゆく《月光をまぶしく》おぼしめしつるほどに、月の顔に村雲のかかりて、少し暗がりゆきければ、（帝）『我が出家《すけ》は成就《じやうじゆ》するなりけり《成功するに相違ない》』とおぼされて、〔清涼殿の外に〕歩み出でさせたまふほどに、一弘徽殿《こきでん》の御文《ふみ》の、日比《ひごろ》破《や》り残して《お破りすてにならず》御目もえ放たず御覧じけるをおぼし出でて《お放しにもなれずご覧になっていたのを思い出して》、

（帝）『暫し《ちょっと待て》』

とて、〔御文を清涼殿に〕取りに入らせおはしましししかし《取りにお入りになったことでしたよ》。粟田殿の、

（道兼）『いかにおぼしめしならせおはしましぬるぞ《どのようなお気持におなりになったのか》。ただ今過ぎば《時刻が過ぎたら》、おのづから《自然と》障りも《支障も》二出でまうで来なむ《出てくるおそれがありましょう》』

と空泣きしたまひける《泣く真似をなさいましたよ》は」

（世次）「さて、三土御門《つちみかど》より東《ひんがし》ざまに率《ゐ》て出だし参らせたまふに《お連れ出し申し上げた時に》、四晴明《せいめい》が家の前を渡らせたまへば、みづからの声にて《晴明自身の声がして》、手をおびたたしく《激しく》はたはたと《ぱたぱたと》五打つなる《打つのがきこえてくる》。

亡き弘徽殿女御に注ぐ帝の深い哀別の情

一 清涼殿の北にある。「藤壺」とともに、後宮女性の住居としては最高の御殿。花山天皇の場合は、藤原為光の娘忯子が住んでいた。寛和元年（九八五）七月十八日妊娠により病死。『栄花物語』（花山尋ぬる中納言）に詳しい。

二 「出でまうで来なむ」は、蓬左本・桂乙本・近衛本・平松本に拠る。底本は「いままうできなん」であり、久原本は「いまぞいできなん」。

三 「土御門」は底本「みかど」とあるが、平松本・桂甲本・水戸本・古活字本・萩野本等にすべて「土御門」とあるのに従った。花山天皇と道兼等は土御門通りを東行したのだろう。「より」はそこを通過する義。

安倍晴明、即刻、花山天皇の退位を察知密奏

四 陰陽師《おんみやうじ》・天文博士であった安倍晴明の家。土御門北、西洞院東（『今昔物語集』二十四ノ十六）。

五 「打つ音が耳にきこえる」「打つ音がする」の義。

(晴明)『帝おりさせたまふと見ゆる天変《てんぺん》ありつるが《天文上の異変があったが》、すでに成りにけりと《もう御退位が終った》見ゆるかな。〔その旨〕六参りて奏せむ《参内して奏上しよう》。車に装束《さうぞく》せよ《支度をせよ》』
と言ふ声を、〔花山院は〕聞かせたまひけむ、七さりともあはれにおぼしめしけむかし《感無量のお気持であっただろうよ》。
(晴明)『かつがつ《とりあえず》、八式神《しきじん》一人《ひとり》、内裏《だいり》へ参れ』
と申しければ、九目には見えぬものの、戸を押しあけて、〔花山院の〕御うしろを《後ろ姿》や見参らせけむ、
(式神)『ただ今、これより過ぎさせおはしますめり《この前を通り過ぎておいでになったようでございます》』
といらへける《返事をしたとかいうことです》とかや。その家《晴明の家は》、一〇土御門町口《つちみかどまちぐち》なれば、御道なりけり《お道筋だったのです》」
(世次)「花山寺に〔帝が〕おはしましつきて、御髪下《みぐしおろ》させたまひて《剃髪なさって》後《のち》にぞ、粟田殿は、
(道兼)『まかり出でて《邸に戻って》、一一大臣《おとど》にも、変らぬ姿今一度見え《出家前のこの姿をもう一度見せ》、斯くと案内《あない》申して《これこれと事情をお話しして》、必ず参り侍らむ《きっと戻って参ります》』
と申したまひければ、

「そちは朕を欺いたのだね」と泣く帝

六『禁秘抄』の「天文密奏」の部に「天文正権博士並《ニ》密奏者《ハ》、毎《ニ》レ有《ル》ニ天変一奉《ル》レ奏《シ》」と見えるから、天文博士であった晴明は急いで参内しようとするのであろう。なお、『職員令』参照。
七 御自身の発意によるご出家ご退位とはいえ。
八 識神とも書く。シキノカミ・シキガミとも言い、略して単に「式」とも言う。『今昔物語集』『宇治拾遺物語』等々に見える。「侏儒」「小鬼」の類と思えばよい。
九『今昔物語集』二十四ノ十六に、「この晴明は家の内に人無き時は識神(シキガミ)を使ひけるにやありけむ、人も無きに、蔀(シトミ)上げおろす事なむありける。また門もさす人も無かりけるに、さされなんどなむありける」と見えている。
一〇 土御門通りと町口通りの交叉点。「町口」は、西洞院と室町との間の南北の通りで、上京で「町口」と言い、下京で「町尻」と言うが、土御門通りが東西に通じる道で、これと交わる南北の道路である。
一一 粟田殿道兼の父兼家は当時右大臣であった。この花山天皇御退位により、九八六年に摂政右大臣となり、永延三年(九八九)十二月太政大臣に任ぜられた。

一　兼家をその居住する邸の名で呼ぶ。東三条殿は、『拾芥抄』に「二条南町《ノ》西、南北二町」とある。

二　父兼家の家臣で、道兼を出家させようとするやからが現れても、それを食い止めることのできるような思慮分別や弁舌の立つ年配の家臣達。これは次の「源氏の武者たち」とは別に付けたのであろう。

三　「何がし」「某」と「かがし（彼某）」で、誰々。誰それの意。二人以上の人物をさす。あとの「武者たち」と応じている。

四　豪の者・剛勇の名の高い源氏の武士たち。具体的には、源頼光・頼信などであろう。

＊『日本紀略』の寛和二年六月の条を見ると、次のようにある。「二十三日庚申、今暁丑刻許《ノトキバカリ》、天皇密々出《デ》二禁中《ヲ》一、向《ヒテ》二東山花山寺《ニ》一落飾。于《ニ》レ時蔵人左少弁藤原道兼奉《リ》レ従《ヒ》之先《ダチ》二于天皇《ニ》一、密《ヒソカニ》奉《リ》二剣璽《ケンジヲ》於東宮《ニ》一、出《ヅ》二宮内《ヲ》一。云々。年十九。翌日、招《キ》二権僧正尋禅《ヲ》一、剃《ル》二御髪《ヲ》一。御僧名入覚」とある。『本朝世紀』『古今著聞集』『十訓抄』『愚管抄』『神皇正統記』等にも見えている。『百錬抄』には、六月二十二日の条に「夜天皇偸《ヌスマレ》出《イデ》、向《ヒタマヒテ》二華山寺《ニ》一出家。（中略）僧厳久、蔵人左少弁道兼扈従《ス》」とあり、花山寺の僧厳久阿闍梨が道兼と共にお供をしたとなっており、『古事談』によると厳久が帝の御頭を剃ったとある。帝のお姿が見えないというので大騒ぎになった宮中の描写は『栄花物語』

〔(帝)朕を〕『我をば謀《はか》るなりけり』〔だましたのだね〕とてこそ、泣かせたまひけれ〔お泣きになったことでした〕。あはれに悲しき事なりな。日ごろ〔常々〕よく〔(道兼)帝の仏弟子となってお仕えしましょうと約束して〕『御弟子にてさぶらはむ』と契りて、すかし申したまひけむ〔欺き申し上げたということですが〕が恐ろしさよ〔恐ろしいことですな〕。一東《とう》三条殿は、〔(兼家)ひょっとして粟田殿が出家などなさりはしないかと心配で〕『もし、さる事やしたまふ』と危ふさに、二さるべく大人しき人々〔阻止できるしっかりした〕、三なにがしかがし〔何のたれそれと〕といふ四いみじき〔名の通った〕源氏の武者《むさ》たちをこそ〔よりすぐって〕、御送りに添へられたりけれ〔護衛としてお付けになったのです〕。京のほど〔京の内〕は隠れて〔尾行し〕、堤の辺《わたり》〔賀茂川堤〕よりぞ、打ち出で参りける〔姿を現してお供をしたのです〕。寺などにては、〔(武者)万一〕『もし、押して〔無理にでも誰かが〕、人などやなし奉る』〔〔道兼さまを〕剃髪させようとしたら防ぎ戦おうと思って〕とて、一尺ばかりの刀どもを抜きかけてぞ目守《まも》り〔じっ〕申しける〔と睨んでお護り申し上げたことでした〕」

一条天皇と母后詮子女院

〔(世次)〕「一　六十六代　一条院」

〔(世次)〕「次の帝、『五一条院天皇』と申しき。これ、円融院第一の皇子《みこ》なり。御母、『皇后詮子《せんし》』と申しき。これ、太政大臣兼家のおとどの第二の御むすめなり。この帝、天元三年庚辰六月一日、兼家のおとどの東三条の家にて、むまれさせたまふ。東宮に立ちたまふこと、永観二年八月二十八日[六]なり。御年五歳。寛和二年六月二十三日、位[七]に即かせたまふ。御年七歳。永祚二年庚寅正月五日、御元服。御年十一。世を保たせたまふ事、二十五年。御母《詮子》は十九にてこの帝を産み奉りたまふ。『東三条[八]の女院《にょうゐん》』と、これを申す。この御母《詮子の》は、摂津守《せつつのかみ》[九]藤原中正《なかまさ》のむすめなり」

(世次)「一　六十七代　三条院」

(世次)「次の帝、『三条院[一〇]』と申す。これ、冷泉院第二の皇子《みこ》なり。御母、[一一]『贈皇后宮超子《てうし》』と申しき。太政大臣兼家のおとどの第一の御むすめなり。この帝、貞元元年丙子正月三日むまれさせたまふ。寛和二年七月十六日、東宮に立たせたまふ。同じ日、御元服。御年十一。[一二]寛弘八年六月十三日、位に即かせたまふ。御年三十六。世を保たせたまふ事五年」

（花山尋ぬる中納言）に委しい。

五 一条南、大宮東、堀川の西。伊尹や為光の邸であったのを、一条天皇の母后詮子が入手。長保元年以降、里内裏として一条天皇が使用されたので、「一条院天皇」と申し上げる。

六 多くの史籍に「二十七日」とある。

七 例によって践祚の日。即位は同年七月二十二日。

八 正暦二年（九九一）九月十六日出家。院号を賜る。女院の始め。

九 中納言藤原山蔭七男。従四位上。左京大夫、摂津守（『尊卑分脈』）。詮子を産んだのは、時姫。

一〇 「三条南、大宮東、頼忠公家」（『二中歴』）。三条天皇は長和五年（一〇一六）五月、譲位の後、ここに三条院を新築、九月に遷られ、翌寛仁元年（一〇一七）五月九日の崩御まで居住あそばされた。

冷泉の皇子、花山の弟、兼家の長女超子所生

一一 超子は兼家と時姫の間に生れた長女で、「裏書」に「贈皇大后宮」とあるから、「贈皇后宮」は誤りであろう。安和元年（九六八）十月入内、御匣殿《みくしげどの》と称した。十二月七日女御。二十九日従四位下、三条天皇の外、為尊・敦道・光子を産み、従四位上。天元五年（九八二）正月頓死。寛弘八年十二月、三条天皇即位により贈皇太后宮。

一二 例により、受禅の日。御即位は「十月十六日辛卯、天皇即二位於大極殿一」（『日本紀略』）。

(世次)「院にならせたまひて[一]、御目を御覧ぜざりしこそ《お目が見えなくおなりになったということは》、いといみじかりしか《本当にお痛わしいことでした》。[二]こと人の見奉るには《〔普通の人と〕》、いささか変らせたまふ事おはしまさざりければ《ちっともお変りがございませんでしたから》、《〔お目が悪いなどと申すのは〕》そらごとのやうにぞおはしましける《嘘のようであらせられました》。御眼《まなこ》《御瞳》なども、いと清らかにおはしましける。いかなる折にか《どういう時でしょうか》、時々は御覧ずる《お見えになる》時もありけり。

(三条院)『御簾の編緒《あみを》の見ゆる《編み糸が見えるよ》』
なども仰せられて《などと仰せになる時もございましてね》」

(世次)「一品宮[三]の昇らせたまひけるに《参上あそばされた時に》、弁[四]の乳母《めのと》の御供にさぶらふが、挿《さし》[五]櫛《ぐし》を左に挿されたりければ、

(三条院)『あゆよ[六]。など《なんでまた》、櫛は悪しく挿したるぞ《櫛を変な風に挿しているのかね》』
とこそ仰せられけれ。《〔三条院は〕》この宮を、殊の外にかなしうし奉らせたまうて《おかわいがりあそばされて》、御髪《みぐし》のいとをかしげにおはしますを探り申させたまひて《たいそう魅力的でいらっしゃるのを手さぐりでお撫でになって》、

(三条院)『かく美しうおはする御髪をえ見ぬこそ《見ることができないのが》、心憂く《なさけなく》口惜しけれ』
とて、ほろほろと[七]泣かせたまひけるこそ、哀れに侍れ《お痛わしいことでございました》」

三条天皇の御眼疾の特徴と皇女への父性愛

一 三条天皇が上皇におなりになって。『日本紀略』に「長和五年五月二十九日甲戌。天皇於二枇杷第一、譲二位於皇太子一。」とある。しかし長和五年（一〇一六）以前から、眼病を患っておられた事は、『小右記』『百錬抄』等に見える。長和二・三・四年にわたり御病気であった。脚気も患っておられた。崩御は、退位の翌年で、宝算四十二。

二 異人《ことびと》。他の人。

三 「一品宮」は、「いっぽんのみや」と読む。禎子。道長の次女妍子の所生。後に後朱雀天皇の皇后となり、後三条天皇を産む。寛徳二年（一〇四五）出家。治暦五年（一〇六九）に院号を賜り陽明門院と称す。長和二年七月御出生で同年十二月内親王宣下だから、この拝謁は三条上皇の御晩年、長和五年か六年の事であろうか。禎子は四歳か五歳と思われる。

四 「裏書」に「加賀守藤原順時女、母肥後守紀敦経女」とある。『栄花物語』（つぼみ花）に、「阿波守順《まさ》時の朝臣の娘、弁の乳母と云ふ」とある女性と同一人であろう。『御堂関白記』寛仁二年（一〇一八）十月の条にも、「姫宮御乳母弁」と見える。

五 「差櫛」とも書く。髪に挿す櫛。

六 「あゆ」は「お前、そち、その方、汝、そなた」の義。現在「あよ」と変化して、三重県・和歌山県に残存。方言辞典参照。諸注「あご（吾子）」と改めているのは改悪。弁の乳母に注意なさったもの。

七 行基《ぎようぎ》菩薩の歌に「山鳥のほろほろとなく声聞けば父かとぞ思ふ母かとぞ思ふ」（『玉葉集』釈教歌。『夫木抄』にも）。
八 然るべき物。一品宮にお土産として差し上げるのにふさわしい品物。禎子はその証文を母妍子の許に持ち帰ったのである。
九 以下、「持て渡らせたまへるよ」まで、祖父道長の冗談。一品宮は何げなく持ち帰ったのを、欲に駆られる大人の行為のように見立てて笑い話の種にしたから、乳母たちが、他人《ひと》に聞かれたら、一品宮さまが幼少にして早くも欲の皮の突っ張った本性を顕《あらわ》したかのように誤解されますよと、道長をたしなめて笑ったのである。
一〇 ただの古いほご紙とお思いになって。
一一 「正《まさ》なし」は、ワルイ、イケナイ、ミットモナイ等の意。「いけないおじいさま」である。
一二 「たまける」は「たまひける」の略。
一三 不都合なこと。よろしくないこと。
一四 朱雀院同様、天皇御譲位後の後院として存続しているのでございましょう。「朱雀院の同じ事」という言い方は、「朱雀院と同じ事」という言い方と同様に考えればよい。
一五 利き目が一向になかったのは、ほんとうに何とも申し上げようもないことです。

御眼病の治療と祈禱・参籠

一六 平安時代の「かぜ」は神経系の慢性疾患の総称。

（世次）「渡らせたまひたる度には（〔姫宮が〕おいでになるたびに）、さる八べき物を（〔三条院は〕）必ず献《たてまつ》らせたまふ（お差し上げになりました）。三条院の御《ご》券《けん》を持て帰り渡らせたまうけるを（所有権の証文を持ってお帰りになられたのを）、入道殿（道長公が）御覧じて、
（道長）九『賢くおはしける宮かな。幼き御心に（幼くていらっしゃるのに）、古反故《ふるほぐ》一〇とおぼして打ち棄てさせたまはで（打っちゃってしまいにならずに）、持て渡らせたまへるよ（持って帰ってこられたではないか）』
と興じ申させたまひければ（おもしろがって仰しゃられたので）、
（乳母）一一『まさなくも申させたまふかな（ひどいことをよくまあ仰しゃること）』
とて、御乳母たちは笑ひ申させたまける一二。冷泉院も献らせたまひけれど（〔三条院は〕冷泉院の御所の証文もお上げになりましたけれど）、
（道長）『昔より帝王の御領にてのみさぶらふ所の（天皇の所領として代々お伝えしている場所が）、今更に私の領になり侍らむは（今頃になって個人の所有物になってしまうのは）、便《びん》一三なき事なり。公《おほやけ》ものにてさぶらふべきなり（朝廷の所有としてそっとして置くべきものじゃ）』
とて、返し申させたまひてけり。されば、代々《よよ》の渡り物にて（代々の天皇家の伝領として）、朱雀一四院の同じ事に侍るべきにこそ」
（世次）「この御目のためには、よろづにつくろひおはしましけれど（〔三条院は〕あらゆる手段を講じて治療に努めておられましたが）、その験《しるし》一五ある事もなき、いといみじき事（大変なこと）なり。もとより（前々から）御風邪《かぜ》一六重くおはし（いらっしゃ）

ますに、医師《くすし》[一]どもの、『大小寒[二]の水を御髪《みぐし》に沃《い》[三]させたまへ』と申しければ、凍《こほ》りふたがりたる水を多く掛けさせたまけるに、いみじくふるひわななかせたまて、御色も違《たが》ひおはしましたりけるなむ、いと哀れに悲しく、人々見参《みまゐ》らせけるとぞ、承けたまはりし。御病ひにより、金液丹[四]といふ薬を召したりけるを、『その薬食《く》ひたる人は、斯《か》く目をなむ病む』など、人は申《ま》ししかど、桓算[五]供奉《ぐぶ》の、御物《もの》[六]の怪《け》に現はれて申しけるは、『御頸《くび》に乗り居て、左右の羽根をうち蔽《おほ》ひ申したるに、打ち羽振《はぶ》き動かす折に、少し御覧ずるなり』とこそ言ひ侍りけれ。御位去らせたまし事も、多くは、中堂[七]に登らせたまはむとなり。さりしかど、登らせたまひて、更に[八]その験《しるし》おはしまさざりしこそ、口惜しかりしか。やがて[九]おこたりおはしまさ

いますのに　医師連中が　（医師）寒中の水　お注ぎになるとよい　氷結した水をたくさんお掛けになりましたところ　ひどく激しく　ぶるぶるがたがたおふるえになって　お顔の色　変っておしまいになったのは　実にお気の毒で悲しく　お付きの方々が　お見上げ申したことだと　御病気の治療のため　お取り寄せになったのですが　服用した人は　このように目を　患うのだ　（桓算）という僧が　〔三条院に憑いた〕物の怪として姿を現して申したことは　わしがお頸に乗っていて　羽根を伸ばして　目を蔽い申しているから　羽ばたいて動かす時に　少しお見えになるのだ　〔物の怪が〕　〔三条院が〕御位をお退きになった事情も　登ろうと考えられてのことなのです　それ程の思し召しでしたが　一向に　御運のない事でした　即座に本復なさらなくても

一 「くすし」は「薬（くすり）師」の約。医師。

二 一年を二十四節気に分ける。小寒に入り十四、五日で大寒に入る。さらに十四、五日で節分となり立春で寒があける。

三 「沃る」は注ぐ。あびせる。「面に水なむ沃るべき」（『蜻蛉日記』）。

四 『医心方』に「万病に利く」とあり、『倭名抄』に、「一名不老不死丹」とある。草根木皮でなく、鉱物から作る。『続日本後紀』嘉祥三年（八五〇）三月二十五日の条に、淳和天皇が仁明天皇に「金液丹」を服用するようにお勧め遊ばしたことが見えている。但し、仁明帝の御病気は「胸病」とあり、眼病ではない。

五 「桓算」は人名。僧の名。また「寛算」「観算」に作る。更に『百錬抄』には「賀静」という名で出てくる。「供奉」は「内供奉」の略で、宮中にあった真言宗の道場である「内道場」に詰めて夜居《よい》の勤めなどを行った僧侶。昔、醍醐天皇の時代の比叡山の僧で高位を望んで得られなかったのを恨んで代々の帝にたたったという。『宝物集』『無名抄』『十訓抄』『平家物語』など参照。本書「師輔伝」に再出。

六 人身に取りついて祟《たた》りをする霊鬼。「ものの気」だが、通常「物の怪」と書く。

七 延暦寺の東の本堂、根本中堂のこと。「五月一日、今日太上天皇登二天台山一。依二御目病一也。七箇日可レ被レ修二七壇御修法一也」（『日本紀略』長和五年の条）。

八 『御堂関白記』に登っても効験が無かったとある。

ずとも、少しの験はあるべかりし事よ《少しのききめはあってもよさそうなものでした》。されば《そんな訳で》、いとど《ますます》、山の天狗のし奉るとこそ《仕業だといって》、さまざまにきこえ侍れ《お噂申すのです》。太秦《うづまさ》[一〇]にも籠らせたまへりき《お籠りになったことがございます》。さて《それで》、仏の御前より《から》東の庇《ひさし》[一一]に組入《くみれ》はせられたるなり《施されたのでございます》」

三条天皇のお人柄と別れの櫛

(世次)「御烏帽子《えぼうし》[一二]せさせたまひけるは《をおかぶりになったお顔は》、大入道殿[一三]にこそ似奉りたまへりけれ、御心ばへ《お心遣い》いと懐かしう《大層お優しく》、おいらかに《おっとりと》おはしまして、世の人、いみじう《大層》恋ひ申す《〔三条院を〕お慕い》めり。(道長)『斎宮下《さいくうくだ》[一四]らせたまふ別れの御櫛挿させたまて《斎宮様のおぐしにお挿しになった》[一五]は《後は》、互《かた》みに見返らせたまはぬことを《お互いに振り返って御覧にならぬきまりなのに》、思ひかけぬに《思いもかけず》、この院は向《振り向い》かせたまへりしに《て御覧あそばされたので》、「怪し《おかしいな》」とは見奉りしものを《と思ってお見上げ申し上げたのだがね》』とこそ《と》、入道殿《そう道長さまは》は仰せらるなれ[一六]《仰しゃっておいでだそうだ》」

後一条天皇の御事、第二皇子だが後楯多く安泰

(世次)「一　六十八代　後一条院」

(世次)「次の帝、当代《今上天皇》。一条院の第二皇子《敦成親王》なり。御母、今の入道殿下《道長公》の第一の御むすめなり。『皇太后宮彰子《しやうし》』と申す。ただ今、誰かはお《誰だってよく》ぼつかなくおぼし思ふ人の侍らむ《御存じのことでわざわざ申し上げる必要はございません》。されど、まづすべらぎの《天皇の》御事を

九 すぐそのまま。「おこたる」は、病気が治る。

一〇 広隆寺とも蜂岡《ほうこう》寺ともいう。山城国葛野郡太秦《うずまさ》(現、京都市右京区太秦蜂岡町)に在る寺。秦《はた》の河勝《かわかつ》の創建。真言宗。本尊は薬師如来。三条院が広隆寺に参籠なさったのは『日本紀略』『御堂関白記』によれば長和五年十二月。

一一 本尊の薬師如来が安置されている内陣の、東の庇の部屋を改築して「組入」(格《ごう》天井。四角い小板を組み入れて作る)を造り、その下を上皇の御座所とした、の意。

一二 立《たて》烏帽子であろう。紗に漆をして上へ立てた帽子。黒塗りだから、烏帽子という。

一三 藤原兼家。道長を「入道殿」というので、区別してその父を「大入道殿」というのである。三条院が兼家に似ていたのは、母が兼家の娘の超子だから。

一四 伊勢神宮に巫女として仕える未婚の皇女。皇女おわしまさぬ時は、女王の中から選ぶ。天皇御一代ごとに替る。三条天皇の時の斎宮は第一皇女当子内親王であった。伊勢に下向なさったのは、長和三年九月九日。サイクウと清音でよむ。

一五 新任の斎宮を大極殿で謁見し、天皇みずから、黄楊《つげ》の小櫛を斎宮の髪に插した。そのあと退出する皇女も、帝も互いに振り返らぬ定めであった。

一六 仰せになるということだ。「なれ」は上に「こそ」があるから已然形の形を取る。終止形は「なり」。

中すさまに《体裁に》違《たが》へ侍らぬなり《背かぬようにしている次第です》。寛弘五年戊申九月十一日、一 土御門殿にてむまれさせたまふ。同じ八年六月十三日、春宮に立たせたまひき。御年四歳。長和五年正月二十九日、位に即かせたまひき。御年九歳。寛仁二年正月三日、御元服。御年十一。位に即かせたまて十年二 にやならせたまふらむ。三 今年、万寿二年乙丑とこそは申すめれ。同《［後一条天皇は］》じ帝王と申せども《同じ帝と申し上げても》、御後見《うしろみ》多く頼もしく《心強く》おはします」

《(世次)》「御祖父《おほぢ》《帝の外祖父として》にて、ただ今の入道殿下、四 出家《すけ》せさせたまへれど《世俗を離れていらっしゃるが》、五 世の親、一切衆生を一子の如くはぐくみおぼしめす《すべての人民をわが子のように目を掛けて下さいます》。六 第一の御舅《をぢ》、ただ今の関白左大臣、一天下をまつりごちておはします。七 次の御舅、内大臣左近大将にておはします。八 次々の御舅と申すは、大納言春宮大夫《とうぐうのだいぶ》・中宮権大夫《ちゅうぐうのごんのだいぶ》・中納言など、さまざまにておはします。かやうにおはしませば、御後見多くおはします。昔も今も、帝畏《かしこ》しと申せど、臣下のあまたして《臣下が大勢で》傾《かたぶ》け奉る時は、傾きたまふものなり。されば、た《［今上天皇は］》だ、一天下は我が御後見の限りにて《天下全部が天皇御自身の後見役ばかり》おはしませば、いと頼もしく《心強く》め結

一 道長邸。京極殿とも言う。『拾芥抄』に、「京極殿、土御門南、京極西、南北二町、其南ノ一町被ラルレ入レ之ニ」とあり、後に「上東門院」とも。後一条天皇がここで御誕生遊ばしたことは、『紫式部日記』に詳しい。後朱雀・後冷泉の両天皇も、ここでお生れになった。

二 長和五年（一〇一六）から万寿二年（一〇二五）まで十年経過。

三 世次のこの発言は虚構。「序文」に、世次は、清和天皇御譲位の年に生れたとあるから、貞観十八年（八七六）出生であり、今年百九十歳だと言っているので、雲林院の菩提講は康平八年（一〇六五）、後冷泉天皇の御代である。ここに世次の言う「今年」は万寿二年だから四十年以前で、彼の百五十歳当時の事を物語るという大きな作為がある事に留意してほしい。

四 道長の出家は寛仁三年（一〇一九）三月二十一日。

五 世の親とも言うべきお方。『法華経』譬喩品《ひゆほん》に「如来モ亦タ復シ如レ是ノ、則チコレ為一切世間之父」とも「衆聖ノ中ノ尊、世間之父ナリ。一切衆生ハ、皆是レガ吾子」とも見えている。

六 頼通（九九二～一〇七四）。道長の長男。治安元年（一〇二一）七月二十五日に関白左大臣。「舅」は叔父のこと。

七 教通（九九六～一〇七五）。道長の三男だが頼通と同じ倫子腹。治安元年七月二十五日、任内大臣。左大将元のまま。

八 次男頼宗（九九三～一〇六五）、五男能信（九九五～一〇六五）、六男長家（一〇〇五～六四）、この三

人は明子の腹。
九 寛弘八年（一〇一一）五月下旬に御病気に罹られ、ついで同年六月十三日譲位、二十二日崩御。
一〇「仰せられけるは」は蓬左本に無い。底本は後に補入。平松本等はある。あとの「仰せられけるぞ」と重複するが、どちらが原型かは一概に言えない。
一一 敦康親王（九九九〜一〇一八）。母は道隆娘、皇后定子。
一二 敦康の外祖父道隆は長徳元年（九九五）四月に死に、叔父にあたる内大臣伊周・権中納言隆家は、花山法皇に対する不敬事件のため、翌二年流罪に処せられ、赦免後も道長の勢威に及ばなかったため。
一三「帝王」は音読したのか、「みかど」と訓読したのか不明。久米幹文の『大鏡』（明治二十四年四月刊）も、萩野・松井の『校定大鏡』（明治三十年九月刊）も、鈴木弘恭の『校正大鏡註釈』も、「ミカド」と振仮名。
一四「栄花」の「花」の縁で「開く」と書いた。
一五 近衛本・平松本等「根をおほくて」。東松本・蓬左本は「おほして」、整版本も「生して」。
一六 感動詞。ほんとほんと。どうもどうも。
一七「逢へらむ心地」の「む」は仮定。
一八 櫛箱の中に入れてある鏡。
一九 どうしたら研ぎすますことができるかを理解する分別。つまり、「研ぐ方法」「仕方」。

でたき《構な》事なり。昔[九]一条院の御悩み《御病気》の折、[一〇]仰せられけるは、
（一条院）『[一一]一の親王《みこ》をなむ春宮とすべけれども《皇太子に立てるのが当然だけれども》、[一二]後見申すべき人の無きにより、思ひ掛けず《考えようがない》。されば、二の宮《第二皇子敦成親王》をば立て奉るなり』
と仰せられけるぞ《仰せられたその第二皇子さまが》、この当代《今上天皇》の御事よ。げにさる事ぞかし《確かに後見役の有無が大切さね》」

大鏡という書名の由来

（世次）「[一三]帝王の御次第《ご順序》は、申さでもありぬべけれど《申し上げないでもよろしいはずと存じますが》、入道殿下の御栄花《えいぐわ》も何により《何が原因で》[一四]開けたまふぞと思へば《お開けになったのかと思うから》、まづ、帝・后の御有様を申すなり。植木は、[一五]根をおほして《はやして》つくろひおほし立てつればこそ《手入れをし育て上げてはじめて》、枝も茂り、木《こ》の実《み》をも結べや《結ぶのです》。然れば、まづ帝王の御続きを覚えて《天皇の御継承の順序を思い出して話して》、次に大臣の続き《系譜》は明《あ》かさむとなり《明らかにしようというわけです》」

と言へば、大犬丸男《おほいぬまろをとこ》、

（重木）「[一六]いでいで《いや全く》、いといみじうめでたしや《実にすばらしくよいお話でした》。ここら《大勢の》のすべらぎ《天皇の》の御有様をだに鏡を懸けたまへるに《さえも鏡をかけて写すように話されたのですから》、まして大臣などの御事は、年ごろ闇に向かひたるに《長年闇に向っているようで分らなかったのが》、朝日の麗《うら》らかにさし出でたるに[一七]逢へらむ心地《出会ったような気分》もする哉《かな》。また、翁が家の女ども《女房の》の許《もと》なる[一八]櫛笥《くしげ》鏡の、影見え難く《うつりが悪く》、[一九]研《と》ぐ別《わ》

きも知らず、〔櫛箱に〕打挾《うちはさ》めて《挾んだままに》置きたるに慣《な》らひて《慣れて》、明《あか》く磨ける鏡に向かひて我が身の顔を見るに、一かつは《ひとつは》影恥づかしく、またいと珍らしきに《また実に珍しいのにも》〔お話は〕二似たまへりや《似てらっしゃいますね》。いで興ありのわざや《いや興味津々のお話ですね》。更に翁《あと》今十二十年《ととせはたとせ》の命は今日延びぬる心地し侍り《十年も二十年もの命が今日延びた気が致します》」

と、いたく《ひどく》三遊戯《ゆげ》するを《面白がるのを》、見聞く人々、四をこがましくをかしけれども《道化に見えて滑稽だったけれども》、〔世次が〕言ひ続くる事ども《次々と語る話が》、疎《おろ》かならず恐ろしければ《いい加減ではなく恐ろしいほどなので》、物も言はで《息を呑んで》、皆聞き五居たり。

重木・世次、鏡に譬えた和歌の応酬

大犬丸男《をとこ》六、

(重木)「いで、七聞きたまふや《聞いて下さるか》。歌一首作りて侍り」

と言ふめれば《言う様子》、世次、

(世次)「いと感ある事なり《面白そうだ》」

とて、

(世次)「承けたまはらむ《拝聴しましょう》」

と言へば、重木、いと優しげに《恥ずかしそうに》言ひ出づ。

一 映っている皺《しわ》だらけの顔が。老人くさい顔付きが映るのを恥じるのである。白髪、禿頭、額の皺等。

二 底本「みたまへりや」とあるが、「み」は「に」の誤り。蓬左本・久原本・桂乙本により改めた。

三 音楽、舞踊などして遊び楽しむこと。転じて楽しがること。愉快がること。喜びはしゃぐこと。『栄花物語』（本の雫）に、「九重の宮の内に遊戯し給ふこと、忉利天女の快楽を受けて歓喜苑の内に遊戯するに劣らず」とある。また、後悔《のちくい》の大将の巻や、『今昔物語集』『古今著聞集』などに用例が見える。

四 「をこがまし」は、間抜けに見えること、見っともないこと。

五 「居る」はすわる、腰をおろす、しゃがむ、などで、「立つ」に対する語。

六 関根正直著『大鏡新註』に「下部の名につけていふ語。徒然草に、『又五郎をとこ』などいふあり」と注している。

七 底本「きゝ給や」、蓬左本・久原本に「きき給ふや」とあるのがよいであろう。『源氏物語』（夕顔）に「あはれいと寒しや。今年こそ生業《なりはひ》にも頼む所少なく、田舎の通ひも思ひかけねばいと心細けれ。北殿こそ。聞き給ふや」とある。この夕顔巻の場合は「北隣りさん、聞いていらっしゃるかね」である。

八 明るくよく物事の写る鏡に向えば過ぎ去ってしまった昔の事もこれから先の事もよく見えることだ。世次の語る話が真実の歴史を鋭く捉えていることを、明るい澄んだ鏡がよく事物を写すのに譬えた。
九 「ずして」または「ずんじて」と読む。「朗詠して」。
一〇 うなって返歌。うんうんうなっていたが、やっと返歌ができて返したの意。「うめく」は苦吟するさま。
一一 御歴代の天子さまの御事蹟も順を追って隈無く斬新に映し出す古代から伝わった名鏡のすばらしさよ。「あらたに」は「霊験あらたか」と「新しく」の掛詞。
一二 当世風の。今流行の。近ごろはやりの。
一三 八花鏡。花弁が八つある葵の花の、形が円い鏡。
一四 鏡を入れる漆塗りの筥で、青貝をはめこんでちりばめた美しい筥である。
一五 **日本紀聞くとおぼすばかりぞかし** 『日本書紀』を『日本紀』とも言うが、ここは、『日本書紀』からさらにあとに出た『続日本紀』『日本後紀』『続日本後紀』『文徳実録』『三代実録』の五書を加えて『六国《りっこく》史《し》』と言うから、「『六国史』すなわち日本の正しい歴史を聞いて下さい」という気持であろう。『源氏物語』（螢）に「神代より世に在る事を記し置きけるなゝなり。『日本紀』などは、ただ片そばぞかし。これらにこそ道々しく委しき事はあらめ」とあるが、『大鏡』の作者は螢巻を読んでいたのであろうか。

（重木）八「あきらけき鏡に逢へば過ぎにしも今行末の事も見えけり」

と言ふめれば、世次いたく感じて、あまた度《たび》誦《九》して、呻《うめ》き一〇て返し、

（世次）「すべらぎ一一のあとも次々隠れなくあらたに見ゆる古鏡かも
一二今様《いまやう》の一三葵八花形《あふひやつはながた》の鏡、一四螺鈿《らでん》の筥《はこ》に入れたる《入れたのに》に向かひたる心地したまふや《心地がなさいますか》。いでや《いやいやどうして》それはさきらめけど《ああして輝やいておりますが》、曇りやすくぞあるや。いかにいにしへの《古風の》古体の鏡は、かね白くて人手触れねど《地金が白くて人が手入れをしなくても》、かくぞ《こんなに》明《あか》き《明るい》」

など、したり顔に《得意そうな顔をして》笑ふ顔付き、絵に描《か》かまほしく見ゆ。あやしながら、さすがなる《どこか違った》気付《け》きてをかしく《感じが付いていて魅力があり》、まことに珍らかになむ《珍しく思われます》。

世次、

（世次）「よしなき事よりは《つまらぬむだ話より》、まめやかなる事を申し果てむ《真面目なお話を十分に申し上げましょう》。よくよく誰も誰もきこし召せ。今日の講師《かうじ》の説法は、菩提のためとおぼし《悟りの境地に入るためとお思いになり》、翁らが説く事をば、一五日本紀《にほんぎ》聞くとおぼすばかりぞかし《日本書紀以降の国史を聞くとお思いになればよろしいのですよ》」

と言へば、僧俗《僧侶も俗人も》、

（人々）「げに《確かに》説経・説法多く承けたまはれど《お聴きいたしましたが》、かく珍らしき事のたまふ人

は、更に《全然》おはせぬなり」

とて、年老いたる[一]尼法師《尼さん連中》ども、額《ひたひ》に手を当てて《合掌礼拝しつつ》、信《しん》を為しつつ聴き《頷きながら熱心に聴い》居たり《てすわっている》。

「世次《(世次)》はいと恐ろしき翁に侍り。真実の心おはせむ人は《まごころがおありになる人がおいでなら》、などか恥づかしとおぼさざらむ《なんで恥ずかしいと思われないことがございましょう》。世の中を見知り《見てよく弁え》、泛《うか》べ立てて持ちて侍る《浮び上がらせて把握している》翁なり。目にも見《目を見張り》、耳にも聞き集めて侍る《耳を澄まして蒐集しております》万《よろづ》の事のなかに《様々の事象の中に》、ただ今の入道殿下《道長公》の御有様、いにしへを聞き、今を見侍るに、二[二]もなく三もなく《図抜けてすばらしく》、ならびなく《無双》、量《はか》りなく《無量で》おはします。譬《たと》へば一乗の法の如し《法華経のようにご立派です》。御有様の返す返すもめでたきなり。世の中の太政大臣・摂政・関白と申せど、始終めでたき事は、えおはしまさぬ事なり《始めから終りまで結構と申すことは到底おありではないことです》。[三]法文《ほふもん》・聖教《しやうげう》の中《なか》にも譬[四]へるなるは《譬えとしてある事は》、『魚《いを》[五]の子多かれど、まことの《ほんとの》魚となる事難《かた》し。菴羅《あんら》といふ植木《うゑき》あれど、木《こ》の実《み》を結ぶ事難し』《成らせる事はむずかしい》とこそは、説き[六]たまへなれ。天下の大臣・公卿の御中《なか》に、この宝の《宝玉のような》君のみこそ、世に珍らかにおはすめれ《稀なお方とお見受けします》。今行末も《この先の世にも》、誰の人か《いかなる人が》、かばかりはおはせむ《これ程でいらっしゃいましょう》。

一 年寄りの尼たちが合掌して。「尼法師」は、『狭衣物語』巻三の上に、「早う早う尼法師になり給ひね」とあるのと同じで、単に尼の義。ここを尼と法師の意味に誤り解した注釈書が多い。前に「僧俗」と書いて、僧侶と一般人を挙げ、あとに、女の法師を写し出したのである。『栄花物語』(鶴の林)に「参り込みし尼どもは数を尽して、ただこの御堂のあたり去らず、夜昼額に手を当てて念じ奉りたり」とある情景に同じ。

道長は大臣・公卿中の最高の人物

二 『法華経』方便品に「十方仏土中唯有《ルノミ》二一乗《ノ》法一。無《ク》レ二《モ》亦無《シ》レ三《モ》」とある。「一乗ノ法」は法華経のこと。一切衆生を彼岸に渡す乗り物というところから出た。

三 お経の文句やお釈迦さまの教え。

四 ハ行四段の「たとふ」に完了の「り」の連体形が付き、それに断定の「なり」の連体形が付いた形。一説に「たとふ」をハ行下二段と見る説(小久保崇明氏『大鏡の語法の研究』続　昭和五十二年、桜楓社刊)もある。なお、この部分「のたまふなる」「のたまへるなる」など異文が多い。

五 『涅槃経』十三、『三宝絵詞』上の「雪山童子」等に見える。「難し」は「むずかしい」。「菴羅」はマンゴーのこと。仏道修行の困難に譬える。

六 説いていらっしゃるそうです。「たまへなれ」は「たまへンなれ」の略。「なれ」は聴覚による判断を示す助動詞。俗に、伝聞推定とする。

いと有り難く《実に滅多に出現なさらぬお方なのですよ》こそ侍れや。誰も[七]心をとなへてきこし召せ《心を落ち着けてお聞き下さい》。世にある事をば、何事をか見残し、聞き残し侍らむ。この世次が申す事どもは[八]しも、知りたまはぬ人々多くおはすらむ《御存知ない方々がたくさんおいでだろうと》となむ思ひ侍る《かように存ずる次第です》」

と言ふめれば、

「すべてすべて《(人々)すべて仰しゃる通り》、申すべきにも侍らず《とやかく申し上げる筋合はございません》」

とて、聞き合へり《皆だまって聴いていた》。

「世始まりて後《(世次)日本の国ができてから》、大臣皆おはしけり《御歴代すべて大臣がおいでになった》。されど、左大臣・右大臣・内大臣・太政大臣と申す位、天下になり集まりたまへる、かぞへて皆《全部》覚え侍り《記憶しております》。世始まりて後、今に至るまで、左大臣三十人、右大臣五十七人、内大臣十二人なり。太政大臣は、[九]いにしへ《昔の》の帝の御代《みよ》に、[一〇]たはやすく置かせたまはざりけり《容易には置こうとなさらなかったのです》[一一]。[一二]あるいは帝の御祖父《おほぢ》、[一三]あるいは御舅《をぢ》ぞなりたまひける。また、然《しか》[一四]の如く《それと同様に》、帝王の御祖父・舅などにて御後見《〔天皇の〕》したまふ大臣・納言[一五]、数多くおはす。亡《う》せたまひて後、贈太政大臣などになりたまへるたぐひ《方々も》、あまたおはすめり《大勢いらっしゃるようです》。さやう《そういう》の

大臣列伝序説

七 「となふ」は整えること。心を集中して。心を一つにして。大勢で念仏などをとなえるというのも一つに合わせる義。『枕草子』に「殿上の名対面《なだいめん》こそなほをかしけれ。(中略)足音どもして崩れ出づるを、上の御局の東面にて耳をとなへて聞くに」とあるのは「耳ヲ澄マシテ」の意。『栄花物語』に例が多いが、「初花」巻の「池の波も声をとなへたり」は波が合唱するのである。「心をとなふ」の例は、「珠の飾り」巻に、「この宮の御悩みの由を、返す返すも心をとなへ、祈り申したまふ」がある。「一心不乱に」の義。

八 強調の辞。

九 「いにしへの」は、底本及び同系統の諸本「この」とあるが、「この」の「こ」文字は「古」を字源とする仮名が使用してある。多分「古(いにしへ)の」の写し誤りであろう。蓬左本・桂乙本・関根新註本等「古の」としているのによって、仮名書きに改めた。

一〇 「たやすく」に同じ。容易には。やすやすとは。

一一 「ざりけり」は、「ずありけり」の約。「ありけり」「なりけり」「かりけり」「ざりけり」「侍りけり」等の「けり」の意味は、(1)真相を説明する場合(2)真相に思い当ってハッとする場合の二通りある。ここは(1)。

一二 底本「或」とする。蓬左本によって改めた。

一三 底本「或」とする。注一二に同じ。

一四 太政大臣でなくても同様に。

一五 大納言・中納言。

たぐひ（方々が）、七人ばかりやおはすらむ。〔存命中に任ぜられた〕わざとの太政大臣はなり難く（正式の太政大臣にはなりにくく）、少なくぞおはする」

（世次）「神武天皇より三十七代[一]にあたりたまふ孝徳天皇と申す帝の御代《みよ》に、八省[二]・百官・左右大臣・内大臣なり始めたまへらむ（内大臣が始めて設けられなさったのでしょう）。左大臣には阿倍《あべの》倉橋麿[三]、右大臣には蘇我《そがの》山田石川麿[四]、これは元明天皇の御祖父《おほぢ》なり。石川麿の大臣、孝徳天皇位に即きたまての元年乙巳、大臣になり、五年己酉、東宮[五]のために殺されたまへりとこそは。これは、あまりあがりたる事なり（あまりに古代にさかのぼる事件です）。内大臣[六]には、中臣鎌子連《なかとみのかまこのむらじ》なり。年号[七]未だあらざれば、月日申しにくし。また、三十九代にあたりたまふ帝、天智天皇こそは、始めて太政大臣をばなしたまへりけれ[八]。それは、やがて我が（御自身の）御弟《おとと》の皇子《みこ》[九]におはします大友皇子《おほとものみこ》なり。正月に太政大臣になり、同じ年十二月二十五日に位に即かせたまふ。天武天皇と申しき。世を知らせたまふ事十五年[一〇]」

（世次）「神武天皇より四十一代にあたりたまふ持統天皇、また、太政大臣

一 孝徳天皇は通常三十六代に数えるが、本書は仲哀のあと応神の前に、神功《じんぐう》皇后を加え、三十七代とする。
二 太政官の管轄する八つの行政官庁。
三 もと内麻呂。大化元年（六四五）に左大臣。倉橋麿と改めた。大化五年薨。娘が孝徳天皇の妃となり、悲劇の皇子、有馬の皇子を産んだ。
四 大化元年、蘇我倉山田石川麻呂が右大臣に任ぜられた。大化五年、異母弟の讒《ざん》に遭い、自殺。持統・元明の外祖父。
五 中大兄皇子（天智天皇）。
六 『日本書紀』の大化元年の条には、中臣鎌子連を、「内臣」とする由が見えるから、初めは「内大臣」ではなかったらしい。二十五年後の天智天皇の八年（六六九）の条に、中臣鎌足に大織冠を授け、大臣の位を与えることが記してあり、「内大臣」の語が二回使用されているから、そのころからの呼称であろう。
七 すでに孝徳の代に大化・白雉の年号があったが、斉明・天智・弘文になく、天武の末に、朱鳥の号ができたが、また絶え、持統を経て、文武天皇の五年目に至り、大宝の年号ができた。これを元号の始めとする。
八 底本「たまけれ」とある。蓬左本・久原本・桂乙本等により改めた。「任じられたのであった」。
九 「第二皇子」（弘文天皇）が正しい。ここ作者の誤り。大海人皇子（天武天皇）と混同している。
一〇 弘文・天武（六七二～六八六）を通算すると、ちょうど十五年になる。

一一 六五四〜六九六年。『日本書紀』の持統天皇の条に、「四年秋七月庚辰、以二皇子高市一、為二太政大臣一」とある。

一二 底本及び同系統の本、また蓬左本・久原本・桂乙本も、「ひとり」を脱す。ところが、久米幹文校訂『大鏡』（明治二十四年四月、吉川半七発行）にも、萩野・松井編の『校定大鏡』（明治三十年九月、六合館刊）にもある。諸注釈書も「一人」を有する本が、十指を屈するし、内容も正しいので「ひとり」を補う。

一三『大宝令』の中の「職員の制度」についての規定を述べたもの。それによると、「太政大臣、一人、…（中略）…無《キトキハ》二其人《ノ》一、則《チ》闕《カク》。」とあって、その地位にふさわしい傑出した人物が居なければ、欠員のままにしておく重要な地位。

一四 欠員のままにしておくべきだ。底本及び同系の本に「をけるべし」とあるのを、蓬左本等により改訂。

一五『続日本紀』の文武天皇の条に「（五年）三月甲午対馬嶋貢《スヲ》レ金。建《テテ》レ元《ヲ》、為《ス》二大宝元年一」とある。

一六 文徳帝の皇后明子の父が良房である。

一七 現在（万寿二年＝一〇二五）太政大臣である閑院の大臣藤原公季。万寿二年に先立つ治安元年（一〇二一）に任太政大臣。

一八 おくり名。死後に付ける尊称。

一九 天皇になられたから諡号《いみな》がありません。

に高市皇子《たけちのみこ》[一一]をなしたまふ《任命なさいました》。〔高市皇子は〕天武天皇の皇子なり。この二人の太政大臣、[一二]ひとりはやがて《大友皇子はそのまま》帝となりたまふ。高市皇子は、大臣ながら《大臣のまま》亡せ《お隠れ》たまひにき《になってしまいました》。その後、太政大臣いと久しく絶えたまへり。但《ただ》し、職[一三]員令《しきゐんりやう》に、『太政大臣には、おぼろけの人はなすべからず《いいかげんな人は任命してはならぬ》。その人なくは《該当する人物がいない時は》、[一四]ただに措《お》かるべし』とこそあむなれ《書いてある由》。おぼろけの位には侍らぬにや《並大抵の地位ではございませんのでしょう》。四十二代にあたりたまふ文武天皇の御時に、[一五]年号定まりたり。大宝元年といふ。文徳天皇の末の年、斉衡四年丁丑二月十九日、帝の[一六]御舅《をぢ》、左大臣従一位藤原良房のおとど、太政大臣になりたまふ。御年五十四。このおとどこそは、始めて摂政もしたまへれ。やがて《そのまま》この殿よりして、[一七]今の閑院の大臣《おとど》まで、太政大臣十一人続きたまへり。但《ただ》し、これより先の大友皇子・高市皇子加へて、十三人の太政大臣なり。太政大臣になりたまひぬる人は《太政大臣にまで到達なさった方は》、亡せたまひて後、必ず[一八]諡号《いみな》と申すものあり。然れども《けれども》、大友皇子、やがて《まもなく》[一九]帝になりたまふ。高市皇子の御諡号おぼつかなし《はっきりしません》。また、太政大臣といへど、出家《すけ》しつれば、論号《いみな》なし。されば、この十一人続かせたまへる太政大臣[一]、二所《ふたところ》[二]は出家《すけ》したまへれば、論号おはせず。この十一人の太政大臣たちの御次第、有様、始終《はじめをはり》申し侍らむと思ふなり」

(世次)「流れを汲みて[三]、源を尋ねてこそは、《はじめて事の真相がよく分るはずで》よく侍るべきを、大織冠《鎌足公》[四]より始め奉りて申すべけれど、それは余りあがりて《あまり古代に遡りまして》、この聴かせたまはむ人々も《こうして話を聴いて下さる》、あなづり事には侍れど《失礼な申し様にはなりますが》、何事ともおぼさざらむものから《何の事やらよくお分りいただけないでしょうし》、言《こと》多くて、講師《かうじ》おはしなば《が到着されたならば》、事醒《さ》め[五]侍りなば、口惜《くちを》し。されば、帝王の御事も、文徳の御時より申して侍れば、その帝の御祖父《おほぢ》の、鎌足のおとどより第六[六]にあたりたまふ《六代目にあたられる》、世の人は『藤左子《ふぢさし》』[七]とこそ申すめれ《申し上げておるようですが》、その冬嗣の大臣より申し侍らむ。その中《なか》に、思ふに、ただ今の入道殿、世に傑《すぐ》れさせたまへり《一番傑出していらっしゃいます》」

一 蓬左本・久原本・桂乙本は「太政大臣、二所は出家したまへれば、論号おはせず。この十一人の」の部分を有しない。つまり、「この十一人続かせたまへる太政大臣たちの御次第…」となっている。これが原型を伝えているのか、それとも脱文かは不明。

二 兼家さまと道長さまのお二人は。

三 天台宗の『摩訶止観』巻一上に、「把《クンデ》レ流《ヲ》尋《ネ》レ源《ヲ》、聞《キキテ》レ香《リヲ》討《モトム》レ根《ヲ》」とあるのに依って書いたのであろう。

四 孝徳天皇の大化三年(六四七)、冠位を制定した時の第一位で、後の正一位に相当する。『日本書紀』の同年十二月の条に、「是歳《ノ》、制《ス》二七色十三階之冠《ヲ》一。一曰《ク》、織冠、有《リ》二大小二階一。以《テ》レ織《ヲ》為《リ》レ之《ヲ》以《テ》レ繡《ヲ》裁《ツ》二冠之縁《ヲ》一、服色並《ニ》用《ウ》二深紫《ヲ》一。」とある。この位を授けられたのは鎌足だけであるから、「大織冠」といえば、鎌足をさすこととなった、

五 話の興もさめてしまいましょう。それでは残念。

六 鎌足—不比等—房前—真楯—内麿—冬嗣。

七『大鏡短観抄』(大石千引著)に、「藤左子にや。しからば、藤氏の左大臣といふ事ならん。大織冠伝記に、鎌足公をも藤氏といひける由見ゆ」とある。

大鏡第二

◇大鏡第二　話題を賑わす史上実在の人物

大臣列伝

冬嗣　文徳天皇　順子　**良房**　明子　素性法師　長良　**良相**　浄蔵定額　常行　長良　**長良**　陽成院　基経　**基経**　穏子　総継　乙春　陽成院　光孝天皇　沢子　良房　源融　勝延僧都　上野峯雄　時平　仲平　忠平　兼平　**時平**　醍醐天皇　菅原道真　宇多法皇　褒子　慶頼王　保忠　敦忠　保明親王　仁善子　貴子　大輔君　玄上女　文範　顕忠　重輔　心誉　扶公　文慶　**仲平**　忠平　**忠平**　実頼　師輔　師氏　師尹　貴子　道長　**実頼**　述子　敦敏　佐理　道隆　佐理女　忯子　斉敏　実資　かぐや姫　婉子　道信　資頼　**頼忠**　隆家　遵子　恵心僧都　諟子　公任　公任女　定頼　詮子　進の内侍　道長　**師尹**　源高明　芳子　村上天皇　安子　永平親王　済時　道長　娍子　帥宮妃　敦道親王　和泉式部　敦明親王　敦康親王　一条院　敦良親王　元方　寛子　能信　顕光　源俊賢　頼通　彰子　延子　三条院　当子　道雅　禔子

(大臣列伝)

(世次)「一　左大臣冬嗣《ふゆつぎ》」

文徳天皇の外祖父閑院の大臣

(世次)「このおとどは、[一]内麿のおとどの三郎《三男》。御母、正六位上[二]飛鳥部奈止《あすかべのなと》麿《まろ》のむすめなり。[三]公卿にて十六年、大臣《だいじん》の位にて六年。[四]田邑《たむら》の御祖《おほ》父《ぢ》におはします。[五]かるが故に《このような理由で》、嘉祥三年庚午七月十七日、贈太政大臣になりたまへり。[六]『閑院《かんゐん》の大臣《おとど》』と申す。このおとどは、大方男《をのこ》子《ご》十一人おはしたるなり。[七]されど、くだくだしき《こまごました》女子《をんなご》たちなどの事は、委《くは》しく知り侍らず。但し、田邑の帝の御母后《ははぎさき》[八]、贈太政大臣長良《ながら》、太政大臣良房《よしふさ》のおとど、右大臣良相《よしみ》のおとどは、一つ御腹なり《同じ女性がお産みになったのです》」

(世次)「一　太政大臣良房　忠仁公」

忠仁公の至福と男子に恵まれぬ悲哀

一　北家の祖、房前の三男真楯の長男。七五六～八一二。桓武・平城・嵯峨三朝に仕え徳望高かった。『今昔物語集』二十二ノ四に他戸《おさべ》の皇子に悍馬に乗ることを強要されたが、事なく乗りこなしたという逸話を伝える。当時としては最高位だった右大臣に昇った。後に「長岡の大臣」と称せられた。

二　「奈止麿」は保坂弘司氏は「なしまろ」と訓み、橘健二氏の『全集』(小学館)でも同じだが、古くから諸本・諸注「なとまろ」と訓んでいるので、「なと」を漢字表記したものと見て、敢えて「なとまろ」と訓むことにした。

三　「公」は摂関・大臣、「卿」は大納言・中納言・参議、及び三位以上の重臣。

四　文徳天皇の外祖父。冬嗣の娘順子皇后が文徳天皇の生母。

五　「か(斯く)あるが故に」で、漢文訓読風の気取った表現。コノヨウナワケデ。文徳帝の外祖父だからという理由で。

六　『拾芥抄』に「二条南、西洞院西、一町、冬嗣大臣家」とある。泉水の美しい邸宅だったらしい。

七　断定の「なり」。これを伝聞とするのは誤り。

八　順子。仁明天皇の后。

（世次）「このおとどは[一]、左大臣冬嗣の二郎《次男》なり。天安元年二月十九日、太政大臣になりたまふ。同じ年四月十九日、従一位。御年五十四。水《みづ》[二]尾《のを》の帝は御孫におはしませば、即位[三]の年、摂政の詔《みことのり》あり、年官年爵[四]賜はりたまふ。貞観八年に関白[五]に遷《うつ》りたまふ。年六十三。亡せたまひて後、御諡号《いみな》『忠仁公』と申す。また『白河[六]の大臣《おとど》』『染殿《そめどの》の大臣』とも申し伝へたり。但し、このおとどは、文徳天皇の御舅《をぢ》、太皇大后宮明子《あきらけいこ》の御父、清和天皇の祖父《おほぢ》にて、太政大臣、准三宮《じゆさんぐう》[七]の位に昇らせたまふ。年官年爵の宣旨くだり、摂政・関白などしたまひて十五年こそはおはしましたれ。大方公卿にて三十年、大臣の位にて二十五年ぞおはする。この殿ぞ、藤氏《藤原氏が》の初めて太政大臣・摂政したまふ。めでたき御有様なり」

（世次）「和歌も遊ばしける《よくお詠みになったのでしょう》にこそ。『古今《こきん》』にもあまた侍ンめる《お歌があるようです》は[八]。『前《さき》の[九]おほいまうち君《太政大臣さま》』とは《と詠み人のところにあるのは》、この御事なり。多かる《多くある》なかにも《〔お歌の〕》、『いかに《〔次の歌などは〕》御心ゆきめでたく覚えて遊ばしけむ《ご機嫌ですばらしい出来ばえと感じてお詠みになったことかと》』と推し測らるるを、御[一〇]むすめ

一　千葉本の注に、「貞観十四年（八七二）九月二日薨《ス》。年六十九。母尚侍《ナイシノカミ》贈正一位美都子。阿波守従五位下真《マ》作《ナリ》之女《ガムスメ》也」とある。
二　清和天皇。良房の娘明子所生。天皇は良房の孫。本文の「孫」は、千葉本は「マコ」と振仮名し、蓬左本には「むまこ」とあり、久原本は「うまこ」とある。蓬左本が正しいように思われる。
三　『帝王編年記』の天安二年（八五八）十一月七日の条に、九歳で即位した清和天皇に対し、太政大臣を摂政に任じたとある。「裏書」も、同年月日に「為摂政准三宮年五十五」とする。
四　「年官」は春秋の除目《じもく》に、諸国の掾《じよう》及び目《さかん》等数人、京官一人を任命した形式にして、その俸禄を給する。「年爵」は、除目に、名目だけの従五位下の位を与え、位田を支給し、その収入を下賜。
五　『三代実録』貞観八年八月の条に、「十九日辛卯、勅《シ》二太政大臣《ニ》一、摂二行《セシム》天下之政《ヲ》一。」とある。清和の時代には、まだ関白の称がなく、光孝天皇の御代、基経から始まる。事実上の「関白」になったのであろう。
六　この二つの呼称は『帝王編年記』に見える。
七　太皇太后・皇太后・皇后を三宮と称する。この三宮と同一の優遇を受けること。
八　実際は「年経れば」の歌だけが『古今集』にある。
九　「大き前つ君」の音便形。
一〇　良房の娘、明子。染殿は良房の邸。今の上京区の梨木神社付近という。仙洞御所の東北。

の染殿の后の御前《おまへ》に、桜の花の瓶《かめ》《桜の花が》に挿《さ》されたるを御覧じて《〔良房さまが〕》、かく詠《よ》ませたまへるにこそ。

一一年経《ふ》れば齢《よはひ》は老いぬしかはあれど花をし見れば物思ひもなし

后を花に譬《たと》へ申させたまへるにこそ。隠れたまひて《〔良房公が〕亡くなられて》一二白川にをさめ奉《納骨申し上げ》る日《る日に》、一三素性君《ぎみ》の詠みたまへりしは《歌は》、

一四血の涙落ちてぞたぎつ白川は君が世までの名にこそありけれ

皆人知ろしめしたらめど《〔有名な歌で〕皆様ご存じでしょうが》、物を申し逸《はや》りぬれば《調子にのって申しましたのでつい口がすべりました次第》、さぞ侍る」

(世次)「かくいみじき幸ひ人《すばらしい幸運の人》の、一五子のおはしまさぬ《ご子息がおいでにならぬ》こそ、口惜しけれ《運の悪いことでした》。御一六兄《このかみ》の長良《ながら》の中納言、殊の外に越えられたまひけむ折《〔官位を良房公に〕》、いかばかり辛《から》うおぼされ《つらく思われ》、また、世人《よひと》も、殊の外に申しけめども《長良公を格段に劣っていると》、その御末こ《長良公の御子孫》そ、今に栄えおはしますめれ《現在もなお》。一七行末は、殊の外にまさりたまひける《〔長良公の御運の方が〕格段にまさられたわけ》ものを《ですね》」

西三条の大臣の子孫の衰微

(世次)「一　右大臣良相《よしみ》」

一一 年が経過すれば年齢は老いてしまう。しかしながら、このように盛りの花さえ見ていれば心配などありはしない。『古今集』巻一、春歌上に収載。
一二「白川（河）」は、良房の別荘「白河院」があったところ。賀茂川の東岸一帯、北は左京区北白川から、南は九条通りあたりまでの地。『三代実録』の貞観十四年九月二日に、良房の薨去を叙し、四日の条に、「忠仁」の諡《おくりな》を贈る由が見え、そのあとに、「是日《ノ》、葬《ル》二太政大臣《ヲ》於愛宕郡白川《ノ》辺《ニ》一」とある。
一三 素性法師。僧正遍昭の在俗時代の子。初め兄の由性とともに雲林院に住んだが、後に大和国、石上の良因院に移り住み、そこで没した。宇多・醍醐両朝の歌人。『古今集』に三十六首入集。
一四 あなたをお慕いする悲しみに私どもは血の涙を流し、この川も真赤に湧き返っています。白川という呼称はあなたが御在世の時までの名であったのですね。『古今集』巻十六、哀傷に収載。詞書は「さきの大おほいまうち君を、白川の辺りに送りける夜詠める」。
一五 運命学の上で「子が無い」という時の「子」は男子をさす。「口惜し」とは不可抗力の不幸を言う語。
一六 長兄を「子の上（このかみ）」と言う。冬嗣の長男。良房が右大臣になった年は左衛門督で、仁寿四年（八五四）に権中納言になり、二年後、薨。
一七「将来」「未来」で死後の運命。子孫の運命。

(世次)「このおとどは、冬嗣のおとどの五郎《五男》。御母は白川の大臣《良房》に同じ。大臣の位にて十一年。贈正一位。『西三条の大臣《さいさんでう》』[一]と申す。浄蔵[二]定《ぢやう》額《がく》を御祈りの師にておはす。千手陀羅尼《せんじゅだらに》[三]の験徳《げんとく》蒙《かうぶ》りたまへる人なり。この大臣の御女子《をんなご》の御事よく知らず。一人《ひとり》ぞ水尾[四]の御時の女御。男《をのこ》子《ご》は、大納言[五]常行《ときつらの》卿ときこえし《〔常行卿には〕》。御子《みこ》[六]二人おはせしも、五位にて、典薬助《てんやくのすけ》、主殿頭《とのものかみ》など言ひて、いと浅くて止《や》みたまひにき《ごく官位も低くて》。『かくばかり末栄えたまひける中納言殿を《長良中納言様を》、八重八重の《ずっと下の》御弟《おとと》にて越え奉りた《弟君の分際で越え申》まひける御過《あやま》ち《されたその御咎》にや』とこそ覚え侍れ」《のためかとそう思われるのでございます》

太政大臣追贈の栄誉、長良中納言

(世次)「一　権中納言従二位左兵衛督長良《さひやうゑのかみながら》」

(世次)「この中納言は、冬嗣のおとどの太郎《長男》。母、白川の大臣《良房公》・西三条の大臣《良相公》に同じ。公卿にて十三年。陽成院の御時に、御祖父《おほぢ》[七]におはするが故に、元慶元年正月に贈左大臣正一位、次《つぎ》[八]、贈太政大臣。『枇杷《びは》[九]の大臣』と申す。この殿の御男子《をのこご》、六人おはせし、その中に基経の

一「西三条、三条北ノ・朱雀西ノ。又号ス二百花亭ト一。良相大臣旧跡ナリ」(『拾芥抄』)。

二 浄蔵は寛平三年（八九一）出生、康保元年（九六四）没で、弘仁八年（八一七）出生、貞観九年（八六七）薨の良相とは時代が合わない。鈴木弘恭の『校正大鏡註釈』には、「或説にこは智証の誤ならんとあり（中略）、時代はよくかなへりなほ考ふべし」とあり、佐藤球『詳解』は『元亨釈書』巻十七の「藤原良相伝」に「貞観六年、受ク二灌頂于智証大師ニ一」とあるから、智証大師が良相の祈禱僧になったのだろうとする。「定額」とは勅願寺に一定の員数の僧が配属されること。定員。なお、良相の伝に時代違いの浄蔵を持ち出すのは、『今昔物語集』（二十二ノ五）も同じ。両書とも同一の原拠に素材を仰いでいると考えられる。

三 千手観音を祈るサンスクリット語の呪文。

四 清和天皇の女御、多美子（『尊卑分脈』）。

五「トキツラ」は『尊卑分脈』の訓。千葉本は「ツネユキ」とする。貞観十七年（八七五）薨。四十歳。

六『尊卑分脈』には、名継・演世・輔国・万世の四人を挙げる。『今昔物語集』二十二ノ五には、「典薬助、名継、主殿頭棟国」を挙げている。

七 陽成天皇の母は長良の娘、高子。

八 原本のまま。「次に」と「に」を補って訓ませるのか。なお蓬左本等には「又」とある。

九 長良の邸の名を呼称としたもの。
一〇『尊卑分脈』に男子七人女子三人を挙げる。
一一 穏子《おんし》。
一二 房前の曾孫。末茂の子。従五位上、紀伊守。娘沢子が仁明妃となり、光孝を産み、今一人乙春は、長良室となり基経を産んだ。正一位、太政大臣を追贈。
一三 清和帝譲位、皇太子（陽成）即位の際、右大臣藤原基経に幼主を輔佐して天下の政を摂行するようとの勅が下された（『三代実録』貞観十八年十一月二十九日）。
一四 宇多天皇の年号。仁和三年は八八七年。
一五 天皇幼少の時の最高位の大臣を摂政と言い、元服後の天皇を輔佐する場合には、関白と言った。
一六『日本紀略』寛平三年（八九一）一月十三日の条に、堀河の邸で薨去の由見える。
一七 基経の摂政・関白は十五年。
一八『拾芥抄』の「堀川院」に「二条南堀川東、南北二町、昭宣公家、忠義公伝領」と注する。この堀川の邸に居住したための呼称。
一九「小松の帝」すなわち光孝天皇の御母は、総継のむすめ沢子、基経の母は、その妹、乙春。
二〇「事に触れ」から、「見奉らせたまひけるが」まで東松本の脱落を蓬左本・久原本・桂乙本等で補足。
二一「きやうざく」は、また「景迹」とも書く。「警策」が正しい。詩文が優秀な事から転じて頭がよく気が利いて人柄がりっぱなこと。

おとど傑《すぐ》れたまへり」

小松の帝（光孝）の英明

(世次)「一　太政大臣基経　昭宣公」

(世次)「このおとどは、長良の中納言の三郎[一〇]《三男》におはす。このおとどの御むすめ[一一]、醍醐《だいご》の御時の后、朱雀院ならびに村上二代の御母后《ははぎさき》におはします。このおとどの御母、贈太政大臣総継《ふさつぎ》[一二]のむすめ、贈正一位大夫《だいぶ》人乙春《にんおとはる》なり。陽成院位に即《つ》かせたまひて、摂政[一三]の宣旨かぶりたまふ。御年四十一。寛平[一四]の御時、仁和三年十一月二十一日、関白[一五]にならせたまふ。御年[一六]五十六にて亡《う》せたまひて、御諡号《いみな》『昭宣公』と申す。公卿にて二十七年、大臣の位にて二十年。世を知らせたまふ事《治められたのは》、十[一七]余年かとぞ覚え侍る。世の人、『堀河の大臣[一八]』と申す」

(世次)「小松の帝《光孝天皇》の御母、この殿《昭宣公の》の御母、同胞《はらから》[一九]《姉妹でいらっしゃる》におはします。さて《それで》、児《ちご》《幼》より《少時から》〔基経公は〕小松の帝をば親しく見奉らせたまうけるに《拝察なさるにつけて》、事に触れ[二〇]《何かにつけ》、還迹《きやうざく》[二一]におはしますを、『あはれ君かな』《ああこのお方は優秀だな》と見奉らせたまひけるが、良房《忠仁公》のお

一 大饗宴。大宴会。ここは良房主催の大臣家の饗宴。左大臣家の大饗は正月四日。右大臣家の大饗は正月五日（『江次第』参照）。
二 「近代は、親王がた臨席し給はぬ例となれれど、昔は然らず、請に応じ饗膳につき給ひしなり」（『新註』）。
三 時康親王（後の光孝天皇）の御前に置いてあった御燭台の灯を。「おんとなぶら」は「おんとのあぶら」が約《つづ》まったもの。「大殿油」ともいう。照明用。
四 扇（または笏《しやく》）などで煽《あお》いで消したのであろう。
五 まだご身分が低い頃で。基経は仁寿二年（八五二）蔵人。貞観六年（八六四）正月、左近中将で参議に任ぜられている。時に二十九歳。良房は、嘉祥元年（八四八）右大臣、天安元年（八五七）に太政大臣だから、天安から貞観にかけてのころの事であろう。
六 評議などのある時の公卿の坐る場所を「陣」という。「定め」は評定。評議。
七 嵯峨帝の皇子。源姓を賜る。貞観十四年（八七二）左大臣。六条坊門に豪邸を営み、河原院と称した。世に河原左大臣という。在位二十四年。この事件は元慶七年（八八三）頃の事か。
八 「ら」は謙遜の辞。「不肖この融も」の意。

天皇に近い血筋なら融《とおる》ら（わし）もそうだ

とどの大饗《たいきやう》[一]にや、昔は親王《みこ》[二]たち必ず大饗につかせたまふ事にて《［時康親王も］》、渡らせたまへるに《ご出席なさいましたところ》、雉《きじ》の足は必ず大饗に盛《も》る物にて侍るを、いかがしけむ《どうした間違いか》、尊者《ご正客》の御前《おまへ》に取り落してけり《盛るのを忘れてしまった》。陪膳の《給仕の者が》、親王《時康親王》の御前のを《雉子の皿を》取りて《取って》、惑ひて《慌てて》尊者の御前に据うるを《置くのを》、《［時康親王は］》いかがおぼしめしけむ《どうお思いになったのか》、[三]御前の御殿油《おんとなぶら》を、やをら《そっと》搔《か》[四]い消たせたまふ。このおとど《基経公》はその折は下臈《げらふ》[五]にて、座の末《末席で》にて見奉らせたまふに、『いみじうもせさせたまふかな《すばらしいお心くばりだなあ》』と、いよいよ見めで奉らせたまひて《親しくお見上げして感服なさって》、陽成院おりさせたまふべき《ご譲位ときまった折の》陣《ぢん》[六]の定めにさぶらはせたまふ《評議の席におつきになった》」

(世次)[七]「融のおとど、左大臣にてやむごとなくて《左大臣の顕職にあり尊い御身分の方だったから》、位に即かせたまはむ御心深くて《帝位にお即きになりたいお気持が深くて》、
(融)『いかがは《議論にも及ぶまい》。近き皇胤《わらいん》を尋ねば《捜すなら》、融《とほる》[八]らも侍るは《ここにおりますわい》』
と言ひ出でたまへるを、《［ほかならぬ］》このおとどこそ《基経公が》、《［即座に］》
(基経)『皇胤なれど《といっても》、姓《しやう》賜はりて《源姓を拝受して》、ただ人にて仕へて《臣下として仕えた人間が》、位に即きたる例やある《帝位についたというためしがございますか》』

と申し出でたまへれ。九 さもある事なれど《融のおとどの主張も一理あるが》、このおとどの定めにより《基経公の裁定によって》て、小松の帝《光孝天皇》は位に即かせたまへるなり。帝の御末《光孝天皇の御子孫》も遥かに伝はり、おとどの末《基経公の子孫も共々後代まで》も共に伝はりつつ、後見《うしろみ》申したまふ《御後見申し上げる》。さるべく契り置か《しかるべく前世から約束を》せたまへる御仲にやとぞ《しておかれた御仲だったのではと》、覚え侍る」

基経を欽慕する人々の哀悼歌

（世次）「大臣亡せたまひて、一〇 深草山にをさめ奉る夜、一一 勝延僧都の詠みたまふ。

（勝延）一二 うつせみはからを見つつも慰めつ深草の山煙《けぶり》だに立て

また、一三 上野峯雄《かんづけのみねを》と言ひし人の詠みたる、

（峯雄）一四 深草の野辺の桜し心あらば今年ばかりは墨染めに咲け

などは、『古今』《古今集に載せられております二首でございますよ》に侍る事どもぞかしな」

堀河院の地形の優秀性

（世次）「御家は、堀河院・閑院とに住ませたまひしを、堀河院をば、さるべき事の折《表立った行事の時や》、晴れ晴れしき料にせさせたまふ《めでたい事のためにお使いになられました》。閑院をば、御物忌みや《凶事を避けお慎みになる時や》、また疎《うと》き人などは参らぬ所にて《あまり親しくない人は来られない場所で》、さるべく睦ましくおぼす人ばかり《遠慮のいらない仲のよいお方ばかり》御供にさぶらはせて《お供に加えて》渡らせたまふ折も《おでかけになる時もございました》おはしましける。堀河院

九 流布本は「さもある事なれば」とする。それなら「基経の言うところも尤もだから」となるが、底本はじめ古本は、すべて「なれど」である。「それも一理あるけれど」の意で、「融の発言にも一理はあるが」と解すべきであろう。

一〇 基経は寛平三年（八九一）正月十三日薨。同月十五日に山城国宇治郡に葬ったと『日本紀略』に見える。深草山は紀伊郡だから、いささか不審だが、稲荷山から木幡山、さらに大亀谷までを総称して「深草」と言ったようで、基経の墓は木幡山にあったらしく、木幡山は古くは宇治郡に属していたから、差し支えないのだろう。

一一 笠氏。延暦寺の僧。延喜元年（九〇一）二月十八日寂。七十五歳。

一二 基経公が埋葬されないうちは、御遺体を拝みながらでも心を慰めた。葬られた今は、せめて火葬の煙だけでも立ち昇れば、それを眺めて慰めにすることもできよう。「うつせみ」は「現《うつ》し身」と「空蟬」（蟬の抜け殻）の、また「から」は「骸」と「殻」の掛詞。『古今集』巻十六、哀傷歌に入集。

一三 基経に親しく仕えた家臣であったという。

一四 深草の野辺に咲く桜よ、お前に基経公をお慕いする心があるなら、せめて今年だけは喪服の色に咲いてくれ。この歌、『古今集』には、勝延僧都の次に収載。

は地形《ぢぎやう》のいといみじきなり《地形が実にすばらしいのです》。大饗の折、殿ばら《殿さまたち》の御車の立ちやうなどよ《並び方なんかのみごとき》。尊者《主賓》の御車をば《〔堀川の〕》東《ひんがし》に立て《東岸に立て》、牛は御橋《みはし》の平葱柱《ひらきばしら》[一]に繋《つな》ぎ、他上達部《ことかんだちべ》の車をば《〔ずらっと〕》、河よりは西に立てたるがめでたきをは《川の西岸に立てた景観のすばらしさったら》[二]。尊者の御車の別《べち》に見ゆることは《違った方角に見える趣向は》、『他所《こと》はえ侍らぬものをや』《ほかのお邸ではできない相談》と見たまふるに《と拝見しているうち》、《〔今では〕》[三]この高陽院殿《かやうゐんどの》にこそ押されにて侍れ《すっかり圧倒されてしまいました》。方《はう》[四]四町にて、四面《よおもて》に大路《おほぢ》ある京中《きやうぢゆう》の家は、冷泉院《れいぜいゐん》[五]のみとこそ思ひさぶらひつれ。世の末になるままに、優る事のみ出《い》でまうで来《く》るなり」

(世次)「この昭宣公のおとどは、陽成院の御をぢにて、宇多の帝の御時に、准三宮《じゆさんぐう》の位にて年官年爵を得たまひ、朱雀院・村上の祖父《おほぢ》にておはします。『世覚え[六]やむごとなし』《世間の信望が厚い方だと申し上げたのでは》と申せば、[七]おろかなりや。御男子《をのこご》四人おはしましき。太郎《長男》、左大臣時平。二郎《次男》、左大臣仲平、四郎《四男》、太政大臣忠平」

〔世次が〕と言ふに、重木、気色異《けしきこと》になりて《表情が変って》、まづ後《うしろ》の人の顔うち見渡して《ずらっと》、

(重木)「それぞ《忠平公こそ》、いはゆるこの翁《世に言うこの老人の》が宝の君、貞信公におはします」

一 「ひらぎ柱」とも。擬宝珠《ぎぼうしゆ》の平たい形が葱《ねぎ》の花に似ているところから言う。『倭名抄』参看。

二 「をは」は感動の助詞。「ヲハ」とは読むまいから「ヲワ」と読んだか、あるいは「ヲバ」と濁って読むのか、いずれかであろう。流布本は「とぞ」。ここ『今昔物語集』二十二ノ六と類似。

三 「この」は「あの」「例の」。「高陽院」は『拾芥抄』に、「中御門南堀川東、南北二町、南一町…(下略)」とある。『栄花物語』(駒競べの行幸)に、「この世には、冷泉院・京極殿などをぞ、人面白き所と思ひたるに、高陽院殿の有様、この世の事と見えず…(下略)」と絶賛している。寝殿の四方に池が穿《うが》たれ東に馬場があった。寛仁三年(一〇一九)着工、三年目の治安元年(一〇二一)九月完成で、道長の長子頼通の第宅である。『小右記』『春記』『左経記』『富家語談』等に記事がある。治安元年は『大鏡』の記事年代万寿二年(一〇二五)に先立つ四年前である。

四 一町は約四十丈(京都では六尺五寸の六十間)であるから、方一町の屋敷は約四十丈四方(約四五〇〇坪)。方四町は小路を含めるからその四倍強に当り、大路を四方に廻らすことになる(『大系』)。

五 大炊御門南、堀川西(『拾芥抄』)。

六 高い。尊い。重々しい。

七 ほんの並一通りで言い足りませんね。「おろか」は「おろそか」「疎略」の意。

菅原道真大宰府へ流罪

とて、扇うち使ふ顔持《かほもち》《顔つき》殊にをかし。

（世次）「三郎《三男》にあたりたまひしは、従三位して『宮内卿兼平の君[八]』と申して亡せたまひにき。さるは[九]《その実》、御母、忠良《ただよし》[一〇]の式部卿の親王《みこ》の御むすめにて、いとやむごとなくおはすべかりしかど」《〔兼平さまは〕もっとご身分が高くおなりになるはずのお方でしたけれど》

（世次）「この三人の大臣たちを、世の人『三平[一一]』と申しき」

（世次）「一　左大臣時平」

（世次）「このおとどは、基経のおとどの太郎《長男》なり。御母、四品弾正尹《しほんだんじやうのゐん》[一二]人康《さねやす》親王《のみこ》の御むすめなり。醍醐の帝の御時、このおとど《時平公は》左大臣の位にて年いと若くておはします。菅原のおとど《道真公は》、右大臣の位にておはします。その折[一三]、帝御年いと若くおはします。左右《さう》[一四]の大臣に世の政事《まつりごと》を行ふべき由、宣旨《せんじ》[一五]下《くだ》さしめたまへりしに《お下しになりましたが》、その折[一六]、左大臣、御年二十八九ばかりなり。右大臣の御年五十七八にやおはしましけむ。共に世の政事をせしめたまひしあひだ《なさいましたがその折》、右大臣は才《ざえ》[一七]世に傑《すぐ》れめでたく

八　宮内省《くないしやう》の長官。兼平は承平五年（九三五）没。

九　ほんとうは。『平安文学研究』第十七輯所載の拙稿「平安文学語意考証（其二）——をこがまし・さるは・ものは——」に委《くは》しい。

一〇　嵯峨天皇第十五皇子。弘仁十年（八一九）出生。貞観十八年（八七六）薨。五十八歳。二品式部卿宮。美男で世人が哀惜したという。この親王の娘が兼平母。

一一　「さんべい」か「さんぺい」か。時平・仲平・忠平。

一二　親王・内親王の位を一品から四品の四階級に分ける。四品は第四等。「弾正尹」は弾正台の尹（長官）。弾正台は、政治の非違を糺し、風紀の粛正をつかさどる役所。「尹」は従三位相当で、親王を任ぜられることが多かった。人康親王は仁明帝第四皇子。

一三　醍醐天皇は、仁和元年（八八五）御誕生。時平が左大臣になり、道真が右大臣に任ぜられた昌泰二年（八九九）は数え年わずか十五歳であった。

一四　『帝王編年記』の醍醐天皇の条に「此時、無二摂政関白一、左右丞相両人内覧」とある。「内覧」は、天皇の見そなわすべき文書を先に見る事で、つまり万機の政を見ること。政務を帝に代って見る意。

一五　勅命を伝える公文書。詔勅より簡略だった。

一六　昌泰二年。正しくは、時平二十九歳、道真五十五歳。

一七　漢詩文の学識。学問芸能の知識。

一 帝の御信頼。「覚え」は「思われ」で、帝にどう思われておいでかということ。
二 時平が嫉《ねた》んでいた時に、大納言源光や中納言藤原定国なども道真の下風に立つことを喜ばなかった。さらに、文章博士藤原菅根も道真に含むところがあり、時平はこれらの人々と共謀して、道真がその娘婿の斉世親王（宇多上皇の皇子）を東宮に立てようとしていると讒言《ざんげん》して道真を陥し入れることに成功した。
三 大宰府の次官。「大宰帥《だざいのそち》」の下位にある。但し、大臣が左遷されてこの官に就くときは、ただの流罪。
四 二十三人あったという。主な人物で男子十一人、女子三人あった。
五 『菅家後集』に納められている「慰二少男女一」という詩の一節に、「少男ト少女ト相随ヒテ相語ルヲ得タリ」とある。現在、太宰府に、この二人の子「紅姫《べにひめ》」と「隈麿《くままろ》」の墓が残っている。
六 「帝の」とあるが、「朝廷の」で、時平の意志であろう。「掟」は、処置。指図。
七 九州まで風に乗せてにおいを運んでおくれ。梅の花よ。「東風吹かば」の歌は、『拾遺集』巻十六、雑春所収。流布本系は「春な忘れそ」。
八 亭子の院が法皇の御所だったから、「亭子の帝」「亭子院」「亭子院の帝」という。「寛平の法皇」とも。
九 「水屑」は水の中に漂う塵。「柵」は川の中に杭を並べて打ち、竹などを横に結びつけて、物が水と共に

にほひおこせよ梅の花

おはしまし、御心掟（心配り）も、殊の外に賢くおはします。左大臣は御年も若く、才も殊の外に劣りたまへるにより、右大臣の御覚え[一]、殊の外におはしましたるに、左大臣安からずおぼしたる（不安に駆られておいでになったところ）ほどに、さるべき（そうなるような前世からの御運でいらしたのか）にやおはしけむ、右大臣の御ために善からぬ事（不幸な事が）[二]出《い》で来《き》て、昌泰四年正月二十五日、大宰権帥《だざいのごんのそち》[三]になし奉りて（おとし申し上げて）、流されたまふ（〔九州へ〕）」

「このおとど（(世次) 道真公）、子ども[四]あまたおはせしに、女君たちは婿取り（夫を持たせ）、男君たちは、皆ほどほどに（器量年齢に応じて）つけて、位どもおはせしを（それぞれ官位がおありでしたが）、それも皆、方々《かたがた》に流されたまひて悲しきに、幼く（まだご幼少でいらっしゃった）[五]おはしける男君、女君たち、慕ひ泣きておはしければ、『小さきは（小さな子供は）敢《あ》へなむ（差し支えなかろうと）』と、おほやけも（朝廷も）許させたまひしぞかし（〔連れて行くことを〕）。帝の[六]御掟《おきて》きはめてあやにくに（意地悪く）おはしませば、この御子どもを（お子さま方を）、同じ方に（方向に）遣《つか》はさざりけり。旁々《かたがた》に（ひとかたならず）いと悲しくおぼしめして、御前の（お庭先の）梅の花を御覧じて、

（(道真)）東風《こち》吹かばにほひおこせよ[七]梅《むめ》の花主《あるじ》無しとて春を忘るな

また、亭子《ていじ》[八]の帝にきこえさせたまふ（宇多法皇に次の和歌をたてまつった）。

(道真)九 流れ行く我は水屑《みくづ》となり果てぬ君柵《しがらみ》となりて留《とど》めよ

無き事により（冤罪を着せられて）斯《か》く罪せられたまふを、かしこくおぼし嘆きて（たいそう思い嘆かれて）、〔命を受けると〕やがて（そのまま）一〇山崎にて出家《すけ》せしめたまひて（頭をお剃りになって）、都遠くなるままに、あはれに（しみじみ）心細くおぼされて、

(道真)一一 君が住む宿の梢をゆくゆくと（みちみち）隠るるまでも（見えなくなるまで）顧《かへり》みしはや（振り返り眺めたものです）

また、播磨国《はりまのくに》におはしましつきて、一二明石《あかし》の駅《むまや》といふ所に御宿りせしめ給ひて、駅《むまや》の長《をさ》の、いみじく思へる気色を御覧じて作らしめたまふ詩《からうた》、いと悲し。

(道真)
駅長莫《カレ》驚《クコト》　時《ノ》変《リ》改《マルコト》　　駅長驚くこと莫《な》かれ。時の変り改まること、

一《タビハ》栄《エ》一《タビハ》落《ツル》　是《レ》春秋　　一たびは栄え一たびは落つる、これ春秋《しゅんじゅう》。」

(世次)「斯くて、筑紫《つくし》におはしつきて（九州の大宰府にお着きになって）、物をあはれに心細くおぼさるる夕《ゆふべ》、遠方《をちかた》に所々煙《けぶり》立つを御覧じて、

(道真) 夕されば（夕ぐれになると）野にも山にも立つ煙《けぶり》なげき一三より（私の胸の悲嘆によって）こそ燃えまさりけれ

また、雲の浮きて漂ふを御覧じて、

流れ去るのを防ぐ道具。この歌、出典不明。

一〇「山崎」は淀川の舟着き場、京から西へ行くには、ここから舟に乗る。そこで僧体になったと記してあるが、道真が出家したということは他書に見えないから、後年、西宮左大臣源高明が同じように大宰府に流された時に剃髪した事と混同したのではあるまいか。

一栄一落これ春秋

一一 この歌、長徳三年（九九七）成立の『拾遺抄』に見える。第三句「ゆくゆくも」とある本、第四句「隠れしまでに」とある本、第五句「かへりみしかな」とある本がある。詞書もさまざまで、「流され侍りて後、女の許に言ひおこせて侍りける　贈太政大臣」の圏点部が「めのもとへ」「めのとのもとに」となっている本などがあり、どの本に拠るかで、歌を贈られた人物は「女」「妻」「乳母」と三様に岐《わか》れる。道真の妻は、島田忠臣（八二八～八九二）の娘の宣来子《ノブキコ》（八五〇～?）。乳母は誰だったか、専門家の教示を乞いたい。この歌、道真の子孫、菅原孝標女が『夜半の寝覚』（巻一）に引いているのが、印象的である。

一二『菅家後集』の昌泰四年（九〇一）の部に、「在《リテ》途《ミチニ》、到《ル》明石駅亭《ノウマヤニ》。駅亭長見驚《テク》」とある次に見える。『源氏物語』（須磨）にも「駅の長に口詩《くし》取らする人もありけるを」と見えている。

一三「嘆き」に「投げ木」を掛ける。「煙」「投げ木」「燃え」が縁語。『万代和歌集』巻十五、雑二に入集。

（道真）一山別れ飛び行く雲の帰り来《く》る影見る時はなほ頼まれぬ《帰京の望みを抱く》

『さりとも《でもいつかは》』と、世をおぼしめされけるなるべし《ご自分の行末を》。月の明《あか》き夜、

（道真）海ならず二湛《たた》へる水の底までに清き心は月ぞ照らさむ

これ、いとかしこく遊ばしたりかし《実にすばらしくお詠みになったものですね》。げに《たしかに》『月日こそは照らしたまはめ《月と太陽だけは私の潔白な心を照らし出して下さる筈というお気持でお詠みになったものでしょう》』とこそはあゝめれ」

三まことに《全く》、おどろおどろしき事《大臣流罪というような大事件はもとよりのこと》はさるものにて、かくやうの《このような》〔真情溢れた〕歌や詩など《和歌・漢詩などまで》を、いとなだらかに故々しう言ひ続けまねぶに《すらすらと史料に基づく感じで語り続け往事を再現して見せるので》、見聞く人々、目もあやにあさましくあはれにも《目もくらむように驚き呆れ感動して》〔世次を〕目守《まも》り居たり《見つめ坐っていた》。物の故知りたる人などの《物の道理がわかっている人なども》、四むげに近く居寄りて《ぐっと近く膝を進めて》外目《ほかめ》せず見聞く気色どもを見て《わき目も振らず見聞きする聴衆の様子を見て》、いよいよ栄《は》えて《調子に乗って》、物を繰《く》り出だすやうに言ひ続くる《糸かなにかを繰り出すように》ほどぞ《有様は》、まことに《世にも》希《け》有《う》なるや《稀な光景でした》。重木、涙を拭《のご》ひつつ《感涙》興じ居たり。

（世次）「筑紫に五おはします所の六御門《おんかど》固めておはします。七大弐の居所《ゐどころ》は遥かなれども、〔大弐の住む〕楼《ろう》の上《高楼の》の瓦《かはら》などの、心にもあらず《見たくもないのに》御覧じ遣《や》られけるに、またいと近く八観音寺といふ寺のありければ、鐘の声をきこし召して

一 この歌、『新古今集』巻十八雑下の四番目に収載。

二 海よりももっと深い水でも、その水が清く澄んでいるなら、その底の水までも清らかである事を月は照らし出してくださるであろう。私は今九州まで流れてきているけれど、我が心に一点の汚れはないから、私の無実は月が照覧したもうはず。「清き心」は、道真の心と、水の心とが掛けてある。「海以上に深い水」を仏語の「水輪」とする説もあるが、道真が水輪を想起して詠んだものかどうかは必ずしも明らかでない。どちらにも考えられる。「水輪説」は、もと『塵袋』（一二七四〜八一成立。『日本古典全集』）に見える考えで、岡田希雄氏によって「国語国文」（昭和十二年一月号）に紹介された。なお、この歌、「君が住む」の歌と同じく、子孫の孝標女によって、その作『夜半の寝覚』（巻三）に引用されている。

三 以下六行、草子地。

四 「無下に」とする説と「無碍に」とする説がある。

五 大宰府官舎の一つの「南館」。現在の「榎寺《えのきでら》」がその跡。都府楼跡から南へ約六〇〇メートル。

六 謹慎の意を表す。

七 大宰府の次官だが、長官の「帥《そち》」が遥任で京に留まっている時は、事実上は長官の事務を執る。「大弐の居所」は即ち都府楼ということになる。時の大弐は小野葛絃（篁の子、道風の父）で、延喜二年（九〇二）に右中弁、藤原興範と交代した。

恩賜の御衣今ここに在り

八 観世音寺の略。都府楼の西。七四六年建立。
九 辛うじて。「瓦色」は、都府楼の瓦は異国より渡来したもので、碧瓦《へきが》で、金石のように堅いという。
一〇 推定によると、文武天皇の二年、西暦六九八年に鋳造した日本最古の鐘で、天智天皇のご寄進という。
一一 唐の詩人、白居易の詩集。七十一巻。『白氏文集』また『白氏長慶集』と称する。
一二 字《あざな》は楽天。唐の代宗の大暦七年（七七二）正月二十日生。武宗の会昌六年八月卒。七十五歳。
一三 『文集』巻十六の「香炉峰下新《ニ》卜《シ》㆓山居《ヲ》㆒、草堂初《メテ》成《リ》偶《タマタマ》題《ス》㆓東壁《ニ》㆒」と題する七言律詩五首中の一首にある二句。廬山の中の北にある高峰を香炉峰といい、その北に建てられていた寺の名称が「遺愛寺」である。平安時代に愛唱され、『枕草子』に見える故事は有名。
一四 「まさりざまに」の「り」が省略された形。
一五 「博士」は教授に当るが、『江談抄』（巻四）に、当時の儒者が、この詩は「香炉峰雪撥簾看」の句よりもまさっていると評したとあるから、必ずしも国立大学の教授ではなく、単に「学者」たちかもしれない。
一六 重陽（九月九日）の節。天皇が紫宸殿に出御し、饗宴が催され、詩を賦し、菊酒を賜り、延寿を祝う。
一七 この時、道真の作った詩は『菅家後集』所収の七言律詩、「九日後朝同賦秋思応制」という詩。つまり「秋思」という題の詩。後出の「秋思詩篇」に当る。
一八 『菅家後集』に「九月十日」という題で所収。
一九 ひそかに断腸の想いを述べた。

作らしめたまへる（お作りになった）詩《からうた》ぞかし。

（道真）
都府楼《ハ》[九]纔《ニ》看《ル》㆓瓦色《ノヲ》㆒　　都府楼《とふろう》は纔《わづか》に瓦《かはら》の色《いろ》を看《み》る
観音寺《ハ》只聴《ク》㆓[一〇]鐘声《ノヲ》㆒　　観音寺《くわんのんじ》は只《ただ》鐘《かね》の声《こゑ》を聴《き》く

これは、[一一]『文集《もんじふ》』の[一二]白居易《はくきょい》の、「[一三]遺愛寺《ヰアイジノ》鐘《ハ》欹《ソバダテテ》㆑枕《ヲ》聴《キ》、香炉峰《カウロホウノ》雪《ハ》撥《カカゲテ》㆑簾《レンヲ》看《ル》」といふ詩に、[一四]まさざまに作らしめたまへり（立ち優っていると思われるほど上手に）』とこそ、昔の（当時の）[一五]博士《はかせ》ども申しけれ。また、かの筑紫にて、九月九日菊の花を御覧じけるついでに、いまだ京におはしましし時、九月の今宵《こよひ》、内裏にて[一六]菊の宴ありしに、[一七]このおとど（この道真公が）の作らせたまひける詩を、帝かしこく（たいそう）感じたまひて、（〔御褒美に〕）御衣《おんぞ》（帝のお召物を）賜はりたまへりしを、筑紫に持《も》て下《くだ》らしめたまへりければ、（〔取り出して〕御覧になるにつけ）御覧ずるに、いとどその折おぼしめし出で（お思い出しになって）て作らしめ（〔次の漢詩を〕）たまひける。

（道真）
[一八]去年今夜侍《リキ》㆓清涼《ニ》㆒　　去年《いにしとし》の今夜《こよひ》は清涼《せいりやう》に侍《はべ》りき
秋思詩篇《ノ》独[一九]断《ツ》㆑腸《ヲ》　　秋思《しうし》の詩篇《しへん》独《ひと》り腸《はらわた》を断《た》つ
恩賜《ノ》御衣今在《リ》㆑此《ニ》　　恩賜《おんし》の御衣《ぎよい》今此《いまここ》に在《あ》り

捧《さゝ》げ持ちて毎日余香《よかう》を拝す

捧持《ゲテ》毎日拝《スニ》余香《ヲ》

この詩、いとかしこく《もうたいへんに》人々感じ申されき」

(世次)「この事ども、ただ散り散りなる《ばらばらで伝わっている》にもあらず。〔漢詩は〕かの筑紫《九州》にて作り集めさせたまへりけるを〔紙に〕書きて、一巻とせしめたまひて《ひと巻の書物となさいまして》、[二]『後集』《菅家後集》と名づけられたり。また折々の歌、書き置かせたまへりけるを、おのづから《自然と》世に《世間に》散りきこえしなり。世次若う[三]侍りし時、この事のせめて《この道真公の事が痛切に》あはれに悲しう侍りしかば、大学の衆ども[四]の生不合《なまふがふ》[五]にいましかりし《おいでだった方を》を訪《と》ひ尋ね語らひ[六]取りて《うまく話をつけ》、さるべき《それ相応の》餌袋《ゑぶくろ》[七]・割籠《わりご》やうの物調じて《用意して》、打具して《手みやげにさげて》まかりつつ、〔道真公の詩やお歌を〕習ひ取りて侍りしかど《習得しておったのですが》、老いの気《け》の甚だしき事《老人ぼけがひどいため》に、皆こそ忘れ侍りにけれ《すっかりもう》。これは、ただすこぶる[八]覚え侍るなり《今お話ししたのは ほんの 少々思い出して申し上げるのです》」

と言へば、聞く人々、

(人々)「げにげに《なるほど》、いみじきすき者にも物したまひけるかな《たいした好事家とでも申すべきお方でいらっしゃいましたね》。今の人は[九]、さる心ありなむや《そのような学問に熱心な気持なぞとてもございますまい》」

など、感じ合へり。

一 賜ったお召物にたきしめられたお香《こう》の残り香《が》の匂いを嗅いで、君恩のありがたさに泣いております。

二 本集を『菅家文草』と称したので、左遷後の漢詩文を『菅家後集』または『菅家後草』という。道真自身が延喜三年（九〇三）正月、死が迫ったころ、親友の紀長谷雄に贈った。『菅家文草』十二巻は、第六巻までが詩で、第七巻以降は散文。『後集』は一巻のみ。

三 道真は延喜三年二月二十五日薨去。その時、世次は二十八歳。左遷の時、二十六歳という設定（仮設）。

四 「大学の衆ども」は、職員令に、大学の「学生《がくしやう》」は四百人とある。そうした学生連中の中で「生不合」だった人物。「序」に、世次の父親は「生学生」の家臣だったとあったから、その縁によったものであろう。

五 あんまり金廻りが良くなさそうな人物を。「生」は不十分の意。「不合」は生計困難、貧窮、貧乏。「いましかりし」は「いますかりし」（蓬左本）に同じ。

六 「語らひ」の「ひ」は反覆の辞。「語る」ことを繰り返す。四段活用。相手に何度も話し掛ける事。「取る」は味方につける。

七 食料袋や折詰弁当みたいな物を用意して。

八 現代語の「すこぶる」と意味が異なる。但し、現代語と同じ用法も古文にある。古文では両義あった。

九 『伊勢物語』四十段に「昔の若人《わかうど》は、さるすける物思ひをなむしける。今の翁まさに死なむや」とある書き方を模倣したか。

一〇 一天下のもと降り注ぐ雨に乾いている空間がない

北野の宮と申して荒人神におはします

(世次)「また、雨の降る日、うちながめたまひて、《じっと思いに沈んで御覧あそばして》

(道真)一〇天《あめ》の下乾《したかわ》けるほどの無ければや着てし濡衣干《ぬれぎぬひ》る由《よし》もなき

やがて《それなり》、彼処《かしこ》にて《大宰府で》一一亡せたまへる、夜のうちに、一二この北野に《〔道真公の御霊は〕》そこらの《たくさんの》松を生《おほ》したまひて渡り住みたまふを《おはやしになって九州から渡ってこられた神霊を》こそは、ただ今の北野の宮と申して、《これは》一三荒人神《あらひとがみ》におはしますめれば、一四おほやけも行幸せしめたまふ《帝も行幸あそばすのです》。いとかしこく《実に畏れかしこんで》崇《あが》め奉りたまふめり《崇敬なさっておいでのようです》。筑紫のおはしまし所は、安楽寺と言ひて《名付けられて》、おほやけより《朝廷から》、別当《べたう》・所司《しょし》などなさせたまひて《長官・役僧など任命なさいまして》、いとや《たいへん》むごとなし《ん尊いところです》」

(世次)「内裏焼け一五て、度々造らせたまふに、円融院の御時の事なり、工《たくみ》ども、裏板《屋根裏の板》どもを、いとうるはしく《まことにきれいに》鉋《かな》かきて《かんなをかけて》、まかり出《い》でつつ《銘々退出してから》、また《翌朝》の晨《あした》に参りて見るに、昨日の裏板に物の煤《すす》けて見ゆる所のありければ、梯《はし》に《梯子に》登りて見るに、夜《よ》の中《うち》に虫の《虫が》食《は》めるなりけり《食って文字の形を呈していたのでした》。その文字は、

一六作るともまたも焼けなむ菅原やむねのいたまの合はぬ限りは

とこそありけれ《と読めたのでした》。それも、この北野の遊ばしたるとこそは申すめり《道真公がお詠みになったのだというもっぱらの噂でした》

からだろうか、自分が着せられた濡衣は乾くすべもない。「天」に「雨」を掛けた。『拾遺集』巻十九、雑恋所収。但し、第二句、「遁るる人の」。

一一 延喜三年二月二十五日薨。五十九歳。

一二 一見、薨去の日の「その夜の中に」の意に取れるが、事実は、薨去後、かなり年月がたったある時期の「一夜の中に」の意で、『帝王編年記』の天暦九年（九五五）六月九日の条に、「天神自《リ》二西京一奉《ル》レ遷《シ》二北野一。御託宣《ニ》云《フ》。我《ガ》居所可《シ》レ生《オホス》二松樹《ヲ》一。仍《ツテ》一夜中数千本《ノ》松生《ズ》二北野《ニ》一」とあり、北野天満宮に、「一夜松神社」がある。『山城志』によると、祠は七条猪熊にあったのを、天暦九年三月、北野の右近馬場に移し、更に天徳三年（九五九）に藤原師輔が増築して現在の天満宮となったという。

一三「現人神」と書くのが『倭名抄』にも見える本来の形で、神が現世に人の形となって現じ給うたもの、の意。転じて悲運に死んだ人が神となり、人に祟《たたり》をする性格の激しい威霊ある神の意で「荒人神」の表記を生じたらしい。『太平記』『義経記』などに用例。

一四 寛弘元年（一〇〇四）以降、行幸が頻繁になる。

一五 天徳四年・天延四年・天元三年・天元五年火災。

一六 造り直してもまた焼けてしまうだろう。棟の下の板の間が合わぬように、道真の胸の痛みの疵《きず》が直らぬ限りは。「棟」と「胸」、「板間」と「痛間」が掛詞。『続詞花集』巻八神祇。『帝王編年記』『太平記』にも。

しか」

（世次）「かくて、このおとど《道真公は》、筑紫におはしまして、延喜三年癸亥二月二十五日に亡せたまひしぞかし。御年五十九にて。さて後、七年ばかりありて、左大臣時平のおとど、延喜九年四月四日亡せたまふ。御年三十九。[一]大臣の位にて十一年ぞおはしける。[二]『本院の大臣』と申す」

（世次）「この時平のおとどの[三]御むすめの女御《にようご》も亡せたまふ。[四]御孫の春宮《皇太子》も、[五]一男、八条の大将保忠《やすただ》卿も、亡せたまひにきかし。この大将、八条に住みたまへば、内裏《うち》に参りたまふほどいと遥かなるに、いかがおぼされけむ、冬は餅《もちひ》のいと大きなるをば一つ、小さきをば二つを焼きて、[六]焼き石のやうに、御身に当てて持ちたまへりけるに、ぬるくなれば、小さきをば《小さい餅》一つづつ、大きなるをば《大きい餅》中《なか》より割りて、[七]御車副《みくるまぞひ》に投げ取らせたまひける。余りなる御用意なりかし《部下をいたわるにしても度の過ぎたなさり方ですね》。その世にも耳とどまりて人の思ひければこそ、斯《か》く言ひ伝へたゝめれ《このように言い伝えたものと見えます》。この殿《保忠卿》ぞ

一 昌泰二年（八九九）二月十四日、大納言から左大臣に任命され、その年から引き続き左大臣であった。

二 「中御門北、堀川東、一町。左大臣時平家。依新制勅勘之時、籠居此家」（『拾芥抄』）。現在の京都市上京区堀川丸太町の北、東堀川通の東、油小路の西に当る。

時平一族の短命、保忠の用意と臆病

三 時平の次女褒子。宇多女御。「京極の御息所」という。

四 慶頼王。文彦《ぶんげん》太子（保明親王）と時平女能子の間に生れ、延長元年（九二三）四月二十九日立太子。同三年六月十九日薨。五歳。

五 時平の長男。承平六年（九三六）七月十四日薨。時に大納言正三位で右近衛大将を兼ねていた。

六 焼いた石。布などにくるんで膚につけ体を温める。温石《おんじゃく》。

七 牛車の左右に付き従う家来。

八 「薬師瑠璃光如来本願功徳経」の略。

かし、病づきて《病気に罹って》、さまざま祈りしたまふ。[八]薬師経の読経、枕上《がみ》にて《枕もとで》せさせたまふに、『[九]所謂、宮毘羅大将《くびらだいしやう》』と打ち上げたるを《一段と声を張り上げて読んだのを》、『我をくびると読むなりけり』と[一〇]おぼしける臆病に《その弱気のために》、やがて絶え入りたまへば《そのまま息が絶えておしまいになったから》、経の文といふ中にも《経文だからといっても》、[一一]剛《こは》き物《もの》の怪《け》に取り籠《こ》められたまへる人に《とりつかれていた人に》、げに怪しくは打ち上げて侍りかし《確かに不用意に［まずい文句を］大声で読んだものですね》。さるべきとは言ひながら《前世からの約束事とはいいながら》、物は《物事は》、折節の《その時の》言霊《ことだま》も侍ることなり《言葉の霊力のはたらきも受けるわけで［用心が肝要です］》」

(世次)「その御弟の敦忠の[一二]中納言も亡せたまひにき。[一三]和歌の上手、管絃の道にも傑《すぐ》れたまへりき。世に隠れたまひて後、御遊びある折《音楽の宴が》、[一四]博雅《ひろまさ》の三位の《［博雅の三位が］》、障《さは》ることありて《支障があって》参らざる時は《［博雅が不参では］》、『今日の御遊び止《とど》まりぬ』《中止になってしまう》と度々召されて参るを見て、古き人々は、『世の末こそ哀れなれ。敦忠中納言のいますかりし折は《ご在世の折は》、斯《か》かる道に《音楽の道で》、この三位、おほやけを始め奉りて《帝を始めまいらせ［多くの人々から］》、世の大事に思ひ侍るべきものとこそ思はざりしか《国宝級の扱いを受けるべきものとは思わなかったものだ》』とぞのたまひける」

(世次)「[一五]先坊に[一六]御息所《みやすどころ》参りたまふ事、[一七]本院《ほんゐん》の大臣《おとど》の御むすめ具して《加えて》三四人

九 「薬師経」の一節。「爾ニレ時、衆中、十二薬叉大将倶ニ在リ会坐ニ、所謂宮毘羅大将、伐折羅《バサラ》大将、迷企羅《メイキラ》大将……（下略）」のあたりを祈禱僧が読んでいた時、「いはゆるくびらだいしやう」の発音を、「われをくびる（絞殺スル）」と聞き違えたというのである。但し、蓬左本・桂乙本は「所謂」を「いはゆる」としているが、東松本と同系の諸本は、読み方不明。千葉本だけは、「所謂」の「謂」に「イ」と振仮名しているので、「ショヰ」と訓ませたらしい。その方が音読の経文の読み方には合致する。とすると、「いはゆる」を「我を」と聞き違えたのでなく、単に「宮毘羅《くびら》」を「くびる」と聞いたとすべきであろう。

一〇 底本「おぼしけり」とあるが、蓬左本はじめ諸本に「おぼしける」とある方が自然であるから改訂した。「り」と「る」は誤写しやすい。

一一 なかなか落ちない。一向に離れてゆかない。

一二 時平三男。美男子。天慶六年（九四三）三月薨。

一三 三十六歌仙の一人。『敦忠集』（一四五首）がある。

一四 源博雅。醍醐天皇皇子克明親王男。母は時平の末娘。敦忠の甥。天元三年（九八〇）薨。逸話が多い。『古今著聞集』六・『江談抄』三・『十訓抄』十などに見える。

一五 前の東宮。文彦太子。保明親王。

一六 天皇・皇太子・親王の妃を言う。

一七 時平の息女（仁善子）を加えて三、四人である。

なり。本院の[一]は亡せたまひにき。中将の[二]御息所《みやすどころ》ときこえし、後は（〔保明親王薨去の〕）重[三]《しげ》明《あきら》の式部卿親王《しきぶきやうのみこ》の北の方にて、斎宮《さいくう》[四]の女御《にようご》の御母にて、そも（その方も）亡せたまひにき。いと優しくおはせし。先坊（保明親王）を恋ひ悲しび奉りたまふ。『大輔《たいふ》[五]なむ夢に見奉りたる』と聞きて、詠[六]みて贈りたまへる。

（御息所）時の間《ま》[七]も慰めつらむ君はさは夢にだに見ぬ我ぞ悲しき

御返事《かへりごと》、大輔、

（大輔）[八]恋しさの慰むべくもあらざりき夢のうちにも夢と見しかば」

（世次）「今ひとりの御息所は、玄上《はるかみ》[九]の宰相のむすめにや。その後朝《ごてう》[一〇]の使、敦忠中納言、少将にてしたまひける（まだ近衛の少将時代になさいました）。宮（皇太子が）亡せたまひて後、この中納（〔玄上のむすめは〕この敦忠）言には逢ひたまへるを（中納言の妻になられたのですが）、限りなく思ひながら（敦忠卿はこの上なく愛していながら）、いかが見たまひけむ（どんな風に御覧になったのか）、文範《ふみのり》[一一]の民部卿の、播磨守《はりまのかみ》にて、殿の（中納言家の）家司《けいし》にてさぶらはるるを（執事を勤めておられましたが）、『我は命短き（短命の）族《ぞう》（筋だ）なり。必ず死なむず（きっとまもなく死ぬだろう）。その後、君は文範にぞ逢ひたまはむ（君は執事の文範の妻になられるはずだ）』とのたまひけるを、『あるまじきこと（〔奥方は〕とんでもないこと）』といらへたまひければ（と御返事なさいましたところ）、『天翔《あまがけ》[一二]りても見む。世に違《たが》へたまはじ（きっとそうなさるはずだ）』などのたまひけるが、まこ

一 仁善子。慶頼王の母。「富小路の御息所」と称す。

二 藤原貴子。忠平女。

三 忠平の長女で重明親王に再嫁して、斎宮女御徽子《きし》女王を産んだ女性。但し『大鏡短観抄』は、重明室となったのは、忠平二女で、姉妹だが別人とする。

四 徽子女王。醍醐天皇皇子式部卿宮重明親王の御むすめ。承平六年（九三六）八歳で伊勢の斎宮に卜定《ぼくじょう》され、天慶八年（九四五）十七歳の時に、母の喪に服して退下。

五 先坊の乳母。但馬守《たじまのかみ》源弼《たすく》女、大輔君（作者部類）。

六 この贈答は『後撰集』巻二十哀傷歌の中に見えるが、詞書によると「玄上朝臣女」と「大輔」の間の応酬になっており、歌も少し異動がある。本書は異伝ということになるが、これはこれで面白い。

七 あなたは夢で見たひと時だけでも恋しさを慰めることができたでしょう。それにひきかえ夢の中でさえ先坊にお目にかかれない私は本当に悲しい。

八 夢でお目にかかれても恋しさは慰めようもありませんでした。夢の中でも、これは夢だと思って見ていましたから。

九 参議従四位藤原玄上《はるかみ》の女。玄上は諸葛《もろくず》の五男。

一〇 保明親王と玄上の宰相のむすめが同衾した翌朝、親王の使として女の許へ文《ふみ》を持参したこと。

一一 参議藤原元名の次男。九〇九～九九六。八十八歳。康保四年（九六七）任参議。安和三年（九七〇）正月兼民部卿。「民部卿」は民部省の長官。納言以上

が兼帯する要職。天禄三年（九七二）に任中納言。
一二 私の魂魄が空を飛んで来てでも見届けよう。
一三 左大臣源融の次男。延喜十四年八月二十五日、任大納言。
一四 時平次男。昌泰元年（八九八）生。承平七年四十歳で参議。天慶四年（九四一）従三位中納言。天暦二年（九四八）大納言。同七年按察使。同九年兼右大将、天徳元年左大将。同四年（九六〇）右大臣、六十三歳。康保二年（九六五）四月薨。六十八歳。
一五 底本も同系統の本も「家内にも」とあるが、それに千葉本は「イヘノウチ」と振仮名し、蓬左本も「家のうちにも」とあるので、「の」文字を補入した。
一六 車副の従者も左右二人ずつ四人を。
一七『延喜式』によると、径一尺五寸、深さ五寸。
一八「階隠《はしがく》しの間《ま》」に同じ。寝殿の正面の階段の前に立てた柱二本に、屋根を作りかけた部分の、中央の柱と柱の間をいう。そこに棚を作り、上に小桶を置き、それに小さな柄杓を添えた。「具して」は蓬左本。底本は「小杪して」。
一九 蓋付《ふたつ》きのお椀《わん》などにおよそい申し上げて大臣の御前に差し上げもせずに。粗末な食器をありあわせの盆などに載せて出したのであろう。
二〇 文書の署名・捺印をする場所。この二箇所においてだけ、顕忠さまはやはり大臣だなと。

とにさていますぞかし」

富小路の大臣藤原顕忠の恭倹

（世次）「ただ、この君たちの御中には、大納言[一三]源昇《みなもとののぼる》の卿の御むすめの腹の顕忠[一四]のおとどのみぞ、右大臣までなりたまふ。その位にて六年おはせしかど、少しおぼす所やありけむ、出でてありきたまふにも、家の内[一五]にも、大臣の作法を振舞《ふるま》ひたまはず。御ありきの折は、おぼろけにて御前《ごぜん》番ひたまはず。稀々も数少なくて、御車《みくるま》の後《しり》にぞさぶらひし。車副《くるまぞひ》[一六]四人番はせたまはざりき。御先《みさき》も、時々ほのかにぞ参りし。盥《たらひ》[一七]して御手すます事なかりき。寝殿の日隠《ひがく》[一八]しの間《ま》に棚をして、小桶に小杪具《こひさごぐ》して置かれたれば、仕丁《じちやう》晨朝《つとめて》ごとに湯を持《も》て参りて入れければ、人しても掛けさせたまはず、我《われ》出でたまひて御手づからぞすましける。御召物《めしもの》は、うるはしく御器《ごき》[一九]などにも参《まゐ》り据《す》ゑで、倹約したまひしに、さるべき事の折の御座《おまし》と御判所《ごはんしょ》[二〇]とにぞ、大臣《だいじん》とは見えたまひし」

（世次）「かくもてなしたまひしけにや、この大臣《おとど》のみぞ、御族《おんぞう》の中に、六《む》十余《そぢあま》りまでおはせし。四分一《しぶいち》[一]の家にて大饗《たいきやう》[二]したまへる人なり。『富《とみの》[三]小路《こうぢ》の大臣《おとど》』と申す。これよりほかの君たち、皆三十《みそぢ》余り、四十《よそぢ》に過ぎたまはず。その故は《そのわけは》、他《た》の事にあらず《ほかでもない》。この北野の御嘆きにな《今申しあげた道真公のお恨みによ》むあるべき《るものでしょう》。顕忠の大臣の御子、重輔《しげすけ》[四]の右衛門佐《うゑもんのすけ》とておはせしが御子なり、今の三井《みゐ》寺の別当心誉《しんよ》僧都《そうづ》、山階寺《やましなでら》の権別当《ごんのべつたう》扶公《ふこう》僧都なり。この君たちこそはものしたまふめれ《無事御存命のようです》。敦忠中納言の御子あまたおは《大勢おいでになっ》しけるなかに《たなかに》、兵衛佐[五]なにがし君《ぎみ》とかや申《ま》しし、その君出家《すけ》して往《極楽》生《往生なさいました》したまひにき。その仏の御子なり《その生き仏さまのお子さまですよ》、石蔵《いはくら》[六]の文慶《もんけい》僧都は。敦忠の御むすめ子《ご》は、枇杷《びは》[七]の大納言の北の方にておはしきかし」

「あさましき《(世次) 呆れるような》悪事を申し行ひたまへり《〔帝に〕》し罪により《罪の罰で》、この大臣の御末《時平公のご子孫》はおはせぬなり《はおられないのです》。さるは《その実》、大和魂[八]などはいみじくおはしましたるも《すばらしくていらっしゃったんですがね》の《え》を。

時平の善政、醍醐天皇と肚を合わせて贅沢を戒める

延喜《醍醐天皇が》の、世間の作法《風俗習慣をきちんとお取り決めになりましたが》したためさせたまひしかど、過差《くわさ》《贅沢を》をば、え鎮《しづ》めさせたまはざりしに《中々やめさせられずにいらっしゃったところ》、この殿、制を破りたる御装束《時平公が禁制を破ったお召物で》の、殊の《格別に》外にめでたきをして《美麗な衣服を身につけて》内裏《うち》に参りたまひて、殿上《てんじやう》に候はせたまふを《殿上の間に伺候されたのを》、

一 『大鏡新註』（関根正直）に、「一町の四分の一をいふ。その証は、紀略後一条天皇長元三年四月の条に、廿三日仗議、諸国吏居処、不㆑可㆑過㆓四分一之宅㆒近来多造㆓営一町家㆒……可㆓停止㆒者、とあるにて知るべし。公卿の家は、一町四方の定にして、国司等は、其の四分の一に限りたる也。顕忠公は大臣なれど、国司と等しき、狭小の家にて、大饗を催したり。かく自謙せし故に、六十余歳まで長生せりとなり」。

二 大臣に任じられた時のを、「初任の大饗」といい、親王方も臨席し、正客を定めて「尊者」とする。その後毎年正月催す大饗を「臨時の大饗」もしくは「年の大饗」と称した。

三 「富小路の右大臣」とも。

四 「顕忠三男、従四位上、右馬頭、左衛門佐」（『尊卑分脈』）。「すでにお亡くなりになりましたが、昔重輔の右衛門佐と申されたお方がおいでになりましたが、そのお方のお子さまですよ。今の心誉・扶公のお二人は」の意。「三井寺」は園《おん》城《じやう》寺の俗称。「山階寺」は興福寺の別名。

五 敦忠の四男佐理のこと。在俗当時、右兵衛佐。康保四年（九六七）出家。延暦寺の僧となり真覚と号した（『日本往生極楽記』）。

六 今の京都市左京区粟田口の岩倉。ここの大雲寺をさす。文慶は、「法印大和尚、大雲寺別当」（『尊卑分脈』）。

帝[九]小蔀《こじとみ》より御覧じて、御気色《けしき》いと悪しくならせたまひて、[一〇]職事《しきじ》を召して、『世間の過差の制きびしきころ、左の大臣《おとど》の、[一一]一の人といひながら、美麗殊の外《ほか》にて参れる、便《びん》なき事なり。早くまかり出づべき由おほせよ』と仰せられければ、承けたまはる職事は、『いかなる事にか』と[一二]恐れ思ひけれど、参りて、わななくわななく、『しかじか』と申しければ、いみじく驚き畏《かしこ》まり、承けたまはりて、[一三]御随《みずい》身《じん》の御先《みさき》参るも制したまひて、急ぎまかり出でたまへば、御前《ごぜん》ども、『怪し』と思ひけり。さて、本院の[一四]御門《みかど》一月《ひとつき》ばかり鎖《さ》させて、御簾《みす》の外《と》にも出でたまはず、人などの参るにも、『勘当の重ければ』とて、会はせたまはざりしにこそ、世の過差は平らぎたりしか。内々《うちうち》によく承けたまはりしかば、『さてばかりぞ鎮《しづ》まらむ』とて、帝と御心合はせさせたまへりけるとぞ」

時平の笑い上戸

「物のをかしさをぞ、え念ぜさせたまはざりける。笑ひ立たせたまひぬれば、すこぶる事も乱れけるとか。北野と世をまつりごたせた

ご機嫌がひどく悪くおなりになって
（帝）華美贅沢の禁制をきびしく命じているこの頃なのに　いくら第一の人物とはいいながら　不都合である　早々に退散するようその旨申し伝えよ　〔勅諚を〕　蔵人
〔左大臣の所に〕　ぶるぶるふるえながら　（職事）これこれの仰せですと申し上げたところ　恐懼して　仰せに服従なさって
先払いの声も制止なさって　前駆けの者ども
変だな　時平邸の　施錠させて
来客　（時平）帝のお咎めが重いから
お会いにならなかったのでそれではじめて　世の中の贅沢の風習がなくなったのです
よくうけたまわったところでは　（帝）こうでもしたら　贅沢もやむだろう
しめし合わせてなさったことだという話です
（世次）　時平公はおかしいことがあると　どうにも我慢おできにならなかったのです　一旦笑い出されてしまうと　いささか物事も乱れておしまいになったとか　道真公と一緒に天下の政治をなさって

七　源延光。醍醐天皇皇子代明親王の三男。九二七～九七六。
八　肚がすわっていて、実際的な知恵・才覚がある事。
九　御座所の小窓から帝が御覧あそばされて。
一〇　蔵人頭《くろうどのとう》とその部下の蔵人をさす。天皇側近に奉仕して種々の事務を執った。四位から頭二人を選び、五位三人、六位が四人あった。ここはその中の誰か一人ということになる。
一一　「一番すぐれた人」の義で、一般に摂政関白をさす。寛平九年七月三日に時平と道真が内覧の宣旨を受け、さらに昌泰二年（八九九）に、時平が左大臣、道真が右大臣となった。その時点で、摂政関白は該当者がなく時平の上に立つ人物は居なかったから、時平が一の人であったのである。つまり、ここは「一の上《かみ》」「一の大臣」の意味で使用しているので、左大臣だったからと解するのがよかろう。
一二　勅諚とはいえ、一の人に、さっさと消えろというような事を伝えていいのかとびくついたのである。
一三　「随身」は貴顕高官の外出の時、弓矢を持ち刀剣を帯び護衛として随従した近衛の官人。大臣・大将の場合八名。現今の雛人形の矢大臣と思えばよい。
一四　時平が自邸に籠居したことは『拾芥抄』にも、「本院」に注して「左大臣時平ノ家ナリ。依リ㆓新制ニ㆒勅勘之時、籠㆓居此家㆒」とある。

まふあひだ、非道なる事を仰せられければ、一さすがにやむごとなくて、『切《せち》にしたまふ事をいかがは』とおぼして、『この大臣《おとど》のしたまふ事なれば、不便《ふびん》なりと見れど、いかがすべからむ』と嘆きたまひけるを、なにがしの二史《し》が、『事にも侍らず。己《おの》れ、構へて、かの御言《こと》を止《とど》め侍らむ』と申しければ、『いとあるまじき事。いかにして』などのたまはせけるを、『ただ御覧ぜよ』とて、座に着きて、事きびしく定め三ののしりたまふに、この史《し》、四文刺《ふんざし》に文《ふみ》はさみて、いらなく振舞ひて、この大臣に奉るとて、いと高やかに鳴らして侍りけるに、大臣、文もえ取らず、手わななきて、やがて笑ひて、『今日は五術《ずち》なし。右の大臣に任せ申す』とだに言ひ遣りたまはざりければ、それにこそ、菅原の大臣、御心《みこころ》のままにまつりごちたまひけれ」

道真雷神となり時平を襲う

「また、北野の、神にならせたまひて、いと恐ろしく神鳴り閃《ひら》めき清涼殿に落ち懸りぬと見えけるが、本院の大臣、太刀を抜き六放《さ》けて、『生きても、七我が次《つぎ》にこそ物したまひしか。今日、神となりたまへ

いらした折に　道理に反した処置を
強く主張なさる事をやめさせるのはできそうもない　（道真）
不都合な処置と私は思うが　どうしたものか　溜息をおつきにな
ったのを　ある　（史）ぞうさもないことです　私めが　必ず　時平公の
お止めいたしましょう　（道真）そんな事ができるはずがない　どうするつもりか
（史）　時平公が席に着いて　訴え事を
きびしく裁定して　がなり散らしておられる時に　極端に大袈
裟な身ぶりをして　時平公に　その瞬間に実に高らかに一発やらかしたわけでございま
すが　受け取ることもおできにならず　手が震え　すぐ笑い出し　（時平）
とさえ言い終えることができない有様だったので
そのおかげで　裁決をおくだしになられました
（世次）　道真公が
［今まさに］落雷した　時平公は
存命中も

一 道真公はそれをとめようと思われたが、なんといってもほうっておけない大切な人なので。

二 文筆を以って仕える役人。文書係の役人。左右の大弁の下にそれぞれ大史二人、少史二人、史生十人がある。ここは、大史四人の中の一人か。正六位上の人物が任ぜられる。

三 現代語の「ののしる」は罵倒する義だが、平安時代の「ののしる」はワイワイ言う義。犬が吠え立てるのも「ののしる」であった。

四 蓬左本「ふみばさみ」。庭上に控える下級の役人が文書を挟んで、殿上の上司に差し出すための杖。『安斎随筆』に委《くわ》しい。

五 お手上げだ。何とも手の打ちようがない。

六 抜き放って。「さく」はサ行下二段動詞の連用形。「放つ」「遠くへ遣る」という意味。「ささらがた錦の紐を解きさけて」（『允恭紀』）、「夜の紐だに解きさけずして」（『万葉集』三九三八）、「親はさくれど我《わ》はさかるがへ」（同、三四三〇）、「しばしばも見さけむ山を」（同一七）、「御傍さけず、愛《うつ》くしきものにおぼしたりつるを」（『源氏物語』少女巻）などの用例がある。類推されたい。

七 あなたは右大臣で、左大臣である私の次の地位であられたではないか。「物す」は代動詞。「しか」は「き」の已然形で、「こそ」の結び。強意強調。

八 道理と非理の区別を明確にした。道真の霊も時平

りとも、この世には《現世においては》、我に所置きたまふべし《わたしに敬意を払われるのが当然ではないか》。いかでかさらではあるべきぞ《どうしてそうせずにおられるのか》』と睨《にら》み遣《や》りてのたまひける。一度は鎮まらせたまへりけりとぞ《［すると］その時だけ一度は雷鳴がお鎮まりになったと》、世人申し侍りし。されど《けれど》、それは、かの大臣のいみじうおはするにはあらず《時平公がお偉いからではありません》。王威《わうゐ》の限りなくおはしますによりて《天皇の御威光がこの上ないものでございますから》、[八]理非を示させたまへるなり《道理を重んずる姿勢をお示しになったのです》」

兄弟仲のよい仲平・忠平

(世次)「一　左大臣仲平[九]」

(世次)「この大臣《おとど》は、基経の大臣の次郎《次男》。御母は本院の大臣《時平公》に同じ。大臣《だいじん》の位にて十三年[一〇]ぞおはせし。『枇杷《びは》[一一]の大臣《おとど》』と申す。御子《みこ》持たせたまはず。伊勢集[一二]に、

(仲平)花薄《はなすすき》[一三]我こそしたに思ひしか穂に出でて人に結ばれにけり

など詠みたまへるは、この人《枇杷の大臣》におはす。貞信公《忠平》よりは御兄《このかみ》なれど《御年長》も、三十年[一四]まで大臣になりおくれたまへりしを、遂になりたまへれば、[一五]おほきおほい殿の御慶びの歌《太政大臣忠平公のお祝いの歌［が贈られました］》、

の言うところが理に叶っているとして、雷鳴が一時静かになったというのである。

九　仲平は承平七年（九三七）の正月に左大臣となり、左大臣のまま、天慶八年（九四五）薨。七十一歳。

一〇　左大臣の前に、承平三年に右大臣に任ぜられているから、通算十三年間、大臣の位に在った。

一一　「枇杷の大臣」は『拾芥抄』に「枇杷殿」に注して「左大臣仲平公宅、昭宣公家、近衛南、室町東、或鷹司南、東洞院西一町」とある。仲平の父昭宣公の邸で、ここに居住したので、「枇杷の大臣」と呼ばれた。

一二　大和守・伊勢守を歴任した藤原継蔭のむすめ「伊勢」の家集。伴信友によって『伊勢日記』と名付けられた部分を前半に持つことで注目される日記的物語的歌集。蓬左本「伊勢が集」。

一三　花薄よ、私こそ前から胸の中でそなたを想っていたのだが、穂に出て美しくなった時には人に契りを結ばれてしまったことだ。『古今集』恋五にも入集。仲平が懸想していた彼女が、兄時平と関係を持ったことを恨んで贈った歌。

一四　「三十年」は「二十年」の誤り。流布本には訂してある。忠平（仲平の弟、貞信公）は、延喜十四年（九一四）に右大臣になっているから、仲平の任右大臣が承平三年であるのにくらべ、約二十年早い。

一五　忠平は承平六年八月任太政大臣。仲平は翌七年正月二十二日に右大臣から左大臣に転じた。

（忠平）[一]遅く疾《と》く遂に咲きぬる梅《むめ》の花誰《た》[二]が植ゑ置きし種にかあるらむ

〔歌の通り〕やがてその花をかざして《そのまま梅の花を冠に插して》、御対面の日、慶びたまへる。廂《ひさし》[三]の大饗せさせたまひけるにも、横さまに《正面の上席に》据ゑ参らせさせたまひけるこそ、年ごろ《年来》少し傍痛く《傍にいても居心地悪くお思いだったお気持も解けて》おぼされける御心解けて、いかにかたみに心ゆかせたまへりけむと《どれほどお互いにお気持が晴れればれなさったかと》〔思われ〕、御間《あはひ》[四]めでたけれ。この殿《仲平公》の御心まことにうるはしく《きちんとして》おはしましける《誠実でいらっしゃいました》。皆人聞き、知ろしめしたる事なり。申さじ《くどく申しますまい》」

忠平の経歴とその子女

（世次）「一　太政大臣忠平　貞信公」

（世次）「このおとど、これ基経のおとどの四郎君。御母、本院の大臣・枇杷の大臣に同じ。このおとど、延長八年九月二十一日摂政[五]、天慶四年十一月関白[六]の宣旨かぶりたまふ《拝受なさる》。公卿にて四十二年、大臣の位にて三十二年[七]、世[八]を知らせたまふ事二十年。後の御諱号《いみな》、『貞信公』と名づけ奉る。『小一条[九]の太政大臣』と申す。朱雀院ならびに村上の御舅《をぢ》におはします。この御子五人。その折は《薨去なさった当時は》御位太政大臣にて、

一 『新古今集』巻十六雑上、『大和物語』百二十段参照。

二 「誰が植えておいてくれた種なのか」とは、父基経がやってくれたお蔭の意。忠平が左大臣時代に詠んだ歌か、太政大臣になってからのものか不明。前者なら、仲平が承平三年（九三三）二月十三日に右大臣になった時、弟の左大臣忠平が祝ってくれた歌となるが、後者なら、承平七年正月二十二日に仲平が左大臣に転じた時、摂政太政大臣忠平が詠んだ歌になる。

三 大臣は毎年母屋で大饗を行うが、初めて大臣に任ぜられた時は「廂（庇）」で行う。これを、「廂の大饗」という。新任の披露宴で、臨時の大饗である。ここは忠平が左大臣から太政大臣に移った時の大饗であろうか。それなら承平六年八月十九日の事で、秋だから梅の咲く季節ではない。梅の歌より半年前の事か。

四 それからお二人の仲がしっくりしたのです。

五 朱雀天皇即位。時に八歳。

六 朱雀天皇、時に十九歳。

七 史実は三十六年。「二」は「六」の写し誤りか。流布本その他の他本は「三十六年」。東松本及びその同系の本はすべて「三十二」と誤るが、もとのまま。

八 延長八年から天暦三年まで足掛け二十年。

九 「近衛南《ノ》。東洞院西《ノ》。師尹公家。一《ニ》云《フ》。山吹殿《ト》。清和天皇誕生所《ノ》。貞信公家《ノ》。（坤《ヒツジサルノスミニ》角有《リ》二宗像社一）」と『拾芥抄』に見える。

御太郎《ご長男は》、左大臣にて実頼のおとど、これ『小野宮《をののみや》』と申しき。二郎《次男は》、右大臣師輔《もろすけ》のおとど、これを『九条殿』と申しき。四郎《四男》、師氏《もろうぢ》の大納言とききこえき。五郎《五男》、また左大臣師尹《もろまさ》のおとど、『小一条殿』と申しきかし。これ四人の君たち、左右《さう》の大臣・納言などにて、さし続きおはしましし、いみじかりし御栄花《えいぐわ》《すばらしかった御繁栄》ぞかし。女君一所[一〇]は、先坊[一一]の御息所《みやすどころ》にておはしましき」

邸内に祀《まつ》られた宗像明神

(世次)「常にこの三人[一二]の大臣たちの参らせたまふ《〔父忠平の邸に〕参上される時に使う》料《れう》に、《通路として》小一条の南、勘解[一三]《かん》由小路《でのこうぢ》には、《〔忠平公は〕》石畳をぞせられたりしが《お敷きつめになったが》、まだ侍るぞかし《今でもまだ残っております》。宗像《むなかた》[一四]の明神のおはしませば、洞院《とうゐん》[一五]・小代《こしろ》の辻子《つじ》よりおりさせたまひしに《三大臣が車からお降りになったがその折》、雨などの降る日の料とぞ承けたまはりし《用途というように》。凡[一六]、その一町は人まかりありかざりき《小一条邸の周囲一町は人が往来しなかったものです》。今は、あやしの者も《いやしい身分の者も》、馬《むま》・車に乗りつつ、みしみしと歩き侍れば《みしみしと音を立てて》、昔のなごりに《昔を覚えている人間は》、いと忝《かたじけ》なくこそ見たまふれ《拝見します》。この翁どもは《私どものような老人は》、今もおぼろけにては《めったなことでは》通り侍らず《〔あそこを〕》。今日も参り侍るが《ここに参詣しますのが》、腰の痛く侍りつれば、術《ずち》なくてぞ《仕方なくて》、まかり通りつれど《それでたって通りは致しましたが》、猶《それでも》石畳をば避《よ》きて

一〇 貴子《きし》。文彦太子御息所。
一一 前皇太子保明親王（文彦太子）。
一二 実頼・師輔・師尹。
一三 蓬左本・久原本「かむけ」とあり、桂乙本に「カンテ」と振仮名し、古活字本「かんて」整版本「かて」。底本と同系本は「勘解由」と漢字表記だが、千葉本振仮名は「カテ」である。これらを総合すると、「勘解由」と書いて「カンデ」と読むのだろう。左京東西の小路。近衛御門と中御門の間の通りである。
一四 筑前国宗像郡にある神社。冬嗣の若い頃に神託があり、小一条邸に勧請。三柱の姫命を祀る。宇多天皇の頃まで、宗像氏が京都の宗像神社の神主を世襲。醍醐天皇の御代に、宇多天皇の皇子が大宮司であった。
一五 洞院の辻・小代の辻の義。松村博司氏の大系本の第二巻の補注〔二五〕に、次のようにある。「洞院は東洞院の略、南北に通ずる路。その辻は洞院と勘解由小路の交叉点、即ち小一条殿の東南隅。小代は小代小路、中御門大路以北の烏丸小路の称。小代の辻は小代小路と勘解由小路との交叉点、即ち小一条殿の西南隅。三人は邸のつごう上それぞれ両辻で下車して勘解由小路の石畳を歩いて小一条殿の南門から邸内に入った」。
一六 よみ方不明。「おほよそ」「およそ」「すべて」「おほかた」などが考えられる。千葉本「すべて」、蓬左本「おほかた」。

ぞまかりつる。南《南側の実にひどいぬかるみに》のつらのいと悪しき泥《ずい》〔足を〕を踏み込みてさぶらひつれば、穢《きたな》き物《着物の裾も》も、斯くなりて侍るなり」とて、〔袴の裾を〕引き出でて見す。

(世次)「『先祖の御物《おもの》は何《何でも皆ほしい》もほしけれど、小一条《小一条邸だけは》のみなむ要《えう》に侍らぬ《入用ではない》。人は子産み死なむが料《子を産むとか死のうとかする時のために》にこそ家もほしきに、さやうの折、〔けがれを憚って〕ほかへ渡らむ所は何にかはせむ《移らなくてはならない家では用をなさぬ》。また、凡《ふだんでも》、常にも弛《たゆ》みなく恐ろし《気の休まるひまがなく》』とこそ、この入道殿《道長公》は仰せらるなれ《仰しゃっておいでの由》。ことわりなりや《当然のことですね》」

(世次)「この貞信公には、宗像の明神、現《うつつ》に物など申したまひけり。『我《明神》よりは〔忠平公の方が〕御位高くて居させたまへるなむ苦しき』と申したまひければ、『いと《まことに》不便《ふびん》なる御事《お気の毒な事でした》』とて、神の御位申し上げさせたまへるなり《朝廷に願い出て忠平公より上位になさったのです》」

南殿の鬼と忠平の豪胆

(世次)「この殿、いづれの御時とは覚え侍らず。思ふに、延喜・朱雀院の御ほどにこそは侍りけめ、宣旨《せんじ》承けたまはらせたまひて《をお承けになられて》、行ひに《執行なさろうとして》、陣の座《陣の座の方へ》ざまにおはします道に、南殿《なでん》の御帳《みちやう》のうしろのほど通らせたまふに、物のけはひして《何かが居る気配がして》、御太刀《たち》の石突《いしづき》を捕へたりければ、いと怪《ひどく不思》

一 佐藤 球の『詳解』に「衣裳を謙遜して、汚きものといへるなるべし。弊衣などいふに同じ。『ひきいでて』は、袴のすその汚れたるを引出してなり」とある。古くは「履《は》き物」と注していた。但し、関根正直・橘純一・次田潤・岡一男は、なお「履《くつ》」のこととする。「引き出でて」とあるから、「着物の裾」又は「袴の裾」とする方が優るように思うがいかがであろうか。松村博司・保坂弘司・橘健二氏は「着物」説。
二 「死」に、千葉本「シナン」と振仮名。
三 千葉本「おほよそ」、蓬左本「おほかた」。
四 現実に。夢想などで告げるのでなく、実際に姿をあらわして物を言ったの意。
五 『三代実録』の貞観六年十月十一日の条に、「坐《マシマス》太政大臣東京第ノ正二位勲八等田心《タゴリ》ノ姫神、瑞津《タギツ》ノ姫神、市杵嶋《イチキシマ》ノ姫神、並ビ進メ階級ヲ、加フ従一位ヲ。」とあるから、貞観六年当時の太政大臣で従一位であった良房を、承平・天暦当時の忠平と作者が混同したらしい。つまり明神の示現があったのは良房だったのであろう。
六 底本「何御時」、千葉本「イツレノ御時」、蓬左本「いづれの御時」。
七 左近衛の陣の陣座の方へ。紫宸殿《ししんでん》の東、日華門の内にある詰所。
八 紫宸殿の俗称。大内裏の正殿。
九 御帳台。台の四方に帳を垂れた玉座。
一〇 鐺《こじり》。
一一 「なりけり」は真相を説明する時と思いあたった

しくて《議に思って》、探《さぐ》らせたまふに、毛はむくむくと生ひたる手の、爪長く、刀の刃《は》のやうなるに《ような手なので》、『鬼なりけり』[11]《さては鬼だな》と、いと恐ろしくおぼしけれど、臆したるさま見えじと《こわがっている様子は見せまいと》、念ぜさせたまひて[12]《じっと我慢なさって》、『おほやけの勅宣《帝の勅諚を》承けたまはりて、定めに参る人捕ふるは何者ぞ[13]《その評定に参る者を捕えるのは何者か》。ゆるさずば[14]《手を放さぬと》、悪しかりなむ[15]《ただではおかぬぞ》』とて、御太刀を引き抜きて、彼《かれ》が手を捕へさせたまへりければ《そやつの手をお摑みになったところ》、惑ひて《うろたえて》、〔手を〕打放ちてこそ〔慌てて〕、丑寅[16]《東北》の隅《すみ》ざまにまかりにけれ《隅の方へ逃げてしまった》。思ふに、夜《よる》の事なりけむかし。異《こと》殿ばらの御事よりも《ほかの殿がたのお話をいたすよりも》、この殿の御事申すは、忝なくもあはれにも侍るかな《おそれ多くもあり感慨深くもございますなあ》」とて、声うち変りて《急に声が変って》、洟度々《はなたびたび》うちかむめり《水ばなをたびたびかむ様子》。

(世次)「いかなりける事にか《どういうわけか》、〔忠平公は〕七月《ななつき》[17]にて《七ヶ月の月足らずで》むまれさせたまへるとこそ、人申し伝へたれ。天暦三年八月[18]十一日にぞ亡《う》せさせたまひける。正一位《しやういちゐ》に贈《ぞう》[19]せられたまふ。御年七十一[20]」

模範的人間、実頼

(世次)「一　太政大臣実頼《さねより》　清慎公」

時に使用する。ここは後者。「鬼だったのだな」の意。

一二「念ず」は、こらえるの義。

一三 評決。すなわち会議に出席する者を。

一四「ゆるす」は放す義で、「許可」の「許す」ではない。「縦す」で「手をゆるめる」「ゆるくする」の義。

一五 ひどい目に遭わすぞ。「悪しからむ」を強く言うと、「悪しかりなむ」となる。完了の助動詞「ぬ」の未然形を入れる。「きっと…だろう」の意。

一六 鬼か化け物らしく、鬼門の方角へ去ったというのであろう。

＊ 忠平の事となると、他の大臣よりも「忝なくもあはれ」だというのは、忠平が傑れた人物だったのであろう。兄の仲平より早く出世したことでも政治力に立ち優るものがあった事がわかる。またここで、特に世次がこのように言うのは、一つは聴き手の夏山重木の旧主でもあるから、その事への斟酌《しんしゃく》でもあろう。

一七『帝王編年記』(巻十六)に「忠平公、在胎七ヶ月誕生人也」とある。

一八 八月十四日(『日本紀略』『公卿補任』)。蓬左本「八月」。

一九 天暦三年八月十八日、贈正一位。なお「贈せられたまふ」は、「贈ぜられたまふ」と濁るか。

二〇 正しくは「七十」。なお蓬左本には、この文末の五文字が無いが、その方がよい。

（世次）「このおとどは、忠平のおとどの一男《長男》におはします。『小野宮《をののみや》[一]の大臣《おとど》』と申しき。御母、寛平法皇《宇多》の御むすめ[二]なり。大臣の位にて二十七年、天下執行[三]、摂政・関白[四]したまひて二十年ばかりやおはしましけむ。御諡号《いみな》、『清慎公』なり。和歌[五]の道にも傑《すぐ》れおはしまして、後撰[六]にもあまた入りたまへり。凡[七]、何事にも有識《いうそく》に《知識が豊富で》、御心うるはしくおはしますことは《お心が端正でいらっしゃることは》、世の人の本《ほん》にぞ引かれさせたまふ《模範として引かれておいでになる程だ》。小野宮の南面《みなみおもて》[八]には、御髻《おんもとどり》[九]放ちては出でたまふ事なかりき。その故は、稲荷《いなり》[一〇]の杉の顕《あら》はに見ゆれば《見えるので》、『明神、御覧ずらむに、いかでかなめげにては出でむ《見ておられるかもしれないのにどうして無礼な恰好で出ることができよう》』とのたまはせて、いみじく慎《つつし》ませたまふに《用心しておいでなのに》、おのづから《うっかりして》おぼしめし忘れぬる折は、御袖を被《かづ》きてぞ、驚き騒がせたまひける《お袖で頭を覆い隠してそれはもううろたえ騒がれました》」

敦敏の早世と実頼の嘆き

（世次）「このおとどの御女子《をんなご》[一一]、女御にて亡せたまひにき。村上の御時にや、よくも覚え侍らず。男君は、時平のおとどの御むすめの腹に、敦敏《あつとし》の少将ときこえし、父おとど《実頼公》の御先[一二]にかくれたまひにきかし。さて、〔父君が〕いみじうおぼし嘆くに《悲嘆に昏れておられる時》、東《あづま》の方より《東国から》、〔敦敏少将が〕亡せたまへりとも知らで馬《むま》を

一　「小野宮」は「大炊御門ノ南、烏丸ノ西、惟高親王ノ家。定頼公伝㆓領シ之ヲ㆒、清慎公伝㆓領ス之ヲ㆒」（『拾芥抄』）。

二　底本傍注及び「裏書」に「傾子」。『公卿補任』には「宇多天皇第一源氏順子」とある。

三　「執」に、千葉本「シフ」と振仮名。

四　実頼は、康保四年（九六七）に関白太政大臣、安和二年（九六九）に摂政太政大臣、天禄元年（九七〇）五月に薨去。摂関は四年に過ぎず、天暦三年（九四九）の忠平の死後、首席大臣として康保三年まで変らなかったから、「二十年ばかり」というのは、天暦三年ころから天禄元年までをいうのであろう。

五　『清慎公集』一巻があるが、現存の本は『義孝集』『伊勢大輔集』の歌が混入している。他撰。勅撰集に三十六首入集。天徳四年内裏歌合の判者を勤めた。

六　『後撰集』には十首入集。

七　「凡」は訓み方不明。蓬左本は「おほかた」。

八　貴人の邸宅の南向きの正殿。

九　きちんと髪を結ばずに「もとどり」をざんばらにしたままで部屋にお出ましになる事はなかった。

一〇　稲荷神社の御神木の杉の大樹。山城国紀伊郡深草（現、京都市伏見区）の稲荷山の東面にある神社。伏見稲荷。この杉の枝を折って持ち帰ると霊験があると言われ、今も初午《はつうま》の日に「しるしの杉」が授与される。

一一　村上天皇の御時の弘徽殿《こきでん》女御、述子。実頼二女。天慶九年（九四六）十二月二十六日女御となり、翌天

献《たてまつ》りたりければ、おとど、

(実頼)一三 まだ知らぬ人もありけり東路《あづまぢ》に我も往《ゆ》きてぞ住むべかりける

一四 いと悲しき事なり」

とて、目押し拭《のご》ふに、

(世次)「おとどの御童名《わらはな》をば、『牛飼』と申しき。されば、その御族《ぞう》《実頼公の御一族は》は、牛飼を『一五 牛つき』とのたまふなり」

三島大明神、佐理の書を所望

(世次)「敦敏の少将の子なり、佐理《すけまさ》の大弐。世の一六 手書《てか》きの上手《じやうず》。一七 任果てて上《のぼ》られけるに、伊予国《いよのくに》の前なる泊《とまり》にて《港で》、日いみじう荒れ《天候がひどく荒れ》、海の面《おもて》悪しくて、風恐ろしく吹きなどするを、少し直《なほ》りて出でむとしたまへば《少し天候が回復して舟出しようと》、また同じやうになりぬ《同じような悪天候に》。斯《か》くのみしつつ日ごろ過ぐれば《こういう事の繰り返しで幾日も経過したので》、いと怪しくおぼして、物問ひたまへば《易者におたずねになると》、『神の御祟《たた》り』とのみ言ふに《ばかり言うのだが》、さるべき事もなし《そのような心あたりもない》。『いかなる事にか』と畏《おそ》れたまひける夢に見えたまひけるやう、いみじう《たいそう》一八 気高《けたか》きさましたる一九 男のおはして、『この、《このように》日の荒れて《天気が荒れて》、日ごろ《何日も》ここに経《へ》たまふは、己れがし侍る事なり《私がそうしておるのです》。よろ

暦元年（九四七）十月五日卒去。十五歳。贈従四位。

一二 敦敏は天暦元年十一月七日卒。父実頼は天禄元年五月十八日薨で、二十三年も以前である。

一三 東国では敦敏の死んだことをまだ知らぬ人もあったのだなあ。私も東国筋へ出掛けて向うで住めばよかった。「ありけり」は「思いあたり」の「ありけり」の例。この歌『後撰集』哀傷及び、『栄花物語』（月の宴）、『古本説話集』等に見える有名な話。

一四 まこと御同情に堪えない。世次の心。

一五 牛付き。「牛に付き添う人間」の意。

一六 その当時の書道の達人。当時、小野道風・藤原行成と、この藤原佐理を「三蹟」と称えた。大弐になる前は、参議で兵部卿を兼ねていた。

一七 国司の任期は普通四年だが、大弐は五年。正暦二年（九九一）正月二十七日に任ぜられ、長徳元年（九九五）十月十八日の除目《じもく》で、大弐の職を停められ召還されて京へ上った。佐理は在任中宇佐八幡宮に対し不敬があったという理由で宇佐の神人から訴えられ、危く除名になるところを助かって帰任する途中であった。

一八 高貴な様子。現代は「けだかい」と濁るが、平安時代は多分、「気《け》」＋「高し」で「けたかし」と清音だったのではないかと考えられる。

一九 僧形でないことを意味する。在俗の男子の義。仏でなく、神であることを示したもの。

づの社《やしろ》に額《がく》の懸りたるに《かかっているのに》、己れが許《もと》に《私の所に》しも無きが《限って無いのが》悪《あ》しければ、懸けむと思ふに、なべての手して《月並の筆蹟で》書かせむがわろく侍れば《よくない事だから》、汝《われ》[一]に書かせ《そなたに書》奉らむと思ふにより《いてもらいたいと思うので》、「この折ならではいつかは《この機会をはずしたらいつ書いてもらえようか》」とて、止《とど》め奉りたるなり』とのたまふに、『誰とか申す《〔あなたさまは〕何と申されるお方ですか》』と問ひ申したまへば、『この浦の三島[二]に侍る翁なり』とのたまふに、夢のうちにも《夢の中ながらも》、いみじう畏《かしこ》まり申すと《お受け申すと》おぼすに《〔途端に〕》、[三]おどろきたまひて《ハッと目を醒まされて》、[四]また更にも言はず」

(世次)「さて、伊予へ渡りたまふに、多くの日荒れつる日ともなく《幾日ものあいだ荒天続きだったとも思われぬほど》、うららとなりて《晴れ渡って》、そなたざまに《伊予の方へ》追風《おひかぜ》吹きて《順風が吹いて》、飛ぶがごとくまうで着きたまひぬ《〔三島に〕到着なさった》。湯度々浴《あ》み、いみじう《十分に》潔斎して清まはりて《身を清めて心身ともきれいになり》、日の装束して《衣冠束帯をつけて》、やがて《それなりすぐに》神の御前にて書きたまふ《〔扁額を〕》。神官《かんづかさ》ども召し出《い》だして、打たせなど《額を社頭に掲げさせなど立派に》、よく法《ほふ》のごとくして《作法通りにして》帰りたまふに、露恐るる事なくて《少しも心配する事もなくて》、末《すゑ》末《ずゑ》の船に至るまで《召使どもの乗る船まで》、平らかに上《のぼ》りたまひにき《〔京へ〕》。我《わ》がする事を《自分のする事を》人間《にんげん》[五]に褒《ほ》め崇《あが》むるだに興ある事にてこそあれ《愉快なものなのに》、まして、神の御心にさまで《それほどに》ほしくおぼしけむこそ、いかに御心驕《おご》り[六]したまひけむ。また、おほ

一 あなた。「なれ」に同じ。
二 大山祇神社《おおやまつみ》。愛媛県越智郡大三島町にある。伊予国の一の宮。祭神は大山祇神。「祇」は「積」とも「津見」とも書く。伊邪那岐命《いざなぎのみこと》の子、木花開耶姫命《このはなさくやひめのみこと》の父。『延喜式』に見える大社。瀬戸内海の芸予海峡の中央、大三島の西側に鎮座する。現在も、藤原佐理の筆になる神号を書いた扁額が残っている。
三 「おどろく」は平安時代では、しばしば眠りから醒める事に用いる。「ハッと目を醒ます」「目が醒める」。
四 夢が醒めてからは、言うまでもなく、たいそう恐懼感激なさって、扁額をしたためる覚悟をなさった。
五 世間。「ジンカン」とも。
六 内心得意になる事。
七 京都五条南、賀茂川の東（東山区轆轤《ろくろ》町）にある真言宗の寺院。応和三年（九六三）、空也《くうや》上人の創建。
八 怠け者。のんき者。のんびり屋。極楽とんぼ。
九 愚図。ぐうたら。「如泥」を「によでい」と読む

のは『大鏡註釈』（鈴木弘恭）『国文口訳叢書 第二篇 大鏡』（芳賀矢一）『大鏡詳解』（佐藤 球）以来の読み方であるが、千葉本傍書には「シヨテイ」とある。また『新註対訳 大鏡』（池辺義象）に、「言ふ所要領を得ざるを『如泥』といへること、古記録などに見えたり、『酔如レ泥』といふより出でたる語か」とある。古記録とは、譬えば『小右記』長和四年四月一日の条に、「昨日仁王会、如泥云々」と見え、また、『実隆公記』文明十六年十一月十二日の条にも、「傾二数盃一、沈酔如レ泥」とあり、『宇津保物語』蔵開上巻にも「皆人泥《でい》の如く酔ひて、足を逆さまに倒れよろぼひつつ」とある。この「泥《でい》」を単に「どろんこ」の事と見るか、中国の南海の虫のこととして「海鼠《なまこ》」のこととするかは、註釈家によって両説に岐《わか》れる。ともに通じる。

一〇 藤原道隆。兼家長男。長徳元年（九九五）薨。四十三歳。

一一 兼家の伝領した邸とは別で、東三条東町にあった二条院の事で、中宮定子の里邸。正暦三年（九九二）十一月に修築した時のことであろう。

一二 和歌の内容を絵にあらわしたものをお書かせになりましたが、その色紙の形の中に書く和歌を。

一三 祝儀の折の纏頭《てんとう》用の着物。大袿《おおうちき》の類。肩に掛ける。

一四 やはり暢気《のんき》からおこった失敗であった。

書聖佐理のルーズな性格

よそ、これにぞ、いとど日本第一の御手の覚え〔書家だという評判〕は取りたまへりし。[七]六波羅蜜寺《ろくはらみつじ》の額も、この大弐の書きたまへるなり。されば、かの三島の社の額と、この寺のとは、同じ御手に侍り〔同じ人の御筆蹟でございます〕」

「御心ばへ〔(世次) ご性格は〕ぞ、[八]懈《け》怠《だい》者、少しは[九]如泥人《にょでいにん》ともきこえつべくおはせし〔申し上げても差し支えないお方でした〕。[一〇]故中《こなかの》関白殿、[一一]東三条《とうさんでう》造らせたまひて、御障子〔襖に〕に[一二]歌絵ども書かせたまひし色紙《しきし》形《がた》を、この大弐〔佐理殿に〕に書かせ申《ま》したまひけるを、いたく人騒がしからぬほどに、参りて書かれなば善かりぬべかりけるを〔朝早いうちに参上して書かれたならばよかったはずなのに〕、関白殿渡らせたまひ、上達部《かんだちめ》・殿上人など、さるべき人々参り集《つど》ひて後に、日高く待たれ奉りて参りたまひければ〔「皆さんをさんざん」待たせたところにいらしたので〕、少し骨《こち》なくおぼしめされど〔恰好が悪いとはお思いあそばしたけれど〕、さりとてあるべき事ならねば〔といって書かずにすますわけにいかないので〕、書きてまかでたまふに〔退出なさる時に〕、〔「道隆さまが」〕女の[一三]装束被《かづ》けさせたまふを、さらでもありぬべく〔そんな事をなさらないでも〕おぼさるれど、棄《す》つべき事ならねば〔棄ててしまうわけにもいかないから〕、そこらの人のなかを分け出でられけるなむ〔大勢の中をかき分けて出られるという目に遭われたのは〕、[一四]猶《なほ》懈怠の失錯《しつしゃく》なりける。『のどかなる今朝《けさ》、疾《と》く〔早目に〕もうち参《まゐ》りて書かれなましかば〔お書きあそばしたら〕、斯からましやは〔あんな見っともない目には遭われなかったはずと〕』とぞ、皆人も〔誰もが〕思ひ、みづからも〔御自分でも〕おぼしたり

＊佐理は、三蹟の一人だが、現存するその書状の内容は、自分の怠慢や失態に対する弁明や謝辞ばかりで、清慎公の嫡孫なのに、大鏡作者があえて言ってのけたように「懈怠者」であり、時には「如泥人」と言っていいような人間だったらしい。そして作者は返す刀で、道隆が佐理をただの書家並みに扱った傲慢をも非とする。

佐理の姻戚関係、娘は女流書家

一 実頼の孫。斉敏の子。権中納言。右衛門督。

二 藤原経任。正二位権大納言。治部卿。皇后宮大夫。経任の母は、実頼の曾孫で、懐平は実頼の孫だから、懐平と佐理のむすめの結婚は、「いとこ」同士ではない。女流書家として傑れていることは『栄花物語』(根合)に賞讃してある。

三 藤原為光。晩年に法住寺を建ててそこに住んだ。

実頼の三男斉敏とその子

四 忯子《しし》。『栄花物語』(花山尋ぬる中納言)に見える。

五 藤原義懐《いいちか》。伊尹の五男。花山天皇のあとを追って出家。飯室の入道と称した。

六 藤原尹文。大納言右大将道明の子。伊賀・摂津・播磨の国守を歴任。「まさふん」は千葉本の訓。

七 寛弘元年(一〇〇四)十二月、任大宰大弐。長和二年(一〇一三)五月、前大宰大弐藤原朝臣高遠薨。六十五歳(『紀略』)。

八 九五三〜一〇一七年。長和二年皇后宮大夫。

斉敏の三男、祖父実頼の養子となる

ける。『むげの《全くの》、その道なべての下臈などにこそ、斯様《かやう》なる事はせさせたまはめ』《書道専門の卑しい身分の者などにならこのような祝儀の与え方をなさってもよいがと》と、殿をも誹《そし》り申す人々ありけり」《関白さままで悪く申し上げる連中がおりましたわい》

(世次)「その大弐《佐理殿》の御むすめ、いとこの懐平《やすひら》[一]の右衛門督の北の方にておはせし経任《つねたふ》[二]の君の母よ。大弐《父佐理》に劣らず、女手書き《女流書家》にておはすめり。大弐の御妹は、法住寺[三]のおとどの北の方にておはす。その御腹の女君[四]は、花山院の御時の弘徽殿の女御、また入道中納言[五]の御北の方。また男子《をのこご》は、今の中宮大夫斉信《ちゆうぐうのだいぶただのぶ》の卿とぞ申すめる」

(世次)「小野宮のおとどの三郎《三男》、敦敏の少将の同じ腹の君《同母の弟君で》、右衛門督までなりたまへりし《出世なさったお方は》、斉敏《ただとし》とぞきこえしかし。その御男君《御子息は》、播磨守尹文《まさぶん》[六]のむすめの腹に三所《みところ》おはせし。太郎《長男》[七]は高遠の君、大弐《大宰大弐》にて亡せたまひにき。二郎《次男》[八]は懐平《やすひら》とて、中納言、右衛門督までなりたまへりし、その《懐平様の》御男子《をのこご》なり、今の右兵衛督経通《つねみち》[九]の君。また侍従宰相《じじゆうのさいしやう》[一〇]資平の君。今の皇大后宮権大夫《くわうたいごうぐうのごんのだいぶ》にておはすめる」

(世次)「その斉敏の君の御男子、御祖父《おほぢ》小野宮のおとど《実頼(清慎)公が》の御子にしたまひ《御養子になさって》

九　九八三～一〇五一年。母保光女。治安元年（一〇二一）、右兵衛督。

一〇　参議兼侍従。九八六～一〇六七。母保光女。寛仁五年（一〇二一）皇太后宮権大夫。

一一　天元四年（九八一）蔵人頭。永祚元年（九八九）参議。長保三年（一〇〇一）権大納言。右大将。寛弘四年（一〇〇七）兼按察使。同六年転大納言。治安元年右大臣。長暦元年（一〇三七）従一位。永承元年（一〇四六）出家、同日薨去。九十歳。

一二　万寿二年当時は、四十歳で参議。皇太后宮権大夫。侍従。左中将（『公卿補任』）。その後、右衛門督、皇后宮権大夫、皇太后宮権大夫、権中納言、按察使、権大納言、康平八年（一〇六五）大納言。治暦三年（一〇六七）十二月薨。八十二歳。

一三　誤り。流布本、萩野本の「頼定」がいい。為平親王の子。母は源高明の娘。任参議は寛弘六年三月。

一四　婉子。元、花山天皇の女御だったが、花山天皇御出家の後、実資妻となった。為平親王の娘。頼定とは兄妹関係。美貌の評判が高かった。

一五　『詞花集』七、恋上所収。藤原道信朝臣。末句「ものにぞありける」。

一六　本来主人の居住する所で、家族は「対の屋」に住むのが普通だが、実資が「かぐや姫」を鍾愛し、特に寝殿に住まわせたのであろう。

一七　帳台。室内に一段高く台（浜床《はまゆか》）を設け、四方にカーテンを垂れ、上部にも帳を張る。

て、『実資』と付け奉りたまひて、いみじう《たいへん》かなしうしたまひき《おかわいがりになられました》。このおとどの御名の文字なり《清慎公さまのお名前の一字です》、『実《さね》』文字《もじ》は。その君《実資公》こそ、今の『小[一一]野宮の右大臣』と申して、いとやむごとなくておはすめり《まことにごりっぱにお過しとお見受けします》。このおとど《実資公が》の、御子《みこ》なき嘆きをしたまひて、我が御甥《をひ》の資平[一二]の宰相《参議》を養ひたまふめり。末に《晩年に》、宮仕人《みやづかへびと》をおぼしける腹に出でおはしたる男子は《御所勤めの女性を愛されその腹からお生れになった》、法師にて《僧となって》、内供《ないぐ》良円の君とておはす。また、さぶらひける女房を《お邸に仕えていたお腰元を》召し使ひたまひけるほどに、おのづからむまれ《いつかお手がついて》たまへりける女君、『かぐや姫』とぞ申しける。この母《かぐや姫の母》は[一三]頼忠の宰相《参議》の乳母子《めのとご》。北の方[一四]は花山院の女御、為平の式部卿の御むすめ。院《花山院》背《そむ》かせたまひて《世を捨てられて後》、道信の中将も《〔婉子に〕》懸想《けさう》し申したまふに、この殿参りたまひにけるを《実資公がお通いになるようになったのを》聞きて、中将のきこえたまひしぞかし《道信さまが次の歌を婉子さまにお送りになったことでした》。

[一五]嬉しきはいかばかりかは思ふらむ《あなたはさぞかしお喜びのことでしょう》憂きは身にしむ心地こそすれ《私は失恋のつらさを嚙みしめています》

この女御、殿にさぶらひたまひしなり《婉子さまが実資公の所に仕えられるようになったのです》。この女君《かぐや姫》を、小野宮の寝殿[一六]の東面《ひんがしおもて》に帳《ちやう》[一七]立てて、いみじうかしづき据ゑ奉りたまふめり《たいそう大切に腰元を大勢侍らせてお育て申しておいでとの事》。いか《一体ど》

一 隠れた資産家。人の知らない富豪。
二 渡り廊下。
三 東南の方角。
四 実資が邸内に建てた念誦堂。「間」は建物の柱と柱の間をさす。付属の建造物が寛仁三年（一〇一九）十二月に出来、翌四年十一月念誦堂の構築に着手、治安三年（一〇二三）十二月、白檀の多宝小塔を安置。
五 本尊に奉仕する僧。
六 実資の日記『小右記』の治安三年閏九月の条に、「今日奉《ル》レ顕《ハシ》ニ一万体薬師如来《ノ》一料《ヲ》三十石（中略）又等身観音・毘沙門天可《シ》レ奉《ル》レ顕《ハシ》」とある。
七 神仏に供える米。同時に供僧などに賜る扶持米《ふちまい》の意味もある。注六の「料三十石」がこれにあたる。
八 「定図」は定まった大きさの容器であろうとする松村博司氏の説に従いたい。また「定器」とも言う。米・飯・果物・野菜などを盛る。
九 『小右記』治安三年八月二日条に、七月ごろから西の池に蓮《はす》が生え、その後更に東の池にも出て来たので、極楽の池のようだと、実資が随喜している。
一〇 当時、庭を野に造ることは風流とされた。『源氏物語』（鈴虫）、また『小右記』治安三年八月を参照。
一一 いつも経を携えて毎日読誦する僧や、真言密教の祈禱僧。
一二 現世の罪障を滅し、来世の善を得るための祈り。
一三 ちょうな。小型の斧。「工匠」（大工）の使う斧。

小野宮の豪富とその邸宅・庭園

なる人か（のような殿方が）御婿となりたまはむとすらむ」

（世次）「かの殿は（あの実資公は）、いみじき（大変な）隠《こも》り徳人《とくにん》[一]にぞおはします。故小野宮のそこばくの（亡くなられた実頼公のたくさんの）宝物《たからもの》・荘園《しやうゑん》は、皆この殿にこそは有らめ（この実資公に相続されているのでしょう）。殿造りせられたるさま（御殿の建築をなさった）、いとめでたしや（全く結構ですな）。対（対の屋）・寝殿・渡殿《わたどの》[二]は例の事なり（普通と同じです）。辰巳《たつみ》[三]の方《はう》に[四]三間《げん》四面《めん》の御堂《みだう》立てられて、廻廊《くわいらう》はみな供僧《ぐそう》[五]の房（部屋に）にせられたり。湯《ゆ》屋《や》（湯殿）に大きなる鼎《かなへ》二つ塗り据ゑられて（釜二つを土で塗りこめて据え）、煙《けぶり》立たぬ日なし。御堂には、[六]金色《こんじき》の仏《ほとけ》多くおはします。供米《くまい》[七]三十石《こく》を、定図《ぢやうづ》[八]に置かれて絶ゆる事なし。御堂へ参る道は、御前《おまへ》[九]の池より彼方《あなた》を遥々《はるばる》と野[一〇]に造らせたまひて、時々の花紅葉《はなもみぢ》を植ゑたまへり。また、舟に乗りて、池より漕ぎても参る（［花紅葉の道か舟でゆくか］）。これより外《ほか》に道なし。住僧には（御堂に住む僧には）、やむごとなき（尊い学識深い僧）智者《ちさ》、あるいは持経者[一一]、真言師どもなり。これに夏冬の法服《ほふぶく》を賜《た》び、供料《くれう》を（扶持米を）当て賜びて、我《わ》が滅罪生善《めつざいしやうぜん》[一二]の祈り、また、姫君（かぐや姫）の御息災を祈りたまふ」

（世次）「この小野宮を、明け暮れ造らせたまふ事、日に工匠《たくみ》の七八人絶ゆる事なし。世の中に手斧《てをの》[一三]の音《おと》する所は、『東大寺とこの宮』《この小野宮だけだと》とこそは侍るなれ。祖父《おほぢ》おほい殿《実頼公が》の、取り分きたまひし《お目をかけられただけの》験《しるし》はおはする人なり《値打ちのある偉いお方です》。まこと[一四]、この御男子《をのこご》は《この実資公の　ご子息は》、今の伯耆《はうき》守[一五]資頼ときこゆめるは《この方は》、姫君の御一つ腹にあらず《姫君とは御同腹ではありませぬ》。いづれにかありけむ《どなたのお子でしたかねえ》」

(世次)「一　太政大臣頼忠　廉義公」

頼忠、関白をやめ皇后と四条宮に住む

(世次)「この大臣《おとど》は、小野宮実頼のおとどの二郎《次男》なり。御母、時平の大臣の御むすめ、敦敏の少将の御同じ腹なり。大臣の位にて十九年、関白にて九年、この世の《この世の》生極《しやうき》めさせたまへる人ぞかし《栄華を極め一生を幸福におすごしになったお方ですよ》。三条よりは北、西洞院《にしのとうゐん》より東《ひんがし》に住みたまひしかば、『三条殿』[一六]と申す。一条院、[一七]位に即かせたまひしかば、よそ人にて《外戚でなくなり》、関白退《の》かせたまひにき。ただ[一八]『おほきおほい殿』と申して、四条の宮[一九]にこそは、一つに住ませた《御長女の遵子さまとご一緒に》まひしか《お住みでした》。それに、この前《さき》[二〇]の《そこへ持ってきて》帥殿《そちどの》は、時の一の人の御孫にて《当時の第一人者摂政兼家さまのお孫さまで》、えも言はず華やぎたまひしに《言いようのないほど》、六条殿の御婿にておはせしかば《六条左大臣源重信公の婿君でいらっしゃいましたから》、常に西《にしの》

一四「まことや」とも言う。忘れていた事を思い出して、「ああ、言うのを忘れていた」「ああそうそう」などという言葉にあたる。

一五『小右記』の万寿二年（一〇二五）七月八日の記事によれば、資頼は前伯耆守。また『尊卑分脈』によると、資頼は実資の養子で、母は出羽守常種女。

一六『拾芥抄』の「三条院」の項には「三条堀川、廉義公宅」と見えて本書と相違する。

一七 頼忠は一条天皇即位以前は、円融・花山朝で、長女遵子が円融后、二女諟子が花山女御であったから、円融帝の貞元二年（九七七）に藤原兼通のあとを受けて関白になり、寛和二年（九八六）花山院出家後、関白をやめている。

一八 寛和二年六月二十三日以降は、ただの「太政大臣」として仕え、足掛四年を経て、永延三年（九八九）六月二十六日に薨去した。

一九 頼忠の長女遵子、つまり円融院皇后の居所。『拾芥抄』に、「四条南、西洞院東、廉義公家、公任大納言家。紫雲立所也」とある。

二〇 藤原隆家。隆家が大宰権帥になったのは長和三年（一〇一四）。出生は天元二年（九七九）。この条の年時は、重信の婿となった後だろうから、正暦四、五年で頼忠薨後となり、この話は眉唾物である。岡田希雄氏の「大鏡研究の一方面に就いて」（「国語と国文学」昭和十一年四月号）という論文を参照のこと。

洞院《とうゐん》のぼり（北に向ってお通りになるのを）にありきたまふを、こと人ならば（余人ならば）、こと方より（〔四条の宮を〕ほかの道を通り）、避《よ》きて（避けて）もおはすべきを、大后《おほきさき》[一]・太政大臣（頼忠公）のおはします前を、馬にて渡りたまふ。おほきおほい殿（頼忠公）いと安からずおぼせども、いかがはせさせたまはむ（どうしようもない）。なほいかやうにてか（それにしてもどんな恰好で通るのかと）と、ゆかしく（知りたく）おぼして、中門の北の廊の連子《れんじ》[二]より覗《のぞ》かせたまへば、（〔隆家さまは〕）いみじう逸《はや》る馬にて、御紐押し[三]のけて、雑色《ざふしき》[四]二三十人ばかりに、先《さき》（先払いの声）いと高く追はせて、打見入れつつ（〔四条の宮邸内を〕覗きこみながら）、馬の手綱《たづな》控へて（ぐっと引き締めて）、扇高く使ひて（扇を高々と使って）通りたまふを、あさましく（あんまりひどい無礼だと）おぼせど、なかなかなる事なれば（咎め立てしてもむだな事だから）、事多くものたまはで、ただ『情なげなる男《をのこ》に（情味のなさそうな男だね）こそありけれ』とばかりぞ申したまひける。非常のことなりや（常識では考えられない無作法ですね）。さるは（というのは）、帥《そち》の中納言殿（隆家さまの）の上《うへ》（夫人）の、六条殿の姫君は、母は三条殿（頼忠公の）の御むすめにおはすれば（〔奥さまは〕頼忠公のお孫さまなのです）、御孫ぞかし。されば（〔本来なら〕）、人よりは（余人よりも）参り仕《つか》まつり（頼忠公のお邸に顔出しすべきお立場でしたのにね）だにこそしたまふべかりしか」

（世次）「この頼忠のおとど、一の人にておはしましかど（関白太政大臣でいらっしゃいましたが）、御直衣《なほし》にて（平服で）内《う》裏《ち》に参りたまふ事侍らざりき（参内なさる事はございませんでした）。奏せさせたまふべき事ある折は（帝に奏上なさるべき事がある時は）、布《ほう》[五]

一 遵子。天元五年（九八二）三月十一日に中宮、正暦元年（九九〇）十月五日、皇后宮、長保二年（一〇〇〇）二月二十五日皇太后宮、長和元年（一〇一二）二月十四日、太皇大后宮。寛仁元年（一〇一七）六月一日崩御。六十一歳。したがって「大后」なら、長保二年から長和元年までの十二年間の事になるが、遵子が皇太后に任ぜられた長保二年には、すでに父頼忠は薨去後。父娘が四条宮に一緒に住んでいたのは、永延三年（九八九）までであるから、遵子の中宮時代のことであろう。寛和二年（九八六）から永延三年までの四年足らずの時期が考えられるが、この時期は、隆家が八歳から十一歳までの幼少時にあたるので、まだ六条左大臣の婿になっていたかどうか疑わしい。

二 窓や欄間に設けた格子。縦格子の窓。

三 直衣《のうし》の襟の入れ紐を解き放ったままの不作法な恰好。

四 仕丁《じちよう》。雑用する小者。元来無位だから服色の定めがなく、いろいろの服装をしていることからの名称。

五 布製の袴の意。束帯のうち、表袴《うえのはかま》、大口袴を、指貫《さしぬき》・下袴に替えた装い。「衣冠」よりも改まり、「束帯」より略式。公事でない儀式に用いる。帯をさして笏《しやく》を持つ。『雅亮装束抄《まさすけそうぞくしよう》』『桃華蘂葉《とうかずいよう》』などに見えている。

六 「たまふ」は、東松本系統の書き方。蓬左本系統の本には「たまひ」とあって後文に続く。

頼忠、礼服に威儀を整えて出勤

袴《こ》にてぞ参りたまふ《参内なさる》。さて《そうして》、殿上《清涼殿の殿上の間に》にさぶらはせたまふ[六]。年中行事《ねんちゆうぎやうじ》[七]の御障子《みさうじ》の許《もと》にて、さるべき職事《しきじ》[八]蔵人《くらうど》などしてぞ、奏せさせたまひ、承けたまはりたまひける。また、或《あ》る折は、鬼の間《ま》[九]に帝《帝が》出でしめた《出御》[一〇]まひて《あそばして》、召《めし》ある折ぞ参りたまひし。〔頼忠公は〕関白したまへど、よその人にお《帝と血のつながりが》はしましければにや《おありでなかったので遠慮なさったのでしょうか》」

頼通の子女、四条宮遵子と恵心僧都

(世次)「故中務卿《なかつかさきやう》[一一]代明《よあきら》の親王《みこ》の御むすめの腹に、御むすめ[一二]二人、男子《をのこご》一人おはしまして、大姫君《長女遵子》は、円融院の御時の女御《にようご》にて、天元五年三月十一日に后に立ちたまひ、中宮と申しき。御年二十六。皇子《みこ》おはせず。『四条の宮』とぞ申すめりし。いみじき有心者《うしんじや》[一三]・有識《いうしよく》[一四]にぞ言はれたまひし。功徳《くどく》[一五]も御祈りも如法《によほふ》[一六]に行はせたまひし。毎年の季《き》[一七]の御読経《みどきやう》なども、常の事ともおぼしめしたらず《恒例の行事だから適当にともお考えにならず》、四日がほど《に亘って》、二十人の僧を房の飾りめでたくてかしづき据ゑさせ《部屋の装飾を美々しくして大切にもてなして宿泊させ》たまひ、湯浴《あ》むし《入浴させ》、斎《とき》[一八]《食事》など、限りなく如法に《鄭重に》供養ぜさせたまひ、御前《おまへ》よりも《中宮御自身からも》、取り分き《特別に》、さるべき物ども出《い》ださせたまふ《時宜に叶った数々の品を下されたのです》。御みづからも《中宮御自身も》清き御衣《おんぞ》[一九]奉り、限り《この上》

七 殿上の間の東にある。年中行事の名目を東西両面に書いた衝立《ついたて》障子。清涼殿の南の広廂《ひろびさし》に立ててある。西側に一月から六月までの行事が書かれ、東側に七月から十二月までの行事が書いてある。『信貴山縁起絵巻』第二巻「延喜加持巻」の清涼殿の図参照。

八 蔵人の内、現任の者数名をさす。任ぜられていない蔵人を「非《ひ》蔵人《くらうど》」と言ったのに対する語。

九 清涼殿の西南の部屋。殿上の間との境の壁に、白《はく》沢王《たくおう》が鬼を斬る図が書いてある。「白沢王」とは鍾馗《しようき》の事だろうと、『詳解』(佐藤球)に見える。

一〇「しめ」は尊敬の意を表す。

一一 醍醐天皇皇子。「御むすめ」は厳子女王。

一二 遵子。諟子。「男子一人」は大納言公任。

一三「思慮深い人」から転じて「優雅な情緒を解する人」「風流人」の意味になる。ここは「思慮深く、仏教を理解しようと努めた人」という意味か。

一四 物事に通じている人。物識り。

一五 現世・来世に幸福をもたらすような善行を積む事。

一六 仏教の法式にきめられた通りに、きちんと。

一七 春秋二季、宮中で四日間、大般若《はんにや》経を講じる事。

一八 僧の正式の食事。正午前に食べるきまり。「非時」(正午過ぎから午前四時ころまでの食事)の対。

一九 貴人が「衣服を着ける、馬に乗る、舟に乗る」時に使う。

和歌の名手、大納言公任

なく清まはらせたまひて（なくお体を清められて）、僧に賜《た》ぶ物どもは、まづ御前に取り据ゑ（御自分の前に持ってこ）させ（させ）拝ませたまひて（礼拝なさってから）[一]後《のち》に遣《つか》はしける。恵心《ゑしん》[二]の僧都の頭陀行《づだぎやう》[三]せられける折に、京中挙《こぞ》りていみじき御斎《とき》（りっぱなお食事）を設《まう》けつつ参りしに（さしあげたのですが）、この宮には（四条の宮では）、うるはしく銀《かね》の御器《ごき》どもうたせたまへりしかば（銀製の食器を鋳造させて供養されたので）、『かくて（そんなにしていただいては）、あまり見苦し（かえって見苦しい）』とて、僧都は乞食《こつじき》とどめたまひてき。今一所《もうひとりの》の姫君、花山院の御時の女御（諟子）にて、四条の宮に、尼にておはしますめり」

（世次）「やがて后・女御（同じく遵子・諟子）の一つ[四]腹の男君、ただ今の按察《あぜちの》大納言公任卿《きんたふ》と申す。小野宮（実頼公の）の御孫《おんむまご》なればにや、和歌の道傑《すぐ》れたまへり。世に恥づかしく（人柄がごりっぱな）心にくき覚えおはす（お方で奥床しいという評判がおありです）。その御むすめ（御息女は）、ただ今の内大臣（教通さまの）の北の方にて、年ごろ多く[五]の君達《きんだち》産み続けたまへりつる、去年《こぞ》[六]の正月に亡せたまひて、大納言よろづを知らずおぼし嘆く（公任卿はすべてを忘れて）事限りなし。また（〔公任卿は〕ほかに）男君一人ぞおはする（御子息がお一人おいでになる）。左大弁定頼《さだより》[七]の君、若殿上人の中に、心あり（風雅の心があり）、歌なども上手におはすめり。母[八]北の方いと貴《あて》におはすかし。村上の九の宮の御むすめ、多武峰《たむのみね》の入道少将、まちをさ（〔童名〕）君《ぎみ》の御むすめの腹な

一 底本及び同系統の本は「てをかせ給てのちに」とあるが、蓬左本は「をかませ給ひて、その後に」とある。「をかせ」は「をかませ」の「ま」文字一字を脱したのであろう。久原本は、「てをかませ給ひて、そののちに」となっており、桂乙本は、「て拝ませ給ひてぞ後に」とあり、小異がある。今、蓬左本に拠って改めた。語法上は、桂乙本がまさる。
二 源信。天慶五年（九四二）生れ。寛仁元年（一〇一七）六月寂。七十六歳。九歳で叡山に登り、横川《よかわ》の良源に師事して天台の教学を修めた。天元年間に山間に隠棲、永観二年（九八四）『往生要集』を著作。この書は宋に送られ、国清寺に収蔵された。寛和二年（九八六）には不断念仏の結社を作った。その後、長保・寛弘・長和のころにも種々の著述を残している。
三 托鉢。行脚して食を乞うこと。
四 代明親王の姫君厳子女王を生母とする子息、すなわち公任卿。公任が権大納言から按察使を兼ねたのは寛仁五年正月（『公卿補任』）。
五 『尊卑分脈』によると、信長・信家・静覚・歓子の四人だが、ほかにもあったらしい。
六 万寿元年（一〇二四）正月五日。
七 中古三十六歌仙の一人。
八 村上天皇の第九皇子昭平親王の姫君。『皇胤紹運録』に「昭平親王女、母高光女、公任室」とある。
九 「人間関係」という意味もあるが、「血統」「血縁」

公任の放言と進の内侍の返報

り。内大臣殿の上《うへ》も、この弁の君も、されば、御[九]仲らひいとやむごとなし」

「この大納言殿、[一〇]無心《むしん》の事一度《ひとたび》ぞのたまへるや。御妹の四条の宮の、[一一]后に立ちたまひて、[一二]初めて入内《じゆだい》したまふに、洞院《とうゐん》のぼりにおはしませば、[一三]東三条の前を渡らせたまふに、大入道殿も[一四]故女院も[一五]胸痛くおぼしめしけるに、按察大納言《あぜちのだいなごん》は后の御[一六]せうとにて、御心地のよくおぼされけるままに、御馬をひかへて、『この女御は、いつか后には立ちたまふらむ』と、打見入れてのたまへりけるを、殿を始め奉りて、その御族《おんぞう》安からずおぼしけれど、[一七]男子《をのこ》宮《みや》おはしませば、猛《たけ》くぞ。よその人々も、『益《やく》なくものたまふかな』と聞きたまふ。一条院、[一八]位に即きたまへば、女御、[一九]后に立ちたまひて入内《じゆだい》したまふに、大納言殿の、[二〇]亮《すけ》に仕まつりたまへるに、[二一]出車《いだしぐるま》より扇を差し出《い》だして、『やや、物申さむ』と、女房のきこえければ、『何事にか』とて、打寄りたまへるに、[二二]進《しん》の内侍《ないし》、顔を差し出でて、『御妹の素腹の后は、

という意味に使用することもある。ここは後者。

一〇 思慮を欠いた事。うっかりした発言。

一一 遵子立后は、天元五年（九八二）三月十一日（『日本紀略』）。

一二 天元五年五月七日（同右）。

一三 大入道殿藤原兼家公の邸前。兼家は出家前。

一四 兼家のむすめ詮子《せんし》。東三条女院と称する。当時は、梅壺女御であった。時に二十一歳。

一五 第一皇子の母である詮子をさし置いて遵子が立后した事を胸痛く思ったのである。

一六 当時遵子は二十六歳。公任は十七歳。数えの十七歳では、失言もやむを得まい。「せうと」は姉妹の側から見て、兄か弟にあたる男子の呼称。「いもうと」は兄弟の側から見て、姉か妹にあたる女子の称。公任はこの時まだ按察使大納言ではなく、従四位下侍従。

一七 皇子懐仁《やすひと》。後の一条天皇。「猛く」は心強い意。

一八 寛和二年（九八六）七月二十二日即位。四年後。

一九 一条天皇母、詮子が寛和二年七月五日皇太后に。

二〇 底本・千葉本・桂甲本・平松本等は「殿」を「啓」とするが、通じ難い。やむなく蓬左本・久原本・桂乙本・久米幹文本等によって改訂した。

二一 簾垂の下から女の衣裳の袖口などを出している女車。

二二 『栄花物語』『権記』『御堂関白記』『左経記』に登場する。「素腹」は子を宿さない女性。

一 「さきつとし」のイ音便。先年。天元五年（九八二）。今年は、寛和二年（九八六）。公任二十一歳。
二 「いかにかあらむ」の略。
三 「もう消えてなくなってしまったわが身だ」で、つまり「消え入る気持だ」である。
四 穏やかでない言辞を弄《ろう》されたが。失言したけれど。
五 底本・千葉本・近衛本・平松本・桂甲本すべて「ほか」とあるが、蓬左本・久原本・桂乙本は「とか」（咎）とある。「東」の草体「と」と、「本」の草体「ほ」との類似による誤写と考えられる。
＊「素腹の后」という綽名《あだな》は『栄花物語』（花山尋ぬる中納言）にも、「一の皇子《みこ》おはする女御（詮子）を措《お》きながら、かく御子《みこ》もおはせぬ女御（遵子）の后に居たまひぬる事、安からぬ事に世の人悩み申して、『素腹《すばら》の后』とぞ付け奉りたりける」とあるから、進の内侍ひとりの命名ではなかったらしい。
六 道長の大井河逍遥は長保元年（九九九）九月十二日（『御堂関白記』『小右記』『権記』）。但し、「三船の誉れ」は、十三年前の寛和二年十月の事で、円融院の大井河逍遥の折の事（『古事談』『日本紀略』『百錬抄』等）。大鏡作者の虚構か、または混同したものか。「大井河」は保津川が嵐山の麓を流れる辺からの称。
七 初句「朝まだき」第四句「散るもみぢ葉を」とする伝えもある。他にも異同がある。『拾遺集』秋所収。『公任集』所載歌は、初句「朝朗《あさぼらけ》」四句「散る紅葉ばを」。

大井河三船のほまれ

何処《いづく》にかおはする《どちらにおいでですの》』ときこえ掛けたりけるに《おたずねしましたところ》、『（公任）一 先《さい》つ年《とし》の事を思ひ置かれたるなり《根に持っておられるのだな》。みづからだに《当人でさえ》二 いかがと覚えつる事なれば《まずかったかなと気が咎めていた》、道理なり《当然だ》。三「なくなりぬる身にこそ《穴があったら入りたい》」とこそ覚えしか』とこそのたまひけれ。四 されど、人柄《ひとがら》し《お人柄が》、よろづに《万事につけて》善くなりたまひぬれば、事に触れて《何か事あるごとに》棄てられたまはず《〔主流から〕疎外されることもなく》、かの内侍《ないし》の五 咎《とが》なるにて止みにき《やり過ぎということで決着がついたのでした》」

（世次）「一年《とせ》、六 入道殿《道長公》の、大井河に逍遥《せうえう》させたまひしに、作文《さくもん》の船《漢詩の船》・管絃の船《音楽の船》・和歌の船と分《わか》たせたまひて《船を三艘にお分けになって》、その道に堪へたる人々《傑れた人々を》を乗せさせたまひしに、この大納言殿の参りたまへるを《公任さまがおいでになったのに向って》、入道殿（道長）、『かの大納言、いづれの船にか乗らるべき』とのたまはすれば《〔人を通じて〕仰しゃったところ》、（公任）『和歌の船に乗り侍らむ』とのたまひて、〔次の歌を〕詠みたまへるぞかし。

七『をぐら山嵐の風の寒ければ紅葉の錦着ぬ人ぞ無き』

申し受けたまへるかひありて遊ばしたりな《自分から願い出られただけの事はあって見事な詠みぶりですね》。御みづからものたまふなるは《仰しゃったそうですが》、『作文のにぞ乗るべかりける《漢詩を作る船に乗るんだったな》。さて《そして》、かばかりの詩を作りたらましかば《この歌ほどのいい詩を作ったとしたら》、名《名声も》の挙《あ》がらむ事もまさりなまし《もっとあがっただろうに》。口惜しかりけるわ

西宮左大臣源高明の左遷と師尹の死

ざかな。さても《それにしても》、殿の《道長公が》「いづれにかと思ふ」《どの船に乗りたいと思うかねと仰せられたお言葉を耳にした時》とのたまはせしになむ、我ながら心[八]おごりせられし』《良い心持になってね》とのたまふなる[九]。一事《ひとこと》の傑《すぐ》るるだにあるに《人にまさっているだけでも大した事なのに》、斯く、いづれの道も《どの道にも》抜け出《い》でたまひけむは《人に傑出しておいでになったということは》、いにしへも侍らぬ事なり《古代にもないことでございます》」

(世次)「大臣、永祚《えいそ》元年六月二十六日に亡せたまひて、贈正一位になりたまふ。『廉義公』《〔おくり名は〕》とぞ申しける。このおとどの末、かくなり《頼忠公の御子孫は以上のようです》」

(世次)「一　左大臣師尹《もろまさ》[一〇]」

(世次)「この大臣《おとど》、忠平のおとどの五郎《五男》、『小一条の大臣《おとど》』ときこえさせたまふめり《申し上げるようだ》。御母、九条殿に同じ[一一]《師輔公と》。大臣の位にて三年[一二]。左大臣に遷《うつ》りたまふ事《〔右大臣から〕》、西宮殿《にしのみやどの》[一三]の筑紫へ下《くだ》りたまふ御替《かは》りなり《九州へ》。その御事の乱[一四]れは、このおとどの言ひ出《い》でたまへるとぞ《師尹公が讒言なさったのだと》、世の人きこえし《世間の人が噂したのです》。さて《そのため》、その年も過ぐさず亡せたまふ事をこそ申すめりしか《〔高明公の恨みを受けて〕》《世人は噂したらしいのです》。それもまことにや《ほんとうかもしれません》」


八「心驕《おご》り」また「心傲《おご》り」。得意になる事。

九「なる」は、聴覚による判断の助動詞。「仰しゃるのを耳にします」の意。

一〇「師尹」はモロマサと訓む。千葉本傍注も同じ。

一一 天暦元年（九四七）右大臣。天徳四年（九六〇）に薨去。五十三歳。

一二 村上天皇の康保四年（九六七）、十二月十三日に、師尹は先任の大納言藤原在衡（七十四歳）を超えて右大臣となった。源高明はその時、右大臣から左大臣になった。十月、冷泉天皇（憲平《のりひら》）即位。翌五年（八月に安和元年と改まる）は、関白太政大臣は藤原実頼、左大臣は源高明、右大臣は師尹であった。師尹は右大将・皇太子傅（守り役）でもあった。皇太子は守平《もりひら》（円融天皇）。安和二年（九六九）三月二十六日源高明、大宰権帥に貶。同日、師尹左大臣左大将。八月十三日皇太子傅と左大将を免じ、左大臣のみとなる。十月十四日薨去。五十歳。贈正一位。

一三 源高明。醍醐天皇第十皇子。西宮殿と呼ぶのは、その邸宅による。『拾芥抄』に「西宮《ノ》、四条北、朱雀西、高明《ノ》御子《ノ》家」とある。月台・花閣と呼ぶ高楼のある豪荘な邸宅だったが、左遷後まもなく四月一日に放火され焼亡した。『蜻蛉日記』参照。

一四『帝王編年記』に「或記《ルニ》云《フ》。師尹大臣《ノオトドノ》所為《ナリト》。」「師尹為《シテ》レ転《ゼント》レ左《ニ》、有《リ》二此《ノ》企《テ》一。」「右府即刻転《ズ》レ左《ニ》、無《ク》レ幾《イクバクモ》薨逝《シヲハンヌ》畢。」と見えている。

長髪垂れ目の美女宣耀殿女御

一　師尹の娘。藤原芳子。「裏書」に「天徳二年（九五八）十月二十八日為二女御一従四位下、康保四年（九六七）七月二十九日卒」とある。仮に女御になった時に十六歳として、二十五歳には死んでいる。四歳年長としても二十九歳である。つまり推定二十代で死んだ若死にの女性であった。

二　後宮の殿舎の一。女御の居所。

三　寝殿造りの建物で、庇《ひさし》の間《ま》の内側にある。

四　檀紙《だんし》とも言う。檀《まゆみ》の皮で作り、厚手で白く紙面にこまかい皺《しわ》がある。古く陸奥《みちのく》でよく作られた。

五　生きているこの世でも、死後のそのまた後の来世でも、二人は双生児の鳥のように寄り添うて暮そうね。「羽根を交せる鳥」は比翼の鳥。シャム双生児。

六　秋になって私に飽きておしまいにならず、お言葉だけでもお変りがなければ、私も木理《もくめ》の連なった枝となってお側を離れますまい。「交せる枝」は連理の枝で、やはり二本の木が根元では一つのもの。「比翼の鳥」とは動物、植物という違いがあるだけ。唐の白楽天の「長恨歌《ちょうごんか》」に「在リテハレ天ニ願ハクハ作リ二比翼ノ鳥ト一。在リテハレ地ニ願ハクハ為ラン二連理ノ枝ト一。」（『白氏文集』巻十二）とあるのに拠る。この贈答歌は『村上天皇御集』に収録されている。後に『玉葉集』恋三に入集。

古今集暗記とにわかに寵を失う

七　『古今集』の「仮名序」は「やまと歌は、人の心を種として、よろづの言《こと》の葉とぞなれりける」と書き

（世次）[一]「御むすめ、村上の御時の宣耀殿《せんえうでん》[二]の女御《にようご》、かたちをかしげに《顔形が魅惑的で》、うつくしう《かわいらしく》おはしけり。内裏《うち》へ参りたまふとて、御車に奉りたまひけれ《お車にお乗せ申しましたら》ば、我が御身《ご自分のお体は》は乗りたまひけれど、御髪《みぐし》の裾は、母屋《もや》[三]の柱《御殿の柱》の下《もと》《根元》にぞおはしける《におありでした》。一筋《髪の毛一本》を陸奥紙《みちのくにがみ》[四]に置きたるに、いかにも《何としても》隙《すき》見えず《すき間が見えない》とぞ申し伝へたゝめる《そうです》。御目の尻の少し下《さが》りたまへるが、いと《一段と》らうたく《お可愛らしく》おはするを《お見えになるのを》、帝いとかしこく時めかさせたまひて《帝はもうたいへんにおかわいがりになられて》、かく《このように》仰せられけるとか。

（村上帝）[五]生きての世死にての後《のち》の後の世も羽根を交《かは》せる鳥となりなむ

御返し、女御、

秋[六]になる言《こと》の葉だにも変らずば我も交せる枝となりなむ」

（世次）「『古今浮かべたまへり《古今集を暗記なさっている》』と聞かせたまひて、帝《村上天皇は》、こころみに《ためしに》本《ほん》を隠して、女御には見せさせたまはで、『やまとうたは』[七]とあるを初め《〔まず序文の〕》にて、先《ま》[八]づの句の言葉を仰せられつつ《仰しゃっては〔そのあとの句を〕》問はせたまひけるに、言ひ違《たが》へたまふ事、詞《ことば》《詞書の部分でも歌でも》にても歌にても無かりけり《こんなすばらしい事がございました》。『かかる事なむ』と、

父《師尹公は》おとどは聞きたまひて、御装束《正装なさって》して、手洗ひなどして《お手を清めなどして》、所々に《あちこちのお寺に》誦《ず》経《きやう》などし、念じ入りてぞおはしける《〔皇子誕生の〕祈願を一心不乱になさっていた》。帝、箏[九]のことをめでたく遊ば《お弾き》しけるも《あそばしたのですが》、御心に入れて教へ《熱心に宣耀殿女御に》など、限りなく時めきたまふに、冷泉[一〇]院の御母后《ははきさき》亡《う》せたまひてこそ《おかくれになられてから》、なかなかこよなく《かえって甚だしく》覚え《御寵愛が》劣りたまへりとはきこえたまひしか《噂が立ちました》。『故宮の《(村上帝)亡き中宮(安子)がひどく》、いみじう目醒《めざ》ましく《目障りで》、安からぬものに《不愉快な女だと》おぼしたりしかば《なぜあんな女を寵愛したのかと後悔するのだとおっしゃられたとか》、思ひ出づるに《中宮を思い出すと相済まぬ気がして》いとほしく、くやしきなり』とぞ仰せられける」

痴れ者の親王と伯父済時の人柄

「この女御の御腹に《(世次)宣耀殿の女御芳子》、八[一一]宮とて、男親王《をとこみこ》一人むまれたまへり。御かたち《容姿》[一二]などは清げにおはしけれど《きれいでいらしたけれど》、御心《みこころ》、極《きは》めたる痴《し》[一三]れ者とぞ聞き奉りし。世の中の賢き帝の御例《ためし》に、もろこしには《古代中国においては》、堯《げう》[一四]・舜《しゅん》の帝と申し、この国には《日本では》、延喜・天暦とこそは申すめれ。延喜とは、醍醐の先帝、天暦とは、村上の先帝の御事なり。その帝の《その村上天皇》御子《みこ》、小一条の大臣《おとど》《師尹公》の御孫にて、しか痴れたまへりける《そのような痴れ者であられたということは》、いといと怪しきことなりかし《不思議なことですねえ》」

「その母女御《(世次) 芳子》の御せうと《御兄弟》、済時《なりとき》の左大将と申《ま》しし、長徳元年己未

出されている。

八 底本及び千葉本・近衛本・桂甲本が「まつ」。平松本・桂乙本・蓬左本・久原本が「まへ」。「まつ」がよいであろう。歌の第一句五文字の言葉を、帝がおっしゃるのであろう。上の句ではあるまい。

九 十三絃《げん》の絃楽器。現今の俗箏と比較すると、平安時代の箏（雅箏）は、形も大きく、絃も太く、音も剛く、調絃法も異なる由、山田孝雄著『源氏物語の音楽』（昭和九年七月、宝文館刊）に詳しい。

一〇 村上天皇の皇后、安子。師輔の長女。冷泉院の御母。応和四年（九六四）四月崩御。宣耀殿女御芳子はその三年後に他界しているから、村上天皇の寵愛が衰えたといっても、三年ほどの間に過ぎない。師尹が寺々に祈ったのは、天徳・応和のころだから、中納言から権大納言に昇った時代で、右大将・東宮大夫などの職にあった。

一一 村上天皇第八皇子。永平親王。永延二年十月十三日薨。二十四歳。

一二 底本「御皃」。同系統の諸本同じ。千葉本に「カタチ」と振仮名。蓬左本「御かたち」。

一三 底本・千葉本に「白物《シレモノ》」と表記。白痴の意。「極めたる痴れ者」は「箸にも棒にもかからない痴呆」の意。

一四 「堯」は西暦紀元前二千数百年ころの帝王。六十歳ころ黄河汎濫《はんらん》。七十歳舜を登庸。八十歳治水に成功。まもなく舜に禅位。

四月二十三日亡せたまひにき。御年五十五。この大将《済時公》は、父大臣《おとど》よりも《師尹公よりも》御心ざまわづらはしく《ご性質が気むずかしく》、くせぐせしき覚えまさりて《一癖も二癖もあるという噂が高くて》、二名聞になどぞおはせし。御妹の女御殿に《芳子さまに》、村上の《村上天皇が》、琴《箏の琴を》教へさせたまひける御《お》前《まへ》にさぶらひたまひて《控えていらして》聞きたまふほどに《耳を傾けておられるうちに》、おのづから《自然と》、我もその道の上手に《自分も箏の琴の上手になり》、〔また〕人にも思はれたまへりしを《〔その道の上手と〕》、おぼろけにて《並大抵のことでは》快く鳴らしたまはず《気軽にお弾きにならず》、さるべき事の折も《然るべき演奏会》、せめて《たって》唆《そそ》かされて《勧められて》、物一つばかり《ほんの一曲程度》三掻き合はせなどしたまひしかば《奏でられなどなさったから》、『あまり《あんまり》気憎《けにく》し《勿体振って感じが悪い》』と、人にも言はれたまひき」

(世次)「人の献《たてまつ》りたる贄《にへ》四などいふものは、御《お》前《まへ》の庭に《寝殿の前の庭先に》取り置かせたまひて、夜《よる》は贄殿《にへどの》五に納め《しまい》、昼はまたもとのやうに取り出でつつ置かせ《〔庭先に〕》など、また人の《別人が》献り六換《か》ふるまでは置かせたまひて、取り動かす事はせさせたまはぬ《おさせにならないという風で》、あまり《あまり》七やさしき事なりな《神経の使い過ぎですね》。人などの参るにも《来客などあった際にも》、『八かくなむ』と見せたまふ九料なンめり《と見える》。昔人は《昔の人は》、さる事を善きにはしければ《そういう事を善い事として特に称揚したので》、一〇かくやうに《こんな風に》、いみじう心あり《たいそう思慮分別があっ》そのままの有様をせさせたまふとぞ《その風習にしたがわれたということです》。

一　人々の印象。
二　見え坊。世間的名誉を気にすること。
三　器楽の調子を合わせるために、ためしに練習曲のような短い一曲を弾くこと。
四　進物。贈り物。魚鳥をはじめさまざまの献上品。
五　進物庫。但し、魚鳥などを貯え、これらを調理する場所でもあった。
六　新しく別の献上品を持ってくるまでは、そのまま。
七「優しい」で、優雅な繊細な心くばりをいう。人がわざわざ贈り物をしてくれたのだから、来客などの目に触れるようにして、進物をした人への感謝の気持を知ってもらおうというのであるが、裏返せば、人々が贈り物を持ってくる事を済時は自慢しているので、やはり「見え坊」なのである。
八「かくなむある」の略。このようにいろいろ贈り物をおくられているのだの意。
九　そのために必要な物。
一〇「かやうに」の元の形。
一一　永平親王は宣耀殿芳子の腹で、師尹の子済時の甥にあたる。

一二「大臣の催す大饗」（前出）でなく、「親王の大饗」で、当時はすたれていた古代の風を、済時が特に復活してかえって面目を失した事を書く。
一三 しかるべき。それ相応の。「上達部」の中で、主要な人々が、帰ろうとしたら、お引き留め遊ばすようにと、あらかじめ言いきかせておいたのである。
一四 にこやかに。魅力的に振舞われて。
一五 異様に低能だったけれど。
一六「古躰」と書く。古風。昔風。「親王主催の饗宴」とあっては、顔を出さないでは礼に背くと、律義に人人が参会したことを、昔風と言ったのだろう。
一七 公務。朝廷の行事。
一八『倭名類聚抄』に「袍宇倍乃岐沼一云朝服」とある。「上の衣」「表の衣」とも書く。束帯の表衣。綾でさまざまの織文がある。丸襟で、長さは股・膝のあたりまで。縫腋《ほうえき》と闕腋《けってき》の二種の仕立て方がある。
＊ 永平親王の精神薄弱については、『栄花物語』（月の宴）の終りにも幾つかの笑話が紹介されている。十二歳ばかりのころ乗馬を勧められて、「面《おもて》いと赤くなりて」馬の背中にひれ伏し、抱きおろしたら鬣《たてがみ》を口に含んでいた話。病気見舞の口上を教わった通り后宮家で述べたのはよいが、翌年正月の年賀にも、同じ口上を述べて笑われ、立腹する話などである。

痴れ者の宮様を使い大恥掻いた済時

ておぼしたりしほどよりは《ていろいろ考えてなさったわりには》、よしなし事したまへりとぞ《くだらぬ事をなさったものと》、人には言はれたまふめりし《人からはわるく言われなさったようです》」

（世次）「御[一一]甥の八宮に大[一二]饗せさせ奉りたまひて、〔済時公は〕上戸《じやうご》《お酒好きで》におはすれば、（済時）『人酔《ゑ》はして遊ばむ』などおぼして、（済時）『[一三]さるべき《おもだった》上達部《かんだちめ》たち疾《と》く出《い》づるものならば、「暫し《もうしばらく》」など、[一四]をかしきさまに《あいそよく》とどめさせたまへ』と、〔八宮に〕よく教へ申させたまへりけり。さこそ《そんな風に》人柄《ひとがら》[一五]怪しく痴《し》れたまへれど、やむごとなき《無視できない》親王《みこ》の大事にしたまふ事なれば、人々あまた参りたりしも《大勢参会したのも》、[一六]古体なりかし《古風だったわけです》。されど、[一七]公事《おほやけごと》差し合はせたる日なれば《〔生憎〕公務がかちあっていた日で》、〔人々が〕急ぎ出でたまふに、（永平）『まこと《ああそうだ》、さる事ありつ《伯父さんが言ってたっけ》』とおぼし出でて、大将の御方を《済時の方を》あまたたび《何度も》見遣らせたまふに、〔済時が〕目をくはせたまへば《目くばせなさると》、〔八宮は〕御面《おもて》いと赤くなりて、とみにえ打ち出でさせたまはず《すぐに口に出して切り出すことがおできにならず》、物も仰せられで、にはかに《急に》怯《おび》ゆるやうに、おどろおどろしく《大袈裟に》荒らかに《荒っぽく》、人々の上[一八]《うへ》の衣《きぬ》の、片袂《かたたもと》落ちぬばかり《ちぎれ落ちるほどに》、取り懸らせたまふに《人々につかみかかられるので》、参りと参る上達部は《およそその場に出席している公卿たちは》、末の座まで見合はせつつ《顔を見合せ見合せして》、え鎮めずやありけむ《落着いていられなくなったと見え》、顔・気色《けしき》変り《様子が》つつ、取り敢へず事に事をつけつつ《とり急ぎ用事を思い出し口実を設けて》なむ[一]急ぎ立ちぬ《〔席を〕》。この[二]入道殿などは、[三]若殿上人にておはしましけるほどなれば《ころなので》、事末《ことすゑ》にて《末座で》、よくも御覧ぜざりけり。《(道長)》『ただ、人々の頬笑みて出でたまひしをぞ見し』とぞ、[四]この比《ころ》、をかしかりし事に《当時おもしろかった出来事としてお話しになるそうです》語りたまふなる。大将は、《(済時)》『何せむに《なんのために》、かかる事をせさせ奉りて《大饗などをおさせ申して》、また《その上》、「しかのたまへ」《このように仰しゃいませ》とも教へきこえさせつらむ《お教え申し上げたのだろう》』と、くやしくおぼすに《後悔なさるので》、御色も《お顔の色も》青くなりてぞおはしける。まことに、親王《みこ》をば《八宮さまを》、本よりさる人と《もともとそのような方と》知り申したれば、これをしも《八宮さまの方を》誹《そし》り申さず、この殿をぞ《済時の大将さまの方を》、『斯かる御心と見る見る《宮さまの精神薄弱を知りながら》、せめて《何が何でも》、[五]ならであるべき事ならぬに、斯く見苦しき御有様を、あまた人に《大勢の人に》見せきこえたまへる事《お見せ申し上げたことよ》』とぞ、誹《そし》り申しし。『いみじき心ある人《たいそう分別のある人》』と世《よ》覚《おぼ》えおはせし人の《世の評判が高かった人が》、口惜《くちを》しき[六]辱号《ぞくがう》取りたまへるよ」

《(世次)》「この殿の御北の方にては、枇杷《びは》の大納言[七]延光《のぶみつ》の御むすめぞおはする。女君二所《ふたところ》・男君二人ぞおはせし。女君は《長女》、[八]三条院《さんでうのゐん》の東宮にておはしましし折の女御にて、宣耀殿《娍子》と申して、いと時におはしましし。

済時の子女　娍子《せいし》は皇后に、師宮妃は和泉式部の出現で破鏡の身に

一 ここに「なむ」と強意強調の係助詞があるから、語法上は、あとに「立ちぬる」とあるはずだが、底本及び同系統の諸本、さらに蓬左本・久原本・桂乙本等、みな「立ちぬ」とある。萩野由之旧蔵本は「急ぎ立ち給ひぬる」とある。古活字本以下の流布本系は「なむ」がないから、むしろ流布本に従った方がよさそうである。今はしばらく底本のままにしておいた。

二 今日のお話の中心人物である道長公などは。

三 この大饗がいつ催されたかが問題だが、道長は康保三年（九六六）生れ。従って永平親王より一つ年下で「若殿上人」とあるのを参考にすると、永観元年（九八三）は十八歳で侍従、翌二年は右兵衛権佐であった。このころの出来事か。済時は永観元年は、中納言・右大将・中宮大夫で権大納言に昇進している。時に四十三歳。永平親王は十九歳。

四 永平親王は永延二年（九八八）十月十三日に二十四歳で薨。済時もその七年後、長徳元年（九九五）四月薨。つまり、もう話しても差し障りがないのであろう。

五 饗宴中帰ろうとする人がいたら、主催者側が引きとめるものだというきまりがあるわけでもないのに。

六 はずかしめを受けた名。恥辱となった評判。『晋書』陳秀伝に、「受二後世之辱号一也」と見える。

七 源延光。醍醐天皇皇子代明親王の子。

八 三条院の皇子たち。敦明・敦儀・敦平・師明の各親王方。

九 皇女二人。当子内親王・禔子《しし》内親王。この四字のあと、「女君は三条院の東宮にて」という十一文字が、底本及び同系統の諸本に存するが、二行前に全く同じ句があるから、衍文《えんぶん》と見て除いた。

一〇 寛弘八年（一〇一一）六月十三日一条天皇譲位。

一一 『日本紀略』の長和元年四月の条に「二十七日、甲子、立二女御従四位下藤原娍子一為二皇后一」とある。一日違う。『一代要記』は本文と同じ「二十八日」。

一二 済時の次女（中の君）で、娍子皇后の妹だが、名前が判っていない。一一九頁七行目以下参照。

一三 「帥宮と申し上げる親王さまの御北の方で」の意。「帥宮」とは「大宰の帥に任ぜられた親王」の義。実際には九州へ赴任せず、大宰大弐が代って政務を執る。この帥宮は冷泉天皇の皇子敦道親王。寛弘四年十月二日薨去。二十七歳。

一四 大江雅致女。和泉守橘道貞に嫁したが、後、冷泉天皇皇子為尊に愛せられ、長保四年（一〇〇二）六月、為尊親王薨去後、翌長保五年から為尊の弟敦道の寵愛を受けた。敦道親王の薨後は彰子中宮に出仕。藤原保昌の妻となる。万寿四年（一〇二七）まで生存。

一五 式部省の長官。これを「式部卿の宮」という。

一六 冷泉・円融の二つの皇統がかわるがわる皇位に即かれるという方式に叶っているから。

男親王《をとこみこ》[八]四所・女宮[九]二人、むまれたまへりしほどに、東宮[一〇]位《くらゐ》に即かせたまひてまたの年、長和[一一]元年四月二十八日、后に立ちたまひて、皇后宮と申す。また、今一所の女君[一二]は、父殿亡せたまひにし後、御心わざに、冷泉院の四《し》の親王《みこ》、帥宮《そちのみや》[一三]と申す御上《おんうへ》にて、二三年ばかりおはせしほどに、宮、和泉式部[一四]におぼし移りにしかば、本意《ほい》なくて、小一条に帰らせたまひにし後、このごろ聞けば、心得ぬ有様の、殊の外《ほか》なるにてこそおはすなれ」

「この殿の御面起《おもておこ》したまふは、皇后宮におはしましき。

小一条院、東宮退位の意向を洩らす

この宮の御腹の一の親王《みこ》、敦明親王《あつあきらのみこ》とて、式部卿《しきぶきやう》[一五]と申ししほどに、長和五年正月二十九日、三条院おりさせたまへば、この式部卿、東宮に立たせたまひにき。御年二十三。但し、道理[一六]ある事と皆人思ひ申ししほどに、二年《ふたとせ》ばかりありて、いかがおぼしめしけむ、宮たちと申しし折、よろづに遊び慣《な》らはせたまひて、うるはしき御有様いと苦しく、『いかで、斯からでもあらばや』とおぼしなられて、皇后宮に、『斯

〔三条院〕〔長女娍子は〕 次女 父済時公が 御自分の意志で 敦道親王が 父済時公が住んでいた邸に 耳にしたところでは 合点のいかぬ御日常で 格別ひどい暮しをしておいでの由 （世次） 済時公 栄誉を高められたのは 皇后宮娍子さままでいらっしゃいました ご譲位なさいましたから 〔皇太子でなく〕ただの親王方と申しあげた頃 皇太子のきちんとした御日常がたいそう苦痛で 何とかして こんな生活から解放されたいものだというお気持になられて

くなむ思ひ侍る』と申させたまふを、〔皇后娍子は〕いかでかは《どうして》、『げにさも』一と思し召すでしょうかはおぼさんずる《思し召すでしょうか》。『すべて《まったく》、あさましく《驚き入った呆れた話で》、あるまじき事《以っての外の事です》』とのみ諫《いさ》め申させたまふに、〔東宮は〕おぼしあまりて《思案に余られて》、入道殿に《道長公に》御消息《せうそこ》ありければ、〔道長公が〕参らせたまへるに《東宮の御所に参上されたところ》、御物語細《こま》やかにて、（東宮）『この位去りて《皇太子の位を退いて》、ただ心易《気楽に》くてあらむ《暮したいと》となむ思ひ侍る』ときこえさせたまひければ、（道長）『更に更《決して決》に承けたまはらじ《して承服できません》。さは《それでは》、三条院《さんでうのゐん》の御末は絶えね《ご子孫は断絶せよとお考えになりそのようにお》とおぼしめし掟てさせたまふか《決めになるおつもりですか》。いとあさましく悲しき御事なり。斯《か》かる御心の付かせたまふは、他事《ことごと》ならじ、ただ冷泉院二の御物の怪《け》などの思はせ奉るなり。さおぼしめすべきぞ《そうお思いあそばしてご用心が肝腎です》』と啓し三たまふに、『さらば四、ただ本意《ほい》ある出家《すけ》にこそはあゝなれ』とのたまはするに、『さまでおぼしめ《そうまでおぼしめすので》す事なれば《ございますなら》、いかがはともかくも申さむ《どうしてとやかく反対つかまつりましょうか》。内裏《うち》に奏し侍りてを《帝に仰せの趣を申し上げて》』五と申させたまふ折にぞ、〔東宮は〕御気色《みけしき》いと良くならせたまひにける」

（世次）「さて、殿《道長公は》、内裏《うち》に参りたまひて《帝に奏上なさり》、大宮《皇太后にも》六にも申させたまひければ、〔皇太后は〕いかがは聞かせたまひけむな《どのようなお気持でお聞きになったでしょうね》。このたびの東宮には《新しい皇太子には》、式部卿宮《敦康さまをおつ》七をと

一 「げにさもあるべし」の略。なるほど、そうするのもよかろう。

二 冷泉院にとりついた怨霊《おんりやう》。大納言藤原元方とそのむすめ祐姫が死後怨霊となって冷泉院に祟ったために天皇は病弱で、精神的にも異常があったとされる。祐姫腹の広平親王が、憲平親王（冷泉院）のために帝位につく望みを失い、ために元方は失意のうちに病死、まもなく祐姫も広平親王も世を去った。『江談抄』『続古事談』等参照。「物の怪」はその人一代にとどまらず子孫まで祟るとされていたから、冷泉―三条―小一条院と三代に祟ると道長は考えたのであろう。

三 上皇・三后・東宮へ申し上げることを「啓す」と言う。

四 それでは仕方がない。最後の手段として、かねがねいずれは出家して後生を願おうと思っているのだから僧になればいいの意。僧になれば、自動的に皇太子をやめることになるからである。「あゝなれ」は「あるようだ」で、聴覚による判断の助動詞「なり」の已然形「なれ」が使用されている。

五 強意の助詞。

六 上東門院彰子。

七 敦康親王。皇后定子の所生。道隆の孫。

八 寛弘八年（一〇一一）六月十三日譲位。二十二日崩御。その後、三条天皇の治世六年、長和五年（一〇一六）正月二十九日、後一条天皇に譲位。三

敦良親王（後朱雀天皇）立太子の事

こそは《けしようと》おぼしめすべけれど、[八]一条院の、『はかばかしき《敦康にはしっかりした後見役》御後見《うしろみ》な《がい》ければ《ないから》、東宮に[九]当代を立て奉るなり《今上をお立て申すのだ》』と仰せられしかば、『これも《今回も》、同じ事なり』とおぼし定めて、寛仁元年[一〇]八月五日こそは、九つにて、[一一]三宮《さんのみや》、東宮に立たせたまひて、寛仁三年八月二十八日、御年十一にて、御元服せさせたまひしか。[一二]先《まづ》の東宮《敦明親王》をば『[一三]小一条院』と申す。今の東宮《敦良親王》の御有様、申す限りなし《〔まことにおめでたく〕申し尽せない》。つひの事《いつかはこのようになられよう》とは思ひながら、ただ《たった今》今かくとは思ひ懸けざりし事なりかし《このようにおなりになろうとは》」

小一条院東宮辞退の真相

(世次)「小一条院、わが《ご自分の》御心《みこころ》と《から》斯く退《の》かせたまへる事は、これを初めとす。世始まりて後、東宮の御位取り下げられたまへる事は、[一四]九代ばかりにやなりぬらむ。中に[一五]法師東宮おはしけるこそ、亡せたまひて後に、[一六]贈太上天皇《崇道天皇と追号をおおくりして》と申して、六十余国《日本全土》に斎《いは》ひ据《す》ゑられたまへれ《大切に祀られておいでです》。おほやけ《朝廷》にも知ろしめして《祟りのことは御承知で》、官物《くわんもつ》の初穂《新穀を》、割《さ》き奉らせ《分けて》たまふめり。この院の《小一条院》斯くおぼし立ちぬる事、かつは《ひとつには入道殿下の》殿下の御報《ごほう》の速くおはしますに押されたまへる《ご果報が強くていらっしゃるのに圧倒されなさったのでしょう》なるべし。また、多くは《大部分は》元方の民部卿の霊《りやう》の仕うまつる《怨霊が祟りをす》

条院は、翌寛仁元年（一〇一七）五月九日宝算四十二で崩御ましましたので、小一条院は、父法皇を喪《うしな》って、大きな支柱がなくなったわけである。

九 後一条天皇、敦成親王。

一〇『日本紀略』『御堂関白記』には「八月九日」とある。萩野本も「九日」とする。

一一 敦良《あつなが》親王。後の後朱雀天皇。

一二「まづの」とするのは、底本・千葉本・桂甲本・近衛本。「まへ（前）の」とするのは、蓬左本・久原本・平松本。「さきの」とするのは、桂乙本・関根正直博士の『新註』等であるが、「つ」と「へ」は誤写し易いので、「まづ」とも「まへ」とも決めにくい。

一三 寛弘三年十二月、任二式部卿一。長和五年正月二十九日、立太子、年二十四。寛仁元年八月九日、辞退。同二十五日、院号。年二十五。准《ジ》二太上天皇一、賜《フ》二年官年爵・受領吏等《ヲ》一。以《テ》二左右近衛各五人《ヲ》一為二随身一。長久二年八月十六日、出家。永承六年正月八日、崩。年五十八。小一条院の址は、京都市右京区常盤出口町、双ヶ丘の西にある西方寺。

一四『短観抄』以来、「五代」の誤写とする。「裏書」に、道祖・他戸《おさべ》・早良《さわら》・高岳《たかおか》・恒貞の五親王を挙げている。

一五 早く出家し、後還俗して親王となったらしい。

一六「贈太上天皇」の事実はないらしい。中納言藤原種継の殺害が早良親王の命に出たものとしての廃立。

侍の語る敦明親王（小一条院）東宮退位の真相

なり」《るのです》

と言へば、侍《さぶらひ》、

（侍）「それもさるべきなり《一応もっともな事です》。このほどの《［しかし］》御事どもこそ《ご事情は》、殊の外に《格別に》変りて《変っており》侍れ《ます》。一なにがしは《わたくしは》いと委《くは》しく承けたまはる事侍るものを《耳にしている事がございますので》」

と言へば、世次、

（世次）「さも侍るらむ《さようでもございましょう》。伝はりぬる事は、二いでいで承けたまはらばや《ぜひとも伺いたいものです》《［伺う事が］》。慣《な》らひにし事なれば《習慣になっておりますので》、物の三猶《なほ》聞かまほしく侍るぞ」

と言ふ。興ありげに思ひたれば《［世次が］興を催した顔付をしたので》、

（侍）「事の四様体《やうだい》は、五三条院《さんでうのゐん》のおはしましける限りこそあれ《生きておいでになった間はよかったのだが》、亡せさせたまひにける後は、世の常の東宮のやうにもなく《通常の皇太子さまのようにも扱われず》、殿上人参りて、六御遊びせさせたまひや《音楽会のお催しが開かれるとか》、もてなしかしづき申す人などもなく《皇太子さまのお相手をしお仕え申し上げる人などもなく》、いとつれづれに《全く手持ち無沙汰で》、紛るる方なく《退屈の紛れるすべもなく》おぼしめされけるままに、心易かりし御有様《お気軽に外出などできた御様》のみ恋しく《昔がしきりに》、ほけぼけしきまで覚えさせたまひけれど《ぼうっとして頭がおかしくなるほどにお感じになるのでしたが》、三条院おはしましつる限りは《在世の間は》、七院の殿上人も参りや、御使も繁く参り通ひな《［上皇からの］お使者も頻繁に往き来》

一　謙譲の意を含めた自称。少し格式張った改まった言い方。私ども。拙者。参考「その北の方なむなにがしが妹（愚僧ノ妹）に侍る」（『源氏物語』若紫）。

二　直訳すれば「さあさあ」である。

三　「猶」は「やはり」でなく、「もっと」「その上」であろう。そういうお話はいくらでもうけたまわりたいのでございます。

四　真相。様子。有様。

五　三条天皇は、長和五年（一〇一六）正月二十九日、四十一歳で譲位。二月十三日に太上天皇となられ、「三条院」を新築して、長和五年十月二十日に転居、翌寛仁元年（一〇一七）四月二十九日に御出家、次いで五月九日におかくれになった。敦明親王が皇太子を辞退なさったのは、同年八月。

六　管絃のお催し。

七　三条院の御所にお出入りを許された殿上人も、東宮御所に顔を出したり。

八　三条院の崩御により、東宮の敦明親王が当代（後一条天皇）のあとにすんなり即位できるかどうか怪し

くなり、世の中が何となく険悪な様相を呈しはじめたのを言う。敦明親王にとって「物恐ろしく」なったのでなく、東宮に仕える人々にとって物恐ろしくなったので、下文の「宮司」などが敏感に懼《おそ》れはじめたのである。

九 東宮御所付近の大通りで、人とすれ違うのも、どういうわけがあって御所のあたりを徘徊《はいかい》するのかと疑われては厄介で、自由に行動しにくいために、東宮坊の役人などでさえ、東宮御所へ出仕することも困難になって行くので。「宮司」は春宮坊《とうぐう》の役人。大夫《だいぶ》・亮《すけ》・大進・少進・大属・少属・使部などを言う。

一〇 御所の清掃・照明・燃料等の雑事に奉仕する人々。

一一 一条天皇の第三皇子、敦良《あつなが》親王（後の後朱雀天皇）。母は道長のむすめ彰子。

一二 上東門院彰子。

一三 後一条天皇。

一四 「べくあんなり」の約。「なり」は聴覚による推断の助動詞。

一五 「高松殿」は『拾芥抄』に「姉小路北、西洞院東、高明親王家」とある。高明親王は、醍醐天皇皇子、源高明のこと。父高明が九州に流された時、第二女明子はまだ幼少であったので、叔父盛明親王が養育していたが、東三条女院詮子《せんし》に迎えられ、可愛がられていたのを、道長が通うようになり、多くの子女を生んだ。

どするに、人目も繁く《人の出入も賑やかで》、よろづ慰めさせたまふを、院亡せおはしましては、世[八]の中の物恐ろしく、[九]大路《おほぢ》の道交《みちか》ひも、いかがとのみ煩《わづら》はしく、振舞ひにくきにより、宮司《みやづかさ》などだにも参り仕まつる事も難《かた》くなりゆけば、まして、下司《げす》の心はいかがはあらむ《下役人どもの心はどんなものか》。[一〇]殿守司《とのもりづかさ》の下部《しもべ》、朝清《ぎよ》め仕うまつる事無ければ《朝の掃除をしませんから》、庭の草も繁りまさりつつ、いと忝《かたじけ》なき《お気の毒な》御住み処《か》にてまします」

（侍）「稀々参り寄る人々は、世にきこゆる事とて《世間の噂ですと申し上げて》、（人々）『[一一]三宮《さんのみや》のかくておはしますを《親王のままで》、心苦しく殿も《相済まぬことに道長公も》[一二]大宮も《皇太后も》思ひ申させたまふに、「もし[一三]内裏《うち》に男宮も出でおはしましなば《お生れにでもなれば》、いかがあらむ《どうなることでしょう》。さあらぬ先に《そうならぬ先に》、〔三宮を〕東宮に立て奉らばや」となむ仰せらるなる《そう仰しゃっておいでだそうです》。されば、〔皇太子のお位は〕押して取られ《強引に取り上げられ》させたまふ[一四]べかんなり《あそばすに違いありません》』などのみ申すを、まことにしもあらざらめど《必ずしも事実というわけでもあるまいが》、げに事のさまも《確かに事態も》、『よも』《まさか》と覚ゆまじければにや《と思ってすませそうにないからでしょうか》、聞かせたまふ御心地は、いと浮きたるやうにおぼしめされて《ますます不安で宙に浮いているような気がなさって》、（敦明）『ひたぶるに取られむよりは《一途に取り上げられるよりは》、我とや《こちらから》退《の》きなまし《辞任してしまおうか》』とおぼしめすに、また、（世人）『[一五]高松殿の

一 道長の第二夫人「高松殿」明子所生の女子寛子。長保元年（九九九）生れ。万寿二年（一〇二五）薨。二十七歳。「御匣殿」は宮中の貞観殿にある帝のお召物の裁縫をつかさどる役所で、その長官をさす。転じて、帝もしくは東宮の侍妾を意味する。詳しくは「御匣殿の別当」という。

二 「べくあンなり」の約。「あンなり」の「ン」は、強いて書けば「ありなり」となる。「あり」は終止形で、終止形に接続する「なり」は聴覚による判断・推測の助動詞。

三 道長公の近辺にも伝わってきたので。「殿の辺にも」は、底本は「殿辺にも」。千葉本も同じ。蓬左本・久原本「殿のへんにも」。桂乙本は「殿の辺にも」である。

＊ このあたり、能信の部下などが、能信から直接聞いた話をまとめたものか。

東宮、退位を決意
藤原能信を召す

一御匣殿《みくしげどの》参らせたまひ《東宮にお輿入れあそばし》、殿《道長公が》華やかにもてなし奉らせたまふ《その祝宴を開かれるおつもりだ》べかンなり《二そうな》』とも、例の事なれば《とも噂を立てるのは毎度の事だから》、世人《よひと》のさまざま定め申すを、皇后宮《娍子皇后が》聞かせたまひていみじう喜ばせたまふを、東宮は《敦明親王は》、いと善かるべき事なれど、『さだにあらば《（敦明）そんな事が実現したら》、いとど我が思ふ事えせじ《できそうにない》』猶、かくてえあるまじく《このまま東宮位に即いていてはうまくないと》おぼされて、御母宮に《娍子さまに》、『しかじかなむ思ふ《（敦明）東宮位を退きたく思う》』ときこえ申させたまへば、『さらなりや《（皇后）申すまでもないことですよ》。いといとあるまじき御事なり《全くもう以ってのほかの仰せです》。御匣殿の御事をこそ《寛子さまのお輿入れのお話は》、まことならば、進みきこえさせたまはめ《進んでお申し入れあそばせ》。更に更におぼし寄るまじき事なり《退位などと申すことは決して決して思い付かれてはなりませぬ》』ときこえさせたまひて、『御物の怪《け》の《憑き物がそう口走らせ申すのだと》するなり』と、御祈りども《〔怨霊退散の〕》せさせたまへど、更におぼしとどまらぬ《一向に決意をひるがえさぬ》御心の中を《東宮の御胸中を》、いかでか世人も聞きけむ《どうして世人も耳にしたのか》、『さてなむ《（世人）東宮を退いてその上で》、「御匣殿参らせ奉りたまへ《寛子さまを戴きたい》」ともきこえさせたまふべかンなる《とでも道長公にお申し入れなさろうというおつもりだそうだ》』などいふ事《噂が》、三殿の辺《へん》にもきこゆれば、『まことに《（道長）》、さもおぼしゆるぎてのたまはせば《そのように退位のお気持に傾いて寛子をとのお申し込みがあったら》、いかがすべからむ《どうすればよいか》』などおぼす」

「さて《（侍）》、東宮は、つひにおぼしめし立ちぬ《結局退位を決心なさいました》。『後に御匣殿の御事も《（敦明）退位後に寛子輿入れのことを》

言はむに、なかなか、それは[四]などかなからむ』など、良き方様《かたざま》におぼし做《な》しけむ、[五]不覚《ふかく》の事なりや。皇后宮にも『斯《か》く』とも申したまはず、ただ御心のままに、殿に御消息きこえむとおぼしめすに、睦まじうさるべき人も物したまはねば、[六]中宮権大夫殿《ちゅうぐうのごんのだいぶどの》のおはします四条坊門と西洞院《にしのとうゐん》とは[七]宮近きぞかし、それぱかりを、『こと人よりは』とやおぼしめし寄りけむ、[八]蔵人なにがしを御使《みつかひ》にて、『あからさまに参らせたまへ』とあるを、おぼしもかけぬ事なれば、驚きたまひて、『何しに召すぞ』と問ひたまへば、『申させたまふべき事の候《さぶら》ふにこそ』と申すを、『このきこゆる事どもにや』とおぼせど、『退かせたまふ事は、さりともよにあらじ。御匣殿の御事ならむ』とおぼす。いかにも我が心一つには思ふべき事ならねば、『驚きながら参りさぶらふべきを、大臣《おとど》に案内《あない》申してなむ候ふべき』と申したまひて、まづ、殿に参りたまへり。『東宮より、しかじかなむ仰せられたる』と申したまへば、殿も驚きたまひて、『何事なら

四 千葉本・桂甲本同じ。平松本は「などかなるらむ」。

五 不見識な事ですね。考えが甘いですね。なお千葉本は「不覚のことなりやな」とある。

六 藤原能信。道長の五男。明子所生。長和五年（一〇一六）、左中将。左京大夫。十一月従二位。寛仁元年（一〇一七）権中納言、近江権守。年齢二十三。寛仁二年に至り、中宮権大夫を兼務。この時の中宮は、道長の女威子（後一条天皇中宮）。

七 「宮近き」とする本は底本はじめかなり多いが、一方、「まぢかき」とする本もかなりある。(1)久米幹文校訂『大鏡』(2)落合直文・小中村義象『詳解』(3)鈴木弘恭『註釈』(4)池辺義象『対訳』(5)関根正直『新註』等は、「まぢかき」である。『註釈』に、流布本・慶長古活字本は「宮近き」、吉野弘隆蔵本・水戸本・彰考館本は「まぢかき」で、「宮」とするは誤りであろうと注している。しかし、東宮御所が能信邸に近いことを「宮近き」と言ったものと解すれば、差し支えない。

八 蔵人某。東宮蔵人で、内記藤原行任であった事が、『御堂関白記』寛仁元年八月四日の記事でわかる。その記事によると、能信に使者の蔵人がすでに、皇太子が退位する御意向である旨伝えている。ところが、『大鏡』の書き方は、能信や道長が、東宮が何を言おうとしているのか知らずに種々忖度《そんたく》するように書かれており、文学的虚構が施されているように思う。

一 能信が思い付いたと同じように、東宮はおそらく御匣殿寛子を貰い受けたいと仰せ出だされるのかなと、道長は思ったというのである。
二 道長の心中。東宮が心から御匣殿（寛子）を貰い受けたいと仰せ出だされたら、それをおことわり申し上げるというのも工合が悪い。
三 もし、一旦御匣殿が東宮の御所へお輿入れなさった時は。
四 そのように何不自由のない御生活ぶりに変れば。
五 陣屋。東宮警固の人々の詰所。たとえば「帯刀《たちはき》」などが詰めている所だが、彼等はほとんど役目を放棄していたようだから、東宮に仕える役人は不在だったであろう。
六 藤原顕光。長徳二年七月より右大臣。寛弘八年（一〇一一）六月十三日東宮（敦明親王）傅。長和五年（一〇一六）正月二十九日停レ傅。三月十六日又兼レ傅。娘延子、東宮敦明の妃となる。翌寛仁元年（一〇一七）三月四日、左大臣。七十四歳。堀河の左大臣と称す。敦明の舅。
七 前駆の人々。
八 東宮御所内の朝餉の間。本来は清涼殿の西の廂《ひさし》に

東宮、能信を介して道長に退位の意向を告げる

む』と仰せられながら、一大夫《だいぶ》殿と同じやうにぞおぼし寄らせたまひける」

（侍）二「『まことに御匣殿の御事のたまはせむを、否《いな》び申さむも便《びん》なし。三参りたまひなば、また《これはまた》、さやうに怪しくてはあらせ奉るべきならず《あんな風に見苦しい暮しをおさせ申すわけにはいかない》。また、四さては、世の人の申すなる《取沙汰しているとかいう》やうに、東宮のかせたまはむの御思ひあるべきならず《皇太子の地位を退こうというお気持が生ずるわけがない》かし《［ハテ困った］》』とはおぼせど、（道長）『しか《そのように》、わざと召さむには《正式にお召しがあるのでは》、いかでか参らではあらむ《どうして参上しないでおれよう》。いかにものたまはせむ事を聞くべきなり《何はともあれ皇太子さまの仰しゃることをうけたまわるのが先だ》』と申させたまへば、参らせたまふほど《能信が東宮御所に向ううちに》、日も暮れぬ」

（侍）五「陣に六左大臣殿の御車や七御前《ごぜん》どものあるを、（能信）『なまむつかし《何だか厄介だ》』とおぼしめせど、帰らせたまふべきならねば《お帰りになるわけにいかないから》、殿上に昇らせたまひて《御所の殿上の間にお昇りになって》、（能信）『参りたる由、啓せよ《皇太子さまに申し上げよ》』と、蔵人にのたまはすれば、（蔵人）『おほい殿のお前にさぶらはせたまへば《左大臣さまが皇太子さまの御前に伺候しておいでですから》、ただ今はえなむ申しさぶらはぬ《どうもお取り次ぎ致しかねます》』ときこえさするほど、［あたりを］見廻させたまふに、庭の草もいと深く、殿上の有様も東宮のおはしますとは見えず《皇太子さまがおいでになるようには見えず》、あさましうかたじけなげなり《あまりの無人さにもったいなく思う》。［やがて］

おほい殿出でたまひて（左大臣さまが御退出なさって）、（〔蔵人が〕）『斯《か》く』と（能信参上と）啓すれば、八朝餉《あさがれひ》の方に出でさせたまひて、召しあれば、（〔能信は〕）参りたまへり」

「（侍）『いと近く、此方《こち》』と（東宮）仰せられて、（東宮）九『物せらるる事もなきに、案《あ》内《ない》するも憚り多かれど、大臣《おとど》に（道長公に）きこゆべき事のあるを、伝へ物すべき人のなきに、間近《まぢか》きほどなれば、便りにもと思ひて、消息しきこえつる。一〇その旨《むね》は、斯くて侍るこそは（こうして東宮の位に在る事こそ）本意《ほい》ある事（本懐だ）と思ひ、故院のし（故三条院がき）置かせたまへる事を違へ奉らむも（めておかれた事を違背申し上げるというのも）、一一方々《かたがた》に憚り思はぬにあらねど、斯くてあるなむ（こうして東宮位に在る事は）、思ひ続くるに（よく考えてみると）、罪深くも覚ゆる。一二内裏《うち》の御行末はいと遥かに物せさせたまふ。いつともなくて（私が帝位に即くのはいつとも知れず）、はかなき世に（無常のこの世に）命も知り難し。この有様（地位境遇の）退きて、心に任せて行ひもし（勤行もし）、物詣《まう》でをもし（寺社に参詣し）、安らかにてなむあらまほしきを、むげに前東宮《さきの》にてあらむは（ただの前東宮という身分でいるのは）、見苦しかるべくなむ。一三院号賜はりて、一四年に受領などありてあらまほしきを（暮したいのだが）、いかなるべき事にかと（どうだろう　この願いが叶えられようかと）、伝へきこえられよ』（大臣に伝言願いたい）と仰せられければ、（〔能信は〕）畏《かしこ》まりて、一五まかでさせたまひぬ（退出あそばされた）」

ある天皇が普段の食事を摂《と》られる所。「朝餉」というが、朝食に限らない。正式のディナーを「大床子《だいしょうじ》の御《お》膳《もの》」というのに対して通常の食事をいう。ここで政務を見られることもあり、天皇の平生起居なさる部屋。それに準じて東宮御所においても、常のお座敷を「朝餉の間」と言った。

九 平素お越し下さる事もないあなたに、御足労をお願いするのも、あたりさわりがいろいろありますが、大臣（道長公）に申し上げなくてはならぬ事があるのを、ほかに伝言を依頼できるような人がないのですが、あなたは住まいも間近《まぢか》だから、便宜もあろうかと思っておたよりを差し上げた次第です。

一〇 お招きした趣旨は。

一一 いろいろな方面に対して。敦明親王が無事帝位に即かれる事を楽しみにしている人々。皇后宮とか、左大臣顕光とかをさす。それにしても、能信が来訪した時に、顕光が先客として訪問していたわけだが、顕光の無能・無力ぶりが目立つ。

一二 今上天皇（後一条）の御将来。この時、十歳。敦明親王は二十四歳。

一三 上皇並みに院号をいただいて。底本「院号給て」とある。蓬左本・久原本・桂乙本等に「たまはりて」とあるに従った。

一四 年俸を受けること。「受領」は、国守の事だが、その俸禄を受けること。

一五 「まかりいでさせ」の省略。

能信、東宮退位の意志を俊賢と相談、道長に報告

「《(侍)》その夜は更けにければ、つとめてぞ殿に参らせたまへるに《翌朝早く父上の邸に》、《〔道長公は〕》内裏《うち》へ参らせたまはむとて、御装束のほどなれば《正装にお召し替えの最中なので》、え申させたまはず《言上の機会がない》。大方には《〔その時〕大体みんなは》、御供に参るべき人々、さらぬも《行かないにしても》、出でさせたまはむに《道長公がお出掛けになる時に》見《げ》参《ざん》せむと《お目にかかろうと》、多く参り集まりて騒がしげなれば、御車に奉りにおはしまさむに《お車にお乗りになろうとして外へ出られた際に》申さむとて《申し上げようと》、そのほど《それまでの間》、[一]寝殿の隅の間《ま》の格子《かうし》に凭《よ》り懸りて[二]居させたまへるを、[三]源民部卿寄りおはして、『《(俊賢)》など斯《か》くてはおはしますぞ』《こんな風にしていらっしゃるのかと》ときこえさせたまへば《お尋ねになるから》、殿には隠しきこゆべき事にもあらねば《この伯父上にはお隠し申し上げるべき事ではないので》、『《(能信)》しかじかの事のあるを、人々の《〔父のそばに〕》さぶらへば、え申さぬなり《言上できないのです》』とのたまはするに、御気色打ち変りて《俊賢さまのお顔の色がさっと変って》、この殿も驚きたまふ。『《(俊賢)》いみじく畏き事に《たいへん恐れ多い一大事》こそ[四]あゝなれ。ただ疾く《早速》聞かせ奉りたまへ《父君のお耳にお入れなさい》。内裏《うち》に参らせたまひなば《参内してしまわれたら》、いとど人がちにて《ますます人が多くやって来て》、え申させたまはじ』とあれば、『げに』《なるほどそうだ》とおぼして、おはします方に《道長公のおいでになる方に》参りたまへれば、[五]『《(道長)》さならむ』と御心得させたまひて、隅の間に出でさせたまひて、『《(道長)》春宮《とうぐう》に参りたりつるか』と問はせたまへば、[六]昨夜《よべ》の御消息委しく申させ

一 正殿の隅の庇《ひさし》の間《ま》の角の方にある格子。

二 坐ってお出でになったところ、そこへ。

三 能信の伯父。道長第二夫人明子（高松殿）の兄。大宰府に流された西宮左大臣源高明の三男。母は師輔三女。道隆に信任され蔵人頭に抜擢された。道長にも重んぜられ、時の四納言の一人と言われた。この年（寛仁元年＝一〇一七）三月四日に権大納言に任ぜられており、時に五十八歳。道長より六歳年長で分別盛りと言えよう。甥の能信は、この年まだ二十三歳の若年であった。俊賢が民部卿に任ぜられたのは、この年より四年後の寛仁四年十一月二十九日で、治部卿から民部卿に遷《うつ》っている。万寿四年（一〇二七）六月十三日薨去。六十八歳。『大鏡』は万寿二年現在で書かれているから、能信も中宮権大夫（寛仁二年に任）、俊賢も民部卿でよいのである。

四 「あゝなれ」は「あり（終止形）なれ」の「り」がサイレント化したもの。「あるようだ」「あるらしい」の意。「能信よ。お前の言う事を耳にした限りでは、こう判断される」の義。この「なり」を断定とする注釈書も散見するが「いみじき僻言《ひがごと》」である。

五 東宮にお目にかかってきた報告だろう。

六 昨夜の東宮の仰せを。「消息」は伝言。

七 言うまでもない事でね。徒《あだ》や疎《おろそ》かに思し召すはず

たまふに、更[七]なりや、おろかにおぼしめさむやは。押[八]して下《お》ろし奉らむ事、憚りおぼしめしつるに《躊躇しておられたのに》、斯[九]かる事の出で来ぬる御喜び、なほ尽きせず。まづ、《(道長)》[一〇]『いみじかりける大宮の御宿世《すくせ》かな』とおぼしめす」

《(侍)》「民部卿殿に《〔道長公が〕》申し合はせさせたまへば《俊賢さまにお考えをおたずねあそばすと》、《(俊賢)》『ただ疾く疾くせさせたまふべきなり《〔御退位のことを〕》。何か、《何で》吉日をも問はせたまふ《陰陽師に吉日を占わせる必要がございましょう》。少しも延びば、おぼし返して、《東宮が思い直されて》《(敦明親王)》「さらで在りなむ」《東宮位を退かないでいようと言われたら》とあらむをば、いかがはせさせたまはむ《どうなさるおつもりです》』と申させたまへば、《(道長)》『さる事』《その通りだ》とおぼして、御暦《こよみ》[一一]御覧ずるに、今日凶《あ》しき日にもあらざりけり《ないのだった》。やがて《折よく》関白殿[一二]も参りたまへるほど《関白頼通公も参られたところで》にて、《(頼通)》『疾く疾く』とそそのかし申させたまふに《ので》、《(道長)》『まづ、いかにも《何はさておいても》大宮に申してこそは』《皇太后さまに申し上げてから》とて、内裏《うち》[一三]におはしますほどなれば、参らせたまひて《参内なさって》、『斯くなむ』《これこれの由でございます》と聞かせ奉らせたまへば、[一四]まして女の御心はいかがおぼしめされけむ《どんなにお喜びになった事だろう》」

《(侍)》「それよりぞ《〔道長公は〕》東宮に参[一五]らせたまひて、御子《みこ》ども《御子息たち大勢の殿方》の殿原、また例《いつも》も御

はない（大歓迎、大よろこびだの意）。

八　無理に東宮の地位から引きずりおろし申し上げるという事は〔人聞きがよくないから〕。

九　まことに好都合に東宮の方から辞退を申し出てこられる事態になったお喜びは。

一〇　すばらしかった皇太后宮（彰子）さまの前世からの御幸運よ。

一一　陰陽師にはたずねなかったが、暦に日の吉凶が書いてあるので、道長はとりあえずその日の吉凶欄を見たのであろう。当時の暦は具注暦という。

道長早急の処置、東宮退位、院号を受ける

一二　道長の長男頼通。寛仁元年は内大臣だったが、三月十六日に道長から譲られた形で摂政に任ぜられていた。「関白」になったのは寛仁三年十二月であった。万寿二年は関白左大臣であったから、ここはその時点で書いた形になっている。頼通も俊賢と同意見で、道長を促したらしい。

一三　大宮（彰子）は禁中においでの時だったから。

一四　三の宮敦良親王を、皇太子位におつけ申すことができるというので、女性でいらっしゃる大宮さまのお喜びはいかばかりかというのである。

一五　底本及び同系統の諸本すべて「まいらせ給て」とある。蓬左本・久原本・桂乙本も同様である。「参らせ給ふ」（「給ふ」は連体形）とありたいところだが本《もと》のまま。古活字本は「まいらせ給」とある。

供に参りたまふ上達部・殿上人[一]引き具せさせたまへれば、いとこちたく《実に仰々しく》、響異《ひびきこと》にておはしますを《威風堂々として到着なさいましたが》、待ちつけさせたまへる宮の《それをお迎え申した東宮の》御心地は、さりとも《お覚悟の上とは申せ》、少し[二]すずろはしく《軽率だったかなと》おぼしめされけむかし。心も知らぬ人《事情も知らない人》は、露参り寄る人だに無きに《〔近頃は〕少しも東宮御所へ顔を出す人さえないのに》、昨日、[三]二位《にゐの》中将殿《能信殿》の参りたまへりしだに怪しと思ふに、また今日、斯く夥《おびたた》しく、[四]賀茂詣《まうで》などのやうに、御先《みさき》の音もおどろおどろしう《御前駆の者の先払いの声も大仰に》響きて参らせたまへるを、(世人)『いかなる事ぞ』と呆るるに、少しよろしきほどの者は《教養分別のある人間は》、[五]『御匣殿の御事申《ま》させたまふなゝめり』と思ふは、さも似つかはしや《いかにも折にふさわしい想像ですね》。むげに思ひ遣りなき際《きは》の者は《全然思いつくことのない卑賤の連中は》、また我が心に懸るままに《自分の気に懸るものだから》、『内裏《うち》のいかにおはしますぞ』《今上陛下がどうかなさったのではないか》などまで心騒ぎし合へりけるこそ《みなで心配し合っていたのではないか》、あさましうゆゆしけれ」《まったく驚くべき想像で不吉なことでした》

(侍)「母宮だに、え知らせたまはざりけり《〔東宮御退位の〕情報をキャッチお出来になれないのでした》。斯くこの御方に物騒がしきを、(娍子)『いかなる事ぞ』と怪しうおぼして《不審にお思いになって》、案内し申させたまへど《様子をさぐらせようとなさいましたが》、[六]例女房の参る道を固めさせたまひてけり。殿には《〔皇太子は〕道長公には》、年ごろおぼしめししつる事など《平素お考えになった事などを》、『細《こま》かにきこえむ』《くわしく申そう》と[七]心強くおぼしめしつれど、ま《いざ》

一　お引き連れあそばすから。サ変の複合動詞「引き具す」の未然形「具せ」に尊敬の「させ」が付いた形。尊敬の準助動詞「たまへ」も付いているから二重敬語（複敬語トモ）になり、意味上は最高敬語になる。要するに主語は「道長公」。寛仁元年（一〇一七）八月は、前年までは正二位、左大臣であった道長が従一位、太政大臣となった時期である。

二　ふらふら進んでしまうこと。軽率気味。

三　『大鏡』の内容年代に合わせれば、万寿二年だから、そのころ能信は中宮権大夫で権大納言であるが、「昨日…」と東宮退位の寛仁元年八月上旬に合わせて書いたから、まだ中将なのである。そして『御堂関白記』のこの年の項に「二位中将」と見えるから、近衛の中将で、従二位に叙せられていたのであろう。

四　四月の葵祭に先立って、摂関が賀茂神社に詣でた事。

五　御匣殿様のお輿入れを道長様にお申し入れになるように思われる。「なゝめり」は「なりめり」の「り」のサイレント化で、「めり」は視覚に基づく判断・推測の助動詞。「見た事によって想像する」のである。「御匣殿の御事申させたまふにありめり」の略。

六　道長公は用心して、いつも侍女が東宮御所に伺う通路を武士に命じて遮断しておしまいになったのです。

七　気を強く持って肚《はら》を括《くく》っておいで遊ばしたけれど。

ことになりぬる折《退位決行という段になると》は、『いかになりぬる事ぞ《どういう事になったのか》』と、さすがに御心騒《お心が動》がせたまひぬ《揺なさるのでした》。むかひきこえさせたまひては《道長公と対座なさいました時には》、方々《かたがた》[八]に臆せられたまひにけるにや《いろいろ気おくれなさったのでしょうか》、ただ昨日《きのふ》の同じさまに、なかなか[九]言少《ことずく》なに仰せらる御返り《御返事は》は、『さりとも《(道長) それにしても》、いかに斯くはおぼしめし寄りぬるぞ《どうしてこのように退位などを思いつかれたのでございますか》』などやうに申させたまひけむかしな《などといった風に言上なさったことでございましょうね》」

「御気色の心苦しさを《(侍) 東宮の御様子のお気の毒さを》、かつは見奉らせたまひて《ひとつには御覧あそばされて》、少し押し拭《のご》はせたまひて《〔道長公は〕少し涙を、おふきになって》、『さらば、今日、吉日《よきひ》なり』とて、院に[一〇]なし奉らせたまふ。やがて《すぐさま》、事ども[一一]始めさせたまひぬ。よろづの事《万事》、定め《定められ》行《おこな》はせたまふ《施行あそばされる》。判官代[一二]には、宮司ども・蔵人など、替るべきにあらず。別当[一三]には、中宮の権大夫《能信公》をなし奉りたまへれば、おりて[一四]拝し申させたまふ。事ども定まり果てぬれば《諸事万端すっかり決定しましたから》、出でさせたまひぬ《道長公はお帰りになりました》」

東宮退位事件の後日談

「いとあはれに侍りける事は《(侍) たいへん可哀想でした事は》、殿のまだ候はせたまひける時《道長公がまだ東宮御所にいらっしゃった時》、母宮の御方より、何方《いづかた》[一五]の道より尋ね参りたるにか、顕《あらは》に御覧ずるも知らぬ気色にて《〔道長公が〕はっきり姿を見ておいでなのも気づかぬ様子で》、いと怪しげなる姿したる女房の《ひどくみすぼらしい恰好をした侍女が》、わななくわななく《ぶるぶるふるえながら》、

八 あれやこれやと。さまざまな点で。

九 かえって、むしろ言葉少なに仰せあそばし、それに対する道長さまのお返事は。

一〇 太上天皇、すなわち上皇に対する尊号。上皇待遇にして差し上げたということ。『日本紀略』寛仁元年八月の条に、「二十五日庚寅、以テ二前皇太子ヲ一為シタテマツル二小一条院ト一。准ジテ二太上天皇ニ一、賜フ二年官年爵受領吏等ヲ一、停メ二進属ヲ一、為ス二判官代主典代ト一。又、以テ二左右近衛各五人ヲ一、為ス二随身ト一。御封等如クレ旧ノ奉ルレ充テレ之ヲ」とあるから、八月六日に東宮は退位されたが、小一条院の院号が定められ、相当の待遇になったのは、二十五日まで遅延したのであり、これに反し、三の宮敦良親王が皇太弟に立たれたのは八月九日で、以下二十三日までは、この方の祝賀等が続き、それが済んでから、敦明親王の後始末という段取りであった。

一一 院の庁の事務始め。

一二 院の庁の事務官。五位もしくは六位の者が任ぜられた。春宮坊の「宮司」や「蔵人」などが、そのまま横すべりして、院の事務官になったという意味。

一三 院の庁の長官には、能信が任命された。

一四 能信は階下におりて任官の御礼として拝舞の礼をなさった。

一五 敦明親王の母宮の御殿から、どちらの道を通って尋ねて来たのか。

『いかに斯くはせさせたまへるぞ』《(女) なんでこんな風に道をふさいだりなさったのですかと》と、声も変りて申しつるなむ、《涙声で訴えておりましたが》『あはれにも、《(道長) 気の毒にも思われたが》またをかしうも』《また滑稽でもあったよ》とこそ仰せられけれ。勅使〔一〕こそ、誰とも確かにも聞き侍らね。禄など、《〔勅使に差し上げる〕お祝儀など》にはかにて、《急なことで》いかにせられけむ」《どうなさったことやら》

と言へば、

「殿こそはせさせたまひけめ。《(世次) 道長公がきちんとされたことでしょう》さばかりの事〔二〕になりて、逗留せさせたまはむやは」

「火焚屋〔三〕・陣屋《ぢんや》〔四〕など、《(侍)》取り破《や》られけるほどにこそ、《取り壊された時には》え耐へず《それはもうこらえ切れずに》忍び音《ね》泣く人々《すすり泣く女性たち》侍りけれ。まして、皇后宮〔五〕・堀川〔六〕の女御殿などは、さばかり《あれほど》心深くおはします御心どもに、《情愛が深くていらっしゃるお二人の御心中》いかばかり《どれほど》おぼしめしけむ《お悲しみであったろうか》と覚え侍りし。世の中の人、『女御殿、《女御さまは》

〔七〕雲居まで立ち昇るべき煙《けぶり》かと見えし思ひのほかにもあるかな

といふ歌詠みたまへり』など申すこそ、『更によも』《まさかそんな事はあるまい》と覚ゆれ。いとさばかりの事に、《実にあれほどの大事に》和歌の筋おぼし寄らじかしな。《和歌を詠むことなど思い付かれるはずもありますまい》御心の中《うち》には、

一 小一条院という院号を宣下に、宮中から東宮御所に派遣されたであろう勅使。

二 それほど事がうまく運んでいるというのに祝儀くらい、道長さまのことですから、ぐずぐずなさるはずがありません。

三 ヒタキヤ。衛士《えじ》などが篝火《かがりび》や庭燎《にわび》を焚《た》いて夜警をする小屋。

四 東宮に仕える帯刀（武官）の詰所。

五 敦明親王の母宮娍子。

六 東宮の女御延子。左大臣顕光次女。母村上皇女盛子。聡明で美しい女性だったと、『栄花物語』（初花）に見える。

七 あの火焚屋の煙は雲居、つまり宮中まで立ち昇る煙かと昔は見えたのに、今、その火は消えてしまった。この歌『後拾遺集』第十七、雑三に、「小一条院、東宮ときこえける時、思はずに位おりたまひけるに、火焚屋などこぼち騒ぐを見て詠み侍りける　堀河の女御　雲居まで立ち昇るべきけぶりかと見えし（三字、異本「見しは」）思ひのほかにもあるかな」と見えている。「見えし思ひ」の「思ひ」は「思火」で、火焚屋で焚く、庭燎や篝火の「火」を意味している。

おのづから（自然）、後《のち》にも覚えさせたまふやうもありけめど（あとになってから和歌が思い泛ぶということもありましょうが）、人の聞き伝ふるばかりはいかがありけむ」（世間の人が聞き伝えるほど公然とお詠みになったというのはどんなものでしょう）

と言へば、翁（老人は）、

(世次)「げに、それはさる事に侍れど（もっともな御指摘ですが）、昔もいみじき事の折[八]（非常の事態の際に）、斯かる事いと多くこそきこえ侍りしか」（このように歌を詠んだという話は沢山伝えられております）とて、ささめくは（ささやいたのは）、いかなる事にか（どんな事でしょうか）。

(侍)「さて、斯く責《せ》め[九]おろし奉りたまひては、また[一〇]御婿に取り奉らせたまふほど（お迎え申し上げられる際に）、もてかしづき奉らせたまふ（鄭重にお世話なさる）御有様（ご様子は）、まことに御心も慰ませたまふばかりこそきこえ侍りしか（敦明親王のお気持も晴れ晴れとなさるくらいだったと世間の評判でした）。[一一]御膳《おもの》参らする折は（〔道長公は〕）、[一二]台盤所におはしまして、[一三]御台《みだい》や盤などまで手づから（御自分で）拭《のご》はせたまふ（お拭きになる有様）。何をも召し試みつつなむ参らせたまひける（何でも毒味なさっては差し上げられたのです）。御障子《さうじ》口《ぐち》まで持《も》ておはしまして（〔ご自分で〕襖の際までお運びになって）女房に賜はせ（お手渡しになり）、殿上に出だすほどにも（お居間に出す時にも）立ち添ひて、良かるべきやうに（粗相のないように）教へなど、[一四]『これこそは御本意よ』とあはれにぞ（思うとおいたわしい）。この際《きは》に、[一五]故式部卿宮の御事ありけりと言ふ（敦康親王を後任にというお話があったというのは）、虚事《そらごと》なり。[一六]何故ある事にもあらなくに（これといって何一つ根拠もないのに）、昔の事どもこそ侍れ（昔の事どもならとにかく）、おはします人の御事申す（現在いらっしゃる方のお身の上について申すのは）、便なき事な（不都合なこ

八 大変の折に。大事発生の際に。
九 皇太子を脅迫して退位を申し出られる事態に追い込んだあとでは。
一〇 道長が、娘御匣殿寛子の婿に敦明をしたこと。『御堂関白記』によると、寛仁元年十一月二十二日の夜であった。
＊ 小一条院（敦明親王）は、父帝三条上皇の喪に服している寛仁元年五月以降に婚礼を挙げるのであって、『小右記』に非難している。
一一 お食事を差し上げる時は。
一二 台所。
一三 「御台」は食膳。「盤」は食器の類。
一四 こういうお扱いこそ敦明親王のご本懐なのだろう。
一五 一条天皇第一皇子。母は皇后定子。父帝一条天皇は、この皇子を皇太子になさりたかったが、いつも道長の権力の前には実現に至らなかった。寛仁二年（一〇一八）十二月十七日薨。二十歳。ここに「故」とあるのは記事年代を万寿二年（一〇二五）に合わせているため。小一条院退位の時は在世であったからである。
一六 「なんら故《ゆゑ》ある事にもあらぬに」の意。

三条院の宮たちと済時の子女

りかし〔とですよ〕」

〔(世次)〕「さて〔ところで〕、式部卿宮〔敦康親王〕と申すは、故一条院の一の皇子《みこ》におはします。その宮をば、年ごろ〔以前は〕、帥宮《そちのみや》と申ししを〔申し上げたのですが〕、小一条院、式部卿にておはしまししが、東宮に立ちたまひて、あく所に[一]、〔［敦康親王が］〕帥をば退《の》かせたまひ〔おやめになって〕て、式部卿とは申ししぞかし。その後の度《たび》の東宮[二]にも外《はづ》れたまひて、おぼし嘆きしほどに亡せたまひにし[三]後、また、〔［三条天皇の皇子で］〕この小一条院の御さしつぎ〔すぐ次の皇子〕の二宮《にのみや》、敦儀親王《あつのりのみこ》をこそは、式部卿とは申すめれ。また次の三宮《さんのみや》、敦平親王《あつひらのみこ》を、中務宮《なかつかさのみや》と申す。次の四宮《しのみや》、師明親王《もろあきらのみこ》と申す、[四]幼くより出家して、仁和寺の僧正[五]のかしづきもの〔秘蔵弟子〕にておはしますめり。この宮たちの御妹の女宮たち二人[六]、一所は〔当子内親王は〕、やがて〔即座に〕三条院の御時の斎宮《さいくう》[七]にて下らせたまひにしを、上《のぼ》[八]らせたまひて後、荒《あら》三位道雅《みちまさ》[九]の君に〔との間に〕名《な》立たせたまひにければ〔浮名がお立ちになったので〕、三条院も、御悩みの折〔御病気の折でもあり〕、いとあさましき事に〔たいそう情けない事に〕おぼし嘆きて、[一〇]尼になしたまひて亡せたまひにき〔この姫を尼になさっておかくれあそばしました〕。今一所の女宮〔もうひとりの禔子内親王は〕、まだおはします〔なおご健在です〕」

一 式部卿宮の地位が空席になる折に。

二 寛仁元年（一〇一七）八月の立太子の機会にも。

三 前頁注一五参照。

四 法名、聖信。出家の時、十四歳。

五 大僧正済信。九九四～一〇五一。左大臣源雅信の子。寛仁三年十月、大僧正となった。

六 当子と禔子《しし》。

七 未婚の内親王または女王が、天皇が新たに即位なさった時、伊勢神宮に奉仕するために下向なさった。この女性を「斎宮《さいくう》」もしくはイッキノミコ、イッキノミヤと呼んだ。「さいくう」と清《す》んで訓《よ》む。

八 三条天皇が後一条天皇に御譲位なさったので、斎宮を退き上京なさってから。長和五年（一〇一六）正月二十九日譲位。二月七日新帝即位。斎宮の帰洛は『御堂関白記』の長和五年九月五日の条に、「五日丙午、終日微雨下《ル》。…（中略）…今日、前斎宮入京。…（下略）」と見えている。

九 藤原伊周の長男。母は源重光女。幼名松君。正暦三年（九九二）生れ。従三位。左京大夫。天喜二年（一〇五四）没。六十三歳。「荒」というのは、荒々しい、荒っぽいの義。

一〇 「裏書」に「長和元年十二月四日卜[二]定《ボクヂヤウセラル》斎宮ニ[一]。年十一。同五年八月七日退出。寛仁元年　正三位道雅卿密奸。治安三年　薨年二十三」とある。『小右記』『栄花物語』参照。

(世次)「小一条の大将の御姫君ぞ、〔済時公の御長女(娍子)こそ〕ただ今の皇后宮と申しつるよ。三条院の御時に、后に立て奉らむとおぼしける[一一]、こちよりては〔近頃では〕、大納言のむすめの、〔が〕后に立つ例なかりければ、御父〔済時公〕の大納言を贈太政大臣[一二]になしてこそは后に立てさせたまひてしか。されば皇后宮いとめでたくおはしますめり。御兄弟《せうと》[一三]、一人[一四]は侍従入道、今一所は大蔵卿通任《おほくらきやうみちたふ》の君こそはおはすめれ。また、伊予《いよ》[一五]入道もそれぞかし」

皇后娍子の妹、所領回復を道長に哀訴

(世次)「今一所[一六]の女君こそは、いと甚だしく心憂き御有様にて〔かわいそうなご日常〕おはすめれ。父大将の取らせたまへりける〔お与えになった〕処分《そうぶん》[一七]の領所《らうしよ》、近江《あふみ》にありけるを、人に取られければ、すべきやうなくて〔どうにも困り果てて〕、かばかりになりぬれば〔これほど落ち目になってしまうと〕、物の恥づかしさも知られずや〔構っていられないと〕思はれけむ、夜《よる》、徒歩《かち》[一八]より御堂《みだう》[一九]に参りて、愁《うれ》へ訴申したまひしはとよ」〔道長公に嘆願なさったとはねえ〕

(世次)「殿の御前《おまへ》は〔道長公は〕、阿弥陀堂の仏の御前に念誦《ねんず》しておはしますに〔経文を唱えていらっしゃるうちに〕、夜いたく更《ふ》けにければ、御脇息に凭《よ》り懸りて、少し眠《ねぶ》らせたまへるに〔うとうとなさった時に〕、犬防《いぬふせぎ》[二〇]のもとに人のけはひのしければ、『怪し』とおぼしめしけるに、

一一 「おぼしけるを」とか「おぼしけるに」といった気分で、あとに続く。流布本や萩野本は、「おぼしけるに」である。蓬左本・久原本・桂乙本にも「に」がある。

一二 『栄花物語』(日蔭のかづら)に、「(上略)官に仰せ言賜はす。『さンべき神事あらむ日を放ちて、宜しき日して、小一条の大将それがしの朝臣、贈太政大臣になして、かの墓に宣命読むべし』と宣はすれば弁うけ給ひぬ」とあり、三条天皇の意を受けた道長の命で、娍子の父、故済時に「太政大臣」が追贈された。本書の記事も、これに拠ったと思われるが、実際に贈られたのは「右大臣」で、太政大臣ではない。「贈右大臣」の時期は、『公卿補任』によると、寛弘九年(長和元年)四月であった。右大臣にけいちったのは、道長自身か、道長にへつらう太政官の役人かであったろう。

一三 この皇后宮娍子の男性のきょうだいは。

一四 藤原相任。侍従であったが、寛和二年十六歳で出家。童名「長命君」(『栄花物語』見果てぬ夢)。

一五 藤原為任。伊予守から出家したか。

一六 敦道親王妃となるが、離別。一〇三頁参照。

一七 遺産の領地。所領。

一八 「より」は「その方法で」の義。徒歩で。

一九 法成寺の阿弥陀堂。

二〇 仏堂の中の丈の低い柵《さく》。内陣と外陣を仕切る。

女のけはひにて、忍びやかに《小声で》、『物申し候はむ《申し上げたいことがございます》』と申すを、御僻耳《ひがみみ》[一]かとおぼしめすに、あまた度《たび》《何度も》になりぬれば《同じ事を申すので》、『まことなりけり《やはり聞き違いではなかった》』とおぼしめして、いと怪しくはあれど、『誰《た》そ《だれだ》、あれは《そこにいるのは》』と問はせたまふに、『しかじかの人の《これこれの者でございますが》、申すべき事候ひて参りたるなり《お願い申し上げなくてはならない事がございまして》』と申しければ、いといとあさましく《まことにもってあきれはてた事だとは》はおぼしめせど、荒く仰せられむも、さすがにいとほしくて、『何事ぞ』と問はせたまひければ、『知ろしめしたる事《御承知の事でございましょう》に候ふらむ』とて《と言って》、事の有様《事情を》細《こま》かに申したまふに、いとあはれに《気の毒に》おぼしめして、『更なり《言うまでもない》。皆聞きたる事なり。いと不便《ふびん》なる事《不都合な》にこそ侍るなれ。今、然《しか》[二]すまじき由、速《すみ》やかに言はせむ。斯《ここ》くいましたる事《においでになったことは》、あるまじき事なり《以ってのほかの事です》。人してこそ言はせたまはめ《人を通じて仰しゃるのが順序です》。疾く帰られね《早くお帰りになられるがよい》』と仰せられければ、『さこそは返す返す思ひたまへ候ひつれど《そのようにしようと何度も思案したのでございますけれど》、申し次ぐべき人の更に候はねば《取り次いで下さる人がまるでございませんので》、「さりとも《いくらなんでも》、『哀れ《かわいそうだ》』とは仰せ言《ごと》候ひなむ《とお言葉をいただけるだろうと存じ上げて》」と思ひたまへて参り候ひながらも、いみじう《たいそう》慎《つつ》ましう《気がひけて》候ひつるに、斯く仰せらるる《仰せをたまわり》、申し遣る方なく《お礼の申し上げようもなく》嬉しく候

一 空耳か。聞きまちがいか。

二 そのようなことをしてはならぬ旨を、直ちに伝えさせよう。

三 法成寺の南方の総門。正門。

四 従五位下、越後権守、源経任と判っているが、「或お方が」とぼかして書いた。「ぬし」は受領程度の人物につける敬称。

五 愛憐の情がない意。

ふ』とて、手をすりて《手をすりあわせて》泣くけはひに、ゆゆしくも《忌わしくも》、あはれにも《不憫にも》おぼしめされて、殿も《道長公も》泣かせたまひにけり」

(世次)「出でたまふ道に《お帰りになる途中》、[三]南大門《なんだいもん》に人々《警固の人々》居たる中《なか》をおはしければ《通られたので》、[四]なにがしぬしの引きとどめられけるこそ《この妹君の袖を引いて足をとめさせた一件こそ》、いと[五]無愛《ぶあい》の事なりや《情け知らずの仕打ちでした》。後に、殿も聞かせたまひければ、いみじう[六]むつからせたまひて《立腹なさいまして》、〔その人は〕いと久しく《ずいぶん長らく》[七]御畏《かしこ》まりにていましき。さて、御愁訴《うれへ》の所は《所領は》、永く[八]論あるまじくこの人の領にてあるべき由《よし》《この姫君の領地として存続すべき》、[九]仰せ下[一〇]されにければ、もとよりも《以前よりも》いと[一一]したたかに《しっかりと》領じたまふ。極《きは》めていと良し。(世人)[一二]『さばかりになりなむには、[一三]物の恥知らでありなむ。[一四]かしこく申したまへる《気丈に道長公に訴え出られたのは》、いと良き事』と、〔人々が〕口々褒《ほ》めきこえしこそ、[一五]なかなかに覚え侍りしか《かえってどうかなという気が致しました》」

大門にて〔姫を〕捕へたりし人は《源経任》、[一六]式部大夫源政成が父なり

六 不機嫌になる。憤る。

七 ご勘気を蒙っておられました。

八 異論が出ないように。苦情の起らないように。

九 命令。下知。指図。

一〇 通達があったので。

一一 「おびただしい」とか「ずっと広く」とか「ずっと多く」とか訳している注釈書が多いが、「したたか」は確実なさま、しっかりしているさま、強力なさまであって、姫君の領地が前よりふえたわけではない。心利いた強力な管理人などを置いて、また人に取られないようしっかり支配した、の意。

一二 そこまで落ちぶれたからには。

一三 恥も外聞も忘れて強く振舞うのが一番だ。「ありなむ」は「あらむ」を強めた表現。「あってほしい」「あってもらいたい」の義。

一四 きちんと。行き届いて。心を強くして。

一五 褒め過ぎで、非常識だという非難も出るだろうから、褒めるのも程々でよかったのではないかの義。

一六 式部省の三等官で式部丞（大丞と少丞とある）が五位に昇った者を「式部大夫」と呼ぶ。源政成は「五位式部大丞で永保二年（一〇八二）没」（『尊卑分脈』『勅撰作者部類』）とある。この一行は後人の書き添えと考える説もあるが、『大鏡』の著作年時は康平八年（一〇六五）以降と判明しており、さらに康平八年から永保二年までは僅々十七年間だから、この十七年間の著作ということになろうか。

大鏡第三

◇大鏡第三　話題を賑わす史上実在の人物

大臣列伝

師輔　安子　村上天皇　殿上童（守正）　芳子　伊尹　兼通　兼家　為平親王　源高明　守平親王　花山天皇　婉子　実資　道信　選子　頼通　道長　後一条天皇　後朱雀天皇　彰子　隆家　登子　重明親王　高光（多武峰少将）　顕信　元方　広平親王　冷泉天皇　伊周　貫之　忠平　俊賢　桓算供奉

伊尹　助信　懐子　為光室　為尊室　尊子　恵子　挙賢　義孝　賀縁阿闍梨　実資　源雅信　保光　行成　俊賢　一条天皇　朝成　道長　後一条天皇　明理　義懐　花山天皇　惟成　冷泉上皇　高階明順　頼勢

兼通　忠平　貫之　業遠　媓子　娍子　顕光　盛子　計子　重家　元子　頼定　延子　敦明親王（小一条院）　寛子　朝光　姫子　兼家　円融天皇

為光　忯子　誠信　斉信　弘高　道信

公季　康子　義子　実成　能信　俊賢　顕基　公成　公忠　師輔　村上天皇　実頼　安子　円融天皇　敦良親王　顕基　資綱　隆国

（大臣列伝）

（世次）「一　右大臣師輔」

長寿でなかった師輔《もろすけ》の不運とその子女たち

（世次）「この大臣《おとど》は、忠平の大臣《おとど》の二郎君、御母、右大臣 源能有《みなもとのよしあり》[一]の御むすめ、いはゆる九条殿《くでうどの》[二]におはします。公卿[三]にて二十六年、大臣[四]の位にて十四年ぞおはしましし。御孫にて、東宮[五]、また四五[六]の宮を見置き奉りて隠れ[七]たまひけむは、極《きは》めて口惜しき御事ぞや（ご運のないことでした）。御年まだ六十《むそぢ》にも足らせたまはねば、行末遥かに、ゆかしき事多かるべきほ（ご覧になりたい事が色々とおありだと[八]思われるお年でおかくれになったとはねえ）どにてよ」

と、せめて（つとめて）囁《ささや》くものから（小声で話すものの）、手を打ちて仰ぐ（天を仰いで〔慨嘆に堪えないそぶり〕）。

（世次）「その殿の御君達《きんだち》十一人、女五六人ぞ、おはしましし。第一の御む[九]すめ（安子）は、村上の先帝の御時の女御、多くの女御・御息所《みやすどころ》の中に、傑《すぐ》

一　文徳天皇の皇子。母は伴氏。臣籍に下り源姓を賜る。寛平八年（八九六）に右大臣。翌九年薨。五十三歳。

二　「九条殿」という呼称は、この大臣の邸が九条にあったから。『拾芥抄』に「九条坊門南、町尻東、右大臣師輔公家」と見えている。「近院の右大臣」と称す。

三　承平五年（九三五）の任参議から二十六年。

四　天暦元年（九四七）の任右大臣から十四年。

五　第二皇子憲平親王（冷泉院）。十一歳。

六　第四皇子為平親王九歳。第五皇子守平親王（円融院）二歳。

七　天徳四年（九六〇）五月四日薨。五十三歳。

八　底本「にて」を見セ消チにするが、蓬左本・久原本・桂乙本には存する。底本と同系統の近衛本・平松本・桂甲本には無い。建久本にも存するし、有る方が文理整うので、敢えて改訂した。

九　底本「女」。蓬左本・建久本により「は」を補う。

れてめでたくおはしましき。帝《村上天皇》も、この女御殿《安子》には、いみじう怖《お》ぢ申させたまひ、有り難き事をも奏せさせたまふ事をば《厄介な事でも安子が奏上する事となると》、否《いな》びさせたまふべくもあらざりけり《到底お断りになることは出来ないのであった》。況《いは》んや《まして》、自余《じょ》[一]の事をば申すべきならず《言うまでもない》。

〔安子は〕少し御心さがなく[二]、御物怨《うら》みなど《嫉妬などなさるように》せさせたまふやうにぞ、世の人に言はれおはしましし。帝《みかど》をも常にふすべ申させたまひて《いつも焼餅をお焼きになって》、いかなる事のありける折にか、ようさり[三]渡らせおはしましたりけるを《夜に入って安子さまの所へおいでなさいましたが》、御格《みかう》子《し》を叩《たた》かせたまひけれど《お叩きになりましたけれど》、あけさせたまはざりければ《〔安子は侍女に〕開けるなとお命じになりましたので》、天皇は叩きわづらはせたまひて《叩きあぐねて》、『(帝)女房[四]に、「などあけぬぞ《なんであけないのかと》」と、問へ《聞いてみなさい》』と、なにがし[五]の主《ぬし》の、童殿上《わらはてんじやう》[六]したるが、御供なるに《お側に従っていたのに》[七]仰せられければ、(童)『あきたる所やある《どこかあいている所があるかと》』と、ここかしこ《あちこち》見たうびければ[八]《調べて見られたけれど》、さるべき方《出入り口とおぼしい所》は皆閉《た》てられて、細殿《ほそどの》[九]の口のみあきたるに、人のけはひしければ、〔童は〕寄りて《そばに寄って》、『斯く』とのたうびければ《どうしてあけないのかと仰しゃいますと》、いらへはともかくもせで《返事はうんともすんとも言わないで》、いみじう笑ひければ、〔帝の御前に〕参りて、ありつるやうを奏しければ《今見て来た通りを奏上したところ》、帝もうち笑はせたまひて、『例の事なゝなり[一〇]《どうやらいつもの焼餅らしいね》』と仰せられてぞ、〔清涼殿に〕帰り渡らせおはしま

一 それ以外の些細な事は申すまでもない。
二 たちがわるい。依怙地《いこじ》なところがある。
三 「よさり」ともいう。「夜さり」が延びて「ようさり」となったと考えられ、「よさり」「ようさり」は同じ語。「夜」がやってくること。
四 女御づきの侍女。
五 藤原守正か。とすれば、堤中納言藤原兼輔の息。
六 貴族の子弟で、宮中の公務や習慣を見習うために幼童時代に昇殿を許され雑用に従ったのをいう。
七 建久本は「御供にさぶらひけるに」とある。
八 「見たうび」は「見たまひ」に同じ。
九 弘徽殿の西の廂《ひさし》の間《ま》をいう。
一〇 「例の事にあゝなり」の約。「なり」は聴覚による判断の助動詞。視覚を用いないで聴覚だけで判断する。これに対し、視覚だけを用い、聴覚を使用しないで判断する助動詞が「めり」。そうとばかりも言えない場合もあるが、「目」による判断が「めり」、「耳」による判断が「なり」と抑えて大体通じる。ここも「お前の言うところを聞いて推測すれば、安子のいつもの焼餅だろうよ」となる。
＊ 『源氏物語』(花宴)に、「もしさりぬべき隙《ひま》もやあると、藤壺わたりをわりなう忍びて窺ひありけど、語らふべき戸口も鎖《さ》してければ、うち嘆きて、なほあらじに、弘徽殿の細殿に立ち寄りたまへれば、三の口あきたり」とあるのが参考になろう。

しける。この童は、伊賀前司資国[一一]が祖父《おほぢ》なり」
(世次)「藤壺・弘徽殿《こきでん》との、上《うへ》[一二]の御局《みつぼね》はほどもなく近きに、藤壺の方には[一三]小一条女御《こいちでうのにようご》、弘徽殿《芳子》にはこの后《安子》の昇りておはしまし合へるを、いと《〔安子は〕》安からず、えや《どうにも》鎮《しづ》め難くおはしましけむ、中隔て《境の》の壁に穴をあけて、覗《のぞ》かせたまひけるに、女御《芳子》の御かたち《容貌》、いとうつくしくめでたくおはしましければ《たいそうかわいらしく素敵な美人でいらっしゃいましたから》、『むべ《(安子)なるほど》、時めくにこそありけれ《〔この美貌で〕かわいがられるのだな》』と御覧ずるに、いとど《ますます》心疾《や》ましく《腹が立っていらして》ならせたまひて、穴より《〔その壁の〕》通るばかりの土器《かはらけ》[一四]の破片《われ》して打たせたまへりければ《芳子を打擲なさいましたから》、帝のおはしますほどにて《ちょうど帝がおいでになっている時で》、[一五]こればかりの事《このようなひどい事》には、え堪へさせたまはず《我慢がおできにならず》むつかりおはしまして《ご立腹あそばして》、(帝)『かうやうの事は、[一六]女房はせじ。伊尹《これまさ》・兼通《かねみち》・兼家などが言ひ催して《言い立てけしかけてやらせる》せさするならむ』と仰せられて、皆《お三方とも》、殿上《てんじやう》にさぶらはせたまふほどなりければ《殿上の間に伺候しておいでになるときだったから》、三所《みところ》《三人共》ながら畏《かしこ》まらせたまへりしかば《謹慎をお命じになりましたから》、その折に、〔安子は〕[一七]いと大きに腹立たせたまひて、帝に(安子)『渡らせたまへ』と申させたまへば、(帝)『思ふに、この事ならむ』とおぼしめして、渡らせたまはぬを、度々(安子)『なほなほ《それでも是非》』

安子土器の破片で芳子を打つ

一一 資国の祖父は、蓬左本『大鏡』の裏書分註に、「守正、天慶九年四月二十一日、補二蔵人一。九月任二修理権亮一。十一月十四日叙（従五位下）」としたあとに、守正が「童殿上」したかどうかは明らかでないとしている。安子が村上天皇の燕寝《えんしん》に仕えたのは天慶三年（九四〇）であるから、その時以降である。同じ分註に「資国」について、「長久四年正月二十四日兼ヌ二伊賀守ヲ一。元皇后宮ノ権大進。此大鏡、万寿二年ノ物語也。伊賀前司之条、年紀相違。後見之人、書キ加フル歟」としているが、その通りで、前司と呼ばれる以上、永承二年（一〇四七）以後の書き入れとなるが、この作品の執筆年代を康平八年（一〇六五）以降と見る（「解説」参照）本書の見解に従うならば、一向差し支えない。長久四年は西暦一〇四三年。

一二 飛香舎（藤壺）・弘徽殿の二つだけ、清涼殿内に着更えの部屋があり、これを「上の御局」と称する。

一三 宣耀殿女御芳子（前出、師尹の娘）。

一四 素焼の焼き物のかけらで。

一五 焼き物のかけらで芳子を打った事に対しては。

一六 侍女はやるはずがない。蓬左本・久原本・桂乙本は「女房はえせじ」と「せじ」の上に「え」がある。この方がよいと思うがしばらくもとのまま。

一七 蓬左本「后おほきに」とある。また、久原本と桂乙本は「后いとどおほきに」。

と御消息《せうそこ》ありければ《ご伝言があったから》、『渡らずば《(帝)行かなかったなら》、いとどこそむつからめ《ますますひどく怒るだろう》』と、恐ろしくいとほしく《〔また〕可哀想に》おぼしめして、おはしましたるに《〔安子のもとへ〕》、『いかで《(安子)》、斯《か》かる事はせさせたまふぞ。いみじからむ《たといどんなにひどい》逆《さか》さまの罪ありとも《大逆の罪を犯したとしても》、この[一]人々をばおぼし赦《ゆる》すべきなり。いはんや、麿《まろ》[二]が方ざまにて斯くせさせたまふは、いとあさましう[三]《嘆かわしくつらいお仕打ちです》心憂き事なり。ただ今召し返せ《勅勘をお解き下さい》』と申させたまひければ、『いかでかただ今は赦さむ《(帝)どうして今すぐ赦すことができよう》。音聞《おとぎ》き[四]みぐるしき《人聞きがわるい》事なり』ときこえさせたまひけるを、『更にあるべき事ならず《(安子)絶対によくないことです》』と責め申させたまひければ、『さらば《(帝)ではそうしよう》』とて還り渡らせたまふを《お還りになろうとなさるのを》、『おはしましなば《(安子)お還りになってしまえば》、ただ今しも《ただちに》赦させたまはじ。ただ此方《こなた》[五]にてを召せ』とて、御衣《おんぞ》を捕へ奉りて、立て奉らせたまはざりければ《席を立とうとなさるのを妨げあそばしたから》、『いかがはせむ《(帝)どうにもしようがない》』とおぼしめして、この御方へ《こちらのお部屋へ》職事《しきじ》[六]召してぞ、参るべき由の《三人に参内せよとの》宣旨《せんじ》下させたまひける《勅命をおくだしになられました》。これのみにもあらず《この話はほんの一例です》。かやうなる事ども多くきこえ侍りしかは[七]《世間に洩れ》」

安子の心が広く親切で国民に慕われたこと

(世次)「大方の御心はいと宏《ひろ》く、人の為《ため》などにも思ひ遣りおはしまし、あ《ご身》

一 佐藤球の『大鏡詳解』に、「この三人の人々は、ゆるし給ふべき人なりとなり。律に、六議あり。一議親(皇親、及皇后三等以上親)二議故、三議賢、四議能、五議功、六議貴(三位以上)とて、この六つの中に当る者、罪ある時は、これを議して、宥免《いうめん》せらるることあるをいふ。さて伊尹等は、皇后の兄弟にて、公卿なれば、親と貴との二つをかねたれば、中宮のかく仰せられたるなり」とある。「律」は、大宝元年(七〇一)に「令」と共に制定された刑罰の規定。養老二年(七一八)に改定された。「親・故・賢・能・功・貴」の六つに当る人物の罪に関しては、その罪が宥免される。伊尹・兼通・兼家は、安子の兄弟だから「親」に当り、また三位以上の上級貴族だから「貴」に当るので、その罪を宥《ゆる》せという安子の主張と思われる。

二 貴人の自称。男女ともに使用する。私に関わりのあることで、このような処置をなさるのは。

三 「あさましう」は蓬左本・建久本・桂乙本・久原本は「あるまじく」。「あさまし」の方がよいが、「あるまじ」でも通じる。「さ」と「る」の誤写か。

四 朝令暮改になるからであろう。

五 すぐこちらで宣旨を下して三人を召し返して下さい。「を」は強意強調の間投助詞。

六 蔵人頭《くろうどのとう》(四位一人)と、五位(三人)・六位(四人)の蔵人の総称。

七 「かは」は感動の助詞。

事ですよ。

たりあたりに《辺に奉仕する人々に》、あるべきほどほど《相応する身分に応じて》過ぐさせたまはず、御顧《かへり》みあり《お目を掛けられ》、かたへの女御たち《朋輩の女御たちに対しても》の御為もかつは《一方では》[八]情《なさけ》あり、[九]御雅《みや》びを交《かは》させたまふに、[一〇]心より外《ほか》に余らせたまひぬる時の御物嫉《ねた》みの方にや、いかがおぼしめしけむ。この小一条女御《芳子》は、いと斯く《全くこのように》御かたちのめでたくおはすれば《おきれいでいらっしゃるせいか》にや、[一一]御ゆるされに過ぎたる折々《過ぎる折々が》の[一二]出で来《く》るより、斯《か》かる《このような》事もあるにこそ。その道は《男女間の問題は》、心ばへにもよらぬ事にやな《平素の心の持ち方とは別なのでしょうね》。かうやうの事までは申さじ。いと《まことに》忝《かたじけ》なし《畏れ多いことですから》」

(世次)「大方、〔安子は〕殿上人・女房、さるまじき《もっと身分の低い》[一三]女官《にょうくわん》までも、さるべき折のとぶらひせさせたまひ《然るべき折にお声をお掛けになり》、いかなる折も必ず見過ぐし聞き放たせたまはず《決して見過したり聞きっ放しになさることなく》、御覧じ入れて《親しくお目を掛けて》[一四]顧みさせたまふ《お世話なさいます》。[一五]まして御はらからたちをば、更なりや。[一六]御兄をば、親のやうに頼み申させたまひ、御弟《おとと》をば、子の如くにはぐくみたまひし御心掟ぞや《お心構えなのですよ》。されば、[一七]亡《う》せおはしましたりし《お后さまがおかくれになった時は》、理《ことわり》とは言ひながら《当然のこととは言え》、田舎《ゐなか》世界まで聞き継ぎ奉りて《次々と聞き伝え申し上げて》こそは、[一八]惜しみ悲しび申ししか。帝、よろづの政事《まつりごと》をばきこえさせ合はせてせさせ《この安子皇后とご相談あそばしてなさっ》

八 蓬左本・建久本・久原本・桂乙本は「にも」。
九 仲よくお歌の贈答など風流な御交際をなさるが。
一〇 何とも思案に余っておしまいになり、嫉妬のお気持の方が昂《たか》ぶってこられると、どういうふうにお気が変ることがあったのでしょうか。
一一 「御ゆるされ」は、小一条女御の我儘を帝がお許しになること。
一二 蓬左本・建久本・久原本は「いでくるにより」で「に」がある。桂乙本は「出できたるより」。
一三 「女官」は、「女房」などかなり身分の高い女性と違い、御湯殿・台盤所・殿守司などにおいて雑用に携るような下級の官女。このような下級の人々は無視してもよいと思われるのに、安子皇后は、こうした者にも親切な気くばりを示したというのである。
一四 底本等は「かへりみさせ給ひ」とあるが、蓬左本・久原本・桂乙本は、「かへりみさせ給ふ」とある。その方が善いと思う。
一五 他人にさえこのように親切なのだから、まして、御兄弟たちを、どんなに思っておいでになるか、言うまでもない事ですよ。「はらから」は、母を同じうする兄弟姉妹。
一六 『九条殿遺誡』に「兄ヲ恭《ウヤマ》フコト父ノ如ク、弟ヲ愛スルコト子ノ如クセヨ」とある。
一七 応和四年（九六四）四月二十八日崩。三十八歳。
一八 「こそは」底本ナシ。蓬左本・久原本・桂乙本・建久本による。

たまひけるに（たのですが）、人の（〔お后は〕）為《ため》嘆きとあるべき事を（嘆きになりそうな事を）ば直させ（一 正しく改め）たまひ、喜びとなりぬべき事をばそのかし申させ（お勧め申し上げられ）たまひ、おのづから（成り行きから考えて）おほやけ（二 帝が）きこしめして凶《あ》しかりぬべき事など人の申すをば、御口（〔皇后はその事を〕）より出ださせたまはず。かやうなる御心おもむけの有り難くおはしませば（お心くばりが世にも稀な慎重さでいらっしゃいますから）、御祈りともなりて（それが神や仏へのご祈禱ともなって）、永く栄えおはします（永くご子孫が繁栄していらっしゃる）にこそあゝべかゝめれ（三 のでございましょう）」

（世次）「冷泉院・円融院・為平の式部卿宮と女宮四人との御母后《ははきさき》にて、またならびなくおはしましき（肩を並べる方がなくお幸せでいられました）。帝・春宮《とうぐう》と申し（申し上げ）、代々《よよ》の関白・摂政と申すも、五多くは、ただこの九条殿の御一筋《ひとすぢ》（一筋の御血統）なり。六男宮たちの御有様は、代々の帝の御事なれば、返す返すまたはいかが申《ま》し侍らむ」

兄為平親王を越えて弟守平親王立太子の事

（世次）「この后の御腹には、七式部卿宮こそは、冷泉院の御次に、まづ東宮にも立ちたまふべきに、八西宮殿《にしのみや》の御婿《むこ》におはしますによりて、九御弟《おとと》の次の宮に引き越されさせたまへるほどなどの事ども、いといみじく侍り（実に大変な大騒動でした）。その故は、式部卿宮、帝に居させたまひなば、西宮殿の族《ぞう》に世の中移りて、源氏の御栄えになりぬべければ、一〇御舅《をぢ》たちの魂《たましひ》、

一 底本及び同系統の本は「直させたまふ」となっているが、蓬左本・建久本・久原本・桂乙本に拠った。
二 帝のお耳に入っては凶事がきっとおこりそうな事などを、人が言上することがあっても。「おほやけ」は「公」だが、転じて「帝」を意味する事もあり、「朝廷」を意味する事もある。ここは「帝」。
三 「あるべくあゝめれ」の約。「めり」は目で見てそう判断すること。視覚判断。
四 承子・輔子・資子・選子の各内親王。
五 天皇は冷泉以後、摂関は伊尹以後、関白頼忠以外、すべて九条師輔の流れである。
六 その皇子さま方の御有様は、御歴代の帝の御事ですから、繰り返し重ねてどうして申しましょう。
七 為平親王。村上天皇第四皇子。安子所生の第二皇子。第一皇子冷泉院に次いで東宮位に即くべき人物であった。一品式部卿。
八 西宮左大臣源高明公の婿であった。康保三年（九六六）十一月二十五日に婚礼。『栄花物語』（月の宴）その他に見える。
九 守平《もりひら》親王。村上天皇第五皇子。後の円融天皇。
一〇 伊尹・兼通・兼家等をさす。
一一 禁裡（宮中）の内部においても。

深く非道に、御弟《おとと》をば引き越し申《まう》させ奉らせたまへるぞかし。世の中にも、宮の内[一一]にも、殿ばら《三人の舅たちが》のおぼし構へけるをば、いかでかは知らむ。『次第のままにこそは《（人々）出生の順序に従って帝位に即かれる事と》』と、式部卿宮《為平親王》の御事をば思ひ申したりしに、俄《にはか》に、《（兼家）》『若宮[一二]の御髪《みぐし》掻《か》い削《けづ》りたまへ《〔守平親王を〕》』など、御乳母《めのと》[一三]たちに仰せられて、大入道殿[一四]《兼家公が》、御車に打ち乗せ奉りて、北の陣[一五]よりなむおはしましけるなど《宮中におはいりになったなどと》こそ、伝へ承けたまはりしか。されば、道理[一六]あるべき御方人《かたびと》たちはいかがはおぼされけむ《どんなお気持だったでしょう》。そのころ[一七]宮たちあまたおはせしかど、事しもあれ《事もあろうに》、威儀[一八]の親王《みこ》をさへせさせたまへりしよ《のお役目まで奉仕なさいましたよ》。見たまへりける人も《ご覧になっていた人も》、あはれなる事に《お気の毒な事に》こそ申しけれ。そのほど、西宮殿などの御心地よな《お気持はねえ》。いかがおぼしけむ。さてぞかし《それでなんですよ》、いと恐ろしく、悲しき御事ども出で来にしは《おこって来てしまったのは》。かやうに申すも、なかなか《かえって実にも》いといと事おろかなりや《う不十分にしかお話しできません》。斯くやうの事は、人中《ひとなか》《〔私のような〕》にて下﨟の《下賤の者が》申すにいと忝《かたじけ》なし。とどめさぶらひなむ《やめておきましょう》。されど、猶《なほ》、我ながら無愛《ぶあい》[一九]のものにて、覚[二〇]えさぶらふにや《思い出してお話ししてしまうのでしょうか》」

一二 若宮のおぐしに櫛をお入れ申せ。「若宮」は守平親王で、つまりのちの円融天皇。
一三 守平親王付きの乳母たち。当時、高貴な幼児には、乳母が二、三人つけられる習いだった。
一四 道長を「入道殿」というのに対し、その父兼家をさして言うことば。兼家は為平親王ではなく守平親王を禁中にお連れしたわけで、守平親王を皇太子にするためと判る。とすると、この事があったのは、康保四年九月一日に、守平親王を皇太弟（東宮）にした事が『日本紀略』『扶桑略記』に見えているから、その折の事であろう。時に、兄の冷泉天皇は十八歳、皇太弟となった守平は九歳であった。九歳ではまだ元服前だから、童髪を櫛けずる必要があったのであろう。三人の舅たちの年齢は、伊尹四十四、兼通四十三、兼家三十九の男盛りであった。
一五 内裏の北側にある朔平門《さくへいもん》。ここに兵衛府の陣（詰所）があった。これを「北の陣」または「縫物の陣」と呼ぶ。
一六 東宮におなりになる正当な理由を持っておられた為平親王側の人たちは。
一七 当時、村上天皇の皇子は九人おいでになった。
一八 天皇即位の時、高御座《たかみくら》の傍に侍して、天皇に威厳を添え、人々に畏敬させるようにつとめる役。但し、この時の天皇が「冷泉」か「円融」かは明らかでない。
一九 不人情。薄情。意地わる。
二〇 「覚ゆ」は「想起して語る」「思い出して話す」義。

為平親王の御事ども

（世次）「式部卿宮《為平親王》、我《わ》が御身の一口惜しく本意《ほい》なきを、おぼしくづほれても《がっかり気落ちなさるという事もなく》おはしまさで、二なほ末の世に《さらに後年に至って》、花山院の帝は冷泉院の皇子《みこ》におはしませば、《〔為平親王の〕》御甥《をひ》ぞかし、三その御時に、御むすめ献《たてまつ》りたまひて、御みづからも《ご自身も》常に参りなどしたまひけるこそ《いつも参内などなさいましたが》、『さらでもありぬべけれ』《そんな事までなさらないでもよいのに》と、世の人も《〔為平親王を〕》いみじう誹《そし》り申しけり。さりとても《そうだとしても》、四御嗣《おんつぎ》などのおはしまさば、五いにしへの御本意《ほい》の叶ふべかりけるとも見ゆべきに、六帝出《す》家《け》したまひなどせさせたまひて後、《〔婉子女王は〕》また今の小野宮《をののみや》の右大臣殿《実資公》の北の方にならせたまへりしよ。いと怪しかりし御事どもぞかし《何とも奇妙な御夫婦のご縁でしたね》。その女御殿には《婉子女王さまには》、七道信の中将の君も御消息きこえたまひけるに《お便りを差し上げられましたけれど》、それはさもなくて《このお方とは別段の事もなくて》、かのおとど《実資公》に具したまひければ《連れ添われたから》、中将の申したまふぞかし《道信さまが婉子さまに申し上げられたことでした》。『八憂きは身に沁む心地こそすれ』とは、今に《今でも》人の口に乗りたる《のぼっている》秀歌にて侍ンめり《ございますようです》」

（世次）「まこと《あ　そうそう》、この式部卿宮は、世に合はせたまへるかひある折《この世に生れ合したかいがおありになった時が》、一度《いちど》おはしましたるは。《それは》御子《ね》の日《び》の日《ひ》ぞかし。御弟《おとと》の皇子《みこ》たちもまだ幼

一　ご運が悪く不本意な成行きになったことを。不運・不幸を「口惜し」と言った。

二　この「なほ」は「やはり」ではなく、「さらに」「その上」「まだまだ」の意の「なほ」である。

三　為平親王の御むすめ婉子女王が花山天皇のところへ入内《じゅだい》されたのは、寛和元年（九八五）十二月五日のことであった（『日本紀略』）。婉子は為平親王と源高明のむすめとの間に生れた女子で美人のほまれが高かった。『栄花物語』（花山尋ぬる中納言）参照。

四　その婉子女王がお世嗣の皇子でもお産み申し上げたら。

五　昔の、帝位に即かれるという為平親王本来のご意志。

六　花山天皇が。

七　藤原道信（九七二～九九四）。太政大臣藤原為光の三男。母は伊尹女。右大臣道兼の養子となったが二十三歳で早世。中古三十六歌仙の一人。『藤原道信朝臣集』がある。歌数一一一首。勅撰集に四十九首入集。

八　『詞花集』巻七恋下に、「嬉しきはいかばかりかは思ふらむうきは身にしむものにぞありける」また、『藤原道信朝臣集』には、「ある所に羨ましき事を聞きてきこゆる」の詞書で、同じ歌が載せられている。『栄花物語』（見果てぬ夢）に「小野宮の実資中納言、式部卿の御女《むすめ》、花山院の女御に通ひ給ふといふ事出で来たれば、一条の道信中将さし置かせける　嬉しきは

くおはしまして、[九]かの宮（為平）大人《おとな》におはしますほどなれば、世おぼえ（世間の信頼）、
帝の御もてなし（ご待遇）も、殊に（格別に）思ひ申させたまふ余りに、[一〇]その日こそは、
御供の上達部・殿上人などの狩装束（狩衣姿の人々）・馬鞍《くら》まで、内裏《だいり》のうちに召し
入れて御覧ずるは、またなき事（前例のない事）とこそは承けたまはれ。[一一]滝口《たきぐち》を放ち（除いて）
て、[一二]布衣《ほい》の者、内裏《うち》に参る事は、[一三]畏《かしこ》き君の御時も、斯《か》かる事の侍り
けるにや。[一四]大方いみじかりし日の見物《みもの》ぞかし。物見車（見物の車が）、大宮のぼり（大宮通りを北へ立）
に所やは侍りしとよ（錐の余地もございませんでしたとか）。さばかりの事こそ（これほどの盛観は）、この世にはえさぶらはね（またとあり得ぬ事です）。
殿原（殿様たちが）ののたまひけるは、『〔行列が〕大路渡る事は常なり。〔ところが〕[一五]藤壺の上の御局に、
[一六]つぶと、[一七]えもいはぬ打出《うちいで》ども、わざとなくこぼれ出でて（ごく自然に御簾の下からあふれ出て）、后《きさき》の宮（安子皇后）・
内裏《うち》の御前など差し並び（帝などがお揃いで並んで）、御簾《みす》の内におはしまして御覧ぜし（見ておいでになった）御前《おまへ》、
通りしなむ（その御前を通ったのだが）、〔畏れ多く晴れがましく〕倒れぬべき心地せし』（倒れてしまいそうな気がしたよと）とこそのたまひけれ。また、そ（それ）
れのみかは（ばかりでなく）、大路《おほぢ》にも宮の[一八]出車《いだしぐるま》十《とを》ばかり引き続けて立てられたり
しは。〔その間〕一町《ひとまち》兼ねて（一町に亘って）辺りに[一九]人も翔《かけ》らず。滝口・侍《さぶらひ》の、御前ども（行列の前駆の役目を）に選《え》り
整へさせたまへりし（与えられ選り整えられた人は）、さるべき者の子どもにて（皆相当の人物の子弟で）、心の儘《まま》に（思い通りに）、今日は

いかばかりかは思ふらむ憂きは身に沁む心地こそすれ 我も懸想しきこえけるにや」とある。『古本説話集』にも。

九 為平親王十三歳。弟宮の守平親王はまだ六歳であった。その他の弟宮は、さらに幼い。

一〇『栄花物語』（月の宴）に詳しい。野外に出て子の日の遊びをしたのだが、応和四年（九六四）二月五日のことで、「裏書」『日本紀略』『栄花物語』等に詳細な記述がある。北野に出たのである。

一一 清涼殿の前の御溝水《みかわみず》の落ち口のあたりを「滝口」というが、ここに詰めて、天皇の夜の警固をする武士で、蔵人所の管理に属する。

一二 この時、鷹匠や犬飼なども御覧になったから、これら卑賤の者の身なりが無紋の狩衣であったため、「布衣の者」と言う。

一三「延喜・天暦」は、聖代であったが、この聖天子であらせられる村上天皇の御代にも、このような事があったのだろうか。

一四 総じてこの日はすばらしい見物であったの意。

一五 清涼殿の藤壺の上の御局に。

一六 びっしりと。隙間もなく。

一七 何とも言うに言われぬ美しい出《い》だし衣《ぎぬ》が。「打出」は「いだしぎぬ」。装飾用の着物の袖や褄《つま》。

一八 皇后さまの出車が十台ばかり引き続けて立てられていましたよ。

一九 人っ子ひとり姿が見えません。

一 衣裳の華美を競いあっていたその連中の意気込みなんか。
二 親類縁者でない他人のこの大宅世次の目にも。
三 承子《しようし》内親王。村上天皇第一皇女。天暦二年（九四八）御誕生。同五年他界。四歳で夭折。
四 資子《しし》内親王。第九皇女。天暦九年御誕生。天禄三年（九七二）叙一品。寛和二年（九八六）御落飾。長和四年（一〇一五）薨去。六十一歳。
五 長和四年から万寿二年まで十一年。

大斎院選子内親王の御事ども

六 選子内親王（九六四～一〇三五）。村上天皇第十皇女。応和四年四月二十四日誕生。天延二年（九七四）叙三品。同三年六月二十五日卜定《ぼくじよう》二賀茂斎王一（十二歳）。長元四年（一〇三一）九月二十二日依レ有二老病一私以退出（年六十八）。同二十八日出家。同八年六月二十二日薨（年七十二）。円融・花山・一条・三条・後一条の五代五十七年に亘って賀茂明神に斎王として奉仕した。世に「大斎院」と称する。
七 斎王。いつきのみや。いつきのみこ。伊勢神宮に奉仕する姫宮を「斎宮《さいくう》」と言い、賀茂神社に奉仕する姫君を「斎院《さいゐん》」と称する。
八 たとえば、「仏」を中子《なかご》、「経」を染紙《そめがみ》、「僧」を髪《かみ》長《なが》など忌詞と称して言い替える、などのことがあった。
九 完備なさらないかというと、そんなことはない。
一〇 賀茂神社の祭は、葵祭と言い、平安時代に於いて

我が世と、人払はせ、煌《きらめ》[一]き合へりし気色《きそく》どもなど、よそ人、[二]まこと（我が世だとばかり見物の雑人を）（私のようなよそ者に）
にいみじうこそ見侍りしか」（もほんとに素晴らしい観物でした）
とて、車の衣《きぬ》の色などをさへ語り居《ゐ》たるぞあさましきや。（出車の）（着物の色などまで）（〔その記憶力に〕ほとほと呆れました）
（世次）「さて、この御腹におはしまししを[三]女宮一所《をんなみやひとところ》こそ、いとはかなく亡せ（安子さまがお産みになった）
たまひにしか、[四]今一所、入道一品《いつぽん》の宮とて、三条におはしましき。（住んでおられました）
亡せたまひて[五]十余《よ》年にやならせたまひぬらむ。[六]産み置き奉らせたま（安子皇后がこの世に産み残）
ひし度《たび》の宮こそは、今の斎院《さいゐん》におはしませ。[七]いつきの宮、世に多く（された）（最後の宮さまこそ）
おはしませど、これは殊に動きなく、世に久しく保ちおはします。（このお方は格別にお変りなく）
ただ、この御一筋の斯く栄えたまふべきとぞ見申す」（〔これも〕この九条師輔公の御一族がこのようにお栄えになるに決っているとお見受けします）
（世次）「昔の斎宮《さいくう》・斎院は、[八]仏《ほとけ》・経《きやう》などの事は忌ませたまひけれど、この（〔神に奉仕する身だから〕禁忌でしたが）
宮には、仏法をさへ崇《あが》めたまひて、朝毎《あさごと》の御念誦欠かせたまはず。（選子さまの場合は）
近くは、この御寺の今日の講には、定まりて布施をこそは贈らせた（近い例では）（雲林院の今日の菩提講には）（きまって）
まふめれ。『いと疾うより神人《かみびと》にならせたまひて、いかで斯かる事（ごく御幼少の頃から）（神に奉仕する身になられて）（どうして仏教信仰）
をおぼしめし寄りけむ』と覚えさぶらふは。賀茂の祭の日、一条の（お気づきになったのでしょうか）

大路にそこら集まりたる人、『さながら、共《とも》に仏とならむ』と誓はせたまひけむこそ、なほあさましく侍れ。さりとてまた、現世《げんぜ》の御栄《えい》花《ぐわ》を[九]整へさせたまはぬか。[一〇]御禊《ごけい》より始め三箇日《がにち》の作法、出車《いだしぐるま》などのめでたさ、大方御様《さま》のいと優《いう》に、[一一]らうらうじくおはしましたるぞ」

「今の関白殿、[一二]兵衛佐にて、御禊に御前《ごぜん》せさせたまへりしに、いと幼くおはしませば、例は[一三]本院に還《かへ》らせたまひて、人々に禄など賜はするを、これは河原《かはら》より出でさせたまひしかば、思ひかけぬ御事にて、さる御心設《みこころまう》けもなかりければ、御前《おまへ》に召《めし》ありて、御対面などせさせたまひて、奉りたまへりける[一四]小袿《こうちき》をぞ被《かづ》け奉らせたまへりける。入道殿聞かせたまひて、『いとをかしくもしたまへるかな。禄なからむも[一五]便《びん》なく、取りに遣りたまはむも程経《ほどへ》ぬべければ、取り分きたるさまを見せたまふなゝめり。[一六]似《え》而非《せ》者《もの》はえ思ひ寄らじかし』とぞ申させたまひける」

「この当代や、東宮などの、まだ宮たちにておはしましし時、祭見

大勢集った人を〔大斎院がご覧になり〕ご自分も皆一緒にそのまま仏になろうとお誓いになったそうですが　それはあまりに極端でございます
総じて　実に　洗練されておいでになったのです
（世次）頼通公が　御前駆をお勤めになった時に
いつもは
頼通さまは　賀茂河原から退出なさいましたから〔大斎院は〕
お心の準備もなかったから
お召しになっていた　頼通さまの肩に褒美としてお掛けになりました　道長公が　（道長）実に気の利いたしゃれたご祝儀を下さったことだ
何もご祝儀ない　のも不都合だし　時刻が移ろうから　特別の御配慮の程をお見せあそばしたつもりと見える
（世次）後一条天皇　後朱雀天皇　親王達　〔道長公が〕

京における祭としては最大のものであった。祭の当日は「四月の中の酉《とり》の日」だが、その四日前に、まず斎王が鴨川で穢《けが》れを祓《はら》う儀式があった。これが「四月の中の午《うま》の日」である。次に、当日の前日、つまり「中の申《さる》の日」が山城祭。

一一 「らうらうじ」は、頭の回転が早い、怜悧《れいり》だ、気がきく、行き届いている、といった意味で「りやうりやうじ」とも言う。語源は「霊々じ」であろう。「霊」という漢字には「ラウ」「リヤウ」両様の発音がある。「霊妙だ」としてもよい。（『枕草子・源氏物語の「らうらうじ」「りやうりやうじ」考』石川徹、雑誌「中古文学」第二十二号、昭和五十三年九月二十日発行）。

一二 兵衛府（行幸・行啓の供奉《ぐぶ》、守護を勤める役所）の次官。但し、頼通が兵衛佐に任ぜられたという記録がないが、長保のころのことだろう。

一三 「本院」とは「斎院の御所」をいう。紫野の有栖《ありす》川《がわ》にあった。御所で御馳走をいただいて、禄（当座のお祝儀）を賜る。

一四 女子の略式礼装の表着。

一五 底本及び同系統の諸本「たよりなく」とあるが、蓬左本・桂乙本・久原本「便なく」。建久本は脱漏。

＊「葵祭」は、斎王が河原に出て禊《みそぎ》をするほかに、内裏から勅使が賀茂神社に派遣される。その行列を見物する人々が一条の大路に群集したのである。

一六 本当に傑出した人物でない見せ掛けの人間では、とても思いつく才覚ではあるまいよ。

せ奉らせたまひし御桟敷《さじき》の前過ぎさせたまふ〔選子が〕ほど、殿（道長公）の御膝に二所《ふたところ》ながら据ゑ奉らせたまひて（お二人ともお乗せ申し上げられて）、『この宮たち見奉らせせたまへ』（〔選子に〕この宮たちを見て上げてください）と申させたまへば、一御輿《みこし》の帷子《かたびら》より、赤色の御扇の端《つま》を差し出でたまへりけり。殿（道長公）を始め奉りて、『なほ（（人々）やはり）、心ばせめでたくおはする（気配りのすぐれていらっしゃる）院なりや。斯《か》かるしるしを見せたまはずは（しゃれた仕ぐさをなさらなかったら）、いかでか（どうして）、見奉りたまふらむとも（斎院さまが宮たちを見ておいでになると）知らまし（いう事がわかろうか）』と二こそ、感じ奉らせたまひけれ」

（世次）「院より三大宮（彰子）にきこえさせたまひける、

（選子）　四光出づる葵《あふひ》の影を見てしより年積みけるも嬉しかりけり

御返し（ご返歌）、

（彰子）　五もろかづら双葉ながらも君にかくあふひや神の許しなるらむ

げに（なるほど）、賀茂の明神などの受け奉りたまへればこそ（皇子さまお二方を納受あそばされたからこそ）、二代まで、打ち続き栄えさせたまふらめな（〔彰子さまのお子さまが〕）。この事（この選子さまのお振舞とお歌を）『いとをかしうせさせたまへり』（実に粋な事をなさったものだ）と、世の人申ししに、前《さき》の帥《そち》のみぞ（隆家だけは）、『追従《ついそう》深き老狐《おいぎつね》かな（婆狐め）。あな六愛敬《あいぎやう》な』と申したまひける」

一　選子（斎院）は、乗っておいでのおみこしの四方におろしてある垂れ布から、赤い色の衵扇《あこめおうぎ》の片端をお差し出しになりました。「衵扇」は、貴婦人の正装の時に携帯する檜扇《ひおうぎ》。檜《ひのき》の薄板三十九枚を色糸で綴《と》じ、その両端を結んで、飾り紐を垂らす。表面に薄い紙を張り、金箔銀箔を置き、絵を描いた。単に「檜扇」というと男物も女物もあるが、「衵扇」は女用に限られる。

二　底本・蓬左本・久原本は「こそ」。桂乙本・平松本・桂甲本・近衛本・古活字本等は「こそは」とあるが、「は」文字は不要。

三　道長の長女。一条天皇中宮。後一条天皇・後朱雀天皇両帝の母。万寿三年（一〇二六）に出家、上東門院の院号を受けた。承保元年（一〇七四）十月崩。八十七歳。

隆家、大斎院を「大ごますりの婆狐」と評す

四　天皇になる葵の双葉のようなお二人の皇子さまのお姿を拝見してからは、年を取ったことも嬉しいことです。「葵」は「逢ふ日」に掛ける。『後拾遺集』雑五に入る。三、四句「見てしかば年経にけるも」。

五　桂の枝に双葉葵をつけてかざす祭日に、幼い二皇子が斎院さまにこうしてお目にかかれたのも神のお助けでしょう。『後拾遺集』は、結句「神のしるしなるらむ」とし、また詠み手を入道前太政大臣（道長）とする。『栄花物語』（初花）、『古本説話集』も道長。「君にかくあふひ」は「逢ふ日」で二皇子が斎王（賀茂明神の乗り移られたお方）に逢ったことが大切の義。

皇后安子の妹登子　天皇の寵を受ける

「《(世次)》まこと《あ　そうそう》、この后《きさき》の宮の御妹《安子の妹》《おとと》の中の君《次女登子》は、[七]重明《しげあきら》式部卿宮の北の方《お妃で》におはしましし《いらせられたお方です》ぞかし。その親王《みこ》は、[八]村上の御同胞《はらから》におはします。この宮の上《登子さまは》、さるべき事の折は《禁中での然るべきお催しの折は》、物見せ奉りにとて《見物させてあげようと》、后の《安子皇后が》迎へ奉りたまへば、忍びつつ《その都度こっそり》参りたまふに、帝[九]仄《ほの》御覧じて、いとうつくしう《たいそうおかわいらしく》おはしましけるを《ていらっしゃったのを》、[一〇]いと色なる御心癖《こころぐせ》にて、宮に《皇后さまに》、『斯くなむ思ふ《そなたの妹を抱きたく思う》』と、あながちに《強いて》責め申させたまへば、一二度《一回か二回》、知らず顔にて《見て見ぬふりをなさって》、許し申させたまひけり。[一一]さて後、御心は通《かよ》はせたまひける御気色《けしき》なれど、『さのみはいかが《(安子)そうしげしげお許しするのはどうか》』とやおぼしめしけむ、后、[一二]さらぬ事だに、この方様《かたざま》は、[一三]なだらかにもえ作り敢《あ》へさせたまはざゝめる中《なか》に、ましてこれは《相手が実の妹君となると》、よその事よりは《ほかの事よりは不愉快にも》心づきなうもおぼしめすべけれど、御あたり《周囲の人々》を宏《ひろ》う顧みたまふ《目をおかけになる深い御情愛から》御心深さに、人の御為《妹君のためを思えば》、聞きにくうたて《人聞きが悪く困ったこと》あれば《なので》、なだらかに《何げなく》、色にも出でず過ぐさせたまひける《顔色にも出さずお過しあそばされたということは》こそ、いと忝《かたじけ》なう悲しき事なれな。さて、[一四]后の宮亡せさせおはしまして後に、召し取りて《後宮にお召しになって》、いみじう時めかさせたまひて《たいそう御寵愛あそばされて》、『貞観殿《ぢやうぐわんでん》の内侍督《ないしのかみ》』と

六 「愛敬無し」の語幹。「憎ったらしいったらないよ」の意。
七 醍醐天皇第四皇子。一説、第五皇子。母は更衣貞子。源昇の女。延喜六年誕生。十六歳で元服、式部卿に任ぜられた。学才秀で、名著『吏部王記《りほうおうき》』(天暦七年か八年成立)を残す。天暦八年九月薨。四十九歳。
八 村上天皇は、醍醐天皇の第十四皇子で、重明親王より二十歳年下。従って重明親王が亡くなられた年には二十九歳。安子皇后は天皇より一歳若く二十八歳。登子は重明親王との間に二女を儲けたのち死別。
九 建久本・萩野本「ほのかに御覧じて」。「天皇は、重明式部卿宮未亡人をちらりと御覧あそばして」。
一〇 天皇はたいへん色好みのご性癖がおありで。
一一 それからというもの、天皇のお気持は式部卿宮未亡人と愛し合うようになられた御様子であったが。
一二 姉妹でない場合でさえ、天皇の女性関係となると。
一三 東松本・桂甲本・蓬左本は「なだらかも」とあり、「に」を脱す。近衛本・平松本・建久本・久原本・桂乙本は「なだらかにも」とある。「穏やかにしまいまで平静を装って何げない態度で通すことがおできになれないようにお見受けするなかに」。
一四 安子皇后は、応和四年(九六四)四月二十九日崩。御年三十八歳。村上天皇は時に三十九歳で、康保四年(九六七)五月二十五日崩御だから、貞観殿の尚侍《ないしのかみ》は、姉の崩御後三年ほど燕寝に侍したことになる。

師輔の子息たち、高光の出家遁世

ぞ申ししかし。[一]世になく覚えおはして《ご寵愛がおありで》、他女御《こと》・御息所《みやすどころ》嫉《そね》みたまひしかども、かひなかりけり。これにつけても『九条殿の御幸ひ』《九条殿師輔公のご幸運だと》とぞ、人申しける」

(世次)「また、三の君《師輔公の三女》は、西宮殿《にしのみや》《源高明公の北の方》の北の方にておはせしを、[二]御子《みこ》産みて亡《う》せたまひにしかば、よその人《〔後添いが〕他人ではお子様方の》は君達の御為凶《あ》しかりなむとて、また御妹《おとと》の、五に当らせたまふ《五女にあたられる》愛宮と申ししに移らせたまひにき《申し上げたお方を後添いに娶られました》。四の君は疾《と》く亡せたまひにき。[三]六の君、冷泉院の東宮におはしましし《まだ皇太子でいらっしゃった時に》に参らせたまひなど《入内して女御になられたり》、女君《をんなぎみ》たちは、皆斯く[四]おはしまさふ」

(世次)「男君たちは、十一人の御中《なか》に、五人は[五]太政大臣にならせたまへり。それ、あさましう《呆れ返るばかりの》、おどろおどろしき《全く豪勢な》御幸ひなりかし。その御外《ほか》は、[六]右兵衛督忠君《うひやうゑのかみただぎみ》、また[七]北野の三位遠度《とほのり》、[八]大蔵卿遠量《とほかず》、[九]多武峰《たむのみね》の入道少将なり。また、法師にては《僧になられた人では》、[一〇]飯室《いひむろ》の権僧正《ごんのそうじやう》、今の禅林寺の僧正など《当代随一の》にこそおはしますめれ。法師といへども、世の中の一の験者《げんざ》《加持祈禱僧》にて、仏の如くに《で生き仏のように》、公《おほやけ》・私《わたくし》、頼み仰ぎ申さぬ人無し《崇敬申し上げない人はありません》。また、北野の三位の

一 『栄花物語』(月の宴)によると、村上天皇と登子の関係は重明親王在世のころからのようで、重明親王の薨去で天皇は大いに喜ばれるが、姉安子の目がこわい。応和四年四月に安子が崩御されたので、六月ころから、帝は登子に文をお遣わしになる。やがて参内した登子を溺愛、「夜昼臥し起き睦れさせ給ひて世の政事を知らせたまはぬさまなれば、ただ今の誹りぐさには、この御事ぞありける」と見え、小野宮実頼の大臣が「あはれ、世の例《ためし》にし奉りつる君の御心の、世の末によしなき事の出で来て、人の誹られ負ひ給ふ事」と言ったとある。なお登子が尚侍に任ぜられたのは、村上帝崩御から二年後の安和二年十月(『日本紀略』)。

二 惟賢・俊賢など。

三 師輔公六女。怤子《ふし》。冷泉院女御。母贈正一位盛子。安和元年十二月七日為二女御一(「裏書」)。

四 「おはしまさふ」は「おはしましあふ」の約。「おはします」の主語が複数の場合に使用する。

五 伊尹・兼通・兼家・為光・公季。

六 貞信公忠平の猶子。母同二兼家一安和元年卒。

七 師輔七男。従三位。左兵衛督。永祚二年薨。

八 師輔四男。右馬頭、大蔵卿、従四位上。

九 藤原高光。天慶二年出生。右少将。母雅子内親王。

一〇 尋禅(九四三〜九九〇)と深覚(九五五〜一〇四三)。

一一 北野の三位遠度の二男。蓬左本裏書に「治安元年十二月、任二権律師一、長元四年十二月二十六日、転二権

御子《みこ》は、尋空[一一]律師《りし》・朝源[一二]律師などなり。また、大蔵卿の御子は、粟[一三]田殿の北の方、今の左衛門督の母上。この御族《ぞう》、かやうにぞおはします。中《なか》[一四]に、多武峰の少将出家したまへりしほどは、いかにあはれ（どんなにか感慨深くも優雅にもいろいろと〔心をうたれる〕事が多くございましたね）にも優しくもさまざまなる事どもの侍りしかは。中にも、帝の御（村上天皇が〔高光さまに〕お手紙をお送りになった時には）消息遣はしたりしこそ、おぼろけならず御心もや乱れたまひけむ（並一通りではなくその出家の御決心も乱れられたことであろうと）と、忝《かたじけ》なく承けたまはりしか。

（村上天皇）
都より[一五]雲の上まで山の井の横河《よかは》の水はすみよかるらむ

御返し（ご返歌）、

（高光）
九重[一六]の内のみ常に恋しくて雲の八重立つ山は住み憂し

初めは（出家直後は）横河におはして、後に多武峰[一七]には住ませたまひしぞかし。いといみじう侍りし事ぞかし（たいへん世間を感動させた出来事でございましたよね）。されども、それは、九条殿[一八]・后の宮などの亡せさせおはしまして後の事なり」

右馬頭顕信の出家との比較

（世次）「この馬頭殿《むまのかうのとの》の御出家こそ（先年の右馬頭顕信さまのご出家は）、親たちの栄えさせたまふ事の始めを打ち棄てて（道長公と高松殿とがお栄えあそばそうという矢先にご幸運を見棄てて）、いといと有り難く悲しかりし御事よ（本当に意外でお痛わしかったのですよ）。疾うより（ずっと早くから）、さる御（そうしたご出

少僧都一、六年十二月二十二日転ㇾ正、八年七月二十九日卒亡」とある。蓬左本「尋空法師」。久原本・桂乙本も同じ。

一二　遠度の三男。蓬左本裏書は、「万寿四年□月□日、任権律師、長元四年十二月二十六日転ㇾ正。八年十二月二十六日、任二権少僧都一、永承五年五月□日卒亡」とある。

一三　道兼公の北の方で、左衛門督兼隆の母。

一四　底本「なかにも」。蓬左本・桂乙本・久原本等すべて「も」がない。無い本に従った。

一五　都から遠い、雲の上まで聳《そび》える山の井から流れ出る横河の水は澄んでいて、さぞ住みよかろう。「横川」は延暦寺の三塔の一、首楞厳院《しゅりょうごんいん》の通称。『新古今集』巻十八、雑下に「天暦御歌」とその返歌「如覚（高光の法名）」の歌として入る。「都より雲の八重立つ奥山の横川の水はすみよかるらむ」「百敷の内のみ常に恋しくて雲の八重立つ山は住み憂し」。建久本は底本に同じ。蓬左本・久原本・桂乙本は『新古今集』の詞句と同じ。

一六　出家はいたしましたものの九重の宮中ばかりがいつも恋しくて、雲が幾重にも立ちこめるこの山はやはり住みづろうございます。

一七　桜井市南部の山。談山神社がある。

一八　師輔薨後。安子皇后崩御は高光出家の三年後。

心設けはおぼし寄らせたまひにけるにや《家のご計画は思い付いておられたのでしょうか》。御はらからの君達に具し奉りて《ご兄弟の方々のお供をなさって》、正月二七夜のほどに《一月十四日の夜のころに》、中堂に《叡山の根本中堂に》登らせたまへりけるに、更に《全く》御行《おこな》ひもせで《読経念仏もなさらず》、大殿籠りたりければ《おやすみになったから》、殿原《皆様が》、暁に、『など《なんで》、斯《か》くては《こうしては》臥《ふ》したまへる《ただ横になっておいでなのか》。起きて、念誦《ねんず》もせさせたまへかし《読経なり念仏なりしなくてはね》』と申させたまひければ、『[一]今一度に《今に一ぺんにするよ》』とのたまひしを、『その折は、[二]思ひも咎《とが》められざりき。かやうの御有様を《このような仏に仕えるご生活を》おぼし続けけるにや』とこそ、この折には《出家なさった時には》、君達おぼし出でて《(中堂に籠った夜を)思い出されて》申したまひけれ。さりとて《だからといって》、[三]うちくしや《平素ふさぎこんだり》、いかにぞやなどある《何か変だなどと思われる》御気色《けしき》もなかりけり。人より殊に誇りかに《人一倍誇らしげに振舞い》、心地良げなる《快活そうな》人柄《ひとがら》にてぞおはしましける。

師輔の行列百鬼夜行に遭遇

(世次)「この九条殿は、[四]百鬼夜行《やぎやう》に遇《あ》はせたまへるは[五]。[六]いづれの月といふ事はえ承けたまはらず。いみじう夜更《よふ》けて内裏《うち》より出でたまふに、[七]大宮より南ざまへ《大宮通りを通って南の方へ》おはしますに、[八]あはゝの辻のほどにて、御車《みくるま》の簾《す》垂《だれ》うち垂れさせたまひて《おさげあそばされて》、『御車牛も《(師輔)車の牛を》舁《か》きおろせ《取りはずし長柄をおろせ》、舁きおろせ《おろせ》』と、急ぎ仰せられければ、(車副)『怪し』と思へど、舁きおろしつ。御随身《みずいじん》・

一 「今」は「近い将来」「そのうちに」の義。
二 格別気にとめもしませんでした。
三 「打屈す」の連用形。沈み込む。しょんぼりする。
四 「ひゃっきやぎょう」または「ひゃっきやこう」と読む。もろもろの妖怪変化が夜間に連れ立って出歩くこと。もと中国の陰陽の思想から出て、邪気を具体化したものという。『後漢書』(和帝紀)『下学集』『拾芥抄』などに見える。『拾芥抄』には下巻第三十八の「諸事吉凶日部」に「百鬼夜行日」とし「不レ可二夜行一」とある。正月・二月は子《ね》の日、三・四月は午《うま》の日、五・六月は巳《み》の日、七・八月は戌《いぬ》の日、九・十月は未《ひつじ》の日、十一・十二月は辰《たつ》の日が百鬼の夜行する日だから、その月その日は夜、外出するなということらしい。
五 「は」は感動詞。
六 何月だと百鬼夜行に出会うかというような質問にあらかじめ答えて、「その事が何月だったかはきくのを忘れました」と述べたもの。
七 大内裏の東の端を南北に通じる通り。東大宮大路。この道を南下して九条通りにくると師輔の邸。
八 二条大宮の四つかど。東松本・桂甲本は「あはははの辻」、平松本・桂乙本・久原本は「あはらの辻」、建久本は二様に読める。蓬左本は「あははのの辻」。要するによく判らない。
九 車の簾垂の内側に掛ける布。
一〇 サク。シャク。束帯の時、必ず持つ物。衣服令には「一品以下五位以上牙笏、六位以下初位以上木笏」とある。木笏は、櫟《いちい》の木で作る。

一一 車の長柄（轅）の先端に「軛《くびき》」がある。それを「榻（台）」に載せるなの意。「車を完全に止めてしまうことはするな」と命じているのである。

一二 警蹕《けいひつ》（先払いの声）を大声で申せ。

一三 皇族・摂関・大臣家等で雑務に使役される無位無官の下役。雑色連中にも。

一四 先払いの声が途切れないようにせよ。

一五 経文の名。「仏頂尊勝陀羅尼経」の事。陀羅尼は梵語《ぼんご》のまま翻訳しないで読むもの。種々の功徳があるが、百鬼夜行に出会った時に、これを読誦すれば、鬼難をまぬがれるという。この師輔の話は平康頼の『宝物集』に伝えられ、その他、これに類する話は『江談抄』『今昔物語集』『打聞集』等に見える。中でも『今昔物語集』十四ノ四十二話が参考になろう。

一六 藤原武智麿（南家）の後裔《こうえい》。菅根の子。左少弁・東宮学士を経て五十二歳で参議。中納言で民部卿を兼ね、天暦五年、大納言に至る。娘更衣祐姫が村上天皇第一皇子広平を産む。

一七 広平親王が第一皇子で、皇太子候補であった。

一八 当時、庚申の夜は遊戯などをして夜明かしをした。

一九 桂乙本に「参りたまへる」とある。流布本同。「更なり」は「それは申すまでもない」の意。

師輔、元方の民部卿と攤打つ　元方の死霊

御前《ごぜん》どもも、『いかなる事のおはしますぞ』と、御車の許《もと》に近く参りたれば、[九]御下簾垂《おんしたすだれ》うるはしく引き垂れて、[一〇]御笏《さく》取りて俯伏《うつぶ》させたまへる気色、いみじう人に畏《かしこ》まり申させたまへるさまにておはします。(師輔)『御車は[一一]榻《しぢ》に舁《か》くな。ただ随身どもは、轅《ながえ》の左・右の軛《くびき》のもとにいと近くさぶらひて、[一二]先《さき》を高く追へ。[一三]雑色《ざふしき》どもも[一四]声絶えさすな。御前《ごぜん》どもも近くあれ』と仰せられて、[一五]尊勝陀羅尼《そんしようだらに》をいみじう読み奉らせたまふ。牛をば、御車《みくるま》の隠れの方に曳《ひ》き立てさせたまへり。さて、時中《ときなか》ばかりありてぞ、御簾垂《おんすだれ》上げさせたまひて、『今は、牛かけて遣れ』と仰せられけれど、露、御供の人は心得ざりけり。後々《のちのち》に、(師輔)『しかじかの事ありし』など、さるべき人々にこそは、忍びて語り申させたまひけめど、さる珍らしき事は、おのづから散り侍りけるにこそは」

(世次)「[一六]元方の民部卿《みんぶきやう》の[一七]御孫、儲《まう》けの君にておはするころ、帝の[一八]御庚申《かうしん》せさせたまふに、この民部卿[一九]参りたまへり。更なり。九条殿さぶらは

前駆の者どもも　何事がおこったのか　たいそう誰か高貴の人に　きちんと　かしこまって何か申し上げていらっしゃる様子で　できるだけ近く寄ってひかえて　前駆の者どもも車の近くにおれ　一心不乱に読誦申されるの　でした　陰の方へ　それから　半時ばかりたってから　車に牛をかけ　て進ませなさい　わけがわかりませんでした　少しも　これこれの事があった　ごく親しい人々にだけは　内々でお話しにな　ったらしいのですが　自然と世間に洩れ伝わったのでござ　いましょうね　村上帝　参内なさった　[御前には]　師輔公　伺候

せたまひて、人々あまたさぶらひたまひて、攤《だ》[一]打たせたまふついでに、冷泉院[二]の孕《はら》まれおはしましたるほどにて〔安子さまのお腹にいらっしゃった時分で〕、[三]さらぬだに、世人《よひと》いかがと思ひ申したるに、九条殿〔師輔公は〕、『いで〔さあ〕、今宵の攤仕うまつらむ〔今夜の双六 一番賭けてみよう〕』と仰せらるるままに〔と仰しゃると同時に〕、『この孕《はら》まれたまへる御子《みこ》、男におはしますべくは〔男でいらっしゃるはずなら〕、[四]でう六《ろく》出で来《こ》〔出てこい〕』とて、打たせたまへりけるに〔賽を打ち出されたところ〕、ただ〔たった〕一度に〔で〕出《い》で来るものか〔六が二つ出て来るとはね〕。ありとある人、目を見かはして、めで感じ〔称賛し感動し〕持て〔も〕囃《はや》したまひ〔褒めそやされたし〕、御みづからも〔師輔公御自身も〕『いみじ〔これはついている〕』とおぼしたりけるに、この民部卿〔この民部卿元方さまの〕の御気色《けしき》いと悪しうなりて〔ご機嫌はひどく悪くなって〕、色〔顔色〕もいと蒼《あを》く〔まっさおに〕こそなりたりけれ。[五]さて後に〔後になって〕、霊《りやう》に出でまして〔亡霊となって現れ〕、『その夜〔あの晩〕、やがて〔あれからすぐ〕胸[六]に釘は打ちてき』とこそのたまひけれ」

〔(世次)〕「大方、この九条殿、いとただ人《びと》にはおはしまさぬにや〔常人とは異なるお方だったのでしょうか〕、おぼしめし寄る〔御計画あそばす〕行末の事なども〔将来の事なんかも〕、叶はぬはなくぞおはしましける。口惜しかりける事は〔ただご運が悪かった事は〕、まだいと若くおはしましける時、『夢に〔夢で〕、朱雀門《すざくもん》[七]の前に、左右《さう》の足を、西《にし》・東《ひむがし》の大宮に差し遣りて〔大宮大路にひろげて踏んばって〕、北向きにて内裏《だいり》〔皇居を〕を抱

一 双六の遊びをなさっていらっしゃいましたが。「攤」は、元来はタンまたはダンと読み、中国で銭を投げて行う一種の賭け事。わが国ではダと読み双六のこと。但し、「道中双六」のような昭和初年まで一般家庭で行われた子供の遊びの双六のことではなく、将棋盤のような盤の上に、互いに白黒の馬を十二個並べて置き、二つの賽を筒に入れて振り、出た数だけ馬を送り、早く敵の領地に送り終った方を勝とする。碁・双六と併称されたが、単純な遊びなので飽きられ、後世には将棋にとって代られた。

二 第二皇子憲平親王の事。この庚申待ちのあった時期は天暦三年（九四六）から四年に掛けてのころの事。冷泉院誕生は、天暦四年五月二十四日。

三 ただでさえ、世間の人々は、おなかのお子さまは男か女かと興味津々《しんしん》で、お噂申し上げていたのですが、そんな時に。

四 「調六」「重六」「畳六」などの漢字を宛てる。さいころの目「六」が二個出る事。

五 元方とその姫祐姫は天暦七年に亡くなり、師輔は天徳四年（九六〇）薨。安子は応和四年崩、冷泉院は精神病で奇矯《ききよう》の言動多く、在位二年で円融院に譲位。

内裏を抱いて立つと見た夢　むなしく五十三歳で薨去

六 師輔の藁《わら》人形を作り、その胸に呪いの釘を打ちこんでやったというのである。

七 皇居南面の正門。「西・東の大宮」は西大宮大路

きて立てりとなむ見えつる』と仰せられけるを、御前《おまへ》に生《なま》さかしき女房のさぶらひけるが、『いかに御股《また》痛くおはしましつらむ』と申したりけるに御夢違《たが》ひて、斯《か》く子孫《こむまご》は栄えさせたまへど、摂政・関白えしおはしまさずなりにしなり。また、御末に、[八]思はずなる事のうちまじり、[九]帥殿《そちどの》の御事なども、彼《かれ》が違ひたる故に侍ンめり。『いみじき吉相《きつさう》の夢も、凶《あ》しざまに合はせつれば違《たが》ふ』と、昔より、申し伝へて侍る事なり、[一〇]荒涼《くわうりやう》して、心知らざらむ人の前に、[一一]夢語りな、この聞かせたまふ人々、しおはしまされそ。今行末も、九条殿の御末のみこそ、とにかくにつけて、拡《ひろ》ごり栄えさせたまはめ」

抱きかかえて立っているとそんなふうに見えたよ　こざかしい
侍女が控えておりましたが　その女が　さぞかし　お痛かったでございましょう　と申し上げ
てしまったために　吉夢が　ずれて　［ご自身は］摂政
関白をなさることができずに世を終えられたのです　御薨去のあと　意外な思わしくない
事がちょくちょく　侍女が吉夢を変えた為と見受けられます　す
ばらしい　不吉に夢判断すればその吉兆を　喪う
物の道理がわからないような人の前で
これからも先も
子孫だけが　何かにつけて　末広がりになり繁栄なさることでしょう

師輔、貫之の家に赴く

「いとをかしき事は、斯《か》くやむごとなくおはします殿の、[一二]貫之《つらゆき》の主《ぬし》が家におはしましたりしこそ、『なほ和歌は[一三]目醒《めざ》ましき事なりかし』と覚え侍りしか。正月一日着けさせたまふべき[一四]魚袋《ぎよたい》の損《そこな》はれたりければ、繕《つくろ》はせたまふほど、まづ貞信公の御許《もと》に参らせたまひて、かうかうの事の侍れば、内裏《うち》に遅参《ちさん》の由を申させたまひければ、おほ

(世次)　たいへん頬笑ましい事は　師輔公が
貫之殿の家を訪問なさったことで　やはり和歌というものは
修理にお出しになった時　父君忠平公　お邸に参上あそばされて

と東大宮大路。大内裏から南北に長い大通り。
八　安子が選子出産のため崩御した事、高光の出家、兼通・兼家の不和などをさすのであろう。
九　伊周が為光女を花山法皇と争って、弟隆家の郎党に矢を射かけさせたところ、法皇の袖にあたり、それがもとで大宰権帥に左遷された事件をさす。
一〇　油断。不注意。うっかり。本来は「荒れはてて物寂しい」義から、漠然として取りとめのない事、とらえ所がない義に転じ、さらに迂闊《うかつ》・軽率などとなった。「広量」「荒量」などの字も宛てた。
一一　「夢語り」を決して、今ここで私のお話を聞いておいでの方々は、なされますな。「この聞かせたまふ人々」は挿入句。「な…そ」は禁止の助詞。「な」に禁止の意味があり、「そ」は強意。
一二　紀貫之。『古今集』の代表的歌人。生年不詳。天慶九年（九四六）没。「ぬし」は敬意を表する人称代名詞。
一三　人目を醒ます素晴らしいことなのだな。
一四　もと中国で参内する時の門符として持参、その半分を預けておき、出門の時受け取って帰ったもの。この風《ふう》奈良時代に本邦に移り、巾着に入れて出入したが平安時代には、晴れの日に装束の石帯《せきたい》に繋《か》け、右腰に下げる。白鮫の皮で作り、三位以上金魚袋、四位以下銀魚袋。『貫之集』によると、天慶六年正月の事で、師輔は大納言、忠平は関白太政大臣であった。

きおとど驚かせたまひて、年ごろ《長年》持たせたまへりける取り出でさせ《御所持になっていた魚袋をお取り出しになって》たまひて、やがて《そのまますぐに》『[一]消《あ》え物にも』とて〔師輔に〕献《たてまつ》らせたまふを《差し上げなさったのですが》、事うるはしく《正式に》、松の枝に付けさせたまへり《松の枝につけてありました》。その御畏《かしこ》まりの悦びは《恐悦の気持を表するために》、御心の及ばぬにしもおはしまさざらめど《ご自身お詠みになれないわけではございますまいが》、『なほ貫之に召さむ《やはり日本一の貫之に詠んでもらおう》』とおぼしめして、渡りおはしましたるを《貫之の家にわざわざお越しになったのを》、[二]待ち受けましけむ面目《めいぼく》、いかがおろかなるべきな。

[三]吹く風に氷融《こほりと》けたる池の魚千代《ちよ》まで松の蔭《かげ》に隠れむ

集に書き入れたる《貫之が自分の家集に書き入れたのは》、ことわりなりかし《当然のことですよ》」

冷泉院を介護する師輔の亡霊

(世次)「いにしへより今に限りもなくおはします殿の《栄えておられます九条殿にとって》、ただ冷泉院の御有様のみぞ、いと心憂く口惜しき事《実になさけなくご不運な事で》にてはおはします」と言へば、侍《さぶらひ》、

(侍)「されど、事の例には、まづその御時《冷泉天皇の御治世》をこそは引かるめれ」と言へば、

(世次)「それは、いかでかはさらでは侍らむ《どうしてもそうならざるを得ないのでしょうね》。その帝の出でおはしました《その冷泉院が出ておいでになったか》

一 あやかり物にでもしなさい。

二 師輔公からお知らせをいただき、恐縮して、お越しをお待ち受け申し上げた貫之の光栄は、どうしてどうして並み一通りではなく、たいへんな名誉を施したことですよ。「まし」は「申し」の約。

三 そよ吹く春風に冬期の氷が解けた池の魚――わたくし師輔は、千年の後までも、めでたい松――お父上のお蔭を蒙ってその庇《ひ》護の下《もと》に栄えることでございましょう。お父さまありがとう。この歌、第三句「池の魚」は一般の『貫之集』では「池の魚は」とある。また、『為氏筆本貫之集』(天理図書館蔵)では「池の魚の」となっている。この本は天下の孤本であったが、近年になって同系の一本が出現、その本文は『大鏡』に述べるところと合致する。「右大将藤原師輔正月《むつき》に着けたまはむとて、魚袋繕はせたまひける、出《い》で来《き》合はざりければ、内裏《うち》にえ参りたまはで、大き大殿《おほいとの》へ参りたまひてありけるに、日高くなるまで候ひたまひければ、咎められければ、事の由をきこえたまひけるに、驚きたまひて、我が着けたまへるを献りたまへるを、返し奉らせたまふとて、松の枝にこれが畏《かしこ》まり書き付けさせて、あやしの所(拙宅)におはしませり。『吹く風に氷融けたる池の魚の千代まで松の陰に隠れむ』」とある。「あやしの所におはしませり」は為氏筆本だけにある。貫之が自分の家をさして「あやしの所」と書いているのは、この本だけ。

〔らこそ〕れば こそ、この藤氏《とうし》四の殿原《とのばら》、今に栄えおはしませ。(道長)五『さらざらましかば、このごろわづかに〔辛うじて〕我等も諸大夫《しよだいぶ》六ばかりになり出でて、〔程度の地位に到達して〕所々の御前《ごぜん》七・雑役《ざふやく》に釣られ八ありきなまし』〔あくせく働いていたことだろうよ〕とこそ入道殿は仰せられければ、源《げん》民部卿は、(俊賢)『さるかたちしたる〔そんな堂々とした〕まうち君九たちのさぶらはましかば、〔雑事に従事していたとしたら〕いかに見苦しからまし』〔さぞ見苦しいことでしょうよ〕とぞ笑ひ申させたまふなる。斯かれば、〔このようなわけで〕公《おほやけ》・私《わたくし》、〔公私共に冷泉院の御代〕その御時の事を例《ためし》とせさせたまふ、〔の事を先例となさるのは〕ことわりなり。〔当然のことです〕〔冷泉院は〕御物の怪《け》強《こは》くて、(人々)一〇『如何《いかが》』とおぼしめししに、大嘗会《だいじやうゑ》一一の御禊《ごけい》にこそ、いとうるはしくて渡らせたまひにしか。〔端正なお姿で行幸あそばされました〕それは、『人の目に現れて、〔人の目に姿を現して〕〔師輔公〕九条殿なむ〔が天皇を背後から〕御後《うしろ》を抱《いだ》き奉りて、〔抱きかかえられ〕御輿《みこし》の内《うち》にさぶらはせたまひける』〔伺候しておいでになったのだ〕とぞ、人申しし。げに、〔たしかに〕現《うつつ》にても、〔師輔公は生前にも〕いとただ人《びと》とは見えさせたまはざりしかば、〔常人とはお見えになりません でしたから〕まして、おはしまさぬあとには、〔おかくれになったあとになれば〕さやうに御まぼりに〔天皇を守護なさる〕ても添ひ申させたまひつらむ」〔霊となられてまでも〕
(侍)「さらば、元方《もとかた》卿・桓算供奉《くわんさんぐぶ》一二をぞ逐《お》ひ退《の》けさせたまふべきな」〔なさりそうなものですのにね〕
(世次)「それはまた、然《しか》るべき前《さき》の世の御報《むくい》にこそおはしましけめ。さる〔本当を〕

四 師輔の子孫の繁栄をいう。たとえば、師輔の子の伊尹・兼通・兼家・為光・公季の幸運、中の一人兼家の子の道隆・道兼・道長は、師輔の孫である。道長の子の頼通・教通・頼宗・能信は、師輔の曾孫である。こうした人々を視野に入れて言っているのだろう。『大鏡』の内容年代（記事年代）である万寿二年（一〇二五）の、道長及び頼通等の幸運をさす。
五 「冷泉院」の即位が無かったとしたら。
六 家令、執事のたぐい。四位・五位まで昇進した。
七 親王家・摂関大臣家などの前駆や雑務。
八 底本はじめ、近衛本・桂甲本・平松本・蓬左本・建久本・桂乙本・久原本等すべて「つられ」とあるから、「釣られ」「吊られ」以外には考えようがない。一箇所の邸に仕えているだけでは生計が苦しいため、諸家の前駆や雑務に雇われて働かざるを得ないというのであろう。「駆り出されて」。
九 「前つ君たち」の音便。もと天皇の御前に候する人を言うが、ここは「諸大夫ばかりになり出でて」を受けて、邸奉公の人をさす。
一〇 行幸などはどうかと、側近の人は心配していましたけれど。
一一 天皇即位後の最初の新嘗祭をいう。それは安和元年（九六八）の十一月だったが「御禊」はその約一箇月前に河原に赴いて穢《けが》れを落すので、十月二十六日に行幸があった。師輔は八年前に薨去。
一二 四四四頁参照。

一　経邦は右大臣藤原三守公の孫。近江守有貞の四男であった。三守は承和五年（八三八）に任右大臣。

二　子を持つなら女の子。白楽天の『長恨歌』に、「遂令二天下父母心、不レ重レ生レ男、重レ生レ女」とある。

三　為光は雅子内親王所生、公季は康子内親王所生。

四　伊尹・兼通・兼家・為光・公季は太政大臣になり、伊尹・兼通・兼家は摂政になった。

＊『栄花物語』（月の宴）に、忠平の三子、実頼・師輔・師尹を比較して、実頼は、奥深く煩わしい心の持ち主、師尹は、親疎・好悪の別をはっきりさせるなど、一癖も二癖もある厄介な男、これらに反し師輔は、おっとりとして心が広く、数箇月も顔出ししなかった人が訪問してきても同じようにもてなすという気楽さがあるので、父忠平のところに出入りしていた連中がそのまま師輔のところへも来るようになったとある。

五　『一条摂政御集』。現存本は天下の孤本で伝西行筆。歌数百九十四首。初めから四十一首までは、伊尹が自分を大倉史生《おおくらのししょう》倉橋《くらはし》豊蔭という人物に仮託して書いたもの。

六　安和三年（九七〇）正月二十七日、任右大臣。

七　天禄三年（九七二）十一月一日薨去。四十九歳。

八　「質素倹約を旨とせよ」という戒め。

九　春日神社の祭礼に朝廷から派遣の勅使。春日社は藤原氏の祖神の社で、通常、藤原氏の嫡子で五位以上

歌物語「とよかげ」の創作、容貌・学識と三拍子揃わぬ寿命

は《言えば》、御心いとうるはしくて《まことに端正なお方で》、世の政事《まつりごと》、かしこくせさせたまひつべかりしかば《りっぱにおとりになれるはずの資質をお持ちでしたから》、世間《よのなか》に《〔物の怪のことを〕》、いみじう可惜《あたら》しき事に《たいへん惜しい事に》ぞ申すめりし」

（世次）「さてまた、今は《現在では》、故九条殿の御子どもの数、この冷泉院・円融院の御母《安子》、貞観殿《ぢやうぐわん》の尚侍《ないしのかみ》《登子》、一条の摂政《謙徳公伊尹》、堀河殿《忠義公兼通》、大入道殿《兼家》、忠君の兵衛督と六人は、[一]武蔵守従五位上経邦のむすめ《盛子》の腹におはしまさふ。世の人『[二]女子《をんなご》』といふ事は、この御事にや《このお方の事でしょうか》。大方、[三]御腹異《こと》なれど、男君達、[四]五人は太政大臣、三人は摂政したまへり」

（世次）「一　太政大臣伊尹《これまさ》　謙徳公」

（世次）「この大臣《おとど》は、一条摂政と申しき。これ、九条殿《師輔公の》の一男《長男》におはします。いみじき《すばらしい》[五]御集《ぎよしふ》作りて、『とよかげ』と名乗らせたまへり。[六]大臣になり、栄えたまひて三年、[七]いと若くて亡せおはしましたる事は、九条殿《師輔公》の御遺言《ゆいごん》を違《たが》へさせおはしましつる《変更なさったせいだ》気《け》とぞ人申しける。されど、いかでかは《どうして》、さらでもおはしまさむ《背かずにおいでになれましょう》。御葬送の沙汰を《師輔公がご自分の葬儀の方法を》むげに[八]略《りやく》

定《ぢやう》に書き置かせたまへりければ、『いかでか、いとさは』とて、例の作法《さほふ》に行《おこな》はせたまふとぞ。それはことわりの御しわざぞかし。ただ御かたち・身の才《ざえ》、何事もあまり傑れさせたまへれば、御命のえ整《ととの》はせたまはざりけるにこそ」

極端に略式に書いて置かれましたから　いくらなんでもそんなに簡略な葬式はできない　通例の葬儀次第でなさったということです　〔長男として〕当然の御処置ですよ　容貌といい身に備わった学識といい　御寿命の方が釣り合うというわけには参らなかったに違いありません

折々の和歌などの思い出、世人早世を惜しむ

（世次）「折々の御和歌などこそ、めでたく侍れな。九春日《かすが》の使におはしまして、一〇帰るさに、女の許《もと》に遣《つか》はしける、

（伊尹）一一暮れば疾く行きて語らむ逢ふ事はとをちの里の住み憂かりしも

御返し、

（女）一二逢ふ事はとをちの里にほど経《へ》しもよしのの山と思ふなりけむ

一三助信の少将の、宇佐の使に立たれしに、殿にて、餞《うまのはなむけ》に、菊の花の移ろひたるを題にて、別れの歌詠《うたよ》ませたまへる、

（伊尹）一四さは遠く移ろひぬとかきくの花折りて見るだに飽かぬ心を」

（世次）「帝の御舅《をぢ》、東宮の御祖父《おほぢ》にて、摂政せさせたまへば、世の中は我が御心《みこころ》に叶はぬ事なく、過差《くわさ》殊の外に好ませたまひて、大饗《たいきやう》せさせ

帰りがけに　宇佐八幡宮への勅使として出発された際に　送別の宴に　色変りしたことを歌題にして　円融　師貞親王　華美を格別にお好みになって

三位までの者を宛てる。毎年、二月と十一月の上《かみ》の申《さる》の日に行われ、使は、その前日未《ひつじ》の日に出発。近衛の中少将が任ぜられる。『日本紀略』の天暦二年二月三日の条に、「今日、立《ツ》二春日祭使《ノヲ》一。左少将伊尹勤《ム》レ使《ヲ》」とある。当時、伊尹は二十五歳で従五位上。なお『宇津保物語』（春日詣、祭の使）参照。

一〇「さ」は「時」の意。帰る折に、帰りしなに。

一一 日が暮れたら急いであなたの所へ行ってお話ししましょう。逢う事の遠いという名を持った大和国十市の里の住み辛かったことも。『拾遺抄』巻九、雑上に入集。また、『拾遺集』巻十八、雑賀にも。但し両書とも、「帰るさに女の許に遣はし」たのでなく、京に還ってから、すぐに女の許にやったことになっている。『御集』には「翁、大和より帰りて女の許にやる」とあり、「すぐ」でもなかった。

一二 逢うことの遠い十市の里でゆっくりなさったのも、十市のそばの吉野山のように住みよいと思われたのでしょう。『御集』では「あふことの十市の里の程経しも君はよしのと思ふなりけむ」とある。

一三 時平の孫。敦忠二男。従四位下、内蔵頭、右中将。

一四 それでは遠い九州へお出かけなさるか。近くでお目にかかっていてさえいつも逢いたい気持が強いのに。この歌、他書に所見なし。『御集』にも見えない。「移ろふ」は場所の変る事と変色、「きく」は「聞く」と「菊」、「折り」に「居り」が掛詞。

たまふに、[一]寝殿の裏板《うらいた》の壁の少し黒かりければ〔少し黒ずんでいたので〕、俄《にはか》に御覧じつけて〔急にお見付けになって〕、[二]陸奥紙《みちのくにがみ》を[三]つぶと押させたまへりけるが〔ぴたっと押し付けなさいましたところ〕、なかなか〔かえって〕白く清げに〔きれいな感じ〕侍りける。思ひ寄るべき事かはな〔とっさに思い付ける事でしょうかね〕。御家は〔お邸は〕、今の[四]世尊寺《せそんじ》ぞかし。御族《ぞう》の氏《うぢ》寺《でら》にて置かれたるを、[五]かやうのついでには、立ち入りて〔世尊寺に立ち寄って〕[六]見給ふれば、まだその紙の押されて侍るこそ〔貼られたままになっておりますが〕、[七]昔に逢へる心地して、あはれに〔感慨深く〕見たまふれ。かやうの御栄えを御覧じ置きて、御年五十《いそぢ》にだに足らで亡せさせたまへる可惜《あたら》しさは、父大臣《おとど》にも〔師輔公にも〕劣らせたまはずこそ、世人《よひと》惜しみ奉りしか」〔謙徳公の薨去を〕惜しみ申し上げたことでした

伊尹の息女並びに孫姫君、火の宮と三宝絵

（世次）「その御[八]男・女君たちあまたおはしましき。女君、[九]ひとりは冷泉院の御時の女御《にようご》にて、花山院の御母、贈皇后宮にならせたまひにき。[一〇]次々の女君、ふたりは法住寺の大臣《おとど》〔為光公〕の北の方にて、うち続き、亡せさせたまひにき。[一一]九の君〔第九女〕は、冷泉院の御皇子《みこ》の弾正の宮〔第三皇子為尊親王〕と申す御上《うへ》にておはせしを〔北の方でいらっしゃいましたが〕、その宮亡せたまひて後、尼にて、いみじう行ひ勤《おとな》めておはすめり。また、忠君《ただぎみ》の兵衛督《ひやうゑのかみ》の北の方にておはせしが、後

一 寝殿内、母屋と庇《ひさし》の間《ま》との境が板張りになっていて、それを裏板の壁——裏側の板壁と言ったのであろうか。松村博司氏（『大系』）の説に拠った。

二 ちりめんのような皺《しわ》のある厚手の良質の紙。もとは「まゆみ」の樹皮の繊維《せんい》から作られ、陸奥で多く作製された。引き合せ紙ともいう。

三 べったりと。すきまもなく。

四 『拾芥抄』に「一条北、大宮西、本小路東、無レ路南、伊尹摂政家、本主貞純親王云云」と見えている。「花山院紀」に既出。長保三年（一〇〇一）二月二十九日に伊尹の孫の行成が邸内に藤原一族の氏寺として世尊寺を建立した（『百錬抄』）。

五 世次の当時住んでいた家は、大内裏の東側で一条殿の南方と考えられるので、雲林院へ行くには世尊寺が通路にあたる。

六 謙遜卑下の下二段補助動詞「たまふ」は「見る」「思ふ」等に接続することが多い。已然形は「見給ふれ」「思ひ給ふれ」となる。「見給ふる」「見給へず」などと変化する。「拝見する」と訳す。

七 天禄二年正月の大饗か。『日本紀略』参照。

八 『尊卑分脈』によると、男八人、女六人。

九 藤原懐子。

一〇 『尊卑分脈』によると「為光室」「為光妾」。

一一 第九女は冷泉第三皇子為尊《ためたか》室。為尊は新中納言・和泉式部に恋慕、夜歩きの挙句、薨。七七日ころ尼に。

には六条の左大臣殿（源重信公）の御子《みこ》の右大弁の上（源致方の北の方でいらっしゃるお方は）にておはしけるは、四の君（第四女にあたられると承っております）とこそは」

(世次)「また、花山院[一二]の御いもうとの女一の宮は亡せたまひにき。女二[一三]の宮は、冷泉院の御時の斎宮《さいくう》に立たせたまひて、円融院の御時の女御に参りたまへりし、ほどもなく、内裏《うち》[一四]の焼けにしかば、『火の宮』と世の人付け奉りき。さて、二三度参りたまひて後、ほどもなく亡せたまひにき。この宮に御覧ぜさせむとて、『三宝絵』[一五]は作れるなり」

花を折りし君達、前少将後少将

(世次)「男君達は、代明親王《よあきらのみこ》の御むすめの腹に、前《ぜん》[一六]少将・後《ご》少将とて、花（美しい容姿を競い合った）を折りたまひし君達の、殿（謙徳公）亡せたまひて、三年ばかりありて、天延二年甲戌の年、皰瘡《もがさ》（天然痘が流行した時に）おこりたるに患ひたまひて、前少将は晨《あした》に亡せ、後少将は夕《ゆふべ》にかくれたまひにしぞかし。一日《ひとひ》がうちに、二人《ふたり》の子を失ひたまへりし母北[一七]の方の御心地、いかなりけむ。いとこそ悲しく承けたまはりしか。かの後少将は、義孝《よしたか》とぞきこえし。御かたちい（たい）

一二 底本及び同系統の本、「花山院御いもうと」で、「の」文字が無い。蓬左本・桂乙本・久原本・古活字本・萩野本等によって補った。花山院の四歳姉皇女《みこ》の宗子内親王（九六四〜九八六）のことで、冷泉天皇皇女。母は伊尹の姫君の懐子である。つまり、ここから伊尹の孫娘に話が移る。なお平安朝で「いもうと」と言うと男の姉妹をさし、姉のことも、妹のこともあるから注意。九五頁注一六参照。

一三 尊子内親王。冷泉天皇皇女。母は懐子。「斎宮に立たせ」とあるが、これは斎院の誤り。『日本紀略』安和元年の条に「七月一日壬午、有伊勢賀茂等斎王卜定事斎宮輔子内親王、先皇女也。斎院尊子内親王、今上皇女也」とある。「裏書」にも、「女御尊子内親王事」として「康保四年九月四日為親王。安和元年七月一日卜定斎院。天元三年十月二十日入内。寛和元年五月一日薨年二十」とある。円融天皇の女御であった。

一四 『日本紀略』天元三年十一月の条に見える。

一五 三巻の仏教説話集。仏・宝・僧の三宝に分け、絵巻物になっている。著者は源為憲《ためのり》。永観二年（九八四）成立。現在は絵が滅び「詞」のみで、『三宝絵詞』とも称する。冷泉天皇第二皇女尊子内親王に献った。

一六 流布本に依る。底本「先少将挙賢、後少将義孝」。挙賢《たかちか》（九四九〜九七四）と義孝（九五四〜九七四）。

一七 代明親王（醍醐天皇）の息女、恵子女王。

とめでたくおはし《そうすてきでいらっしゃり》、年ごろ《永年》極《きは》めたる[一]道心者《だうしんざ》にぞおはしける。病重くなるままに、生《い》くべくも覚えたまはざりければ《生きられそうにもお感じにならなかったので》、母上に申したまひけるやう、『己《おの》れ死に侍りぬとも《わたくしが死にましても》、[二]とかく例のやうにせさせたまふな《作法通りに死人扱いをなさいませんように》。暫し《もう少し》法華経誦《ず》し奉らむの本意《ほい》《本願が》侍れば《ございますから》、必ず帰りまうで来《く》べし』《きっとこの世に戻って参りましょう》とのたまひて、[三]方便品を読み奉りたまうてぞ[四]亡せたまひける。その遺言を、母北の方、忘れたまふべきにはあらねども《お忘れになるはずはないけれども》、物も覚えでおはしければ《〔悲嘆のあまり〕何も判らなくなって》、思ふに、人のし奉りてけるにや《お側にいた人がしてさしあげたのか》、[五]『枕返し』何やと、例のやうなる有様どもにしてければ、え帰りたまはずなりにけり《生き返ることができずじまいに》。後に、母北の方の御夢に《〔義孝少将が〕》見えたまへる。

　《(義孝)》[六]然《しか》ばかり契りしものを渡り川かへるほどには忘るべしやは

とぞ詠みたまひける。《〔母君は〕》いかに悔やしくおぼしけむな《どんなにか後悔なさったことでしょうね》」

《(世次)》「さて後、ほど経て、[七]賀縁阿闍梨《かえんあじゃり》と申す僧の夢に、この君たち二人おはしけるが《姿をお現しになったのですが》、兄前少将、いたう物思へるさまにて《ひどく物思いに沈んでいる様子で》、この後少将は、いと心地良げなるさまにて《たいそう気持よさそうな様子で》おはしければ、阿闍梨、『君はなど《なぜ》心地

一　仏道信仰心の篤い人。

二　「と」は「ああ」、「かく」は「こう」。ああこうと。あれやこれやと。さまざまに。

三　法華経は二十八品ある。その中の第二品。

四　底本及び同系統の本に、「たまふてぞ」とある。「たまひてぞ」のウ音便として、「う」に改めた。

五　死者の寝床は、北枕にする習い。そのほかの何かやも、死者の作法通りにしたから。

六　あれほどお願いしておきましたのに、三途の川から戻ってくるまにお忘れになることがありましょうか。この歌、諸書に見える。たとえば、『後拾遺集』『義孝集』『日本往生極楽記』『本朝法華験記』『今昔物語集』『江談抄』『袋草子』『帝王編年記』『続古事談』等である。『後拾遺集』巻十、哀傷には、この歌に左注を施しているが、「この歌、義孝少将のわづらひ侍りけるに、『なくなりたりとも暫し待て。経読み果てむ』と妹の女御に言ひ侍りて、程もなく身まかりて後、忘れてとかくしてければ、その夜、母の夢に見え侍りける歌なり」とある。つまり母ではなく、妹の懐子女御に言い置いたことになっている。『義孝集』『今昔物語集』二十四ノ三十九も同様である。

七　『八代集抄』によると、「延暦寺の阿闍梨」とあるが、佐藤球の『詳解』は『尊卑分脈』に見える「済時孫、為任男、雅縁」とし、『宝物集』に見える義孝に親しい僧とする。橘健二氏（『全集』）は「伊予守為任子、三井寺に住す」とする。

良げにてはおはする。母上は、君をこそ《あなたさまの方を》、兄君よりはいみじう恋ひきこえたまふめれ《兄君よりはたいそう恋しがっておいでのように見えます》』ときこえければ《申し上げたところ》、いと[八]能《あた》はぬ《納得できない》さまの気《け》色《しき》にて、

[九]時雨《しぐれ》とは蓮《はちす》の花ぞ散り紛《まが》ふ何ふるさとに袂《たもと》濡るらむ

など、うち詠みたまひける。さて後に、小野宮《をののみや》の実資《さねすけ》のおとどの御夢に、[一〇]面白き花の蔭《かげ》におはしけるを《〔義孝少将が〕》、現《うつつ》にも語らひたまひし御仲にて《在世中親しくお付き合いなさった間柄ですので》、『いかで斯くは。いづくにか』《どうしてこんなに花に囲まれていらっしゃるのですか》と珍らしがり[一一]申したまうければ、その御いらへに《ご返事に》、『[一二]昔《ハ》契《リキ》蓬莱宮《ノ》裏《ノ》月《ニ》、今《ハ》遊《ブ》極楽界《ノ》中《ノ》風《ニ》』とぞのたまひけるは、極楽にむまれたまへるにぞあゝなる《生れかわられたものと思ってよろしいのでしょう》。かやうにも夢など[一三]示《しめ》いたまはずとも、この人の《義孝さまの》御往生《わうじやう》、疑ひ申すべきならず」

「世の常の《(世次)一般の》君達《きんだち》などのやうに、内裏《うち》わたりなどにて、おのづから《自然と》女房と語らひ《親しく会話をかわし》、はかなき事をだにのたまはせざりけるに《ちょっとした冗談さえも仰しゃらなかったのに》、いかなる折にかありけむ、細殿に立ち寄りたまへれば《細殿の女房の部屋にお立ち寄りになったから》、例ならず珍らしくて《めったにない事なので珍しく思い》、物語りきこえさせけるが《お話し相手になっておりましたが》、『やうやう《そろそろ》夜《よ》中《なか》などにもなりやしぬらむ《なりはしないか》』と思ふほどに《思う時分》立ち退《の》きたまふを、『いづ方へか』《〔女たちは〕これからどちらへ》とゆかしうて《と知りたくて》、

八　合点のゆかぬ様子で。大正四年十月刊、上田万年、松井簡治著『大日本国語辞典第一巻』(冨山房、金港堂発行)に、ここの文を掲げ「合点のゆかぬさま」「理に当たらぬと思ふやうす」と解釈している。

九　今は時雨の季節と存じますが、ここ極楽では、時雨と申しますのは、蓮華が散り乱れることを申すのです。故郷では何が降るのか、なぜ母上が袂を濡らして悲嘆にくれておられるのでしょう。「何ふるさと」は「何が降る里」に「故郷」が掛詞になっている。『後拾遺集』巻十、哀傷に「時雨とは千草の花ぞ散りまがふ何ふる里に袖濡らすらむ」とあり、二句・五句に異同がある。左注に、「義孝かくれ侍りて後、十月ばかりに…(下略)」とあって、時雨の季節である。『義孝集』は小異あるが、歌は第四句「何ふる里の」と一字異なる。『今昔』(注六)の歌は、『義孝集』と同一。

一〇　華麗に咲いた花の陰に義孝少将がおいでになったのを見て。

一一　「申したまひければ」のウ音便。

一二　「蓬莱宮」は海中の蓬莱山の中にある美しい宮殿で、仙人の棲む所。禁中に譬える。「裏」は「ウチ」と訓《よ》む。昔は蓬莱宮のような宮中で月を眺めて共に長寿を願ったものですが、今は極楽世界の中の涼風に吹かれて遊んでいる身です。この詩句を含む説話も、『日本往生極楽記』『帝王編年記』『今昔物語集』十五ノ四十二等に見えるが、大弐高遠の夢に見えたとある。

一三　「示し」のイ音便。

人を付け奉りて見せければ、[一]北の陣出でたまふほどより、法華経をいみじう尊《たふと》く誦《ず》したまふ。大宮のぼりにおはしまし着《つ》きぬ。[二]なほ見ければ、東《ひんがし》の対《たい》の端《つま》なる紅梅のいみじく盛りに咲きたる下に立たせたまひて、[三]『滅罪生善《めつざいしやうぜん》、往生極楽《わうじやうごくらく》』といふ額《ぬか》を、西に向きて、あまたたびつかせたまひけり。帰りて御有様語りければ、いといとあはれに聞き奉らぬ人なし」

「この翁も、そのころ、大宮なる所に宿りて侍りしかば、御声にこそおどろきて、いといみじう承けたまはりしか。起き出でて見奉りしかば、空は霞み渡りたるに、月はいみじう明《あか》くて、御直衣《なほし》のいと白きに、濃き指貫《さしぬき》に、よいほどに御括《くく》り上げて、何色にか、色ある御衣《おんぞ》どもの、[四]弓裁《ゆだち》より多くこぼれ出でて侍りし御様体《おんやうだい》などよ。御顔の色、月影に映《は》えて、いと白く見えさせたまひしに、鬢茎《びんぐき》の[五]掲焉《けちえん》にめでたくこそまことにおはしましか。やがて見継ぎ見継ぎに御供に参りて、御額《ぬか》つかせたまひしも見奉り侍りき。いとかなしうあは

あとをつけた者が帰ってきて
全くもう感動してうけたまわらない人はありませんでした
(世次) この老人も　大宮と申すところに泊っておりましたから　[後少将の] お声には
っと目が醒めて　まことに尊く拝聴いたしたことでございました
濃い紫の　指貫袴を　ほどよく裾を
下着類が　お姿などの素敵な
こと　月光に　鬢の毛筋
つきりと際立って本当にすばらしくていらっしゃいました　そのまま見失わないように見え隠れにお
供申し上げて　礼拝なさったご様子もお見上げいたしました

一 朔平門。縫殿の陣とも。ここを出て、更に上東門を出て北へ向えば、世尊寺に到る。

二 尾行した人が、なおも見ていたら、後少将は。「見ければ」は、蓬左本「見れば」桂乙本・久原本・新註本も同じ。

三 落合直文・小中村義象共著の『大鏡詳解』に「滅罪云々と祈りのことばをいひて、額をつきて礼拝し給ふさまなり」とある通りである。「額をつく」とは頭を下げる事。「西に向きて」は、西方浄土にむかうこと。

四 着物の腋《わき》。関根正直著『大鏡新註』に「弓裁。直衣の左の袖付を、前肩より袂まで、縫はずあけたること。雅亮装束抄上に、『汗衫に、ゆだちをあくる事は、左の脇の縫ひめの前を、袂までほころばかして、組にて紐を付くるなり。此の儀常ならず、賭弓の射手に入りたる宰相の中将の、五節を奉らむにあくべしとぞ、申し伝へたる』とあり。是は五節の童女の服についていへるなるが、弓箭にたづさはる近衛の中少将は、常きる直衣にも、弓裁あけたりし事、こゝの文にて知られたり」、つまり、上着がくっきりと白く、袴が濃い紫で、縫わずにあけてある上着の下から、さまざまの色の下着（衵）が出衣《いだしぎぬ》のようにこぼれ出ている風情である。

五 「掲」は高くかかげる意。「焉」は、形容する場合に使う助辞。きわだってはっきりしているさま。目立つさま。鮮明だ。くっきりしている。顕著だ。

＊『今昔物語集』十五ノ四十二を参照のこと。

れにこそ侍りしか。[六]御供には、童《わらは》一人《ひとり》ぞさぶらふめりし」

「また、[七]殿上の逍遥《せうえう》侍りし時、[八]更なり。異人《ことびと》は皆心々に狩装束めでたうせられたりけるに、この殿は、いたう待たれたまひて、白き御《おん》衣どもに、香染《かうぞめ》[九]の御狩衣《かりぎぬ》、[一〇]薄色《うすいろ》の御指貫《おんさしぬき》、いと華やかならぬあはひにて差《さ》し出でたまへりけるこそ、なかなかに心を尽くしたる人よりはいみじうおはしましけれ。常の御事なれば、法華経御口に呟《つぶや》きて、紫檀《したん》の数珠《ずず》の、[一一]水精《すいさう》の装束《さうぞく》したる、引き隠して持ちたまひける御用意などの、優《いう》にこそおはしましけれ。大方、[一二]『一生精進』を始めたまへる、まづ有り難き事ぞかし。なほなほ同じ事のやうに覚え侍れど、[一三]いみじと見たまへ聞き置きつる事は、申さまほしう」

「この殿は、おほんかたちの有り難く、『末の世にも、さる人や出でおはしまし難からむ』とまでこそ見たまへしか。雪のいみじう降りたりし日、[一四]一条左大臣殿に参らせたまひて、[一五]御前《おまへ》の梅《むめ》の木に、雪のいたう積りたるを折りて、打《う》ち振《ふ》らせたまへりしかば、御上にはら

六　前頁の記事によると、世次の翁は、そのころ世尊寺近い大宮に居住していたとある。このあたり虚構性が顕著である。前少将・後少将の死は『栄花物語』（花山尋ぬる中納言）・『帝王編年記』に委《くは》しい。両書によると、天延二年（九七四）九月十六日の朝、左近少将挙賢（前少将、二十五歳）が死に、同日夕刻、右近少将義孝（後少将、二十歳）が没したのであるが、この記事が、天延二年春の事とすると、その時、大宅世次は、本書の序によれば、数え年九十九歳。

七　殿上人が山野を遊び歩くこと。

八　当然ながら、すてきでした。

九　丁子《ちやうじ》を煎《せん》じた汁で染めるから、黄味がかった薄紅色になる。「丁子染」とも言う。

一〇　薄紫色の指貫袴。

一一　水晶の珠が飾りについているのを。

一二　一生魚肉を断って仏道に励むこと。

一三　底本及び同系統の本「いみじく」とする。蓬左本・桂乙本・久原本・新註本等に拠る。

一四　源雅信（九二〇～九九三）。敦実親王の御子。宇多天皇の孫。源姓を賜って臣籍に下り、三十二歳で参議、累進して天元元年（九七八）に左大臣になり、従一位、皇太子傅となる。道長室倫子の父。この邸は後に道長に伝えられ、土御門殿とか京極殿とか呼ばれた。

一五　邸の寝殿の前に植えてあった梅の木に。

はらと懸りたりしが《その雪が懸ったのですが》、御直衣《なほし》の裏の《お召物の裏が》、[一]花なりければ《薄藍色でしたから》、[二]返りて、いと斑《まだら》になりて侍りしに持《も》て囃《はや》されさせたまへりし御かたちこそ《ひと際引き立って美しくお見えになった御容姿こそ》、いとめでたくおはしまししか《実にすてきでいらっしゃいましたよ》」

(世次)「御兄の少将《前少将挙賢》も、いとよくおはしましき《美男でいらっしゃいました》。[三]この弟殿《おとと》の、斯《か》く余りにうるはしくおはせしを《行状が優雅でいらっしゃったのを》[四]もどきて、少し勇幹《ようかん》に悪《あ》しき人にてぞおはせし《勇ましい荒っぽいところのあるお人であられました》」

義孝の遺児行成、俊賢の推挙で世に出る

(世次)「その義孝《よしたか》の少将、[五]桃園の源中納言保光卿のむすめの御腹にむませたまへりし君ぞかし、今の侍従大納言行成《ゆきなり》卿、世《天下の》の手書《てか》きとののしりたまふは《能書家と評判の高いお方は》。この殿の《行成さまの》御男子《をのこご》、ただ今の但馬守実経《たじまのかみさねつね》の君・尾張守《をはりのかみ》良経の君二人は、[六]泰清《やすきよ》の三位のむすめの腹なり。嫡妻腹《むかひばら》のは、[七]少将行経の君なり。女君は《女のお子さまは》、入道殿《道長公》の御子《みこ》の、高松腹の《明子さま所生の》[八]権中納言殿《長家さま》の北の方にておはせし、[九]亡せたまひにきかし。また、[一〇]今の丹波守経頼の君の北の方にておはす。また《以上のほかに》、大姫君《ご長女の姫君が》おはしますとか」

(世次)「この侍従大納言殿こそ、備後介とてまだ地下《ぢげ》にておはせし時《昇殿できぬ身分の時》、[一一]蔵人《くらうどの》

一 「花田色」の略。『源氏物語』(東屋)に、「川霧に濡れて、御ぞの紅なるに、御直衣の花のおどろおどろしうつりたるを」とあるのと同じ。「縹色」とも書く。露草の花で染めた薄い藍色。「花色」とも。

二 「返る」は、色が元に返る、戻る、つまり色が褪《あ》せる事。袖が裏返る意とする訳は誤り。雪に濡れて所々色が変ってまだらになっているのである。落合・小中村共著の『大鏡詳解』、池辺義象の『対訳』、芳賀矢一の『口訳』、佐藤球の『詳解』が正しい。

三 「この弟殿の」は、底本及び同系統の本に「このおとゝのは」とあるのを、流布本に拠って改訂した。

四 「非難する」が原義だが、「反発して」といった意。「嫌って」「同調しないで」。

五 桃園中納言と号す。桃園は所在地。「延喜帝皇子。代明親王ノ子。母右大臣定方女」(『皇胤紹運録』)。

六 有明親王男、源泰清(九三六〜九九九)の次女。

七 「は」文字、底本に無い。桂乙本には有る。

八 長家(一〇〇五〜一〇六四)。治安三年(一〇二三)、権中納言。

九 長家北の方(一〇〇七〜一〇二一)。治安元年薨。十五歳。

一〇 行成次女。母は泰清一女。経頼妻。

一一 長徳元年(九九五)八月二十九日蔵人頭。

一二 行成はこの時従四位下になった。参議になったのは、長保三年(一〇〇一)八月、三十歳の時。また

頭《とう》になりたまへる、例いと珍らしき事よな。そのころは、[一二]源民部卿殿は職事《しきじ》[一三]にておはしますに、上達部《かんだちめ》になりたまふべければ、一条院『この次には、また誰《たれ》かなるべき』と問はせたまひければ、『行成なむ、まかりなるべき人にさぶらふ』と奏せさせたまひけるを、『地下の者はいかがあるべからむ』とのたまはせければ、『いとやむごとなきものにさぶらふ。地下などおぼしめし憚《はばか》らせたまふまじ。行末にも、おほやけに何事にも仕うまつらむに、堪へたる者になむ。かうやうなる人を御覧じ分《わ》かぬは、世のため凶《あ》しき事に侍り。善悪を弁《わきま》へおはしませばこそ、人も心遣ひは仕うまつれ。この際《きは》になさせたまはざらむは、いと口惜しき事にこそさぶらはめ』と申させたまひければ、道理の事とは言ひながら、なりたまひにしぞかし」

「大方、昔は前《さき》の頭《とう》の挙《きよ》に依りて、後《のち》の頭《とう》はなる事にて侍りしなり。されば、殿上に『我なるべし』など思うたまへりける人は、『今宵《こよひ》』と聞きて参りたまへるに、いづこ許《もと》とかに差し会ひたまへりけるを、

「源民部卿」すなわち、源高明の三男俊賢は、正暦三年（九九二）八月二十八日に蔵人頭に任ぜられ、長徳元年まで三年間、その任にあった。後任が行成である。俊賢より十三歳年下。万寿四年（一〇二七）の六月に俊賢が薨じ、年末十二月四日に、奇しくも行成が五十六歳で死ぬが、同じ日に道長が亡くなっている。

一三 俊賢が当時、蔵人頭であったこと。頭弁《とうのべん》であった。蔵人頭をやめて、正暦六年すなわち長徳元年に参議に任じた。蔵人所の総裁として別当が存するが、「蔵人頭」はその次の地位で、定員二名。一名は弁官から、他の一名は近衛中将から任ぜられる。頭の弁・頭の中将の呼称のある所以である。帝の側近に在って殿上大小の事務を掌《つかさど》る。

＊『古事談』巻二ノ三十四に、「行成、俊賢ノ恩ヲ忘レザル事」という一節がある。それによると、俊賢は前途に悲観して出家しようとしていた行成を制止し、推挙を予示しておいたようである。すなわち「行成卿不レ堪二沈淪一、将二出家一。俊賢為レ頭之時、至二其家一、制止曰、有二相伝之宝物一哉。行成云。有二宝剣一云々。俊賢早沽却、可レ修二祈禱一。我将二挙達一。仍為二下臈無官（前兵衛佐、備前介）四位一被レ補レ頭。任二納言一之後、暫雖レ為二俊賢之上臈一、依レ思二彼恩一、遂不レ着二其上一云々」と見える。

『誰《たれ》ぞ』と問ひたまひければ、(行成さまは)御名乗りしたまひて（お名前を仰しゃって）、『頭《とう》になし賜《た》びたれば（頭にしていただきましたので）、参りて（参内）侍るなり』とあるに、『あさまし』（なんという思い切った人事か）と惘《あき》れて（呆然自失）こそ、動きもせで立ちたまひたりけれ（身動きもしないで立ち往生しておられたとか）。げに思ひ掛けぬ事（たしかに思いもよらぬ人事）なれば、道理《だうり》なりや。大方、一この御族《ぞう》の、二頭《とう》争ひに、三敵《かたき》を付きたまへば、これもいかがおはすべからむ（この行成さまもご無事でおすごしになれるでしょうか）。皆人知ろし召したる事なれど（この話は皆さま先刻御承知のことですけれど）」

朝成、伊尹一族に祟る悪霊となる

(世次)「朝成《ひら》の四中納言と一条摂政（謙徳公）と、同じ折の殿上人にて、五品《しな》のほど（出自の点では）こそ一条殿（伊尹さまと）に等《ひと》しからねど、身のざえ（その身の学才も）・六人覚え（人望も）、七やむごとなき人なりければ、頭《とう》になるべき次第到りたるに（この人が順番が到来した時に）、また、この一条殿（謙徳公さまは）、更なり（勿論）、道理の人にておはしける（当然おなりになるべき人でいらしたのですが）を、この朝成《あさひら》の君申したまひける(一条殿に)やう、(朝成)『殿はならせたまはずとも（この度はおなりになれなくても）、八人わろく（世間体が悪く）思ひ申すべきにあらず（はずがありません）。後々《のちのち》にも御心に任せさせたまへり（〔いつでも〕お心のままにおなりになれるお方）。己《おの》れは、この度まかりはづれなば（今回なり損じてしまいますと）、いみじうからかるべき事にてなむ侍るべきを（非常に辛い思いをしなくてはなりませんので）、この度申させたまはで侍りなむや（今回はお申し出なさらないでいただけますまいか）』と申したまひければ、(伊尹)『ここにも（わたくしも）、さ思ふ事なり（そう思っております）。さらば（では）九申さじ（申請しないでおきましょう）』とのたまふを、(朝成)『いと嬉し』と思はれけるに、いかに（どのようにお）

一 伊尹さまの御一族は。
二 蔵人頭に任官することを争って。
三 仇敵を作って我が身に寄り添わせておいでなのだから。「付き」はカ行四段の他動詞。
四 三条中納言と号した。藤原高藤の孫。三条右大臣定方の子。延喜十七年（九一七）生れ。天徳二年（九五八）に参議。『帝王編年記』に「天延二年（九七四）甲戌四月五日朝成中納言薨、年五十八。謙徳公敵人、成レ鬼七代可レ取レ之」と見えている。朝成《あさひら》が悪霊となる話は『古事談』（巻二）『十訓抄』（巻九）『宝物集』『続古事談』等に見えるが、少しずつ違う。真相は不明だが、伊尹に対し朝成がある事から怨みを抱いていたことは事実らしい。朝成の事は『今昔物語集』『江談抄』にも見える。
五 家柄、家格は一条摂政の方が朝成より上。
六 「世覚え」というのと同じ。信望・声望。
七 ほうっておけない重要な人物。
八 外聞がわるい。体裁がわるい。世間体がわるい。
九 蓬左本は「さり申さむ」。桂乙本・久原本・流布本も同じ。底本は「さり申さじ」と「さり」を見セ消チにしているのは、「さらばさり申さむ」という本文と「さらば申さじ」という本文とが衝突して混態現象をおこしていることがわかり興味がある。「さ（去）り申さむ」は「私は遠慮しましょう」の義。
一〇 問い合せ。

おぼしなりにける事にか《気持がお変りになってしまわれたのか》、やがて《そのまま》[10]問ひ言《ごと》もなく《何の挨拶もなく》、なりたまひにければ《頭に任官してしまわれたから》、『斯く謀りたまふべしやは』《(朝成)人をだまして任官なさるとは》と、『いみじう[11]心疾《や》まし《腹立たしい》』と思ひ申されけるに《たので》、御仲良からぬやうにて過ぎたまふほどに《お仲がよくないような関係で時日が経過してゆくうちに》、この一条殿《この伊尹さまの》の仕《つか》まつり人とかやの為に《家臣とか申す人のために》なめき事したうびたりけるを《〔朝成さまが〕失礼な事をなさったのを》、『[12]本意《ほい》なしなどばかりは思ふとも《(伊尹)》、いかに事に触れて《どうしてこう何かにつけて》、我などをば《この伊尹に対して》、斯くな《このように》めげにもてなすぞ《無礼な態度をとるのか》』とむつかりたまふと聞きて《立腹しておいでだと耳にして》、『[13]過《あやま》たぬ由《よし》も申さむ』《(朝成)》とて参られたりけるに《〔一条邸に〕》、はやうの[14]人は、我より[15]高き所に詣《まう》でては、『此方《こなた》へ』と無き限りは《と声がかからないうちは》、[16]上《うへ》にも昇らで、[17]下《しも》に立てる事になむありけるを、これは《この日は》六七月のいと暑く堪へ難きころ、『斯く』と申させて《参上した由を〔供の者に〕》、『今や今や』《(朝成)今か今か》と、[18]中門に立ちて待つほどに、西日も射《さ》し懸りて、[19]暑く堪へ難しとは疎《おろ》かなり。[20]心地も損《そこな》はれぬべきに、『早う《(朝成)はじめからこのお方は》この殿は、我をあぶり殺さむとおぼすにこそありけれ。[21]益無《やくな》くも《無益の参上をしたもんだなあ》参りにけるかな』と思ふに、すべて《およそ》[22]悪心《あくしん》おこるとは疎《おろ》かなり。夜《よる》になるほどに、さてあるべきならねば《そのままそこに待っているわけにいかず》、笏《さく》をおさへて《笏を握りしめて》立ちければ、[23]はた

一一 はらわたが煮えくり返る。
一二 蔵人頭をとられて不本意だなどぐらいは。
一三 決して当方に悪意はなかったのだという事も申し上げて、誤解をとこう。
一四「早くの人」で、「昔の人」「以前の人」の義。板本等流布本は「さやうの人」とあるので、諸注「位卑しき人」（佐藤球『詳解』）「そういう貴族の方々」（『新講』等）と解しているが、誤り。
一五 高い身分の人の邸に参上した折は。
一六 殿舎の中。庇《ひさし》の間《ま》などをさす。座敷にも上がらず。
一七 屋外。庭などをさす。
一八 道路に面した表門と、寝殿との中間にある門をいう。ふつう、東西に通ずる長廊下の中程に設ける。
一九 暑く堪えがたいなどという表現はおろそか（不十分）である。とても堪えられないひどい暑さだの意。
二〇 病気になってしまいそうなつらさなので。
二一「ありけり」「なりけり」「ざりけり」「かりけり」等の「けり」の用法は、⑴真相を説明する「説明」の場合と、⑵真相に思いあたってハッとした時の「思いあたり」の場合と二つある。ここは⑵の用法である。
二二 憎悪の念が生じるなどとは月並な表現である。
二三 底本「はたら」とあるが「ら」は「う」とも読める書き方がしてある。おそらく原本に「はたう」とあったのを、誤読したか誤写したかのいずれかであろう。「う」は現在の「ん」をこのように表記したもの。つまり「ぱたん」と音立て木笏が折れたのであろう。

らと折れけるは、いかばかりの心を《どれくらいの憤怒の念を》おこされにけるにか。さて、家に帰りて、『《(朝成)》この[一]族《ぞう》永く絶たむ。もし、男子《をのこご》も女子《をんなご》もありとも、はかばかしくてはあらせじ《順調な人生は送れないようにしてやろう》。「あはれ」と言ふ人もあらば《かわいそうにと同情して言う人間がもしいたら》、それをも恨みむ[二]』など誓ひて、亡《う》[三]せたまひにければ、代々《だいだい》の御悪霊《あくりやう》とこそはなりたまひたれ《伊尹公一族の子孫に至るまで祟りをなす悪霊におなりになったのです》」

「《(世次)》されば、ましてこの[四]殿近くおはしませば、いと恐ろし。殿の御夢《道長公の》に、南殿《なでん》[五]の御後《うしろ》、必ず人の参るに通る所よな《殿上に参る時に通る所ですよね》[六]。そこに人の立ちたるを、『誰《たれ》ぞ』と見れど、顔は戸[七]の上《かみ》に隠れたれば、よくも見えず。怪しくて、『誰《た》そ誰《た》そ』とあまたたび問はれて《訊かれて》、『《(亡霊)》朝成《あさひら》に侍り』といらふるに《答えるのを聞くと》、夢の中《うち》にもいと恐ろしけれど、念じて《じっとこらえて》、『《(道長)》など、斯《か》くては立ちたまひたるぞ』と問ひたまひければ、『頭弁《とうのべん》[八]の参らるる《行成殿が》を待ち侍るなり』と言ふと見たまうて、寤《おどろ》[九]きて、『今日は公事《くじ》[一〇]ある日なれば、疾《と》[一一]く参らるらむ。不便《ふびん》[一二]なるわざかな《どうも困ったことだ》』とて、『《(道長)》夢に[一三]見え給へる事あり。今日は御病ひ[一四]申しなどもして、物忌み固くして。何か[一五]参

一 この一族を呪って永久に根絶やしにしてやろう。
二 「恨まむ」に同じ。マ行上二段にも活用した。
三 朝成の死は、天延二年(九七四)四月五日。
四 この行成さまは伊尹さまにお血筋がお近くていらっしゃるから。
五 紫宸殿の異称。「御後」は紫宸殿と仁寿殿の間で、露台のある所。
六 紫宸殿の北側の簀子から長橋を渡って、清涼殿の殿上の間《ま》に達する。
七 紫宸殿の北面にある妻戸の上部に。
八 「頭」は蔵人頭。「弁」は弁官。行成は、左中弁から右大弁になった。
九 はッと目を醒まして。
一〇 朝廷の儀式。
一一 朝早く参内なさるであろう。
一二 不都合、工合がわるい。
一三 貴殿のお身の上について、私の夢の中にお見えになった事があります。
一四 「病欠届」など然るべき処置を取られて、固い物忌みをなさって、欠勤なさった方がよい。
一五 なんで参内なさるのです。

りたまふ。[一六]細《こま》かにはみづから』と書きて、急ぎ奉りたまへど、[一七]違《ちが》ひて、いと疾く参りたまひにけり。護りの強《こは》くやおはしけむ、例のやうにはあらで、北の陣より、藤壺・後涼殿《こうらうでん》のはざまより通りて、殿《てん》上《じやう》に参りたまへるに、『こはいかに。御消息《せうそこ》奉りつるは、御覧ぜざりつるか。斯かる夢をなむ見侍りつるは。[一八]出でさせたまひね』手をはたと打ちて、『いかにぞ』と細かにも問ひ申させたまはず、また二つ物ものたまはで出でたまひにけり。さて、御祈りなどして、暫《しば》しは内裏《うち》へも参りたまはざりけり。この物の[一九]怪《け》の家は、三条よりは北、西洞院《にしのとうゐん》よりは西なり。今に一条殿の御族《ぞう》、あからさまにも入らぬ所なり」

「この[二〇]大納言殿、よろづに整《ととの》ひたまへるに、[二一]和歌の方や少し後れたまへりけむ。殿上に歌[二二]論議《ろぎ》といふ事出で来て、その道の人々、『いかが問答《もんだふ》すべき』など、歌の学問よりほかの事も無きに、この大納言殿は、物ものたまはざりければ、『いかなる事ぞ』とて、なに

一六 くわしいことはお目にかかってから直接申します、の意。
一七 行き違いになって。
一八 底本及び同系統の本に無し。蓬左本・桂乙本にある。
一九 『拾芥抄』に「鬼殿」として「三条南、西洞院東、有佐宅、悪所云云。或朝成跡歟」としているが、本書と場所が違う。『今昔物語集』二十七ノ一も「三条ノ東ノ洞院ノ鬼殿ノ霊語」とあり「三条より北、東の洞院よりは東の角《すみ》は、鬼殿といふ所也」とするが、朝成とは関係ない。他に『十訓抄』『宝物集』『続古事談』等に言うところもいろいろ相違があって確説はない。なお、行成が参内の折、朝成の霊にねらわれた話は、本書の外『江談抄』二に類話が出ている。
二〇 行成は寛仁四年（一〇二〇）十一月二十九日に、権大納言に任ぜられた。四十九歳。
二一 『後拾遺集』以下の勅撰集にも九首入集しており、特に拙いとも思われないが、あまり得意ではなかったのであろう。やはり書道

行成歌道を除けば多芸多能

の大家で、この方は世尊寺流として長く道統を伝え、小野道風・藤原佐理と共に三蹟として崇められている。
二二 左右に分れて、歌について問答し、議論を闘わすこと。元来、寺院における法会の際の僧侶の問答の論議から出たもので、和歌に準用したもの。

がしの殿《お方が》の、『「[一]難波津に咲くやこの花冬籠り」、いかに』ときこえ《おたずねに》させたまひければ《なりましたところ》、とばかり《しばらく》物ものたまはで、いみじうおぼし案ず《真剣に物を思案す》るさまにもてなして《るそぶりをなさって》、『え知らず』《どうもわかりません》と答へさせたまへりけるに、人人笑ひて、事醒め侍りにけり」《すっかり興醒めがして〔歌論議も〕それなりになってしまいました》

《(世次)》「少し[二]到《いた》らぬ事にも、御[三]魂《たましひ》の深くおはして、[四]ららうじうしなし《いき届いてそつなく仕上げ》たまひける御根性にて《られる根性がおありで》、帝幼《をさな》くおはしまして《まだ御幼少なので》、人々に、『遊び物ど《(後一条) いろんな》も参らせよ』《玩具を持ってきてね》と仰せられければ、さまざま黄金《こがね》・銀《しろがね》など心を尽くし《工夫を凝らして》て、『いかなる事をがな』《どうしたら帝のお気に召すか》と、風流《ふりう》をし出でて《意匠を凝らして》持《も》て参り合ひたるに、この殿は《行成卿は》、[五]こまつぶりに[六]村濃《むらご》の緒《を》付けて献《たてまつ》りたまへりければ、『怪《(後一条) 変》しの物のさまや《な恰好の物だね》。こは何ぞ《これはなんなの》』と問はせたまうければ、『しかじかの《(行成) これこれの物でご》物になむ《ざいます》』と申す。『廻して御覧じおはしませ《ごらんあそばしませ》。興あるものになむ』《面白いものでございますよ》と申されければ、南殿《なでん》に出でさせおはしまして《〔帝は〕紫宸殿にお出ましあそばして》廻させたまふに、いと宏《ひろ》き殿の内に、残らずくるべき《くるくると》歩《ある》けば、いみじう興ぜさせたまひ《たいへんおもしろくおなりになって》て、これをのみ《この独楽ばかりを》常に御覧じ遊ばせたまへば、異物《こともの》どもは籠《こ》められに《ほかのおもち》

一 『古今集』の仮名序に、「難波津《なにはづ》の歌は、帝のおほむ初めなり。安積《あさか》山の詞は、釆女《うねめ》のたはぶれより詠みて、この二《ふた》歌は、歌の父母のやうにてぞ手習ふ人の始めにもしける。そもそも、歌のさま、六つなり。唐《から》の詩《うた》にも斯くぞあるべき。その六種《むくさ》の一つには、そへ歌。大鷦鷯《おほさざき》の帝をそへ奉れる歌。『難波津に咲くや木《こ》の花冬ごもり今は春べと咲くや木の花』といへるなるべし」とある。「難波津に」の歌は「安積山」の歌と共に、和歌の父母である事、習字の最初の手本であった事、さらに、中国の詩の六義《りくぎ》の一つ「風」に相当するのが「そへ歌」で、「難波津」の歌がこれに相当する事などが考えられる。

二 研究不足の事にも。研究して物事の極致をきわめるのが「到る」で、その境地に到達していないのが「到らぬ事」である。ここは学芸や政治等の大事でなく、子供の玩具を作る事で、平素研鑽していないから、行成といえども習熟していない事物なので「少し到らぬ事」と言ったのであろう。『新講』『大系』説がよい。

三 事に臨んで魂が深くしっかりしておられ。

四 「霊」の音は、「りやう」「らう」である。「ららうじ」「りやうりやうじ」は「霊々じ」と考えられる。霊妙だ、頭がいい、天才的だ、利発だ、などの意。

五 独楽《こま》の古名。また「こまつくり」ともいう。

六 同色で所々に濃淡の変化をつけた紐。

七 沈木。沈香のこと。熱帯産の香木の名。黒色で堅く重くて水に沈む。

八 インド原産のマメ科の喬木。材質が堅く、黒色で紅紫色を帯び、建築・家具・器材として珍重される。

九 中国渡来の紙。又は、それをまねて作った紙をいう。上質の紙の意。

一〇 もとは漢の武帝の設けた音楽をつかさどる役所の名であったが、そこで作られた歌の体を言い、詩と区別した。漢詩の一体。五言・七言が多く、長短句を交え、抑揚・変化の妙をきわめようとする点に特徴がある。唐以前に多かったが、後に白楽天がこれに習って作った諷諭《ふうゆ》詩《し》を「新楽府」と言い、『白氏文集』の渡来に伴い、わが国で愛誦された。ここにいう「楽府」はおそらく後者の「新楽府」のことであろう。

＊ この扇の献上の話は、『古今著聞集』巻十七の「能書」と『十訓抄』十の「可㆑庶㆓幾才能・芸事㆒」の両方に収録されているが、殿上において「扇合せ」が行われたということになっていて、少し採録の姿勢が本書と相違する。

一一 しゃれ。気の利いた文句。

一二 藤原頼通の邸宅。賀陽院殿とも言う。桓武天皇の皇子賀陽親王の居所であった。南北三町、東西二町。

一三 競馬の時の合図に打つ太鼓。

一四 『除目大成抄』の寛弘四年の条（七五七頁）に「十市宿禰明理」とある人か。行成と親交があった（『権記』）。

アキノリ、ランギョウ、ユキナリ、シュウミョウ

けり」《やはしまいこまれて出る幕がなくなってしまいました》

(世次)「また、殿上人、扇どもして参らする《いろいろの扇子を作って》に、こと人々《ほかの人々は》は、骨《扇の骨に》に蒔絵《まきゑ》をし、或るは《あるいは》金・銀・沈《ぢん》[七]・紫檀《したん》[八]の骨になむ、筋を入れ《金や銀の象嵌を施し》、彫物《ほりもの》をし、え《なんと》も言はぬ《も言えぬきれいな》紙どもに、人のなべて知らぬ《人がふつうでは知らない》歌や詩や、また六十余国の歌《日本国六十余州の歌》枕に名挙がりたる所々などを書きつつ《の名所として知られている諸所の景色などを描いたりして》、人々参らするに《〔帝に〕》、例の《例によって》、この殿は《行成さまは》、骨《扇の骨に》の漆《うるし》ばかりをかしげに塗りて《漆だけをきれいに塗って》、黄なる唐紙《からかみ》[九]の、下絵《したゑ》仄《ほの》か《地の絵模様をうっすら感じよく描いた扇に》にをかしきほどなるに、表の方《かた》には、楽府《がふ》[一〇]を、うるはしく《端正に》真《しん》《楷書で書き》に書き、裏には、御筆とどめて草にめでたく書きて《筆の勢いをおさえて草書にすばらしく書いて》献りたまへりければ、打《〔帝は〕表と》ち返し打ち返し《裏をかわるがわる》御覧じて《ごらんあそばして》、御手箱《てばこ》に入れさせたまうて、いみじき《すばらしい》御宝《たから》とおぼしめしたりければ、他扇《ことあふぎ》どもは、ただ御覧じ興ずるばかり《ごらんになり面白がられただけ》にて止みにけり《でそれなりになってしまいました》。いづれもいづれも《独楽の件も扇の場合も》、帝王の御感侍るに増す事やはあるべきよな《天皇がお喜びあそばすに増さることがあり得ましょうか》」

(世次)「いみじき秀句《すく》[一一]のたまへる人なり《警句を仰しゃった人です》。この《あの》高陽院殿《かやゐんどの》[一二]にて競馬《くらべむま》ある日、鼓《つづみ》[一三]は、讃岐前司《さぬきのぜんじ》[一四]明理ぞ打ちたまひし。一番には『なにがし』、二番

には『かがし』《だれそれ》など言ひしかど、その名こそ覚えね《その騎手たちの名は全く記憶しておりません》。勝つべき方の鼓を悪《あ》しう打[一]ち下《さ》げて、負けになりにければ、その随身《その騎手が》の、やがて《そのまま》馬《むま》の上にて、ない腹[二]《ばら》を立ちて、見返るままに《明理の方をふり返りざま》、『あな災《わざは》ひや《ああ災難だ》。かば《これ》かりの事をだに《くらいの事をさへ》、し損《そこな》ひたまふよ。斯かれば《このざまだから》、〔昔は〕「明理・行成」と一《いっ》双《さう》に言はれたまひしかども《一対に褒め讃えられたけれど》、〔今は一方は〕[三]一の大納言にて《第一の大納言として》、いとやむごとなくて《実に重々しくて》さぶらはせたまふに、〔他方は〕腐《くさ》りたる讃岐前司《前讃岐守程度の》古受領《ふるずりやう》《古い地方官が》の、鼓打ち損ひて、立ちたうびたるぞかし《突っ立っておられるとはね》』と放言《はうご》したいまつりけるを《悪口雑言を言ってのけたのを》、大納言殿聞かせたまひて、『明理[四]の濫行《らんかう》に、行成が醜名《しこな》呼ぶべきにあらず。いと《全く》辛《から》い事なり《ひどい目にあうもんだと言って》』とて、笑はせたまひければ、人々、『いみじうのたまはせたり《全くうまい洒落を仰しゃったものだ》』とて、興じ奉りて、そのころの《その当時の》言ひ事《ごと》にこそし侍りしか《話の種にしたものでした》」

義懐の中納言と惟成の弁

（世次）「また、一条摂政殿の御男子《をのこご》、花山院の御時、帝の御舅《をぢ》にて、義懐《よしちか》の中納言と聞えし、少将たち《挙賢・義孝》の御同[五]じ腹よ。その御時は《花山天皇のご治世中は》、いみじう華やぎたまひしに、帝《花山帝が》の出家《すけ》させさせたまひてしかば、やがて《すぐに》『我も

一 諸本「うちさけて」とある。管見に入った本では蓬左本のみ「うちまけて」とある。「曲げて」でも、「下げて」でも通じる。今は、底本及び同系統の本にも、多くの諸本にも「さけて」とあるから「打ち下げて」と読むことにする。『新註対訳大鏡』（池辺義象著）に「何番かの勝負に、勝つべき方の合図の太鼓を、負けしやうに、調子をさげて、わろく打ちたるために、負けになりたりとなり。競馬の勝負審判は、出発点近き所に、左右二騎の為に左方右方の審判官（念人《ねんにん》といふ）の桟敷ありて、各鉦鼓を設く。また左方の念人の桟敷の辺に櫓をかまへて、太鼓を一つ備へたり。さて、櫓上より勝敗を見て太鼓を打てば、勝者の方の念人鉦鼓を打ちて、これを報ずるなり。其の太鼓の打方に区別ありて、左右何れが勝ちたるかを、念人の知るなり」とある。「念人」とは競技の応援もしくは世話人。

二 他文献に用例なく、「無い腹」か「泣い腹」か不明。「立ちて」は「立てて」に同じ。向っ腹を立てて。

三 行成は寛仁四年に権大納言に任ぜられ、薨去した万寿四年までそのままで、競馬の行われた万寿元年九月、上席に斉信・公任が在ったが、既に老年で、若い頼宗・能信の上に立つ主任級の権大納言だった。

四 アキノリのランギョウを責めるのにユキナリのシユウミョウを呼び立てる必要はあるまいに。一説に「理ヲ明ラカニシテ濫行ス、行成ツテ醜名アリ」とよむとする（河出版『日本古典文学全集』岡一男）。

後《おく》れ奉らじ』とて、花山まで《花山寺まで》尋ね参りて《〔帝の行方を〕》、六一日《ひとひ》を挟めて《中一日を置いて》、法師になりたまひにき。七飯室《いひむろ》といふ所に、いと尊く行ひてぞ薨《かく》れたまひにし。

その中納言《義懐》、文盲《もんまう》《無学》にこそおはせしかど、御心魂《こころだましひ》《精神力は》いとかしこく《たいへんすぐれ》、有識《いうしょく》《儀式行事に詳しくいらして》におはしまして、花山院の御時の政事《まつりごと》は、ただこの殿と《全く義懐さまと》、八惟成《これしげ》の弁として行ひたまひければ《と協力されて》、いといみじかりしぞかし《たいへんすばらしく治績があがったことでした》」

(世次)「その帝《花山帝》をば、九『内劣りの外めでた』《内実は駄目と外見は素敵》とぞ世の人申しし。(帝)『冬、一〇臨時の祭の、日の暮るる《〔行事に時間がかかって〕》、悪《あ》しき事なり。一一辰の時に人々参れ《みな参内せよ》』と宣旨下させたまふを、(人々)『さぞ仰せらるとも、一二巳午の時《時刻》にぞ始まらむ』など思ひたまへりけるに、舞人《まひびと》の君達、一三装束賜はりに一四参りわさうじたり《参集しましたところ》ければ、〔すでに〕帝は御装束奉りて《お召しになって》立たせおはしましたりけるに、一五この入道《道長公》殿も舞人にておはしましければ、このごろ語らせ給ふなるを《近ごろになって思い出話をなさるそうですが》、伝へ《それを人伝てに》て承けたまはるなり。『明《あか》く大路《おほぢ》など渡るがよかるべきにや《明るいうちに大通りなどを渡るのがよさそうだと思》』と思ふに《うのに》、帝《天皇は》、馬《むま》をいみじう興ぜさせたまひければ《面白がられるものですから》、舞人の馬を後涼殿《こうらうでん》の一六北の馬道《めだう》より通させたまひて《清涼殿まで曳いてこさせて》、朝餉《あさがれひ》の壺に《食堂の前庭に》引き下《おろ》させたまひて《舞人をお下しになって》、

五 底本「御」なし。蓬左本・桂甲本・久原本あり。
六 『日本紀略』『栄花物語』を見ても、確かな事は判らないが、花山天皇の僧形をまのあたり見て、直ちにあとを追って出家したことはまちがいない。
七 比叡山の横川《よかわ》の別所で宝満寺という。坂本にある。師輔の子の尋禅が飯室に住したから、この人を頼って晩年を送ったのであろう。尋禅は義懐の叔父。義懐は伊尹の五男で、花山院の御母贈皇后宮懐子は姉君に当られるから、義懐は花山院の叔父になる。寛和二年六月、三十歳で出家、寛弘五年七月寂。五十二歳。
八 左大臣藤原魚名の子孫。花山天皇が皇太子の時、東宮学士であったので、花山院即位によって、義懐と協力して政務にあたった。「五位の摂政」と呼ばれた。義懐の四歳年長で、出家時は三十四歳であった。出家後、永祚元年（九八九）、三十七歳で入寂。
九 私生活は修まらなかったが、政治面は、義懐・惟成の輔佐がしっかりしていて評判がよかった。
一〇 十一月の中《なか》（二番目）の酉の日に行われた。
一一 午前七時から九時までの二時間。
一二 午前九時から午後一時まで。
一三 舞人の装束は清涼殿の高遣戸《たかやりど》の辺で給した。
一四 「参りおはさうじ」の意。「おは」の約「わ」。
一五 永観二年の事とすると、道長十九歳。花山院は十七歳。
一六 北の馬道を通過して。「より」は「を通って」の意。

殿上人どもを乗せて御覧ずるをだに、あさましう人々思ふに、果てては乗らむとさへせさせたまふに、すべき方もなくて、さぶらひあひたまへるほどに、さるべきにや侍りけむ、入道中納言差し出でたまへりけるに、帝、御面《おもて》いと赤くならせたまひて、[一]術《ずち》なげにおぼしめしたり。中納言もいとあさましう見奉りたまへど、人々の見るに、制し申さむもなかなかに見苦しければ、持《も》て囃《はや》し興じ申したまふやうにもてなしつつ、みづから[二]下襲《したがさね》のしり挟みて乗りたまひぬ。さばかり狭《せば》き壺に[三]折り廻し、面白く[四]上げたまへば、御気色直りて、『悪しき事には無かりけり』とおぼしめして、いみじう興ぜさせたまひけるを、中納言、あさましうもあはれにもおぼさるる御気色《けしき》は、[五]同じ御心《みこころ》に、善からぬ事を囃《はや》し申したまふとは見えず、誰《たれ》も『[六]然《さ》ぞかし』とは見知りきこえさする人もありければこそは、斯《か》くも申し伝へたれな。また、『みづから乗りたまふまでは余りなり』と言ふ人もありけり」

馬に乗せて御覧になるのでさえ　呆れた事だと皆が思うのに　しまいにはご自分で乗ろうとまでなさるので　どうしていいかわからず　ただその場に控えておいでになったが　これも前世からの定めだったのか［後にみあとを慕って］出家された中納言がふっと顔を出されたところ　いかにも困ったという顔をなさった　全く呆れ果てたこととお見上げしたけれど　［その目の前で］おとめ申すのもかえって見っともないから　はやし立て面白がって申し上げるようにもてなしながら　ご自身　あんなに　帝のご機嫌がよくなって（帝）いけない事ではなかったのだな　安心されて　たいそう興をお催しになったのを　義懐中納言が　ひどくなさけなくもおいたわしくもおぼしめすご様子は　察しがついて同情する人もあったからこそ　逸話として語り伝えているのですよ　中にはまた　自身乗馬までなさるというのはやり過ぎだなと批評する人もありました

一　なすべきすべがないといった様子。困り果てたという顔付きをする事。

二　束帯の時、半臂《はんぴ》の下に着る衣。背後の裾を長くして袍の下に出す。その裾を「しり」ともいうので、石《せき》帯《たい》（「いしの帯」とも「玉《ぎょく》の帯」ともいう）にその裾を挟んで、馬に跨ったのである。

三　体を折り曲げたり伸ばしたりして乗り廻して。

四　乗りおさめなさったので。乗馬を終えることを「上げる」という。

五　天皇と同じお気持で、善からぬ事を、天皇のご機嫌取りをなさってはやし立てあそばすとは見えず。

六　その場を無難に収拾するためにやむなく取られた方法だったということは。

七　底本及び同系統の本「狂ひは」とある。文末に「なれ」と已然形が来ているから「狂ひこそ」とある

(世次)「これならず《このほかにも》、ひたぶるに色にはいたくも見えず《むやみに顔色・表情などにはっきり現れるのでなく》、ただ御本性《ごほんじやう》の怪《け》しからぬさまに見えさせたまへば《異常にお見えになるから》、いと大事にぞ《全く一大事だった次第です》。されば《ですから》、源民部卿《俊賢さま》は、『冷泉院の狂《くる》ひよりは《狂気よりは》、花山院の狂ひ七こそ術《ずち》なきものなれ《手の施しようがない》』と申したまひければ、入道殿は、(道長)『いと不便《ふびん》八なる事《ひどい事》をも申さるるかな』と仰せられながら、いといみじう笑はせたまひけり《それはもう腹をかかえてお笑いになりました》」

(世次)「この義懐《よしちか》の中納言の御出家《すけ》、惟成《これしげ》の弁の勧めきこえられたりける《おすすめ申されたということです》とぞ。いみじう至りありける人にて《思慮分別の深かった人物で》、(惟成)『今更に、よそ九人《びと》にて交《まじ》らひたまはむ、見苦しかりなむ《見苦しい事になりましょう》』ときこえさせければ、『一〇げに、然《さ》も』と、いとどおぼして、なりたまひにしを《一段と深く決心なさって僧侶に》、もとより《もともと》一一おこしたまはぬ道心なれば《自ら起されたのではない出家心だから》、『いかが』と人思ひきこえしかど《果して長続きされるかと周囲の人は危惧なさったが》、落ち居たまへる御心の本性なれば《もともと沈着な御性質の生れつきのかたですから》、懈怠《けだい》なく行ひたまひて《仏道修行を怠ることなく》亡一二せたまひにしぞかし」

(世次)「その御子《みこ》は《ご子息は》、一三ただ今の飯室《いひむろ》の僧都《そうづ》、また一四絵阿《あ》闍梨《じやり》の君、一五入道中将成房の君なり。この三人《みたり》、一六備中守為雅《びつちゆうのかみのためまさ》のむすめの腹なり。その中将のむすめは、一七定経の主《ぬし》の妻《め》にてこそはおはすめれ。一条殿の御族《ぞう》は、

べきところであるので、蓬左本・桂乙本・久原本等に拠って改めた。「術なし」はお手上げの意。
八 不都合な事。失礼にあたる事。
九 次の帝（一条天皇）と姻戚関係のないお身の上なのに、宮廷生活を続けられるのは。
一〇 全く、それもそうだ。確かに、それも道理だ。
一一 底本「おこしたまはぬ道心ならねば」とある。同系統の、桂甲本・平松本によって改めた。蓬左本・桂乙本・久原本は「おこしたまへる道心ならねば」とある。底本は両系統が混合した形を示している。
一二 法名悟真、後に寂真と改め、寛弘五年七月十七日入滅。五十二歳。
＊ 義懐の出家については『袋草子』三、『愚管抄』巻三、『十訓抄』六、『古今著聞集』十三等に類似の説話が伝えられている。また『栄花物語』（さまざまの悦び）に、飯室での出家生活が書かれている。『後拾遺集』十七、雑三にも「法師になりて住み侍りける所（飯室）に、桜の咲きて侍りけるを見て、前中納言義懐」として、「見し人も忘れのみ行く古郷に心長くもきたる春かな」が入集している。
一三 現在の飯室の尋円僧都。延暦寺の大僧正に至る。
一四 延円阿闍梨。園城寺に在り、絵師であった。
一五 成房は従四位上、右中将だったが、父に従い出家。
一六 藤原長良の子孫。文範の子息。
一七 大江朝綱の曾孫、清通の子で三河守。

いかなる事にか、御命[一]短《みじか》くぞおはしますめる」

(世次)（花山院は）「花山院の、御出家《すけ》の本意《ほい》あり、いみじう行はせたまひ（熱心に勤行に精進あそばされ）、修行せさせたまはぬ所なし。されば（それで）、熊野道[二]に千里《ちさと》[三]の浜《はま》といふ所にて、御心地そこなはせたまへれば（ご気分がわるくおなりになったので）、浜づら（浜べに）に石[四]のあるを御枕にて、御殿籠りたるに（おやすみになったところ）、いと近く海人《あま》[五]の塩焼く煙《けぶり》の立ち昇る心細さ、げにいかにあはれにおぼされけむな（全くどんなにかしみじみとした悲哀をお感じになったことでしょうね）。

(花山院)　旅の空夜半《よは》[六]の煙《けぶり》と昇りなば海人《あま》の藻塩《もしほ》火焚《た》くかとや見む」

(世次)「斯かるほどに、御験《ごげん》いみじう付かせたまひて（修験の力がたいそうお付きになって）、中堂に登らせたまへる夜（熊野権現の中堂に）、験競《げんくら》[七]べしけるを、(花山)『こころみむ』（自分の法力をためしてみようと）とおぼしめして、御心の中《うち》に念じおはしましければ（祈念しておいでになりますと）、護法《ごほふ》[八]付きたる法師（護法童子が付いた法師が）、〔院の〕おはします御屏風《びやうぶ》のつら（表面に）に引き付けられて、ふつと動きもせず（くっついたまま微動もしません）。あまり久しくなれば、(花山)『今は』（もうよかろう）とてゆるさ[九]せたまふ折ぞ、付けつる僧どものがり（院に対抗して護法を付けていた僧どもの許へ）躍り往《い》ぬるを、『はやう（〔なるほど〕とうから）、院の御護法の引き取るにこそありけれ（院の護法童子の力がまさって法師を引きつけるのだな）』と人々あはれに見奉る（感嘆してお見上げする）。それ、さる事に侍り（それは当然のことでございます）。験《げん》[一〇]も品《しな》による事なれば、いみ（すぐれ）

一 伊尹・挙賢・義孝・義懐・懐子・行成の六人について見ても、最高の行成が五十六歳で、一人として還暦まで達した人物が無い。更に、花山院の妹光子、叔父光照、妹尊子、叔母の為光妻なども相次いで逝去したから、小野宮右府実資は『小右記』の中に、「彼ノ一条相国（伊尹）ノ子孫連々死去ス…（中略）…天下奇《アヤ》シミ思フ所也」と書き記した。

二 熊野権現参詣の街道。紀伊国牟婁郡にあり、本宮・新宮・那智の三社がある。神仏習合の本地垂迹説により、本宮は阿弥陀如来、新宮は観世音菩薩、那智は勢至菩薩とされる。花山院御滞在は正暦二、三年か。

三 紀伊国日高郡岩代付近の海岸。『枕草子』にも。

四 現在、千里の浜に「花山院歌碑」があり、その前の丸い石が「花山院の御枕石」と伝える。

五 「蜑」「海士」などとも書く。漁師。

六 旅行中この浜辺で命を落し、夜半に火葬の煙となって空に昇ることとなったら、見る人は漁師が藻塩を焚いているのかと思うだろうか。『後拾遺集』入集。

七 修行の成果のほどを、僧どもが競いあう事。

八 「護法童子」の略。仏法の修行者を守護する童子。目には見えない。『信貴山縁起絵巻』などに視覚化された絵像が載っている。

九 緩められる。ゆるくなさる。縛《ばく》を解く意。

一〇 修験の霊力もその修験者の階級身分によって異なるものだから。

じき行ひ人なりとも〔た修験者であっても〕、いかでかなずらひ申さむ〔どうして法皇さまに太刀打ちできましょう〕。[一一]前生《ぜんしやう》の御戒力《かいりき》に、また〔その上〕国王の位を捨てたまへる出家《すけ》の御[一二]功徳《くどく》、限りなき御事にこそおはしますらめ。[一三]行末《ゆくすゑ》までも、さばかりならせたまひなむ御心には〔それほどすばらしい法力を保持なさろうというみ心には〕、懈怠《けだい》せさせたまふべき事かはな〔修行を怠ってよいはずがございませんね〕。それに〔それだのに〕、[一四]いと怪しくならせたまひにし〔「その後」全く変な塩梅におなりになられた〕御心過《あやま》ちも〔ご乱心も〕、ただ[一五]御物の怪《け》のし奉りぬるにこそ〔おさせ申したに違いないように〕は侍《はべ》ンめりしか〔見えました〕」

〔(世次)〕「中にも、冷泉院〔冷泉上皇が〕の南の院[一六]におはしましし時〔お住みになっていた時〕、[一七]焼亡《せうまう》ありし夜《よ》、[一八]御とぶらひ〔火事見舞〕に参らせたまへりし有様こそ、不思議〔奇怪〕にさぶらひしか。御親《おや》の院は御車にて〔父親の上皇はお車に乗り〕、[一九]二条町尻の辻に立たせたまへり。この院〔花山院〕は御馬《むま》にて、[二〇]頂《いただき》に鏡入れたる笠、[二一]頭光《づくわう》に奉りて〔おかぶりになって〕、『いづくにかおはします、いづくにかおはします』〔父君はどこにいらせられます〕と、御手づから〔ご自身〕人毎に〔会う人ごとに〕尋ね申させたまへば、『そこそこになむ』〔どこそこにいらせられます〕と聞かせたまひて〔「人が申し上げたのを」〕、おはしまし所〔冷泉上皇のいらっしゃる場所〕へ近く降《お》りさせたまひぬ〔馬からお降りになった〕。[二二]御馬《むま》の鞭《むち》腕《かひな》に入れて、御車〔父上皇のお車〕の前に御袖打ち合はせて〔左右のお袖を胸の所で合わせて〕、いみじうつきづきしう居させたまへりしは〔たいそう警護の者にふさわしい恰好で控えておいでになり〕、[二三]さる事やは侍りしとよ。

一一 前世において十善の戒律を保った功力《くりき》により、今生で天子に生れあそばしたのだが、その功力に加え。

一二 善い果報を約束する善行。

一三 「行末までも」は「懈怠せさせ…」にかかる。

一四 乱脈な対女性関係をさす。花山院は、十九歳で出家後、叡山・熊野（那智）・播磨の書写山などに赴かれたようであるが、正暦三年以降、京に戻られて後、叔母の伊尹の九女と関係を持ったが、さらに長徳元年以降には、乳母子の中務とその娘（平子）と関係し、母娘がほぼ同時に四人ずつ院の子八人を産むという「けしからぬ事」（『栄花物語』見果てぬ夢）が起った。

一五 元方の民部卿などの死霊等の祟りをいう。

一六 冷泉院の邸内にあった南寄りの建物。冷泉院は二条の北、大宮の東に在った四町に亘る宏大な御殿。

一七 寛弘三年（一〇〇六）十月五日に火災があった。

一八 花山院が父君にあたられる冷泉上皇を見舞われたのである。『御堂関白記』に「華山院参給《リフ》」とある。

一九 二条通りと町尻通りとのクロスするところ。冷泉院の四町東方にあたる。

二〇 てっぺんに鏡をはめこんだ笠を。中国の照魔鏡の思想によるという（関根『新註』）。

二一 仏像の光背のように仰《あお》のけざまに。あみだに。

二二 鞭に付いている紐（ウデヌキという）に手首を差し入れて。

二三 こんな面白おかしいことがこれまでにございましたでしょうかね。

それにまた、冷泉院《そこへ持ってきてまた冷泉上皇が》の、御車の内より高やかに《声高らかに》[一]神楽歌《かぐらうた》を歌はせたまひしは、『さまざま興ある事を《面白い事を》〔今夜は〕も見聞くかな』と覚えさぶらひし。[二]明順《あきのぶ》の主《ぬし》の《殿が》、『庭燎《にはび》《庭火が》いと猛《まう》なりや《ひどく盛んですね》』とのたまへりけるにこそ、万人《ばんにん》え堪へず笑ひたまひにけれ《誰も彼もこらえかねて吹き出してしまわれたことでした》」

(世次)「あてまた[三]、花山院の、一年《ひととせ》[四]、祭[五]の還《かへ》さ御覧ぜし御有様は、誰《たれ》も見奉りたまうけむな。前[六]の日、事出《い》ださせたまへりし度《たび》の事ぞかし。さる事あらむまたの日は《そういう事がまたおこるおそれのある翌日は》、なほ御ありきなど《やはり御他出などは》、無くてもあるべきに、いみじき《屈強な》一[七]の者ども、高帽頼勢《かうばうらいせい》[八]を始めとして、〔花山院の〕御車《みくるま》の後《しり》に多く打ち群れ参りし気色《けしき》ども、言へば《言葉で形容すれば》疎《おろ》かなり《かえって不十分》。何よりも、御数珠《ずず》《院のお持ちの》のいと興ありしなり《数珠が実に面白い物でした》。小さき柑子《かうじ》[九]を大方《普通の》の珠《たま》には《玉として紐にお通しになり》貫ぬかせたまひて、達磨《だつま》[一〇]《大玉》には大柑子《おほかうじ》《夏蜜柑を用いた》をしたる御数珠《ずず》、いと長く《長々と》御指貫《さしぬき》に《添えて》具して〔車の簾垂の下から〕出ださせたまへりしは《お出しになっていたのは》、さる見物《みもの》《滅多に見られぬ見物》やはさぶらひしな。[一一]紫野《むらさきいの》にて、人々御車に目を着《つ》け奉りたりしに、検非違使《けびゐし》参りて、『昨日《きのふ》、事出だしたりし《事件をひき起こした》童《わらは》べ捕《とら》ふべし《逮捕せよ》』といふ事《という事態が》、出《い》で来《き》にける《おこったのでした》ものか。このごろの権大納言殿《この当時の権大納言行成卿が》、

一　宮中で毎年十二月、内侍所の御神楽の儀が行われる。この時、主上の行幸があり、官人が「庭燎《ニワビ》」を焚《た》く。下文の「庭燎いと猛なりや」はこれによる。
二　「明順の主」は、高階明順。成忠の男。一条天皇中宮定子の叔父。寛弘六年（一〇〇九）敦成親王呪詛《じゅそ》事件の首謀者として、道長の譴責《けんせき》を受けた。その後、いくばくもなく死没。
三　「さて」に同じ。「さて」を誤写したとする説もあるが、「さまねし」を「あまねし」、「棄《す》つ」を「うつ」とも言うように、「さて」を「あて」と言ったのであろう。桂乙本・流布本等には「さて」とある。蓬左本・久原本等は「あて」とある。下文にもう一箇所「あて」が見えるが、『大鏡』全篇を通じて二箇所あり、どちらも「あて又」と「また」がついている。
四　先年。長徳三年（九九七）四月の事件。
五　四月、二番目の酉の日に行われる葵祭の翌日、つまり戌の日、斎王が嵯峨の野の宮から、紫野の本院に帰還する行列。この行列を花山院が御覧になった。
六　四月十六日、花山院の従者数十人が、公任・斉信が同車して道長の邸から帰るのに乱暴した事件（『小右記』『百錬抄』『古事談』等）。
七　一といって二とさがらない暴れん坊ども。
八　高い帽子を被り、異様ないでたちの頼勢という荒法師。
九　蜜柑の一種。小さく酸味が強い。コウジミカン。
一〇　数珠に通す大玉。全部で八個ある。

まだその[一二]折は若くおはしましほどぞかし。人走らせて、『斯《か》う斯うの事さぶらふ。疾《と》く還《かへ》らせたまひね』と申させたまへりしかば、そこらさぶらひつる者ども、蜘蛛《くも》の子を風の吹き払ふ如くに逃げぬれば、ただ御車副《みくるまぞひ》の限りにて遣らせて、[一三]物見車《ものみぐるま》の後《うしろ》の方《かた》よりおはしましこそ、さすがにいとほしく、忝なく覚えおはしましか。さて、検非違使《けびゐし》付きや、いといみじう辛《から》う責められたまひて、太上天《だいじやう》皇の御名は腐《くた》させたまひてき。斯かればこそ、[一四]民部卿殿の御言ひ事《ごと》は、『げに』と覚ゆれ。さすがに、[一五]遊ばしたる和歌は、いづれも人の口に乗らぬ無く、優にこそ承けたまはれな。『[一六]外《ほか》の月をも見てしがな』などは、この御有様におぼしめし寄りける事とも覚えず、心苦しうこそさぶらへ」

(世次)「あてまた、冷泉院に[一七]笋《たかんな》献《たてまつ》らせたまへる折は、

(花山院)
世[一八]の中に経《ふ》るかひもなき竹の子は我が経《へ》む年を献るなり

御返し、

使いを走らせて　これこれの事がございます　還御あらせられますようにと御注進に及んだので　大勢お側に付き随っていた連中は　風が　逃げてしまったか　ら〔花山院は〕　供人だけで車を進ませて　お還りになら　れましたのは〔身から出たさびとは申せ〕　おそれ多い事に　〔花山院には〕　の監視がつくなどして　たいそう　手きびしく　おけがしになってしまいました　だから　俊賢さま　いかにももっともだと　とはいうものの　どの歌もよく人が口にのぼせてお褒め申し上げる歌ばかりで　優雅なものと　この精神状態でお考えつきになることとも思われず　まことにお気の毒に存じ上げます　そしてまた

一一 斎院の御所の所在地。
一二 長徳三年は、まだ二十六歳であるが、右大弁・蔵人頭の要職にあった。花山院の母后懐子は、行成の父で早世した義孝の妹。つまり花山院は叔母の子。院と行成とは従兄弟の関係。行成が権大納言になったのはもっとあとで、寛仁四年（一〇二〇）四十九歳の折。
一三 祭の還立《かえりだち》の行列を見物するために一般の貴人たちが乗っていた多くの車の後から。「より」は「を通過して」の義。
一四 「冷泉院の狂ひよりは、花山院の狂ひこそ術《ずち》なきものなれ」との評語。今井源衛氏は、冷泉院は精神分裂症で、花山院は躁鬱症であろうとする（『鑑賞日本の古典5枕草子・大鏡』昭和五十五年、尚学図書）。
一五 お詠み遊ばした和歌。花山院の歌の確実なものは、短歌一一六首、不確実なもの一〇首、他に短連歌三首、長歌一首。一一六首の短歌は、古今風の詠み口であるが、悲傷と憂愁の色濃い歌に秀歌が見える。
一六 『詞花集』巻九、雑上に「こころみにほかの月をも見てしがなわが宿がらのあはれなるかと」（題知らず）とある。「見てしがな」は「見たいものだ」、「わが宿がらの」は「わが住みかが哀愁が深いのか」の意。
一七 竹の子。また「たかうな」ともいう。
一八 この世に生きていても甲斐のない竹の子――この私は、竹の子のこれからの寿命を父上に献じます。

(冷泉院)
年経《へ》[一]ぬる竹の齢《よはひ》を返してもこの世を永く為《な》さむとぞ思ふ

(花山院)『忝なく仰せられたり』《畏れ多い仰せ言よ》と御集《ぎよしふ》[二]に侍るこそ、あはれにさぶらへ。まことに然《さ》[三]る御心にも、祝ひ申さむとおぼしめしけるかなしさよ」

デザインの天才花山院

(世次)「この花山院は、風流者《ふりうざ》にさへおはしましけるこそ《デザイナーでもあらせられたんですよ》。御所《ごしよ》造らせたまへりしさまなどよ《有様などと申したら》。御車宿《みくるまやど》[四]りには、板敷を奥には高く、端《はし》はさがりて、大きなる妻戸[五]をせさせたまへる《おとりつけあそばしましたが》、故は《そのわけは》、御車の装束をさながら《飾りつけをそっくり》立てさせたまひて《そのまま駐車させてお置きになって》、おのづから《たまたま》頓《とみ》の事の折に《急の用事が生じた際に》、取り敢へず戸押し開かば《戸をあけると》、からからと、人も手も触れぬ先に、差し出ださむが料と《［お車を］外へ出そうと思って》、面白くおぼしめし寄りたる事ぞかし《そのため役に立つように面白く思いつかれた事なのです》。御調度どもなどの《お道具類などの》けうらさ《美麗さ》こそ、えも言はず《何とも言えない程で》侍りけれ。六の宮[六]の絶え入りたまへりし《第六皇子さまが気を失われた時に》御誦経《みずきやう》にせられたりし《お布施になさった》御硯《すずり》の箱見たまへき《拝見しました》。海賦《かいぶ》[七]に蓬萊山《ほうらいせん》[八]・手長《てなが》・足長《あしなが》、黄金《こがね》して《金で》蒔《ま》かせたまへりし《蒔絵になさった》、かばかりの《この程度の》箱の漆着《うるしつ》き《着き工合》、蒔絵のさま、口置《くちお》かれたりし《ふち金を施された》様《やう》などの《按配などが》、いとめでたかりしなり《すばらしかった》」

(世次)「また、木立《こだち》《庭の植え込みを》造らせたまへりし折は、(花山院)『桜の花は優なるに《優美だが》、枝差《えだざし》の《枝

一 永年経過した親竹の年齢を返しても子の齢を永くしたいものだの意。「よ」「ながく」は竹の縁語。この贈答『詞花集』巻九、雑上に入る。詞書は「冷泉院へたかんな献らせ給ふとて詠ませ給ひける　花山院御製」として、贈歌は第四句「我がつむとしを」とある。「つむ」は「へむ」の誤写であろう。答歌は、「御返し　冷泉院御製」として、第一句「年へたる」とある。

二 『花山院御集』のこと。本書のほか、『夫木和歌抄』に院のお歌が引かれており、その出典として挙げられているし、『十輪院内府記』の文明十五年（一四八三）八月二十二日の条に「冷泉・円融・花山等御集一帖」と見えるから、十五世紀のころまでは存在していたらしい。

三 精神に異常のまします花山院のみ心でもお父君のご長寿をお祝い申し上げようと思し召した、その親子のご情愛が私共の心を打つことですなあ。

四 牛車の車庫。

五 観音開きの扉。両開きの板戸。

六 花山院の第二皇子。母は平祐忠女平子。九九八～九九九年ごろ出生。寛弘元年（一〇〇四）五月に兄の昭登親王と共に、祖父冷泉院の第五・六親王の宣下を蒙った。長元三年（一〇三〇）七月六日薨。

七 海辺の景を図案化した模様。

八 中国の東海にある仙境で、不老不死の霊山。「手長」「足長」は『山海経』に見える架空の人物で、清

涼殿にあった屏風に描いてあったという。

九 長保六年（一〇〇四）五月二十七日。『日本紀略』『御堂関白記』『栄花物語』（初花）に見える。但し、『栄花物語』は誤って寛弘三年（一〇〇六）とする。なお長保六年七月に寛弘と改元。

一〇 比類なく美しい装飾の牛車でございました。

一一 当時は、通常晴天なら黒く塗った浅い木沓が使用されたが、雨や雪の時は、革で製した黒塗りの深い沓を用いた。ほかに、立挙《タテアゲ》という錦の裂《きれ》のついた靴（くわのくつ）や、騎射の時に用いる牛のなめし革で作った物射《もののい》沓《ぐつ》もあり、さらに礼装用の鼻高《はなだか》の沓もあった。これは赤地の錦で包んだ革の沓であった。いずれにせよ、花山院が使用された沓とあれば、独特のデザインを施したすばらしい沓だったに違いない。

一二 絵を途中まで描き、何の絵かとあてさせる遊びの絵。いわばクイズ式の絵。これが正解である。最も早く正解を提出した人物は、芳賀矢一博士で、大正五年九月、神田の小川町一番地にあった文会堂書店から発行された「国文口訳叢書第二篇　大鏡」で、口訳（二六一頁）には、そのまま「あて絵」とあるが、巻末付録の「註解」（一頁〜一八頁）の部に「あて絵」を説明して、「省筆して書いて、人にこれは何だと推量させて慰みにする絵」とあるのがいい。「御あて絵」でなく「あて御絵」という言い方を不可とし、前出の「させて」と同じ「あて」だと解くのは非。「あてさせる御絵」の意であろう。「御おなじ事」「おなじ御事」は同義。

こはごはしく《ぶりがごつごつして》、幹《もと》の様《やう》なども憎し《幹の恰好なども感じが悪い》。梢ばかりを見るなむをかしき《梢だけを見る方が趣きがある》』とて、中門より外《と》に植ゑさせたまへる。『何よりもいみじくおぼし寄りたり《〔それを〕何にもましてすばらしく思い付かれた》』と、人は感じ申しき《お褒め申し上げた》。また、撫子《なでしこ》の種を築地《ついひぢ》《土塀》の上に蒔《ま》かせたまへりければ、思ひ掛けぬ《思いも寄らぬ》四方《よも》に、色々の《色とりどりの》唐錦《からにしき》を引き掛けたる《唐渡りの錦を》やうに咲きたりしなどを見たまへしは《拝見いたしましたのは》、いかにめでたく侍りしかは《まあどんなにすてきでございましたことか》」

（世次）「入道殿[九]、競馬《くらべむま》せさせたまひし日、迎へ申させたまひけるに《花山院を御招待あそばされたところ》、渡りおはします日の《〔院の〕》御装《よそひ》は、更なり《もとより》、疎《おろ》かなるべきにもあらねど《おろそかになさるはずもありませんが》、それにつけても、まことに御車のさまこそ、世に類無《たぐひな》[一〇]くさぶらひしか。御沓《くつ》[一一]に至るまで、ただ人の《ただもう人が》見物《みもの》になるばかりこそ《珍しがり見世物になる程で》、後《のち》には持てありく《〔物好きな連中が〕》と承けたまはりしか《その沓を持って人々に見せて廻ったとうけたまわりました》」

（世次）「あて御絵《おんゑ》[一二]遊ばしたりし《お描きあそばされましたが》、興あり。さは、走り車の輪には《疾走中の車輪を描く》、薄墨《うすずみ》に塗《ぬ》らせたまひて、大きさのほど《程度や》、輻《や》《車輪の矢》などの印《しるし》には《などを示すには》、墨をにほはさせ《墨をぼかして》たまへりし《お描きになられましたよ》。げに、《〔動く画は〕》斯くこそ描《か》くべかりけれ《べきだったんですね》。あまりに《〔はやく〕》走る車は、いつかは黒さのほどやは見え侍る。また、一筍《たかうな》の皮を男《をとこ》の指毎《およびごと》に入れて、二目ががうして児《ちご》をおどせば、顔を赤めてゆゆしう怖ぢたる像《かた》、また、徳人《とくにん》・便り無しの家の内の作法《さほふ》など描かせたまへりしが、いづれもいづれも、『さぞありけむ』とのみあさましうこそさぶらひしか。この中に、御覧じたる人もやおはしますらむ」

一体いつ黒さの程度が見えます？　見えやしませんわ
赤んべえをして　小さい子をおどすと　顔をまっかにしてひどくこわがっている姿
金持・貧乏人の家の内部の　生活様式などをお描きになりましたが
どれもこれも　なるほどそうもあったろうな　と思う真に迫った絵ばかりで驚くばかりでございました
この席においでの方々の中にひょっとすると

美丈夫兼通、寝酒の肴は生きた雉

(世次)「一　太政大臣兼通《かねみち》　忠義公」

(世次)「この大臣《おとど》、これ、九条殿の二郎君、三堀河の関白ときこえさせき。関白したまふ事、六年。御母の事の無きは、四一条殿の同じきにや。この殿の御着袴《ちやくこ》五に、貞信公の御許《もと》に参りたまへる、贈り物に添へさせたまふとて、貫之の主《ぬし》に召したりしかば、奉れたりし歌、

七ことに出でで心の中《うち》に知らるるは神の筋縄ぬけるなりけり

引出物《ひきいでもの》に琴《こと》をせさせたまへるにや」

師輔公
記録に見えないのは　四伊尹公の御母君と
祖父忠平公のお邸　〔貞信公は〕孫君への贈り物に
〔和歌を〕　〔その歌を〕　貫之殿六が代って詠んで差し上げた歌は
六絃のやまと琴をお祝いに賜ったのでしょうか

(世次)「御容姿《かたち》いと清げに、きらきかになどぞおはしましし。堀川院《ほりかはのゐん》に住

大変おきれいで　きらきらと光り輝くといった風情でおいでででした

一　竹の子の皮を大人の男が指ごとに入れて。

二　「目」と「ががう」は別。「ががう」は、「お化け」「鬼」の意。「目」と熟して、「目のお化け」の義。「べっかっこう」の「べっ」も「目」の転であろう。下瞼を反転して赤い部分を見せ、幼児をおどすさまをいう。柳田国男著『妖怪談義』（昭和三十一年、修道社刊）に、化け物を、地方でガンゴ、ガンゴジ、ゴンゴ、ガゴウ、などと言う由。鈴木博氏の「ガゴウジ元興寺説を否定する」（「国文学攷」80号、昭和五十三年）によると、狂言用語に「がごうじ」「がごじ」があり、室町期の抄物には「ガガワゼ」という形で出てくるという。すべて「鬼」「妖怪」の義。

三　「堀川院、二条南《ノ》、堀川東《ノ》、南北二町、昭宣公家《ノ》、忠義公伝領《ス》」（『拾芥抄』）。

四　兼通の母は『尊卑分脈』によると、一条摂政伊尹の母と同一女性で、武蔵守藤原経邦女、贈正一位盛子。

五　幼児が始めて袴を着ける儀式。古くは三歳。後は五歳か七歳に行った由。蓬左本「袴着」とある。

六　「たてまつり入れ」の省略した形かという。

七　琴は言語を用いないで人の心の琴線に触れ、神意を伝えるもの。そなたは天児屋根命のお血筋がひと筋徹って、その身に伝わっておるめでたい身の上じゃ。「神の筋縄」は藤原氏の祖神の血筋の意と神の張った琴の絃の義とを兼ねる。「ぬける」は貫通する。「知らるる」は将来、大臣・摂政の地位に至ることが予測さ

れるの意。慶祝の歌。「こと」は「琴」と「言」。

八 正月二日に、摂関家で大臣以下の公卿を招いてもてなした宴会。

九 舞を舞ったこと。「かなづ」は楽器を奏することにも言うが、舞を舞うことを意味する場合もある。

一〇「雲図抄裏書」に「初夜自《リ》二亥一刻一至《ル》二于子二刻一、後夜自《リ》二子三刻一至《ル》二于丑四刻一」とある。大体午後十一時半から午前三時半くらいの間をさす。

一一「卯酒」は卯の刻（晨朝五時から七時まで）に飲む酒であるが、これは中国唐代の風習で、白楽天の「橋亭卯飲」と題する七言律詩がある。「卯時偶《タマタマ》飲《ミ》斉《ニス》時臥。林下高橋橋上亭。松影過《ギテ》レ窓眠《ヲリ》始《メテ》覚、竹風吹《キ》レ面酔初《メテ》醒《ム》。……」とあり、また楽天に「卯時酒」と題する詩があり、その中に「未《ダ》レ如《カ》二卯時酒《ノ》、神速功力《ノ》倍《スルニ》一」とある。これは朝酒であるが、ここは「卯酒」を「寝酒」の意味に使用したように思われる。

一二 高階敏忠男。丹波守。春宮権亮。高階成忠の甥。皇后定子の母貴子の従弟。道長の家司。『枕草子』の一本に宮廷女房に車を貸して親切だった由。『古事談』巻三、『宇治拾遺物語』に一旦死んだのに、僧の加持によって蘇生して遺言をしてからあらためて死んだ話が出ている。

一三「雄鳥」は、蓬左本「雄鳥は」。「は」文字、ある方がよい。底本、もと「は」があったのを見セ消チ。

一四「それにこそ」は、底本「こ」を脱漏。係結の法則により補った。萩野本には「こそ」がある。


ませたまひしころ、臨時客《りんじきやく》の日、寝殿の隅の紅梅盛りに咲きたるを、事果てて《饗宴が済んで》、内裏《うち》へ参らせたまひざまに《参内なさろうとしてついでに》、花の下《した》に立ち寄らせたまひて、一枝《ひとえだ》を押し折りて、御插頭《かざし》に《〔冠に〕としてさされて》插して、けしきばかり《ちょっと形ばかり》打《う》ち奏《かな》でさせたまへりし日などは、いとこそめでたく見えさせたまひしか《じつにもうすてきにお見えになりましたよ》」

「この殿《(世次)》には《〔に仕える〕》、後夜《ごや》に召す《あがる》卯酒《ばうしゅ》の御肴《さかな》には、ただ今殺したる雉《きじ》《たった今殺したばかりの》をぞ進《まゐ》らせける《〔夜中のことで〕寝酒をあがる時刻に持参するわけにいかないから》。持て参り合ふべきならねば、宵よりぞ設けて置かれける。業遠《なりとほ》の主《ぬし》のまだ六位にて《〔この兼通公の家司として〕》、初めて参れる夜、御沓櫃《くつびつ》の下《もと》に居《ゐ》られたりければ《控えておられたところ》、櫃《ひつ》の内に、物の《何物かが》ほとほととしけるが怪しさに《音を立てたのが不審だったので》、暗紛《くらまぎ》れなれば、やをら《そっと静かに》、細めにあけて見たまひければ、雉《きじ》の雄鳥《をとり》かがまりをるものか《驚き呆れて》。『「人の言ふ事はまことなりけり」とあさましうて、冷泉院《〔お隣の〕》の山に放ちたりしかば《御所の築山に放してやりましたら》、やをら《こっそり》取り出だして《〔雉を沓櫃から〕》、懐《ふところ》に差し入れて、冷泉院の山に放ちたりしかば、ほろほろと飛びて《羽ばたいて》こそ去《い》にしか。し得たりし心地は《うまく逃がすことに成功した時の気持は》、いみじかりしものかな《胸がすうっとしました》。それにこそ《それができた時こそ》、「我は幸人《かうにん》なりけり《〔生き物を救った〕幸せ者なんだなあ》」とは覚えしか』となむ語られける。殺生《せつしやう》は、殿原の皆せさせた《身分ある方々がどなたもなさ》

聡明で高貴な媓子 信心の徳か中宮に

まふ事なれど、これはむげの無益《むやく》の事なり」

「この殿の御むすめ、式部卿宮元平《もとひら》一の御子《みこ》の御むすめの御腹の姫君、円融院の御時に参りたまひて、『堀河の中宮《ちゅうぐう》』と申しき。幼くおはしまししほど、二いかなりけるにか、例の御親のやうに常に見奉りなどもしたまはざりければ、御心いと賢う、また御後見《うしろみ》などこそは申し勧《すす》めけめ、物詣《ものまうで》、祈りをいみじうせさせたまひけるとか。三稲荷《いなり》の坂にても、四この女ども見奉りけり。いと苦しげにて、御五帔《むし》押し遣りて仰がれさせたまひける御姿付《つき》、六指貫《さしぬき》の腰際《こしぎは》なども、さはいへど、多くの人よりは気高《けたか》く、なべてならずぞおはしける。かやうに努めさせたまへる積りにや、やうやう大人びたまふままに、これより大人なる御むすめもおはしまさねば、さりとて、后に立て奉らであるべきならねば、斯く参らせ奉らせたまひて、いとやむごとなくてさぶらはせたまひしぞかし。七今一所《ひとところ》の姫君は、尚侍《ないしのかみ》にならせたまへりし、今におはします。六条左大臣殿の御子《みこ》の、讃岐守《さぬきのかみ》の上《うへ》にておは

一 陽成天皇皇子。三品式部卿宮。天徳二年五月二十日薨。御娘は、昭子と申し上げた。兼通妻。

二 媓子は天暦元年（九四七）誕生であるが、その後まもなく、兼通は本院の侍従と激しい恋愛に陥ったようで、昭子女王の許に足が遠のき、媓子の顔を見る機会も少なく、父娘の間の情愛が湧かなかったらしい。媓子は聡明な上に後見の乳母などから、神仏に詣でたり祈禱をしたりして、父の愛情をかちとるように努力しなさいと勧められ、素直にその忠告に従ったらしい。

三 京都市伏見区。伏見稲荷の坂。当時、山頂に稲荷大社があって、東福寺の境内の東から、古池の北を通り峰伝いに登った。険しい坂で、『枕草子』に、脚の達者な人を羨む話が見える。本書巻六冒頭の「昔物語」にも、世次が九歳で父に連れられて登り、険阻《けんそ》な山坂に苦しんでいる。

四 「この」は「うちの」の義。「ども」は謙譲を表す接尾語。複数ではない。「手前ども」と言うのと同じ。

五 「むし垂れ」とか「むし笠」とか言い、「付二女笠一」と『字類抄』に見える。薄絹で外をすかして見えるようにしたもの。和歌に「むしの垂れぎぬ」と詠む。

六 指貫袴をお穿きになったお腰の辺なども。

七 妍子《げんし》。母は左馬頭藤原有年の娘。貞元元年五月任尚侍。初嫁二参議誠信卿一、後通二讃岐守乗方《あきまさ》朝臣一。

兼通の長子顕光、悪霊の左大臣と呼ばれる

するとかや」

「また《(世次)》、太郎君《ご長男顕光》、[八]長徳二年七月二十一日、[九]右大臣にならせたまひにき。[一〇]御年七十八にてや亡せおはしましけむ。亡せ給ひてこの五年[一一]ばかりにやなりぬらむ。悪霊《あくらう》[一二]の左大臣殿と申し伝へたる、いと心憂き御名なりかし。その故ども、皆侍るべし。この御北《顕光公の》の方には、村上の先帝の女五の宮《盛子内親王》、広幡[一三]の御息所《みやすどころ》の御腹ぞかし、その御腹に《盛子内親王》、男子《をのこご》[一四]一人・女二人《女子二人》おはしましを、男君《をとこぎみ》は重家《しげいへ》の少将とて、心ばへ《お気だてが》有識《いうそく》に、世覚え[一五]重くて交《まじ》らひたまひしほどに、久しくおはしますまじかりければにや《長生きおできになれそうにない宿命をお持ちだったからか》、出家[一六]して亡せたまひにき。女君、一所《ひとところ》は《元子さまは》、一条院の御時の承香殿[一七]の女御とておはせしかど、末には、為平式部卿の宮[一八]の御子《みこ》、源宰相頼定《げんさいしやうよりさだ》の君の北の方にて、あまたの君達《きんだち》おはすめり。そのほどの御事どもは、皆人知ろし召したらむ。その宰相《頼定さまが》亡せたまひにしかば、尼になりておはします。今一所は《延子さまは》、今の小一条院《敦明親王が》のまだ式部卿宮と申《ま》し[一九]し折、〔顕光公が〕婿に取り奉らせたまへりしほどに、春宮《とうぐう》に立

八 藤原顕光（九四四～一〇二一）。母は媓子に同じ。
九 『公卿補任』「裏書」に「七月二十日」とある。左大臣に転じたのは寛仁元年（一〇一七）三月四日。七十四歳。堀河左大臣と号した。
一〇 治安元年（一〇二一）五月二十五日薨。
一一 『大鏡』の記述年代、万寿二年（一〇二五）は、治安元年より足掛五年。
一二 「あくらう」又は「あくりやう」と訓む。『十訓抄』第九に「顕光左大臣は、小一条院の女御争ひによつて、御堂関白を恨み奉りて、悪霊となりて、一夜の内に悉く白髪になり給ひけむこそ、いと恐ろしけれ」と見えている。蓬左本に「殿」字無し。ない方がよいか。
一三 広幡中納言源庶明女、計子が盛子の生母。
一四 重家の少将と、元子・延子。
一五 「世覚え」は「世の覚え」と同じ。社会的信用。「交らふ」は社交界に出て人々と交際する事。
一六 長保三年二月三日。
一七 「裏書」に「長徳二年十一月十四日入内。同十二月二日為二女御一。長保二年八月二十日叙二従三位一。寛弘二年正月十三日叙二従二位一。天皇晏駕ノ後、通ズ二参議源頼定卿一、後為レ尼」と見えている。
一八 「宮」は、底本及び同系統の諸本「みこ」。それなら「親王」の意で、それも差し支えないが、蓬左本・久原本・桂乙本等が「宮」で、本書は「宮」を採用。
一九 「ましし」は「申しし」に同じ。

旭日に輝く水晶の矢筈

たせたまへりしを、嬉しき事に《〔顕光公は〕》おぼししかど、院にならせたまひに《東宮を退位され小一条院とおなりに》し後は《なってからは》、[一]高松殿《明子さま》の[二]御匣殿《みくしげどの》《寛子さま》に渡らせたまひて、御心ばかりは《〔延子にも〕》通はしたまひながら、《〔延子のもとに〕》通はせたまふ事絶えにしかば、女御も父おとども《延子さまも顕光公も》、いみじうおぼし嘆きしほどに、御病ひにもなりにけるにや、《〔お二人とも〕》[三]亡せたまひにき。その腹に《延子さまの》、宮達《小一条院のお子さま方》あまた所おはします」

《(世次)》「また、堀河の関白殿《忠義公兼通さまの》の御二郎《ご次男》、兵部卿[四]有明《ありあきら》の親王《みこ》の御むすめの腹の君《男君》、中宮《媓子》の御一つ腹《はら》にはおはせず。これはまた、[五]閑院の左大将朝《あき》光《てる》と申し折、すべていみじかりし《総じてすばらしい》御世《みよ》覚えにて《ご声望で》、御交《まじ》らひのほど《宮廷における社交生活など》、殊の外にきらめきたまひき《格別に華麗に振舞われました》。[六]胡籙《やなぐひ》の水精《すいさう》の筈《はず》も、この殿の思ひ寄りし出でたまへるなり《朝光さまが思いついて始められたのです》。何事の行幸にぞや仕まつりたまへりしに《でしたか供奉なさりました折に》、《〔朝光さまが〕》この胡籙負ひたまへりしは、《〔水晶の矢筈が〕》朝日の光りに輝《かかや》き合ひて、さるめでたき事やは侍りし《あんな素敵な事ってございましたでしょうか》。今は《今は》《〔水晶の矢筈も〕》目馴れにたれば、珍らしからず人も思ひて侍るぞ。何事につけても華やかに持て出でさせたまへりし殿の《人目につく振舞をなさった左大将さまが》、[七]父殿亡せたまひにしかば、世の中衰へなどして《世間の人気も衰えたりして》、[八]御病ひも重くて、

一 明子。「高松殿の」の「の」文字、底本にない。蓬左本・久原本・桂乙本にはあるので、補った。
二 道長と明子との間に生れた寛子（九九九～一〇二五）。「御匣殿」は、宮中にある衣服を調達する所で、その長官をいう。名目的な任命であった。
三 延子は寛仁三年（一〇一九）四月。顕光は三年後の治安元年五月二十五日（『日本紀略』）。
四 醍醐天皇第七皇子。三品兵部卿を経て、応和元年（九六一）閏三月薨。その「御むすめ」は能子女王。
五 閑院は朝光の邸。「閑院、三条南、西洞院西、一町、冬嗣大臣家」（『拾芥抄』）。冬嗣から次々と伝領して、兼通から朝光に渡ったもの。左大将になったのは、貞元二年（九七七）十二月九日で二十七歳の時。兄の顕光は長徳元年（九九五）に右大将。権中納言になったのも、貞元二年三月、三十四歳の年。朝光は天延三年（九七五）二十五歳で早くも任ぜられている。本文このあたり、底本は補入があり、他の同系の本にもあるが、蓬左本・久原本・桂乙本等、補入がない方が原文に近いかと思われるから、削除。
六 矢を差して背に負う道具。その「やなぐい」に差す矢の筈を水晶で製する事も。
七 兼通の薨去は貞元二年十一月八日、五十三歳の時であった。その年四月朝光は権大納言になっていた。さらに父の薨後の十二月九日に左大将を兼ねた。
八 永延三年（九八九）、重病により大将と春宮大夫

朝光の子女たち
姫子の殊寵と極衰

大将も辞したまひてしこそ、口惜しかりしか《不運と申すほかありません》。さて《それからは》、ただ[九]按察《あぜち》の大納言とぞきこえさせし《申し上げました》。和歌などこそ、いとをかしく遊ばししか《じつに面白くお詠みになりました》。[一〇]四十五にて亡せたまひにき」

(世次)「北の方には〔朝光さまの〕、[一一]貞観殿《ぢやうぐわんでん》の尚侍《ないしのかみ》の御腹の、[一二]重明《しげあきら》の式部卿宮の御中姫君《一番目の姫》ぞおはせしか《様がおいでになったのです》。その御腹に、男君三人《朝経・登朝・相経》、[一三]女君《姫子》の輝《かかや》く如くなるおはせし。〔姫子は〕花山院の御時、参らせたまひて《入内あそばされて》一月《ひとつき》ばかり、いみじう時めかせたまひしを、[一四]いかにしける事にかありけむ、〔お側に〕まうのぼりたまふ事もとどまり、帝も渡らせたまふ事絶えて、御文だに見えきこえずなりにしかば、[一五]一月二月《ひとつきふたつき》ばかりさぶらひ侘びてこそは《宮中にとどまっておられましたが居づらくなって》、出でさせ《とうとう》たまひにしか《退出されました》。また、然《さ》あさましかりし事やはありし《それほど驚き呆れた事があったでしょうか》。御かたちなどの世の常ならずをかしげにて《可愛らしいお方なのに》おぼし嘆くも、見奉りたまふ父大納言《朝光さま》、御兄弟《せうと》の君たち、いかがはおぼしけむ《どんな思いをなさったことでしょう》。その御一つ腹の[一六]男君三所《をとこぎみみところ》、太郎君《ご長男》は、今の[一七]藤中納言朝経《あさつね》の卿におはすめり。人に重く思はれ[一八]給へるめり。次郎《登朝》・三郎君《相経》は、馬頭《むまのかみ》・少将などにて、皆出家《すけ》しつつ

辞任。大将を辞任したのは六月。

九 永祚二年（九九〇）からは、按察《あぜち》使大納言のみ。

一〇 朝光は枇杷《びわ》第で、長徳元年三月二十日薨去（『日本紀略』）。なお、朝光の和歌は、『拾遺集』以下の勅撰集に約三十首入集。また『閑院左大将朝光御集』があり、百二十五首を収録。

一一 登子。師輔二女。

一二 醍醐天皇皇子の重明親王（九〇六〜九五四）。

一三「姫子」とも「姚子」とも。「裏書」は「麗景殿女御姫（「姚イ」と傍書）子事　花山院女御」と掲出、「大納言朝光卿女、母式部卿重明親王女、永観二年十二月五日入内、同二十五日為二女御一」とする。『小右記』にも。

一四『栄花物語』（花山尋ぬる中納言）に、入内後一箇月ばかりは御寵愛が人も驚くばかりであったのが、突如として寵衰え、全く帝のお側にあがることが絶えてしまったとあり、姫子の継母の元延光室が何か悪だくみをしたかとまで噂が立ったとある。

一五 底本「一二月さぶらひわびてこそは」とあり、蓬左本・桂乙本により改訂した。

一六「男君」は底本「おとゝ君」とあるが、蓬左本・桂乙本・久原本等によって改めた。

一七 藤原朝経（九七二〜一〇二九）。万寿二年当時は権中納言。

一八「給へるめり」は底本のまま。他本に「給ふめり」「給へめり」がある。

亡せたまひにき。この右馬《うま》の入道《登朝》の御男子《をのこご》なり、今の《現在の》[一]右京大夫《うきやうのだいぶ》」

(世次)「また、堀河殿《忠義公》の御子、[二]大蔵卿正光《おほくらきやうまさみつ》ときこえし《と申し上げたお方のご息女は》が御むすめ、[三]源帥《げんのそち》の御中《なか》の君の御腹のぞかし、〔このお方は〕今の皇太后宮《妍子さま》の[四]御匣殿《みくしげどの》とて《として》さぶらひたまふ。[五]ただ今の左兵衛督《さひやうゑのかみ》の北の方。また、[六]上野前司《かうづけのぜんじ》兼定の君ぞかし。まことや《ああ　そうそう》、[七]『北面《きたおもて》の中納言』とかや、世の人の申《ま》しし[八]時光《ときみつ》の卿、そ《時光卿がそ》れ《のお方です》。また[九]右京大夫《だいぶ》にておはせし。この大夫《だいぶ》の御子ぞかし、今の仁和《にんな》寺《じ》の別当《べたう》、[一〇]律師《りし》尋清《じんせい》の君。堀河殿の御末《忠義公のご子孫は》、かばかりか《このくらいでしょうか》」

(世次)「この大臣《おとど》《忠義公》、すべて[一一]非常《ひざう》の御心ぞおはしし。かばかり末絶えず栄え《これほど子孫が絶えることなく》おはしましける東三条殿《兼家》を、故なき事により、御官《つかさ》位《くらゐ》を取り奉りたまへりし、いかに悪事なりしかは《どんなに悪事だったかおわかりでしょう》。天道《天の神も》も安からずおぼしめしけむを。その折の帝、円融院にぞおはしまし。〔東三条殿が〕かかる嘆きの由を[一二]長《なが》歌《うた》に詠みて献《たてまつ》りたまへりしかば、帝の御返り《天皇のご返事に》、[一三]『稲舟《いなぶね》の』《しばらく待つように》とこそ仰せられければ、暫《しば》しばかり《しばらくの間だけ》をおぼし嘆きしぞかし」

一　藤原師経（一〇〇九～一〇六六）。
二　藤原正光（九五七～一〇一四）。参議。大蔵卿。長和三年に没しているので、万寿二年現在では故人。
三　源高明の二番目の姫君がお産みになったお方。
四　御匣殿の別当。ここは皇太后に奉仕する上級の女官。『栄花物語』（蒼花）参照。名は光子。正光の娘。
五　万寿二年における左兵衛督は、為光の子息公信（九七七～一〇二六）。光子は公信妻。
六　正光男。大蔵卿、右京大夫。
七　底本「又おもての」とある。桂乙本に「北面の」とあり、蓬左本・久原本には「またおもて」とある。「また」は「きた」の誤写であろう。当時の邸は一般に南面していたが、たまたま時光の邸が北向きに建てられていたための呼称であろう。
八　藤原時光（九四八～一〇一五）。兼通次男。母、中納言大江維時の娘、皎子。長和二年（一〇一三）、六十六歳で、従二位中納言に任ぜられた。
九　右京大夫であった兼通の子息、遠光。従四位下。母典侍寛子。
一〇　権大僧都。東大寺別当。律師であったのは、寛仁元年から長元元年まで。永承六年（一〇五一）寂。
一一　非常識。異常。常軌を逸した冷酷さ。
一二『拾遺集』巻九、雑下所収。

一三『古今集』東歌「最上川のぼれば下る稲舟の否にはあらずこの月ばかり」に拠る。「しばらく待て」の意。

「一　太政大臣為光　恒徳公」

「この大臣《おとど》は、これ、九条殿の御九郎君。[一五]大臣の位にて七年。[一六]『法住寺の大臣《おとど》』ときこえさす。御男子《をのこご》[一七]七人、女君五人おはしき。女[一八]二所は、佐理《すけまさ》の兵部卿の御妹の腹、今三所《みところ》は一条の摂政の御むすめの腹におはします。男君達《をとこぎみたち》の御母、皆[一九]あかれあかれにおはしましき。女君一所《ひとところ》は、[二〇]花山院の御時の女御、いみじう時におはせしほどに、亡せたまひにき。今一所も、入道中納言の北の方にて亡せたまひにき。男君、太郎は、左衛門督ときこえさせし、悪心おこして[二一]亡せたまひにし有様は、いとあさましかりし事ぞかし。人に越えられ、辛《から》い目《つら》見る事は、さのみこそおはしあるわざなるを、さるべきにこそはありけめ、同じ宰相におはすれど、弟殿《おとどどの》には人柄・世覚えの劣りたまへればにや、[二二]中納言あく際《きは》に、『我もならむ』などおぼして、わざと対面《たいめん》したまひて、『この度の中納言、望み申し給ふな。ここに中し侍るべきなり』ときこえたまひければ、『いかでか、殿の御先《さき》に

誠信、弟斉信に中納言になられ憤死

一四　正暦二年九月七日任太政大臣。翌三年六月十六日薨。五十一歳。贈正一位。
一五　寛和二年（九八六）七月二十日任右大臣。四十五歳。薨去まで足掛七年、大臣の位に在った。
一六　為光が娘の花山天皇女御怟子の菩提を弔うために永延二年（九八八）三月二十六日に建てた寺院。法性寺（東福寺）の北に在った。今の三十三間堂の近く。
一七　誠信・斉信・道信・公信・長信・尋覚・良光。怟子・中納言義懐室・雅信室・道長妾・隆家室。
一八　怟子と義懐室。佐理は書の大家。八五頁参照。
一九　別々にいらっしゃいました。とあるが、誠信と斉信は、佐理の妹、つまり敦敏の娘の子。道信と公信の母は、伊尹の娘。あとの三人は不明。
二〇　怟子入内は、父為光の大納言時代。永観二年（九八四）十月十八日。花山天皇の溺愛ぶりは『栄花物語』（花山尋ぬる中納言）に詳しい。その逝去は、寛和元年七月十八日。
二一　誠信の死は長保三年九月三日。『公卿補任』に「不レ堪《へ》ニ超越之恨《ミ》一」と注してある。
二二　長保三年八月二十五日に中納言小野宮実資が権大納言兼右大将に昇任。そのあとに懐平・輔正・誠信の三人を越え、公任が中納言、斉信が権中納言に進んだ。懐平・輔正は家格から言ってこの辺どまりだが、誠信は道長に嫌われたか。

はまかりなり侍らむ。まして、かく仰せられむには《仰せ出でがある以上》、あるべき事ならず』《私が昇任申請など致すはずがありません》と申したまひければ、御心ゆきて《誠信さまは安心なさって》、然《しか》おぼして[一]、いみじう申したまふに及ばぬほどにやおはしけむ、入道殿《道長公が》、この弟殿に《斉信様に》、《(道長)》『そこは《貴殿は》申されぬか《申請なさらぬのか》』とのたまはせければ、《(斉信)》『左衛門督の申さるれば《が所望なさるものを》、いかがは《どうして弟の私が》』と渋々げに《気乗りがしない様子で》申したまひけるに、《(道長)》『かの左衛門督は、えなられじ《おなりになれないでしょう》。また、そこに去られば《貴殿が辞退なさると》、異人《ことびと》こそはなるべかンなれ《他の人が任命されることになるだろう》』とのたまはせければ、《(斉信)》『かの左衛門督まかりなるまじくは《兄の左衛門督がなれそうもないのなら》、よしなし《やむを得ません》。なし賜《た》ぶべきなり《私をしていただきとう存じます》』と申したまへば、《(道長)》また、『斯くあらむには《貴殿がそう希望するなら》、異人はいかでか』とて、なりたまひにしを《〔斉信さまが中納言に〕》、《(誠信)》『いかで《どうして》我に向ひてある[二]まじき由を謀《はか》りけるぞ』とおぼすに、いとど悪心をおこして《いよいよ瞋恚の心を燃やして》、除目《ぢもく》[三]の晨《あした》より、手を強く握りて、『斉信《ただのぶ》・道長に、我《われ》[四]、沮《はば》まれぬるぞ』と言ひ入りて《言いづめにして》、物も露まゐらで《食物も少しもあがらずに》、俯伏《うつぶ》し俯伏したまへるほどに《突っぷし突っぷしなさるうちに》、病《やまひ》づきて、七日[五]といふに亡せたまひにしは《ちょうど七日目という日に亡くなられましたよ》。握りたまひたりける指《および》は、あまり強くて、上にこそ[六]通りて出でて侍りけれ《手の甲にまで突き抜けていたということです》」

一 中納言になれるものとお考えになり、特に力を入れて昇任の運動もなさらぬ内の事でしたでしょうか。

二 私（斉信）が昇任を願い出るということはあり得ない事だなどと言って、おれを欺いたのか。

三 大臣以外の官職を任命する儀式。通例年二回。「県召《あがためし》の除目」は、地方官を任ずるもので春に行い、「司召《つかさめし》の除目」は、京官及び宮中の官吏を任ずるもので、秋に行った。他に「臨時の除目」があった。ここは中納言を任ずるので、秋の除目。八月二十五日にあったので、その翌朝を「除目の晨」という。

四 自分は、阻止《そし》されてしまったぞ。「はばむ」は、「阻む」または「沮む」と書く。進んで行こうとするのをさえぎって止める事。前進するのを妨げられる、邪魔される、の義。『大系』『全評釈』『全集』などに、「われははまれぬるぞ」と読んでいるのは、誤り。「はめられた」「だまされた」としたいらしいが、文法上無理。『雅言集覧』に「以レ《テ》衆沮レ《ヲハバムニ》之《ヲ》以レ《テス》兵」などの用例を掲げる。『全書』（岡一男）は正しく読んでいる。

五 長保三年の八月は小の月であったから、二十九日までで、除目の晨の二十六日から数えて、九月三日はちょうど七日目になる。「にしは」の「は」文字は強意強調の助詞。

六 「上にこそ」は、蓬左本・久原本・桂乙本は「うらにこそ」とある。「裏」であろう。「上」は、掌上。

七 「この中関白殿」は、蓬左本・久原本・桂乙本に拠る。底本及びその系統本は「この関白殿」として

為光のその他の子女と法住寺建立

(世次)〔誠信は〕「いみじき上戸《じやうご》にてぞおはせし。[七]この中《なかの》関白殿の一年《ひととせ》の臨時客《りんじきやく》に、あまり酔ひて、御座《お席に》に居《ゐ》ながら、立ちも《立ち上がるのも》敢《あ》へたまはで《まに合わず》、物《へどを》吐《つ》きたま《お吐きにな》へりけるにぞ《ってしまったために》、高名《かうみやう》の弘高《ひろたか》[八]が書きたる楽府《がふ》[九]の屏風に懸りて《絵が》、損《そこな》《よご》はれたゝなる《れて台無しになったということです》」

(世次)「この中[一〇]納言になりたまへるも《斉信卿も》、いと世《よ》覚《おぼ》えあり《世の信望が》、善き人にておはしき《しい人と》。また、権中将《ごんのちゆうじやう》[一一]道信《みちのぶ》の君、いみじき和歌の上手にて《すぐれた和歌の名手で》、心にく《おくゆか》き人に言はれたまひしほどに亡せたまひにき。また、左衛門督《さゑもんのかみ》[一二]公信卿・法住寺の僧都《そうづ》の君《尋光》・阿闍梨《あじやり》良光の君おはす」

(世次)「まこと《そうそう》、一条摂政殿《謙徳公伊尹さま》の御むすめの腹の女君《をんなぎみ》たち、三・四・五の御方。三の御方《三番目の姫君》は、[一三]鷹司殿《たかつかさどの》の上とて、〔今は〕尼になりておはします。四の御方は、入道殿の俗におはしまし折《道長さまがまだ出家なさらなかったころ》の御子《みこ》産みて、亡せたまひにき。五の君は《五番目の姫君は》、今の皇太后宮にさぶらはせたまふ《妍子さまのおそばにお仕えしていらっしゃいます》」

(世次)「この大臣《おとど》《為光さま》の御有様、斯くなり《このようです》。法住寺をぞ、いといかめしう掟てさせたまへる《たいそう壮大に企画して建立あそばされました》。摂政・関白せさせたまはぬ人の御しわざにては、い

「中」を脱す。それだと「関白殿」は道長の子息の頼通になり、時代が合わない。誠信と同時代の関白は「中関白」藤原道隆だから、改めた。他に、「故中の関白殿」とする本文を持つ本もあるようである。その方がいっそうよい。道隆をさすのに「この」が出てくるのは必ずしもよくないから、「こ中の関白」で「こ」は「故」とするのがよいように思われる。道隆とすると、長徳元年（九九五）四月十日薨去であり、任摂政が永祚二年（九九〇）五月、任関白が正暦四年（九九三）四月だから、正暦二年から六年（長徳元年）までの五年間の正月の臨時客という事になる。正暦二年次と仮定すると、道隆三十九歳、誠信二十八歳となる。道長は二十六歳であった。

八 巨勢金岡《こせのかなおか》の曾孫。絵所長者に補せられた。『今昔物語集』三十一ノ四参照。『栄花物語』『古今著聞集』にも出ている。

九 白楽天の「新楽府《しんがふ》」から画材を獲て書いた絵屏風と思われる。一条天皇から後一条天皇の御代にかけて行成の書と弘高の絵は並称されたらしい。

一〇 為光次男。四納言の一人。康保四年～長元八年。

一一 為光三男。後、道兼の養子。二十三歳の年（九九四）早逝。勅撰集に四十九首入集。『百人一首』にも。

一二 為光四男。後、斉信養子。万寿三年没。五十歳。

但し、「左衛門督」は「左兵衛督」の誤写らしい。

一三 当初伊周の愛人。鷹司殿居住。

と猛《まう》《豪勢》なりかし。この大臣《おとど》《恒徳公は〔ご生前は〕たいへんご立派でいらっしゃったけれど》、いとやむごとなくおはしましかど、御末細くぞ《ご子孫は末細りになられましてね》」

《世次》「一　太政大臣公季《きんすゑ》[一]　仁義公」

《世次》「この大臣《おとど》、ただ今[二]の閑院の大臣におはします。これ、九条殿《師輔公》の十一郎君、母、宮腹[三]《康子》におはします。親王《みこ》[四]《有明》の御女《むすめ》をぞ北の方にておはしましし。その御腹に、女君一所《義子》、男君二所《如源・実成》。女君は《義子さまは》、一条院の御時の弘徽殿《こきでん》[五]の女御、今に[六]《現在も御健在です》おはします。男、一人は三昧僧都《さんまいそうづ》[七]如源《にょげん》と申《ま》し、亡せたまひにき。今一所《ひとところ》の男君は、ただ今の右衛門督実成卿《うゑもんのかみさねなりのきやう》[八]にぞおはする。この殿の御子《実成卿》、播磨守陳政《はりまのかみのぶまさ》のむすめの腹に、女二所、男一人おはします。大姫君《長女》は、今の中宮権大夫《ごんのだいぶ》[九]殿《能信さまの夫人》の北の方。今一所《もうお一方》は《このお方は》、源大納言俊賢卿《としかたのきやう》[一〇]、これ民部卿ときこゆ《申しあげます》。その御子《みこ》のただ今の[一一]頭中将顕基《とうのちゆうじやうあきもと》の君の、御北の方にてぞおはすめる。[一二]男君をば、御《おん》祖父《おほぢ》《公季公》の太政大臣殿、子にし奉りたまて、公成《きんなり》と付け奉らせたまへる

一 藤原公季。治安元年（一〇二一）七月二十五日、任太政大臣。即日聴二輦車一。長元二年（一〇二九）十月十七日薨去。
二 万寿二年（一〇二五）をさす。この時点で、閑院の邸宅に居住していたという意味であろう。
三 蓬左本・久原本・桂乙本「北の」とある。公季の母は、醍醐天皇皇女、北の宮、康子内親王。
四 醍醐天皇皇子、有明《ありあきら》親王の姫君を夫人に。

公季の子女と孫

五 「の」文字、底本及び同系統の本に無い。久原本・桂乙本により補った。
六 「裏書」によれば、長徳二年七月二十日入内。八月九日女御。寛弘二年正月十三日従二位。万寿三年十二月十八日為《ルト》レ尼。天喜元年閏七月卒。八十歳。
七 西塔院主。三昧坊と号した。治安元年四月卒。四十五歳（『僧綱補任』）。
八 実成は、万寿二年には正二位、右衛門督、中納言、五十一歳であった。その後、長元三年に右衛門督を辞し、同六年大宰帥、寛徳元年薨。七十歳。
九 藤原能信。道長の四男。蓬左本・久原本は「中宮の権大夫」と「の」文字がある。
一〇 既出。源高明三男。道隆に信任されたが、道長時代も四納言の一人として活躍した。中宮権大夫能信とは、俊賢の子息顕基と能信とが、実成の娘の姉妹を娶《めと》っていて親しかった。民部卿に任ぜられたのは、寛仁四年（一〇二〇）十一月。

なり。蔵人頭《くらうどのとう》にて、いと覚え殊にておはすめる[一三]君になむ。この太政大臣殿の御有様、斯《か》くなり。（〔この御一門からは〕）帝・后立たせたまはず」

公忠の弁の名歌と公季母と師輔の情事

（(世次)）「このおほきおとど（仁義公公季）の御母上は、延喜《えんぎ》の帝の御女《むすめ》、[一四]四の宮（康子内親王）ときこえさせき。延喜、（〔この康子を〕）いみじう時めかせ、思ひ奉らせたまへりき。御[一五]裳着《もぎ》の屏風に、[一六]公忠《きんただ》の弁、

[一七]ゆき遣らで山路暮らしつ時鳥《ほととぎす》今一声の聞かまほしさに

と詠むは、この宮のなり（この四の宮の裳着の歌です）。貫之など（〔この種の歌は〕）あまた詠みて侍りしかど、人に取りては（この作者にとっては）、すぐれてののしられたうびし歌よ。[一八]二代（朱雀・村上）の帝の御妹《いもうと》におはします。さて（それで〔康子さまは〕）、内裏《うち》住《ず》みして（宮中にお住みになって）、かしづかれ（〔大勢の侍女に〕）おはしましを、九条殿は（九条師輔さまは）、女房を語らひて（侍女をうまく手なずけて）、みそかに参りたまへりしぞかし（康子さまの所へこっそりお通いになったというわけでね）。世の人便《びん》なき事に申し（よろしくない事とお噂し）、村上のすべらぎ（天皇）も、安からぬ事に（穏やかでない事と）おぼしめしおはしましけれど、色に出でて（お顔に出して）咎め仰せられずなりにしも（なってしまったというのも）、この九条殿の御覚えの限りなきによりてなり（師輔さまに対する帝のご寵愛がこの上なく厚かったからです）。[一九]まだ人々うちささめき（人々が小声で噂し）、上《うへ》（帝）にもきこしめさぬほどに、雨のおどろおどろしう降り（雨がざあざあと激しく降り）、[二〇]雷《かみ》鳴り閃《ひら》めき

一一 源顕基。母は忠君女。『江談抄』『古事談』参照。

一二 底本「ぞ」文字無し。蓬左本・久原本に有る。

一三 公成（九九九～一〇四三）。祖父公季と実父実成の一字ずつを取って、公成と付けたか。公季猶子。万寿二年はまだ二十七歳。蔵人頭だったのは、寛仁四年から万寿三年まで。

一四 康子は、醍醐天皇の第十四皇女であるが、「四の宮」とあるのは、誤りではなくて、「十四」が言いにくく「四」と略して言ったのかというのが、橘純一氏の『新講』の説。

一五 女子の成人式。男子の元服に相当。「屏風」は、その祝賀の屏風。

一六 右大弁、源公忠。三十六歌仙の一人。天暦二年薨。

一七 『拾遺集』巻二、夏に「北宮の裳着の屏風に」として入集。『拾遺抄』二、夏にも、「北の宮の裳着の時の屏風に」として入集。作者名は、『集』に「源公忠朝臣」とあり、『抄』に、「公忠朝臣」とある。歌意は明瞭。

一八 人々に褒めそやされなさった歌。

一九 まだ、四の宮の許へ師輔が忍んで来るようになってから日が浅く、二人の噂が、少数の人の間で囁かれていて、宮廷内の大評判にはなっていなかった頃のこと。

二〇 原文のまま。「神鳴《かみな》り」と書く事もある。雷鳴がごろごろと轟《とどろ》き、稲光りが閃めいた日。

し日、この宮《康子》、内裏《うち》におはしますに《宮中においでになるので》、(村上)『殿上の人々、四の宮の御方へ参れ《皆四の宮のお部屋へ》。恐ろしうおぼしめすらむ』と仰せ言《ごと》あれば、誰も参りたまふに、小野宮《をののみや》[一]の大臣《おとど》ぞかし《でしたよ》、(実頼)『参らじ。御前《おまへ》[二]のきたなきに《お前が不潔だから》』と呟《つぶや》きたまへば、後にこそ《あとになって始めて》、帝《天皇も》、おぼしめし合はせけめ《合点がゆかれたことでしょう》」

(世次)「さて、殿にまかでさせ奉りて《師輔公は四の宮をお邸にお迎え申し上げて》、思ひかしづき[三]奉らせたまふと言へば、さらなりや《申すまでもありませんでした》。さるほどに《そうこうしているうちに》、この太政大臣殿を《公季さまを》孕《はら》み奉りたまて[四]、いみじうもの心細く覚えさせたまひければ《たいそう何か心細い気がなさいましたので》、(康子)『まろ[五]は《私は》、さらに在るまじき心地なむする《「このお産で」とても助かりそうもない気がしますの》。よし《いいわ》、見たまへよ《見ていらしてね》』と、男君に《師輔公に》常にきこえさせたまひければ、(師輔)『まことに《ほんとに》、さもおはしますものならば《もしひょっとしてそのような事がおありでしたら》、片時も後《おく》れ申すべきならず《生きながらえる事はありません》。もし心にあらずながらへさぶらはば《もし意に反して死なずにおりましたら》、出家かならずし侍りなむ。また、ふたつこと人[六]見ることは《二度とほかの女を娶るということは》、あるべきにもあらず《決していたしません》。天がけり[七]ても御覧ぜよ』とぞ申させたまひける。法師にならせたまはむことは《おなりになるという事は》あるまじ《あるまい》とや、おぼしめしけむ《「康子さまは」お思いになったのでしょう》、小さき御唐櫃《からびつ》一具《ひとよろひ》に《一対に》、片つ方は《その一方は》御烏帽子《えぼうし》、いま片つ方には《もう一方には》襪《したうづ》[八]を、一《ひと》唐櫃づ

一 九条師輔の兄。小野宮の大臣実頼。

二 「お前」は「御前《ごぜん》」の意と、女陰とが掛けてある。暗に、四の宮がすでに純潔を失っているであろうことを諷《ふう》している。

＊ この師輔と康子内親王との密会の最中に雷雨になるという事件は、『源氏物語』賢木（榊）巻の終の、朧《おぼろ》月夜と光源氏との密会の場面を彷彿《ほうふつ》させる。同じように雷雨の際に、父右大臣が朧月夜の部屋に見舞に来て、光源氏を見付けて、慌《あわ》てて弘徽殿《こきでん》大后に報告する条である。多分、紫式部はこの四の宮の許に忍ぶ師輔を、朧月夜をおとずれる源氏に変えて書いたのであろう。「雨俄におどろおどろしう降りて、神いたう鳴り騒ぐ暁に…」「神鳴りやみ、雨すこしをやみぬるほどに」などとある。（古典集成『源氏物語』二、一八四頁参照）。

四の宮、公季を産み薨去

三 侍女を大勢つけて大事に世話すること。

四 「たまひて」に同じ。

五 自称の代名詞。男女ともに使用する。

六 二度と。「こと人」は「あなた以外の人」。

七 もしあなたがお産で亡くなられたら、霊魂となって空を飛びながらでも、私の行動を見て下さい。「天がける」は「天翔ける」と書く。空高く飛ぶ。

八 「したうづ」は「したぐつ」で、靴下にあたる。足袋《たび》のようなもの。

九『日本紀略』の天徳元年（九五七）六月の条に、「六日辛酉、一品康子内親王薨《ズ》。醍醐第十四皇女《ナリ》。給《フ》ニ賻物《オクリモノヲ》一。件《クダンノ》薨《ハ》、胞衣《エナ》不《ル》レ下《ラ》之故《ユエ》也。於《テ》ニ右大臣（師輔）坊城第《ノニ》一薨《ズ》」とある。公季の母の死は後産がおりなかったためという。「裏書」には「母皇后穏子、昭宣公女、延喜二十年誕生。天暦八年三月二十八日、勅賜年官年爵本封外加一千戸准三宮。同九年七月配右大臣師輔公帝及世不許之。天徳元年六月六日生仁義公即薨年三十九同十日乙丑葬礼」とある。
一〇「は」は強意の助詞。
一一 天徳元年六月六日。
一二「涙を流す」という意味の女性用語。『大鏡』のここに使用されているから、このころには、男性も使用するようになったのであろう。
一三「ふたつこと人見るといふことは、あるべきにもあらず」と言われた通り、独身で終られた。師輔は天徳四年五月四日、五十三歳で薨去したから、康子内親王の薨去から三年後にあとを追ったことになる。
一四 冷泉（九五〇年出生）・広平親王（同年）・為平（九五二）・円融（九五九）・具平（九六四）などがおいでになったか。公季は九五七年だから、二歳年下の円融天皇（守平親王）が一番近い年頃である。
一五 お食事を召し上がる食膳。
一六 三・三センチメートル。
一七 区別。境目。

四の宮の遺児公季、禁中で養育

つ、御手づから《ご自身で》つぶと縫ひ入れさせたまへりけるを《びっしり縫って入れてお置きになったのを》、殿はさも知ら《師輔公はそうともご》せたまはざりけり《存じなかったのでございます》。さて、遂に《〔お産で〕》亡せ九させたまひにしは。一〇されば《ですから》、この太政大臣殿は《公季さまは》、むまれさせたまへる日を《〔ご自分の〕ご誕生日を》、一一やがて《そのまま母君の》御忌《き》日《にち》にておは《ご命日にな》しますなり《さっておいでなのです》。かの縫ひ置かせたまひし御烏帽子・御襪御覧ずるたびごとに、九条殿《師輔公は》、一二潮垂れさせたまはぬ折なし《涙をお流しにならない時はありません》。一三まことに、その後、独り住み《独身で》にてぞ止《や》ませたまひにし《生涯を終えられたのでございます》」

（世次）「この産み置き《〔康子内親王が〕》奉りたまへりし太政大臣殿《公季公》をば、御姉の中宮《安子》、さらなり《もとより》、世の常ならぬ御族《ぞう》思ひ《並々でない御一族思い》におはしませば《でいらっしゃるから》、養ひ奉らせたまふ《ご養育申し上げられます》。内裏《うち》にのみおはしませば、帝もいみじうらうたきものにせさせたまひて《村上天皇もたいそうおかわいがりあそばされて》、常に御前にさぶらはせたまふ《いつも帝の御前に伺候しておいでになります》。何事も《何事でも》、一四宮たちの同じやうに《村上天皇の御子さま方と同》かしづきもてなし申させたまふに《じように大切に面倒を見させておいでになりますが》、一五御膳《おもの》召す御台《みだい》の丈《たけ》ばかり《高さだけ》をぞ一六一寸落させたまひけるを《低くおさせになりましたのを》一七けぢめに、知る事にはせさせたまひける《皇子と臣下の子との区別の目印になさったのでした》。昔は、皇子《みこ》たちも幼くおはしますほどは《あいだは》、内裏《うち》住《ず》みせさせたまふ事は《〔ご生母の家で養育され〕宮中》なかりけるに《に住むという事はなかったので》、この若君の《この公季公が宮中に》斯くてさぶらはせたまふは、『あるまじ《（人々）もってのほか》

き事《の事》』と誹《そし》り申せど、斯くて《この様にして》生《お》ひ立たせたまへれば《ご成長になりましたから》、一なべての殿上人などに準《なずら》はせたまふべきならねど、若う二おはしませば《なにせご幼少の事とて》、おのづから《自然》、御戯《たはぶ》れなどのほどにも《お遊び事などの際にも》、並々に振舞はせたまひし折は《〔公季さまがつい〕対等にお振舞いあそばした時には》、円融院の帝は、『同じほどの男《を》の子どもと思ふにや《公季は我々を同じ身分の男の子たちと思っているのか》。斯からであらばや《そんな風に扱われたくないなあ》』などぞ、呻《うめ》かせたまひける《不愉快そうなお声をお挙げになりました》」

（世次）「斯かるほどに、御年積《つも》らせたまて、また御孫《むまご》の三頭中将公成《とうのちゆうじやうきんなり》の君を、殊の外にかなしがりたまひて《おかわいがりになって》、内裏《うち》にも、御車《みくるま》の後《しり》に乗せさせたまはぬ限りは《奥にお乗せにならない以上は》、参らせたまはず《参内なさりません》。さるべき事の折も《しかるべき公事の場合にも》、四この君遅くまかり出でたまへば《公成さまのご退出がおそくなると》、弓場殿《ゆばどの》五に《の所で》、御前駈《さき》ばかり参らせたまひて《先払いの声だけ掛けさせておかれて》、待ち立たせたまへりければ、見奉りたまふ人、『など《なんで》、斯くては立たせたまへる《こんな風にお立ちになっておいでです》』と申させたまへば、（公季）『六いぬ、待ち侍るなり《いぬを待っておるのじゃ》』とぞ仰せられける。七無量寿院の金堂供養に、東宮の行啓ある御車にさぶらはせたまひて《皇太子敦良親王の行啓なさる車に公季公が陪乗なさって》、一途《ひとみち》《途中ずっと》、（公季）『公成おぼしめせよ、おぼしめせよ《公成にお目をかけて下さい》』と、同じ事を啓せさせたまひける《申し上げられたのです》。（東宮）『あはれなるものから《孫を思う気持にはうたれたけれど》、をかしくなむあ《〔いささか〕滑稽でもあ》

老齢の公季、孫公成を溺愛

一 父君は、右大臣九条師輔公であるし、ご生母は、醍醐天皇第十四皇女でおわしますから、並々の殿上人のようには扱えないけれど、という意。

二 平安時代に、「若い」というのは、数え年十九歳以下をいうが、幼児も若いのである。要するにしばしば幼少をさす。

三 公成は長保元年（九九九）誕生、長久四年（一〇四三）薨。公季がわが子にして可愛がった。公季と四十二、三の年齢の開きがある。ここに「頭中将」とあるのは、本書内容年代の万寿二年時の役職であろう。寛弘八年（一〇一一）に侍従、長和二年右少将、寛仁元年右中将、同四年蔵人頭、治安三年左中将、万寿三年参議。蔵人頭には一〇二〇～二六年まで在任。

四 公成が寛弘八年、侍従だった時のこととすると、公成は数え年十三歳で、従五位上であった。公季はこの年、正二位、内大臣、左大将で、五十五歳か五十六歳であった。孫と一緒に帰邸しようと車をとめて待っている好々爺の姿が偲ばれる。

五 内裏西、豊楽院北、武徳殿前の広場。ここで競馬や騎射が行われた。『拾芥抄』には「武徳殿　豊楽院ノ北　之ヲ弓場殿ト謂フ。騎射・競馬ハ此所ニオイテ之ヲ覧ル」とある。

六 公成の童名。いぬ君《ぎみ》。

七 法成寺内の阿弥陀堂。その本堂で御堂供養が行われたのは、治安二年（一〇二二）七月十四日。

資綱生後五十日の祝宴における公季

りし』《ったよ》とこそ、宮[八]仰せられけれ《〔この話は〕》。重木《しげき》[九]が《の》姪《めひ》のむすめの《で》、中務《なかつかさ》[一〇]の乳母《めのと》の許《もと》に侍るが、まうで来て《わしの所へやって来て》、語り侍りしなり《話してくれたことです》」

（世次）「頭中将顕基《あきもと》[一一]の君の御若君[一二]おはすとかな《いらっしゃいますとか》。五十日《いか》[一三]をば《〔お祝いの餅を〕》、四条[一四]に渡しきこえて、太政大臣殿《公季公が》こそくくめさせたまけれ《お含ませになった》。御舅《をぢ》[一五]《祖父の実成卿》の右衛門督ぞ抱《いだ》ききこえたまへるに、この若君《資綱》の泣きたまへば、『例はかくもむつからぬに《いつもはこうもむずからないのに》、いかなれば斯からむ』と、右衛門督《実成》立ち居《ゐ》慰めたまひければ、『おのづから《（公季）もともと》児《ちご》はさこそはあれ《子供とはそういうものだ》。汝《まし》もさぞありし《お前だってそうだった》』と太政大臣殿《公季公》のたまはせけるにこそ、さるべき人々《然るべき人々》参りたまへりける、皆頬笑《ほほゑ》みたまひけれ。中にも、四位《しゐ》[一六]少将隆国《たかくに》の君は、常に思ひ出でてこそ、今に《今だに》笑ひたまふなれ《〔公季さまは〕このように》。かやうに、あまり古体《こたい》[一七]にぞおはしますべき。昔の《〔公季公の〕》御童名《わらはな》は、『宮雄君』[一八]とこそは申ししか」

八 一条天皇皇子敦良親王、後の後朱雀天皇。治安二年は、御年十四歳。
九 夏山重木の姪の、そのまた娘で、中務の乳母の所に奉公している女。これを「大宅世継の姪」の誤りとする説（佐藤 球『大鏡詳解』）があるが、そのような本文を有する写本がない限り、賛成できない。世次と重木はもともと知り合いだから、重木の姪の娘が、大宅世次の許へ時々やってくる女であっても少しも差し支えない。やたら本文をいじるのは不可。
一〇 伊勢前司隆方《たかかた》の娘で、三条天皇皇女禎子内親王の乳母。『栄花物語』（莟花）に出てくる。
一一 俊賢男。源顕基。
一二 源資綱。寛仁四年出生。一〇二〇～八二年。顕基男。中納言。
一三 五十日《いか》の祝。誕生五十日目の祝宴。父あるいは祖父が、餅を口に含ませる。
一四 実成邸から四条の顕基の邸へ。
一五 底本振仮名なし。蓬左本・久原本「御をぢ」、桂乙本「御おほぢ」。
一六 源隆国。一〇〇四～七七。俊賢の次男。顕基の弟。治安三年正月六日四位少将。万寿二年二月二十六日任右近権中将。後に正二位大納言に到る。宇治大納言と称せられた。
一七 昔風でいらっしゃるということになりましょう。
一八 『栄花物語』（さまざまの悦び）にも見える。

大鏡　第四

◇大鏡第四　話題を賑わす史上実在の人物

大臣列伝

兼家　一条天皇　居貞親王　打臥の巫女　時姫　宣旨の君　綏子　頼定　道長　超子　敦道親王　為尊親王　禎子　和泉式部　詮子　道隆　道綱　道綱母　道兼　道隆　済時　朝光　道長　俊賢　貴子　成忠　定子　脩子　媄子　敦康親王　原子　敦道親王室　御匣殿　道頼　伊周　道兼　花山法皇　道雅　元方　重光　頼宗室　帥殿の御方　大和宣旨　隆家　公信　一条天皇　種材　純友　平将門　良頼　経輔　道兼　相如　実資　福足君　道隆　兼家　兼隆　兼綱　和泉式部　尊子　二条殿の御方　道兼室　道綱　道長

（大臣列伝）

東三条の大臣の専権

(世次)「一　太政大臣兼家」

(世次)「この大臣《おとど》は、九条殿《くでうどの》の三郎君《師輔三男》、東三条《とうさんでう》[一]のおとどにおはします。御[二]母《盛子》は、一条摂政《謙徳公伊尹》に同じ。冷泉院[三]・円融院の御舅《をぢ》、一条院[四]・三条院の御祖父《おほぢ》、東三条[五]の女院《にようゐん》・贈皇后宮[六]の御父、公卿《くぎやう》にて二十年、大臣の位にて十二年、摂政にて五年、太政大臣にて二年、世を知らせたまふ事[七]、栄えて五年ぞおはします。出家《すけ》せさせたまひてしかば、後の御諡《いみな》なし」

(世次)「内裏に参らせたまふには《〔兼家公が〕》、さらなり《当然》、牛車《ぎつしや》にて北の陣[八]まで入らせ《お入りに》たまへば《なりますから》、それより内は《そこから清涼殿までは》、何ばかりのほどならねど《いかほどの距離でもありませんが》、紐[九]解きて入ら《お入り》せたまふこそ《になるんですからねえ》。されど、それはさてもあり《それはまあいいとして》。相撲《すまひ》[一〇]の折、内裏《うち》《帝》・春宮《とうぐう》

一『拾芥抄』に「四条院誕生所、或イハ重明親王家ノ云云、二条南町ノ西、南北二町、忠仁公家、貞信公、大入道殿伝領。長久四、四、三十焼失」と見える。「大入道殿」は兼家のこと。長久四年（一〇四三）四月三十日焼亡とあるから、頼通のころまで存在したらしい。

二　武蔵守藤原経邦の女《むすめ》盛子。盛子は師輔に嫁して、一条摂政伊尹・兼通・兼家を産んだ。兼家は三男。

三　冷泉院・円融院の母は師輔女の安子で、伊尹・兼通は安子の兄、兼家は安子より二歳年下の弟。

四　兼家女の詮子《せんし》（九六二～一〇〇一）が、円融院に仕えて一条院を、同じく超子《ちようし》（？～九八二）が、冷泉院に仕えて三条院を産んだから、両天皇の祖父となった。

五　時姫の女。一条院母后。正暦二年出家して、始めて女院号を賜った。

六　底本「贈皇后」とある。蓬左本・桂乙本・久原本により「宮」を補った。この女性は超子。母は時姫。三条院母后。三条帝即位後の贈位。

七「事」の一字は、底本にない。蓬左本・桂乙本・久原本により補った。

八　朔平門《さくへいもん》のこと。兵衛府の「詰所」すなわち「陣」があったから言う。「縫殿《ぬいどの》の陣」とも。

九　袍の襟首に通した紐。入れ紐と言う。これを解くのは、うちくつろいだ恰好。不作法である。

一〇　奈良・平安時代、毎年七月、宮中で開催された。

のおはしませば、[一]二人の御前《おまへ》に、何をも押し遣りて、汗取りばかりにて[二]さぶらはせたまひけるこそ、世に[三]類《たぐ》ひなくやむごとなきことなれ。末には、北の方もおはしまさざりしかば、男住みにて、[四]東三条殿の西の対を[五]清涼殿造《せいりやうでんづく》りに、御しつらひより始めて、住ませたまふなどをぞ、余りなる事に人申すめりし。なほただ人にならせたまひぬれば、御果報の及ばせたまはぬにや。さやうの御身《み》持《も》ちに、久しうは保たせたまはぬとも定め申すめりき」

(世次)「[六]そのほどは、夢解きも[七]巫《かむなぎ》も、かしこき者どもの侍りしぞとよ。堀河の[八]摂政のはやりたまひし時に、この東三条殿は、[九]御官《つかさ》ども停《とど》められさせたまひて、いとからくおはしましし時に、人の夢に、かの[一〇]堀河院より箭《や》をいと多く東《ひむがし》ざまに射るを、『いかなる事ぞ』と見れば、東三条殿に皆落ちぬと見けり。よからず思ひきこえさせたまへる方より負《お》はせたまへば、『凶《あ》しき事な』と思ひて、殿にも申しければ、懼《おそ》れさせせたまひて、夢解きに問はせたまひければ、『いみじう吉《よ》き

いらっしゃいますと　衣服は皆　肌着
で　伺候しておいでになったのこそ　たいしたものでした
晩年には　男のひとり暮しで
お部屋の飾りつけから調度類まで宮中に似せてお住みになった事などを　行き過ぎだと人が非難申し上げたようです　それでもやはり人臣としてお生れになった所を見ると　前生のご果報が不足だったのでしょうか　そのような僭上の　のために　久しくは栄華が続かずご寿命も長くないのだと判定申し上げると見えました
その頃は夢占いにしても　すぐれた連中がおったということです
忠義公兼通さまが勢威さかんであった時に　兼家さまは　兼通
さまの邸から　〔日ごろ〕不愉快に
矢を　射かけられなさったので　凶事が起るのだろう　兼家公
おたずねになりましたところ　たいへん

一 一条天皇と東宮の居貞親王(後の三条天皇)。
二 底本及び同系統の本すべて「さぶらせ」、蓬左本・久原本「候はせ」、桂乙本「さふらはせ」。底本系は「は」を脱落させたものと見て補った。
三 捨てて置けない、放っておけない、が原義で、尊貴だ、大物だ、となる。堂々たるものだ、の意。天皇も東宮も、御自分の孫だから、畏れ憚からずに、裸に近い恰好で、平気で角力《すもう》見物というわけ。
四 二条南、町西、南北二町。二条大路に面し、堀河殿・閑院に並んでいる。その西の対の屋を。
五 清涼殿に似せて作り。
六 「そのほどは」は、底本系「そのときは」とあり、蓬左本・桂乙本・久原本・『新註』等により改めた。
七 元来は「神和《かむなぎ》」の義。神に仕え、神楽を奏して神の心を慰め、また神意を伺って「神降し」をする人。但し、死霊の言葉を霊媒に語らせる「口寄せ」を職業とする巫《み》女《こ》のたぐいをもいう。神や死者を第三者に乗り移らせて語らせる場合と、みずから霊媒となって語る場合もある。男を「をかむなぎ(覡)」、女を「めかむなぎ(巫)」と言うが、女が多かったようだ。
八 「関白」の誤りか。「兼通伝」(一七二頁)参照。
九 任ぜられていた官職を取り上げられて。右近大将から治部卿に貶《おと》された事。あるいは按察使も(「裏書」)か。
一〇 もと基経の邸で、兼通が伝領した。「二条南、堀

夢解きと打臥の巫女

川東、南北二町」（『拾芥抄』）。閑院邸を間に挟んで東側に兼家の東三条殿があった。

一一「あてずあらずありし事かは」で「ず」が二回。つまり「二重否定」だから、結論的には「あてし事かは」と同義。但し「かは」は、驚嘆・感嘆の意味の助詞で反語ではない。「二重否定」を用いたため驚嘆・感嘆の意がいっそう強い。夢解きの吉凶判断があまりに見事だったと言おうとしての修辞。「当てずには居なかったなんてもんじゃなく、実によく言いあてた」「よく言い当てたどころか、大あたりだったよ」とでも言うところ。

一二 下鴨社の御祖神玉依姫に対し、上鴨の別雷神《わけいかずちのかみ》をさすとする説（関根正直）と、本殿の北にある上鴨神社の末社若宮神社かという説（橘純一）がある。また『梁塵秘抄』に「賀茂には片岡」とあるように、土地の神とする説もある。

一三『二中歴』の「巫覡《ふげき》」の項に「打臥賀茂也」と見え、『枕草子』百五十五段に「打臥といふ者のむすめ左京」とある。『今昔物語集』三十一ノ二十六は『大鏡』のこの話と同じ説話であるが、少し異なる。

一四 兼家の出家は、永祚二年（九九〇）五月八日。但し、出家以前にすでに召し寄せられていたのだろう。

一五 高貴の人の身辺に仕えて雑用にあたる女性のこと。「御許人《おもとびと》」とも言うが、こちらは男女共に用いる。

一六 兼家の別邸。二条北、京極東。出家後、ここを積善寺という寺にした。

御夢なり。世の中のこの殿に移りて《世の中がこちらのお邸に移動して》、あの殿の人のさながら参るべきが《あちらのお邸に仕えている人がそのまま全部こちらに参る事の前兆が》、見えたるなり』と申しけるが《見えたのですと申し上げたのですが》、一一当てざらざりし事かは」《その言葉はほんとに全くぴたりだった》

（世次）「また、そのころ、いとかしこき巫《かむなぎ》侍りき。賀茂《かも》の一二若宮の憑《つ》かせたまふとて、臥《ふ》してのみ物を申《ま》ししかば、『一三打臥《うちふし》の巫女《みこ》』とぞ、世《よ》人《ひと》付けて侍りし。一四大入道殿に召して物問はせたまひけるに、いとかしこく申せば、差し当りたる事《現在の事柄》、過ぎにし方の事《過去の事柄》は、皆さ言ふ事なれば《その言う通り》、然《しか》おぼしめしけるに《信用あそばされたところ》、叶はせ《「予言が適中し」》たまふ事どもの出で来《く》る《意に叶う事がいろいろ》ままに《につれ》、後々には、御装束奉り《きちんと衣冠束帯に》、御冠《かぶり》せさせたまて《身なりを正して》、御膝に枕をせさせてぞ《巫女の枕代りにお膝を提供されて》、物は問はせたまける《予言をお聞きになりました》。それに《そうすると》、一事《ひとこと》として、後々の事、申し《「予言を」》過《あやま》たざりけり。さやうに近く召し寄するに《のに》、言ふかひなきほどの者にもあらで《お話にならないほどの卑賤の身分の者でもなく》、少し一五御許《おもと》ほど《程度の》の際《きは》にてぞありける《階級の者でした》」

（世次）「この殿、一六法興院《ほこゐん》におはします事をぞ《「ちょくちょく」お出かけになる事》、快からぬ所と《気味の悪い所だと》、人は承《う》け申さざりしかど《賛成申し上げませんでしたが》、いみじう興ぜさせたまひて《「東山が見えて」眺めが良いなどと仰しゃって》、聞きも入れで《「家臣の申し上げる事を」》渡らせたまひて、ほどなく亡せさせおはしましにき。御厩《みまや》の馬に御随身乗せて、一『粟田口へ遣《つか》はししが、顕に遥々と見ゆる』《遣わした随身の姿がはっきりずっと遠くに見えるよ》など、をかしき事《おもしろいと》に仰せられて、月の明《あか》き夜は、下格子《げかうし》もせで眺めさせたまひけるに、二目にも見えぬ物《見えない何者かが》の、はらはらと参り渡しければ《格子をおろして見えなくしたので》、さぶらふ人々《近侍の者たち》は怖《お》ぢ騒げど、殿はつゆ《兼家公は少しも》驚かせたまはで、御枕上《がみ》なる太刀《たち》を引き抜かせたまて、『月見るとて《月見をするために》上げたる格子おろすは、何者のするぞ。いと《実に》便《びん》なし《不都合じゃ》。元のやうに上げ渡せ。さらずは、三あしかりなむ《ただではすまぬぞ》』と仰せられければ、四やがて参り渡しなど、五大方落ち居ぬ事ども侍りけり。六さて、遂に殿原の領《らう》にもならで、斯く《このように》七御堂《みだう》にはなさせたまへるなンめり《お寺にすることになさったものと見えます》」

夕占《ゆうけ》問う兼家の妻時姫

（世次）「この大臣《おとど》の君達《きんだち》、女君《をんなぎみ》四所《よところ》、男君五人《いつたり》おはしましき。女二所《ふたところ》、男三《み》所、〔計〕五所《いつところ》は摂津守藤原中正《なかまさ》の主《ぬし》のむすめの腹におはします。三条院の御母の贈皇后宮《超子》と女院《詮子》、大臣三人《道隆・道兼・道長》ぞかし。この御母《時姫》、いかにおぼしけるにか、いまだ若う《十代のころ》おはしける折、二条の大路《おほぢ》《大通り》に出でて、八夕占《ゆふけ》問ひたまひければ《なさいましたところ》、白髪《しらが》いみじう白き《まっ白の》女のただひとり行くが立

一 山城国愛宕郡（京都市東山区）三条大橋から近江つまり滋賀県に通う一帯の地。蹴上げ、動物園が近い。兼家が、別邸、東二条院の馬小舎から牽き出した馬に、近衛府の舎人《とねり》を乗せて粟田口につかわしたその馬の上の姿がよく見えると言って面白がって、月のいい晩など、格子戸もおろさないで眺めていたとある。

二 俗眼には見えない妖怪が、ばらばらと一面に格子戸をおろして見えなくしたから。

三 「あしかりなむ」は「あしからむ」に、完了の助動詞「ぬ」の未然形「な」を加えた形。「きっとひどい目に遭わしてつかわすぞ」の意。「な」を入れると、「確かに」「必ず」の意が加わる。

四 何者かがすぐさまずーっと全部の格子戸を上げたりして。

五 総じて、どうも合点の往かぬさまざまの出来事が。

六 そんなこんなで、とうとうご子息方の所領にもならずに。

七 『二代要記』に、「以テ二二条京極ノ地ヲ一、永クシ為二仏寺ト一、号ス二法興院ト一。」また『小右記』の正暦元年八月十二日の条に、「故入道殿ノ七々御法事、於イテ二法興寺ニ一行フ云々。以テ二二条院ヲ一号ス二法興寺ト一。」とある。ところが、『栄花物語』（見果てぬ夢）に、「摂政殿（道隆）の、法興院の間に別に御堂建てさせ給ひて、積善寺と名付けさせ給ひて」とあるように、法興院の内部に別に積善寺が後から建てられたのである。

ち止まりて、『何わざしたまふ人ぞ。もし、夕占問ひたまふか。何事なりとも、おぼさむ事叶ひて《願い事が叶って》、この大路《二条大路》よりも広く[九]、長く栄えさせたまふべきぞ』と、うち申し掛けてぞまかりにける《さっと語りかけてそのままどんどん行ってしまった》。人にはあらで《人間ではなくて》、さるべき物の示し奉りけるにこそ侍りけめ《しかるべき神仏などの化身が時姫さまの行末をお告げ申し上げたのでございましょう》」

〔世次〕[一〇]「女君は〔お一人は〕、女院の后《きさき》の宮にておはしまし折の《詮子さまがまだ后の宮でいられた時の》、宣旨《せんじ》にて《宣旨の君》おはしき。

綏子《すいし》痕《あと》が黒くつくまで氷を持つ

また、対《たい》[一一]の御方《かた》ときこえし御腹のむすめ《綏子》、大臣《おとど》いみじうかなしく《かわいがり》しきこえさせたまて、十一〔永観二年〕におはせし折、尚侍《ないしのかみ》[一二]になし奉らせ《任じ》たまて、内裏住《うちず》み《宮中の生活を》せさせ奉らせたまひし。御かたちいとうつくしうて《ご容貌がたいそう可愛らしくて》、御髪《みぐし》も、十一、二のほどに、糸を縒《よ》り掛《か》けたるやうにて《より合せて掛けたようで》、いとめでたくおはしませば、ことわりとて《当然の事として》、三条院の、東宮にて御元服[一三]せさせたまふ夜《よ》の御添臥《そひぶ》[一四]しに参らせたまて、三条院も、憎からぬものにおぼしめしたりき」

〔世次〕「夏、いと暑き日渡らせたまへるに〔三条院が綏子の御殿に〕、御前なる氷《ひ》を取らせたまひて、『これ《この氷を》、暫し持ちたまひたれ《しばらく手に持っていらっしゃい》。磨を思ひたまはば、「今は」と言はざ《もういいと言わないう》

八 古代から行われていた民間の習俗。夕方、街道に立ち、往来の人の話を聞き、吉凶を占った。その古い習俗については『拾芥抄』に詳しい。後世の辻占。

九 二条大路は、道幅十七丈（約五十二メートル）もある巨大な道路。

一〇 「女君は」のところ、萩野本は「女君ひとところは」とあり、流布本は「女君一人は」とある。

一一 「対の御方」は、大宰大弐藤原国章女。『蜻蛉日記』に登場する「近江の君」のことかと言う。大系本『大鏡』には、第四巻補注五に「兼家の側室で、対の屋に住んでいたからの称（小右記正暦元年十月二十一日条に『依対御方消息、調火桶二口、箸等送之』とある）。…また栄花物語（さまざまの悦び）には『たいの御かたは、いとやんごとなき人ならねど、大弐なりける人のむすめを、いみじうかしづきめでたうてあらせける』とある」と見えている。

一二 内侍所の長。事実上、女御に次ぐ后妃。尚侍に任ぜられたのは永延元年（九八七）九月二十六日（『一代要記』）。十一歳の時と本書にあるのは誤り。

一三 寛和二年（九八六）七月十六日。

一四 東宮・皇子などの元服の夜、公卿の娘を添い寝させる慣習。添臥しを命ぜられた女性は多く後に妃となる。綏子が東宮御所へ入ったのは三条院の元服の翌年九月のことである。

らむ限りは《ちは》、置きたまふな』とて、持たせきこえさせたまて《持つように申し上げられて》御覧じ《見ておいで》ければ《あそばすと》、まことに《ほんとに》痕跡《一かた》の黒むまでこそ持ちたまひたりけれ。『二さりとも、暫しぞあらむ』とおぼししに、『あはれさ過ぎて《いじらしさの度が過ぎて》、疎《うと》ましく《うとまし》こそ覚えしか《い気がしたよ》』とぞ、院は《三条院は》仰せられける」

尚侍の乳房をひねる道長

《(世次)》「怪しき事は、三源宰相頼定の君の《が》通ひたまふと《[尚侍の所に]》世にきこえて《世間に噂が広がって》、里に《[尚侍は]》出でたまひにきかし。ただならずおはすとさへ《しかも妊娠しておいでになるとまで》、四三条院聞かせたま《お耳になさって》て、この入道殿に《道長さまに》、『さる事のあゝなるは《(三条)懐妊の噂があるそうだが》、まことにやあらむ《それはまことだろうか》』と仰せられければ、『まかりて、見て参り侍らむ《(道長)彼女の許に赴いて　見て参りましょう》』とて、おはしましたりければ、例ならず怪しくおぼして《[綏子は]いつもと違い変だなと》、几帳引き寄せさせたまひけるを《蔭に隠れようとなさるの》、押し遣らせたまへれば《を[道長公は几帳を]》、もと華やかなるかたちに《[綏子は]元々華やかな容貌をしていらっしゃる上に》、いみじう化粧じたまへれば、常よりもうつくしう《おきれいに》見えたまふ。『春宮に参り《(道長)》たりつるに、しかじか仰せられつれば、見奉りに参りつるなり《見届け申すために参ったのです》。虚《そら》言《ごと》にもおはせむに《噂が嘘かも知れないのに》、然《しか》きこしめされたまはむが《そんな風に皇太子がお耳になされたら》、いと不便《ふびん》なれば《不都合》』とて、御胸を《[綏子の]》引きあけさせたまひて、五乳《ち》を捻《ひね》りたまへりければ《[道長公の]》、御

一　手に持った氷の痕《あと》が付いて、手や指が黒ずんでしまうまで、じっと握り締めておられたのでした。「かた」は、漢字を宛てれば、「形」「型」だが、氷の手や指に触れたところに付く形だから、意を採って、「痕跡」とした。

二　「もういいよ」と仰せられるまでは持っておるようにとお命じになったものの、暫らくは持てても、とても我慢できなくなってじきに放すとばっかり思っていらしたので。

三　源頼定。為平親王の次男。貞元二年（九七七）生れ。母は源高明女。三十三歳で参議（宰相）となった。寛仁四年（一〇二〇）薨、四十四歳。頼定が参議に任ぜられたのは寛弘六年（一〇〇九）三月で、それ以前は弾正《だんじょう》大弼、右中将備前守、左中将、大和権守、蔵人頭、美作守であった。綏子《すいし》は、長保六年（一〇〇四）に三十一歳で逝去しているから、密通したころは右中将か左中将時代である。「源宰相頼定」とあるのは、没年時に参議だったのである。

四　三条天皇がまだ皇太子であられたころの事。長徳元年（九九五）の事と仮定すると、道長は三十歳。頼定は十九歳である。「裏書」には、綏子のところへ頼定が通ったのは、「長徳年中」とある。西暦九九五年から九九九年までで、数え年で綏子が二十二歳から二十六歳まで、頼定が三歳年下で十九歳から二十三歳まで。

五　尚侍（綏子）の乳房をしごいてごらんになると。

六　さっと迸《ほとばし》りかかったではありませんか。

顔にさと走り懸《かか》るものか。[六]　[七]ともかくものたまはせで（何も仰しゃらずに）、〔道長公は〕やがて立たせたまひぬ（そのまま立ちあがってしまわれた）。東宮に参りたまひて、（道長）『まことにさぶらひけり』とて、したまひつる有様を啓せさせたまへれば[八]、さすがに（何といってもやはり）、もと心苦しう（元来いとしく）おぼしめし慣《なら》はせたまへる御仲なればにや（だからだろうか）、いとほしげにこそおぼしめしたりけれ。尚侍は（綏子は）、殿帰らせたまひて（道長公が）後に、『人遣りならぬ（身から出た錆とは申しながら）御心づから、いみじう泣きたまひけり』とぞ、その折見奉りたる人語り侍りし。〔綏子が〕[九]春宮にさぶらひたまひしほども、宰相は（源参議頼定公は）通ひ参りたまふ。[一〇]事余り出でてこそは（噂が高くなり世間に知れてからは）、宮も（東宮）きこしめして、[一一]『帯刀どもして「蹴させやせまし」と思ひしかど、故《こ》大臣《おとど》（兼家公）の事を、[一二]「亡き影にも、いかが」（どんなに嘆かれるか）といとほしかりしかば、さもせざりし』とこそ、仰せられけれ。この御過《あやま》ちより、源宰相、[一三]三条院の御時は、殿上《てんじやう》もしたまはで（昇殿も許されず）、地《ぢ》下《げ》の上達部にておはせしに、[一四]この御時にこそは（今上帝の御代になってから）、殿上し、検非違使《けびゐし》の別当《べたう》などになりて、亡せたまひにしか」

兼家雲形の帯を献る

（世次）「今一つの御腹（もうひと方の）の大君《おほいぎみ》[一五]は、冷泉院の女御《にようご》にて、三条院（居貞）・弾正《だんじやう》の宮（為尊）・

七　ああもこうも。つまり何も言わずに。

八　皇后・東宮に申し上げる時に、「啓す」という。

九　東宮にお仕えしていた時も。時の天皇は一条院。寛和二年（九八六）六月から、寛弘八年六月十三日までの二十五年間は、一条天皇の御治世で、三条院は皇太子であらせられた。綏子が東宮御所に上がったのは永延元年（九八七）九月二十六日（『一代要記』）で、薨去は長保六年二月七日。

一〇　事が溢れ出てからは。この事がすっかり噂になってからは。

一一　春宮坊を護衛する官人。舎人《とねり》の中から武勇に傑《すぐ》れた者三十人を選任した。特に帯刀する。皇太子も、彼等に命じて頼定を蹴飛ばさせてやろうかと一旦はお怒りになったが。

一二　草葉の陰で、兼家公の亡魂が。

一三　三条院は、寛弘八年（一〇一一）六月十三日受禅、長和五年（一〇一六）正月二十九日譲位。この間頼定は、殿上の間への伺候を許されず、地下人《じげにん》として遇された。

一四　長和五年正月、後一条天皇の御代になってから、まもなく、二月六日従三位。十月十日兼備中権守。十一月十四日正三位。翌寛仁元年（一〇一七）、正月二十四日兼勘解由長官。四月三日兼左兵衛督。寛仁四年四月二十二日検非違使の別当。但し六月八日腫物を患い、十日薨。

一五　時姫腹の長女超子。

帥《そち》（敦道）の宮の御母にて、一三条院位に即かせたまひしかば、二『贈皇后宮《ぞうくわうごうぐう》』と申しき。この三人の宮達を、祖父殿《おほぢ》（兼家公は）、殊の外《ほか》にかなしう（可愛がり）し申したまひき。世の中に少しの事も出で来（少しでも変った出来事が起り）、雷《かみ》も鳴り（雷鳴がし）、地震《なゐ》も振る（地震が起る）時は、〔兼家公は〕まづ三春宮の御方に参らせたまひて、舅《をぢ》の殿原（道隆 道兼 道長）、それならぬ（それ以外の）人々など〔兼家〕を、『内裏《うち》の御方へ（天皇のお側へ）は参れ。この御方（皇太子のお側）には、我さぶらはむ』とぞ仰せられける。四『雲形《くもがた》』といふ高名《かうみやう》（名高い）の御帯は、〔兼家公から〕三条院にこそは献《たてまつ》らせ五たまへれ。六鉸具《かこ》の裏に、『春宮に献る』と、刀の尖《さき》にて、自筆（兼家公自筆）に書かせたまへるなり。七このごろは、『一品《いつぽん》の宮に』とこそ承《う》けたまはれ」

〔世次〕「この春宮（三条院）の御弟の宮たちは少し軽々《きやうぎやう》に（ご性質が軽々しく）ぞおはしまし。帥《そち》（敦道が）の宮の、祭のかへさ（葵祭の還り立ちの行列を）、八和泉式部の君と相乗らせたまて（相乗りにお乗りになって）御覧ぜしさまも、いと興ありきやな（実に面白かったですなあ）。御車の口（前方）の簾垂《すだれ》を中《なか》より截《き》らせ（たてにお切りになって）たまひて、我が（ご自分のお乗りになっておいでの側を高く巻き上げられ）御方をば高う上げさせたまひ、式部が乗りたる方《かた》をば下《おろ》して（〔下から〕）、衣《きぬ》長う出《い》ださせて、紅《くれなゐ》の袴《はかま》に九赤き色紙《しきし》の物忌《ものいみ》（物忌札のごく幅広いのを）、いと広き付けて、地《つち》（地面）と等

一 寛弘八年（一〇一一）十月十六日即位。
二 実は「贈皇大后宮」。「裏書」に「安和元年十二月七日為女御　同二十九日叙四位下。天元五年正月二十八日卒　寛弘八年十二月二十七日贈皇大后宮」。
三 東宮御所へ。時の東宮は、後の三条天皇。
四 「帯」は、石帯という。漢音セキタイ。呉音シャクタイ。倭名イシノオビ。また「ゴク（玉）の帯」とも称した。束帯の時、袍の腰に締める革のベルト。牛革で製し、黒漆を塗り、背部に玉石の飾りを着けた。この飾りの形状により方形の物を「巡方《じゅんぽう》」と呼び、晴の儀式に使用し、円形の物を「丸鞆《まるとも》」と言い、平常用とした。「雲形」という名の帯の事は、『江談抄』（巻三、雑事）に、「帯、唐雁・落雁形・垂無・鵝形・雲形・鶴通天・鴦通天」とある。
五 底本同系諸本は「たまへる」。語法上「れ」の誤りと考えられるので、蓬左本・桂乙本等に依って訂。
六 革帯の端につける金具。尾錠。とめがね。
七 現在（万寿二年）は、一品宮禎子《ていし》内親王のお手許にあると。禎子（一〇一三〜九四）は三条院皇女。母は道長女妍子。万寿二年当時十三歳。

和泉式部と帥の宮との情事

八 大江雅致《まさむね》の女。初め和泉守橘道貞の妻。為尊親王に愛されたが、親王薨後、弟君の帥宮と深い仲になり、その委細を「日記」に書く。また正続「家集」を遺す。
九 戯れに付けたのだろう。本来は物忌《ものいみ》の時、一糎四方くらいに削った柳の木や紙片を、冠や袖につけた。

しう下げ《すれすれに吊り下げ》られたりしかば、いかにぞ《なんともはや》、物見よりは《行列見物などそっちのけで》、それをこそ人見るめりしか《お二人の相乗りの方を皆見ているようでした》」

為尊・敦道両親王の事ども

(世次)「弾正尹《ゐん》[一〇]の宮の《為尊親王が》、童におはしまし時《まだおちいさくておかっぱ姿でいらした時》、御かたちのうつくしげさは《お可愛らしさといったら》、測《はか》りも知らず、輝《かかや》くとこそ見えさせたまひしか。[一一]御元服劣りの《元服後の御容姿は童形の頃に較べて格段に劣られたんですよねえ》殊の外にせさせたまひにしをや」

(世次)「この宮たちは、御心の少し軽《かろ》くおはしますこそ《軽薄でいらっしゃるのを》、一家の殿原《兼家公御一門の》承《う》け申させたまはざりしか[一二]、[一三]さるべき事の折などは《然るべき事がある時などは》、いみじう《たいそう》もてかしづき申させたまひし《〔この宮たちを〕大切にお世話申し上げられました》。帥《そち》の宮《敦道親王が》、一条院の御時《一条天皇の御在位中》の御作文《さくもん》[一四]に参らせたまひしなどには《参会あそばされた時などには》、御前《ごぜん》《〔行列の〕御前駆などの人々に歴々の人が多くて》などにさるべき人多くて、いとこそめでたくて《ほんとにごりっぱな行列で》参らせたまふめりしか。御前《おまへ》《〔天皇の〕》にて御襪《したうづ》のいたう責めさせたまひけるに《お沓下がたいそうきつくてお困りになった時に》、心地も違《たが》ひて《御気分も悪くなり》いと堪へ難うおはしましければ、この入道殿に《道長さまに》、『斯《か》く』ときこえさせたまひて《これこれとわけを仰せられて》、鬼の間《ま》[一五]におはしまして、御襪を引き脱ぎ[一六]て献《たてまつ》らせたまへりければこそ《穿き直していただいたからこそ》、御心地直らせ《〔やっと〕》たまへりけれ」

東三条院詮子と道綱母

(世次)「贈皇后宮《超子》[一七]の御一つ腹の、今一所の姫君は《東三条院詮子は》、円融院の御時、『梅壺

一〇 一九七頁に「弾正《だんじよう》の宮」と見える。為尊親王の事。内外の非違を糺《ただ》す役所を「弾正台」と言い、その長官を「弾正の尹《いん》」と言う。左大臣以下の非違を糺して奏上する役。従三位相当。

一一 為尊親王は、十三歳で元服なさった。「二十一日戊戌、冷泉院上皇第三為尊親王、於《イテ》二摂政《ノ》一条第《ニ》一加《フ》二元服《ヲ》一。」(『日本紀略』永祚元年十一月)。

一二 底本及び同系の諸本「しかと」とあるが、上文の「こそ」の結びは「しか」だけでよく、「と」は余分であるから、蓬左本・久原本に拠り改めた。

一三 朝廷での儀式などがある折。

一四 漢詩文を作る会。寛弘四年四月二十五日の詩宴をさすのだろう。「於《テ》二一条院皇居《ノ》一、命《ズ》二詩宴《ヲ》一。題《ニ》云《フ》。所《レ》貴《ブ》是《レ》賢才。公卿以下、属《スル》レ文《ヲ》之輩、多《ク》献《ズ》レ詩《ヲ》。…(中略)…今日、三品具平親王叙《シ》二二品《ニ》一、四品敦道親王叙《ス》二三品《ニ》一。各下《リ》レ殿《ヲ》、拝舞《ス》」(『日本紀略』「裏書」)とある。

一五 清涼殿にある一室の名。日の御座《おまし》の後で、殿上の間の北、白沢王(鍾馗《しようき》)が鬼を斬る絵が、殿上の間との境の壁に描いてあったから、この名がついた。「櫛形の窓」から、殿上の間を覗けるように作られていた。

一六「脱ぎて」は底本「て」ナシ。千葉本に拠る。無くても通じる。また「脱ぎ」を「抜き」とする説もある。

一七 桂乙本・久原本に拠る。蓬左本は「贈后宮」、底本系は「贈后」。

の女御』と申して、一[一]の皇子《みこ》むまれたまへりき。その皇子五つにて春宮に立たせたまひ、七つにて位に即かせたまひにしかば、御母女御〔詮子〕殿、寛和《くわんわ》二年七月五日、后に[二]立たせたまひて、中宮と申しき」

(世次)「この父大臣《おとど》〔兼家〕の御太郎君〔長男〕、女院〔詮子〕の御一つ腹〔同腹〕の道隆のおとど、内大臣にて関白せさせたまひき。二郎君[三]、陸奥守倫寧《ともやす》[四]の主《ぬし》のむすめの腹におはせし君なり。道綱ときこえし。大納言[五]までなりて、右大将かけたまへりき」

(世次)「この母君[六]、きはめたる和歌の上手におはしければ、この殿の通はせたまひけるほどの事、歌など書き集めて、『かげろふの日記』[七]と名付けて、世に弘めたまへり。殿〔兼家公が〕のおはしましたりけるに、門《かど》を遅くあけければ、度々、御消息言ひ入れさせたまふに〔供の者を通じて案内を乞われましたところ〕、女君、

(道綱母)　嘆きつつ独り寝《ぬ》る夜のあくる[八]まはいかに久しきものとかは知る

『いと興あり』とおぼしめして、

(兼家)　げにやげに冬の夜ならぬ槙《まき》の戸も遅くあくるは苦しかりけり

一　円融天皇第一皇子、懐仁親王、後の一条天皇。天元三年六月一日寅の刻生れ（『栄花物語』花山尋ぬる中納言）。永観二年（九八四）八月二十七日、皇太子。寛和二年（九八六）六月二十三日、七歳で即位。

二　詮子、時に二十六歳。「裏書」には「皇大后宮」とある。『栄花物語』（さまざまの悦び）にも「七月五日、梅壺の女御、后に立たせ給ふ。皇太后宮と聞えさす」とある。さらに、流布本には、「この帝を一条院と申しき。その母后、入道せさせたまひて、太上天皇と等しき位にて、女院と聞えさせき。一天下をあるがままにしておはしましし」と補っている。『日本紀略』には、「正暦二年九月十六日《ノ》戌刻、皇太后宮落飾《シテ》為《ル》レ尼《ト》。公家被《ル》レ進《メ》二絹百匹、麻布千段《ヲ》一請僧《ノ》料也。停《メ》二皇太后宮《ノ》職《ヲ》一、為《ス》二東三条院《ト》一。年官年爵封戸如《シ》レ元《ノ》」と見えており、出家の時の年齢は三十一。崩御は長保三年（一〇〇一）閏十二月二十二日で、四十一歳。

三　藤原道綱（九五五～一〇二〇）。

四　藤原倫寧。受領を歴任。貞元二年に薨。

五　長徳二年右大将。翌年大納言。

六　兼家側室。九三七～九九五。『尊卑分脈』に「歌人、本朝第一美人三人《ノ》内也」とある。

七　三巻。天暦八年から天延二年まで二十一年間の日記で、夫兼家との結婚生活の愛憎が描かれている。

八　「あくる」は「明ける」「開《あ》ける」の掛詞。『蜻蛉日記』『拾遺集』恋四・『百人一首』等所載。

されば《そんな次第で》、その腹の君ぞかし《倫寧女の腹に生れた君ですよ》、この道綱の卿の、後には東宮傅《とうぐうのふ》[九]になりたまて、『傅の殿』とぞ申すめりし。いとあつしくて《たいそう病気が重くて》、[一〇]大将をも辞したまひてき。その殿《道綱卿が》、今の入道殿《道長公》の北の政所《まんどころ》[一一]の御同胞《はらから》に住み奉らせたまひて《お通いあそばされて》むまれたまへりし君、宰相《さいしやうの》[一二]中将兼経の君よ。父大納言は[一三]亡せたまひにき。御年六十六とぞ聞き奉りし」

(世次)「大入道殿《兼家公》の三郎《三男》、粟田殿《道兼》[一四]。また、四郎《四男》は、外腹《ほかばら》[一五]の治部少輔《ぢぶせふ》[一六]の君とて、世の痴《し》[一七]れ者にて、交《まじ》らひもせで《出仕もせずに》止《や》みたまひぬとぞきこえ侍りし。五郎君《ぎみ》《五男》、ただ今の入道殿におはします《現在の入道道長公でいらせられます》」

(世次)「女院《詮子》の御母北の方《時姫》の御腹の君達《きんだち》三所《道隆 道兼 道長》の御有様、申し侍らむ。昭宣公《基経》の御君達、[一八]『三平《さんぺい》』ときこえさすめりしに《と世間では申し上げているようでしたが》、この三所をば《〔その伝で言うと〕》、『三《さん》道《だう》』とや《とでも》、世の人申しけむ。えこそ承けたまはらずなりにしか《〔しかし〕一向に〔そのような言い方は〕承わらずじまいでした》」

とて、頬笑《ほほゑ》む《世次はにっこり笑う》。

(世次)「一　[一九]内大臣道隆」

九「東宮」は三条天皇。「傅」は、補導の役。もり役。寛弘四年（一〇〇七）正月二十八日に任じ、同八年、即位と共に停められた。時に五十七歳。
一〇 辞任は『公卿補任』によると長保三年だが、千葉本の傍注には「長保六年七月十三日辞右大将」とある。
一一 正室倫子さまのお妹君。左大臣源雅信の次女。『栄花物語』（鳥辺野）に「殿の上（倫子）の御はらからの中の御方に、道綱の大将こそは住み奉りたまふに、去年よりただにもあらずおはしければ」とある。
一二「宰相中将」というのは、近衛の中将で、参議を兼ねている者をいう。『公卿補任』によると、右中将で、治安三年（一〇二三）に参議となった。万寿二年現在から二年前。後、長久四年（一〇四三）五月に、四十四歳で世を終った。
一三 寛仁四年（一〇二〇）出家、いくばくもなく薨去。
一四 九六一～九九五年。
一五 腹違いの。忠幹女。
一六 兼家四男。従五位上。「裏書」には治部少輔とあるが、『尊卑分脈』には「民部少輔」とある。
一七 天下にまたと無い大馬鹿者。
一八 時平・仲平・忠平。
一九 永祚元年（九八九）二月、三十七歳で内大臣となった。七月任左大将。永祚二年五月八日関白、五月二十六日摂政、正暦二年七月内大臣を辞す。四年四月摂政を辞し関白。六年四月三日関白を辞退。十日薨。

(世次)「この大臣《おとど》は、これ、東三条《とうさんでう》の大臣《おとど》（兼家公の御長男）の御一男なり。御母は、女院（詮子）の御同じ腹（時姫腹）なり。関白になり栄えさせたまて、六年《むとせ》[一]ばかりやおはしけむ。大疫癘《おほえきれい》[二]の年こそ亡[三]せたまひけれ。されど、その御病《やまひ》にてはあらで、御酒《おんみき》の乱れさせたまひにしなり（お酒の度が過ぎたためであったのです）。男子《をのこ》は、上戸《じやうご》（酒が多く飲めるの）、一つの興の事にすれど（を一興にするけれど）、過ぎぬるは、いと（どうも）不便《ふびん》なる折侍りや（不都合な場合がございますね）」

(世次)「祭のかへさ[四]御覧ずとて（ご覧になろうと）、小一条[五]の大将（済時）、閑院の大将（朝光）と、一つ御車《みくるま》にて（同車して）、むらさい野[六]（紫野）に出でさせたまひぬ。烏のつい居[七]たる形《かた》を瓶《かめ》に造（お造）らせたまひて（らせになって）、〔それを〕興あるものにおぼして、ともすれば（機会があるとその瓶に）御酒《みき》入れて召す（召し上る）。今日《けふ》[八]もそれにて参らする（その瓶でお飲みになる）。持て囃《はや》させたまふほどに（興に乗って騒ぎながら飲んでいらっしゃるうちに）、やうやう過ぎさせたまて（次第に度をお過しになって）、後は（しまいには）、御車の後《しり》・前の簾垂《すだれ》皆上げて、三所ながら御髻《もとどり》[九]放ちて（お三方とも冠を脱いで丸見えにして）おはしましけるは、いとこそ（実にもう）見苦しかりけれ」

(世次)「大方（大体）、この大将殿たち（済時・朝光が）の参りたまへる（道隆公のお邸を訪問なさった時に）、世の常にて[一〇]出でたまふを（しらふでお帰りになるのを）〔道隆公は〕ば、いと本意《ほい》なく（不本意な）、口惜しき事に（残念な事に）おぼしめしたりけり（思し召しておられたのです）。物も覚えず（正体もなくなり）、御装束も引き乱りて（お召物もすっかり乱雑になって）、車差し寄せつつ（お車を寝殿の階まで差し寄せ）、人に舁《か》[一一]かれて（人の肩におぶさって）乗りたまふを

一 永祚二年（九九〇）五月から、正暦六年（九九五）すなわち長徳元年四月まで、足掛け六年だから「六年ばかり」と言ったのだろう。
二 長徳元年をさす。「今年四五月疫癘殊ニ盛リニシテ、中納言已上薨ズル者八人、至リ二于七月一漸ク散ズ」（『日本紀略』長徳元年五月の条）。
三 道隆薨去は、長徳元年四月十一日子の刻。
四 葵祭の還り立ち。前出。
五 済時（九四一〜九九五）。朝光（九五一〜九九五）。共に、大納言・左大将。二人とも道隆の飲み仲間。
六 京都市北区、大徳寺近辺の旧名。
七 「つい居る」は「突き居る」で、烏がとまった恰好。それが面白かったのであろう。
八 「祭のかへさ」をごらんになった、その当日。
九 烏帽子をかぶらず、髻を丸出しにして。当時は、貴族は常に冠や烏帽子をかぶっているのが礼儀正しいとされていたから、車中とはいえ、かぶり物をかぶらぬ三人の酔態は見苦しかったのである。
一〇 普通の酔わない状態。
一一 「かかれて」は、支エラレテ、抱エラレテ、カツガレテ、である。「かく」は「舁く」で、カ行四段活用の動詞。

ぞ、いと興ある事にせさせたまひける《たいへん興のある事にしておいでになったのです》」

《(世次)》「但し、この殿、御酔《ゑひ》のほど《程度》よりは、疾《と》く醒むる事をぞせさせたまひし《早く酔いが醒めるのがご自慢でございました》。[一二]御賀茂詣《まうで》の日は、[一三]社頭にて《社前で》三度《みたび》の御[一四]土器《かはらけ》、定まりて《きまって》参らする《差し上げる事になっておりますが》わざなるを、その御時には、[一五]禰宜《ねぎ》・神主《かうぬし》も心得て、大土器をぞ参らせしに、三度はさらなる事にて《三杯はいうまでもなく》、七八度《七八杯くらいも》など召して、[一六]上《かみ》の社《やしろ》に参りたまふ道にては《途中では》、やがてのけざまに《そのまま仰のけざまに》、《〔車の〕》後《しり》の方を御枕にて、[一七]不覚《ふかく》に大殿籠《おほとのごも》りぬ。《〔その頃〕》[一八]一《いち》の大納言にては《であったのは》、この御堂ぞおはしましかば《御堂関白さまでいらっしゃいましたので》、御覧ずるに、夜《よ》に入りぬれば、[一九]御前《ごぜん》の松の光《ひかり》に透《とほ》りて見ゆるに、御透影《すきかげ》のおはしまさねば、《〔道長さまが〕》『怪し』《変だなと》とおぼしめしけるに、《〔上の社に〕》参り着かせたまひて、[二〇]御車舁《か》き下《おろ》したれど、《〔道隆さまは〕》え知らせたまはず《お気づきになれない》。《(道長)》『いかに』《どうしたものか》と思へど、御前どももえ驚かし申さで《前駆の者どもも〔遠慮して〕声をお掛けできないで》、[二一]ただ さぶらひ並《な》めるに、《〔後の車から〕道長公》入道殿降りさせたまへるに、さてあるべき事ならねば《そのままじっとしているわけにもゆかないので》、[二二]轅《ながえ》の外《と》ながら、高やかに《大声をあげて》、『やや』《おおいと言い》と御扇を鳴らしなどせさせたまへど《御扇で音を立てたりして起そうとなさいましたけれど》、さらにおどろきたまはねば《一向に目を醒ます気配がしないので》、近く寄りて、表《うへ》の御袴の裾を荒らかに引かせたまふ《道隆公の束帯のお袴の裾の方を荒っぽく引っぱられ》

一二「裏書」に「中関白賀茂詣事」として「正暦五年四月十五日丙申、関白被レ参ラニ賀茂社ニ一」とある。西暦九九四年で、道隆四十二歳の時の事。なお関白の賀茂詣は、天禄二年の謙徳公伊尹に始まるとされている。

一三『江家次第』巻二十「賀茂詣」に「社司進ムニ葵・桂ヲ一此ノ間社司供フニ御酒ヲ一。公卿以下度別ニ拍ツレ手ヲ」とある。

一四 素焼の杯。

一五 神官の身分の順位は、神主・禰宜・祝《はふり》の順。

一六 賀茂社は、上鴨と下鴨と二箇所あり、まず下鴨神社に参詣の後、賀茂川ぞいに北上すること約三キロで上鴨の社に着く。

一七 酔っぱらって何も判らなくなって眠りこんでしまわれました。いわゆる「前後不覚に」。

一八 大納言たちの中で第一位の上席にある人。実際は正暦五年は、大納言が朝光・済時の二名、権大納言が道長・伊周の二名で、四名中、道長は第三位。あるいは、朝光・済時が不参だったか。

一九 前駆の者のかかげる松明《たいまつ》の光で、前を行く関白の乗っている車の中が透けて見えるのですが、関白さまのお姿の影が目に入りませんから。

二〇 牛をはずし、車の轅《ながえ》（長柄）をおろしたけれど。

二一 ただ黙って車の側に列を作って並んでいる時に。

二二 牛車と牛の間にある二本の棒が「轅」。道長の降り立った場所はその轅の外で、少し車中の道隆とは遠かったが。

折ぞ《る時に》、おどろかせたまひて《やっと目をお醒ましになって》、さる御用意は慣らはせたまへれば《そういう時の用意はなれっこになっておいでになるから》、御櫛《くし》・笄《かうがい》具《ぐ》したまへりける《携行しておいでになったのを》、取り出でて、繕ろひなどして《髪の乱れを整えたりして》、降りさせたまひけるに、いささかさりげなくて《ちっとも酔って寝込んでいたとも見えず》、清らかにてぞおはしまし《おきれいなお顔付をしておられ》し《ました》。されば《そもそも》、さばかり[一]酔《ゑ》ひなむ人は、その夜《よ》は起き上るべきかは《起き上る事ができる筈はない》。それに《それだのに》、この殿の御上戸は《お酒は》、よく[二]おはしましける」

《(世次)》「その御心《みこころ》[三]の、なほ終り《臨終》までも忘れさせたまはざりけるにや、御病ひ付《づ》きて亡[四]せたまひける時、西[五]に掻《か》き向《む》け奉りて、《(人々)》『念仏申させたまへ』と人々の勧め奉りければ、《(道隆)》『済時《なりとき》[六]・朝光《あさてる》なんどもや極楽にはあらむずらむ《なんかも多分極楽に生れ替っているのだろうな》』と仰せられけるこそあはれなれ《仰しゃったのにはほんとに心を打たれます》。常に[七]、御心におぼし慣らひたる事なればにや。あの、地獄[八]の鼎《かなへ》の端《はた》に頭《かしら》打ち当てて、三宝《さんぼう》の御名《みな》思ひ出でけむ人のやうなる事なりや」

《(世次)》「御かたちぞ《道隆公は御容姿が》、いと清らにおはしまし《実におきれいでいらせられました》。帥《そち》殿に《伊周様に》、天下[九]執行《しゆぎやう》の宣旨《せんじ》下《くだ》し奉りに《下った事をお伝えに》、この民部卿殿の《源俊賢さまが》、頭弁《とうのべん》にて参りたまへりける《〔道隆公の許に〕》に、『御病ひいたく《非常に》逼《せ》めて、御装束もえ奉らざりければ《重くて正装に着替える事がお出来にならなかったので》、御直衣《なほし》《平服》にて御簾《みす》の

一 「そんなにひどく酔った場合、人は」の義。「なむ」は一般論として言う。
二 酔うのも早いが醒めるのも早いのを褒めたもの。
三 酒好きのお気持。愛酒のお心。
四 長徳元年（九九五）四月六日出家。同月十日薨。
五 極楽浄土の方角。阿弥陀如来の迎えを受ける方角。
六 済時は四月二十三日、五十五歳で薨去。朝光は三月二十日、四十五歳で薨。薨去の先後は⑴朝光⑵道隆⑶済時という順だが、ほぼ同じ時期。臨終に際し、人人が道隆を西に向わせ、更に念仏を勧めたのは、極楽に赴けるようにとの配慮からだが、楽天家の道隆は、飲み友達三人はみな酒を愛するいい人間だから、きっと極楽に生れ替れるだろうとは思うものの、いささか心配で、側近に尋ねるともなく口ずさんだのだろう。三人揃って善行を積んでいないと極楽で顔が揃わないからでもあろう。「極楽にいるのだろうか」と訳している諸注釈はいかが。「往けるだろうか」である。
七 いつもお三方で御酒を召しあがって歓談なさる事を愉《たの》しみにしておられたからでしょうか。
八 地獄の煮え湯を入れた釜の縁に頭を打ち当てて、三宝（仏・法・僧）の御名を思い出し、これを唱えて生き返った人の話（これに類する話が『法華修法一百座聞書抄』に見える）に基づくか。
九 道隆の病中、伊周が父に代り大政を執行する事。
10 現今は、部屋の鴨居にあるのを「長押」というが、昔は、「上《かみ》長押」「下《しも》長押」という風に区別する事もあ

道隆の子孫

外《と》にゐざり出でさせたまふに《いざってお出ましになりましたが》、一〇長押《なげし》を下《お》り煩はせたまて《おりるのに苦労なさって》、一一女装束御手に取りて、形《かた》《作法通り》のやうに被《かづ》けさせたまひしなむ《肩にお掛けになったのが》、いとあはれなりし《ほんとにお気の毒でした》。こと人のいとさばかりなりたらむは《道隆さま以外の人があんなに重態になられたならば》異様《ことやう》なるべきを《異様な感じがしたでしょうに》、なほいと一二かわらかに、貴《あて》におはせしかば《気品がおありになりましたので》、「病ひづきてしもこそ《病気にかかられた時こそ》、かたちはいる《容姿端麗という事は》べかりけれ」となむ見えし《必要なんだなとそんな風にお見えになった》』とこそ、民部卿殿は、常にのたまふな《仰しゃっておいで》れ」《だそうだ》

(世次)「その関白殿は、腹々に男子《をのこご》・女子《をんなご》あまたおはしましき。今の北の方は、大和守一三高階成忠《たかしなのなりただ》の主《ぬし》の御むすめ《貴子》なり。後には《〔成忠は〕晩年には》高二位《かうにゐ》とこそ《〔世間では〕》言ひ侍りしか。さて、一四積善寺《しやくぜんじ》の供養《くやう》の日は、この入道殿《道長公の》の上《かみ》にさぶら《上席に控え》はれしは《ておられたのは》、いと一五面倒《めだう》なりしわざかな《見苦しいことでした》」

(世次)「その腹に《貴子の腹に》、男君三所《伊周　隆家　隆円》、一六女君四所おはしましき。大姫君は、一条院《〔正暦元年正月五日〕》の十一にて《が十一歳で》御元服せしめたまひしに《あそばされた折に》、十五にてや参らせたまひけむ。やがて、その年《正暦元年》一七六月一日、后に居させたまふ。中宮と申しき。さて、関白殿《父君道隆公》など亡せさせたまひて後に、男御子《をとこみこ》一人《敦康親王》、女御子二人《脩子・媄子》産み奉

り、また、両方「長押」とも言った。ここは「下長押」の事で、母屋と庇《ひさし》の間《ま》との間の下部に渡してある横木を言う。現今の言い方では「敷居」にあたろう。

一一 使者への禄。女物の衣裳を手に持って俊賢の肩に掛けようとして。長押（敷居）が越えにくかったか。

一二「かわらか」は「乾《かわ》く」と同語源の語か。大東急記念文庫蔵の『弥勒上生経疏古点』に「塽塏」をカワラカニと読み、『新撰字鏡』に「塽」を「乾也」「干也」とし、「塏」を「高燥也」「爽明也」としているから、「爽やか」「さっぱり」の意であろう。

＊「天下執行の宣旨」とは、「百官を統《す》べて天下の大政を執行する宣旨」の意で、「内覧の宣旨」とも言う。下文に再び見える。俊賢が道隆邸に赴いたのは長徳元年三月八日で、時に俊賢三十六歳（『公卿補任』）。正暦三年八月二十八日以降、蔵人頭。万寿二年現在は、民部卿で大皇大后大夫で存命。万寿四年六月十三日に薨去。六十八歳。

一三 一条天皇の侍読であった。九二六～九九八。「高二位」という呼称は、正暦二年に従二位に叙せられたので「高階氏の二位」の意。

一四 正暦五年二月二十日の一切経供養。『枕草子』の「関白殿、二月二十一日に」の段に詳細に見える。

一五 面伏せ。不体裁。目障り。恥ずかしい事。

一六 中宮定子・淑景舎原子・敦道親王室・御匣殿。

一七「十月五日」の誤り。『栄花物語』の誤りを踏襲か。

らせたまへりき。女一宮《脩子》[一]は、入道の一品宮とて、三条におはします。女二宮《媄子》は、九つにて亡せたまひにき《夭折なさいました》。男親王《をとこみこ》、式部卿の宮敦康[二]の親王とこそ申《ま》ししか。[三]度々の御思ひ《何度も立太子の》違《たが》ひて《機を失して》、世の中をおぼし嘆きて亡[四]せたまひにき。御年二十《はたち》にて《の若さで》、あさましうて《何ともお気の毒に》止《や》[五]ませたまひにしかは《ご生涯を終えられた事ですよ》。冷泉院の宮達《為尊・敦道》などのやうに軽々《きやうぎやう》におはしまさましかば《軽薄であらせられたとしたら》、いとほしさ《おいたわしさ》も[六]よろしくや世の人《たいして感じずに世人も》思ひ申《ま》さまし。御才《ざえ》いとかしこう《御学識はたいそうすぐれ》、御心ばへも《御性質も》いとめでたうぞおはしましし《たいへんりっぱなお方でございました》」

（世次）「さてまた、この宮の《敦康親王の》御母后《ははぎさき》の御さしつぎの中の君《定子皇后のすぐ次の原子さま》は、三条院の《三条天皇が》、東宮と申しし折の淑景舎《しげいしや》[七]とて華やがせたまひしも《華やかにお過しになっていた方も》、父殿《ちちとの》《道隆公が》亡せさせたまひにし後、御年二十二三ばかりにて亡[八]せさせたまひにき」

（世次）「三の御方は《三番目の姫君》、冷泉院の四の皇子《みこ》、帥《そち》[九]の宮と申ししをこそは《申し上げたお方を》、父殿《道隆公が》婿取り奉らせたまへりしも、後には、やがて御仲《ご夫婦仲が》絶えにしかば、末の世《晩年は》は、一条わたりに《のあたり》、いと怪しくておはするとぞ、きこえたまひし《たいそう落ちぶれて住んでいらっしゃるという人の噂でした》。[一〇]まことにや。御心ばへなどのいと落ち居《ゐ》ずおはしければ《御性質などがまことに落ち着きのないお方でしたから》、かつ《一つに》

一 脩子《しゅうし》内親王（九九六～一〇四九）。一条天皇第一皇女。万寿元年三月三日、落飾（『日本紀略』）。

二 一条天皇第一皇子。九九九～一〇一八。

三 まず寛弘八年六月、三条天皇即位の時、弟の敦成親王に先を越され、長和五年正月、敦明親王立太子の折もおくれを取り、寛仁元年八月、敦明親王（小一条）皇太子辞退の際も敦良親王（後朱雀天皇）に敗れて、ついに志を得なかった。後楯を欠いた為であった。

四 寛仁二年（一〇一八）十二月十七日薨。

五 文末の「かは」は強意の複合終助詞。嘆辞。

六 平凡に。普通に。

七 淑景舎の君。「淑景舎」は後宮五舎の一つ。内裏の東北宮にあった殿舎で、庭に桐が植えてあったから、通称を桐壺という。原子《げんし》は十六歳の時、東宮に入内。

八 長保四年（一〇〇二）八月三日。『栄花物語』（鳥辺野）、『権記』『本朝世紀』に見えるが、頓死した由で君寵を争った他の女御側によって毒殺されたらしい。

九 敦道親王のこと。大宰帥であったから、帥の宮という。「帥」は大宰府の長官で、臣下が任ぜられる事もあるが親王が任ぜられる事が多い。その場合は、実務は権帥か大弐がつかさどる。敦道親王と和泉式部の恋愛は『和泉式部日記』に語られて著名。

一〇 諸注、多く「まことにや」の後に読点を打ち、下文に続けるが、上文を受けて「噂はまことか」と言ったもの。

は宮も疎みきこえさせたまへりけるとかや。[一一]僧・まらうとなどの参りたる折は、御簾《みす》をいと高やかに押し遣りて、御[一二]懐《ふところ》を拡げて立ちたまへりければ、宮は御面《おもて》打赤めてなむおはしましける。さぶらふ人も、面《おもて》の色違《たが》ふ心地して、俯伏《うつぶ》してなむ、立たむも[一三]はしたに術《ずち》なかりける。宮、後には、『見返りたりしままに、動きもせられず、物こそ覚えざりしか』とこそ仰せられけれ」

(世次)「また、[一四]学生《がくしやう》ども召し集めて、作文《さくもん》し遊ばせたまけるに、[一五]金《こがね》を二三十両ばかり、屛風のうへより投げ出だして人々打ちたまければ、『ふさはしからず、憎し』とは思はれけれど、その座にては[一六]饗応《きやうよう》し申して、取り争ひけり。『金賜《こがねたま》はりたるは良けれども、さも見苦しかりしものかな』とこそ、今に申さるなれ。人々[一七]文《ふみ》作りて講じなどするに、[一八]善悪《よしあし》いと高やかに定めたまふ折もありけり。[一九]二位の新発《しぼち》の御流《ながれ》にて、この御族《ぞう》は、女も皆、才《ざえ》のおはしたるなり」

(世次)「母上は[二〇]高内侍《かうないし》ぞかし。されど、[二一]殿上えせられざりしかば、行幸《ぎやうかう》・

はそれで敦道親王もお嫌いになり遠ざけられたとかいうことです
僧侶・客人などがおとずれた
際は
帥の宮様は
赤面して
侍女たち
も
顔色
突っ伏して
その場を立つのも
後日
姫の方を振り返った途端
そのまんま身動きもできず
何が何だかぼうっとして判らなくなったよと
詩作の会を開いて遊ばれた時に
〔学生達は〕
この席に相応しくない仕打だ
不愉快だ
金を拾い取り
(学生)
実に
申されるそうです
読み上げたり
〔三の君は〕
学識がおありだったのです

一一 蓬左本・久原本・桂乙本及び、『新註』『詳解』『新講』等の本文に従った。古く、鈴木弘恭の『註釈』の本文も、古本・水戸本・彰考館本に拠って「僧」を加えている。古活字本・整版本は「僧」を「そ」とする。「う」文字を脱落させたのだろう。単に「まらうと（客）が訪問した時」とあるより、「僧侶」が加えられている方が味がある。なお、「まらうと」の「と」は清音。「まろうど」と発音するようになったのは、よほど後の事らしい。

一二 胸乳を露出させるのであろう。

一三 工合がわるく、どうしてよいか、せんすべもなかった。「はした」は、半端。どっちつかずの義。

一四 大学寮の学生。

一五 当時の「金」は沙金であって、江戸時代の「両」ではなく、目方一斤の十六分の一を大両、その三分の一を小両としたと、佐藤の『詳解』に言う。『全集』では、「二三十両」は約二十万円前後としている。

一六 ご機嫌を取り申し上げて。

一七 漢詩文を作って披講したりする際に。

一八 詩の優劣をたいそう声高に批評なさる時も。

一九 「二位の新発意《しぼち》」の略。「新発意」は新たに発心して仏道に入った人の意。高階成忠の御血統。

二〇 高階貴子。成忠女。内侍は掌侍《ないしのじよう》の事で、内侍司の三等官。

二一 清涼殿への昇殿はお許しがありませんでしたので。

[一]節会《せちゑ》などには、南殿《なでん》にぞ参られし。[二]それはまことしき《高内侍は本格的な》文者《もんざ》にて《漢詩人で》、[三]御《お》前《まへ》の作文《さくもん》には《の折には》、文献られしはとよ《漢詩を献上したとのこと》。少々の《いい加減な》男子《をのこ》には勝《まさ》りてこそきこえ侍りしか。さやうの折、召しありけるにも《お召しがあった際にも》、[四]台盤所《だいばんどころ》の方《かた》よりは参りたまはで、弘徽殿の上《うへ》の御局《みつぼね》の方より通りて、[五]二間《ふたま》になむさぶらひたまひけるとこそ承《う》けたまはりしか。古体《こたい》に侍りや。『女のあまりに[六]才賢《ざえ》きは、物凶《あ》しき』と人の申すなるに《申しているそうですが》、この内侍、後にはいといみじう堕落《零落》せられにしも、その気《け》《そのため》とこそは覚え侍りしか」

（世次）「さて、その宮《帥の宮の北の方》の上の御さしつぎ《差次》の四の君《道隆四女》は、御匣殿《みくしげどの》と申しし。御かたちいとうつくしうて、式部卿の宮《敦康親王》の御母代《ははしろ》《母代り》にておはしまししも、[七]はかなく亡せたまひにき。されば《さよう》、一つ腹の女君たち《高内侍腹の姫君たちは》、かくなり《以上の通りです》。[八]対《たい》の御方ときこえさせし人の御腹にも女君おはしけるは《姫君がいらっしゃいましたがそのお方は》、今の皇大后宮にこそはさぶらひたまふなれ《妍子さまにお仕えになっていらっしゃる由》。[九]またもきこえたまふかし《女のお子様は他にもおられるとの評判です》」

道隆の子息大千代君（道頼）の事

（世次）「男君たちは、太郎君《ご長男道頼公》、故伊《い》予守《よのかみ》守仁《もりひと》の主《ぬし》のむすめの腹ぞかし。大《おほ》千代《ちよ》君《ぎみ》〔幼名〕よな。それは[一〇]祖父《おほぢ》大臣《おとど》の御子《みこ》にし奉りたまて、[一一]道頼の六郎君

一 節日《せちにち》その他重要な公事《くじ》がある日に催した儀式・宴会をいう。天皇が出御し、群臣に酒饌《しゅせん》を賜った。「節日」というのは、大宝令に定められたもので、正月の一日と七日と十六日、五月五日、七月七日、十一月の大嘗祭の日の六日《むいか》であった。これにあとから加わった公《く》事《じ》による節会が、譬えば、即位、拝賀、白馬《あおうま》、豊明《とよのあかり》、踏《とう》歌《か》、相撲、立后、立太子、任大臣等であった。

二 前の敦道親王妃のように女だてらに漢詩の批評をするような小ざかしい女性ではなく、しっかりした学者だったというのである。

三 清涼殿の帝の御前における詩席では。

四 清涼殿内、昼御座《ひのおまし》の西、朝餉《あさがれい》の間《ま》の南。殿上を許された女房の詰所。高内侍は、殿上を許されていなかったから、ここは通れなかった。

五 夜の御殿の東、弘徽殿の上の局の南の部屋で、祈禱僧などが伺候する。その部屋に控えておられたと耳にしました。昔気質《かたぎ》の律義なお方ですな。

六 学問がすぐれているのは縁起がよくない。

七 その間の事情は『栄花物語』（初花《はつはな》）に詳しい。

八 大宰大弐藤原国章女、その腹の女君は綏子。

九 『栄花物語』（さまざまの悦び・蕾《つぼみ》花）参照。

一〇 兼家公が、ご自分のお子さまに。猶子。養子。

一一 兼家の養子として六男になる。二十五歳で薨。

一二 永祚二年（九九〇）五月十三日に参議。叙従三位。もと頭中将。正暦二年（九九一）

とこそは申《ま》ししか。大納言[一二]までなりたまへりき。父の関白殿《道隆公》亡せたまひし年の六月十一日に、打続き亡せたまひにき。御年二十五とぞきこえさせたまひし。御かたち《容貌》いと清げに、あまりあたらしきさま《この世にいらっしゃるには余りにも勿体ないような御様子で》して、物より抜け出でたるやうにぞおはせし《絵から抜け出たようにおきれいでいらっしゃいました》。御心ばへこそ《ご性質がまた》、異《こと》御同胞《はらから》にも似たまはずいとよく《他の御兄弟とは似ても似つかぬ素晴らしさで》、また、ざれをかしくもおはせしか《洒脱で魅力のあるお方でもいらっしゃいました》。この殿は、異腹《ことばら》におはす」《貴子腹ではありません》

道隆の子息小千代君(伊周)の事

《(世次)》「皇后宮と一つ腹の男君《定子さまとご同腹の坊ちゃまは》、法師[一三]にて、十あまりのほどに《十歳そこそこで》、僧都にな《父君は僧都に》し奉りたまへりし《してさし上げましたが》。それも《その方も》三十六にて亡せたまひにき。今一所は《もうおひと方は》、小千代君《こちよぎみ》《伊周》とて、かの外腹《ほかばら》の大千代君《道頼》にはこよなく[一四]引き越し、二十一《[伊周が]》におはせし時、《[父道隆公は]》内大臣になし奉りたまて、我《わ》が亡《う》せたまひし年、長[一五]徳元年の事なり、御病ひ重くなる際《きは》に、内裏《うち》に参りたまひて《参内なさって》、『おのれ斯《か》くまかりなりにてさぶらふほど《このように病がすっかり重くなっておりますす間は》、この内大臣伊周《これちか》の大臣《おとど》に、百[一六]官幷《ならび》に天下執行《しゅぎゃう》の宣旨《せんじ》賜《た》ぶべき』由《よし》、申し下さしめたまて《奏上し宣旨を下すよう指図なさって》、我は出[一七]家せさせたまひてしかば、この内大臣殿を関白殿[一八]とて《として》、世の人集ま

九月任権中納言。正暦三年八月右衛門督。叙正三位。正暦五年八月、五人を超えて任大納言。長徳元年折から流行の疫癘に罹り、六月十一日薨。人柄がよく『栄花物語』(見果てぬ夢)に、道長がこの人の死を残念に思ったとある。世に、「山の井の大納言」と呼ばれた。作り物語『落窪物語』の主人公「道頼」はこの人の名を採ったのであろう。

一三 隆円(九八〇〜一〇一五)と言い、正暦五年十一月五日に律師を飛び越して権少僧都となった。時に十五歳。実円大僧都の弟子。延暦寺に住し、後に普賢院僧都とか小松僧都とか呼ばれた。『日本紀略』に依ると、長和四年二月四日寂。僧都は僧正に次ぐ僧侶の官位。

一四 正暦元年は、道頼だけ参議だったが、その年道頼の養父兼家が薨じた。翌年には、伊周も追い着き並んで従三位権中納言になった。時に道頼二十一、伊周十八。ところが正暦三年には、伊周は権大納言に任じ、道頼は右衛門督を兼ねただけ。四年には、伊周も道頼も正三位に叙せられたが、五年に道頼が権大納言になった時は、伊周は内大臣に任ぜられていた。

一五『大系』の頭注に「後人の書入れの紛れこんだものか」とあり、『全集』も同説。但し、あってもよい。

一六 内覧の宣旨のこと。

一七 長徳元年四月六日出家。改元は二月二十二日。

一八 正式には関白でなく、内覧を行うだけだが。

り参りしほどに、一粟田殿に渡りにしかば、〔政権が〕二手に据ゑたる鷹を逸《そ》らいたらむやうにて嘆かせたまふ。一家に（伊周一家にとり一大事だとして思い乱れていらしたところ）いみじき事におぼし乱りしほどに、その移りつる方も（その政権の移った道兼公も）、三夢の如くにて亡せたまひにしかば、今の（現在の）入道殿（入道さま道長公が）、その年の五月十一日より、世を知ろし召ししかば、かの殿（伊周公は）いとど無徳に（ますます体裁がわるく）おはしまししほどに、またの年（翌長徳二年）、四花山院の御事出《い》で来《き》て、御官位《つかさくらゐ》取られたまひて、ただ大宰《だざい》の権帥《ごんのそち》になりて、長徳二年四月二十四日にこそは下《くだ》りたまひにしか。御年二十三。いかばかりあはれに悲しかりし事ぞ。されど、げに、必ずかやうの事、我が怠り（過失）にて流されたまふにしもあらず。五よろづの事身に余りぬる人の、唐土《もろこし》にもこの国にもあるわざにぞ侍ッなる（よくあることだそうでございますよ）。昔は北野の御事ぞかし（北野の天満宮の御事ですよ）」など言ひて、洟《はな》うちかむほどもあはれに見ゆ。

(世次)「この殿も（伊周公も）、御才《ざえ》日本には余らせたまへりしかば（ご学識が日本には過ぎておいでになったから）、斯かる事もおはしますにこそ侍りしか。さて、六式部卿の宮（敦康親王が）のむまれさせたまへる御欣《よろこ》びにこそ、召し還させたまへれ」

一 道兼の呼称。山城国粟田郷（京都市東山区）の山荘に住んだためという。本邸は、二条町尻（二条北、町尻東）であったから、「二条殿」とも呼ばれた。

二 手にとまらせていた鷹に逃げられたような気がして。「そらい」は「そらし」のイ音便。

三 長徳元年（九九五）四月二十七日関白となり、五月八日薨去。関白職をお受けしたのが五月二日だったから、正に七日しか在任していなかった。『公卿補任』に「四月二十七日関白巨細雑事。同二十八日為ル二氏ノ長者ト一。五月二日申ス二慶賀ヲ一。同八日薨ズ二于二条亭ニ一。…(中略)…世云フ二七日関白ト一。」とある。三十五歳。

四 花山院狙撃事件。為光三女の許に伊周が通っていた時、花山院が為光四女に想いを伝えようとしたが四女が聴き入れないので、院が通って行かれるようになった。伊周は花山院が三女に懸想しておられるのではないかと疑い、弟の隆家に語った。隆家は郎党二、三人と為光邸へ赴き、おどしのつもりで花山院に矢を放ったところ、花山院の衣類の袖を築地に射付けてしまったというのである。長徳二年正月十六日の出来事。この事が公けになり、四月二十四日、配流となった。

五 万事何事も人の身には過ぎている人が、このように罪過にあうということは。

六 敦康親王の御生誕は長保元年（九九九）十一月七日で、伊周が召還された長徳三年四月五日よりも後だから誤り。召還の理由は、東三条女院詮子の病のための大赦に依るもの。『栄花物語』の誤りを受けたか。

(世次)「さて、[七]大臣に准《なずら》ふる宣旨《せんじ》被《かぶ》らせたまひてありきたまひし御有様も、いと落ち居ても覚え侍らざりき。いと見苦しき事のみ、いかにきこえ侍りしもの」とて。

(世次)「内裏に参らせたまひけるに、北の陣より入らせたまひて、西様《にしざま》におはしますに、入道殿もさぶらはせたまふほどなれば、[八]梅壺の東《ひんがし》の塀《へい》の外《と》の[九]はさまに、下人どもいと多く居たるを、この帥殿《そちどの》の御供の人々いみじう払へば、行くべき方のなくて、梅壺の塀の内に[一〇]はらはらと入りたるを、(道長)『これはいかに』と[一一]殿御覧ず。『怪《あや》し』と[一二]人々見れど、さすがにえともかくもせぬに、某《なにがし》と言ひし[一三]御随身《みずいじん》の、空知らずして、荒らかにいたく払ひ出だせば、また外様《とざま》に、いと乱《らう》がはしく出づるを、帥殿の御供の人々、この度はえ払ひ敢へねば、太りたまへる人にて、すがやかにもえ歩みのきたまはで、[一四]登花殿の細殿の小《こ》蔀《じとみ》に押し立てられたまひて、(伊周)『やや』と仰せられけれど、狭《せば》き所に[一五]雑人いと多く払はれて、押し掛けられ奉りぬれば、[一六]頓《とみ》にえのかで、

お受けになって外出なさいました　すっかり落ち着いているようにも思われませんでした　幾らも耳に入って参りましたもの　と言って〔その実例を挙げるのだった〕　伊周公が参内なされました時のことです　朔平門からお入りになって　西の方へ　道長公も伺候していらっしゃる頃ですから　〔道長公の〕　〔下人どもは〕　これはどうしたことか　〔伊周公に遠慮し〕強く出られずにいると　空っとぼけて　乱暴に手ひどく　外へ追い出しますと　乱雑にどやどや出てくるのを　追い払い切れないから〔伊周公は〕　〔押し寄せる人の波に対し〕足早に去ることもおできになれず　押し付けられる破目になって　これこれ　たいそう大勢追い払われて〔伊周公の所に〕

七 長徳三年三月召返。同年十二月入洛。長保三年十二月十六日復㆓本位㆒、正三位。同五年九月二十二日従二位。寛弘二年二月二十五日大臣下、大納言上。同五年正月十六日准㆓大臣㆒、給㆓封戸㆒（『公卿補任』に拠る）。

八 後宮五舎の一。本名を凝華舎《ぎょうげしゃ》という。凝花舎とも書く。庭の西に白梅、東に紅梅が植えてあったから、通称、梅壺という。内裏の西北にあった。西北隅に襲芳舎（雷鳴壺《かんなりつぼ》）があり、その南隣。さらに南には飛香舎《ひぎょうしゃ》（藤壺）があった。襲芳舎と飛香舎に挟まれる位置。東側には、北から登花殿、次に弘徽殿があった。弘徽殿と飛香舎の間をさらに南行すれば清涼殿に至る。九 物と物との間の狭い空間。梅壺と登花殿との間の露地。「はさま」は、現在では「はざま」と濁るが、平安時代までは、清音だった由。

一〇「ばらばらと」と読むか。

一一 道長は参内して梅壺に居住していた姉詮子の所をおとずれていたのだろう。

一二 道長の従者であろう。

一三 道長公の随身の一人が。護衛の舎人《とねり》の一人が。

一四 登花殿は、梅壺の北東に面した殿舎。細殿はその渡り廊下で、格子の片面に板を張った「蔀《しとみ》」の上部が明りとり用の窓になっている建具を「小蔀」と称する。

一五 身分の低い人々。底本系「雑人は」とあるが、蓬左本・桂乙本・久原本等は「雑人」とだけ。

一六 急には身を引くことができず。

[一]いとこそ不便《ふびん》に侍りけれ。それは[二]げに御罪にあらねど、ただ華やか（派手な）なる御ありき（ご外出や）、振舞をせさせたまはずは（ご行動をお慎しみになっていたら）、さやうに（そのように）軽々《かろがろ》しき事（軽率のそしりを）おはしますべき事かはとぞかし」（お受けになる事もなかったろうにと存ずる次第です）

(世次)「また、入道殿、[三]御嶽《みたけ》に参らせたまへりし途《みち》（途中）にて、『帥殿《そちどの》の方より便《びん》なき事あるべし』（不穏な企てがあるらしいという噂が）ときこえて、〔道長公は〕常よりも世（身辺を）を畏《おそ》れさせたまひて（警戒あそばされて）、平らかに還らせたまへるに（無事に御帰還あそばされた時）、かの殿も（伊周公も）、『斯かる事きこえたりけり』（こういう噂が道長公の耳に入った）と人の申せば、いと傍痛《かたはらいた》くおぼされながら（工合悪く思われながら）、さりとてあるべきならねば（といって放っておくわけにもゆかないので）、〔弁明のため道長邸に〕参りたまへり。道のほどの（道中での）物語など〔道長公が〕せさせたまふに、帥殿[四]いたく臆したまへる御気色《けしき》の著《しる》きを、をかしくもまた、さすがにいとほしくもおぼされて、『久しく（長いこと）双六《すぐろく》つかまつらで（双六のお相手を致しませんで）、いとさうざうしきに（どうも物足りない気がしますから今日なさいませ）、今日遊ばせ』とて、双六の[五]枰《ばん》を召して（お取り寄せになり）、押し拭《のご》はせたまふに、〔伊周公の〕御気色こよなう直りて（格段によくなって）見えたまへば、殿（道長公）を始め奉りて、[六]参りたまへる人々、〔伊周公を〕あはれになむ（お可哀そうにと）見奉りける。さばかりの事を聞かせたまはむには（道長公襲撃の計画を耳になさった以上）、少しすさまじくも持て做させたまふべけれど（そんなに優しくなさらずに少しは冷たく扱われるのが当然でしょうが）、入道殿（道長公は）

一 小部の所に押し詰められた伊周公は、何ともはや哀れな有様でございました。

二 たしかに伊周公が悪いというわけではないが。

三 「御嶽」は「金《かね》の御嶽」の略。吉野山の最高峰、金《きん》峰山《ぶせん》のこと。「裏書」に「寛弘四年八月二日乙未、左大臣被ラル㆔参詣セ㆓金峯山㆒。権中納言源俊賢卿相ヒ㆓従フ之㆒。同十一日参著。同十四日還向。」とある。道長が参詣したのは最も奥の現在の金峰神社と思われる。元禄四年（一六九一）に、道長の奉納した経筒が発見された。金泥法華経十二巻と弥勒経三巻とを納めて埋めた銅の経筒である。寛弘四年（一〇〇七）当時は、定子所生の敦康親王が九歳で有力な東宮候補であり、翌寛弘五年の後一条天皇御誕生、同六年の後朱雀天皇御誕生となって形勢に変化が見えてくるが、寛弘四年までの時点では、敦康親王が皇太子になられるかも知れなかった。

四 たいそうびくびくしておいでのご様子がはっきり見てとれるのを。

五 「枰」は「バン」と訓む。千葉本振仮名「バン」、蓬左本「はん」。盤である。碁盤を「碁枰」とも書いた。ここは「双六の枰」である。

六 そこに参上しておられた人々。「裏書」によると、道長に随行したのは、源俊賢一人とあるが、帰邸を迎えた人々もあったのであろう。

は飽くまで情けおはします御本性にて《どこまでも情深い御性質のお方で》、[七]必ず人の然《さ》思ふらむ事をば、押し返し、懐かしう持てなさせたまふなり」

(世次)「この御博奕《ばくやう》は[八]、[九]打ち立たせたまひぬれば、二所《ふたところ》ながら《お二方とも》、[一〇]裸に腰絡《から》ませたまて、夜中・暁まで遊ばす。『心幼くおはする人にて《伊周さまは子供っぽいお方で》、便《びん》なき事もこそ出で来《く》れ《工合の悪い事でも起きる》』と《と大変》、[一一]人は承け申《ま》さざりけり。いみじき御賭物《かけもの》《素晴らしく高価な品々が賭けられたものです》どもこそ侍りけれ。帥殿は、古き物どもえも言はぬ《古くから伝わった品々の何とも言えぬ美麗な物》、入道殿は、新しき《新しくて面白味がある品々を》が興ある、をかしきさまにしなしつつぞ《いかにも風雅な体裁に仕立てられて》、かたみに取り交《かは》させたまひけれど《それらの品を互いに取りつ取られつなさいましたが》、かやうの事さへ《このような遊び事においてまで》、帥殿は常に負け奉らせたまてぞ《おくれをお取りあそばして》、まかでさせたまひける《道長邸を辞去なさったことでした》」

(世次)「かかれど[一二]、ただ今は、一の宮のおはしますを、頼もしきものにおぼし、世の人も、さはいへど《失意のご境遇とは申せ》、下《した》[一三]には追従《ついしよう》し、怖《お》ぢ申したりしほどに、[一四]今の帝、春宮《とうぐう》差し続きむまれさせたまひにしかば、〔伊周公は〕[一五]世をおぼし頽《くつほ》れて、月ごろ御病ひもつかせたまて《何カ月かご病気にもおかかりになって》、寛弘七年正月二十九日、[一六]亡せさせたまひにしぞかし。御年三十七とぞ承けたまはりし」

七 きっと、普通の人間なら悪意に解して敵意を抱くところを、反対に善意に受け取って、相手が親愛の情をいだくようにおもてなしになるのです。

八 「博」は双六、「奕」は囲碁。漢音バクエキ、呉音バクヤク。「ばくやう」は、呉音の「ヤク」がウ音便で、「ヤウ」と変じたもの。ここは、高価な細工物や衣服などを賭《か》け物にして双六をおこなったのであろう。つまり双六による賭け事。博打《ばくち》。

九 博打に夢中になってしまわれると。

一〇 肌脱ぎになり、腰に衣類をからませられて。

一一 道長さまのご家来衆は、このようなことに賛成申しあげなかったことでした。

一二 このようなご境遇でしたが、帰洛後しばらくは、一条天皇第一皇子敦康親王がおいであそばすことを。寛弘四年には、一の宮敦康親王、九歳。皇太子候補の第一位にあった。

一三 心の底では、ひそかに伊周公のご機嫌を取り、その憤りに遭うことを懼れていたが、そのうちに。

一四 後一条・後朱雀。寛弘五年と六年に、道長女の彰子の腹から相次いで誕生あそばされた。

一五 人生に希望を失って。がっくりと失望落胆して。

一六 『栄花物語』(初花)に詳細に記されている。

伊周の臨終とその子孫

(世次)「限りの御病ひとても、いたう苦しがりたまふ事もなかりけり。[一]『御咳《しはぶき》病ひにや』など〔伊周公御自身が〕おぼしけるほどに、重りたまひにければ、(伊周)[二]『修法せむ』とて僧召せど、[三]参るもなきに、[四]『いかがはせむ《やむを得ない》』とて、[五]道《みち》雅《まさ》の君を御使ひにて、入道殿に《道長公に》申《ま》したま《お願い申し上げ》[六]へりける《たのだった》。夜いたう更けて、人も鎮まりにければ、やがて[七]御格子の許《もと》に寄りて、[八]打咳《しはぶ》きたまふ。『誰《た》そ』《だれか》と問はせたまへば《道長公がお訊ねあそばすので》、御名乗り申して、(道雅)『しかじかの事にて、修法始めむと[九]仕う奉《まつ》れど、[一〇]阿闍梨《あじゃり》にまうで来る人もさぶらはぬを、[一一]賜はらむ』と申したまへば、『[一二]いとふびンなる御事かな《不都合な事ですな》。[一三]えこそ《ちっとも》承けたまはらざりけれ《存じませんでした》。いかやうなる御心地ぞ《どのような御容態ですか》。いと[一四]怠々《たいだい》しき御事にもあるかな』といみじう驚かせたまて、『誰《たれ》を召したるに、参らぬぞ』など、委《くは》しく問はせたまふ。某《なにがし》の阿闍梨をこそは献《たてまつ》らせたまひしか。されど、[一五]世の末は、人の心も弱くなりにけるにや、[一六]『悪しくおはします』など申ししかど、[一七]元方《もとかた》の大納言のやうにやはきこえさせたまふな。また《これは一つには》、入道殿下のなほ傑れさせたまへる威のいみじき《やはり人に立ちまさった御威光の素晴らしさのためか》

一 気管支炎だろうか。
二 千葉本振仮名「シュホウ」、蓬左本「すはふ」とある。「すほふ」がよいか。病気平癒を祈る事。
三 道長に睨《にら》まれては大変と、どこの祈禱僧も、伊周邸には参ろうとしないのであろう。
四 宿敵道長に頭を下げるのは業腹《ごうはら》だが、こうなってはやむを得ないというので。
五 藤原道雅(九九二〜一〇五四)。伊周の長男。当時十九歳。
六 「けり」の連体形で文を止めたのは、詠嘆の意をあらわす。
七 道長公のお部屋の前の格子戸近くに。
八 道雅さまは咳払いをなさる。
九 「つかうまつれど」は、蓬左本・久原本・桂乙本並びに、『大鏡新註』・佐藤『大鏡詳解』等、皆同じ。底本並びに同系統の諸本だけが「つかまつれば」とする。それも通じるが、「ど」とある方がやや優ると思うので改めた。
一〇 師とすべき高僧。つまり往生に導くべき導師の意味。修法をしてくれる祈禱僧。
一一 あなたのお力で寄越して下さい。
一二 「不便《ふびん》」の「ん」を表記しなかったもの。不都合。
一三 うけたまわる事ができませんでした。
一四 僧侶としては怠慢千万。
一五 澆季。末世。永承七年(一〇五二)、末法に入る

（『扶桑略記』）。

一六「伊周公は道長公に対し憎悪の気持を抱いておいでだ」などと世間の人は噂をしましたけれど。

一七 元方の大納言の霊が冷泉院に祟られたような噂が立ったでしょうか。そんな事はありませんでしたよね。「やは」は反語。文末の「な」は強意の助詞。但し、長和四年（一〇一五）十二月、頼通の病気の時に、「故帥《ノ》霊顕露《ス》」（『小右記』）とあり、伊周の霊が出現した。

一八「老の波」に「老の並」を掛けたか。

一九「伊周の霊を刺激し過ぎると、一大事ですから、この辺でやめておきましょう」と。

二〇 あたりを窺って伊周の霊の耳に入らぬよう警戒する素振《そぶ》りを見せて。

二一 代明親王（醍醐天皇皇子）の御子。母君は右大臣定方女。延長元年（九二三）出生。右近中将から参議となり、権大納言に至り、長徳四年（九九八）薨。七十六歳。

二二 枕元に並んで据《す》わらせて。

二三「人笑へ」とも言う。世間から笑いものにされる事を言う。世の笑いもの。外聞が悪い事。

二四 恨み事をそなたたちの耳に入れようと思っているぞ。「きこえむずる」は「きこえむとする」と同じ。

と見受けられます　一八老いぼれて　一九つい言わない方がよい事まで口を滑らしそうでございます
に侍ンめり。一八老の波に言ひ過ぐし一九もぞし侍る」
伊周公の話をする時は　急に声をひそめる
と、二〇気色《けしき》だちて、このほどは、うちささめく。
（世次）　伊周公室　頼宗室・彰子女房　道雅
「源大納言二一重光の卿の御むすめの腹に、女君二人、男君一人おはせ
后候補
しが、この君たち皆大人びたまひて、女君たちは后《きさき》がねとかしづき
御病気ま
奉りたまひしほどに、さまざまおぼしし事ども違《たが》ひて、かく御病ひ
でが　重くおなりになったので　仰し
さへ重《おも》りたまひにければ、この姫君たちを二二据ゑ並《な》めて、泣く泣くの
ゃるのでした　年来　たいそう深くお仕えしてきた事だから
たまひける。『年ごろ、仏・神にいみじう仕うまつりつれば、何事
いくら何でも凶い事はあるまい　こんなみじめな死に方まで　する
も、「さりとも」とこそ頼み侍りつれど、かく言ふかひなき死《しに》をさ
はめになろうとは悲しい事だ　前々からこうなると知っておったなら　わたしよ
へせむ事の悲しさ。かく知らましかば、君たちをこそ、「我《われ》より先
り前に世を去っておくれね　神仏に祈願すべきであったものを　どのような身
に亡せたまひね」と、祈り思ふべかりけれ。己《おの》れ死なば、いかなる
の振り方　どのような暮しをなさるのだろうかと思うとそれが悲しく　世間のいい物笑いにき
振舞、有様をしたまはむずらむと思ふが悲しく、二三人笑はれなるべき
っとなるだろうね　お泣きになる　見苦しい暮しなどなさるなら
事』と言ひ続けて、泣かせたまふ。『怪しき有様をもしたまはば、
草葉の蔭からでも　きっと　恨み言を申す覚悟だからね　子の母君である令夫人にも
亡き世なりとも、必ず二四恨みきこえむずるぞ』とぞ、母北の方にも、
涙ながらに遺言なさった事でございました
泣く泣く遺言したまけるかし」

〔世次〕「その君たち、大姫君[一]は、高松殿[二]の春宮大夫殿《とうぐうのだいぶどの》の北の方にて、多く[三]の君達《きんだち》産み続けておはすめり。それは、あしかるべき事《結構なこと》ならず。今一所《ひとところ》は、大宮[四]に参りて《お仕えして》、帥殿《そちどの》[五]の御方とて《という呼名で》、いとやむごとなくてさぶらひたまふめる《たいそう重んぜられてお側仕えをしておいでとお見かけしますが》こそは、おぼしかけぬ御有様なゝめれ《それこそ想像もなさらなかったお身の上とお見受けします》。あはれなりかし《お気の毒です》。男君[六]は、松君とて《〔ご童名を〕》、むまれたまへりしより《お生れあそばした時から》、祖父大臣《おほぢおとど》《道隆さま》いみじきものにおぼして《が可愛くてたまらぬと思われ》、迎へ奉りたまふ度毎に《お邸へお迎え申されるたびごとに》、贈り物をせさせたまふ。[七]御乳母をも饗応《きやうよう》したまひし君ぞかし。この頃三位しておはすめるは《現在三位になられたようですね》。この君《道雅》を、父大臣《ちちおとど》、『あなかしこ[八]《いいかよく身を慎んで》、我が亡《な》からむ世に、あるまじきわざ《〔名家の子として〕》せず、身捨て難しとて《いくら自分が可愛いからとて》、物覚えぬ《筋の通らぬ》名簿《みやうぶ》[九]うちして、我が面《おも》伏せて、[一〇]『いでや《いや駄目だねえ》、さありしかど、斯かるぞかし《昔は名家だったが 今はこんな有様だからね》』と、人に言ひ伸立《のた》てせさすな《人から言われ そやつらをいい気にさせるな》。世の中に在り侘びなむ時は《世渡りが難しくなったらその時は》、出家すばかりなり《出家するまでじゃ》』と泣く泣く言ひ置かせたまける《遺言なさいましたが》に、この君《道雅君は》、当代《後一条天皇が》の春宮にておはしまししし折の亮《すけ》[一一]になりたまひて、いと目易き事と見奉りしほどに《ごく世間体のいい事だとお見上げ申しておりました頃は》、『春宮亮道雅の君』とて《と申して》、いと覚えおはしきかし《たいそう信望がおありでした》。それに《ところが》、いかがしけむ《どうしたことか》、位に《〔東宮が〕》

一 伊周の長女。九九三年生れ。頼宗に嫁す。
二 「高松殿の春宮大夫」は、頼宗のこと。高松殿は道長の第二夫人、明子（高明女）。その高松殿所生で、万寿二年当時は、権大納言で春宮大夫であった三十三歳の頼宗の北の方であるのが、伊周の長女であった。
三 『尊卑分脈』に依ると、伊周長女と頼宗の間には兼頼・俊家・能長などが生れている。
四 底本「太宮」とあり。桂甲本も同じ。千葉本・平松本・蓬左本・桂乙本・久原本「大宮」とする。「大宮」は道長女の彰子。『栄花物語』（初花）に見える。
五 大宰権帥に貶謫《へんたく》された伊周の官名による呼名。『栄花物語』（浅緑）に見える。
六 藤原道雅。万寿二年は三十四歳。従三位。左中将。伊予権守。祖父道隆四十歳の正暦三年（九九二）誕生。道隆薨去の長徳元年（九九五）は、数え年四歳。
七 付いて来た乳母にまでもご馳走とか土産物とかなさった、大切な坊やだった方です。
八 あとに、禁止の意の打消しの語を伴う。ここは「人に言ひ伸立《のた》てせさすな」が、それにあたる。
九 名簿などを書いて提出し、この父の顔をつぶして。「名簿」は、当時、人の家臣や弟子になる時、姓名・官位・年月日などを書いて相手に渡した書類。
一〇 「いでや」は、反発、不承知、の気持の発語。
一一 「春宮亮」は、東宮坊の次官。春宮大夫の次。寛弘八年六月十三日、立太子当日に春宮亮に任ぜられた。
一二 『一代要記』によると、道雅は東宮亮であった功即かせたまひしきざみに《その時機に》、一二蔵人頭にもえなりたまはずして、坊官の《東宮坊の官吏であ》労にて三位ばかりして《った功に依り三位に叙せられただけ》、一三中将をだにえかけたまはずなりにしは《中将をさえ兼任なさらず終られたのは》、いと悲しかりし事ぞかし。〔伊周公直系の御子孫のこの有様は〕あさましう思ひ掛けぬ事どもかな《驚き入った事で思いも寄らぬ出来事でしたよね》」

（世次）「この君《道雅》、一四故帥《こそち》中納言惟仲《これなか》のむすめに住みたまひて、男一人《観尊》、女一人産ませたまへりしは《お産ませになりましたよ》。〔男の子は〕法師にて、一五明尊《めいそん》僧都の御房にこそはおはすめれ《お部屋で修行していらっしゃるようです》。女君《惟仲女》は、いかが思ひたまひけむ《どうお考えあそばしたのか》、〔道雅から〕密《みそか》に逃げて、一六今の皇大后宮にこそ参りて、一七大和宣旨《やまとのせんじ》とて《という名で》さぶらひたまふなれ。〔こんな事では〕年ごろの《長年連れ添う》妻子《めこ》とやは頼むべかりける《頼りにできようか》。なかなかそれしもこそ《かえってそういう女に限って》、あなづりて《夫を馬鹿にして》、をこがましくもてなしけれ《あの男は間抜けだと言いふらしたりするものだ》。あはれ《もし万一》、翁らがわらはべの《わしどもの家の女子供が》、さやうに侍らましかば《そのような振舞をしでかそうものなら》、しらが髪《がみ》をも削り、鼻をも掻き落し侍《はべ》りなまし。よき人と《身分のある人》申すものは、いみじかッし名の惜しければ《りっぱだった親の名を汚すのが惜しいから》、えともかくもしたまはぬにこそあンめれ《思い切った処置がお取れになれず怺えておいでなのでしょう》。さるは《その実》、かの君《あの道雅卿は》、一八さやうに痴れたまへる人かは《しぼけておられるお人ではない》。魂《たましひ》は別《わ》きたまふ《肚は据わって》一九君をば《物の道理を弁まえておられるお方を〔間抜け扱いするとは〕ねえ》」

（世次）「帥殿は、この内裏《うち》《後一条天皇》のむまれさせたまへりし七夜に、和歌の二〇序代《じょだい》書

労によって、後一条天皇が三条帝の禅《ゆず》りを受けて即位された長和五年（一〇一六）二月七日に、左近中将で、蔵人頭に任ぜられているから、「えなりたまはず」は誤り。『職事補任』によると、「後一条院蔵人頭、左中将、従四位上、長和五年正、二十九補」とあるから、蔵人頭にも左中将にもなっている。

一三 「三位ばかりして」は『公卿補任』の長和五年の項の最終に、初めて道雅の名が記載され、「二十五歳」である事と、「左中将如レ元。伊与権守」とあり、源憲定と藤原能信の二人とともに従三位のところに出ている。その後、道雅は天喜二年（一〇五四）に、六十二歳（異本・六十三歳）で薨じているが、非参議、従三位のまま、少しも昇進しないで世を終えている。

一四 平惟仲（九四二～一〇〇五）。兼家時代、有国と共に重んぜられた。道隆の代となり、有国は寵衰えたが、惟仲はなお重用され、道兼の娘尊子を産んだ藤三位を妻とした。中納言に昇進、大宰帥となり、任地に薨。六十四歳。

一五 九七一～一〇六三。小野道風の孫。園城寺の長吏となる。後、天台座主。康平六年、九十三歳で寂。妍子・頼通などの病気平癒の祈禱に参じた。

一六 三条院皇后妍子、今（後一条）の御代の皇太后宮。

一七 大和守義忠《のりただ》に再嫁して、「大和宣旨」と呼ばれた。

一八 女房になめられてそのままにしておくほど。

一九 「をは」を感嘆の助詞とする説は採らない。

二〇 序文。「序題」「序代」という。歌集の序文。

一 その顔の表情を観察される仕儀となられた。
二 まがわるい。きまりがわるい。体裁がわるい。
三 それだのに。そうだというのに。
四 「例の如く」の意。いつものように。
五 憎らしいことに。憎らしい事だが。
六 その場の面目はりっぱに立って。その場の表向きの成り行きは大層優雅になって。
七 そのようにうまく治まった事で、参会者一同は、伊周が敢えて出席した事を必ずしも非難せず、逆に伊周の詩文の才をみとめたことであった。
＊ この敦成親王誕生の祝賀は「七夜」でなく「百日」だったことは、『日本紀略』『御堂関白記』『本朝文粋』によって明らかである。寛弘五年十二月二十日の出来事であった。

道隆の子息、隆家の事

また伊周の一男道雅が二十五歳から六十二歳まで昇進しないで終るのは、三条院の女一宮当子《とうし》内親王との密通により、院の勘当を受けたため。「荒三位」（師尹伝）と呼ばれるほど自暴自棄の人物になるが、『後拾遺集』恋の部入集の「今はただ思ひ絶えなむとばかりを人づてならで言ふよしもがな」という道雅の歌は、後に百人一首にも採られて有名である。
八 天元二年（九七九）生れ。長徳元年（九九五）十七歳で権中納言。同二年四月出雲権守。五月謫地《たくち》が但馬に変更。長徳三年四月召還。四年兵部卿。長保四年（一〇〇二）任権中納言。五年正三位。寛弘四年従二

かせたまへりしぞ、なかなか《かえって》心なき事やな。本体は参らせたまふま《本来ならそういう会へは出席なさるべ》じきを、《きでないのに》それに差し出でたまふより、《その席にわざわざ顔を出されるから》多くの人の目を付け奉りて、《大勢の出席者が〔伊周公に〕》『いかにおぼすらむ』《どう思っていらっしゃるのだろう》『何せむに参りたまへるぞ』《何のために〔おめおめ〕出ていらしたのかとばかり》とのみ、[一]目守《まも》られたまふ。いと《実に》[二]はしたなき事にはあらずや。《きまりの悪い事ではありませんか》[三]それに、《それに対し》[四]例の、入道殿は、《道長公は》まことにすさまじからずもてなしきこえさせたまへるかひありて、《ほんとにばつが悪くならないように上手におもてなし申し上げたのですが その甲斐があって》[五]憎さは、《〔序文を〕》めでたくこそ書かせたまへりけれ。《素晴らしく立派にお書きになられた事でした》[六]当座の御面《おもて》は優《いう》にて、[七]それにぞ人々ゆるし申したまひける」

(世次)「この帥殿の御一つ腹の、《伊周公の御同母弟で》[八]十七にて中納言になりなどして、世の中《天下の》のさがな者《やんちゃ坊主》と言はれたまひし殿の、《隆家卿》御童名《わらはな》は阿古君《あこぎみ》ぞかし。この兄《〔その方が〕伊》殿の御のしりに懸りて、《周公の騒動に連座して》出雲権守《いづものごんのかみ》になりて、但馬《たじま》にこそはおはせ《逗留しておいでにな》しか。《りました》さて、帥殿の帰りたまひし折、《伊周公が許されて京へお還りになった折》この殿も上《のぼ》りたまひて、《上洛あそばされて》元の中納言になりや、《再任されたり》また兵部卿などこそはきこえさせしか。それも、《しかも》『いみじう《殊の外》[九]魂《たましひ》おはす』《肚ができていると》とぞ、世人に思はれたまへりし。あまたの人《〔流謫の結果〕大勢の》人の下臈《げらふ》になりて、《下級官になり》旁々《かたがた》すさまじうおぼされながら、《いろいろと面白くなくお思いになりながら》[一〇]歩《ある》かせたまふ

に、[一一]御賀茂詣に仕うまつりたまへるに《お供を勧められた時》、[一二]むげに下《くだ》りておはするがいとほしくて《後方に隆家卿がいらっしゃるのが気の毒で》、殿《道長公の》の御車に乗せ奉らせたまて、御物語細《こま》やかなるついでに《こまごま うちとけた話の》、『一年《ひととせ》の事は《(道長)先年の配流の事は》、己れが申し行ふとぞ《私が奏上して執行したのだと》、世の中に言ひ侍りける。そこにも然《しか》ぞおぼしけむ《あなたもきっとそうお思いでしょう》。されど、さもなかりし事なり。宣旨ならぬ事《宣旨にないことを》、一言《ひとこと》にても加へて侍らましかば《〔私が〕おったと致しましたら》、この御社に[一三]斯くて参りなましや。[一四]天道《てんたう》も見たまふらむ《見ていらっしゃるでしょう》。いと恐ろしき事』とも、[一五]『まめやかに《(隆家)真剣になって》のたまはせしなむ《仰せられたのが》、なかなかに《かえって》面置《おもて》かむ方なく《顔のやり場に困って》、術《ずち》なく覚えし《お手上げだったよ》』とこそ、後にのたまひけれ。それも、この殿におはすれば《〔道長公は〕相手が隆家卿だから》、[一六]さやうにも仰せらるるぞ《仰しゃるのですよ》。帥殿には《もし伊周公だったら》、さまでもやきこえさせたまける《そんなにまで弁解なさるでしょうか》」

「この中納言は《(世次)》、かやうに[一七]え去り難き事の折々ばかり《やむを得ない時々だけ》歩《あり》きたまひて《[一八]外出なさって》、いといにしへのやうに《あんまり昔のように誰彼なしに》交《まじ》ろひたまふ事《交際なさる》はなかりけるに、入道殿《道長公の》の[一九]土御門殿にて御遊びあるに、『かやうの事に《(道長)こういう催しの折に》、権中納言《隆家卿》のなき《不在》こそ、猶《やはり》[二〇]さうざうしけれ《物足りないなあ》』とのたまはせて、[二一]わざと御消息きこえさせたまふほど《格別にお迎えのお使りを差し上げなさる間》、杯《さかづき》あまたたびになりて《参会者たちは杯を重ねて》、人々乱れたまひて《酩酊あそばされ》、[二二]紐押し遣りて

位。六年中納言。九年兼按察使《あぜち》。長和三年兼大宰権帥。(下略)。

九 度胸がすわっている。根性がある。

一〇 世間づきあいで外出しておいでになるうち。

一一 道長公の賀茂神社参拝。「御」の文字は、底本、見セ消チだが、同系統の三本にはすべて存する。また蓬左本・桂乙本・久原本にも存するので、敢えて残した。

一二 「むげに」は「無下に」とする説と「無碍に」とする説と両説がある。ぐっと。ずっと。ひどく。

一三 このように平気な顔で参拝できましょうか。

一四 天にいます神。天に在って地上の人間の善悪を見ていらっしゃる神。

一五 真顔《まがお》で。本気になって。

一六 そのように事を分けてこまごまと。

一七 避けることのむずかしいような事柄の時だけ。

一八 外出。他出。出歩くこと。

一九 道長の邸宅。土御門南、京極西にあった。従って「土御門殿」とも「京極殿」とも言う。

二〇 「索々《さくさく》し」が「さうざうし」と変ったもの。「索」は「興味索漠」などの「索」で、物足リナイ、サビシイの義。

二一 改めて。現代語の「わざと皿を割った」などの「わざと」ではない。「公式に」「正式に」「表立って」「なすべきしわざとして」の義。

二二 入紐《いれひも》。袍・直衣《のうし》・狩衣などの衿《えり》の周囲に着けられている紐。

さぶらはるるに、この中納言《隆家が》参りたまへれば、[一]うるはしくなりて《まじめな様子になって》、居直りなどせられければ《居ずまいを正しなどなさったから》、殿《道長公は》、『疾く御紐解かせたまへ《早くお召物の紐を解いてお楽に》。[二]事破れ侍りぬべし』と仰せられければ、畏《かしこ》まりて逗留《とうりう》[三]したまふを《〔隆家は〕かしこまってためらっておられると》、[四]公信卿うしろより『〔紐を〕解き奉らむ』とて寄りたまふに、中納言御気色《けしき》悪しくなりて、『隆家は不運なる事こそあれ《いかにも不運な目には遭ったけれど》、そこたちにかやうにせらるべき身にもあらず《お手前たちに体に触れられ勝手なまねをされるような身でもない》』と、荒らかにのたまふに、人々御気色変りたまへる《お顔の色が》なかにも、今の《現在の》民部卿殿《俊賢》[五]はうはぐみて、人々の御顔をとかく見たまひつつ《ちらちらとお見較べになりながら》、『事出で来なむず《(俊賢)これはひと騒動始まるぞ》。いみじきわざかな《とんだ事になったなあ》』とおぼしたり。入道殿《道長公は》、打ち笑はせたまて《カラカラとお笑いになって》、『今日は《(道長)》、かやうの《このような》戯《たはぶ》れ言《ごと》侍らでありなむ《ざれごとは無しにして頂こう》。道長解き奉らむ《お解き申し上げよう》』とて、寄らせたまひて、はらはらと[六]解き奉らせたまふに、『これらこそ《(隆家)こうしたお扱いなら》、あるべき事よ《ふさわしいご処置と申せよう》』とて、御気色直りたまて、差し置かれつる杯《御前に置かれていた杯を》取りたまひて、あまたたび召し《何杯もお替りあそばし》、常よりも乱れ遊ばせたまける《羽目をはずして歌舞音曲に興じられた様子など》さまなど、あらまほしくおはしけり《好もしいお振舞でした》。殿も《道長公もたいそう》いみじうぞ持《も》て囃《はや》しきこえさせたまうげる《歓待なさったことでした》」

一 端正な態度になって。きちんとして。
二 折角もりあがった興が醒めてしまうおそれがあるだろう。
三 躊躇する。ぐずぐずする。逡巡する。
四 藤原公信（九七七〜一〇二六）。恒徳公為光六男。母は一条摂政第二女。長和二年（一〇一三）十月、三十七歳で参議に列す。正四位下。同じ年に、隆家は二歳年下の三十五歳だが、従二位、皇后宮大夫（二月十六日辞任）、按察使。中納言であった。従二位と正四位下では比較にならぬ。溯って寛弘六年（一〇〇九）を見ると、隆家は三月四日、正に転ずるが、それまでは権中納言、しかし、すでに寛弘四年の正月二日に、藤原時光・源俊賢の二人の中納言を超えて正三位から従二位に叙せられている。公信が権中納言に任ぜられるのは、治安三年（一〇二三）十二月十五日の事で、公信四十七歳の時であった。この道長邸の遊宴当時は、従四位上、近衛の少将の軽輩であったから、隆家が憤るのも無理はない。
五 「ぐむ」は「涙ぐむ」「芽ぐむ」の「ぐむ」で、「うは」は「上」であろう。中腰になる。浮足立つ。
六 道長は寛弘六年当時、左大臣、正二位、四十四歳。関白に准ずる内覧の宣旨を戴いており、当時の宮廷における第一人者である。このあとに右大臣顕光、内大臣公季、大納言道綱・実資・懐忠、権大納言斉信・公任、中納言隆家（中納言第一席）と続く。
七 いくらなんでもそのうちには、皇太子に立たれる事になるだろうと。式部卿宮敦康親王は、一条天皇第一皇子。母は道隆女の中宮定子。伊周は定子より二歳年長の兄。隆家は定子より三歳年下の弟。

八 寛弘八年の五月二十二日に御発病。二十七日、諸卿参入。「御悩甚重《ダシ》」（『日本紀略』）とあるのは六月十四日。崩御は六月二十二日。隆家が一条天皇の御前に伺候したのは同月十四日前後の事であろう。敦康親王は十三歳。定子は長保二年（一〇〇〇）崩。

九 蓬左本「みけしき」、桂乙本「御気色」。「みけしき」「オオンキソク」両様に読める。お見舞申し上げながら、暗に敦康を皇太子に指名するかどうか訊ねたのであろう。敦康親王は寛弘七年に叙三品、任帥宮。

一〇 敦康を皇太子に立てる事をさす。

一一 人間でない八部の鬼神が、人間の姿になって説法を聴聞に来たのを「人非人」と言った。もと仏語。転じて、人を罵《ののし》って「人でなし」（人にして人にあらず）と言う。一条天皇が道長を憚って優秀な敦康親王を東宮に推さなかった事に対する不満の呟《つぶや》きであろう。

一二 寝殿の正面階段を昇った奥の、二本の柱の間。

一三 寛弘九年十一月二十二日。御禊はその約一箇月前、即ち同年閏十月二十七日に行われた。

一四 皇太子が敦康親王でなかった「この際は」。

一五 表裏とも打って艶を出した紅綾の下襲。

一六 表は紅で、裏は青色の襲をいう。紅色はお召しにならない事になっているのに、それを着て。

敦康親王と隆家

（世次） 敦康親王の立太子を （隆家）
「さて、式部卿の宮の御事を、[七]『さりともさりとも』と待ちたまふ
に、[八]一条院の御悩み重らせたまふ際《きは》に、御前《おまへ》に参りたまひて、御気《き》[九]
ご機嫌を伺ったところ （一条天皇） とうとうできず仕舞になってしまったよと
色《そく》賜はりたまひければ、『[一〇]あの事こそ、遂にえせずなりぬれ』と仰
仰せられたのに対し （隆家） 可哀想な 人でなしめ といっそ申し上げたい気がしました
せられけるに、『あはれの[一一]人非人や』とこそ申さまほしくこそあり
とそう仰しゃっておいででした それから 自邸に立ち帰られて
しか』とこそのたまうげれ。さて、まかでたまうて、我《わ》が御家の日[一二]
［無念そうに］
隠しの間《ま》に尻打掛けて、手をはたはたと拍《う》ち居たまへりける。世の
敦康さまが御即位あそばして 隆家卿が 御後見でもなさったら
人は、『宮の御事ありて、この殿御後見《うしろみ》もしたまはば、天下の政《まつりごと》
隙間なく治まるに違いない 思いもし口にも申していたようでしたけれど 道長公
は、したたまりなむ』とぞ、思ひ申したゝめりしかども、この入道
のご繁栄は他に分けられるようないい加減なものではなかったに相違ありません
殿の御栄えの分けらるまじかりけるにこそは」
（世次） きらびやかな装束をおつけになった隆家卿のお姿など
「三条院の[一三]大嘗会《だいじやうゑ》の御禊《ごけい》にきらめかせたまへりしさまなどこそ、常
世人が がっくりされているだ
よりも殊《こと》なりしか。人の、『[一四]この際《きは》は、さりとも頽《くづほ》れたまひなむ』
ろうと想像していたところを 予想を 覆してやろう ［隆家卿は］ その
と思ひたりしところを、『違《たが》へむ』とおぼしたりしなゝめり。さや
ような負けず嫌いの所がおありだったのです
うなる所のおはしまししなり。節会《せちゑ》・行幸《ぎやうかう》には、[一五]掻練襲《かいねりがさね》奉らぬ事な
［下の］ 青くしてお召しになったから を着たように
るを、単衣《ひとへ》を青くて付けさせたまへれば、[一六]紅葉襲《もみぢがさね》にてぞ見えける。

実に素晴らしく華麗な扮装できらきらと　輝くば
表《うへ》の御袴、一龍胆《りんだう》の二重《ふたへ》織物にて、いとめでたくけうらにこそ、きら
かりに着飾られたことでした
めかせたまへりしか」

隆家眼病、大宰大弐を望む

(世次)　悪くおなりになってしまわれたのが　じつにもう　惜しい事でした　いろ
「御目の二そこなはれたまひにしこそ、いといと可惜《あたら》しかりしか。よ
いろと　［病気の進行を］　宮廷社交界とのおつきあい
ろづに三繕《つくろ》はせたまひしかど、四えやませたまはで、御交らひ絶えたま
も絶えた時分に　欠員が生じて　多くの人々が争って就任運動をした時　眼病
へるころ、五大弐の闕《けち》出で来て、人々望みののしりしに、『六唐人の目
の名医が来日しているそうだがそれに見てもらおう　大弐になりたい
つくろふがあンなるに見せむ』とおぼして、試《こころ》みに、『ならばや』
奏請あそばされたところ　天皇は御同病で同情なさったの
と申したまふげれば、七三条院の御時にて、また、いとほしくやおぼ
でもありましょう　重ねてお願いする事もなく大弐にお決まりになったのでございます
しめしけむ、二言《ふたこと》となくならせたまひてしぞかし」
(世次)
「その御北の方は、八伊予守兼資《かねもと》の主《ぬし》のむすめなり。その御腹の女君
第二皇子敦儀親王
二所おはせしは、三条院の御子の式部卿の宮の北の方、今一所《ひとところ》は、
藤原道綱　［隆家卿は］　敦儀・兼経
傅《ふ》の殿の御子に九宰相中将《さいしやうのちゆうじやう》兼経《かねつね》の君、この二所の御婿を取り奉り
たまひて、一〇いみじういたはりきこえたまふめり」

刀夷国九州を襲う

(世次)　全部が隆家卿に心服申すようになったから　いつ
一一「政事よくしたまふとて、一二筑紫人《つくしびと》さながら従ひ申したりければ、例
もの大弐　十人分もの実績を挙げて　京へ帰られたと　［九州の人々は］　九州
の大弐一三十人ばかりがほどにて上《のぼ》りたまへりとこそ申ししか。彼《か》の国

一　表薄蘇芳《うすすおう》、裏青。一説に表濃い花田《はなだ》、裏紫。秋季用。「二重織物」は、紋様のある綾織物の上に、更に浮き出るように他の色糸で紋様を織り出す物をいう。
二　「そこなふ」は「損ずる」。「れ」は受身の助動詞。隆家の眼病は寛弘九年(一〇一二)ごろからしい。『小右記』は実資の邸に、眼病の件で相談にくる隆家のことが書かれている。
三　治療を試みたが。
四　「止ませ」で「止める」義。
五　大弐平親信が辞任した。長和三年(一〇一四)十一月の事であった。隆家は長和二年秋ごろにすでに九州へ赴いて宋医に見せたらどうかと実資に勧められていた。かくて長和三年十一月七日に、隆家が大宰大弐に任ぜられる。翌四年四月二十二日叙正二位、赴任。
六　正しくは「宋人」であるが、唐が滅亡した後も、我が国では、唐と呼んだ。「目つくろふ」は目の治療をする意。「あンなる」の「なる」は聴覚判断の助動詞で、人の噂によれば…来ているそうだ、の意。
七　三条天皇は隆家の従兄弟。
八　底本「には」。蓬左・久原・桂乙本により改訂。
九　底本「小宰相」とあるが、千葉本・平松本・桂甲本により改めた。
一〇　隆家の娘二人の嫁ぎ先を見ると、反道長に近い。
一一　「政事《まつりごと》」をりっぱになさるというので。

におはしまししほど《御滞留になっていた頃》、刀夷国《といこく》[一四]の者、俄《にはか》にこの国《わが国》を討ち取らむとや思ひけむ、越え来たりけるに《海峡を渡って攻めてきたところ》[一五]、筑紫には、かねて用意もなく、大弐殿《隆家卿は》弓矢の本末《もとすゑ》[一六]も知りたまはねば、『いかが』《どうしたらいいか》とおぼしけれど、大和心《やまとごころ》[一七]かしこくおはする人にて《しっかりしておいでになる人で》、筑後《ちくご》・肥前・肥後、九国《くごく》の人を発《おこ》したまふをばさる事にて《檄をとばして召集なさるのは勿論》、府《ふ》《大宰府に》の内に仕《つか》うまつる人をさへ《お仕えしている文官まで集め》押し凝《こ》りて《一団となって》戦はせたまひければ、彼奴《かやつ》が方《かた》の者どもいと多く死にけるは《死んだものです》。さはいへど《何と言ってもやはり》、家高くおはしますけに《隆家卿が高貴なお家柄でいらっしゃるために》、いみじかりし事《大変な事件を》、平らげたまへる殿ぞかし《見事に平定あそばされた殿様なのですよ》。朝廷《おほやけ》、《「その功を認め」》大臣・大納言にもなさせたまひぬべかりしかど《大臣・大納言にも任命なさるべきところでありましたが》、御交らひ絶えにたれば《宮廷への御出仕も》、《「特に昇進のお沙汰もなく」》ただにはおはするにこそあンめれ《そのままでおいでになると思われます》。この中《なか》に、宗《むね》[一八]と射返したる者どもしるして、朝廷《おほやけ》に奏せられたりしかば、皆賞せさせたまひき《恩賞を賜りました》。種材《たねき》[一九]は壱岐守《いきのかみ》になされ、その子は大宰監《だざいのげん》にこそなさせたまへりしか。この種材が族《ぞう》は、純友《すみとも》討ちたりし者の筋《血筋》なり」

（世次）「この純友は、将門、同心に語らひて《心を合わせ相談して》、恐ろしき事企てたる者なり。将門は、『帝を討ち取り奉らむ』と言ひ、純友は、『関白にならむ』

一二 筑紫は九州。蓬左・久原・桂乙本「筑紫の人」。

一三 異本、「十年」もしくは「六年」とする。

一四 「刀夷」はもと「刀伊」で、女真族《にょしん》のこと。今の中国東北地方に起った民族。狩猟を事とし、次第に勢力を増し、当時は黒龍江口の南北の辺から沿海州方面に居住していた。朝鮮では「刀伊」と呼んでいたが、漢語の「東夷」の「夷」を使って「刀夷」とも称した。

一五 刀夷の来寇《らいこう》は、後一条天皇の寛仁三年（一〇一九）三月二十八日に、五十余艘《そう》の船舶で来襲、まず対馬・壱岐を侵し、壱岐の国守藤原理忠が殺された。四月七日筑前国の三郡を侵し、八日、博多湾内の能古島に拠った。隆家は同日、朝廷に第一報を送ったが、四月十七日都に達した。一方、地方豪族を促し官兵と共に防がせ、九日博多に上陸しようとした賊徒は大蔵種材等が撃退。賊はさらに十二日船津に上陸したが海上に追い戻した。十五日には肥前の松浦郡を侵したが、日本軍は迎撃して数十人を射殺、賊は逃げ去った。時に十七日であった。日本人の殺害された者四百六十三人、捕虜として連れ去られた者千二百八十人という。

一六 誇張して言ったまでで、実戦の経験がない事。

一七 祖国愛・愛国心・日本人の気概など。

一八 防戦した人々の中の、率先して迎撃した人々の氏名を記して。「むねと」は、中心となって。この恩賞の事は『小右記』（寛仁三年六月二十九日）に委《くわ》しい。

一九 大蔵種材。七十歳。対馬守春実の孫。当時、大宰大監であった。その子は光弘と言い、大宰少監であった。

と、同じく心を協《あは》せて、『この世界に、我《われ》[一]と政事《まつりごと》をし、君となりて《天子となって暮ら》過ぎむ《そう》』といふ事を契り合ひて《互いに約束して》、[二]ひとり《将門は》は東国《ひんがしくに》に軍《いくさ》を調《ととの》へ、[三]ひとり《純友》は西国《にしぐに》の海に、幾つともなく、大筏《おほいかだ》を数知らず《たくさん》集めて、筏の上に土を伏せて《盛って〔その上に〕》、植木を生《おほ》し《育て》、四方《よも》山の田《たくさんの田》を作り、住み着きて《そこに定住して》、大方《大概》、おぼろけの《並一通りの》軍《いくさ》に動ずべうもなくなりゆくを《軍勢ではびくともしそうもなくなってゆくのを》、賢う構へて討ちて奉りたるは《巧みに謀をめぐらして討伐し申し上げたのは》、いみじき事なりな《素晴らしい事ですね》。それは、げに《確かに》『人の賢きのみにはあらじ《討伐した武将が秀れていた為だけではありますまい》。王威のおはしまさむ限りは《天子様の御威光がおありになる限りは》、いかでかさる事あるべき《どうしてそんな謀叛などうまくゆくはずはない》』と思へど《と存じますが》」

「さて《(世次)》、壱岐・対馬の国の人を、いと多く刀夷国《といこく》に取りていきたり《捕虜として連れて》ければ、新羅《しらぎ》[四]の帝、軍《いくさ》を起《おこ》したまひて、皆討ち返したまてけり《捕虜を皆救出し取り返して下さった》。さて、使《使者〔鄭子良〕》をつけて、確《たしか》にこの島《壱岐・対馬》に送りたまへりければ、彼《か》の国の使には、大弐《隆家卿》、金《こがね》三百両取らせて帰させたまひける。このほどの事も《この間の処置も》、斯《か》くいみじうしたためたまへるに《このように行き届いてりっぱに処理なさったので》、入道殿《道長公は》、なほ《やはり》この帥殿を捨てぬものに《隆家卿を捨て難い有能な人物と》思ひきこえさせたまへるなり。さればにや《それだからでしょうか》、世にもいと振り《世間からも到底無視》

一 自分の思うままに。

二 将門は関東で軍隊を準備し。平将門は『尊卑分脈』平氏系図によれば、高望王の孫、鎮守府将軍良持の子とある。関東に育ち、京に赴いて摂政忠平に仕え、帰京後、もと武蔵権守であった興世王の勧めで、下野上野の国府を攻略、新皇と自称し、下総に王城を営み、弟や部下を文武百官に任命、関八州を支配しようとした。平貞盛が下野押領使藤原秀郷の援《たす》けを得て、天慶三年（九四〇）二月、将門を討ち取った。

三 藤原純友は『尊卑分脈』によれば、藤原長良五代の子孫。大宰少弐良範男。承平（九三一～九三七）のころ伊予掾《いよのじょう》となったが、任満ちても帰京せず、瀬戸内海の海賊の首魁《しゅかい》となり伊予日振島を根拠地とし、千余艘の船で官私の財物を掠奪した。追討使小野好古《よしふる》に攻められ敗走、大宰府に至り、征西将軍藤原忠文に追われ、伊予に逃げたが、天慶四年六月、警固使橘遠保に討たれた。大蔵種材の祖父春実は、純友の乱の時に、錦旗を賜った旨、『大蔵氏系図』に見えるから、手を下して純友を討ったのは橘遠保だったが、大蔵春実も討伐には戦功があったのだろう。なお将門と純友とが共謀したという証拠はない。当時の噂であろう。

四 朝鮮は当時は高麗。新羅は旧称。王は顕宗。刀伊の賊の帰路を要《まちぶせ》し、四月二十九日、元山沖の海戦で勝利を収め、捕虜二百五十九人を救出。日本に返送。

五 近衛の少将で、蔵人を兼務している人。

六 藤原良頼。長保四年(一〇〇二)出生。隆家長男。

花山院と隆家の意地くらべ

捨て難き覚えにてこそおはすめれ《できない信望をになっておいでのようです》。御門《みかど》には《隆家邸の門前には》、いつかは《いつだって》馬《むま》・車の三つ四つ絶ゆる時ある《立っていない時があるか》。また道も去り敢へず立つ折もあるぞかし《また時には道も避けて通れないほど立つ時もあるのですよ》」

(世次)「この殿の御子の男君、ただ今の[五]蔵人少将《くらうどのせうしやう》[六]良頼の君、また[七]右中弁《うちゆうべん》経輔《つねすけ》の君、また[八]式部丞《しきぶのぞう》などにておはすめり。まことに、[九]世に遇ひて華やぎたまへりし折《華やかなお暮しをなさっていた折に》、この帥殿は《隆家卿は》、花山院とあらがひ事中させたまへりしはとよ《争い事の約束をお交わしになりましたということです》。いと不思議なりし事ぞかし《全く思いもよらぬ珍無類の出来事でした》。(花山)『吾主《わぬし》なりとも《いくらそなたでも》、我が門《かど》はえ渡らじ《門前を乗物のまま通り抜けはできまい》』と仰せられければ、(隆家)『隆家、などてか渡り侍らざらむ』と申したまひて、その日と定められぬ《〔勝負の日取りは〕幾日と》。輪強き御車に《車輪の頭丈なお車に》、[一〇]逸物《いちもち》の御車牛掛けて《を轅につないで》、御烏帽子《えぼし》・直衣《なほし》いと鮮やかに《くっきりと》[一一]さうぞかせたまひて《目立つようにおつけになって》、[一二]葡萄染《えびぞめ》の織物の御指貫《さしぬき》、少し[一三]居出《ゐい》でさせたまひて、祭のかへさに紫野走らせたまふ君達《きんだち》のやうに《葵祭の還り立ちの日に紫野を車で走らせなさる若君達の如く》、踏板《ふみいた》にいと長やかに踏みしだかせたまひて《たいそう長々と指貫の袴の裾を踏みしめあそばされ》、括《くく》りは地《つち》に引かれて《〔袴の〕紐は地上に長く引かれ》、簾垂《すだれ》いと高やかに捲《ま》き上げて《お車の簾垂は高々と》、雑色《ざふしき》五六十人ばかり《従卒五、六十人ばかりに》、声のある限り、隙《ひま》なく御先《みさき》参らせたまふ《先払いの声をたてさせ》。[一四]院には《花山院》、さらなり《もとより》、えもいはぬ[一五]勇幹幹了《ようかんかんれう》の法師ばら《とても形容できない荒法師ども》、大中童子《だいちゆうどうじ》など、合はせ

母は備前守宣斉（異本・景斉）女。万寿二年時は、従四位下、右近少将、蔵人。『更級日記』の永承元年（一〇四六）十月二十五日後冷泉天皇即位の大嘗会《だいじようえ》の御禊《ごけい》に、良頼の邸の前を、作者孝標女が通って物詣でに赴く場面が書かれている。その折、良頼は正三位権中納言、右兵衛督。永承三年六月四日薨。四十七歳。

七 隆家次男。寛弘三年（一〇〇六）出生。兄より長寿、正二位権大納言に至る。永保元年（一〇八一）薨。七十六歳。母は、良頼と異なり、伊予守源兼資女。

八 隆家の息は、『尊卑分脈』によると、他に六名。万寿二年に式部丞であった人物は不明。恒徳公為光女腹の季定は、後に和泉守・越前守になっているが、この人ではないかとする説（佐藤 球『詳解』）がある。

九 長徳二年（九九六）春の事か。時に花山院二十九歳。隆家は十八歳。伊周・隆家配流の少し前になる。

一〇 馬・牛・犬・鷹などの優秀なもの。

一一 「装束」の語尾を四段活用の動詞に使用した。

一二 襲《かさね》の色目《いろめ》・染め色・織り色の三通りある。ここは織物の場合だから、織り色と見る。縦糸《たていと》赤、横糸紫で織った織物で作った指貫袴《さしぬきばかま》。春季用。

一三 坐ったまま、少し車の御簾《みす》の下から外へ出されて。

一四 近衛南、東洞院東に在った御所。

一五 花山院は法皇だから、召使は僧と稚児《ちご》。「勇幹幹了」は、勇敢で猛々しい。大童子は二十歳以上。中童子も十七、八歳の屈強な男。

て七八十人ばかり、大きなる石、五六尺ばかりなる杖《つゑ》ども持たせさ《持つようにお》せたまひて《命じあそばして》、一北・南の御門《みかど》、二築地《ついぢ》づら《土塀の前》、三小《こ》一条《いちでう》の前、四洞院《とうゐん》の裏うへに隙なく立て《びっしり人を立ち》並《な》めて《並ばせて》、五御門《みかど》の内にも《内側にも》、侍《さぶらひ》・僧の、若やかに力強き限り《力の強い者ばかり》、さる設けしてさぶらふ《然るべき用意をして控えております》。さる事をのみ《そのような粗暴な事ばかり》思ひたる上下《かみしも》の、六今日《けふ》に遇へる気色《けしき》どもは、げにいかがはありけむ。何方《いづかた》にも《院方も隆家方も》、石・杖ばかりにて、まことしき弓矢までは設けさせたまはず《本物の弓矢までは用意おさせになりません》。七中納言殿の御車一時《ひととき》ばかり立ちたまて、勘解由《かでの》小路《こうぢ》よりは北に《北の方角》、御門近うまでは遣り寄せたまへりしかど《花山院の正門近く〔牛車を〕》、なほえ渡りたまはで《やはりそれから先へは行く事がおできにならず》還らせたまふに、院方《ゐんがた》にそこら《大勢》集《つど》ひたる者ども、一つ心に目を固め《心を協せじっと眼に力を入れ》目守《まも》りて《凝視を続けていたが》、遣り返したまふほど《〔隆家卿の車が〕》、『は』と一度《いちど》に笑ひたりし声こそ、いと八夥《おびたた》しかりしか。さる見物《みもの》やは侍りしとよ《あんな面白い見物がございましたでしょうか》。王威はいみじきものなりけり《皇室の御威光は大したものでした》。え渡らせたまはざりつるよ《〔隆家卿は〕とうとうお通りになれずじまいでしたよ》。『無益《むやく》の事をも言ひてけるかな《役にも立たぬ言い争いをしたものだった》。いみじき《とんだ》九辱号《ぞくがう》取りつる《恥をかいてしまった》』とてこそ、笑ひたまうげれ《〔隆家卿は〕お笑いになった事でした》。院は勝ち得させたまへりけるを《勝利を》、『いみじ』とおぼしたるさまも《たいした手柄だと思っておいでの御様子も》、事しもあれ《事もあろうに》、まこと《正式の争い》

一 北側、即ち近衛大路に面している御門と、南側、即ち勘解由《かでの》（カンデノとも）小路に面している御門。
二 築地、即ち土塀に沿うた道。
三 小一条院の前。「小一条院」は師尹子孫が伝領。
四 東洞院通りの両側。
五 門は三つ。西側の小一条院に面した西門（正門）と、近衛大路に面した北門と、南の勘解由小路に面した南門とがあったのであろう。
六 今日という晴れの日に出会ったこうした連中の、気負い立った様子は、全くどんなであったでしょう。
七 隆家をさすとすると、隆家が帰京後中納言に再任されたのは寛弘六年（一〇〇九）だが、治安三年（一〇二三）に辞任しているから、『大鏡』執筆時の万寿二年当時は大蔵卿に過ぎない。とすると、「中納言殿」とあるのは、長徳元年（九九五）六月十九日に、権中納言から正中納言に転じた時から、翌二年四月二十四日に、出雲権守に左遷されるまでの足掛二年間の隆家をさしている事となる。前頁に隆家が穿《は》いていた指貫が葡萄染めの織物とあるので、正月、二月ごろと推測されるから、この意地競《くら》べは長徳二年春早々の出来事と見ていい。正しく「世に遇ひて華やぎたまへりし折」（前頁）であった。
八 百雷の一時に落ちるような歓声であった。「おびたたし」は、現今は「おびただし」と下の「た」を濁るが、平安時代は、清音であった由。
九 恥辱の称号。恥辱の名。

中関白道隆の末裔

しき事のやうなり」《事に勝利を収めたかのようでございました》

(世次)「この帥殿《そちどの》の御はらから《同胞》といふ君達《きんだち》、数あまたおはすべし。[一〇]頼親《よりちか》の内蔵頭《くらのかみ》・[一一]周頼《ちかより》の木工頭《もくのかみ》など言ひし人、片端《かたはし》より亡くなりたまて、今はただ[一二]兵部大輔《ひやうぶのたいふ》周家《ちかいへ》の君ばかり、[一三]仄《ほの》めきたまふなり。[一四]小一条院の御宮たちの御乳母《めのと》の夫《をとこ》にて、院の恪勤《かくごん》してさぶらひたまふ。[一五]いと畏し。また、[一六]井手《ゐで》の少将とありし君《好親》は、出家《すけ》とか。故関白殿の御心掟《おきて》いと《道隆公の平素のお心がけ》うるはしく、《は実にごりっぱで》貴《あて》に[一七]おはししかど《気高くおわしましたが》、御末怪しく《ご子孫が振わず》、御命も短くおはしま《短くていらっしゃる》すめり《とお見受けする》。今は、[一八]入道一品宮《いっぽんのみや》と、この帥中納言殿《そちのちゅうなごんどの》とのみこそは残らせ《隆家公だけが残っておいでの》[一九]たまへンめれ《ようです》」

七日関白

(世次)「一　右大臣道兼《みちかね》」

(世次)「この大臣《おとど》、これ、大入道殿《兼家公》の御三郎《ご三男》、粟田殿とこそはきこえさすめりしか。長徳元年乙未[二〇]五月二日、関白の宣旨《せんじ》かうぶらせたまひて、同じ月の八日亡せさせたまひにき。大臣の位にて五年、関白と

一〇 道隆男。従四位下、左中将。内蔵頭。寛弘七年薨。内蔵頭は内蔵寮の長官。四位・五位の殿上人より選出。母は伊予守奉孝女。

一一 道隆男。従四位下、中務大輔を経て、長和三年（一〇一四）、木工頭《もくのかみ》。妻は禎子内親王乳母。母は頼親と同じ。木工頭は木工寮の長官。

一二 道隆男。従四位下。兵部大輔。四位・五位より選出。

一三 細々と宮仕え生活をしておいでの様子です。「なり」は語法上は「断定」とも「聴覚による判断」の助動詞ともどちらにもとれるが、後者に取っておく。

一四「小一条院」は三条天皇皇子、敦明親王の事（師尹伝）。その方のお子さま敦貞《あつさだ》親王・敦昌《あつまさ》親王の乳母の夫で、小一条院の恪勤の侍としてお仕えしておいでです。「恪勤」は、院や宮家に仕える武士のこと。

一五 中関白道隆様のご子息ともあろう方が、院の家来とは全く恐れ多いことです。

一六『尊卑分脈』に「道隆男、好親。従四位下、右少将、号二井手少将入道一」とある。

一七「おはす」は元来サ変動詞であるから「おはせしかど」とあるべきところだが、この頃より四段に活用させた文が散見する。

一八 一条天皇第一皇女脩子内親王。御母定子。万寿元年（一〇二四）落飾。永承四年（一〇四九）薨。五十四。

一九「たまへりめれ」の「り」が撥音化したもの。

二〇 四月二十七日、関白の詔を受け、五月二日慶賀。

申して七日ぞおはしましし《七日間〔その地位に〕》かし。一この殿ばらの御族《ぞう》に、やがて《そのまま》世を知ろし召さぬ類ひ多くおはすれど、またあらじかし《またとあるまいね》、夢のやうにて《はかなく》止《や》みたまへるは《終ってしまわれた方は》。二出雲守相如《いづものかみすけゆき》の主《ぬし》の御家《みいへ》にあからさまに渡りたまへりし折《かりに一時的に移っておられた折に》、宣旨《〔関白の〕》《せんじ》は下《くだ》りしかば、主《あるじ》の喜びたうびたるさま《相如どのが喜ばれた様子を》、推し量りたまへ。〔家が〕狭《せば》うて、三事の作法えあるまじとて《できなかろうというので》、立たせ《〔その家を〕》たまふ日ぞ御悦《よろこ》び四も申させたまふ。殿の《道兼公の》御前《ごぜん》は《御前駆を勤める人は》、えも言はぬ者の限りすぐられたるに《特に傑れた者ばかり選り抜かれたのに》、五北の方の二条に《道兼夫人が二条の本邸に》帰りたまふ御供人は、よきもあしきも《身分のよい者も低い者も》、数知らぬまで《数え切れないほど》、布衣《ほうい》六などにてあるも雑《まじ》りて、殿七の《が》出《い》だし立て奉りて、渡りたまひしほどの《お二方が本邸にお帰りになった時の》、殿の内の栄え、人の気色《けしき》は、ただおぼし遣れ《ただもうご想像下され》、『余りにも《あまりの騒ぎようだと》』と見る人もありけり《〔非難めいた眼差で〕見る人もあったのです》」

（世次）「御心地は少し例ならずおぼされけれど《〔それから〕ご気分は少し違和感がおありだったけれど》、八『おのづからの事にこそは。忌々《いまいま》しく、今日の御悦び申しとどめじ《お礼言上を中止というのも縁起がよくない》』とおぼして、念じて《我慢して》、内裏《うち》に参らせたまへるに《参内なさったところ》、いと苦しうならせたまひにければ、殿上よりはえ出でさせたまはで《清涼殿の殿上の間からは退出おできになれず》、九御湯殿《おゆどの》の馬道《めだう》一〇の戸口に、御前を召して《御前駆の者を》《〔そ》、

一 道隆・道兼などの御一族の中には。道頼・伊周・隆家などをさすか。師輔にまで溯って考える説もあるが、やはり伊周あたりを主として考えているのだろう。『栄花物語』（見果てぬ夢）も、道兼薨去の条に、「関白の宣旨かぶらせ給ひて、今日七日にならせ給ひける。さきざきの殿原やがて世を知らせ給はぬたぐひはあれど、斯かる夢はまだ見ずこそありつれ」と、同じような書き方がしてある。

二 藤原相如。助信男。正五位下、出雲守。道兼に望みを託し、中河のあたりに家を建て、道兼に提供したので、道兼はこの家を別宅のように、しばしば方違《かたたが》えなどの時に利用した。

三 関白就任の儀式。

四 関白に任ぜられた御礼も参内して言上する。

五 藤原遠量《とおかず》女。遠量は師輔の四男。右馬頭・大蔵卿。道兼室となって、兼隆・兼綱・兼信などを産んだ。

六 六位以下の身分の低い者が着る無紋の狩衣《かりぎぬ》。「ほうい」または「ほい」とよむ。

七 道兼室の二条に帰る行列を相如の邸で道兼が見送り、続いて道兼の行列が帰邸したのであろうか。「殿の」とある以上、「殿が」と解するほかない。「殿を」の誤りとする説はかえってよろしくない。蓬左本・桂乙本・久原本等「の」がないが、同義に落ちる。

八 自然何かの拍子でちょっと変な気分がするだけのことなのだろう。

九 清涼殿の西廂《にしびさし》の最北の部屋。食膳・茶などの湯を

（の肩に〕）懸りて、一一 北の陣（朔平門から）より出でさせたまふに、『こはいかに』（これはどうなさったのか）と人々見奉る。殿には（二条のお邸では）、常よりも一二 取り経営《けいめい》して待ち奉り（〔道兼公のお帰りを〕）たまふに、人に（〔公は〕）懸りて、御冠《かうぶり》もしどけなく（だらしなく）なり、一三 御紐押しのけて（解かれ襟元をゆるめ）、いといみじう苦しげにて降《お》りさせたまへるを見奉り（〔ご家族が〕）一四 たまへる御心地、出でたまうつる（〔道兼公がお邸を〕）一五 折に一六 たとしへなし（雲泥の差だ）。されど、ただ『さりとも』一七 とささめき一八 にこそささめけ、一九 胸は塞《ふた》がりながら、心地《ここち》良《よ》顔《がほ》を作りあへり。されば、世には、いと夥《おびたた》しくもきこえず」

（世次）「今の小野宮の右大臣殿（実資公が）の御悦びに（お祝いに）参りたまへりけるを、母屋《もや》の御簾を下《おろ》して、呼び入れ奉りたまへり。臥しながら（横になられたまま）御対面《たいめ》ありて、（道兼）二〇『乱り心地いと怪しう侍りて、二一 外《と》にはえまかり出でねば、斯《か》くて申し侍るなり。年ごろはかなき事に（年来ちょっとした事につきましても）つけても、心の中に喜び申す事（〔あなたに〕感謝申し上げている事が）なむ侍りつれど、させる事なきほどは（格別立身出世しないうちは）、二二 悉《ことごと》にもえ申し侍らで（一々お礼も申し上げずに）なむ過ぎまかりつるを、今は斯くまかりなりて侍れば（このように関白の身になりましたので）、公《おほやけ》私《わたくし》につけて報じ申す（公私ともあなたにお報い）べきになむ（申さなくてはと存じます）。また、大小の事をも申し合はせむと（ご相談しようと存じますので）思うたまふれば、

沸かす所。
一〇 お湯殿の間《ま》から、後涼殿に通じる廊。
一一 内裏の北門。
一二 「取り」は強意。格別に準備万端整えて。祝宴を張る用意をして。
一三 袍の首の襟に通してある紐。一方（雄紐）を結び玉にし、もう一方（雌紐）を輪にし、雄紐を雌紐にさし入れて離れないようにする。
一四 道兼公のお苦しそうな御様子をごらんになる北の方（遠量女）をはじめ御家族の皆様の。
一五 「たまうつる」は「たまひつる」の音便形。
一六 「たとへむ方なし」で、全く比較にならない。
一七 いくらなんでも、とんでもない事にはなるまい。
一八 誰も皆小声で道兼公の御病状を心配して、ひそひそ話をするばかりで。
一九 胸は心配で一杯だったけれど、誰も皆うわべは楽しそうな顔付を装っているのだった。ですから、世間には、道兼公のご容態が軽くはないということは、そう大袈裟にも伝わらなかった。
二〇 底本系諸本「みだれごこち」とある。その方がよいかも知れない。古くは「みだりごこち」なので、それに改めたが、さかしらだったかも知れない。蓬左本・久原本・桂乙本等は「みだりごこち」。
二一 部屋の外にはとても出られませんので、このような失礼な恰好で。
二二 悉く全部に亘ってまでも。

一 失礼。
二 はさま。平安時代は、「ざ」と濁らず清音。
三 「いかでかは」の五文字、底本見セ消チ。底本と同系諸本にこの文字なし。底本はこれら同系諸本と校合して消したらしい。蓬左本・桂乙本・久原本にはある。萩野本は「いかでか」で「は」がない。増補本の古活字本にはある。つまり流布本には存する。また、この五文字のあとを句点にする注釈書が多い。但し佐藤『詳解』は読点も打たない。さらに、下文の「おはする人とも覚えず」で句点を打つ注釈書がある。本書は、すべて読点にした。
四 実資があとで語ったとあるが、道兼薨去の長徳元年（九九五）は、六条左大臣源重信が道兼と同じ五月八日に薨去している。七十四歳。さて実資は、この年三十九歳で八月二十八日権中納言に任ぜられていた。瀕死の道兼を訪問したのは、任権中納言より前で、三十八歳。左兵衛督に過ぎなかった。万寿二年は六十九歳で、右大臣・右大将・皇太弟傅であった。
五 永祚元年（九八九）八月十三日死去。年齢不明。仮りに永観元年出生とすれば、祖父兼家の六十賀の年は数え年六歳。『栄花物語』（さまざまの悦び）参照。
六 永延二年（九八八）三月、四月、『日本紀略』『公卿補任』『扶桑略記』『百錬抄』『小右記』（十一月七日）等参照。
七 だまして人をさそう。『源氏物語』『浜松中納言物

むつかる福足君と道隆の機転

[一]無礼《むらい》をもえ憚《はばか》らず、斯《か》く乱《らう》がはしき方に（取り散らした）案内《あない》申しつるなり』など、細《こま》やかにのたまへど（こまごまと仰しゃるけれど）、言葉も続かず。ただ推し当てに（推量で）、『さばかりなンめり』と聞き做さるるに（このような事を言っておられるのだろうとやっと意味が聞きとれるのだが）、御息ざしなどいと苦しげなるを（その息遣いなどがいかにも苦しそうなのを）、『いと不便《ふびん》なるわざかな（全く困った事だな）』と思ひしに（〔折から〕）、風の御簾《みす》を吹き上げたりし（吹き上げたので）狭間《はさま》[二]より見入れしかば（隙間から覗いて見ましたら）、さばかり重き病ひを受け取りたまひてければ（あれほど重い病気にお罹りになったのですから）、[三]いかでかは（どうしてどうして）、御色《いろ》も違《たが》ひて（お顔色も変って）、きららかにおはする人とも覚えず（いつものりっぱな風采のお方とも思われず）、『殊の外《ほか》に（格段に）不覚《ふかく》になりたまひにけり（意識が朦朧となってしまわれたのだと）』と見えながら（それなのに）、『長かるべき事どものたまひしなむ（これから先々の将来の事をいろいろ仰しゃいましたのが）、あはれなりし（お気の毒でございました）』とこそ、[四]（〔小野宮殿が〕）後に語りたまひけれ」

（世次）「この粟田殿の御男君達ぞ三人おはせしが、[五]太郎君（ご長男）は福足君《ふくたりぎみ》と申ししを、『幼き人はさのみこそは（小さい子はみんなそんなものさ）』と思へど、いとあさましうまさなう（全く呆れ返るほどたちが悪く）、悪しくぞおはせし（きかん坊でいらっしゃった）。東《とう》三条殿[六]の御賀に（兼家公の還暦のお祝いに）、この君（福足君に）、『舞をせさせ奉らむ（舞を舞ってもらおう）』とて習はせたまふほども（ということになってお習わせになるあいだもだだをこね）、あやにくがり、すまひたまへど（いやがって逃げるのを）、よろづに（いろいろと）[七]をこつり（ご機嫌をとり）、祈りをさへして（祈禱までして）、教へきこえさするに（お教え申し上げているうち）、その日

になりて、いみじうしたて奉りたまへるに、舞台の上に昇りたまひて、物の音《ね》、調子吹き出づるほどに、『八災ひかな。吾《あれ》は舞はじ』とて、九びづら引き乱り、御装束はらはらと引き破《や》りたまふに、粟田殿御色真青《まあを》にならせたまひて、吾《あれ》かにもあらぬ御気色なり」「ありとある人、『さ思ひつる事よ』と見たまへど、すべきやうもなきに、一〇御伯父《をぢ》の中関白殿《なかのくわんぱくどの》の下《お》りて、舞台に昇らせたまへば、『言ひをこつらせたまふべきか、また、憎さにえ堪へず、追ひ降《おろ》させたまふべきか』と、一一旁々《かたがた》見侍りしに、この君を御腰のほどに引き付けさせたまて、御手づからいみじう舞はせたまひたりしこそ、楽《がく》もまさり面白く、かの君の御恥《はぢ》も隠れ、その日の興も殊の外に増さりたりけれ。祖父殿《おほぢ》も嬉しとおぼしたりけり。父大臣《おとど》は更なり、よその人だにこそ、すずろに感じ奉りけれ。一二かやうに人のために情々《なさけなさけ》しき所おはしましけるに、など御末涸《か》れさせたまひにけむ。この君、一三人しもこそあれ、一四蛇凌《くちなはれう》じたまて、その祟《たたり》により、頭《かしら》に物腫《は》れて、一五亡

たいそう立派に舞装束をつけてさしあげたのに　楽器　調子をととのえ笛を吹き始める頃に　ぼく舞うのやめた　びりびり引きちぎり　ばらばら　道兼公は　茫然としてただおろおろとしておいでだった　(世次)その席にいた全ての人が　そんな事だろうと思ったよ　手の施しようもない時に　うまく言いくるめて機嫌を取られるおつもりか　それとも　我慢できず〔舞台から〕　福足君　あたりにお引きつけあそばして　ご自身で　みごとに舞をお舞いになったのこそ　楽の音も一段と高く華やかに　福足君の　当日の遊宴の興も格段に盛りあがったことでした　兼家公も　父君道兼公は勿論　赤の他人でさえ　ただただ無性に感じ入った次第でした　福足君は　よりによって

語』『夜半の寝覚』『今昔物語集』等に用例がある。

八 これを地の文にしている注釈書が多いが、私見では、「ひどい目に遭うもんだ」とか「とんだ災難だ」で、福足君の言葉の前半部と解する方がよいように思われる。「辛いや。ぼく、舞うのなんかやめた」と続くのが自然と考える。『全集』の橘健二氏も同説のようである。

九 角髪。「みづら」とも言う。髪を左右に分け、それぞれ耳のあたりで束ねる。上代の髪の結《ゆ》い方であったが、平安時代以降は、児童用として残った。六十の賀の儀式のために整えた髪形。

一〇 福足君の伯父君にあたられる後《のち》の中関白道隆公。この六十の賀が、永延二年の事とすると、道隆三十六歳で権大納言であった。因《ちな》みに、道兼は権中納言で二十八歳。道長もこの年正月に権中納言に任ぜられている。二十三歳。

一一 どちらかだろうと思って見ておりましたところ。

一二 このように道隆公というお方は、人のために情け深い思いやりのあるお人でしたのに、なんで御子孫がほとんど絶えておしまいになったのでしょう。残念な事です。

一三 相手もあろうに、の義。

一四 蛇をいじめなさって。「凌」「陵」はヲカス、シノグ。凌虐・凌辱・凌轢《れき》などの熟語がある。

一五 「権大納言息子《ノ》福垂《フクタリ》、去《ル》十一日煩《ヒ》二腫物《ヲ》一、今日死去《ス》。云々」(『小右記』永祚元年八月十三日の条)。

道兼の子女と没後の妻

せたまひにき」

「この御弟《おとと》の次郎君、今[一]の左《さ》衛門督《ゑもんのかみ》[二]兼隆卿は、大蔵卿《おほくらきやう》のむすめの腹なり。この左衛門督の君達《きんだち》、男女《をとこをんな》あまたおは[三]すなり。大姫君は、三条院の三の親王《みこ》、[四]敦平《あつひら》の中務の宮[五]を、この如月《きさらぎ》かとよ、婿取り奉りたまへる、いとよき御仲にておはしますめり。また、姫君なる四人おはす。また、粟田殿の三郎、前《さき》の頭中将《とうのちゆうじやう》[六]兼綱の君。その君の、祭の日調《ととの》へたまへりし車こそ、いとをかしかりしか。[七]檜網代《ひあじろ》といふ物を張りて、[八]的《まと》の形《かた》に彩《いろど》られたりし、車の、横さまの縁《ふち》を弓の形《かた》にし、縦縁《たてぶち》をば矢の形《かた》にせられたりしさまの、興ありしなり。和泉式部の君、歌に詠まれて侍ンめりき。

[九]十列《とをつら》の馬ならねども君乗れば車もまとに見ゆるものかな

さて、よき御風流《ふりう》と見えしかど、人の口安からぬものにて、『賀茂の明神の御矢目《やめ》負《お》ひたまへり』と言ひ做《な》してしかば、いと便《びん》なくて止みにき」

一 「現在の」万寿二年をさす。

二 寛仁三年(一〇一九)、三十五歳の時に任権中納言。同五年即ち治安元年八月に左衛門督を兼ね、治安三年に、権中納言から正位に移っている。万寿二年は四十一歳。天喜元年(一〇五三)薨。六十九歳。

三 底本および同系統の本は「おはすなり」、流布本「おはするなり」。「おはす」がサ行変格活用の動詞なら、「なり」は、「おはする」とあれば断定、「おはす」とあれば聴覚判断。底本のままなら「おいでになると耳にしている」「おいでになるそうだ」の意。

四 敦平親王。三条天皇第三皇子。兵部卿、中務卿。

五 底本及び同系統の本すべて「宮に」とある。蓬左本・久原本も同じ。桂乙本が「宮を」とある。『新註』に「宮を」とあるが、整版本も「宮を」だから、「を」とする注釈書も多い。しばらく桂乙本による。

六 九八八～一〇五八。蔵人頭、右近中将。

七 檜の薄板を斜めに組み合せた物。

八 的の模様に彩色なさったのですが、その車の。

九 葵祭の十番競馬の飾り馬というわけではないが、あなたが乗ると牛車も的(馬十《まと》)に見えるものですね。『和泉式部続集』に「祭の日、ある君達の、的の形《かた》を車の輪に作りたるを見て、十列《とをつら》の馬ならねども君が乗る車も的に見ゆるなりけり」とある。これと同じ歌が『夫木抄』二十七、雑部九「動物部」の「馬」の項に作者「和泉式部」として収録。

（世次）兼綱の君が　蔵人頭を取り上げられなさったのは　全くひどい目に遭われた事でした
「この君の、頭《とう》取られたまし、いといみじく侍りし事ぞかし。頭になりて驚き喜びたまふべきならねど、あるべき事にてあるに（当然の事だったのですが）、『粟田殿（道兼公）、花山院賺《すか》し下《おろ》し奉り、左衛門督[一〇]（兼隆卿）、小一条院賺し下し奉りたまへり。帝・春宮の御あたり近付かでありぬべき（近づかないでおるのが一番いい）族《ぞう》』といふ事の出で来にしぞ（一族という噂が立ってきた為に罷免になったのは）、いと希有《けう》に侍りきな（珍しい事でございましたな）。誰もきこしめし知りたる事なれど（どなたもよく御承知の事ですがね）。男君たち斯くなり」（道兼公のご子息たちの事は以上の通りです）

（世次）女のお子さま
「女君は、故一条院の御乳母《めのと》の藤三位《とうさんみ》[一一]の腹に出《い》で[一二]おはしましたりしを、やがてその御時の『暗部屋《くらべや》の女御』ときこえし。後に、この（現在の）大蔵卿通任《みちたふ》[一三]の君の御北の方にて亡せさせたまひにしかし（［治安二年］）。御嫡腹《むかへばら》[一四]に、仏《ほとけ》・神に申して孕《はら》まれたまへりし君（姫君）、今の中宮[一五]に、『二条殿の御方[一六]』とてこそはさぶらひたまふめれ（という呼び名でお仕えしていらっしゃるようです）。父殿（道兼公は）、女子をほしがり願《ぐわん》を立てたまうしかど、御顔をだに[一七]え見奉りたまはずなりにき。かやうに哀れなる事どもの、世に侍りしぞかし」

（世次）道兼公の北の方遠量女は
「その殿の御北の方、粟田殿の御後《のち》は（薨後は）、[一八]この（あの兼通公）堀河殿の御子《みこ》の左大臣（顕光公）

[一〇] 左衛門督兼隆が小一条院をうまくだまして皇太子位を退位させたという事は、ここが初見で、ほかにも出て来ない。そのような噂が、当時もっぱらだったのであろうか。とすると、寛仁元年八月の小一条院退位事件に、新たに書き加えるべき件があることになる。ここの書き方だと「誰もきこしめし知りたる事」となるから、世次は、第二巻の「師尹伝」のところに、書き顕《あらわ》すべき事を書かなかったことになる。

[一一] 師輔四女。一条天皇の時の典侍で、藤典侍と呼ばれ、道兼室となり、尊子（九八四～一〇二二）を産み、乳母となり、藤三位と呼ばれるようになった。

[一二] 尊子。一条院女御。「暗《くら》部屋の女御」と呼ばれた。関根博士の『新註』に「按ずるに、尊子の女御と成りしは、長保二年にて、其の前年に内裏焼け、仮皇居中にての事なりしかば、一時暗き曹司に入り居たりけむ。さてこそかゝる渾号を呼びたるならめ。倉部屋とかける本は非なり」とある。

[一三] 済時男。万寿二年に、参議、大蔵卿。美作守。『栄花物語』（莟花）参照。九七四～一〇三九。

[一四] 本妻腹。遠量女の腹。

[一五] 後一条天皇中宮威子。道長の第三女。

[一六] 道兼は粟田殿とも称したが、二条に本邸があり、二条殿とも言ったから、「二条殿の姫君」の意。

[一七] 道兼の薨じた長徳元年（九九五）五月に北の方は妊娠中。従って姫君は父道兼の死後に生れた。

[一八] 「この」は、「あの」「例の」と訳す。

の北の方にてこそは、年ごろおはす《長年おすごしと》と聞き奉りしか。その北の方、九条殿《九条師輔公》の御子の、大蔵卿の君《遠量さま》のむすめぞかし。されば《こんなわけですので》、この粟田殿《道兼公》の御有様《御生涯は》、殊の外に敢無《あへな》く《呆気なく》おはしましき。[一]さるは《そのくせ》、御心いと情《なさけ》なく恐ろしくて、人にいみじう《たいそう》怕《お》ぢられたまへりし殿の《恐れられておいでになったお方が》、怪しく末なく《不思議と末孫がなく》て止みたまひにしなり《て終られてしまったのです》」

道兼の人柄

「この殿《(世次) 道兼公は》、[二]父大臣《おとど》の御忌《いみ》には、[三]土殿などにも居させたまはで、[四]暑きにことつけて、御簾《みす》ども上げ渡して、[五]御念誦《ねんず》などもしたまはず、さるべき人々呼び集めて、後撰《後撰集》・古今《古今集》拡《ひろ》げて、[六]興言《きょうげん》し遊びて、[七]露《つゆ》嘆かせたまはざりけり。その故は《そのわけは》、『花山院をば、我こそ賺《すか》し下《おろ》し奉りたれ。されば、[八]関白をも譲らせたまふべきなり』といふ御恨みなりけり。[九]世づかぬ《非常識の》御事なりや。さまざま善からぬ御事どもこそきこえしか。[一〇]傅殿《ふのとの》、この入道殿《道長公》二所は、[一一]如法《にょほふ》に孝《けう》じ奉りたまひけり《追善供養を営まれた》とぞ承《う》けたまはりし」

一 その実。本当のところは。実をいうと。
二 父君兼家公の死後四十九日の服喪の際には。
三 喪中に籠るところ。「倚廬《いろ》」という。御所の中の廊などの一部分の板敷を除いて、土間《どま》にしたところ。
四 兼家は、七月二日、東三条第において薨。六十二歳。時に道隆は三十八歳。道兼三十歳。道長二十五歳。初秋であるが、残暑でまだ暑かった。
五 底本「御念誦し」とあるが、同系の諸本にも、蓬左本にも、「し」はない。
六 即興の洒落《しゃれ》や冗談を言って遊ぶ事。
七 少しも。
八 兼家は摂政四年、関白一年（『公卿補任』の永祚二年の条にあり）。
九 世間普通でない事に言う。
一〇 道綱。兼家次男。母は倫寧女。天暦九年（九五五）出生。三十七歳で参議。大納言・右大将に至った。寛弘四年（一〇〇七）、兼官を辞して、東宮の傅《ふ》（もり役）に任官。寛仁四年（一〇二〇）、出家、ほどなく薨。六十六歳。
一一 定め通り。きまりに従って。

大鏡第五

◇大鏡第五　話題を賑わす史上実在の人物

大臣列伝

道長　伊周　道兼　雅信　倫子　彰子　妍子　禎子　威子　嬉子　頼通

教通　明子　源高明　盛明親王　詮子　寛子　尊子　師房　頼宗　能信

長家　顕信　実成　公成　通任　後一条天皇　後朱雀天皇　娍子　兼家

公任　道隆　花山天皇　尋禅　三条天皇　一条天皇　定子　忠平　実頼

藤原氏の物語

（大臣列伝）

(世次)「一　太政大臣道長　上[一]」

道長は兼家五男、母は時姫

(世次)「[二]この大臣《おとど》は、法興院《ほこゐん》の大臣《おとど》の御五男（兼家公の五男）、御母（母君は）、従四位上摂津守《つのかみ》右京《うきやう》大夫《のだいぶ》藤原中正《なかまさ》朝臣《あそん》のむすめ(時姫)なり。その朝臣は（藤原中正は）、[三]従二位中納言山蔭卿の七男なり。この道長の大臣《おとど》は、今の入道殿下（現在(万寿二年)）これにおはします。[四]一条院・三条院の御舅《をぢ》、[五]当代・東宮の御祖父《おほぢ》にておはします。この殿（道長さまは）、宰相には（参議にはおなりにならずに）なりたまはで、直《ただ》ちに権中納言にならせたまふ。[六]御年二十三。[七]その年、上東門院《じやうとうもんゐん》生まれたまふ。四月二十七日、従二位したまふ。御年二十七。関白殿（頼通）むまれたまふ年なり（御誕生の年です）。長徳元年乙未四月二十七日、左近大将かけさせたまふ（権大納言で左近衛大将を兼任なさることになった）」

疫病流行と道長の幸運

(世次)「その年の祭の前より（葵祭の前ころから）、[八]世の中きはめて騒がしきに（伝染病がはやって）、またの年（あくる年）、い《いっ》

一　この「上」という文字は、元来は無かったものか。底本は六巻本であるから、あるのは当然とも言える。三巻本系の古本では、「上」の文字はないが、五巻から六巻に移る時に、再び「太政大臣道長」の見出しを入れている。そして底本だけ、そこに「下」としている。

二　長徳元年（九九五）五月十一日、大納言で内覧の宣旨を受け、六月十九日、兄道兼薨去のあと「氏の長者」となり、右大臣に任ぜられた。翌長徳二年七月二十日左大臣。時に三十一歳。長和五年（一〇一六）一月二十九日摂政。翌寛仁元年（一〇一七）三月十六日、摂政を長男頼通に譲り、十二月四日、太政大臣に任ぜられる。時に五十二歳。寛仁三年三月二十一日出家。大臣として二十三年。

三　従三位の誤り。仁和四年（八八八）薨。六十五歳。

四　一条院の母は道長の同母姉詮子。三条院の母は同じく超子。

五　当代（後一条）・東宮（敦良親王）の母は、道長女の彰子。

六　永延二年（九八八）正月二十九日。

七　十三字削る。替りに「正暦三年」の四字を挿入。彰子が上東門院の称号を賜ったのは万寿三年。

八　悪疫流行。前の年正暦五年（九九四）より始まる。

とどいみじくなり立ちにしぞかし。一まづは大臣・公卿多く亡せたまへりしに、まして四位・五位のほどは、数やは知りし。まづその年亡せたまへる殿原の御数、閑院の大納言、三月二十八日。中関白《なかのくわんぱく》殿《どの》、四月十日。これは世の疫《え》にはおはしまさず、ただ同じ折の差し合はせたりし事なり。小一条左大将済時《なりとき》卿は、四月二十三日。六条左大臣殿、粟田右大臣殿、桃園中納言保光《やすみつ》卿、この三人は、五月八日一度に亡せたまふ。山井《やまのゐ》の大納言殿、六月十一日ぞかし。またあらじ。上《あが》りての世にも、二斯《か》く大臣・公卿七八人、二三月の中に掻き払ひたまふ事、希有《けう》なりしわざなり。それも、ただこの入道殿の御幸ひの、三上《かみ》を極《きは》めたまふにこそ侍ンめれ。かの殿原、次第のままに久しく保ちたまはましかば、いと斯くしもやはおはしまさまし」「まづは、帥《そち》殿の御心用ゐの四さまざましくおはしまさば、父大臣《おとど》の御病ひのほど、五天下執行《しゆぎやう》の宣旨《せんじ》下りたまへりしままに、おのづからさてもやおはしまさまし。それにまた、大臣亡せたまひにしかば、

そう激しく伝染して行ったことでした　源　重信　道頼　またとはありますまい　上世にも　滅多にない出来事です　それというのも　ただもう　道長公の　席順のままに長生きなさったとしたならば　お亡くなりあそばした殿さまたちが　とてもこんな風にまで道長公が御出世あそばしたかどうか　(世次)第一には　伊周公のお気の配りが　あちこちと十分行き届いておいででしたら　道隆公が御病気のあいだ　[伊周公に]下ったのですから　自然の成り行きで　そのままやってのけられたかもしれなかったけれど　道隆公

一　悪疫流行は、本書に言う長徳元年より一年早く、正暦五年（九九四）から始まっており『日本紀略』によると、九州からおこって七道に遍満したのである。更に、長徳元年五月の条に「中納言已上薨《ズル》者、八人」とあり、七月に入ると、「納言以上薨《ズル》者二人、四位七人、五位五十四人、六位以下僧侶等、不レ可《カラ》レ勝《タフ》計《カゾフルニ》」とある。『公卿補任』によって、主な死亡者の氏名を挙げると、大納言朝光・関白道隆・大納言済時・左大臣源重信・関白右大臣道兼・中納言源保光・権中納言源伊陟・権大納言道頼となる。

二　「にも」の「も」文字は、東松本の本文には無くて、「に」の右下に傍記してあるのであるが、同系の他の本や、蓬左本・桂乙本・久原本等にもある。

三　絶頂をお極《きわ》めになるために、皆さまがばたばたとお斃《たお》れになったように見受けられます。

四　底本及び同系諸本及び池田本・蓬左本・久原本は「さまざましく」、古活字本・整版本その他「さかさかしく」とする。「さかさかしく」は「たいへん賢く」の義で通じない事はないが、上に「心用ゐ」とあり、「心の用い方が」となると少し疑わしく、意改のおそれが感じられる。むしろ『源氏物語』（夕霧）に「なほ南のおとど（紫ノ上）の御心用ゐこそ、さまざまに有り難う」（『集成』六巻、八〇頁）と紫の上の心配りの多面性を褒めているのが、ことと似ている。「さまざまし」という語は『大鏡』のこの用例のほかに所見がない。「さまざまにおはしまさましかば」とありたい処。

五　天下の政治を執り行うようにという宣旨。
六　今お話申し上げているただ今の入道殿下道長公。
七　道長は永延元年（九八七）九月四日、二十二歳で左京大夫。同二十日従三位。翌二年正月権中納言。二十三歳。永延三年三月右衛門督。永祚二年（九九〇）正月正三位。十月五日中宮大夫。正暦二年九月七日権大納言。二十六歳。同三年四月従二位。長徳元年四月左大将。五月内覧の宣旨。二三七頁注一参照。
八『公卿補任』の長徳元年の道長の項に、「五月十一日宣旨、官中雑事触レテ二権大納言道長卿一可キ二奉テヘリ行ス一者。」と見えている。「官中」は「太政官の中」の義。「関白の宣旨」とあるが、正しくは「内覧の宣旨」で、天皇の見給うべき書類をまず内覧の宣旨を受けた人物が披見するのである。
九　北家以外に権力が移らなかったことをさす。
一〇「侍る」は「ある」の丁寧語。「べかん」は「べくある」で、当然そうある意。「めれ」は「見受ける」の義。
一一　彰子は一条帝太皇太后宮、妍子は三条帝皇太后宮、威子は後一条帝中宮であるから「宮々」と書いた。
一二　倫子。母は中納言朝忠女穆《ぼく》子。康保元年生。天皇の外祖母として寛弘五年に従一位に叙せられ、長和五年准三后、夫道長薨後も長寿を保ち、天喜元年薨。九十歳。
一三　摂関の正妻の敬称。後には大・中納言にも。
一四　彰子・妍子・威子・嬉子、頼通・教通。

『いかでか（どうして）、嬰児《みどりご》のやうなる殿（弱年の伊周公が）の、世の政事《まつりごと》（天下の）したまはむ（なさるはずがない）』とて、粟（〔関白職が〕道兼公に移ってしまったのですよ）田殿に渡りにしぞかし。さるべき御次第にて（当然の御順序で）、それまたあるべき事（自然の成り行きです）なり。あさましく（〔ところが〕予想外なことに）、夢などのやうに、取り敢《あ》へず（にわかに）ならせたまひにし（亡くなられてしまったんですよ）。これはあるべき事かはな（こんな事ってあっていい事でしょうかね）。[六]この今の入道殿（道長公）、[七]その折、大納言・中宮大夫《ちゆうぐうのだいぶ》と申して、御年いと若く、行末待ちつけさせたまふべき御齢《よはひ》の（洋々たる前途が待っておいでになるという）ほどに（お年頃に）、三十にて、[八]五月十一日に、関白の宣旨承けたまはりたまうて、栄え初《そ》めさせたまひにしままに（栄華の一歩を踏み出されたのが始まりでそのまま）、また[九]外《ほか》ざまへもわかれずなりにしぞかし（他家へもその幸福が分離せず御一家に集まったのです）。今々も、さこそは[一〇]侍るべかんめれ（現在も将来もこのまま変らずに推移するものと見えます）」

北の政所とその子女

（世次）「この殿は、北の方二所おはします（おふた方いらっしゃいます）。[一一]この宮々の母上と申すは、土《つち》御門《みかど》左大臣源雅信《まさざね》のおとどの[一二]御むすめにおはします。雅信のおとどは、亭子《ていじ》の帝（宇多天皇）の皇子《みこ》、一品式部卿《いつぽんしきぶきやう》の宮敦実親王《あつみのみこ》の御子、左大臣時平《ときひら》のおとどの御むすめの腹に生まれたまひし御子なり。その雅信のおとどの御むすめ（倫子）を、今の入道殿下の[一三]北の政所《まんどころ》と申すなり。その御腹に、[一四]女君四所、男君二所ぞおはします。その御有様は、ただ今の事なれば、皆人見奉りたまふらめど、言葉続け申さむとなり《と思うのです》」

「第一の女君《(世次)彰子》は、一条院[一]の御時に、十二《十二歳で入内あそばして》にて参らせたまひて、また[二]の年長保二年庚子二月二十五日、十三にて后に立ちたまひて、『中宮《ちゅうぐう》』と申ししほどに、打続き[三]、男親王《みこ》二人産み奉りたまへりしこそは、今の帝・東宮におはしますめれ。二所の御母后《ははきさき》、『太皇大后宮』と申して、天下第一の母にておはします」

「その御《(世次)このお方のすぐ次の》さしつぎの内侍督《ないしのかみ》[四]と申しし、三条院の東宮におはしまししに《三条天皇が皇太子でいらっしゃった時に》参らせたまうて《お側にあがられて》、宮、《皇太子が》位に即《つ》かせたまひにしかば、后に立[五]たせたまひて、『中宮』と申しき。御年十九。さて、またの年長和二年癸丑七月二十六[六]日に、女親王《みこ》[七]生まれさせたまへるこそは、三つ四つばかりにて一品《いっぽん》[八]にならせたまひて、今におはしませ《御健在です》。このごろは、この御母宮《妍子》を、『皇大后宮』と申して、枇杷殿《びはどの》[九]におはします。一品宮《いっぽんのみや》は、三宮に准《じゅん》[一〇]じて千戸《せんこ》の御封《みぶ》[一一]を得《え》させたまへば、この宮に后二所おはしますが如くなり《この枇杷殿にはお后がお二方おいでになるような感じです》」

一　一条天皇の女御として入内し、飛香舎すなわち藤壺に居住した。長保元年(九九九)十一月一日のこと。
二　先に入内していた道隆女の定子を皇后宮と呼び、新たに入内した彰子を、中宮と呼んだ。
三　寛弘五年(一〇〇八)九月十一日に、敦成親王(後一条)を、同六年十一月二十五日に、敦良親王(後朱雀)を出産。
四　「尚侍」とも書く。内侍所(賢所)の女官長。女官としては最高位。この当時は、女御と同等の後宮女性であった。ここは彰子の次の妹、妍子の事。寛弘元年十一月二十七日に内侍督に任ぜられた。
五　『日本紀略』長和元年(一〇一二)二月十四日の条に見えている。
六　「二十六日」は「六日」の誤り。
七　三条天皇第三皇女。禎子《ていし》内親王。後の陽明門院。嘉保元年(一〇九四)八十二歳で崩御。
八　親王・内親王の位は、一品《いっぽん》から四品《しほん》まで。禎子は治安三年(一〇二三)四月一日に一品に叙せられた(『一代要記』)。一品《いっぽん》の宮と申し上げる。但し、「三つ四つばかり」ではなく、十一歳の時であった。万寿二年現在は十三歳。
九　「左大臣仲平公《ノ》宅、昭宣公《ノ》家。近衛南、室町東。或《イハ》、鷹司南、東洞院西。一町」(『拾芥抄』)。
一〇　太皇太后・皇太后・皇后の三宮とほぼ同等に。
一一　租の半額、庸・調の全額。三宮は千五百戸の定め

(世次)「また、次の女君《威子》、これも内侍督[一二]にて、今の帝《後一条天皇》十一歳にて寛仁二年戊午正月二日[一三]御元服せさせたまふ。その二月[一四]に参りたまうて《入内あそばされて》、同じ[一五]年の十月十六日に、后に居させたまふ。ただ今の『中宮』と申して、内裏《うち》におはします」

(世次)「また、次の女君《嬉子》、それも内侍督[一六]。十五におはします《嬉子が十五歳の御年》、今の東宮《現在の皇太子（敦良親王）》十三にならせたまふ年参らせたまひて《が十三歳におなりの年にお側に》、東宮の女御《にょうご》にて《として》さぶらはせたまふ。入道せしめたまひて《〔このご結婚は道長公が〕出家なさってからあとの事ですから》後の事なれば、今の関白殿《頼通さま》の御むすめと《ご息女という名》名付け奉りてこそは参らせたまひしか《目にしてさしあげられた次第です》。今年は十九《十九歳》にならせたまふ。妊[一七]じたまひて《妊娠なさって》七八《ななや》[一八]月《つき》にぞ当らせたまへる。入道殿の御有様見奉る《道長公の強い現在の御運勢》に、必ず[一九]男子《をのこ》にてぞおはしまさむ。この翁、さらに《決してよもや》よも申し過《あやま》ち侍らじ《間違った予言を申す事はございますまい》」

と、扇を高く使ひつつ言ひしこそをかしかりしか。

(世次)「女君たちの御有様かくの如し」

(世次)「男君二所と申すは、今の関白左大臣頼通《よりみち》のおとどときこえさせて、

で、禎子には千三百戸が支給された（『日本紀略』）。

一二「長和元年八月二十一日任㆓尚侍㆒」（「裏書」）。

一三「二日」とあるが、「三日」の誤り。「後一条院」（四六頁）の項参照。『日本紀略』にも「三日」とある。

一四「三月」の誤り。『日本紀略』に「三月七日」と見える。「寛仁二年三月七日入内年十九」（「裏書」）。

一五「同四月二十八日為リ㆓女御ト㆒、同十月十六日為ル㆓中宮ト㆒」（「裏書」）。

一六 嬉子が内侍督に任ぜられたのは、「裏書」に「寛仁二年十一月十五日任㆓尚侍㆒」とある通りで、『日本紀略』『小右記』も同じ。「寛仁二年」は一〇一八年で、嬉子は寛弘四年生れだから、十二歳であった。但し、東宮の燕寝に侍したのは、治安元年（一〇二一）で、後朱雀帝が十三歳になった年で、十五歳の時に東宮のお側に仕えたものらしい。二歳の姉女房であった。因みに、道長の出家は寛仁三年三月二十一日。

一七 妊娠する事を「妊ず」と言った。『浜松中納言物語』などに用例が見える。

一八 七箇月か八箇月。万寿二年の五月か六月に当る。

一九 生れてくるお子さまは。

＊ 嬉子は万寿二年八月三日に、親仁親王（のちの後冷泉天皇）を産み奉って亡くなられた。『左経記』に見える。つまり、万寿二年の五月、六月時分が、藤原道長の最盛期ということになる。『大鏡』の内容年代、記事年代は、この時期を捕捉しているのである。

天下を我《わ》がままにまつりごちて《自分の思うままに治めて》おはします。御年二十六にてや《確かお年が二十六歳の時に》、内[一]大臣摂政にならせたまひけむ。帝[二]およすげさせたまひにしかば《成長あそばされたので》、た[三]だ関白にておはします。二十余《はたち》り《二十歳過ぎ》にて納言《なふごん》などになりたまふをぞ、いみじき事に言ひ《たいした昇進ぶりだと》しかど《〔昔は〕》、今の世の御有様、斯くおはしますぞかし《このように速やかでいらっしゃる》。御童名《わらはな》は、『鶴君《たづぎみ》』[四]なり。今一所は、ただ今の内大臣[五]にて、左大将かけて、教通《のりみち》のおとどときこえさす。世の二の人にておはしますめり。御童名、『せや君』ぞかし」

倫子の栄華と幸運

（世次）「斯かれば、この北の政所《まんどころ》《倫子》の御栄え極《きは》めさせたまへり。ただ人《びと》と中せど、帝《後一条》・春宮《後朱雀》の御祖母《おほば》にて、准三宮《じゆさんぐう》の御位にて、年官・年爵賜はらせたまふ。唐《から》[六]の御車にて、いとたはやすく《まことに容易に》御歩《あり》きなども《ご外出なども》、なかな[七]か御身安らかにて《お身軽で》、ゆかしく《見たいと》おぼしめしける事は、世の中の物見《世間のさまざまな観物とか》、何《何かの》の法会《ほふゑ》[八]やなどある折は《場合は》、御車にても《お車の中からでも》、桟敷《さじき》にても《からでも》、必ず御覧ずめり《ご覧になるようです》。内裏《うち》《後一条》・東宮《後朱雀》・宮々と《お后たちと》、あかれあかれ装ほしくておはしませど《それぞれ御所が別で美々しく構えておいであそばすが》、いづ方にも渡り参らせたまひては《それらの御所のどちらへもお出かけになっては》、差し並びおはします《並んでお坐りになっておられます》。ただ今《現在》、

一 頼通は寛仁元年（一〇一七）三月四日に内大臣に任ぜられ、同月十六日に摂政になっている。さらに、寛仁三年の十二月二十二日以降関白となる。後一条天皇が御年十二歳になられたため。

二 「およす」は「老イ」を動詞化したもので、『名義抄』に「耆、オヨス」とあり、年取った様子が現れるの意。岩波『古語辞典』の大野晋氏の説がよい。

三 寛仁三年十二月二十八日に、関白の宣旨あり、摂政と同じ取り扱いとなる（『公卿補任』）。以来、時に内大臣を兼ねたり、ただ関白であったり、左大臣を兼ねたりしたが、康平三年（一〇六〇）六十九歳以降は単に関白、康平五年は関白太政大臣、翌六年からはただ関白で、治暦四年（一〇六八）四月十六日に、弟教通に譲るまで、単に関白であった。

四 田鶴、田鶴丸（『御堂関白記』）。

五 教通は治安元年（一〇二一）七月内大臣。寛仁元年四月左大将。

六 「唐破風《からはふ》」と言って八の字形の緩やかな曲線で造られた屋根に、檳榔《びんらう》の葉を葺き、庇《ひさし》と腰にも同じ葉を房にして垂らし美しく飾った、総体に大きく高く造った立派な車のこと。上皇・后・東宮・准后・親王・摂関などが晴れの儀に使用した。唐車《からぐるま》・唐《から》の車・唐庇《からびさし》の車とも称した。

七 お后がたなどと較べると、かえって。

八 説教や仏事などを催す会合。

三后《さんこう》[九]・東宮の女御《嬉子》・関白左大臣《頼通》・内大臣《教通》の[一〇]御母。帝[一一]・春宮はた申さず、大凡《おほよそ》世の親にておはします。入道殿と申すも更なり《無論のこと》、大方《大体》この二所《お二方とも》ながら、さるべき《しかるべき》[一二]権者にこそおはしますめれ。[一三]御仲らひ四十年《ご夫婦仲はもう四》ばかりにやならせたまひぬらむ《十年程におなりあそばしたでございましょう》。あはれにやむごとなきものにかし《本当に愛情深く ほっておけないお方として》[一四]づき奉らせたまふといへば[一五]こそおろかなれ。世の中には、いにしへ、ただ今の国王・大臣、皆藤氏にてこそおはしますに、この北の政所《まんどころ》ぞ、源氏にて御幸ひ極《きは》めさせたまひにたる。[一六]一昨年《をととし》の御賀の有様などこそ、皆人見聞きたまひし事なれど、なほ返す返すもいみじく《すばらしかった》侍りしものかな《ことでした》」

(世次)「また、高松殿の上《(明子)》と申すも、源氏にておはします。延喜《醍醐天皇》の皇子《みこ》高《たか》明親王《あきらのみこ》[一七]を[一八]左大臣になし奉らせたまへりしに、思はざる《安和の変》外《ほか》の事によりて、[一九]帥《そち》《大宰権帥》にならせたまひて、いといと心憂かりし事ぞかし《ほんとにほんとに不愉快な事でした》。その御《その高明公》むすめ《のお姫さまでいらせられます》におはします。それを、かの殿筑紫《高明公が九州大宰府に》におはしましける年、この姫君まだいと[二〇]幼《をさな》くおはしましけるを、御舅《をぢ》《盛明親王》の十五の宮と申《ま》したる

九 太皇太后宮彰子・皇太后宮妍子・中宮威子。

一〇 底本及び同系諸本並びに池田本に「の」文字無し。久原本も無い。蓬左本・桂乙本・古活字本その他には有るから補った。

一一 帝（後一条）・春宮（後朱雀）は、いうまでもなくお孫様なのですから、今更申し上げるも愚かな事、およそ、倫子さまは、天下の母であらせられるのです。

一二 ゴンジャ、ゴンザ。権化。権現さま。神仏が仮にこの世に姿を現したお方。

一三 永延元年（九八七）以来で、万寿二年まで、三十九年経過。道長六十歳。倫子六十二歳。結婚当時、道長二十二歳、倫子二十四歳。

一四 大勢の侍女を付け、大切にしておいでになる。

一五 と簡単に表現したら、おろそかないい加減な表現になる。

一六 万寿二年から見て、一昨年は、治安三年（一〇二三）。その年の十月に、倫子の六十の賀が催された。『栄花物語』（御賀）に「治安三年十月十三日、殿の上（道長北の方）の御賀なり。土御門殿をいみじう造り磨かせたまへれば、常よりも見所あり、面白き事限りなし」と書き出されている。

一七 延喜二十年（九二〇）十二月二十八日、源姓を賜う。

一八 康保四年（九六七）十二月十三日、高明五十四歳。

一九 左遷は、安和二年（九六九）三月二十六日。

二〇 明子（高松殿）は、そのころ、五、六歳。

も、[一]同じ延喜の皇子におはします。女子もおはせざりければ、この君《姪明子》を取り奉りて養ひかしづき奉りて持ちたまへるに、[二]西宮殿も十五の宮も隠れさせたまひにし後に、[三]故女院《にようゐん》[四]の后におはしまし折、この姫君を迎へ奉らせたまひて、[五]東三条殿《とうさんでうどの》の東《ひむがし》の対《対の屋》に、帳《ちやう》を《帳台を》立てて、[六]壁代《かべしろ》を引き、[七]我《わ》が御設《しつら》ひにいささか落《おと》させたまはず、し据《す》ゑ《かしずき据え》きこえさせたまひ《申し上げられ》、[八]女房・侍《さぶらひ》・[九]家司《けいし》・下人《しもびと》まで、[一〇]別《べち》にあかち当てさせたまひて、姫宮などのおはしまさせし如くに《内親王さまなどをお預り申し上げたかのように》、限りなく思ひかしづききこえさせたまひしかば《愛情を注いで大切にお世話申し上げなさったから》、御兄弟《せうと》[一一]の殿原《若君たち》我も我もとよしばみ申したまひけれど《明子に付け文などを差し上げたりなさいましたが》、后かしこく制し申させたまひて《詮子さまは上手にたしなめられて》、今の入道殿をぞ許しきこえさせたまひければ《現在の入道さまつまり道長公だけをお許しになられましたから》、通ひ奉らせ《〔道長公が明子さまの所に〕》たまひしほどに、[一二]女君二所、男君四人おはしますぞかし」

《(世次)》「女君と申すは、今の《現在》[一三]小一条院女御《こいちでうゐんのにようご》。[一四]今一所は《もうお一方は》、[一五]故中務卿具平《なかつかさきやうともひら》の親王《みこ》と申す、村上の帝の七の親王《みこ》におはしましき、その御男君三位中将師房の君と申すを、入道殿婿《むこど》取り奉らせたまへり。『浅はかに《官位も低く》

一 十五の宮「盛明親王」は、高明の弟で、明子の叔父にあたる。高明も盛明も、母は源唱のむすめ周子。
二 源高明は天禄三年十二月十六日薨。五十九歳。盛明親王は寛和二年（九八六）五月八日薨。五十九歳。
三 寛和二年五月八日以後のいつのころか。
四 詮子が円融天皇の皇后であったのは、寛和二年七月五日から、正暦二年（九九一）九月十六日の出家までの五、六年間である。恐らく盛明親王の薨去後、すぐ詮子が引き取ったのだろう。
五 兼家の邸。
六 間仕切《まじきり》のための垂れ絹。
七 女院御自身のお居間の飾り付けにくらべて。
八 「たまひ」は蓬左本・池田本に無い。
九 親王・公卿などの邸の家政の事務を執る役の人。
一〇 明子のお世話をするように特別に分担をお決めあそばされ。
一一 詮子の兄弟。道隆・道兼・道長などをさす。
一二 寛子・尊子。頼宗・顕信・能信・長家。
一三 寛子。長保元年（九九九）生れ。この姫君が小一条院敦明親王の女御となった事は、「師尹伝」（一一七頁）に見える。万寿二年薨。二十七歳。
一四 尊子。寛弘三年（一〇〇六）生れ。応徳二年（一〇八五）薨。八十歳。師房との間に、俊房・顕房を産む。
一五 応和四年生れ。寛弘六年薨。四十六歳。兼明親王を前中書王と呼ぶのに対し、後中書王と言う。
一六 『栄花物語』（後悔いの大将）に、頼宗・能信が不審に思ったとある。道長は、源氏と仲良くやっていく事を考えていたのであろう。

一七 道長は師房を頼通の養子にしたが、尊子も頼通の養女にした。いわゆる夫婦養子で二人の結婚は万寿元年二月に行われた。師房はもと具平親王の二男であったが、幼時父宮が寛弘六年に薨去なさったので、道長はこの人物を一族に加えて面倒を見た。頼通の室隆姫も具平親王の姫君であるから、師房は隆姫の弟にあたる。この人物は道長の嘱望むなしからず、若くして権中納言になり、栄進して内大臣から右大臣に任ぜられ薨去の際には、太政大臣に任ずる勅許を得た。

一八 万寿二年当時は、権大納言、春宮大夫、三十三歳。

一九「異葉丸」「巌」(『御堂関白記』)、「いは君」(『栄花物語』見果てぬ夢)。

二〇 万寿二年は、権大納言、中宮権大夫。三十一歳。

二一 万寿二年は、権中納言。二十一歳。

二二 右馬頭。右馬寮《うめ》の長官。頼宗の弟で、能信の兄。『栄花物語』(日蔭のかづら)に「高松殿の二郎君…(中略)…十七八ばかり」と見えている。『小右記』万寿四年五月十五日の条に三十四歳で遷化《せんげ》とあるから、正暦五年(九九四)生れ。長和元年は十九歳。

二三 十二月二十五日改元。長和元年となる。

二四「十六日」の誤り。『御堂関白記』参照。

二五 寛弘九年から万寿二年まで十四年経過。

二六 法衣。僧の礼服。宮廷人の礼服「束帯」に相当。

心得ぬ事』とこそ、世の人申ししか。一六殿の内の人もおぼしたりしかど、一七入道殿思ひ掟てさせたまふやうありけむかしな」

道長公のお身内の人もそのように　そのようにお考えを決めておかれる子細があったのでしょうね

(世次)「男君は、一八大納言にて春宮大夫《とうぐうのだいぶ》頼宗ときこゆる。御童名《わらはな》、一九石君《いはぎみ》。今《もう》一所、これに同じ。二〇大納言中宮の権大夫《ごんのだいぶ》能信《よしのぶ》ときこゆる。今一所、二一中納言長家。御童名、小若君《こわかぎみ》」

申し上げる　ひとりの男君も頼宗様と同様で

右馬頭顕信出家

(世次)「今一人は、二二馬頭《むまのかみ》にて顕信《あきのぶ》とておはしき。御童名、苔君《こけぎみ》なり。二三寛弘九年壬子正月二四十九日、入道したまひて、この二五十余年は、仏の如くして行はせたまふ。思ひかけず、あはれなる御事なり。みづからの菩提を申すべからず、殿の御ためにも、また、法師なる御子《みこ》のおはしまさぬが口惜しく、事欠けさせたまへるやうなるに、『されば、やがて一度に僧正になし奉らむ』となむ仰せられけるとぞ承けたまはるを、いかが侍らむ。うるはしき二六法服《ほふぶく》、宮々よりも献《たてまつ》らせたまひ、殿よりは麻の御衣《ころも》献るなるをば、あるまじき事に申させたまふなるをぞ、いみじく侘びさせたまひける」

仏のように道心堅固に仏道修行に専念しておられます　思いも寄らないことで　感動的な御出来事です　御自身の極楽往生のためは申すまでもなく　父君道長公のためにも　ほかに　ご運が悪く　何か一つ足らない事があるような気がしておられましたので　すぐ一足飛びに　して差し上げよう　そう道長公が仰せられたとうけたまわりましたが　それはいかがなものでございましょう　端麗な　彰子　妍子　威子　道長公からは　送献の由　〔顕信さまは〕そのような贅沢は以っての外の事と辞退なさったとかで　これには道長さまもたいそう困って頭をかかえられたということです

「出でさせたまひけるには、緋《ひ》[一]の御衵《あこめ》のあまた候ひけるを、『これがあまた重ねて着たるなむうるさき。綿《わた》を一つに入れなして、一つばかりを着たらばや。然《しか》せよ』と仰せられければ、『これかれそそ[二]き侍らむもうるさきに、異《こと》を厚くして参らせむ』と申しければ、『それは久しくもなりなむ。ただ疾《と》くと思ふぞ』と仰せられければ、『おぼしめすやうこそは[三]』と思ひて、あまたを一つに取り入れて参らせたるを奉りて[四]ぞ、その夜《よ》は出《い》でさせたまひける。されば、御乳母《めのと》は、『斯くて仰せられけるものを。何しにして参らせけむ』と、『例ならず怪しと思はざりけむ心の至りのなさよ』と[五]泣き惑ひけむこそ、いと理《ことわり》にあはれなれ。[六]事しも、それに障《さは》らせたまはむやうに」『斯く』[七]と聞き付けたまひては、やがて絶え入りて、亡き人のやうにておはしけるを、『斯く聞かせたまはば、いとほしとおぼして、御心や乱れたまはむ』と、『今さらによしなし。これぞめでたき事。仏に成らせたまはば、我が御ためも、後の世のよくおはせむこそ、

(世次)顕信さまがお邸を抜け出られた際は　この　(顕信)この衵を　全部入れて　一枚だけの衵を着たらと思う　そうしなさい　(乳母)あっちこっち　綿を　ほぐして仕立て直すのも面倒なので　別の衵を綿を厚くして差し上げましょう　(顕信)　時日がかかりもしよう　早くしてほしい　(乳母)　何かお考えがおありなのだろうと　たくさんの衵の綿を一つの衵に　差しあげたところ　外出なさったのです　それで　(乳母)出家なさるおつもりで仰せられたのに　何だってまた縫って差し上げたりしたのか　(乳母)いつにない仰せを変だと思わなかった私の気配りが至らなかった　ほんとに　もっともで　(世次)　乳母はそのまま気を失って　まるで死んだ人のようになって　乳母がこのようになったと顕信さまが耳になさったら　顕信さまのご道心が　嘆いても仕方がない　素晴らしい事　顕信さまが仏果を得られたならば　乳母殿ご自身のためも　来世が安楽でいらっしゃるなら結局それが

一　若い人は緋色や紅色の衵を着、壮年の人は萌黄《もえぎ》、老人は白を着た。袍などの上着の下に下襲《したがさね》を付け、その下に衵を着、肌に接して単衣《ひとえ》の下着を付けるのである。下着と下襲の間に着るから「あいこめ」と言ったのが「あこめ」となったと言う。一枚でも二枚でも三枚でも着る。それが煩わしいから、綿を沢山入れて衵は一枚にしろと命じたのであろう。

二　突っ付き廻す。ここは「ほぐす」のであろう。

三　「あらめ」を下に補うこと。

四　顕信さまはそれをお召しになって。「奉る」は、貴人が、衣服を着る、馬に乗る、車に乗るなどを言う。

五　取り乱して泣き騒ぐ。おろおろと泣き狼《うろた》える。

六　「事しも」の「事」は出家すること。「しも」は強め。彼女が顕信の言い付け通りに、たくさんの衵の綿を一つの衵に取り入れて差し上げる事をしなかったら、顕信の出家を妨げる事ができたかのように、その事ばかり乳母が口にして後悔したのをさす。あたかも出家決行が彼女の行為いかんで食い止められたかのように乳母がかき口説いて嘆くのがもっともに聞こえ、不憫《ふびん》で、それを笑う気になれなかったの意。このあたり、多分、顕信のすぐ下の弟であり、『大鏡』の成立に強い関わりを持つと考えられる能信の実見に基づくか。「障らせ」は底本同系諸本・蓬左本・池田本「さはらせ」。久原本・桂乙本・古活字本「まゐらせ」。

七　このあと「たまひては」「おはしけるを」と乳母に敬語を用いているのは、いささか不審。

[八]終《つひ》の事《一番いい事じゃないですか》』と人々の言ひければ、『我は仏に成らせたまはむも《(乳母)私は若さまが仏におなりになったとて》、嬉しからず。我が身の後の《来世のわたくしが》助けられ奉らむも覚えず。ただ今の悲しさより外の事なし。殿の上も《高松さまも》、御子《おほんこ》どもあまたおはしませば、いとよし。ただ我ひとりが事ぞや《私ひとりの悲しみなのです》』とぞ、伏し転《まろ》び惑ひける。げにさる事なりや《全くその通りですよ》。道心なからむ人は《仏道に関心のない人だと》、後の世までも知るべきかはな《来世の事まで考えるはずがありませんものね》」

(世次)「高松殿《明子》の御夢にこそ、左《〔顕信さまの〕》の方《かた》の御髪《みぐし》を、半《なか》らより《後ろ半分からあと》剃り落させたまふと御覧じけるを、[九]斯くて後に《この事件があって後に》、これが見えけるなりけり《夢に知らされたのだったなと》と思ひさ[一〇]とめて《お気づきになって》、『[一一]違《ちが》へさせ、祈りなどをもすべかりける事を《また坊さんに頼んで祈禱などもすればよかったのに》』と仰せられける」

(世次)「[一二]皮堂にて御髪おろさせたまひて《剃髪あそばされて》、やがて《そのまま》その夜、山《比叡山》へ登らせたまひけるに、『鴨河《かもがは》渡りしほどの、いみじう《〔水が〕》つめたく覚えしなむ、少しあはれなりし《哀愁の感にうたれた》。今はかやうにてあるべき身ぞかしと思ひながら《もうこれからは川など徒歩で渡らねばならない身だと覚悟はしていたものの》』とこそ仰せられけれ」

(世次)「[一三]今の右衛門督《うゑもんのかみ》ぞ、疾《と》くより《はやくから》、この君をば《この顕信卿を目して》、『出家《すけ》の相《さう》こそおはす《出家なさる人相》

八　いつかは実現されるはずの最高の願い。

九　「斯くて後に」は、底本の元の表記に戻した。底本の訂正表記は「かくてのちに」の次に「こそ」を補入してあるが、それだと、下文の「なりけり」は「なりけれ」と改めなければならない。蓬左本は「かくて後にこそこれが見えけるなりけれ」とある。池田本「かくてのちにこれかみゆるなりけり」とある。

一〇　「思ひさとめて」は、底本系諸本も池田本も同じ。蓬左本・久原本・桂乙本「思ひさだめて」とあるが、意改した疑いがある。「さとめて」は「悟めて」で「思ひさとむ」という語が存したか、もしくは、「悟りて」の誤写とすべきであろう。「思ひ定めて」より「思ひ悟りて」の方がよいと思う。けれども、しばらく、本のままに「悟めて」としておく。「悟る」は自動詞。「悟む」は他動詞か。

一一　夢判断の人に依頼して吉夢に変えさせ。

一二　「皮堂《かはだう》」は行願寺をさす。『日本紀略』寛弘元年十二月十一日の条に、「今日、一条北辺堂供養、皮聖《かはひじり》建二立《ス》之《ヲ》一」とある。天正年間に現在の京都市上京区寺町通竹屋町に移転したが、元は一条北・町尻東に在った。「皮聖」は行円上人のこと。常に革の衣を着ていたからの称という。

一三　藤原実成。万寿二年は五十一歳。公季の長男。元蔵人頭。寛弘五年参議。長和四年権中納言。寛仁元年四月三日、右衛門督。治安三年、中納言。長元三年督辞任。長元六年兼大宰権帥。寛徳元年薨。七十歳。

れ』（がおありだ）とのたまひて、〔顕信卿が〕[一]中宮権大夫殿《ちゅうぐうのごんのだいぶどの》の上《うへ》に、御消息きこえさせたまひけれど（恋文を差し上げられたけれど）、（実成）『さる相《さう》ある人をば、いかで』（どうして姫の婿に出来よう）とて、後に、この大夫殿《だいぶどの》（能信卿）を〔婿に〕取り奉りたまへるなり[二]。[三]正月に、内裏《うち》より出でたまひて、この右衛門督（実成卿）、（実成）『馬頭《むまのかみ》の、物見より差し出でたりつるこそ（顕信卿が今物見の窓から外を覗いた顔付を見ると）、むげに（ひどく）出家《すけ》の相《さう》近くなりにて（近くなったと）見えつれ。〔年は〕幾《いく》つぞ』とのたまひければ、頭中将《とうのちゅうじゃう》[四]、（公成）『十九にこそなりたまふらめ』と申したまひければ、（実成）『さては、今年ぞしたまはむ』とありけるに（仰しゃいましたが）、『斯く』（顕信卿が出家なさった）と聞きてこそ、（実成）『さればよ』（ああやっぱり）とのたまひけれ。相人《さうにん》ならねど（専門の人相見でないけれど）、よき人は（教養ある立派な人物は）、物を見たまふなり（物事を予知なさるものです）」

（世次）「入道殿は、『益《やく》[五]なし。いたう嘆きて聞かれじ[六]（親がひどく嘆いたと）。心乱れせられむも[七]、この人のためにいとほし（顕信にとって気の毒）。法師子《ほふしご》[八]のなかりつるに、いかがはせむ。幼くてもなさむと思ひしかど（もともと幼少時に出家させようかと思ったが）、拒《すま》ひしかばこそあれ』（いやがったから無理じいしなかったのだ）とて、ただ、[九]例の作法《さほふ》の法師の御様《やう》にもてなしきこえたまひき。受戒[一〇]には、やがて[一一]（時を移さず道長公が叡山に登られ）殿登らせたまひ、人々、我も我もと御供《みとも》に参りたまひて、いとよ（美々しく立）

一「中宮権大夫」は顕信のすぐ下の弟藤原能信。能信の「上」は、実成の長女。まだ能信の妻になる前に、顕信が結婚を申し込んだらしい。
二 断定の助動詞。「のである」「のです」。
三 寛弘九年（一〇一二）正月。
四 実成の長男、公成。祖父公季の養子となる。母播磨守藤原陳政女。寛弘八年十月従五位上。十二月侍従。寛弘九年正月右兵衛佐。十四歳。寛仁元年右権中将。寛仁四年十二月、蔵人頭。治安三年十二月左近中将。万寿三年参議。万寿二年には、蔵人頭で左中将。
五 何の役にも立たない。何を言っても始まらない。
六「世間の人々に」とも取れるが、「出家した顕信の耳に」であろう。
七 顕信が、父道長たちが嘆いたと聞いてその道心を乱しては、折角の出家のかいがない。
八 今まで出家した子がいなかったのだから、一人僧侶が出たのはやむを得ないことでどうしようもない。
九 しきたり通りの法式による出家者のように処遇してさし上げた。「例の」は蓬左本。東松本「の」ナシ。
一〇 仏門に入って得度した者が、戒壇に登り、戒律を受ける儀式。これを受けてはじめて正式の僧侶とみとめられる。延暦寺の受戒の儀式は、毎年春秋二季行われた。これを大乗戒と称した。
一一『御堂関白記』長和元年五月二十三日条に見える。また『小右記』の同年五月二十四日の条にも「昨日寅剋許出レ京云々」と見える。

そほしげなりき（派な行列であった）。威儀僧[一二]には、えも言はぬ者ども（非常にすぐれた人物たちを）選らせたまひき。御先《さき》[一三]に、有職《うしき》[一四]・僧綱《そうがう》[一五]どものやむごとなき（尊貴な僧侶たちが）さぶらふ（うけたまわりました）。山の所司[一六]（役僧）、殿の御随身ども（ご家来たちが）、人払ひののしりて（声高に人払いをしている中を）、戒壇に登らせたまひけるほどこそ（顕信さまは受戒の壇にお登りになりましたがその御様子を）、入道殿はえ見奉らせたまはざりけれ（とても正視なさる事がおできになりませんでした）。御みづからは（顕信さま御自身は）、本意《ほい》なく（それを不本意で）、傍痛《かたはらいた》[一七]しとおぼしたりけり。座主《ざす》[一八]の、手輿《たごし》[一九]に乗りて、白蓋《びやくがい》[二〇]插させて登られけるこそ、『あはれ（あっぱれ）天台座主、戒和尚《かいわじやう》[二一]の一《いち》や』と見えたまひけれ。世次が隣に侍る者の（〔この話は〕世次の隣家に住んでいる人で）、その際《きは》に遇ひて見奉りけるが（顕信さま受戒の際に往きあってその儀式を拝見した人物が）、語り侍りしなり（私に話してくれたのです）」

（世次）「春宮大夫（頼宗）・中宮権大夫殿（能信）などの、大納言[二二]にならせたまひし折は、さりとも（いくら俗世間の事には興味がないといっても）、御耳とどまりて（〔顕信さまは〕）聴かせたまふらむと覚えしかど、その大《たい》饗《きやう》（披露の宴）の折の事ども、敷き添へられしほど（新たにふやして敷き並べられた時の事）など語り申ししかど、いささか御気色変らず（〔顕信さまは〕）、念誦《ねんず》うちして（念仏なさりながら）、『「かうやうの事（官位昇進の事など）、ただ暫しの事なり（ほんのしばらくの間の事だ）」とうちのたまはせしなむ（ふっと仰しゃったのが）、めでたく優に覚えし（実にすばらしくご立派だなと感じました）』とぞ、通任《みちたふ》[二三]の君、のたまひける」

一二 授戒や法会などに際し、威厳を添えるために居並ぶ僧。また儀式の進行を掌《つかさど》ったり、列席している僧侶たちの進退・作法等に手落ちのないようにする役。威儀師、威儀法師とも称する。

一三 御先導役として。

一四 「僧綱」に次ぐ僧官で、已講《いこう》・内供《ないぐ》・阿闍梨《あじやり》の三をいう。

一五 僧正・僧都・律師の三僧官。

一六 比叡山の役僧、上座《じやうざ》・寺主《じしゆ》・都維那《ついな》（これを三綱と称した）のこと。

一七 （父道長の振舞を）見っともない見苦しい態度と不満にお感じになったのである。

一八 天台座主。比叡山延暦寺の寺務を統括する最高の僧職。この時の座主は、大僧正覚慶。長徳四年（九九八）十二月に座主に補せられた。俗姓平氏。京師の人。長和三年（一〇一四）十一月寂。八十八歳。

一九 前後二人で腰の辺まで持ち上げて人を運ぶ輿。

二〇 白色の絹を張った天蓋。長柄につけて手輿の上にさしかける。

二一 出家する者に戒を授ける師僧。「授戒の和尚の第一の人物よ」の意。授戒は戒和尚・教授師・羯磨《かつま》師の三人で行うが、戒和尚がその首座をつとめる。

二二 治安元年（一〇二一）七月二十五日に、頼宗・能信揃って権大納言に任ぜられた。父道長在世。

二三 藤原通任（九七四～一〇三九）。済時の子。権中納言に至る。父より人柄がよかった。娍子《せいし》（三条妃）の兄。

道長の子女いずれも優秀

（世次）「この殿の君達《きんだち》、男・女合はせ奉りて十二人、数のままにておはし
（〔なるほど〕ご官位なら心のままに出世なさいましょうが　御性質や）
ます。男も女も、御官位《つかさくらゐ》こそ心に任せたまへらめ、御《お》心ばへ・人
（人柄などまで　ほんの少しも不完全で　人から非難をお受けになるようなお方もおいで）
柄どもさへ、いささかかたほにて、もどかれさせたまふべきもおは
（にならず　それぞれに　博識でご立派で　いらっしゃるのも　全くもう）
しまさず、とりどりに、有識《いうそく》にめでたくおはしまさふ[一]も、ただ他事《ことごと》[二]
（道長公のご幸運がこの上もなく素晴らしくいらっしゃるからなのでございましょう　前に）
ならず、入道殿の御幸ひの言ふ限りなくおはしますなンめり。さき
（申し上げた大臣方にも　皆このように理想的でいらっしゃったでしょ）
ざきの殿ばらの君達《きんだち》おはせしかども、皆かくしも思ふさまにやはお
（うか　しぜんと　善いお子と悪いお子とが入りまじっていらっしゃるよ）
はせし。おのづから、男も女もよきあしきまじりてこそおはしまさ
（うに見えました　倫子　明子二人とも源氏の出）
ふめりしか。この北の政所《まんどころ》の、二人[三]ながら源氏におはしませば、末[四]
（はずですよ）
の世の源氏の栄えたまふべきと定め申すなり[五]。斯かれば、この二所《ふたところ》
の御有様、かくの如し」

万寿二年当時の道長

（世次）（道長）
「但し、殿の御前《おまへ》は、三十[六]より関白せさせたまひて、一条院・三条
（国政をおとりになり　み心のままで）
院の御時、世をまつりごち、我《わ》が御ままにておはしましに、また
（今上（後一条））
当代[七]の、九歳にて位に即かせたまひにしかば、御年五十一[八]にて摂政
せさせたまふ年、我《わ》が御身は太政大臣[九]にならせたまひて、摂政をば

一 「おはしまさふ」は「おはします」の複数形。主語の人物が二人以上であることを示す。
二 格別の理由があるわけでなく。
三 倫子は宇多源氏、明子は醍醐源氏。
四 万寿元年（一〇二四）から、源師房（従三位、右近中将）の台頭が始まる。万寿三年には、師房は十月に権中納言で春宮権大夫を兼任する。治暦元年（一〇六五）には、師房は内大臣に任ぜられ、源氏は、源経長・源俊房・源経成・源隆俊・源顕房・源資綱が参議以上で、ほかに源隆国（皇后宮大夫・前権中納言）という風に、源氏は藤原氏に次ぐ宮廷勢力となりつつあった。
五 「なり」は断定の助動詞。
六 長徳元年（九九五）五月十一日、三十歳の年から、内覧の宣旨を蒙って。
七 長和五年（一〇一六）正月二十九日、皇太子敦成親王受禅、二月九日即位。
八 長和五年正月二十九日譲㆓位於皇太子㆒。つまり王権は三条天皇から後一条天皇に移った。「正月二十九日詔令㆓摂政㆒」（『公卿補任』）とある。時に道長五十一歳。
九 『公卿補任』の寛仁元年（一〇一七）の条を見ると、左大臣道長は三月十六日に摂政を辞し、十二月四日に太政大臣に任ぜられた。つまり、五十二歳で太政大臣に昇進。

[一〇]大臣《おとど》に譲り奉らせたまひて、御年五十四にならせたまふに、寛仁三年己未三月二十一日、[一一]御出家したまへれど、なほ、また同じき五月八日、[一二]准三宮《じゆさんぐう》の位にならせたまひて、年官・年爵得させたまふ。帝（後一条）・東宮（後朱雀）の御祖父《おほぢ》、三后《みきさき》（彰子 妍子 威子）・関白左大臣（頼通）・内大臣（教通）・[一三]あまたの納言《なふごん》の御父にておはします。世を保たせたまふ事、かくて三十一年ばかりにやならせたまひぬらん。今年は満六十（数え年六十）におはしませば、『[一四]督《かん》の殿（嬉子）の御産の後、[一五]御賀あるべし』とぞ、人申す。いかにまたさまざまお[一六]はしまさへて、めでたく侍らむずらむ（どんなにかおめでたい事でおありになる事でしょう）。大方また世に無き事なり（世間には他にない盛事です）。大《だい》臣《じん》の御むすめ三人《みたり》、后にてさし並べ奉りたまふ事（后の宮として同時に並べてお立て申し上げになるという事は）

(世次)「この入道殿下の御一《ひと》つ門《かど》よりこそ、太皇大后宮（彰子）・皇大后宮（妍子）・中宮（威子）三所出でおはしましたれば、まことに[一七]希有希有《けうけう》の御幸ひなり。[一八]皇后（娍子）宮ひとりのみ筋別れたまへりといへども（御血筋が別であらせられるといっても）、[一九]それそら、貞信公（忠平）の御末におはしませば、これを[二〇]よそ人と思ひ申すべき事かは。しかれば、ただ世の中は、この殿（道長公）の御光《ひかり》ならずといふ事なきに（御威光でないという事は）、この春こそは

一〇 わが子頼通に摂政を譲った。頼通は寛仁元年三月十六日に摂政となった。時に二十六歳。
一一 法名、「行観」。後に「行覚」と改めた。
一二 この時、はじめて准三宮の待遇を得たのではなく、前々からそうであったのを、出家したからといって廃止することなく依然として准三宮の待遇を受けたというのである。『日本紀略』寛仁三年五月八日の条に、「入道前太政大臣…(中略)…准后如レ故《もと》不レ改」とあり、『扶桑略記』にも、「五月八日、入道前太政大臣、重勅、准三宮賜二年官年爵一、三千戸封如レ旧矣。出家以後希代之例也」と見えている。
一三 頼宗・能信・長家。
一四 「内侍督《ないしのかん》の殿」の略。「尚侍《ないしのかみ》」とも書く。道長の四女嬉子。後朱雀院の尚侍で、後冷泉院の御母。
一五 道長の六十の算賀。但し道長は行わなかった。
一六 「おはしまさひて」の母音交替形で、「ひ」が「へ」に変ったもの。「おはしまして」の複数形。道長一人でなく、御一家一同を主語にする。「皆々さまがお揃いで御出席あそばして」の義。
一七 世にも稀な珍しい御幸運である。
一八 忠平―師尹―済時―娍子。小一条院の御母后。
一九 「それそら」は、蓬左本に「それすら」とあるが、底本及びその同系統本は「そら」。池田本も「そら」。「すら」を「そら」と書く例は『栄花物語』『夜半の寝覚』にも見える。
二〇 道長公と無関係の人。忠平―師輔―兼家―道長。

[一]亡せたまひにしかば、いとどただ《いよいよ直系の》三后《みきさき》のみおはしますめり」

道長、詩歌の才ある事

「この殿、事に触れて遊ばせる詩・和歌など《(世次) 道長公が何か事ある折にお作りになった漢詩や》、[二]居易《きよい》・[三]人丸《ひとまろ》・[四]躬恒《みつね》・[五]貫之といふとも、え思ひ寄らざりけむと《とてもこんな巧妙な詩句は思いつかなかったろうと》こそ、覚え侍れ。[六]春日行幸、[七]先《さき》の一条院の御時より始まれるぞかし。それにまた、当代《後一条》幼くおはしませども、必ずあるべき事にて《行幸なさるべき事として》、始まりたる例になりにたれば《〔一条天皇の御代から〕なっているから》、大宮《彰子》御輿《みこし》に添ひ申させたまひて《ご同乗あそばされて》おはします《お出かけなさいます》。めでたしなどいふも世の常なり《ありきたりの表現である》。すべらぎの御祖父《おほぢ》《天皇の外祖父》にて《として》、打添ひ《〔鳳輦に〕》仕うまつらせたまへる殿《道長公》の御有様・御かたちなど、少し世の常にもおはしまさましかば《世間並みでいらっしゃりでもしたら》、[八]飽かぬ事にや。そこら集まりたる田舎《大勢集まった遠国から来た》世界の民百姓、これこそは、確かに見奉りけめ。ただ『[九]転輪聖王《てんりんしやうわう》などは斯くや《このようでもあろうか》』と、光るやうにおはしますに、仏《ほとけ》見奉りたらむやうに《をお見かけしたかのように》、額《ひたひ》に手を当てて拝み惑ふさま《あわてて拝礼する》、ことわりなり《もっともである》。[一〇]大宮《彰子さま》の、赤色の御扇差し隠して《〔お顔を〕》、御肩のほどなどは《あたりなんかは》、少し見えさせたまひけり。かばかりにならせたまひぬる人は《これほど高貴など身分におなりあそばしたお方は》、露の《少しの》透影《すきかげ》も塞《ふた》ぎ《ふさぎ》、『いかが』とこそは《これでも見えはしないかと心配して》持て隠し奉るに、事《物事に》限

一 娍子の崩御は、万寿二年三月二十五日。

二 白居易。中唐の詩人。七七二〜八四六。平安初期の人。楽天と号した。その『白氏長慶集』は、また『白氏文集』とも呼ばれ、当時の日本文学に多大の影響を与えた。

三 柿本人麻呂。万葉歌人。歌聖と尊崇された。

四 凡河内躬恒《おおしこうちのみつね》。『古今集』撰者の一人。貫之と併称された。

五 紀貫之。『古今集』撰者の一人。その「仮名序」や『土佐日記』の作者としても著名。

＊道長の歌は『拾遺集』以下に四十三首入集。また『御堂関白集』は、他の人の歌を含む歌集で七十三首が存する。

六 兼家の奏請に依り、一条天皇の永祚元年（九八九）三月二十二日に始まる。春日神社は藤原氏の氏神を祀る。池田本「春日の行幸」、桂乙本「春日ノ行幸」。

七 「先の」の「の」文字は底本その他に無い。桂乙本・池田本により補った。

八 「飽かぬ事にや」は、飽き足らない思いもしたかもしれませんけどね。そんな事はなく、いやいや最高の満足、大満悦でしたの意。下に「あらまし」が来る。「あらむ」を補うとする説は、中古語法を知らぬ謬説。

九 全世界を統御する大王。金・銀・銅・鉄の四大王が存在する。金や銀だから「光る」のである。

一〇 底本及び同系統の諸本に「太宮」とあるが、蓬左

りあれば、今日は装《よそ》ほしき御有様も、少しは人の見奉らむも、一一『などかは』ともやおぼしめしけむ。殿も宮も、言ふ由《よし》なく御心ゆかせたまへりける事、推し測られ侍れば、殿、大宮に、

（道長）一二 そのかみや祈り置きけむ春日野の同じ道にも尋ねゆくかな

御返し、

（彰子）一三 曇りなき世の光にや春日野の同じ道にも尋ねゆくらむ」

（世次）「かやうに申し交《か》はさせたまふほどに、げにげにときこえてめでたく侍りしなかにも、大宮の遊ばしたりし、

一四 三笠山さしてぞ来つる石《いそ》の上《かみ》ふるきみゆきのあとを尋ねて

これこそ、翁らが一五心及ばざるにや。あがりても、かばかりの秀歌え《あり》さぶらはじ。その日にとりては、一六春日の明神も詠ませたまへりけると覚え侍り。今日かかる事どもの栄《はえ》あるべきにて、先の一条院の御時にも、大入道殿、行幸申し行はせたまひけるにやとこそ、心得られ侍れな。大方、幸ひおはしまさむ人の、和歌の道後《おく》れたまへらむ

は限りがあるから　この美々しい晴れのお姿も
とてもお思いあそばしたのでしょう　道長様も大宮様も　たとえようもなくご満
足なさった事が　私どもにも推測できる次第ですから　道長さまが大宮さまに
〔和歌を〕
彰子
昔でも　これほどの
得ない事でしょう　行幸という大切な日でしたから
本日のこのような秀歌続出の　栄光が予想されたので　昔の　御代
にも　兼家公が　春日社行幸を奏請し執り行わせられたのかとさえ　合点が行く
というわけですよ　総じて　幸運に恵まれそうなお方が　劣っておいでにな

本・池田本により「大宮」と改めた。
一一「などかは悪《あ》しからむ」の意。
一二 一条天皇の永祚元年兼家公が春日明神に祈りをこめられたその験《しるし》で、こうして今また子孫打揃って今上陛下のお供をして先代が通ったと同じ道を辿ってお社に参拝することだ。『続古今集』神祇に「後一条院春日行幸日、上東門院へ献りける　法成寺入道前摂政太政大臣」として収める。
一三 曇りなく晴れ渡った今上陛下の御威光のお蔭《かげ》で、祖父兼家公の通られたと同じ道を通って春日明神におまいりするのでしょう。この歌『続後拾遺集』神祇に入集。詠み人は「上東門院」とある。
一四 昔の帝の古い行幸の先例のあとを尋ねて三笠の山の春日神社を目ざしてはるばると参ったことです。「笠」は「さして」と縁語。その「さし」は傘をさすの「さし」と、目ざすの「さし」に掛けてある。「いそのかみ」は「古き」の枕詞。「石の上」と「布留」は地名。「古」に「降る」、「行幸」に「深雪」を掛ける。「雪」「降る」「跡」は縁語。当時は技巧の多いこの種の歌を秀歌とした。『千載集』神祇の筆頭歌。但し、第二句「さしてきにけり」となっている。
一五 とても思いつかない秀歌というべきでしょう。
一六 あるいは大宮さまに春日の神さまが乗り移ってお詠みになったのかという気がいたします。

は、《つたら》[一]事の栄《はえ》なくや侍らまし。この殿は《道長公は》、折節《をりふし》ごとに《機会あるごとに》、必ずかやうの《和歌などを》事を仰せられて《口ずさまれて》、事を囃《はや》させたまふなり《面白くなさるのです》。[二]一年《ひととせ》の北の政所の御賀に詠ませたまへりしは、

[三]在り馴れし契りは絶えて今さらに心汚《けが》しに千代と言ふらむ

また、この一品の宮《禎子内親王》の生まれおはしましたりし[四]御産養《うぶやしなひ》[五]、大宮《彰子皇太后》のせさせたまへりし夜《よ》の御歌《〔道長公の〕》は、聞きたまへりや。それこそ、いと興ある事を《お詠みでした》。ただ人は《普通の人では思いつくはずもない》思ひ寄るべきにも侍らぬ和歌の体《てい》なり。

[六]妹宮《おとみや》の産養《うぶやしなひ》[七]を姉宮のしたまふ見るぞ嬉しかりける

とかや承《う》けたまはりし」

とて、快く笑みたり。

若き道長の豪胆

《(世次)》「[八]四条の大納言のかく《公任卿がこのように》何事も傑《すぐ》れ、めでたく《すばらしく》おはしますを、大入道《兼家公》殿、『いかで斯からむ《どうして[九]あのように諸芸に通じているのだろう》。羨ましくもあるかな。我が子ども《道隆・道兼・道長等が》の、影だ《四条大納言の影さえ踏めそうにないのは全く無念のことだ》に踏むべくもあらぬこそ口惜しけれ』と申させたまひければ、中《なかの》関白《くわんぱく》殿・粟田殿《道隆公・道兼公》などは、『げに《確かに》、「さも」とやおぼすらむ《そうもあろうとおぼしめすことだろうよ》』と恥づか

一 折角の幸運に光彩が添わないことになりましょう。

二 治安三年（一〇二三）十月十三日に行われた倫子の六十の賀。『栄花物語』（御賀）参照。

三 永年連れ添って来た二人も、すでに離れ離れの仲だが、六十の賀と聞けば道心を汚して長生きしてと言わずにはいられない。「心けがしに」は、蓬左本「心かけじに」とする。『栄花物語』（御賀）には、第二句「契りも絶えて」とある。「心けがし」とあるのは西本願寺本・富岡鉄斎本であり、「心かけじに」とあるのは三条西家本と陽明文庫本である。道長は、寛仁三年（一〇一九）三月に出家、倫子も、その二年後治安元年に落飾しているから、二人は永い間の肉体関係ももはや絶えた清らかな関係にあるが、今宵は折角の六十の算賀ゆえ、全く知らぬ顔では居られず、道心を汚して敢えて千年も長生きしておくれと、倫子にむかって祝賀の意を表する私らしい。自然の情愛の溢れたよい歌である。

四 長和二年七月六日誕生。

五 出産の祝宴。生れて三日・五日・七日・九日に近親などが別々に開催する。

六 三条天皇中宮妍子。一品の宮（禎子）の母。

七 彰子。

八 四条大納言は、藤原公任。「頼忠伝」に、大井河三船の誉れの話が載せられている。ここに、突如として

しげなる御気色にて、物ものたまはぬに、この入道殿は、いと若くおはします御身にて、『影をば踏まで、面《つら》をやは踏まぬ』とこそ仰せられけれ。まことにこそさおはしますめれ。[一〇]内大臣殿をだに、近くて、[一一]え見奉りたまはぬよ[一二]。さるべき人は、疾《と》うより御[一三]心魂《こころだましひ》の猛く、[一四]御守《まも》りもこはきなゝめりと覚え侍るは[一五]」

「花山の院の御時に、[一六]五月《さつき》下《しも》つ闇に、[一七]五月雨《さみだれ》も過ぎて、[一八]いとおどろおどろしくかき垂れ雨の降る夜、帝、さうざうしとやおぼしめしけむ、殿上《てんじやう》に出でさせおはしまして遊びおはしましけるに、人々物語申しなどしたまうて、昔恐ろしかりける事どもなどに申しなりたまへるに、『今宵こそいとむつかしげなる夜なゝめれ。かく人がちなるにだに、気色覚ゆ。まして、物離れたる所などいかならむ。さあらむ所に、ひとり往《い》なむや』と仰せられけるに、『えまからじ』とのみ申したまひけるを、[一九]入道殿は、『いづくなりとも、まかりなむ』と申したまひければ、さるところおはします帝にて、『いと興

公任の事が出てくるのはいかにも唐突である。多分、編輯に際して、差し替え等が行われたのであろう。

九 底本及び同系本は「いかでかかゝらん」とあるが、蓬左本・桂乙本・久原本により改めた。

一〇 教通は治安元年七月に内大臣。二十六歳。時に公任は、権大納言であった。公任長女は教通の妻。

一一 「え見奉り」の「え」は、底本系並びに蓬左本系諸本にある。

一二 将来出世栄達するお方は。

一三 精神力。気魄《きはく》。

一四 神仏の御加護も強いものらしい。

一五 感動の終助詞。

一六 五月（陰暦）下旬の闇の夜に。

一七 梅雨の時期も過ぎたあとで。梅雨期間中なら雨が降るのはあたり前だが、梅雨期が過ぎても、降雨の晩があったというのである。「五月雨も過ぎて」の「て」文字を「で」と濁る説は採らない。

一八 梅雨明け後に大雨が降ったという意味。「かき垂れ」は「かき垂れて」と見てよい。「かきたれ雨」という語があるわけではない。用例は、『源氏物語』（末摘花）に一箇所、（真木柱）に二箇所見える。雨や雪が降る形容。「ザァーザァーと」の義。

一九 この時期を、かりに、寛和元年（九八五）五月下旬とすると、この段の登場人物の年齢は次のようになる。帝（花山院）は十八歳。道隆は三十三歳、道兼は二十五歳、道長は二十歳である。

一　大内裏の西南にあり、節会や大宴会の行われた所で、正殿を豊楽殿という。

二　紫宸殿の後方、露台を隔てて承香殿との間にある。もと天皇の御座所であったが、清涼殿が御座所になってからは、内宴など行う場所になった。「塗籠」は、周囲を厚く壁で塗りこめて、妻戸から出入りするようにした部屋。衣服・調度などを収納したり、寝室に用いた。

三　大極殿は八省院の正殿。即位や朝賀などの大礼を行う所。正面に高御座《たかみくら》があった。

四　御様子が変って、「無益のことだ」と。

五　近衛の陣に詰めている吉上。「吉上」は、六衛府の下役人。禁中・宮門を守って、乱暴者などを逮捕する役。

六　滝口の武士。蔵人所に属し、皇居の警備及び雑役に奉仕した。滝口の陣（詰所）は、清涼殿の北、黒戸の東にあった。「吉上でも、滝口でも、よいから」。

七　八省院の北門。大極殿には、この門から入る。ここまで見送れとの注文は、道長が現場近くまで行った事を見届けさせ、証人とするつもり。

八　苦虫《にがむし》を噛《か》みつぶしたような顔付きをして。

九　子の刻の最終時。亥《い》・子は左近衛府の役人の役。

一〇　丑の刻に入る。丑の一刻から寅《とら》の四刻までは右近衛府の役人の役。

一一　宜秋門外の広場。昔、若い女が鬼に食われた所。

一二　紫宸殿と仁寿殿の間にある板敷の台。舞に使う。

ある事なり。さらば、行《い》け。道隆は豊楽院《ぶらくゐん》[一]、道兼は仁寿殿《じじゆうでん》[二]の塗籠《つま》、道長は大極殿[三]へ行《い》け』と仰せられければ、よその君たちは《命じられなかった他の君たちは》『便《びん》なき《つまらぬ事を奏上したものだ》事をも奏してけるかな』と思ふ。また、承《う》けたまはらせたまへる殿《道隆》ばらは《道兼は》、御気色《けしき》[四]変りて、『益《やく》なし《何の役にも立たないことだ》』とおぼしたるに、入道殿《道長公は》は、露《少しも》さる御気色もなくて、『私の《（道長）私個人の》従者《ずさ》をば具しさぶらはじ《連れてゆきますまい》。この陣の吉《きち》[五]上《じやう》まれ、滝口《たきぐち》[六]まれ、一人を、「昭慶門[七]まで送れ」と仰《おほ》せ言賜《ごとた》べ。それより内には独り《私独りで》入り侍らむ』と申したまへば、《（花山）》『証なき事』と仰せらるるに、《（道長）》『げに』とて、《（帝の）》御手箱《てばこ》に置かせたまへる小刀《こがたな》申《ま》して《拝借して》立ちたまひぬ。今二所《道隆　道兼》も、苦《にが》[八]む苦《にが》む、各々《おのおの》おはさうじぬ《お出かけになった》。

《（世次）》「『子四《ねよ》[九]つ』と奏して《時刻を奏上して》、斯く仰せられ議するほどに、丑[一〇]にもなりにけむ。『道隆は右衛門の陣《宜秋門》より出でよ。道長は承明門より出でよ』と、それをさへ分《わか》たせたまへば《帝の仰せ通りに銘々》、しかおはしましあへるに、中関《なかの》白殿《道隆公》、《右衛門の陣までがまんして》陣まで念じておはしましたるに、宴《えん》の松原[一一]のほどに、そのものともなき声ども《得体の知れない声ががやがやときこえてくるので》のきこゆるに、術《ずち》なくて帰りたまふ。粟田殿は、露台《ろだい》[一二]の外《と》まで、わななくわななく《ふるえながら》おはしたるに、仁寿殿の東面《ひむがしおもて》[一三]の砌《みぎり》のほどに、軒《のき》と等しき人のあるやうに見えたまひければ《軒に届くほど背丈の高い人が立っているように》、物も覚えで《何もわからなくなって》、『身のさぶらはばこそ《命が無事でこそ》、仰せ言も承けたまはらめ《勅命を蒙っての御用も勤まるというものだと思って》』とて、各々立ち帰り参りたまへれば《お二人とも御前に引っ返して来られたので》、〔花山天皇は〕御扇をたたきて笑はせたまふに、入道殿は《道長公は》、いと久しく見えさせたまはぬを《お姿がお見えにならぬのを》、（花山）『いかが《どうしたのか》』とおぼしめすほどにぞ、いとさりげなく《何事もなかったように》、事にもあらずげにて《平然としたご様子で》、参らせたまへる《ご前に戻ってこられたのです》。（花山）『いかに《どうだった》』と問はせたまへば、いとのどやかに《たいそう落ち着き払って》、御刀に《お刀と》、削《けづ》られたる《削り取られた》物を取り具して《物を一緒にして帝に》献《たてまつ》らせたまふに、（花山）『こは何ぞ』と仰せらるれば、（道長）『ただにて《手ぶらで》帰り参りて侍らむは、証さぶらふまじきにより《証拠がございませんから》、高御座《たかみくら》[一四]の南《みなみ》面《おもて》の柱の元を削りてさぶらふなり《根元を小刀で削って持ち帰ったのでございますと平気な様子で》』とつれなく申したまふに、いと《〔帝も〕余り》あさましくおぼしめさる《の事に呆れ返る程に》。他殿達《こととのたち》[一五]の御気色は、いかにもなほ《時間がたってもまだ》直《なほ》らで、この殿のかくて参りたまへるを《道長公がこのように全く怖がらずに》、帝より始め感じののしられたまへど《花山天皇を始め人々が感嘆し口々に褒めそやされたのですが》、羨[一六]ましきにや、また、いかなるにか、物も言はでぞさぶらひたまひける《何も言わずにその場に控えておいでになりました》」

一三　東側の軒下の石畳のあたりに。

一四　玉座。大極殿または紫宸殿の中央に飾り据えられる天皇の御席。

一五　お二人の兄君たちの怯《おび》えたお顔色は。

一六　兄君たちお二人は、それが羨ましかったのか、それともまたどういうお気持だったのか。

「なほ疑はしくおぼしめされければ、つとめて、『蔵人して、削り屑を番《つが》はして見よ』と仰せ言ありければ、持て行《い》きて、押し付けて一見たうびけるに、露違《たが》はざりけり。二その削り痕《あと》は、いとけざやかにて侍ンめり。末の世にも、見る人はなほあさましき事にぞ申ししかし」

（(世次)〔花山天皇は〕それでもまだ／翌朝／蔵人に命じて／あてがって確かめよ／〔蔵人が〕も／ぴったり一致したことでした／今にたいそうくっきりと／して残っているようです／後の世にも／やはり呆れた事だと申したことでした）

「三故女院の御修法《みしほ》して、四飯室《いひむろ》の権僧正《ごんのそうじやう》のおはしまししし五伴僧にて、相人のさぶらひしを、女房どもの呼びて相ぜられけるついでに、『内大臣殿は六いかがおはする』と問ふに、『いとかしこうおはします。天下取る相おはします。七中宮の大夫《だいぶ》殿こそいみじうおはしませ』と言ふ。また、粟田殿を問ひ奉れば、『それもまた、いとかしこくおはします。大臣の相おはします』また、『あはれ、中宮の大夫殿こそいみじうおはしませ』と言ふ。また、八権大納言殿を問ひ奉れば、『それもいとやむごとなくおはします。雷《いかづち》の相なむおはする』と申しければ、『雷はいかなるぞ』と問ふに、『九一際《ひときは》はいと高く鳴れど、

（(世次)／人相／見／人相を見てもらった時についでに／(女房)／おいでになった時の／道隆公／(相人)大変ごりっぱなご運でいらっしゃいます／道長／道兼公／(相人)／(相人)／伊周公／(相人)／(相人)）

一 「見たまひけるに」に同じ。
二 寛和元年（九八五）五月に、大極殿の高御座《たかみくら》の南側の柱の根元が削られた痕跡が、万寿二年まで残っていたとすると、約四十年残っていたことになり、まだ弱冠二十歳の若き道長が闇夜を物ともせず敢てしたことに「あさましき事」と当時の人々が驚嘆した事は、言いかえると道長に対し畏怖の念を覚えたということであろう。このように人々に恐怖の気持を持たせることは政治家としての資格の最たるものであったはずである。
三 東三条女院詮子。「御修法」は「ミズホフ・ミシホなどと読む。御悩や御産の場合に、僧を呼んで加持祈禱を行う法会。女院は長保三年（一〇〇一）に四十歳で薨ぜられた。

道長の人相「虎子如ㇾ渡二深山峰一」

四 九条師輔の十男尋禅。寛弘四年に諡号《しごう》して慈忍と言った。飯室は比叡山横川の別所で、師輔建立の宝満寺。ここに住した。権僧正に任ぜられたのは、天元四年（九八一）。永祚二年（九九〇）二月十七日入寂。したがって、この相人の話は、永祚二年以前の事になる。
五 法会などの時、導師に続く従僧。
六 「いかがおはすると」は、底本等は「いかがおはすなど」と誤る。蓬左本・池田本は正しく「おはする」。
七 道長は、永祚二年十月五日に中宮大夫。
八 伊周の任権大納言は正暦三年八月以降故、不審。
九 ひとしきりはたいそう高く鳴り轟くけれど。

後遂《のちと》[一〇]げの無きなり。されば、御末いかがおはしまさむ《ご子孫はどのようにおなりだろうか危なっかしく》と見えたり。中宮の大夫殿こそ、限りなく《際限なく》際《きは》無くおはしませ《出世栄達なさる相です》』と、他人《ことひと》を問ひ奉る度《たび》には、この入道殿を必ず引き添へ奉りて申す。『いかにおはすれば、かく毎度《たびごと》にはきこえたまふぞ』と言へば、（相人）『第一[一一]の相には、虎の子の深き山の峰を渡るが如くなるを申したるに、〔道長公は〕いささかも違《たが》はせたまはねば、かく《このように》申し侍るなり。この譬ひは、虎の子の《が》嶮《けは》[一二]しき山の峰を渡るが如しと申すなり。〔道長公の〕御かたち・容体《ようてい》は、ただ《ちょうど》毘沙《びしゃ》[一三]門《もん》の生《い》[一四]き本《ほん》見奉らむやうにおはします。御相かくの如し』と言へば、（女房）『誰《たれ》よりも傑れたまへり』とこそ申しけれ。いみじかりける[一五]上手かな。当[一六]て違《たが》はせたまへる事やはおはしますめる。帥《そち》[一七]のおとど《伊周公が》の大臣《だいじん》までかくすがやかに《すみやかに》なりたまへりしを、『初吉《はじめよし》』とは言ひけるなゝめり。雷《いかづち》は落ちぬれど、またも揚《あ》がるものを。〔むしろ〕星の隕《お》ちて石となるにぞ譬[一八]ふべきや。それこそ、返り揚がる事なけれ《隕石ならば一旦落ちたのが再び空に返り揚がる事はない》」

賀茂行幸の雪の日、馬上の道長の容姿

（世次）「折々につけたる〔道長公の〕御かたちなどは、げに長き思ひ出《いで》とこそは人申す

一〇 最後まで成し遂げることがないという相です。
一一 底本に「第一相には」とある。仮りに「の」を加えた。第一等の人相。最高の人相。
一二 流布本に、「虎子《こし》如渡《にょと》深山峯《しんせんぶ》なりと申したるに」とあるのがよい。桂乙本には「虎子如渡深山峯なるを申したるに」とある。これもよい。
一三 仏教語。四天王・十二天の一。須弥《しゅみ》山《せん》の中腹にあって、北方を守護し、多くの夜叉《やしゃ》・羅刹《らせつ》を統率するとともに、仏法を守護し、福徳を授ける善神。その形象は怒りの相を表し、甲冑《かっちゅう》を着け、片手に宝塔、片手に宝棒また戟《ほこ》を持つ。わが国では七福神の一つとする。毘沙門天王。多聞《たもん》天。毘沙門天。
一四「生き本《いきほん》」は、底本「いきほ」、蓬左本・桂乙本「いき本」、久原本「いきほ」とある。要するに「生きた手本」「生きた見本」の意。道長は毘沙門天の再来、生きたモデルで、毘沙門の勇・徳を兼備している意。「生き本」は、室町時代の抄物に「良い見本」「好箇の例」の義に用いられている。『史記』『漢書』等の抄物を参照。
一五 世次の批評。すばらしい観相の達人でしたよ。
一六 当てそこなわれた事がございましたでしょうか。ぴたりと言いあてて当て損じはありません。
一七 伊周は十八歳で参議になり、正暦五年（九九四）八月に二十一歳で内大臣になった。
一八 伊周公の場合は星が隕石《いんせき》になるのに譬えるとよい。

めれ。なかにも、三条院の御時、賀茂行幸[一]の日、雪殊《こと》の外《ほか》にいたう降りしかば、御単《ひとへ》[二]の袖を引き出でて、御扇[三]を高く持たせたまへるに、いと白く降り懸りたれば、『あないみじ』とて《(道長)やあ大変な雪だと仰しゃって》、打払はせたまへりし御もてなしは、いとめでたくおはしましものかな《全くすばらしくいらっしゃったものですよ》。上の御衣《ぞ》《袍》は[四]黒きに、御単衣《ひとへぎぬ》は紅《くれなゐ》の華やかなるあはひに《色の配合に》、雪の色も持《も》て囃《はや》されて、えも言はずおはしましものかな《何とも形容できないほどお美しく見えたものです》。高名《かうみやう》のなにがしと言ひし御馬《むま》《名高い何とか言ったお馬は》、いみじかりし《実に手に負えない》悪馬《あくめ》《荒馬》なり。あはれ《何とまあ》、それを[五]奉り鎮めたりしはや《その荒馬を乗り鎮められたことでした》。三条[六]の院も、その日の事をこそ、おぼしめしいでおはしますなれ《お思い出しあそばされて特に仰せられたそうです》。御病ひのうちにも《御病中にも》、『賀茂行幸の日の雪こそ忘れ難けれ』《雪がとりわけ忘れられないねと仰せられましたとか》と仰せられけむこそ《承りますのが》、あはれに侍れ《特においたわしいことでございます》」

不遇にめげぬ道長、伊周との競射

(世次)「世間の光[七]にておはします殿の、一年《ひととせ》[八]ばかり、物を安からずおぼしめしたりしよ《心外にお思いになった事でしたよ》。いかに天道御覧じけむ[九]。さりながらも、いささか《〔道長公は〕少しも》逼《ひ》[一〇]気《け》し、御心やは倒《たふ》させたまへりし。公《おほやけ》ざまの《公的な》公事《くじ》・作法《さほふ》ばかりには《だけについては》、あるべきほどに振舞ひ《伊周公の下僚として分相応に振舞い》、時違《たが》ふ事なく勤めさせたまひて《時間通りにきちんとお勤めなさって》、内々には《私的生活では》、

一　長和二年（一〇一三）十二月十五日。時に道長は正二位左大臣。四十八歳。『日本紀略』『御堂関白記』によれば、この日は大雪であった。

二　「単《ひとへ》」は、衵《あこめ》の下に着るべきもので、名のように裏なき衣《きぬ》である。紅の綾の張ったのを用いる。若年は重菱《しげひし》の紋、老年は遠菱、極老は白き色ともいう（関根正直『増訂装束図解』に拠る）。紅の綾だから、降りかかる雪に映えて美しく見えたことだろう。

三　檜扇。

四　正装の束帯の時の袍は、この当時は染め色の紫色が次第に濃くなって黒に見えた。

五　「奉り鎮め」の「奉る」は、貴人が馬・車・舟などに乗ることに用いた。

六　三条天皇は、眼病を患われたので、長和三年ころからは失明に近い有様であられた。したがって、この長和二年末の賀茂行幸という日は、天皇がまだ目を患われる以前の光景として、特に記憶しておられたのだろうと思われる。

七　世の中を照らす光明とも言うべき道長公が。

八　正暦五年（九九四）八月に、伊周が二十一歳で、二十九歳の道長を超えて内大臣となり、翌長徳元年三月に父道隆に代って関白の職を代行した。その間、道長は伊周の下位に甘んじたのをさす。

九　この道長公の不遇をどのように天帝はご覧あそばしたでしょう。

伊周公に少しも遠慮なさるという事もございませんでしたよ
所も置ききこえさせたまはざりしぞかし」
（世次）　弓の競射を催された際に　道長公が御出席なさいましたか
「帥殿一一の南院《みなみのゐん》にて人々集めて弓遊ばししに、この殿渡らせたまへれ
ら　思いもよらず不思議なことだ　道隆公が　たいそう御馳走をな
ば、『思ひ掛けず怪し』と、中《なかの》関白殿おぼし驚きて、いみじう饗応
さりご機嫌をお取りになって
し申させたまうて、下﨟一二におはしませど、前に立て奉りて、まづ射
させ奉らせたまひけるに、帥殿一三の矢数今二つ劣りたまひぬ。中《なかの》関白
（近侍）　もう二回お延ばしなさいませ
殿、また御前にさぶらふ人々一四も、『今一五二度延べさせたまへ』と申し
〔道長公は〕心中穏やかでないお気持になって　（道長）では　お延ば
て延べさせたまひけるを、安からずおぼしなりて、『さらば、延べ
しなさい
させたまへ』と仰せられて、また射させたまふとて、仰せらるるや
（道長）
う、『道長が家より、帝・后立ちたまふべきものならば、この矢あ
仰しゃって矢を射たところ　同じ的を　よりによって真中に当ったのだった
たれ』と仰せらるるに、同じものを中心《なから》にはあたるものかは。次に
たいそう気おくれなさって　ふるえたせいでしょうか
帥殿射たまふに、いみじう臆したまひて、御手もわななくけにや、
近くにさえ寄らず　とんでもない見当違いの方角を射られたから
的のあたりにだに近く寄らず、無辺世界一六を射たまへるに、関白殿色
また二度目に道長公が　私が将来摂政関白するのが当然ならば
青くなりぬ。また入道殿射たまふとて、『摂政・関白すべきものな
初めと　的が破れ
らば、この矢あたれ』と仰せらるるに、初めの同じやうに、的の破

一〇 萎縮《いしゅく》なさったりお心を動顚《どうてん》あそばされたりはなさらなかった。「逼気」は気後れすること。「逼」はセマル、チヂマルで、「逼迫《ひっぱく》」「逼塞《ひっそく》」「逼息」などある。消極的に傾く心。

一一 帥殿（伊周公）が、父道隆の二条の邸の南の院で。

一二 道長公は伊周公より地位が低いお方であったけれど、伊周公の前の順番にお立て申し上げて。

一三 伊周公の的を射あてた矢の数が、道長公に二つ負けとなられた。

一四 近侍の者ども。

一五 関根正直の『新註』頭注に、「仮令《たとへ》ば、矢二本を一手といふ。さて、勝負を競ひしに、伊周二矢ながら負けしかば、猶二本延べて、あと四本の勝負と約し、其の間に先の二本を取り返し、勝の数をも得させんと、伊周の近侍のたばかり勧めたるなるべし」とある。

一六 仏教語。広大で限りのない世界。虚空界。転じて、見当はずれの所。

るばかり、同じ所に射させたまひつ。饗応し持て囃しきこえさせたまひつる興も醒めて、事苦《にが》うなりぬ。父大臣《ちちおとど》、帥殿に、『何か射る、な射そ、な射そ』と制したまひて、事醒めにけり。今日に見ゆべき事ならねど、人の御様の言ひ出でたまふ事の趣より、一かたへは臆せられたまふなんめり」

東三条院石山詣の際の道長・伊周の確執

「また、二故女院の御石山詣《まうで》に、この殿は御馬《むま》にて、帥殿は車にて参りたまふに、障《さは》る事ありて三粟田口より帰りたまふとて、院の御車の許《もと》に参りたまひて案内《あない》申したまふに、御車も停《とど》めたれば、四轅《ながえ》を押さへて立ちたまへるに、入道殿は御馬を押し返して、帥殿の御項《うなじ》の許にいと近う打寄せさせたまひて、『疾く仕うまつれ。日の暮れぬるに』と仰せられければ、怪しくおぼされて、見返りたまへれど、驚きたる御気色もなく、頓《とみ》にも退《の》かせたまはで、『日暮れぬ。疾く疾く』とそそのかせたまふを、いみじう安からずおぼせど、いかがはせさせたまはむ。五やはら立ち退《の》かせたまひにけり。父大臣にも申し

一 一半は。「臆せられ」は自発の助動詞。
＊ 正暦五年八月二十八日に、伊周は内大臣になり、道長ら三人の上位者を超えたのだから、弓射事件は、その年以降の話になる。さらに、道隆の二条の邸の南院は、翌長徳元年(九九五)正月九日に焼亡しているから、それ以前の出来事になる。そして、道長が「道長が家より、帝・后立ちたまふべきものならば、この矢あたれ」と言っているから、この時、後の上東門院彰子が誕生している方が都合がよい。正暦五年には彰子はすでに七歳になっていた。この逸話の道長も、雨の闇夜の胆試しと同様に気丈で負けん気である。
二 東三条女院詮子の石山詣は、恐らく長徳元年二月二十八日の事(『日本紀略』)であろう。『小右記』に、「女院被㆑参㆓石山㆒。中宮大夫道長、権大納言道頼、宰相中将道綱、左大弁惟仲候㆓御供㆒、於㆓粟田口㆒下㆑自㆑車、属㆓御車轅㆒中㆓帰洛之由㆒。此間中宮大夫騎㆑馬進㆓立御牛角下㆒。人々属目、似㆑有㆓其故㆒。頭弁之所㆓談説㆒也」とある。石山は、近江の石山寺で、如意輪観世音菩薩を本尊とする名刹。これも伊周が道長の上位者だった時の事件。
三 山城国愛宕郡(今の京都市東山区)。東山山麓一帯をさす。京都の三条から、近江へ出る口。
四 牛をつけて牽かせるために車の前方に突き出ている二本の長柄。

たまひければ、(道隆)『大臣《だいじん》[六]かろむる人のよきやうなし《大臣を軽んずる人間は将来ろくな事はないよ》』とのたまはせける」

伊周に遠慮する道長と車副の男の放言

(世次)「三月巳《み》[七]の日の祓《はらへ》に、やがて逍遥したまふとて《そのまま川のほとりをぶらつこうというので》、帥殿、河原にさるべき人々あまた具して、出でさせたまへり。平張《ひらばり》[八]どもあまたうち渡し《たくさん張り渡して》たるおはし所に《ある伊周公の御座所に》、入道殿も出でさせたまへる。〔道長公の〕御車を近く《平張近く》遣れば、(道長)『便《びん》なき事《失礼だ》。かくなせそ《平張のそばを通るな》。遣りのけよ《よけて通れよ》』と仰せられけるを、なにがし丸《まろ》と言ひし御車副《ぞひ》[九]の《男が》、『何事のたまふ殿にかあらむ。斯くきう[一〇]したまへれば《びくびく遠慮なさるから》、この殿は不運にはおはするぞかし。災ひや災ひや《災難だ災難だ》』とて《と言って》、いたく《ひどく》御車牛を打ちて《鞭打って》、今少し平張の許《もと》近くこそ、仕うまつり寄せたりけれ《牛車を近寄せるのだった》。(道長)『辛《から》うもこの男《をとこ》に言はれぬるかな《こっぴどく》』とぞ仰せられける。さて、その御車副をば、いみじうらうたくせさせたまひ《たいそう可愛がられ》、御[一一]顧《かへり》みありしは。かやうの事にて、この殿達の御仲いと悪しかりき」

東三条女院の道長推挙

(世次)[一二]「女院は、入道殿を取り分き奉らせたまひて、いみじう思ひ申させたまへりしかば、帥殿は[一三]《伊周公は》〔詮子に対し〕うとうとしくもてなさせたまへりけり《よそよそしい態度をおとりになっていた》。

五 おもむろに。

六 伊周は内大臣だから、内大臣を小僧ッ子扱いにした道長に対し、道隆が伊周を慰めて言ったことばだが、その後の事態は、伊周に凶で、道長に吉と出たから、この道隆の語は、まことに虚しく響く。

七 三月上巳《じょうし》の祓。上巳は、その月の一番初めの巳《み》の日。水辺で身の穢《けが》れを払い捨てた。人形に穢れを移し、舟に乗せて流す。近くは賀茂川で行ったが、唐崎・住吉に出かけて行う事もあった。

八 天幕の天井にあたる所を平らに張ったテント。

九 牛車の左右に付き添って供をする従者。

一〇 「きうし」は、東松本・池田本・桂乙本・久原本の本文。蓬左本は「けうし」に作る。近衛本・平松本・桂甲本は「きこし」とあるが、「こ」を「う」の誤写と考えれば、「きうし」になる。角川文庫本の佐藤謙三氏は「窮し」を採用し、「自分で小さくなっているから」と口訳している。「窮」には気兼ねをする意がある。蓬左本を採れば「兢《キョウ》」「怯《ケフ》」がある。「兢」は「おそれつつしむ」「わななく」「びくびくする」義。「怯」は臆病の義。

一一 お目をかけられたことでした。「は」は、感動の助詞。

一二 東三条女院詮子は、道長公を特にお目にかけられ。

一三 伊周は詮子の甥。

帝《一条天皇》、皇后宮《定子》を愍ろに時めかさせたまふゆかりに《その縁で》、帥殿は明け暮れ御前《日夜天皇の御前に》にさぶらはせたまひて、入道殿をばさらにも《勿論のこと》申さず、女院《詮子さま》をも、良からず事に《あしざまに》触れて申させたまふを、おのづから心得やせさせたまひけむ《女院さまは自然お気付きになって》、いと《まことに》本意《ほい》なき事に《不本意な事に》おぼしめしける、ことわりなりな《当然のことですね》。入道殿《道長公》の世を知らせたまはむ事を《が摂関となって政治をおとりになる事を》、帝いみじう渋らせたまひけり《一条天皇はたいそうお気が進まないようでした》」

(世次)「皇后宮、父大臣《おとど》[一]おはしまさで《道隆公が薨去され》、[二]世の中を引き変らせたまはむ事を《世の中の情況が一変して定子皇后に辛くなるだろう事を帝は皇后に気の毒だと》、いと心苦しうおぼしめして、[三]粟田殿《道兼公》にも頓《とみ》にやは宣旨下させたまひし《すぐ宣旨は下さないようご配慮がありました》。されど、女院《けれども詮子様が》の[四]道理のままの御事をおぼしめし《道理のままの処置をお考えになり》、また帥殿をば良からず思ひきこえさせたまうげれば[五]、入道殿の御事をいみじう渋らせたまひけれど《一条天皇は道長公の推挙という事を》、『《(詮子)》いかで、かくはおぼしめし仰せらるるぞ。[六]大臣越えられたる事だに、いといとほしく侍りしに、父おとどの強ちにし侍りし事なれば《〔この事は〕大臣道隆が強引に》、否びさせたまはずなりにしにこそ侍れ《一条天皇も拒否できずじまいになってしまわれた事なのだ》。粟田のおとど《道兼公》にはせさせたまひて《関白の宣旨をお与えになり》、これにしも侍らざらむは《道長に対してはお与えにならないのでは》、いとほしさよりも、御為《陛下ご自身のおんため》なむいと便《びん》なく《実に不都合な事に》、世の人も言ひ做し侍らむ《世人も非難申し上げるでしょう》』など、

一　道隆薨は長徳元年（九九五）四月十日。

二　橘純一氏の『新講』に「天下の形勢が一変するのを、まざまざと御覧にならねばならぬかという事を、帝は大そうふびんにお思いになって」とし、『ひきかはらせ給ふ』とは世情の一変を体験なさるの意」と注している。保坂弘司氏は『全評釈』に『古典語法の中には、「世を倦む」「世を遁る」「世を背く」「世を離る」などのごとく、「を」の下に自動詞のくる表現があって、「を」は「世に対して」「世から」の意で…（中略）…ここもこの系列と見れば、世の中に対してご自分がお変りになるようになる、ということ』と説明している。父道隆大臣在世中と打って変って、定子皇后が世間に対してひけ目を感じるようになるのではないかと一条天皇が皇后をふびんに思し召すのである。

三　道隆の四月十日の薨去後、道兼へすぐには譲られず、四月二十七日関白、二十八日氏の長者で、五月二日慶賀（お礼言上）。五月八日薨去となっている。

四　「道理のまま」は、中の関白道隆から粟田殿道兼に、その道兼亡きあとは、道長公へという、次第のままが道理という感覚。

五　「たまうげれば」は、「たまひけれぱ」の音便形。

六　道長が権大納言のままで甥の伊周に大臣になられた事さえ。正暦五年（九九四）八月二十八日に、正三位伊周は正二位の朝光・済時、従二位の道長（二十九歳）の三人を越えて内大臣に任ぜられた。時に二十一歳であった。同時に道頼も五人を越えた。

いみじう奏せさせたまひければ、むつかしうやおぼしめしけむ、後には渡らせたまはざりけり」

「されば、七上の御局に昇らせたまひて、『こなたへ』とは申させたまはで、我《われ》、夜《よる》の御殿《おとど》に入らせたまひて、泣く泣く申させたまふ。

その日は、入道殿は上の御局にさぶらはせたまふ。いと久しく出でさせたまはねば、八御胸潰れさせたまひけるほどに、とばかりありて、戸を押しあけて、出でさせたまひける。御顔は赤み、濡れ艶《つや》めかせたまひながら、御口は快く笑《ゑ》ませたまひて、九『あはや、宣旨下りぬ』とこそ申させたまひけれ。いささかの事だに、この世ならず侍るなれば、いはむや、かばかりの御有様は、人のともかくもおぼし置かむに依らせたまふべきにもあらねども、一〇いかでかは、院を疎《おろ》かに思ひ申させたまはまし。そのなかにも、道理過ぎてこそは報じ奉り仕うまつらせたまひしか。一一御骨をさへこそは懸けさせたまへりしか」

語気を強めて奏上あそばされましたので　一条天皇もこれは厄介な事になったと
詮子さまのお部屋にはお渡りにならないようになりました
（世次）そこで　〔一条天皇に〕　こちらへお越し下さい
天皇の御寝所におはいりになって　〔道長公を関白にと〕
女院さまのご座所でお待ちになりました　〔女院さまが〕　夜の御
殿からお出にならないので　心配しておいでになりましたところ　しばらくして　〔女院さまが
帝の御寝所の〕　赤くなり　涙で　濡れて光
っていらっしゃいましたが　お口は嬉しげ　に微笑を湛えておられ　ああやっと　宣旨が下りま
した　仰せられたことでした　些細のことでさえ　前世の因縁できまってお
るということですから　ましてや　内覧の宣旨を蒙るという程の重大な人事は　個人がどうこうお決
めになったからとてそれで決まる筈のものでもございませんけれど
女院さまに感謝なさるのは当然ですが　当然の道理以上に女院さま
にご恩報じをおつとめなさったことでした　お隠れになった時はそのご遺骨までもお首にお懸けに
なってご葬儀に奉仕なさったことでした

七 詮子はまず、清涼殿に参上して、そこにあるご自分のお部屋に入られ、それから、天皇のご寝所の方へ押し掛けられたのである。詮子は一条天皇の生母である。天元三年（九八〇）六月一日、十九歳で懐仁親王（一条天皇）を産んだ。道長が道兼のあとを受けて内覧の宣旨を受けるのは、長徳元年五月十一日権大納言左大将のまま受けたので六月十九日に右大臣となり、翌長徳二年七月二十日左大臣に転じている。長徳元年は、詮子三十四歳。一条天皇は十六歳であった。皇后定子は四歳年長の二十歳。なお「上の御局」は二つあって、一つは弘徽殿《こきでん》の上の御局、もう一つは、飛香舎（藤壺）のそれである。詮子の上の御局は、多分、弘徽殿のそれであったと思われる。

八 胸がどきどきすること。

九 「ああ、どうにか」「ああ、やっとの事で」の義。

一〇 道長公としてはどうして女院さまをあだやおろそかにお思い申しあげるはずがありましょう。

一一 『栄花物語』（鳥辺野）に、詮子崩御の事（長保三年十二月二十二日、実は閏十二月二十二日）をしるす。そのあと、二十四日に鳥辺野で葬送の事があった。大雪の日であった。そのあと、「暁には、殿（道長）御骨《こつ》懸けさせたまひて、木幡へ渡らせたまひて、日さし出でて帰らせたまへり」とある。『大鏡』の「御骨をさへこそは懸けさせたまへりしか」は、この記事に拠ったか、または共通資料に拠ったかであろう。『権記』によると、骨を頸に懸けたのは兼家の猶子兼隆であった。

(世次)「中関白殿《道隆》・粟田殿《道兼》うち続き亡せさせたまひて、入道殿に世の移りしほどは、さも胸潰れて《全くびっくりして》、[一]きよきよと覚え侍りしわざかな。いと上《ずっと古》りての代は知り侍らず《い上代は存じません》、翁[二]物覚えての後は《愚老が物心付いてからは》、斯かる事さぶらはぬものをや《このような事例はなかったものですのにねえ》。今の代となりては《近代となってからは》、一の人の《摂政関白の》、貞信公《ていしんこう》[三]・小《を》野宮《ののみや》殿《忠平公 実頼公》を放ち奉りて、十年とおはする事の《以外のお方で 一の人の地位におられた事例が》、近くは侍らねば《近くはございませんから》、この入道殿も《道長公も》いか[四]がと思ひ申し侍りしに、いと斯かる運に押されて《全くこのような強運に圧倒されて》、御兄達は、取りも敢へず《あっというまに》滅びたまひにしにこそおはすめれ。それもまたさるべく《そのようになる》、あるやうある事を《子細のある事なのですが》、皆《すべて》、世は斯かるなんめりとぞ人々おぼしめすと《世の中とはこんなものなのだろうと皆様が簡単にお考えになる》て、有様を少しまた申すべきなり」《といけないと思って 事の次第を少しまた申し上げるのが親切のようです》

藤原氏の発生、鎌足の大臣

(世次)「世の中の帝、神代《かみのよ》七代をばさるものにて《さておき》、神武天皇より始め奉りて、三十七代に当りたまふ孝徳天皇の御代よりこそは、[五]さまざまの大臣定まりたまへンなれ。但し、この御時、中臣の鎌子の連《むらじ》と申して、内大臣になり始めたまふ。その大臣《おとど》は、常陸国にてむまれたまへりければ、[六]三十九代に当りたまへる帝、天智天皇と申す、その帝

一 佐藤 球の『詳解』に「悖々の字音の転なるべし。懼れて、胸騒ぎすること。杜甫策問に『外則悖々然、求レ賢如レ不レ及』とも見えたり」とするが、「懼れて」云々は当らない。また岡一男の『全書』は「人心恟々とはこれだなと感じました」とするが、従いにくい。保坂弘司氏が、「これは当代の説話文学が好んで用いた擬態音による副詞ではなかろうか。たとえば今日いう『ぎょっと』などの言い方に似ている」と言われた(『全評釈』)のがよいであろう。『愚管抄』巻六(順徳天皇)の「大嘗会ノ御禊ノ行幸ノ日ニテ朱雀門ノクヅレハヨノ人モギヨトヲモヘリ」(岩波『大系』本二九八頁)の如きが参考になろう。なお昭和二十四年に「ぎょぎょっ」という言葉が流行した。これは「ぎょ」を重ねて言ったのが新しかったのである。ここの例も「きよきよ」と重ねているが、はたして清濁いずれだったのだろうか。後考を俟《ま》ちたい。

二 世次の自称。

三 「忠平伝」「実頼伝」参照。

四 道長の一の人の地位が続くかどうかと。実際には長徳元年(九九五)六月から寛仁元年(一〇一七)、摂政を頼通に譲るまで二十年を越える。

五 左大臣に阿部倉梯麿《くらはしまろ》、右大臣に蘇《そ》我《が》倉山田《くらやまだの》石川麿、内大臣に中臣《なかとみの》鎌足が任ぜられた。

六 このあたり文脈混乱、明瞭でない。誤脱があるのだろう。「藤原氏の発生」からは、本文に全幅の信頼

の御時[七]にぞ、この鎌足のおとどの御姓《しやう》、『藤原』[八]と改まりたまひたる。されば、世の中の藤氏《とうし》の初めには、内大臣鎌足のおとどをし奉る。その末々《すゑずゑ》より、多くの帝・后・大臣・公卿さまざまに成り出でたまへり」

(世次)「但し、この鎌足のおとどを、この天智天皇いとかしこく時めかしおぼして、我[九]が女御一人をこのおとどに譲らしめたまひつ。その女御ただにもあらず、孕《はら》[一〇]みたまひにければ、帝《天智》のおぼしめしのたまひけるやう、『この女御の孕める子、男ならば臣が子とせむ。女ならば朕《わ》が子とせむ』とおぼして、かのおとどに仰せられけるやう、(天智)『男ならば、大臣の子《鎌足の子》とせよ。女ならば、朕《わ》が子にせむ』と契らしめたまへりけるに、この御子《みこ》[一一]、男にてむまれたまへりければ、内大臣《鎌足》の御子としたまふ。この大臣《おとど》は、もとより男一人《意美麻呂》・女一人をぞ持ち奉りたまへりける。この御腹に、さし続き女二人《氷上娘　五百重娘》・男二人むまれたまひぬ。その姫君、天皇《天智》の皇子[一二]大友皇子と申ししが、太政大臣の

が置けなくなっていると思われる。

七　「御時にぞ」は、底本「御時こそ」とあるが、文末に「たまひたる」とあるから、「こそ」は「にそ」の誤りであろう。桂乙本は「御時にぞ」とある。

八　『日本書紀』天智天皇の条に、「八年十月庚申、天皇遣二東宮皇太弟於藤原内大臣家一、授二大織冠一与二大臣位一、仍賜レ姓為二藤原氏一。自レ此後通曰二藤原大臣一」。

九　与志古《よしこ》娘《いらつめ》。『帝王編年記』斉明天皇の条に、「五年己未正月…(中略)…是歳、皇太子《天智天皇》妊寵妃御息所、車持公女、婦人賜二於内大臣鎌子一。已六箇月也。給二件御息所一之日、令旨曰、生子有レ男者、為二臣子一、有レ女者為二我子一、爰内臣鎌子守二四箇月一、厳重令レ遂二生産一。其子已男也。仍如二令旨一為二内臣子一其子贈太政大臣正一位勲一等藤原朝臣不比等。諡号淡海公也」。

一〇　底本「はらみ給ひにければ」とある。桂乙本・新註本は「はらみ給へりければ」とある。

一一　淡海公。

一二　このあたり、大友皇子(弘文天皇)と、大海人皇子(天武天皇)とを混同している。要するに「藤原氏の物語」からは、執筆者が異なると考えられる。第五巻は、両作者の文が混合、第六巻は新作者となる。第五巻の新しい執筆者と第六巻の執筆者がまた異なるのか、同一人物か明らかでないが、校注者の私見では、第五巻の「藤原氏の物語」の執筆者と、第六巻の「昔物語」(雑々物語)の執筆者は異なり、結局、A・B・C、三様の執筆者が存在するのだろう。

位にて、次にはやがて同じ年の内に帝となりたまひて天武天皇と申しける帝の、女御にて、[一]二所ながらさし続きおはしけり。おとどの[二]もとの太郎君をば、中臣意美《なかとみのおみ》麿《まろ》とて、宰相までなりたまへり。[三]天智天皇の皇子《みこ》の孕まれたまへりし、右大臣までなりたまひて、藤原不比等のおとどとておはしけり。[四]亡《う》せたまひて後、[五]贈太政大臣になりたまへり。[六]鎌足のおとどの三郎は、『宇合』とぞ申しける。四郎は『麿』と申しき。この男君たち、皆宰相ばかりまでぞなりたまへる」

氷上娘・五百重娘

(世次)「かくて、鎌足のおとどは、天智天皇の御時、藤原の姓《しやう》賜はりたまひし年ぞ亡せさせたまひける。内大臣の位にて二十五年ぞおはしましける。太政大臣になりたまはねど、藤氏の出《い》で始めのやむごとなきによりて、亡せさせたまへる後の御いみ名、[七]淡海公《たんかいこう》と申しけり」

この重木が言ふやう、

(重木)「大織冠をば、いかでか淡海公と申さむ。大織冠は大臣の位にて二

一『大鏡新註』に「氷上娘《ヒガミノイラツメ》と五百重娘《イホヘノイラツメ》との二人は、天武天皇の妃となりき。此の句(前頁「その姫君」を指す)の下、『天智天皇』(本書では「天皇の皇子」)とあるより、『帝となり給ひて』とあるまで、括弧の中なる一節は、水府本になし。後人のさかしらに加筆せしが本文に入りたるならむ。大友皇子を天武天皇の事とせる如き、筆者の錯覚笑ふべし、其の姫君は、天武天皇と申しける帝の女御にて、云々とつづく文脈なり」。

二『大鏡新註』に、「鎌足の太郎とするは誤れり。尊卑分脈によれば、鎌足の父御食子卿の姪なる、国定の子なり。宰相といふも然らず。公卿補任慶雲五年の条下に、中納言兼神祇伯、不レ経二参議一とあればなり」とある。因みに「国定」は「国足」とある本もある。

三 天智天皇の皇子で、女御のお腹に孕まれなさったお子さまは。

四「裏書」に「養老四年八月三日薨年六十二」とある。『続日本紀』も同じ。

五『続日本紀』養老四年(七二〇)十月二十三日壬寅の日の条に、「詔《シテ》遣二大納言正三位長屋王。中納言正四位下大伴宿禰旅人一。就《テ》二右大臣第《ニ》一宣《シメテ》レ詔《ヲ》、贈二太政大臣正一位一」と見えている。

六 鎌足の三男が宇合、四男が麿というのは誤りで、いずれも不比等の子。成立当時このような見解があったものか。後考を俟《ま》つ。

七「淡海公」は、鎌足の子「不比等」の諡《おくりな》を誤る。

十五年、[八]御年五十六にてなむかくれおはしましける。主《ぬし》の[九]のたぶ事も、[一〇]天《あま》の川《かは》を掻き流すやうに侍れど、折々[一一]かかる僻事《ひがごと》のまじりたる。されども、[一二]誰《たれ》かまた、かうは語らむな。[一三]仏在世の浄名居士《こじ》と覚えたまふものかな」

と言へば、世次がいはく、

(世次)「昔、漢国《からくに》に、孔子《くじ》と申す物知りのたまひける[一四]やう侍り。[一五]『智者は千の慮《おもひはかり》、必ず一つ過ちあり』となむあれば、世次、年百歳《ももとせ》に多く余り、二百歳《ふたももとせ》に足らぬほどにて、かくまでは問はず語り申すは、[一六]昔の人にも劣らざりけるにやあらむとなむ覚ゆる」

と言へば、重木、

(重木)「しかしか。まことに申すべき方なくこそ（何と申し上げようもなく）、興あり面白く覚え侍れ」

とて、かつは涙を押し拭《のご》ひなむ感ずる（ほめながら袖で涙を押しぬぐいながら感心する）。まことに言ひても余りにぞ覚ゆるや（全く重木のほめる通りでいくらほめてもほめ足らないくらいに思われますよ）。

八 鎌足は天智天皇八年十月十六日に薨去。

九 「のたぶ」は、底本と同系本は、皆同じ。蓬左本・桂乙本・久原本は、「のたまふ」とある。

一〇 雄弁のさまの形容。「立て板に水を流す」に同じ。「天の川」は「銀河」をさす場合もあるし、日本固有の「天上を流れる川」と解する考えもある。「天の川」は「あまのかわ」とも「あまのがわ」とも両様のよみがある。ここも銀河ではあるまい。「掻き」は接頭語というより、手や櫂《かい》で掻いて水を流し遣る意であろう。

一一 時々このような間違いが出て来るのは、頂けませんね。「まじりたる」は、「まじりたるよ」の意。

一二 どこの誰がこんなに見事に語りましょうか。「語らむな」の「な」は詠嘆。

一三 釈迦仏と同時代に毘耶離《びやり》城に居た維摩《ゆいま》居士《こじ》で、雄弁で名高かった。釈迦の高弟。

一四 ことば。

一五 「広武曰。臣聞。智者千《モ》慮《ニ》必《ズ》有《リ》㆓一失㆒」（『史記』韓信伝）によるのだろう。孔子の言ったことばではないから、ここの世次翁はあまり優秀な人物とは思えない。「藤原氏の物語」の執筆者の力倆《りきりょう》不足と思われる。

一六 孔子をさして言っているらしいが、引用句は孔子の語でないから、『史記』の著者司馬遷をさすことになろう。要するに、孔子ないし司馬遷に劣らぬ雄弁家だと世次翁の自讃の言辞と思ってよかろう。

不比等《ふひと》と藤原氏四家分流

(世次)「御子[一]の右大臣不比等のおとど、実《じち》[二]は天智天皇の御子なり。されど、鎌足のおとどの二郎[三]になりたまへり。この不比等のおとどの御名より始め、なべてならずおはしましけり。『ならび等しからず』と付けられたまへる名にてぞ、この文字は侍りける。この不比等の大臣の御男君たち二人ぞおはしける。太郎[四]は『武智麿』ときこえて、左大臣までなりたまへり。二郎[五]は『房前』と申して、宰相までなりたまへり。この不比等の大臣の御むすめ二人おはしけり。一所[六]は、聖武天皇の御母后、光明皇后と申しける。今一所[七]の御むすめは、聖武天皇の女御にて、女親王《みこ》をぞ産み奉りたまへりける。女親王を、聖武天皇、女帝に据ゑ奉りたまひてけり。この女帝をば、『高野の女帝』[八]と申しけり。二度《ふたたび》位に即かせたまひたりける」

(世次)「さて、不比等のおとどの男子二人、また御弟二人とを、四家と名付けて、皆、門《かど》分かちたまへりけり。その武智麿をば『南家』と名付け、二郎房前をば『北家』と名付け、御同胞《はらから》の宇合の式部卿をば

一　鎌足公のお子さまの。「おとど」は、池田本「おと〻は」と「は」文字あり。

二　「実は」は底本系諸本。池田本は「じちは」とあり。蓬左本・久原本・桂乙本も「実は」と漢字。「実」を「ジチ」と読むのは呉音。

三　関根正直の『大鏡新註』に、「太郎は定恵和尚とて、孝徳天皇の白雉四年、学問僧として渡唐し、天武天皇七年に帰朝し、亡父鎌足のために、談の峯に十三重塔を構へたる事、元亨釈書多武峰略記に見えたり」と見えている。

四　母は右大臣蘇我武羅自古の娘、娼子。天平元年(七二九)に大納言、同三年、大宰帥を兼ね、同六年右大臣。同九年七月左大臣に任ぜられたが、流行の赤疱瘡に罹って薨去した。五十八歳。藤原南家の祖。

五　「房前」。六八一〜七三七。母は武智麿に同じ。文武天皇の御代、命ぜられて東海道諸国を巡検。養老元年(七一七)参議(宰相)。聖武天皇の即位後、正三位、天平元年民部卿、同四年、東海・東山道の節度使。天平九年、流行病により五十七歳で薨去。藤原北家の祖。後に太政大臣を追贈。

六　誤り。聖武の御母后は文武天皇夫人宮子娘。

七　これも誤り。聖武の皇后で孝謙天皇の母は、光明皇后。

八　『一代要記』に「孝謙天皇、高野姫、諱阿閉《あべ》。号二高野天皇一」とある。重祚《ちょうそ》して「称徳天皇」。

『式家[九]』と名付け、その弟の麿をば『京家[一〇]』と名付けたまひて、これを『藤氏の四家』とは名付けられたるなりけり。この四家より、あまたの、さまざまの国王・大臣・公卿多く出でたまひて栄えおはします。しかあれど、北家の末、いまに枝拡《ひろ》ごりたまへり。その御[一一]続きをまた一筋に申すべきなり。絶えにたる方《血統の断絶してしまった系統の方は》をば申さじ。人なら《一人前で》ぬほどの者ども《ない連中は》は、その御末にもや侍らむ《その末裔にもございましょう》。この鎌足のおとどよりの次々、今の関白殿《頼通》まで十三代[一二]にやならせたまひぬらむ。その次第をきこしめせ。藤氏と申せば、ただ藤原をばさ言ふなりとぞ人はおぼさるらむ。さはあれど、本末[一三]知る事は、いとありがたき事なり《たいへんむずかしい事です》」

（世次）「一、内大臣鎌足の大臣、藤氏の姓《しやう》賜はりたまひての年の十月十六日に亡《う》せさせたまひぬ。御年五十六。大臣の位にて二十五年。この姓の出で来《く》るを聞きて、紀氏[一四]の人の言ひける。『藤懸りぬる《藤がからみついた》木は枯《枯れ》れぬるものなり《てしまうものです》。今ぞ紀氏は亡せなむずる』とぞのたまひけるに、まことにこそしか侍れ《ほんとうにその通りでございます》。この鎌足のおとどの病《やまひ》[一五]づきたまへるに、昔

九「式家」の祖の「宇合《うまかい》」、「京家」の祖の「麿《まろ》」を『大鏡』のこの「藤原氏の物語」の筆者は、不比等の三男二人の弟と見ているが、宇合と麿とは、不比等の三男四男で武智麿と房前の弟、つまり四人兄弟と見るのが通説である。「式家」の祖の「宇合」は不比等三男。母は武智麿・房前に同じ。六九四～七三七。霊亀元年（七一五）に遣唐副使として入唐。帰朝して養老三年（七一九）に常陸守となり、蝦夷の反乱を鎮定。式部卿、西海道節度使。大宰帥に任じたが、天平九年（七三七）、疫病で没。四十四歳。長く式部卿の職にあったから、「式家」の祖となった。

一〇 京家の祖「麿」は不比等四男だが、母は五百《いお》重娘《えのいらつめ》、持統天皇九年（六九五）生れ。六九五～七三七。天武天皇女御であった五百重娘が異母兄不比等と通じて生れたと伝える。養老元年美濃守、左京大夫を経て、天平三年山陰道鎮撫使となり、同九年特節大使として陸奥に赴き、鎮守府将軍大野東人と共に蝦夷鎮定。その年七月没。四十三歳。京大夫の職にあったから、京家と称して、藤原四家一流の祖となった。

一一 北家の血筋の方々を。

一二 鎌足・不比等・房前・真楯・内麿・冬嗣・良房・基経・忠平・師輔・兼家・道長・頼通まで十三代。

一三 本流末流、本末嫡庶。

一四 紀氏は、武内宿禰を祖とする名門。藤原氏の出るまで枢要の地位にあった。

一五 病気にかかりはじめなさった当時。

この国に仏法弘まらず、僧などたはやすく侍らずやありけむ《僧侶なども容易に外国から招聘できなかったのでもありましょう》、聖徳太子伝へたまふといへども、このごろだに《近ごろでさえ》、むまれたる児《ちご》《生れたばかりの乳呑子》も法華経を読むと申せど《申しますけれど》、まだ読まぬも侍るぞかし《〔お経を〕人も随分おりますからね》。百済《くだら》[一]の国より渡りたりける尼して、維摩経《ゆいまきやう》供養じたまへりけるに《読誦して供養なさいましたところ》、御心地一度《ひとたび》に怠りて侍りければ《ご病気が一遍になおってしまいましたので》、その経をいみじきものにしたまひけるままに《尊いものにあがめられましたので その遺風として》、維摩会《ゆいまゑ》[二]は侍るなり《存続しておるのです》」

(世次)「一、鎌足の大臣の二郎、右大臣[三]正二位[四]不比等、大臣の位にて十三年。贈太政大臣にならせたまへり。元明《げんみやう》天皇・元正《げんしやう》天皇の御時二代」

(世次)「一、不比等の大臣の二郎、房前《ふささき》、宰相[五]にて二十年。大炊天皇《おほひのみかど》[六]の御時、天平宝字四年庚子八月七日、贈太政大臣になりたまふ。元正天皇・聖武天皇二代」

(世次)「一、房前のおとどの四男、真楯《またて》の大納言、称徳《しようとく》天皇の御時、天平[七]神護二年三月十六日、亡せたまひぬ。御年五十二。贈太政大臣。公

一 『三宝絵詞』『興福寺縁起』『今昔物語集』十二ノ三に見える。斉明天皇の即位二年（六五六）当時に、鎌足が病気になった。天皇が憂慮あそばされ、百済の尼「法明」という女性の奏によって、「維摩経」の「問疾品」を読誦させたところ、鎌足の病は全快した。感激した鎌足は、翌年から法明尼を邸に招いて維摩経を誦経させる事、十二年に及んだという。なお百済の国は、天智天皇の二年（六六三）に、新羅に亡ぼされた。

二 維摩経を講ずる法会。ここは山階寺（興福寺）で、毎年維摩居士の忌日とされる十月十日から十六日の七日間、維摩経を講ずる法会で、大極殿の御斎会、薬師寺の最勝会とともに「三会《さんゑ》」と称して重んぜられた。もと、鎌足の忌日の十月十六日に行われたのが変化発展したもので、中絶されたり再興されたりした。

三 底本及び同系統本・蓬左本・久原本・桂乙本すべて「左大臣」とする。ここは池田本によって訂した。

四 底本・近衛本・桂甲本・桂乙本・蓬左本・久原本・池田本はすべて「正一位」とする。「正二位」は、平松本による。

五 参議の唐での名称。

六 大炊天皇は淳仁天皇のこと。道鏡のため廃されたので「淡路廃帝」とも申し上げる。七三三～七六五。

七 七六六年正月八日、任大納言。同年三月十二日薨。（『公卿補任』『日本紀略』）。「裏書」に「天平宝字六年十二月一日任中納言（中略）天平神護二年正月八日任大納言、同日兼式部卿、同三月十六日薨」とある。

卿にて七年」

(世次)「一、真楯の大納言の御二郎[八]、右大臣従二位左近《さこんの》大将内麿[九]のおとど、御年五十七。公卿にて二十年、大臣の位にて七年。贈従一位[一〇]左大臣。桓武天皇・平城天皇二代に遇ひたまへり」

(世次)「一、内麿のおとどの御三郎、冬嗣の大臣は、左大臣までなりたまへり。贈太政大臣」

(世次)「この殿より次、さまざま《いろいろ》明《あか》したれば《説明してきたから》、こまかに申さじ。鎌足の御代より栄え拡ごりたまへる御末々、やうやう亡せ《次第に衰亡なさって》たまひて、この冬嗣のほどは、[一一]むげに心細くなりたま《ひどく頼りない状態になっていた》へりし。その時は、[一二]源氏のみぞさまざま大臣・公卿にておはせし。それに《そこで》、このおとど《冬嗣公が》なむ、[一三]南円堂を建てて、[一四]丈六不空羂索観音《ぢやうろくふくうけんじやくくわんおん》を据ゑ奉りたまふ」

(世次)「一、冬嗣のおとどの御太郎、長良の中納言は、贈太政大臣。
一、長良のおとどの御三郎、基経のおとどは、太政大臣までなりたまへり。

八『尊卑分脈』によると「三郎」の誤り。

九 藤原内麿は七五六〜八一二。弘仁三年十月六日薨。「裏書」『尊卑分脈』。

一〇『公卿補任』弘仁三年の条に、「右大臣、従二位、藤内麿　五十七」とし、「左大将。十月六日薨。在官七年。同九日贈太政大臣従一位。号㆓後長岡大臣㆒。山階寺法華会此忌日也。参議五年。大将十六年。中納言九年。大納言二ケ月。右大臣七年」とある。

一一「無下に」「無気に」「無碍に」などの諸説がある。「無碍に」説は『岩波古語辞典』であるが、「無下に」も一概に宛字として斥けるのも、勇気がいるので、しばらく不明とする。

冬嗣の南円堂建立と道長の孫通房の誕生

一二 これはどうか。桓武・平城《へいぜい》・嵯峨朝には源氏の公卿は全く見えず、淳和天皇の天長八年に、ようやく源信・源常の名が出てくる。大臣は、承和七年に、大納言・左大将の源常が二十九歳で右大臣に任ぜられたのが初見。

一三 弘仁四年（八一三）に、冬嗣が父内麿の遺志を嗣いで藤氏の氏寺である興福寺の境内に、南円堂を建てたこと。但し、当時の南円堂は焼失し、現在の建物は寛保元年（一七四一）の建築。

一四「丈六」は「一丈六尺」。現在の仏像は文治四年（一一八八）康慶作。「不空羂索」は「空《むな》しからざる縄」の意。漁猟の具。慈悲の掛け縄で衆生を導く意。冬嗣が南円堂を建立してから、北家が栄えたという。

一、基経のおとどの御四郎、忠平のおとどは、太政大臣までなりたまへり。

一、忠平のおとどの御二郎、師輔のおとどは、右大臣までなりたまへり。

一、師輔のおとどの御三郎、兼家のおとど、太政大臣まで。

一、兼家のおとどの御五郎、道長のおとど、太政大臣まで。

一、道長のおとどの御太郎、ただ今の関白左大臣頼通《よりみち》の大臣これにおはします。

この殿の御子の今までおはしまさざりつるこそ、いと不便に侍りつるを、一この若君のむまれたまへる、いとかしこき事なり。母は二申さぬ事なれど、これは三いとやむごとなくさへおはするこそ。四故左兵衛督は、五人柄こそいとしも思はれたまはざりしかど、もとの貴人《あてびと》におはするに、またかく世を響かす御孫《むまご》の出でおはしましたる、亡き跡にもいとよし。六七夜《しちや》の事は、入道殿せさせたまへるに、遣はしける

頼通公　たいへん不都合でございま　したが　通房　生れ　まことに結構な事です　この生母は　大層尊いお方でもあったのですから一層おめでたい訳です　憲定　さまは　それほどに人々に重んぜられないお方でしたが　本来の　上に　誕生なさったことは　憲定さまの薨後であるにしても　道長公が主催なさいましたがその夜　頼通さまにお贈り

一　通房。一〇二五～四四。『左経記』の万寿二年正月十一日の記事に「十一日甲午、晴。昨日故右兵衛督憲定ノ女産ム二男子ヲ一。是候スル二関白殿ニ一之子也。而殿下密々有ル二芳会一之間懐妊。及ビ二午刻ニ一平産云々。禅門（入道道長）並ビニ殿下（頼通）令シメ二喜悦セ一給フコト無シレ限リ云々」とある。『栄花物語』（若ばえ）にも詳しい。

二　ここ以前の『大鏡』では、人の出生をしるす時、その生母について記すのが常であったから、ここの書き方は、従前と異なり不審である。やはり作者を異にする証と思われる。但し、ここで生母を言わないのは、生母が正式の妻でなく、密々に芳会をしている（『左経記』）うちに生れたからでもある。

三　通房の生母は、今は亡き右兵衛督憲定卿の次女だという事。

四「左兵衛督」は「右兵衛督」の誤り。「左」と「右」とは誤写しやすい。村上天皇の皇孫。一品為平親王の長男憲定。憲定母は源高明の妹で、長徳二年（九九六）八月五日に任右兵衛督。寛仁元年（一〇一七）没。

五　憲定の「人柄」とは、おそらくこの人物が女性的だったことを指しているのであろう。「もとの貴人」で、本来は高貴の出であったから、生前、女性的な柔弱な人物だったとしても、その次女の欠点ということにはならなかったのであろう。

六　お七夜《しちや》の産養《うぶやしない》の祝宴は。

七『栄花物語』（若ばえ）にも収載。但し、第三句「若ばえに」とある。という事はこのあたり必ずしも

歌、《になった歌は》

　年を経て[七]待ちつる松の若枝に嬉しく逢へる春のみどり児

帝[八]・東宮を放ち奉りては、これこそ孫《むまご》[九]の長《をさ》とて、やがて《そのまま》御童名《わらはな》を、長君《をさぎみ》と付け奉らせたまふ。[一〇]この四家《しけ》の君たち、昔も今もあまたおはしますなかに、道絶えず傑れたまへるは、かくなり」《その血統が絶えずに他の三家にまさって栄えていらっしゃるのは北家の方々です》

藤原氏の氏神の由来とその変遷

(世次)「その鎌足のおとどむまれたまへるは、常陸国なれば、彼処《かしこ》[一一]に、鹿《か》島《しま》といふ所に、氏の御神[一二]を住ましめ奉りたまひて《お住ませ申し上げられて》、その御代より今に至るまで、新しき帝・后・大臣立ちたまふ折は、幣《みてぐら》[一三]の使《つかひ》必ず立つ。帝、奈良[一四]におはしましし時に、鹿島遠しとて《常陸国の鹿島では遠いというので》、大和国三笠山に[一五]振り奉りて、『春日明神』[一六]と名付け奉りて、今に藤氏の御氏神にて、[一七]公家《おほやけ》、男《をとこ》・女使《をんなづかひ》立てさせたまひ、后《きさい》の宮・氏《うぢ》の大臣・公卿《くぎやう》、皆この明神に仕うまつりたまひて、二月・十一月、上《かみ》の申《さる》の日、御祭に《一年二回の》てなむ《お祭で》、さまざまの使立ちののしる《盛大な祭である》。帝、この京[一八]《平安京》に遷《うつ》らしめたまひ《おうつりあそばさ》ては《れてからは》、また近く振りたてまつりて《平安京近くにおうつし申し上げて》、[一九]『大原野』《大原野神社》と申す。如月《きさらぎ》の初卯

『栄花物語』を読んで補入したかどうかは疑問。「若ばえ」「若枝」両様の伝えがあったのであろう。「若ばえ（生）」は「若芽」で「若枝」もほぼ同義。「待ち」と「松」が縁語。「みどり」は「緑」で「みどりご（嬰児）」に掛ける。「春の」は正月誕生だから。

八 帝・東宮以外では。「帝」は後一条天皇、「東宮」は敦良親王（のちの後朱雀天皇）。

九 孫の中の第一の人物だというので。

一〇 南家・北家・式家・京家の四家の君たちが。

一一 あの地方で。

一二 藤氏の祖神である天児屋根命《あめのこやねのみこと》を。

一三 奉幣使《ほうべいし》。幣は、「ぬさ」「みてぐら」で、神にお供えする物の総称。

一四 元明天皇（東松本傍注）。

一五 神霊をお遷《うつ》し申し上げて。いわゆる「遷座」。

一六 「春日四所大明神」と称し、鹿島の祭神武甕槌《たけみかずちの》命《みこと》、香取の経津主《ふつぬしの》命、枚岡《ひらおか》の天児屋根命、比売《ひめ》命の四神を祀る。平城京遷都の時、春日山麓の三笠山の頂上に勧請《かんじょう》し、後に、現在の奈良市春日野町に移した。

一七 朝廷・近衛・内侍から使者を立てた。男使は近衛の中・少将で藤氏の者を選ぶ。これを「祭の使」と称した。内侍使（女使）は、宮中の内侍を差遣。「上の申の日」というのは、その月の最初の申の日の事。

一八 正確には延暦三年（七八四）長岡遷都の後。

一九 山城国葛野郡大原野村（京都市右京区大原町）。

の日、霜月の初子《はつね》の日と定めて、年に二度[一]の御祭あり。また同じく公家《おほやけ》の使立つ。藤氏の殿ばら、皆この御神に、御幣《みてぐら》・十列《とをつら》[二]献りたまふ。尚《なほ》[三]し近くとて（もっと京の近くに移そうというので）、また振り奉りて、『吉田』[四]と申しておはしますめり。この『吉田明神』は、山蔭[五]中納言の振り奉りたまへるぞかし。御祭[六]の日、四月下《しも》の子《ね》、十一月下《しも》の申《さる》の日とを定めて、『我が御族《ぞう》[七]に、帝・后《きさい》の宮たちたまふものならば、公祭《おほやけまつり》になさむ（官祭にしよう）』と誓ひ奉りたまへれば、一条院の御時より、公祭にはなりたるなり」

（世次）「また、鎌足のおとどの御氏寺《うぢでら》（妙楽寺）、大和国多武峰《たむのみね》に造らしめたまひて、そこに御骨《こつ》を納め奉りて、今に三昧《さんまい》[八]行ひ奉りたまふ。不比等の大臣は、山階寺《やましなでら》[九]を建立せしめたまへり。それにより、かの寺に藤氏を祈り申すに、この寺ならびに多武峰・春日・大原野・吉田に、例に違《たが》ひ（普通でない）、怪しき事出で来ぬれば（奇怪な事がおこると）、御寺《みてら》の僧・禰宜《ねぎ》（神官）等など、公家《おほやけ》に奏し申して（奏上しお願い申し上げて）、その時に藤氏の長者殿《ちやうじやどの》占《うらな》はしめたまふに（陰陽師に占わせなさって）、御慎《つつし》みあるべきは（の必要があれば）、年《とし》の当りたまふ（その年が厄年に当っておいでの）殿ばらたちの御許《もと》に、御物忌み[一〇]（お物忌みの札を）を書きて、一の所（摂関家から）よ

一 「裏書」の第五巻「藤氏〻社事」の「大原野社」の項に「長岡帝都之時祝レ之。文徳天皇仁寿元年二月二日始ム二大原野ノ祭ヲ一」とあるから、平安遷都後、文徳天皇即位の嘉祥三年（八五〇）から二年経過した仁寿二年（八五二）に始まったらしい。良房の専権時代。
二 底本及び同系統本「十烈」とあるのは「十列」の誤り。十列の競馬。近衛の官人十騎が美しく着飾って行った競馬。
三 「し」は強意の助詞。
四 山城国愛宕郡。今の京都市左京区吉田神楽岡町。
五 八二四〜八八八。房前の五男魚名の曾孫。高房の次男。母は真夏女。諸国司を経て、五十六歳で参議。仁和四年、民部卿・中納言で卒。六十五歳。散逸した作り物語に『山蔭中納言物語』がある。

氏寺《うじでら》、山階寺《やましなでら》の事ども

六 『日本紀略』（寛和二年十一月条）に拠ると、「四月中酉日、十一月中酉日」とあって、吉田社の祭日は、本書に記すところとは異なる。
七 山蔭の孫の時姫が兼家に嫁して詮子を産み、詮子が円融天皇皇后となり一条天皇を産み奉ったから。
八 法華三昧供養。滅罪生善、後生菩提のための行法。
九 山城国宇治郡山階村陶原（奈良市法蓮寺町）の鎌足の私邸内にあった寺堂を奈良に移して山階寺と言ったもので、興福寺に同じ。
一〇 柳の木を一センチ四方に削って、冠につけたり、家の入口に出したり、紙に書いて袖に付けたりした。

り配《くば》らしめたまふ。大凡《おほよそ》、かの寺より始まりて、年に二三度《ど》、会《ゑ》（法会）を行はる。正月八日より十四日まで、八省《はつしやう》[一一]にて、奈良方《ならがた》[一二]の僧を講師《かうじ》として、御斎会《ごさいゑ》[一三]行はしむ。公家《おほやけ》より始め、藤氏の殿ばら、皆加供《かぐ》[一四]（供養に参加なさる）したまふ。また、三月十七日[一五]より始めて、薬師寺《やくしじ》[一六]にて、最勝会《ゑ》七日、また山階寺《やましなでら》にて、十月十日より維摩会《ゆいまゑ》七日。皆これらの度に、勅使下向して、衾遣《ふすま》はす〔参会の僧に〕夜具を与える。藤氏の殿ばらより五位まで、〔夜具を〕献《たてまつ》りたまふ。南京《なんきやう》の法師、三会《さんゑ》[一七]講師《かうじ》しつれば、『已講《いかう》』[一八]と名付けて、その次第（順序の記録を）を作りて、律師《りし》[一九]・僧綱《そうがう》[二〇]になる。斯《か》かれば、かの御寺（山階寺は）、いかめしうやむごとなき所なり。いみじき非道《ひだう》[二一]の事も、山階寺にかかりぬれば（関係した事となると）、またともかくも人《ひと》物言はず（世人は口を噤み）、『山階道理《やましなだうり》』[二二]と付けて、措《お》きつ（そのままにしておく）。斯かれば、藤氏の御有様たぐひなくめでたし」

皇后の父、天皇の祖父となった藤原氏の人々

（世次）「同じ事のやうなれども、また、続きを申すべきなり。后《きさい》の宮の御父・帝の御祖父《おほぢ》となりたまへる類《たぐ》ひをこそは、明《あか》し申さめ」

とて、

一一 大内裏の八省院のこと。大極殿が正殿である。
一二 山階寺（興福寺）所属の僧侶。
一三 大極殿（後に清涼殿に変更された）で、金光明最勝王経《こんこうみようさいしようおうぎよう》を講じて、国家安穏《あんのん》・五穀豊穣《ほうじよう》を祈禱した法会。「裏書」に「神護景雲二年戊申正月八日、於《イテ》二大極殿一、始《メテ》修《ス》二御斎会《ヲ》一。有《リ》二行幸一。弘仁四年癸巳正月、始《メテ》有《リ》二内論議一。」とある。「神護景雲二年」は七六八年、「弘仁四年」は八一三年。「内論議」は、高僧が大極殿や清涼殿に召され、天皇の前で、最勝王経の経文の意義を論争した事。御斎会の結願《けちがん》の日である一月十四日に行われる例であった。「うちろんぎ」とも言った。
一四 供養に加わる事。仏に捧げ物をしたり、僧に布施を差し出したりする事。米を与えるのだとも言う。
一五 三月七日の誤り。
一六 大和国生駒郡（奈良市西ノ京町）に在る法相宗の寺。
一七 御斎会・最勝会・維摩会の講師を勤め終ると。
一八 講師経験者の称号。
一九 「律師」は僧の戒律を支配する僧。五位にあたる。
二〇 僧正・僧都・律師の総称。
二一 底本及び同系統の本「非道事」。蓬左本・桂乙本は「非道の事」。久原本は底本に同じ。
二二 「山階寺式の正当性」と名付けて、非道・不正・横暴を見て見ぬふりをする別扱いの特権。後補か。

(世次)「一、内大臣鎌足のおとどの御むすめ一二人、やがて皆天武天皇に献りたまへりけり。二男・女親王《みこ》たちおはしましけれど、帝・春宮立たせたまはざンめり」

(世次)「一、贈太政大臣不比等のおとどの御むすめ二所、三一人の御むすめ《宮子娘》は、文武天皇の御時の女御、親王《みこ》むまれたまへり。それを聖武天皇と申す。四御母をば光明皇后と申しき。五今一人の御むすめは、やがて《そのまま》御甥《をひ》の聖武天皇に献りて、六女親王《みこ》産み奉りたまへるを、女帝《ひめみかど》に立て奉りたまへるなり。『高野の女帝』と申す、これなり。四十六代に当りたまふ。七《孝謙》それ下《お》りたまへるに、また帝ひとり《淳仁天皇》を隔て奉りて、また四十八代《称徳天皇》に八返り居たまへるなり。九母后を贈皇后と申す。然《しか》れば、不比等のおとどの御女二人ながら后にましますめれど、一〇高野の女帝の御母后は、『贈后《ぞうこう》』と申したるにて、おはしまさぬ世に、后《きさい》の宮に居たまへると見えたり。かるが故に、不比等のおとどは、光明皇后、また贈后の父、聖武天皇並びに高野の女帝の御祖父《おほぢ》」

一 氷上娘《ひがみのいらつめ》と五百重娘《いおえのいらつめ》。ともに天武天皇妃。

二 五百重娘は、新田部皇子《にたべのみこ》、氷上娘は、但馬皇女《たじまのひめみこ》を産む。（「裏書」）。

三 宮子娘《みやこのいらつめ》と安宿媛《あすかべひめ》（光明子）。

四 この記事、誤り。聖武天皇の母は宮子娘で光明皇后の姉。

五 安宿媛。

六 阿倍《あべ》内親王（七一八〜七七〇）。孝謙天皇の事。天平勝宝元年（七四九）七月二日即位。

七 孝謙天皇は天平宝字二年（七五八）、退位。

八 天平宝字八年十月九日、淳仁天皇を廃し、孝謙上皇が重祚《ちょうそ》した。

九 「母后」は孝謙・称徳天皇の母儀で、安宿媛すなわち光明子。しかし光明子は、天平元年（七二九）八月に皇后に立っているから、「贈皇后」は誤り。『続日本紀』『帝王編年記』等参照。

一〇 このあたり誤り。

或《ある》本に[一一]、「また、高野の女帝の母后、生きたまへる世に后に立ちたまひて、その御名を『光明皇后』と申す」とあり。聖武の御母も、おはします世に后となりたまひて、贈后と見えたまはず。

(世次)「一、贈太政大臣冬嗣の大臣は、太皇大后順子[一二]の御父、文徳天皇の御祖父」

(世次)「一、太政大臣良房のおとどは、皇大后宮明子《あきらけいこ》[一三]の御父、清和天皇の御祖父」

(世次)「一、贈太政大臣長良の大臣は、皇大后高子《たかいこ》[一四]の御父、陽成院御祖父」

(世次)「一、贈太政大臣総継のおとどは、贈皇大后沢子[一五]の御父、光孝天皇御祖父」

(世次)「一、内大臣高藤のおとどは、皇大后胤子[一六]の御父、醍醐天皇の御祖父」

(世次)「一、太政大臣基経のおとどは、皇后宮穏子[一七]の御父、朱雀・村上二

一一 「或本に」以下「見えたまはず」までは、傍注が紛れこんだものらしい。流布本では、二行書きの割注とする。

一二 母は阿波守真作女、尚侍《ないしのかみ》美都子。大同四年（八〇九）生れ。仁明天皇に入内し、十九歳で文徳天皇を産む。嘉祥三年（八五〇）、母后として皇太夫人となる。貞観十三年（八七一）崩。六十三歳。東五条院に住んだから「五条の后」の称がある。

一三 八二九～九〇〇。母は嵯峨天皇皇女、源潔姫。

一四 八四二～九一〇。母は総継女、乙春。清和天皇の東宮時代に入内。業平と艶名を流す。貞明親王（陽成天皇）・貞保親王を産み、皇太后宮に至る。「二条の后」の称がある。

一五 ？～八三九。

一六 ？～八九六。母は宮道弥益女、列子。

一七 八八五～九五四。母は人康親王女。「五条の后」。

代の御祖父」

（世次）「一、右大臣師輔のおとどは、皇后安子[一]の御父、冷泉院幷《ならび》に円融院の御祖父」

（世次）「一、太政大臣伊尹のおとどは、贈皇后懐子[二]の御父、花山院の御祖父」

（世次）「一、太政大臣兼家のおとどは、皇大后宮詮子[三]、また贈后超子[四]の御父、一条院・三条院の御祖父」

（世次）「一、太政大臣道長のおとどは、太皇大后宮彰子[五]・皇大后宮妍子[六]・中宮威子[七]・東宮[八]の御息所の御父、当代[九]幷に春宮《とうぐう》の御祖父におはします。ここらの御中《なか》に、后三人並べ据ゑて見奉らせたまふ事は、入道（道長公）殿下より外《ほか》にきこえさせたまはざんめり。関白左大臣（頼通）・内大臣（教通）・大（頼宗・能信）納言二人・中納言（長家）の御親にておはします。さりや[一〇]、きこしめし集め[一一]（いろんな人物の例を）よ。日本国には、唯一無二《ゆいいつむに》[一二]におはします」

（世次）「先づは[一三]、造らしめたまへる（お造らせになった）御堂《みだう》[一四]などの有様、鎌足のおとどの多武《たむ》[一五]

諸寺院と無量寿院との比較

一　九二七～九六四。母は経国女、盛子。
二　九四五～九七五。母は代明親王女、恵子。
三　九六二～一〇〇一。母は中正女、時姫。東三条女院。
四　九六八～九八二。母は詮子と同じ。
五　九八八～一〇七四。母は雅信女倫子。
六　九九四～一〇二七。母は倫子。
七　九九七～一〇三六。母は倫子。
八　東宮は敦良親王、後の後朱雀天皇。御息所は嬉子。一〇〇七～二五。
九　後一条天皇と敦良親王。
一〇　ほんとにそうですよ。「しか（然）りや」で「や」は感動の助詞。
一一　いろいろの物事をあれやこれや聞き集めなさい。
一二　ひとつあってふたつとない存在。一人のみあって二人とない存在。
一三　まず第一に。
一四　法成寺の無量寿院を「など」と言っているのであろう。
一五　多武峰の妙楽寺。
一六　基経が建立したという極楽寺。山城国紀伊郡深草郷（現在の京都市伏見区深草極楽寺町）に在った。いまは廃せられた。宝塔寺より西、直違橋《すじかいばし》通りに至る間と伝えられる。現在の瑞光寺（元政庵）のある所峰《みね》、不比等の大臣の山階寺、基経のおとどの極楽寺[一六]、忠平の大臣の法性寺[一七]、九条殿の楞厳院《りようごんゐん》[一八]、天《あめ》[一九]の帝（聖武天皇がお造りになった）の造りたまへる東大寺も、仏ばかりこそは大きにおはすめれど、猶《なほ》この無量寿院《むりやうじゆゐん》[二〇]には並びたまはず。まして、異御《ことみ》寺御《てらみ》寺《てら》は言ふべきならず。大安寺[二一]は、兜率天《とそつてん》の一院を天竺《てんぢく》の祇園精舎《ぎをんしやうじや》に移し造り、天竺の祇園精舎を唐《もろこし》の西明寺《さいみやうじ》[二二]に移し造り、唐《もろこし》の西明寺の一院を、この国の帝は、大安寺に移さしめたまへるなり。しかあれども、ただ今は、猶この無量寿院まさりたまへり。南京《なんきやう》のそこばく（数知れぬ多くの）の多かる寺ども、猶当りたまふ無し。恒徳公《こうとく》の法住[二三]寺いと猛《まう》なれど、猶この無量寿院傑《すぐ》れたまへり。難波《なには》の天王寺（四天王寺）など、聖徳太子の御心に入れ造りたまへれど、猶この無量寿院まさりたまへり。奈良は、七大寺・十五大寺など見較ぶるに、猶この無量寿院いとめでたく、極楽浄土のこの世に現れけると見えたり。かるが故に、この無量寿院も、思ふに、おぼしめし[二四]願《ぐわん》ずる事侍りけむ」

(世次)「浄妙寺は、東三条《とうさんでう》（兼家）の大臣《おとど》の大臣《だいじん》になりたまひて、御慶《おんよろこ》びに、木幡《こはた》

が、極楽寺内の薬師堂の跡という。

一七 延長三年（九二五）に忠平が建立したという法性寺。当時は賀茂川の東、九条南。今の東福寺門前町に在った。本堂・礼堂・大門等のほか、天暦八年（九五四）には塔の落慶供養が行われた。藤氏の繁栄とともに発展し、寛弘三年（一〇〇六）には、五大堂、翌年、三昧堂が造られた。その後、次第に衰微して廃絶。五大堂は、現在の東福寺に遷された。また本尊の千手観音像は、東山区本町の現在の法性寺に伝えられた。

一八 師輔が建てたのは法華三昧院。俗に横川の中堂という。根本如法堂・四季講堂とともに叡山三塔の一。

一九 天皇をあがめて言う。天智・文武・聖武・平城天皇などを指した用例が見える。ここは「東大寺」だから、聖武天皇の事。

二〇 道長がその邸宅土御門殿の東に接して建てた阿弥陀堂の名称。寛仁四年（一〇二〇）三月二十二日落慶供養。その後、堂塔完備、治安二年（一〇二二）七月十四日、金堂の落慶供養があり、法成寺となったが、阿弥陀堂は当初のまま無量寿院と称した（『法成寺金堂供養記』）。

二一 南都七大寺の一。聖徳太子創建。

二二 唐の高僧の創建。

二三 現在の智積院の付近。為光が建立。

二四 道長公が何かご心中に祈願なさる事があって造営なさったものでしょう。

兼家の浄妙寺参詣と道長の決意

極楽寺・法性寺建立秘話

に参りたまへりし（先祖のお墓に参詣なさった時に）御供に、[一]入道殿具し奉らせたまひて御覧ずるに、（道長公が父兼家公につき従われてあたりを見廻された時に）(道長)『多くの先祖の御骨《こつ》おはするに、〔父大臣が回向の〕鐘の声聞きたまはぬ、いと憂き事なり。我が身思ふさまになりたらば、〔木幡に〕三昧《さんまい》[二]堂建てむ』と、御心の中《うち》におぼしめし（念願され）企てたりける（御計画なさったと）とこそ、承《う》けたまはれ」

(世次)「昔も、斯かりける事多く侍りけるなかに、（このようなご発願がいろいろとございました中に）極楽寺[三]・法性寺ぞいみじく（すばらしい事でございますよ）侍るや。[四]御年なんども大人びさせたまはぬにだにも、（うちにさえも）おぼしめし寄る（[五]こういう事を思い立たれるとは）らむほど、なべてならず覚え侍るに、（非凡なお方だと存じますが）いづれの御時とは、（何天皇のご治世とは）確かにえ聞き侍らず、ただ『[六]深草の御ほどにや』（深草の帝の御代ごろか）などぞ思ひ遣り侍る」（推測いたします）

(世次)「芹河[七]の行幸《みゆき》せしめたまひけるに、昭宣公《せうせんこう》、[八]童殿上《わらはてんじやう》にて仕うまつらせたまへりけるに、（殿上童でお供あそばしておられた時）帝、琴《きん》[九]を遊ばしける。（お弾きあそばした）この琴《きん》弾く人は、別《べち》の爪（特別の爪）作りて、指に差し入れて（はめて）ぞ弾く事にて侍りし。[一〇]さて持たせたまひたりけるを、落《おと》しおはしまして、大事におぼしめしけれど、（これは大変な事だと）また作らせたまふべき様《やう》もなかりければ、（「その場で」新しくお作らせになりようもありませんでしたから）さるべきにてぞおぼしめし寄りけ（きっと前世からの然るべき因縁があってお思い付）

一 この年、道長十三歳。兼家の任右大臣の時の事で貞元三年（九七八）であった。

二 僧侶に籠らせて法華三昧を修せさせる堂。木幡の浄妙寺創建・供養については、『御堂関白記』『小右記』『栄花物語』のほかに、「木幡寺被始法花三昧願文」（『政事要略』巻二十九）、「木幡寺呪願文」（同書）、『本朝文粋』に、「浄妙寺塔供養呪願文」「為㆓左大臣㆒供㆓養浄妙寺㆒願文」「供㆓養同寺塔㆒願文」（巻十三）等がある。

三 寺院建立の趣旨や動機がすばらしい事をいう。

四 極楽寺はまだ基経が少年のころ発願した。

五 寺院の建立を。

六 「深草の帝」は、仁明天皇。仁明天皇のご治世中。天長十年（八三三）三月六日仁明即位。承和を経て嘉祥三年（八五〇）三月二十一日、天皇崩御。

七 「芹河《せりかは》」は山城国紀伊郡下鳥羽あたりを流れる川。仁明天皇の行幸は狩猟が目的だったらしい。小野篁が参議だったころの由（佐藤『詳解』の説）で、それによると、承和十四年（八四七）から嘉祥二年までの三年間あたり。基経は十二、十三、十四歳に相当する。

八 貴族の子弟に公事《くじ》見習いのため元服前に昇殿を許す事。その子弟を「殿上童」と称する。

九 中国渡来の七絃琴。琴柱《ことじ》を用いず、絃の諸処を左手で抑え、右手で弾ずる。一条朝にはあまり演奏されなくなり、平安後期に亡《ほろ》んだ。徳川時代末に水戸烈公が中国からその道の師を招いて復活を図ったが、不成功に終った。

一〇 それで仁明天皇もその爪を携帯しておいでになりましたが、それを行幸の途次どこかに。

一一 梵語「僧伽藍摩」の略。「衆園」の意で、多くの僧が集まって仏道修行をする所の義。寺・寺院と同義。

一二 そうなるはずの前世の因縁で。

一三 お父様。呼び掛けの詞。「こそ」は、人名に添えて、敬意と親近感を示す語。お父さん。

一四 近衛本・平松本・久原本には「ただこそ」とあるが、底本・桂乙本・蓬左本は「ここここそ」とある。

一五 お寺を建てるにはよさそうな場所に見受けます。

む《きになったのでしょう》、大人しき人々にも仰せられずて《年配の人々にも仰せにならずに》、幼くおはします君にしも《〔よりによって〕基経公を名ざしされ》、『求めて参れ』《（仁明）捜してくるように》と仰せられければ、御馬をうち返しておはしましけれど《〔基経公は〕馬首をめぐらしてもと来た道に引き返されたものの》、何処《いづく》をはかりとも《どこを目当てとして》、いかでかは尋ねさせたまはむ《どうしてお捜しになれましょう》。見付けて参らせざらむ事のいといみじくおぼしめしければ《〔かといって〕見付けて差し上げられなかったらとても帝がお気の毒で申し訳ない事とお思いになったので》、『これ、求め出《い》でたらむ所には《この爪をもし捜し出したら》、[一一]一伽藍を建てむ』と願《ぐわん》じおぼして求めたまひけるに《心に祈願をこめて捜された時に》、出で来たる所ぞかし《その爪が見付かった所ですよ》、極楽寺は《極楽寺の在る場所は》。幼き御心に、いかでかおぼしめし寄らせたまひけむ。[一二]さるべきにて、御爪も落ち、幼くおはします人にも仰せられけるにこそは侍りけめ」

「さて《（世次）》、やむごとなくならせたまひて《基経公が高貴など身分におなりになって》、御堂立てさせにおはします御車に《極楽寺建立の指図をなさるためにお出かけになられるお車に》、貞信公はいと小さくて具し奉りたまへりけるに《お子様の忠平さまは大層ご幼少の身でご一緒なさいましたところ》、法性寺の《〔現在の〕》前渡りたまふとて、『[一三]父《てて》こそ《（忠平）》。[一四]ここここそ[一五]良き堂所なんめれ。ここに建てさせたまへかし』ときこえさせたまひけるに、『いかに見て《（基経）どのように見て》、かく言ふらむ』とおぼして、差し出でて御覧ずれば、まことにいと良く見えければ《〔お車から〕お顔を出してご覧になりますと ほんとに絶好の場所に》、『幼き目に、いかでかく見つらむ《（基経）まだ子供の目で どうして寺によいと》。さるべきにこ《これもそのような前世》

そあらめ』《からの因縁だろうと》とおぼしめして、『げに、いと良き所なゝめり。一ましが《お前の》

堂を建てよ。我は然々《しかじか》の事のありしかば《これこれの事が》、二そこに《その場所に》建てむずるぞ』と

申させたまひける。さて《こういうわけで》、法性寺は建てさせたまひしなり《忠平公はその場所に法性寺をお建てになったのです》」

(重木)「また、三九条殿の四飯室《いひむろ》の事などはいかにぞ。五横川《よかは》の大僧正の六御房《ごばう》に

登らせたまひし御供には、重木《しげき》参りて侍りき」

(世次)「かやうの事ども聞き見たまふれど、なほ《極楽寺・法性寺・飯室の事等いろいろ見聞いたしますが　やはり》、この入道殿《道長公が》、世に傑れ、

抜け出《い》でさせたまへり。天地《あめつち》に享《う》けられさせたまへるは《天地の神々の加護を受けておいでになるのは》、この殿《道長公》こ

そはおはしませ。七何事も行はせたまふ折に、いみじき大風吹き、長

雨降れども、先《ま》づ二三日かねて《前から》、空霽《は》れ、地乾《つちかは》くめり。斯かれば、

八あるいは聖徳太子のむまれたまへると申し《生れ替りであると申し上げ》、あるいは弘法大師の《が》、

仏法興隆のためにむまれたまへる《再び生れてこられたのだ》とも申すめり。げにそれは《確かにそのことは》、翁ら《この老》

がさがな目にも《人の意地悪の目で見ても》、ただ人とは見えさせたまはざゝめり《普通の人間とはお見えにならないお姿です》。『なほ《やはり》権者《ごんじや》

にこそおはしますべかゝめれ』となむ、仰ぎ見奉る《神仏が仮に人間の姿となって現れあそばしたように見えるとそう思ってお見上げしているのです》」

(世次)「斯かれば、この御代《今の　みよ》の楽しき事《ご時世の楽しさは》、限りなし《最高です》。その故は《なぜかというと》、昔は、殿《殿》

一 二人称の代名詞。同等もしくは目下の者に使用する。「汝」の字を宛てる。

二 仁明天皇の七絃琴の爪の落ちていた場所。「建てむずるぞ」は「建てむとするぞ」の約まった形。

三 師輔。師輔の建立した法華三昧堂のことは、夏山重木に語らせて変化を与えたのであろう。

四 比叡山三塔の一。横川の首《しゅ》楞厳院《りょうごんいん》、即ち法華三昧堂の事を重木に言わせた。宝満寺とも。

権者道長と無量寿院

五 延暦寺十八代座主、大僧正良源。諡号は慈恵大師。

六 底本「の」なし。けれども、「登らせたまひし」の主語は九条師輔なので、「大僧正の御房」の意に取るほかない。明治二十四年四月刊の久米幹文本にも「の」があるほか、鈴木弘恭『校正大鏡註釈』(明治三十年刊)を始め多くの本に存するので加えた。『帝王編年記』に、「天暦八年、是歳、右丞相師輔公登二楞厳峯一、願レ草二創法華堂一、敲レ石大誓曰、我子孫有下朝家可二繁昌一者上、三ケ度之中可レ出。而只一度火出。横川法華堂常灯、不断香火是也」とある。

七 「日ごろともすれば雨降りて…(中略)…昨日今日名残りなく霽れて日ごろの名残りなし」(『栄花物語』音楽)「雨止み空晴れて」(『同』楚王の夢)。

八 『栄花物語』(疑ひ)に、「弘法大師」「聖徳太子」を擬する文がある。

九 何々の御霊会の費用だとか祭の入費とか言って。

道長支配の御代の楽しさ

ばら・宮ばらの馬飼・牛飼、何の[九]御霊会《ごりやうゑ》・祭の料とて、銭・紙・米など乞ひののしりて、野山の草をだにやは刈らせし。[一〇]仕丁《じちやう》・[一一]御物持《おものもち》出で来て、人の物取り奪ふ事絶えにたり。また、[一二]里の刀禰《とね》・村の行事出で来て、火祭や何やと煩はしく責めし事、今はきこえず。かばかり安穏泰平なる時には遇ひなむやと思ふは。翁らが賤しき宿りも、帯紐を解き、門《かど》をだに鎖さで、安らかに[一三]仰《の》い臥《ふ》したれば、年も[一四]若え、命も延びたるぞかし。先づは、北野・賀茂河原に作りたる豆・大角豆《ささげ》・瓜・茄子《なすび》といふもの、この中ごろは、さらに術《ずち》なかりしものを、この年ごろは、いとこそ[一五]楽しけれ。人の取らぬをばさるものにて、馬・牛だにぞ食《は》まぬ。されば、ただ委《まか》せ捨てつつ置きたるぞかし。斯く楽しき[一六]弥勒《みろく》の世にこそ遇ひて侍れや」
と言ふめれば、今ひとりの翁、
「ただ今は、この御堂の夫《ぶ》を頼りに召す事こそ、人は堪へ難げに申すめれ。それは、さは聞きたまはぬか」

方・宮さま方に仕える馬方や牛飼の連中が わいわいねだって歩き 野山の草さえ自由に刈り取らせてはくれなかった 〔近頃は〕なくなった 村の当番役 鎮火祭だなんだと言ってうるさく費用を徴収しましたが またと遇うだろうかと思いますよ この老人共の粗末な家でも 門の戸締りさえせず 安心して 寿命も延びたのです 少し昔のころは始終盗まれて全く手の打ちようがなかったではありませんか この数年来は 全く 豊かになったものです 人が取らないのはもとよりのことで 馬や牛の類いさえ 人の取るに任せてほうってあるのですよ 豊かな 弥勒の出現されたような安楽泰平の世にめぐりあって幸せですなあ もうひとりの老人重木が (重木) この法成寺建立の為の 人夫をしきりに徴発する事こそ人々は辛そうに口にしておるようです その事については 民衆が迷惑がっているとはお聞きにはならぬのですか

「御霊会」は、恨みを抱いて死んでいった人の怨霊を鎮めなだめる法会。橘純一氏は「要するに当時の風習として、罪など受けて死んだ人の怨霊を祀り、穢をはらうなどと称して、良民に金品を強請する風があったのであろう」(『大鏡新講』)。例えば、『三代実録』巻七貞観五年二十日の条に「於《テ》二神泉苑《ニ》一修《ス》二御霊会《ヲ》一。…(中略)…所レ謂御霊者、崇道天皇・伊予親王・藤原夫人(吉子)・及観察使橘逸成・文室宮田麻呂等是也。並《ニ》坐《シテ》レ事《ニ》被《ラル》レ誅《セ》、冤魂成《ス》レ厲《ヲ》。近代以来、疾病繁発、死亡甚衆《シ》。天下以為《オモヘラク》、此《ノ》災《ヒ》、御霊之所レ生《ズル》也《ト》(下略)」とあるなど参考となろう。
一〇 禁裡・官庁・貴族などに仕える雑役夫。
一一 荷物を担ぐ人夫。荷担ぎ人。紫式部の伯父の藤原為頼に、「お物持ちの、人の物と(盗)るを見て」の詞書で、次の和歌がある。「ひとりしてあまた搦《から》むる御物持《おものも》ち持《も》たる綿をぞ尋ぬべらなる」(為頼朝臣集)。
一二 里の長や郷士など公事《くじ》にあずかる者の称。
一三『名義抄』の偃の訓に、フス、タフル、ノイフス、ヤスム、アフグ、ノケサマがある。「ノキフス」のイ音便。仰臥スルの意。
一四 ヤ行下二段活用の自動詞。若やぐ。若返る。
一五 当時は物質的に豊かな事を「楽し」と言った。
一六 弥勒は兜率天《とそつてん》の内院に住む菩薩。釈迦入滅後五十六億七千万年後に地上に出現して衆生を救うと言う。

このお寺の境内の草木になりたい

と言ふめれば、世次、

「《(世次)》然々《しか》。その事ぞある。二三日《ふつかみか》まぜに召すぞかし《二三日置きにお召しになりますな》。されど《だけれど》、それ、参るに《参上してみると》悪しからず。故は《そのわけは》、『極楽浄土の《が》[一]あらたに顕《あらは》れ出でたまふべきために召すなり』《この現世に出現していただくためにお召しになるのだと考えますと》と思ひ侍れば、『[二]いかで、力堪へば、参りて仕うまつらむ《奉仕する力があるならば参上してお役に立ちたい》。[三]行末《将来》に、この御堂の草木となりにしがな』《この無量寿院の周囲に生える草や木になりたいものだとほんとに思っております》とこそ思ひ侍れ。されば、物の心知りたらむ人は《物の道理がわかっている人なら》、望みても参るべきなり《志願してでも奉仕に参上すべきです》。されば《ですから》、[四]翁ら、またあらじ、一度欠かず奉り侍るなり。さて参りたれば、悪しき事やはある。[五]飯《いひ》・酒繁く賜《た》び、持ちて参る果物《くだもの》をさへ恵み賜《た》び、常に仕うまつる者は《その上いつも奉仕する者には》、衣裳をさへこそ《衣類までそれぞれ》宛《あ》て[六]行はしめたまへ《支給して下さいます》。されば、参る《参上する》下人《げにん》も、いみじういそがしがりてぞ、進み集《つど》ふめる《たいそういそいそと自分から進んで集まって参るようです》」

と言へば、

「《(重木)》しか《そうなのです》、それ、さる事に侍り《それは仰しゃる通りです》。但し《けれども》、翁らが思ひ得て侍るやうは《この重木が思い付いていることは》、いと《実に》[七]頼もしきなり《頼りになる案なのです》。翁未《いま》だ世に侍るに《生きていますが》、衣裳破れ、むつかしき目見侍らず《「これまで」破れて不愉快な目に遭った事はございません》。また、[八]飯《いひ》に乏《とも》しき目《不自由な思い》見侍らず。もしこの事どもの《もしこのような衣食に窮して》[九]術《ずち》なから《どうにも》

一「あらたに」は「霊験あらたかに」の意。「新たに」ではない。注釈書類多く誤り。注をつけなかった注釈書と「あらたに」を「新に」と漢字に改めなかった本が、わずかに失敗を免れている。神仏の霊験や威徳の著しいさまに用いる。『源氏物語』（明石）にも、「十三日にあらたなるしるし見せむ」とある。
二 この「いかで」は反語でなく、願望の「いかで」。「何とかして」と訳す。
三 この世をおさらばしたあとで。
四 この老人は、こういう好機はまたあるまいと思って、割り当てがある度に一度も欠かさず人夫を出しておるのです。
五 ご飯やご酒をたびたび頂戴する上、諸方から持参する献上の果物までも分けて恵んで下さるのだし。
六「しめ」は尊敬の助動詞。
七 物質的に頼みになるという意。
八 ご飯に不自由な思いをした事はございません。底本のまま。「飯《いひ》・酒乏《とも》しき」という本文は、蓬左本・近衛本・平松本・桂甲本・桂乙本、「飯・酒に乏しき」は、池田本・古活字本・萩野本。底本も、「飯酒に」とある三字のうち「酒」の左傍に見セ消チを施している。

食えなくなったら道長に嘆願書

九 手の打ちようがない時は。方法がない時は。

む時は（困ったら）、[一〇]紙三枚《みひら》をぞ求むべき（手に入れればよい）。故は（そのわけは）、入道殿下の御前《おまへ》に[一一]中文《まうしぶみ》を献《たてまつ》るべきなり。その文《ふみ》に作るべきやうは（したためるべき内容は）、『翁（重木）、故太政大臣貞信公（忠平公）殿下の御時の[一二]小舎人童《こどねりわらは》なり。それ（その小舎人童が）、多くの年積《つも》りて（老齢となって）、[一三]術《ずち》なくなりて侍り。[一四]閤下《かふか》の君、[一五]末の家の子におはしませば、同じ君と[一六]頼み仰ぎ奉る。物少し恵み賜はらむ』と申さむには（申し上げるならば）、少々の物は賜《た》ばじやはと思へば（下さらない事があろうか）、それは[一七]案の物にて、倉に置きたる如くなむ思ひ侍る（物をしまってあるように安心しておるわけです）」

と言へば、世次、

「（世次）それは、げにさる事なり（確かにその通りです）。（私も）家貧ならむ折は、[一八]御寺《みてら》に中文《まうしぶみ》を献らしめむとなむ、[一九]賤しき童《わらは》べとうち語らひ侍る（相談しております）」

と、同じ心に言ひ交《か》はす。

「（世次）さてもさても、嬉しう対面したるかな。年ごろの袋の口あけ（長年の話題の口を切り）、[二〇]綻《ほころ》びを裁《た》ち侍りぬる事。さても（それにしても）、この、ののしる（世間で今評判の）無量寿院には、幾度《いくたび》参りて拝み奉りたまひつる[二一]」

と言へば、

一〇「申し文」提出のための三枚の紙。嘆願書のこと。一枚に本文を書き、それを白紙一枚で巻き、更に一枚で全体を包む。これを「三礼紙」と称して、正式の書状の様式である。
一一 願書、嘆願書。
一二 近衛府の中将・少将などが召し連れる少年。
一三 困窮しております。生活困難になっております。
一四「閤下」に同じ。高位・高官の人に対する尊称。ここは道長をさす。
一五 貞信公殿下のご子孫。
一六 あなた様を御主君同様に。
一七 自宅の机（案）の上に載せてある品物同様の物。
一八 法成寺に。
一九 賤しい童女。自分の妻をへりくだって言う。「愚妻」「荊妻」「うちの奴」の類。
二〇「綻び」はわざと縫わずに風を通すようにしてある箇処を言う。「裁つ」は裁断で、縫わずに衣類を仕立てる事。袋の口をあけるのも、わざと風通しをよくするのも、思う存分話をした事をさす。空気の流通がよくなって、胸のつかえがおりた事をさす。

道長一家の法成寺参詣

二一 底本及び同系統の諸本すべて「つる」の「る」が無い。萩野本は「給へる」、『新註』は「給ひつる」。

(重木)「おのれは、[一]大御堂《おほみだう》の供養《くやう》の年の会《ゑ》の日は、人いみじう払ふべかンなりと聞きしかば、[二]試楽《しがく》といふ事、三日かねてせしめたまひしになむ、参りて侍りし」

と言へば、世次、

(世次)「おのれは、度々《たびたび》参り侍り。供養《くやう》の日の有様のめでたさは、さらにもあらずや。またの日、『今日は御仏《みほとけ》など、近うて拝み奉らむ。[三]物ども取り置かれぬ先《さき》に』と思ひて、参りて侍りしに、[四]宮たちの諸堂拝み奉らせたまひし、見申し侍りしこそ、『斯かる事に遇はむとて、今まで生きたる[五]なりけり』と覚え侍りしか。物覚えて後《のち》、さる事をこそまだ見侍らね」

(世次)「御輦車《てぐるま》に四所《よところ》奉りたりしぞかし。口に、大宮・皇大后宮、[六]御袖ばかりをいささか差し出《い》ださせたまひて侍りしに、[七]枇杷殿の宮の御髪《みぐし》の、地《つち》にいと長く引かれさせたまひて、出でさせたまへりしは、いと珍らかなりし事かな。後《しり》の方には、中宮・[八]督《かん》の殿奉りて、ただ御《おか》

見物の人をひどく追い払うそう　法会の当日は　だと耳にしましたので　〔会の日はやめにして〕試楽を三日前に挙行あそばされた時に　私は　すばらしさ　供養当日　申すまでもない事ですよ　翌十五日は　仏様のお姿などを近くから　参詣しておりましたところ　が　お見上げ申し上げたのですが　こういう事に出会いたいと思って　この年まで生きてきた　のだなとつくづく　物心づいて　これほどの　すばらしい観物はまだ見物したことがございません　御乗車なさったのです　入口の方に　彰子　妍子　ほんの少々お差し　出しあそばされておいででしたが　妍子　地上にたいへん長々と引かれておいでになって　お出ましになりましたのは　〔手車の〕　威子　嬉子お乗りになって

一　法成寺で最初に成った阿弥陀堂（無量寿院）を「御堂」と称したので、あとで成った金堂を「大御堂」と称した由。因みに阿弥陀堂は寛仁四年（一〇二〇）三月二十二日に落慶供養。その後、二年くらいの間に、十斎堂・三昧堂・鐘楼・経蔵・金堂・五大堂等が次々に建立された。金堂の落慶供養は、治安二年（一〇二二）七月十四日であった。つまり治安二年七月十四日が「会の日」に相当する。「人いみじう払ふ」は、『栄花物語』（音楽）参照。

二　正式に挙行する舞楽の予行演習のこと。

三　仏さまの周囲に置く諸々の飾りとかお供え物なんかを取り片づけしまい込まれぬうちに、拝観しておこうの意。

四　彰子・妍子・威子・嬉子・一品の宮の宮様方。『栄花物語』（音楽・玉の台）に、宮達が供養の夜泊って、翌日、諸堂を礼拝して廻った事が見えている。

五　「思い当りの」もしくは「悟得のなりけり」で、「であったのだな」と思い当った時に使用する「なりけり」の例。「かりけり」「ざりけり」「ありけり」「侍りけり」などの場合もある。他に「説明のなりけり」もある。それはここと似て非の語法で、「真相」を説明する時に用いる。

六　「出し衣《いだしぎぬ》」で、袖だけ手車の御簾の下からチラリと見えるようにしたのである。

七　妍子の事を「枇杷《びわ》殿の皇后」と称した。

八　「内侍督」とも「尚侍」とも書く。どちらも「な

身ばかり御車《みくるま》におはしますやうにて、御衣《おんぞ》どもは、皆ながら出でて、それも地《つち》までこそ引かれ侍りしか。一品宮《いつぽんのみや》も、中《なか》に奉りたりけるにや。御衣どもは、何がし主《ぬし》の持ちたうび、御車の後《しり》にぞさぶらはれし。九単衣《ひとへ》の御衣《おんぞ》ばかりを奉りておはしましけるなゝめり。一〇御車には、一一まうち君たち引かれて、後《しり》には、関白殿を始め奉り、殿ばら、さらぬ上達部・殿上人、御直衣《なほし》一二にて歩み続かせたまへりし、いで、あないみじや」

「中宮権大夫殿《ごんのだいぶ》のみぞ、一三堅固の御物忌《ものいみ》にて、参らせたまはざりし。さて、いみじく口惜しがらせたまひける。中宮の御装束は、権大夫殿せさせたまへりし、いと清らにてこそ見え侍りしか。『一四供養《くやう》の口、啓すべき事ありて、おはします所に参りて、一五五所《いつところ》居並ばせたまへりしを見奉りしかば、中宮の御衣《おんぞ》の優《いう》に見えしは、我《わ》がしたればにや』とこそ、大夫殿《だいぶ》仰せられけれ」

「斯く口ばかりさかしだち侍れど、一六下臈《げらふ》の一七拙《つたな》き事は、いづれの御衣《おんぞ》

らだだけが　の中においであそばすように見え　お召物の類いは　全部外に出て　地面にまで引かれておる様子でした　禎子　お乗りになっていらしたのでしょうか　お召物類は　某氏が　お持ちになり　後ろに従っておられました　お召しになって車内においでになったのでしょう　お引きになって　後方には　関白頼通公を始めとして　ご一門の殿様方　そのほか他家の公卿や殿上人が　徒歩でつき従われました　いやもう　なんていうすばらしい光景でしたろう

(世次)　能信　厳重な　おいでになりませんでした　それで　「能信公は」　お召物　能信公が　調進されましたが　実に綺麗なご衣裳に見えたことでございます　(能信)　中宮さまに申し上げるべき事があって　ご座所に参上して　お揃いでお坐りになって　おいでの所を　優雅に見えたのは　能信公

(世次)　このように口ばかり偉そうに申すものの　どのお方の

いしのかみ」と読む。目下から呼ぶ時、「かんのとの」「かんの君」と言う。

九 七月十五日はまだ残暑が強いから、一品の宮禎子は単衣の軽装で車内におられたのだろう。

一〇「御車には」は、「御直衣にて歩み続かせたまへりし」に係る。

一一「前つ君」の音便。この語は本来天皇の御前に伺候する者をいうが、ここは道長に仕える四位・五位くらいの者、つまり諸大夫をさすのだろう。「引かれて」の「れ」は尊敬を表す助動詞。お車は諸大夫によって引かれ。

一二 貴族の平服。烏帽子・指貫と共に用いる。帯は石帯でなく、自由に好みの布の色帯を使用した。

一三 底本「堅固御物忌み」。蓬左本・桂乙本は「堅固の御物忌み」と「の」がある。

一四 金堂供養の当日。

一五 彰子・妍子・威子・嬉子・禎子。

一六 身分の卑しい者。下《した》っ端《ぱ》。

一七 腑甲斐なさは。行き届かない事は。

も、程経《へ》ぬれば《時が経ってしまうと》、色どものつぶと忘れ侍りにけるよ《いろんな色をふっつり忘れてしまったことですよ》。〔中宮さまは〕殊にめでたくせさせ給へりければにや〔記憶がありますが〕、下《した》[一]は紅《くれなゐ》薄物の御単衣重《ひとへがさね》[二]にや。御表着《うはぎ》よくも覚え侍らず。萩[三]の織物の三重襲《がさね》の御唐衣《からぎぬ》に、秋の野[四]を縫物《ぬひもの》にし、絵にも描《か》かれたるにやとぞ、目もとどろきて[五]見たまへし。異宮々《ことみやみや》[六]のも、殿ばら《ご一門の方々が》の調《てう》じて奉らせたまへりける《調進して献上したのだ》とぞ人申《ま》しし。大宮《彰子》は、二《ふた》[七]重《へ》織物《おりもの》折り重ねられて侍りし。皇太后宮《妍子》は、総じて唐装束《からさうぞく》[八]。督《かん》の殿《との》のは、殿《頼通》こそせさせたまへりしか。異御方々《ことおんかたがた》のも、絵描《ゑか》きなどせられたりと聞かせたまて、俄《にはか》に箔《はく》押しなどせられたりければ《金銀の箔を押しなどなさったから》、入道殿《道長公》御覧じて、（道長公）『よき呪師《じゆし》[九]の装束かな《猿楽の呪師の装束だぞ》』とて、笑ひ申させたまひけり」

（世次）「殿は、まづ御堂御堂あけつつ《お堂お堂をそれぞれあけて》待ち申させたまふ。南大門《なんだいもん》[一〇]のほどにて見申《ま》ししだに、笑《ゑ》ましく覚え侍りしに、御堂の渡殿《わたどの》の物の《何かの》狭間《はさま》《隙間》より《より》、一品宮《いつぽんのみや》の弁《べん》[一一]の乳母《めのと》、今ひとりは、それも一品宮の大輔《たいふ》[一二]の乳母、中将の乳母とかや、三人《みたり》とぞ承けたまはりし。〔宮様方が〕御車より下《お》りさせたまひて、膝行《ゐざ》り続かせたまへるを、〔覗き見の〕見奉りたるぞかし。恐ろしさに

一　下着は紅の薄物（紗・羅の類）。紅は紅花《べにばな》（末摘花）で染めた鮮やかな紅色。

二　単衣を二枚重ね、袖口・裾などは、糊《のり》づけをして捻り重ねた物。『源氏物語』の古注『花鳥余情』第三、空蟬《うつせみ》に、「女房の装束、五月五日よりは、ひとへがさねを着る。ひとへ二つを捻り重ねたる物なり。この時は、更にひとへを着ず…（下略）」と見えている。

三　萩（表青、裏赤）の織物（錦・綾の類）の三重襲（三枚の裂《きれ》を重ねて作った）の唐衣。

四　秋の野の模様を刺繡にし、また絵にも描かれてあったものかと。

五　「目も轟きて」か。但し、下文（二九一頁）に「目ももどろく心地なむしたまひける」とあるから「目ももどろきて」の誤りかと思われる。「もどろく」は『字鏡集』に「絯モドロク」とあり、目もくらむ意。

六　他の宮様方のお召物も。

七　綾の地紋のある上に、更に別の色糸で浮き出し模様を織り出したものが何枚か折り重ねられて。

八　唐綾・唐絹・唐織物で作った晴装束。

九　呪師猿楽の演技者のこと。華美な服装をし、鼓《つづみ》の伴奏で、滑稽なしぐさをしたらしい。『御堂関白記』によると、現在の奇術師のようなものらしい。

一〇　仏寺などの、南面する総門。

一一　阿波守藤原順時朝臣女（『栄花物語』莟花）。

一二　源兼澄女。中務大輔周頼妾（『御堂関白記』長和二年七月二十二日）。「中将の乳母」は不明。

わななかれしかど、『一三今日、さばかりの事はありなむや』と思ひて、〔宮さま方を〕見参らするに、『などてかは』〔どうしてお美しくない事があろう〕とは申しながら、『いづれ』ときこえさすべきにもなく、〔どなたが一番すぐれていらっしゃると申し上げようもなく〕とりどりに、〔それぞれに皆さま〕めでたく〔すてきで〕一四おはしまさふ〔いらっしゃいます〕。大宮、御髪《みぐし》、御衣《おんぞ》の裾に余らせたまへり。中宮は、丈《たけ》に少し余らせたまへり。皇大后宮は、御衣に一尺《ひとさか》ばかり余らせたまへる一五御裾、一六扇《あふぎ》のやうにぞ。督《かん》の殿《との》、御丈《たけ》に七八寸《ななきやき》余らせたまへり。御扇少し退けて〔〔お顔から〕の離して〕差し隠させたまひける。一品宮は、〔禎子さまに対しては〕殿の御前《おまへ》、『何か〔なんで〕居《ゐ》させたまふ。〔坐っていらっしゃる〕立たせたまへ』〔お立ちなさい〕とて、一七長押《なげし》降《お》り昇らせたまふ御手を捕へつつ、扶《たす》け申させたまふ。一八余りなる事は、一九目もどろく心地〔くらむような気が〕なむしたまひける。二〇露《あら》はならず引き塞《ふた》ぎなど、繕《つくろ》はせたまひけるほどに、〔ごまかしているうちに〕御覧じ付けられたるものかは。〔さあ大変道長公のお目にとまったでは二一ありませんか〕『あないみじ。〔ああもう駄目だわ〕宮仕《みやづかへ》に二二宿世《すくせ》の尽くる日なりけり』〔宮仕えも今日が最後　もう馘だわ〕と生ける心地もせで、三人《みたり》ながらさぶらひたまひけるほどに、〔三人ともじっとかしこまっておいでになった時に〕『宮たち見奉りつるか。〔（道長）宮さま方をお見上げしたかね〕いかがおはしましつる。〔どんな御様子と拝したね〕この老法師《おいほふし》のむすめたちには、〔おいぼれ坊主の娘たちとしては〕けしうはあらずおはしまさふな。〔どなたもわるい方じゃあるまいね〕なあなづられそよ』〔軽蔑しないでおくれよ〕と、

一三 今日は特別おめでたい日だから、まさかお咎めを受ける事はありはしないだろう。
一四 「おはします」の複数形。
一五 おぐしの末端。
一六 扇を拡げたようになっていらっしゃいます。
一七 「長押」は当時、上部に渡した横木を「上長押《かみなげし》」、下部に渡した横木を「下長押《しもなげし》」と呼んだが、現在は、「上長押」を「鴨居」、「下長押」を「敷居」と呼ぶ。ここは、下長押（敷居）を昇ったり降りたりするのが、数え年十歳の幼少の一品宮禎子には大変なので、祖父道長が手を貸すのである。
一八 道長公が孫娘にこうまであまりに親切にするのを拝見すると。
一九 底本「目ももとろく」。他の同系統の写本すべて、「目もことろく」と誤る。蓬左本その他の諸本悉く誤り、あるいは「おとろく」あるいは「ととろく」あるいは「ことろく」とする。正しい本文は、底本東松本一本のみ。「もどろく」は、『宇津保物語』（藤原の君）に「我をはからしめむとて、もどろかしむるにはあらずや」とあり、『今昔物語集』四ノ十二に「心ヲモドロカシ、人ノ物ヲ計リ取ル」とある。「紛乱」「誑惑」の義。「シドロモドロ」の「モドロ」である。「もつれる」も関係あるか。
二〇 道長公に見付からないよう、何かでふさいで。
二一 「ものかは」も「ものか」と同じ。「は」は強意。
二二 運。「なりけり」は思いあたりの「なりけり」。

打笑《うちゑ》みて〔三人に〕仰せられかけて、いたうも《そう大して》塞《ふた》がせたまはでおはしましたり《塞ぎもなさらずその場を立ち去られました》しなむ《ので》、〔三人は〕生《い》き出でたる心地して《やっと生き返った気がして》、『嬉し』などは言ふべきやうもなく《などの言葉が出るどころではなく》、かたみに見れば《互いに顔を見合せると》、〔今日は〕顔はそこら[一]《精々》化粧《けさう》じたりつれど《お化粧していたけれど》、草の葉の色のやうにて《ように青ざめて》、〔かと思うと〕また赤くなりなど、様々に、汗水《あせみづ》になりて《汗びっしょりに》、見交《かは》したり。

(乳母)[二]『さらぬ人だに、あざれたる《ふざけた》物覗《ものぞ》きは、いと《ほんとに》便《びん》なき事にするを《不埒な振舞とされているのに》、せめてめでたうおぼしめしければ《殿様は取り分け今日のご参詣をめでたいと思し召したので》、御悦びに堪へで《お悦びのあまり》、[三]「さはれとおぼしめしつるにこそ」《してお咎めにならなかったのだわ》と思ひ做すも《と解釈するのも》、[四]心傲《こころおご》りなむする』と[五]のたうび[六]いまさうじける」

河内国から上洛した聖人の感想

(世次)「かやうの事どもを、[七]見たまへしままには《拝観してまいりますと》、いとどもこの世の《ますますもって現世の》栄花《えいぐわ》の御栄えのみ覚えて《印象が強くて》、[八]染着《せんぢやく》の心のいとど益々《ますます》に起《おこ》りつつ、道心《信仰心は》着《つ》くべくも侍らぬに《きそうにもございませんが》、河内国そこそこに住む何がしの《どこそこに住むという何とかと言う》[九]聖人《しやうにん》は、庵《いほり》より出《い》づる事もせられねど、『後世《ごせ》の責《せ》めを思へば』とて、上《のぼ》り参られたりけるに《上洛して参詣なさったところ》、関白殿参らせたまひて《頼通公がご参詣あそばされて》、〔検非違使などが〕雑人《ざふにん》どもを払ひののしるに《大声で追い払うのを見て》、『これこそは一の人におはすめれ』《現今の第一人者でいらっしゃる》と見奉るに、〔頼通さまが〕入道殿の《道長公の》御前《まへ》に居《ゐ》

一 たくさん。精一杯。
二 私達の様な人に召使われる身分でない人でさえ。
三 さもあらばあれ。まあよかろう。
四 自分たち三人は道長公が目に入れても痛くないくらい可愛がっていらっしゃる一品宮さまの乳母なんだからなのだ。私たちはそういう大事なお姫さまの乳母なんだと思うと、自分たちが他の人々より偉《えら》くなったような気がして、何も怕《こわ》い者がないように思うという意。当時はこれくらいの地位の姫君には、乳母が三人も付けられたのである。
五 「のたうび」は「のたま（宣）ひ」。
六 「いまさひす」の音便。「いまさふ」の連用形「いまさひ」に「す」が付いた形。「います」は主体が一人の時に用い、二人以上は「いまさふ」が使用される例。
七 「見たまへし」は池田本に拠る。原文「ミ給しまゝには」とある。「給し」は「給へし」の「へ」文字が省略されているのだろう。底本系は「見たまふまゝには」とあり、「見たまふるまゝには」と「る」を補わなくてはならない。「見給ふる」とあるのは、披雲閣本、『校定大鏡』、鈴木『註釈』、芳賀『口訳』、池辺『新註対訳』、佐藤『詳解』、関根『新注』、岡『全書』、次田『新講』など多い。過去形がいいか現在形がいいかの違いである。どちらでもよかろう。
八 この世の栄華に執着する心。
九 池田本・板本は「ひじり」。仏道修行僧。池田本

させたまへば、『なほまさらせたまふなりけり』と見奉るほどに、また[一〇]行幸《ぎやうかう》成りて、[一一]乱声《らんじやう》し、[一二]待ち受け奉らせたまふさま、[一三]御輿《みこし》の入《い》らせたまふほどなど見奉りつる殿たちの畏《かしこ》まり申させたまへば、『なほ国王こそ、日本第一の事なりけれ』と思ふに、下りおはしまして、[一四]阿弥陀堂の中尊《ちゆうそん》の御前《まへ》につい居させたまひて拝み申させたまひしに、『「なほなほ仏《ほとけ》こそ、上《かみ》なくおはしましけれ」と、この会《ゑ》の[一五]庭にかしこう[一六]結縁《けちえん》し申して、道心なむいとど熟し侍りぬる』とこそ申され侍りしか。[一七]傍《かたはら》に居《ゐ》られたりしなりや。まこと、忘れ侍りにけり」

世次の妻の出家の望み

「世の中の人の申すやう、『大宮の入道せしめたまひて、[一八]太上天皇《だいじやうてんわう》の御位にならせたまひて、[一九]女院となむ申すべき。この御寺に[二〇]戒壇立てられて、[二一]御受戒あるべかンなれば、世の中の尼ども、参りて受くべかんなり』とて、喜びをこそなすなれ。この世次が女ども、斯かる事を伝へ聞きて申すやう、『おのれも、[二二]その折にだに白髪《しらが》の裾《そ》削ぎてむとなむ。何か制する』と語らひ侍れば、『何せむにか制せむ。

（傍訳）かしこまられたので／こちらのお方が前のお方よりまた地位が上なのだな／拝観していた殿さまたちが／はっとその場に平伏なさいますから／やはり国王である天皇こそ／日本第一のお方なのだな／〔天皇が〕お鳳輦からお下りになって／膝を付いてお坐りになって／ああやっぱり／無上の位にあらせられるのだった／法会／場で幸いにも／仏道修行の心がいよいよ深くなりました／ほんとに／すっかり忘れてしまいました／（世次）／彰子／出家／申し上げることになりましょう／法成寺／あそばすということですから／ここに参詣して受戒できるらしい／と言って／喜んでいるという噂です／かく申す世次の女房どもも／こうした噂を耳にして私に申しますには／（世次妻）／せめてその時になりと／削いで尼になろうと思います／とめてもむだよ／何でとめるものか

に「証空」という聖人の由、傍注しているが、不詳。

一〇「行幸」は天皇の行列が来ること。「成り」は実現する事。つまり、天皇の行列が近付いて。

一一 笛（右方は龍笛、左方は狛笛《こまぶえ》）の楽《がく》に、太鼓・鉦鼓を、その旋律に従って乱打する鼓笛《こてき》の楽。行幸の着《ちやく》御《ぎよ》の際や、競べ馬や相撲の勝負を知らせる時、集会、または舞楽の初めに奏する前奏曲。

一二 天皇の着御をお待ち受け申しあげる道長公や頼通公のうやうやしい御様子や。

一三 鳳輦《ほうれん》（盛儀の際のお乗り物）がお入りになる有様。

一四 阿弥陀堂の真中の御本尊。この本尊は、阿弥陀如来。その左右に脇侍として観音・勢至の両菩薩が控えているから、中尊という。

一五「庭」は蓬左本。底本「には」。「場」を宛てるも可。

一六 仏と縁を結ぶことができて。

一七 聖人のこんな言葉を記憶しているところから考えると、あの時、聖人は私のそばにおられたのでしょうか。「居《ゐ》る」は、「すわる」か「腰をおろす」事。「居られ」の「れ」は尊敬の助動詞。

一八 天皇が譲位されたあとの尊称。「太上皇」「上皇」。

一九 皇太后もしくは内親王などが出家して院号を受けられたお方。

二〇 僧に戒律を授けるために設ける壇。

二一 仏門に入る者が戒律を受け正式に僧となる事。

二二 底本等「を」だが、整版本その他流布本は「も」。

但し、[一]去らむ後には、若からむ女《め》の童《わらは》べ求めて得さすばかりぞ』と言ひ侍れば、『我が姪《めひ》なる女ひとりあり。それを今より言ひ語らはむ《今からよく言いきかせてあてがいましょう》。いと差し離れたらむも《全くの他人を連れて来ても》、情《なさけ》なき事もぞある《情知らずだといけませんから》』と申せば、『それ、あるまじき事なり《もってのほかの事だ》。近くも遠くも《縁者でも全くの他人でも》、[二]身の為に疎《おろ》かならむ人を《私の身にとって親切でない女を》、今更に寄すべきかは《この年になって今更近づけることができようか》』となむ語らひ侍る《といろいろ話し合いました》。やうやう《やっと》、[三]裳・袈裟《けさ》などの設《まう》けに、良き絹一二[四]疋《ひき》求め設け侍る」など言ひて、さすがに、いかにぞや、[五]ものあはれげなる気色《けしき》の出《い》で来《き》たるは、「女ども《妻に》に背《そむ》かれむ事の心細きにや」とぞ見え侍りし。

嬉子懐妊、寛子病気の不安

(世次)「さて、[六]今年こそ、天変《てんぺん》頻《しきり》にし、世の[七]妖言《えうげん》などよからず聞こえ侍ンめれ。[八]督《かん》の殿《嬉子》のかく懐妊《くわいにん》せしめたまふ。[九]院の女御殿《小一条院の女御寛子》の常の御悩み《御病気》の中《なか》にも、今年となりては、隙《ひま》なくおはしますなど《絶え間なくご病気でおいでだそうだなどと》こそ、恐ろしう承けたまはれ。いでや《いや全く》、かうやうの事を《このような事を》うち続け申せば、昔の事こそ、[一〇]ただ今のやうに覚え侍れ」

重木の貞信公追慕

見交して《互いに顔を見かわして》、重木が言ふやう、

一 お前がいってしまったあとには、若い娘っ子を探して来て儂《わし》にあてがうだけは忘れるな。
二 儂を本当に想ってくれないような他の女。
三 法衣の裳や袈裟などの準備に。「裳」は僧が腰につける衣。「袈裟」は僧が衣の上に、左肩から右脇下にかけて吊る長方形の布。
四 「疋」は、布の長さを数える単位。一反は一人分の衣服を作るのに要する布の大きさ。「反」の倍が「疋」。匹とも。古くは四丈。約一二メートル。後には鯨尺五丈六尺。約二一メートル。
五 何だか物淋しい顔付をし始めたのは、妻に出家される事が心細いのだろうかと見えました。
六 万寿二年(一〇二五)。この年、赤斑瘡流行する。『栄花物語』巻二十四~二十七(駒競の行幸・若ばえ・嶺の月・楚王の夢・衣の珠)が万寿二年の記事だが、多くの不幸が書かれている。「世の中に天変など頻りにて」(若ばえ)。
七 不気味な流言。デマ。
八 道長四女。寛弘四年(一〇〇七)生れ。十二歳で尚侍。姉彰子の子、東宮敦良(後朱雀)の女御となり、万寿二年、親仁(後冷泉天皇)を産み薨。十九歳。
九 道長五女。小一条院の最初の妃延子とその父顕光の怨霊にとりつかれ、病気がち。万寿二年薨。
一〇 康平八年(一〇六五)五月。

「いで、あはれ、かくさまざまにめでたき事ども、あはれにも、そこら多く見聞き侍れど、なほ、我が宝の君に後《おく》れ奉りたりしやうに、ものの悲しく思うたまへらるる折こそ侍らね。八月十日余りの事にさぶらひしかば、折さへこそあはれに、『時しもあれ』と覚え侍りしものかな」

とて、洟《はな》たびたびかみて、えも言ひ遣らず。「いみじ」と思ひたるさま、まことに、その折もかくこそと見えたり。

「一日片時生きて世に巡《めぐ》らふべき心地もし侍らざりしかど、かくまでさぶらふは、いよいよ拡《ひろ》ごり栄えおはしますを見奉り、悦び申させむとに侍《はべ》ンめり。さて、またの年五月二十四日こそは、冷泉院《れいぜいゐん》は誕生せしめたまへりしか。それにつけていとこそ口惜しく、折の嬉しさは、はかりもおはしまさざりしか」

など言へば、世次も、

「しかしか」

(重木)いや　ほんとにねえ　このようにいろいろすばらしい事を　感慨深くも　いろいろたくさん　やはり　大切なご主君に　死に遅れ申し上げた時のように　何もかも悲しく思われてどうしようもなかった時はございません　ちょうど八月十日過ぎの事でございましたから　時季までが寂しい秋でしみじみ悲しく　時もあろうにと感じたものでございました

と言って　ことばがそれ以上続かず　たまらなくつらそうに思っている様子は　ほんとに　貞信公薨去の直後も重木はこうだったに違いないと思われる様子でした

(重木)こうして今日まで長生きしておるのは〔ご子孫が〕　翌年　師輔公はじめご子孫のお悦びは測り知れないものでございました

(世次)さようさよう

二一　貞信公忠平をさす。

二二　忠平の薨去は、天暦三年（九四九）八月十四日。旧暦だから、現在なら、九月下旬ころになろうか。もうすっかり秋である。

二三　『古今集』巻十六、哀傷歌「時しもあれ秋やは人の別るべきあるを見るだに恋しきものを」に拠る。「あるを見るだに」は、「生きている人を見てさえ」の意。

二四　「一日《ひとひ》片時《かたとき》」は「一日、半刻」。

二五　「めぐらふ」の「ふ」は反覆・繰り返しの「ふ」で、「世にめぐり、また世にめぐる」の意。世間に在って生活を続けること。

二六　「ひろごり」は「ひろがり」に同じ。

二七　お悦びを申し上げさせよう。「せ」は使役の助動詞。

二八　天暦四年。

二九　「せしめ」の「しめ」は尊敬の助動詞。「しか」は、上の「二十四日こそは」の係りに対する結び。冷泉院は村上天皇第二皇子。御母は藤原師輔女の安子。師輔の父が貞信公忠平だから、忠平―師輔―安子―冷泉となり、冷泉院は貞信公の曾孫。

三〇　貞信公が、この曾孫の皇子の降誕をごらんになれずに前年にお亡くなりになったことが実に残念至極だったけれど、お子さまの師輔公その他の方々にとっては測り知れぬ嬉しさだったの意。重木の嬉しさではない。敬語「おはし」を使っているから。

と、快く思へるさま（思っている様子は）、おろかならず（並一通りでない）。

(世次)「朱雀院[一]・村上などの、打続きむまれおはしましししは、またいかが」

など言ふほど、あまりに[二]恐ろしくぞ。

一品宮禎子誕生の際の夢告

また、

(世次)「世次が思ふ事こそ侍れ。便《びん》[三]なき事なれど、明日とも知らぬ身にて（明日までの命ともわからない老人の身）侍れば、ただ（率直に）申してむ。この（現在の）一品宮《いっぽんのみや》（禎子内親王さまのご将来が）の御有様のゆかしく覚え[四]させたまふにこそ、また命惜しく侍れ。その故は（その子細は）、むまれおはしまさむと（一品宮さまがお生れになろうとする）時に、いとかしこき（時に　実に）[五]夢想（すばらしい夢のお告げを見たのでございます）見たまへしなり。さ覚え侍りし事は（吉夢と感じましたわけは）、故女[六]院（東三条女院）・この大宮[七]など、孕《はら》まれさせたまはむとて見えし（母君のおなかに身ごもろうとなさった時に私が見た夢とそっくり）、ただ同じさまなる夢に侍りしなり（同じ趣の夢でございましたのです）[八]。それにて、よろづ推し量られさせたまふ[九]御有様なり。皇太后宮にいかで啓せしめむと思ひ侍れど（この事を母君の皇太后宮さまにぜひとも言上いたそうと存じますが）、その宮のほとりの人にえ会ひ侍らぬが（皇太后宮にお仕えのお方にお会いできないのが）口惜しさに（不運で）、ここら集まりたまへる中に（これだけ大勢お集まりの中に）、もしおはしましやすらむと思うたまへて（ひょっとしておいでではないかと存じまして）、かつは（ひとつにはそれで）[一〇]、かく申し侍るぞ。

一　朱雀天皇・村上天皇の御母はともに、皇太后宮になられた穏子で、基経《もとつね》女。今話題に上っている忠平の妹で母はどちらも人康親王の女で、両親が同じ。しかも、穏子は忠平より五歳年下という風で仲がよかった。世次は、穏子所生の二人の天皇に言及して、重木の感想をたたいたのであろう。

二　冷泉誕生は天暦四年（九五〇）で、万寿二年（一〇二五）の約七十五年前の事だからまだよいが、朱雀誕生は延長元年（九二三）七月二十四日で、百三年前、村上誕生は延長四年六月二日で、ちょうど百年前になるから、あまりに古い事柄をつい昨日今日のように話すので、『大鏡』の聴き手である記者が、あまりの事に、恐ろしいくらいに感じたというのである。けれども、世次は延長元年は四十八歳、同四年は五十一歳、重木は、三十八歳と四十一歳であったから、別段の事もない。

三　不都合な事。工合の悪い事。

四　世次が「ゆかしく覚える」のである。どんなにすばらしいものか知りたく存じますので、それでまた［それが見たさに］命が惜しいことでございます。

五　畏れ多い夢知らせ。ここは吉夢であるから、「すばらしい」と訳しておいた。

六　詮子。東三条女院。兼家女。道長の姉。四歳年長。

七　彰子。万寿三年に、上東門院の院号を賜る。

八　東三条女院さまや大宮さまと同じと申せば、もう一一行末にも、『よく言ひけるものかな』とおぼし合はする事も侍りなむ《う》」

あとあとになって　よく言いあてたものだなあ　合点が往かれる事もきっとございましょう

と言ひし折こそ、

と世次が言った時にこそ

「ここに在り」

(筆者)　ここにその皇太后宮ゆかりの者がおります　私がそうなのです

とて、差し出《い》でまほしかりしか。

と言って　世次の前に出てゆきたい気がしたことでした

それで一品宮さまのおしあわせは万事想像ができます。

九　一品宮禎子さまの将来の幸福など日常の意。

一〇　このように問わず語りに申すのです。

一一　一品宮禎子が十五歳で東宮の許に入内し、この東宮が即位して、後朱雀天皇になると、禎子は皇后となった。さらに、夫天皇との間に、尊仁親王及び良子・娟子の両内親王を産み、治暦四年（一〇六八）尊仁親王が即位して後三条天皇となると、国母として栄誉を得、翌治暦五年に、詮子・彰子同様に、院号を賜って、陽明門院となった。さらに長寿に恵まれ、嘉保元年（一〇九四）に八十二歳で崩じた。したがって、『大鏡』は、禎子が女院になった治暦五年以降、堀河天皇の嘉保元年以前の成立かと考えられる。

大鏡第六

◇大鏡第六　話題を賑わす史上実在の人物

昔物語

光孝天皇　宇多天皇　敏行　朱雀天皇　将門　貫之　伊勢　醍醐天皇　敦実親王　源公忠　雅明親王　菅原道真　忠平　凡河内躬恒　穏子　村上天皇　紀内侍　斎宮女御　中務　明子　良房　兼輔　衆樹　兵衛の内侍　博雅三位　実頼　源雅信　源重信　兼家　遵子　公任　円融院　実資　源時中　清照法橋　清範律師　道長　頼通　頼宗　詮子　倫子　彰子　公季　顕光　狛人　基経　時平　仲平　白女　大江玉淵女　壬生忠岑　曾禰好忠　朝光　娍子　禎子

「一　太政大臣道長　下」

光孝天皇践祚の想い出

いといとあさましく《全くもう驚き呆れるほど珍しく》珍らかに、尽きもせず二人語らひしに《いつ終るとも知れず二人の老人が話し合っておりましたが》、この侍《さぶらひ》、

(侍)「いといと興ある事をも承けたまはるかな。さても、物の覚え始め《それにしても物事を記憶した最初》は、何事ぞや《どんな事でした》。それこそまづ聞かまほしけれ。語られよ」

と言へば、世次、

(世次)「六七歳より、見聞き侍りし事は、いとよく覚え侍れど、その事と《大した事でも》なきは《ない場合は》、証の無ければ《証拠がないから》、用ゐる人《信用する》もさぶらはじ。「私が」一九つに侍りし時の《九歳になりました時の》大事を申し侍らむ《大事件を申し上げましょう》。二小松の帝《光孝天皇が》の親王《みこ》にておはしましし時の《まだ親王でいらっしゃった時の》三御所は、皆人知りて侍り《どなたもご存じでしょう》。四おのが親のさぶらひし所《手前の父親の住んでおりました所は》、大炊《おほひ》の御門《みかど》よりは北《大炊御門大路》、

一　世次九歳は、元慶八年（八八四）。この年二月四日陽成天皇遜位。二月二十三日、光孝天皇即位。

二　光孝天皇の御事。光孝天皇は、仁明天皇第三皇子。母は贈皇太后宮藤原沢子。天長七年御出生。承和三年正月七日叙四品。承和十二年二月元服年十六。嘉祥元年正月、任常陸大守。同三年正月、兼中務卿年二十一。仁寿元年十一月叙三品。貞観六年正月兼上野大守。同八年正月任大宰権帥、同十二年二月叙二品。同十八年十二月任式部卿。元慶六年正月叙一品年五十三。同八年正月兼大宰帥。同二月四日践祚年五十五。同二十三日即位。仁和三年八月崩年五十八。同九月二日葬山城国葛野郡小松山陵（「裏書」に拠る）。「小松山陵」に葬り申し上げたから、「小松の帝」と申すのである。

三　天皇におなりになる以前に住んでおられた御所をいう。門内に松がたくさん植えてあったという。大炊御門の北、町尻の東に在った。中務宮や式部卿宮でいらっしゃったが、前者は世次の出生前だし、後者は世次の出生後だが、一歳から元慶八年二月四日の九歳までで、式部卿のほかに任務らしいものはなかったから、世次が御殿内に入り込んでも、いつも閑散としていたというのだろう。

四　世次の父の家は、町尻小路の西側だから、東側の小松の御所とは小路を隔てた隣家だったらしい。

町尻《まちじり》よりは西にぞ侍り《町尻通りよりは西にございました》し。されば、宮《小松御所》の傍《かたはら》にて、常に参りて《〔御所に〕》遊び侍《まし》りしかば《たところ》、いと《ごく》閑散《かんさん》にてこそおはしましか《静かでひっそりとしておられました》。二月《きさらぎ》の三日、[一]初午《はつむま》といへど、[二]甲午の最吉日《さいきちにち》、常よりも《いつもよりも》世挙《こぞ》りて稲荷詣《いなりまうで》にののしりしか《皆ぞろぞろと出掛けた》ば《から》、父の《〔私も〕》詣《まう》で侍りし供に慕ひ参りて《あとを慕って参詣しまして》、さは申せど《とは申しましても》、幼きほどにて《幼い時分の事で》、[三]坂のこはきを《けわしい坂を》登り侍りしかば《ましたので》、困《こう》じて、え《くたびれてとても》其の日の中《うち》に、[四]還向仕《げかうつか》まつらざりしかば、父が、[五]やがて《つまり》其の御社《みやしろ》の[六]禰宜《ねぎ》の大夫《たいふ》が後見《うしろみ》仕うま《世話をし》つりて《ておりまして》、いと[七]うるさくてさぶらひし宿りにまかりて《懇意にしていましたからその家に行って》、一夜《ひとよ》は《その晩はそこ》宿りして《に一泊して》、またの日《翌日》帰り侍りしに《ましたところ》、[八]東洞院《ひんがしのとうゐん》より上《のぼ》りにまかるに《北に向いてゆくと》、[九]大炊《おほひ》の御門《みかど》より西ざまに《の大路を西の方へ》、人々のさざと走れば《人々がざわめいて走ってゆきますから》、怪しくて見さぶらひしか《不思議に思って注視しましたと》ば《ころ》、わが家のほどにしも《よりによって私の家の見当に》、いと暗うなるまで人立ち込みて見ゆるに《まっくらになるほど人が混雑しているのが見えるので》、いとど驚かれて《いよいよ驚かされて》、『焼亡《せうまう》か』と思ひて《火事かと思って》、上《かみ》を見上ぐれば《空を見上げると》、煙《けぶり》も《別に》立たず。『さは《では》、大きなる追捕《ついぶ》か《大捕物なのか》』など、かたがたに心も無きまで惑ひ《あれこれ想像して気も動転してあわててかけ》まかりしかば《つけましたところ》、[一〇]小野宮《をののみや》のほどにて、上達部《公卿》の御車や、鞍置きたる馬《幾頭》ども《もの馬》、冠《かうぶり》・袍《うへのきぬ》着たる《衣冠束帯を身につけた》人々などの見え侍りしに、心得ず怪しくて《合点がゆかず不思議に思って》、

一 初午といっても。同じ初午の日でも今年は。二月の最初の午の日。各地の稲荷《いなり》の社で祭が行われる。和銅四年（七一一）二月十一日の午の日に京都伏見の稲荷社が影向《ようごう》したという社伝に依り、この日を初午祭と言い、「稲荷詣で」の日。

二 単に「午の日」であるばかりでなく、「午」の上につく干《かん》が「甲」で、つまり「甲午」の日であるからの意。「甲午」の日は、神事に吉《よ》い日で、特に「上吉」の日なのである。上吉・中吉・下吉に分けるが、「甲午」の日以外にも、上吉は十数日ある。

三 「こはき」は、急な、険しいの意。今の稲荷大社は山麓にあるが、かつては山頂の三つの峰に、上・中・下の三社があり、参詣は容易でなかった。

四 神仏に参拝して帰る事。上の「え」は「還向仕まつらざり」に係《かか》る。

五 「父が」は、池田本その他「はゝ（母）が」とある。

六 二番目の地位の神官。神主《かんぬし》・禰宜・祝《はふり》の順。「大夫」は五位の者をいう。この禰宜が五位だったという意味。「大夫が後見」は「大夫の後見」。

七 こまかい事に気を使って親切にすること。

八 京の市街の南北の小路。高倉小路と烏丸小路の間。

九 大炊御門大路は、東西の通りで、春日大路と冷泉大路の間。ちょうど、小松の御所と世次の父親の家の南に接している。

一〇 大炊御門南・烏丸西。元慶八年当時は惟喬《これたか》親王（四十一歳）の家で、藤原実頼の邸とする説は、時代違い。

宇多天皇鷹狩の際の神託

『何事ぞ、何事ぞ』と、人毎《ごと》に問ひさぶらひしかば、『式部卿宮[一一]、帝に居《ゐ》させたまふとて、大殿[一二]を始め奉りて、皆人参りたまふなり』とて、急ぎまかりしなどぞ、物覚えたる事にて見たまへし」

「また、七つばかりにや、元慶[一三]六年ばかりにや侍りけむ、式部卿宮の侍従[一四]と申ししぞ、寛平[一五]の天皇、常に狩《かり》を好ませおはしまして、霜月の二十余日《はつかよひ》のほどにや、鷹狩に、式部卿宮より出でおはしまし御供に走り参りて侍りし。賀茂の堤《つつみ》のそこそこなる所に、侍従殿、鷹番《つがひ》[一六]はせたまひて、いみじう興に入らせたまへるほどに、俄《にはか》に霧立ち、世間《せけん》も掻《か》[一七]い暗がりて侍りしに、東西も覚えず、『暮の往[一八]ぬるにや』と覚えて、藪の中に倒れ伏して、わななき惑ひさぶらふほど、時中《ときなか》[一九]や侍りけむ。後に承けたまはれば、賀茂の明神の顕《あらは》れおはしまして、侍従殿に物申させおはしますほどなりけり[二〇]。その事は、皆世に申し置かれて侍《はべ》[二二]ンなれば、なかなか申さじ。知ろし召したらむ。淡《あは》そかに申すべきに侍らず」

時康親王　会う人ごとにたずねましたところ　お即きになるときまって　全部の関係者が時康邸に　急いでその場を去った事などが　私が物心づいてからの事でこの目でお見上げした事件です　(世次)　七歳時分でしたか　時康親王のお子様の　申し上げたお方が　後の宇多天皇で　十一月の　二十日過ぎの頃でしたか　式部卿宮さまの御所からお出かけになりました　がそのお供に走って参上したものです　どこそことかで　〔その格闘ぶりを〕たいそう面白がっていらっしゃるうちに　あたり一帯もにわかに暗くなって　方角も判らなくなり　夕闇がやってきたのかと思われて〔私は〕　がたがた震えて途方にくれておりますあいだ　も経過したでしょうか　が　姿をお現しになって　何かお話しなさっておいでになる時間　二一その事件は　言い伝えられて　なまじ申さないでおきましょう　皆様先刻ご承知でしょう　軽々しく口にすべき事ではございません

一一 式部省の長官で、親王が任ぜられる例。
一二 大臣の尊称。「オホイドノ」または「オホトノ」という。ここは藤原基経をさす。時に関白太政大臣。
一三 底本及び同系統の本すべて「元慶二年」とする。古活字本等流布本の「元慶六年」が正しいので改めた。
一四 「王侍従」と申し上げたらしい。仁明天皇の孫王にあたられる。「侍従」とは天皇の近侍。
一五 宇多天皇の治世の年号が寛平だから、「寛平の天皇」「寛平の法皇」は宇多帝のこと。
一六 「つがふ」は、組み合す意で、鷹を獲物に向って放つのを言う。雉子・兎など鳥獣に襲いかからせるのである。「使ふ」を宛てている注釈は誤り。
一七 「掻い」は接頭語。「掻き」のイ音便が「掻い」。
一八 「往ぬ」は「いってしまう」の意もあるが、「やってくる」の義にも用いる。
一九 「時中」は半刻で、ほぼ今の一時間。
二〇 この「なりけり」は、思いあたりの「なりけり」ではなく、真相を説明する「なりけり」。
二一 十一月に、賀茂神社の臨時の祭が行われるようになったのは、この時の賀茂明神の要請により、王侍従が天皇となられてからのこと。
二二 おるようですから。「なれ」は聴覚判断の助動詞。

「さて後《(世次)それから》、六年《むとせ》[一]ばかりありてや《たってからか》、[二]賀茂の臨時の祭始まり侍りけむ。位に即かせおはしまし年《この侍従さまが帝位にお即きになられた年》とぞ覚え侍る。その日《神託のあった当日が》、酉の日にて侍れば、やがて霜月の果ての酉の日にては侍るぞ。始めたる《その最初の》東遊《あづまあそび》[三]の歌、[四]敏行《としゆき》の中将ぞかし。

ちはやぶる[五]賀茂の社の姫小松万代《よろづよ》までも色は変らじ《その緑の色は変るまい》

『古今』[六]に入りて侍り。皆人知ろし召したる事なれど、いみじう詠みたまへる主《ぬし》かな。〔小松の帝のご子孫は〕今に絶えず拡ごらせたまへる御末とか。帝と中せど、斯くしもやはおはします《この宇多天皇のような盛運はめったにありますまい》」

「(世)八幡《やはた》[七]の臨時の祭、朱雀院《すざくゐん》の御時よりぞかし。〔延長元年七月〕朱雀院むまれたまひて三年《みとせ》は、おはします殿《住んでおいでになる御殿》の格子《かうし》も参らず《上げず》、夜昼《よるひる》火をともして、御帳《みちやう》の内にておほし立て奉らせ[八]たまふ。北野[九]《道真公の霊に》に怖ぢ申させたまひて。天暦《村上》の帝は《天皇の場合は》、いとさも護り奉らせたまはず。〔朱雀院は〕[一〇]いみじき《大変な》折節《をりふし》にむまれおはしましたりしぞかし。朱雀院むまれおはしまさずは、藤氏の御栄え、いと斯くしも侍らざらまし。さて、位に即かせたまひて、将門《まさかど》

一 寛平元年（八八九）十一月二十一日に賀茂の臨時の祭が始まる。元慶六年（八八二）から七年後で、「六年ばかり」は「七年ばかり」が正しいが、大きな違いはない。後文に「位に即かせおはしまし年とぞ覚え侍る」とあるから、即位後、直ちに始まったと考えたらしい。

二 四月の中の酉の日に行う例祭のほかに、十一月下《しも》の酉の日に行われたのが、臨時の祭である。

三 古く東国の民間で行われていた歌舞が、平安時代宮廷に入ったもの。社寺の祭の際に多く用いられたが、宮中の行事の際にも使用されている。舞人は近衛の官人が勤めた。先ず一歌・二歌で登場し、駿河舞を舞い、一旦舞台を降り、右袖を抜いて再登場し、求子《もとめご》歌で舞ったのち、片降《かたおろし》で退場する。

四 三十六歌仙の一。富士麿の長男。母は紀名虎《なとら》女。妻が業平の妹だったから、業平と親しかった。従四位上、右兵衛督に至った。能書家。昌泰四年没。

八幡の臨時の祭、宇多天皇の人間愛

五 「ちはやぶる」は「かものやしろ」の枕詞。

六 巻二十、「東歌《あづまうた》」の部の最終に「冬の賀茂祭の歌」の詞書で収録。第四句「万代経《ふ》とも」。

七 石清水（男山）八幡宮の三月祭。恒祭は八月。

八 底本及び同系の本は「たてまいらせ」と誤る。蓬左本・桂乙本等に「たてまつらせ」とある。

九 朱雀院の生母は、藤原時平の妹穏子。

一〇 延長元年は三月に文彦太子薨。四月道真の本官を

が乱れ出で来て、その御願にて《将門討伐のご立願により》とぞ承けたまはりし《〔臨時の祭が始められた〕と》。[一一]その東遊の歌、貫之の主《ぬし》《貫之殿が》ぞかし《お詠みになった》。

[一二]松も生《お》ひまたも苔むす石清《いはし》水《みづ》行末遠く仕へまつらむ

集《貫之集》にも書きて《書き入れて》侍るぞかし」

と言へば、重木、

「この翁《(重木)》も、[一三]あの主《ぬし》の申されつるが如く、くだくだしき事は申さじ。同じ事のやうなれど、寛平《宇多天皇》・延喜《醍醐天皇》などの[一四]御譲位のほどの事などは、いとかしこく《じつにはっきりと》忘れず覚え侍るをや《思い出せますからね》。[一五]伊勢の君の、[一六]弘徽殿の壁に書き付けたうべりし歌こそは、そのかみ《当時》に、『あはれなる事』と人申ししか。

[一七]別るれどあひも思はぬ百敷《ももしき》を見ざらむ事や何か悲しき

法皇の御返し《宇多法皇の御返歌》、

[一八]身一つのあらぬばかりを《宮中には私の身一つがいないというだけなのに》おしなべて往《ゆ》き帰りても《お前たちは総じてしょっ中出入りして宮中に親しみなさい》などか見ざらむ」

復し、贈位。閏四月十一日、延喜を改元、延長とした。
一一 その石清水八幡宮の臨時の祭の東遊の歌は。
一二 松も生い育つ岩根にまた苔が生じ、滾々《こんこん》と湧き出る清水は尽きる事がない。この石清水八幡宮に末長くお仕え申そう。
一三 世次をさす。
一四 宇多天皇の譲位は寛平九年七月三日で、重木は十二歳。醍醐天皇のそれは延長八年九月二十二日で、重木は四十五歳。
一五 伊勢守藤原継蔭の女。宇多天皇の中宮温子に仕え「伊勢の御」と呼ばれ、天皇の寵を得て、皇子を産んだ。寛平九年、天皇譲位の時、二十一歳くらい。女流日記の祖。『伊勢集』は前半を「伊勢日記」と言い、
一六 清涼殿の北に在った後宮の一。中宮温子の部屋。伊勢はここに出入りしたと思われる。
一七 『後撰集』十九、詞書「亭子《ていじ》の帝のおり居たまうける年の秋、弘徽殿の壁に書き付け侍りける」。第二句、中院本と『大鏡』とは字句同じ。天福本は第二句「あひも惜しまぬ」。『大和物語』第一段は、第二句「あひもをしまぬ」、第四句「見ざらむことの」。「あひも思はぬ」は「ともに私を想ってもくれない宮中をこれから見なくなる事が」。
一八 『後撰集』十九には、「身一つにあらぬ別れをおしなべて往きめぐりてもなどか見ざらむ」とある。他に、『伊勢集』『宇多天皇御集』『亭子院《ていじのいん》御集』『寛平御集』にも収録されている。

と言へば、一傍《かたはら》なる人、

(人)二「法皇の書かせたまへりけるを、延喜の、後に御覧じ付けて、傍に書き付けさせたまへるとも承けたまはるは、いづれかまことならむ（どちらが本当でしょうか）」

慈愛溢れる醍醐天皇の仁政

(重木)「同じ帝と申せど、その御時にむまれあひてさぶらひけるは（ちょうど醍醐天皇のご治世に生れることができた人々は）、あやしの（〔幸せで〕賤しい）三民の竈《かまど》まで、やむごとなくこそ（重んずべきである）。大小寒のころほひ（小寒から大寒まで一箇月の寒中の頃）、いみじう雪降り冴えたる夜は（ひどく雪が降り冷え込んだ夜は）、（醍醐天皇）『諸国の民百姓いかに寒からむ（どんなに寒い思いをしているか）』とて、御衣をこそ（お召物を脱がれ）、夜《よる》の御殿《おとど》より（ご寝所から）投げ出だしおはしましければ（外へお投げ出しになりましたから）、四おのれらまでも恵み憐れびられ奉りて侍る（我々一般庶民までもお恵みを受け憐れみを蒙り申しております）身と、面立《おもだ》たしくこそは（光栄なことでございます）。されば、その代《よ》に見たまへし事は（醍醐天皇の時代に拝見した事は）、なほ末までもいみじき事と覚え侍るぞ（やはり後々までもすばらしい事だったと回顧いたすわけです）。人きこしめせ（皆さんお聴き下さい）。この座にて申すは憚りある事なれど（このような席で申し上げるのは遠慮すべき事ですが）、かつは（一つには）、若くさぶらひしほど（まだ年が若うございました頃に）、『いみじ』と身に沁みて思うたまへし（これはすばらしいなと身に沁みて感激仕りました）五罪も、今に（いまだに）失《う》せ侍らじ。今日、この六伽藍《がらん》にて（お寺で）、七懺悔《さんげ》仕うまつりてむとなり（申し上げようとそのつもりでお話します）」

(重木)「六条の八式部卿宮（一品宮式部卿敦実親王）と申ししは、延喜の帝の一つ腹の御兄弟《はらから》におはし

一 例の「侍」か。また別人か。

二 宇多法皇が「別るれど」の歌を詠まれ、それに対して醍醐天皇が「身一つ」の歌を唱和されたという異伝であるが、これは誤伝らしい。『亭子院御集』に、「おりさせ給はむとてのころ、弘徽殿の壁に書かせ給ひける　別るれどあひも惜しまぬ百敷を見ざらむほどよ何か悲しき」「後の帝、御覧じて壁に書かせ給ひける　身一つにあらぬばかりをおしなべてゆきかへりてもなどか見ざらむ」とあるのがそれで、「後の帝」を醍醐天皇とするわけであるが、二つの歌の内容がそれぞれ、宇多・醍醐両帝らしくなく、誤写に基づく誤伝と思われるが、『古今和歌六帖』第二、百敷に、「別るれど」の歌を「亭子の帝」の歌としたところから、誤伝が定着しかけたらしい。やはり『後撰集』『大和物語』を信用すべきである。

三 『新古今集』七、賀歌の巻頭に「貢物《みつぎもの》許されて国富めるを御覧じて　仁徳天皇御歌」とある、「高き屋に登りてみればけぶり立つ民の竈《かまど》は賑はひにけり」の歌の第四句に依る行文。

四 底本系「おのれまで」。桂乙本・関根『新註』は、「おのれらまで」で、「ら」がある。これに拠った。「われわれ庶民風情まで」の気持が「ら」にはある。

五 執着・執心・愛執・妄執を仏教では罪とする。

六 出家した人が集まり修行する閑静清浄な所。寺。

七 仏に以前犯した罪を告白する事。

ます。野[九]の行幸《みゆき》せさせたまひしに[一〇]、この宮（敦実親王）供奉《ぐぶ》[一一]せしめたまへりけれど、京のほど遅参せさせたまひて（京の町中を離れる辺りまでは遅れなさいましたが）、桂[一二]の里にぞ参り合はせたまへり（行幸に追い付かれたので）しかば、〔帝は〕御輿停《とど》めて（とめて）、先立《さきだ》[一三]て奉らせたまひしに、何がしと言ひし（何某と言った）犬飼《かひ》の（が）、犬の前足を二つながら肩に引き越して（二つとも自分の肩にかついで前方に出して）、深き河の瀬渡りしこそ、行幸に仕うまつりたまへる人々、さながら興じたまはぬなく（誰一人として面白がられぬお方はなく）、帝も労[一四]ありげにおぼしめしたる（いかにも熟練しているなと）御気色にてこそ見えおはしまししか」

（重木）「さて、山口《やまぐち》[一五]入らせたまひしほどに、『しらせう』[一六]と言ひし御鷹の、鳥（雉）を捕《と》りながら（つかまえたまま）、御輿《みこし》の鳳《ほう》の上に飛び参りて居てさぶらひし（止まりましたが）、やう（おいおい）日（太陽）は山の端《は》に入り方《がた》に、光のいみじう射《さ》して（日光がたいそう強く）、山の紅葉《もみぢ》、錦を張りたるやうに、鷹の色はいと（じつに）白く、雉《きじ》は紺青《こんじやう》のやうにて（ように鮮やかな紺色で）、羽根うち拡げて居てさぶらひしほどは（〔鷹が〕じっと留まっていました光景は）、まことに、雪少しうち散りて[一七]、折節（季節の風物がよく揃って）取り集めて、さる事[一八]やはさぶらひしとよ。身に沁むばかり思うた（深く感銘を）まへしかば（受けましたから）、いかに罪得侍りけむ（この事への執着でさぞかし仏罰を蒙ったことでございましょうよ）」

八　宇多帝第八皇子。八九三〜九六七。雅信・重信父。

九　鷹狩御覧の行幸。『扶桑略記』に「延長六年十二月五日、行㆓幸《アリ》大原野ニ㆒。御鷹飼逍遥云々」とある。延長六年は西暦九二八年。醍醐天皇は四十四歳。大原野は京都市右京区。天皇は二年後、延長八年九月二十二日譲位、二十九日崩御。

一〇　底本「せさせたまひしに」の上に「供奉」の二字あり。この二字、他本に無し。衍文《えんぶん》と見て削った。

一一　お供なさいましたが。「しめ」は尊敬の助動詞。

一二　山城国葛野郡桂の里。平安京の八条大路を西に出た桂川沿いの地。今の京都市右京区上桂・下桂の辺り。

一三　敦実親王のご乗車を先行させられたところ。

一四　「労あり」は、洗練されている事。熟練している事。経験を積んで上手な事。

一五　山の入り口。狩猟の場合は、狩り場に入る事。

一六　「白兄鷹《しらせう》」で鷹の名。「せう」は『倭名抄』巻十八鷹の部に「小ナル者ハ皆名ツクセ㆓勢宇《ウト》㆒」とあり、小さい鷹の意。橘純一氏の説に、雄は雌より小さいから雄の鷹を「兄《せ》鷹《う》」と言うとあり、『白鷹記』に「抑も上古の名鷹は、天智天皇の磐手・野守、延喜聖主の白兄鷹」とある。

一七　この辺り、『源氏』の筆付に似ている。朝顔巻に「雪たいいいいいい雪うち散りて艶なるたそがれ時に」、行幸巻に「雪ただいささかうち散りて、道の空さへ艶なるに、みこたち上達部など鷹にかかづらひたまへるは…」など。

一八　こんなすばらしい事を前に見たことがあったろうか、いや初めてだと思いましたよ。

とて、弾指《だんし》[一]はたはたとす。

（重木）「大方、延喜の帝《醍醐天皇》、常に笑みてぞおはしましける。その故は、（醍醐）『まめだちたる人には、物言ひにくし《まじめそうな顔付をしている人には話しかけにくい》。うち解けたる気色《けしき》につきてな《うちとけた様子をしているとそれに応じて》む、人は物は言ひよき《人は話がしやすいものだ》。されば《だから》、大小事《こと》《大事小事に拘らず何でも聞いておこうと思って》聞かむがためなり』とぞ仰せ事ありける《のことだと仰せられた》。それ、さる事なり《もっともな事だ》。けにくき顔には《取っ付きにくい顔をしていられると》、物言ひ触れにくきものなり《声をかけにくいものだ》」

（重木）「さて、（醍醐）『我いかで《何としても》七月《ふづき》[二]・九月《ながつき》に死《しに》せじ。相撲《すまひ》[三]の節《せち》・九日《ここぬか》[四]の節《せち》の止《と》まらむが口惜しきに《中止になると残念だから》』と仰せられけれど、［あいにく］九月に亡せさせたまひ[五]て、九日の節は《重陽の節会は》、それより停《とど》まりたるなり《停止になったのです》。その日、左衛門[六]の陣の前にて、御鷹ども放たれしは、あはれなりしものかな《いじらしく可愛いものでしたよ》。頓《とみ》にこそ《急には》、飛び退《の》かざりしか《飛び去ろうとしないのでした》」

（重木）「公忠[七]の弁をば、［醍醐天皇は］大方の世にとりてもやむごとなきものにおぼしめしたりし《一般の世の中の事についても大切な人物として重んじられたけれども》中《なか》にも《中でも》、鷹の方様《かたざま》には《鷹狩となると》、いみじう興ぜさせたまひしなり《たいそうお気に入りでございました》。［公忠は］日々に政事《まつりごと》を勤めたまひて、［その間］馬を何処《いづこ》にぞや立てたまうて《どこかにつないでおかれて》、事果つ《勤務が終る》

一 天台・真言宗の方で悪魔を追い払う所作。人指し指の爪で親指をはじく。「あっちへ行け」という意味。ここは、鷹狩の鷹の有様に感動した事によって得た仏罰を払おうとするのである。「だんし」と音読みでも言うが「爪はじき」のこと。

いつも笑顔の醍醐天皇

二 「死せじ」は、死にたくない。「七月」は「相撲の節」、「九月」は「九日の節」が、毎年開催されたからである。天皇が崩御されれば当然、これらの行事が中止となる。すると、宮廷人士はこれらの行事に参列する愉しみがなくなる。その事を憂えられたのであって、全く天皇の私心には関係がない。つまり宮廷人の不満・不都合の生じないようにとの配慮である。

三 相撲の節は、毎年七月朝廷で行われた公事。早く左右の近衛府が各々「部領使《ことりのつかい》」を諸国に派遣して、相撲人《すまいびと》を公募し、左右それぞれで相撲の稽古に励み、七月に至り、二十六日に仁寿殿《じじゅうでん》で「内取《うちどり》」を行い、二十八日に紫宸殿で「召合《めしあわせ》」がある。その中から選抜したのを「抜出《ぬきで》」と称して翌日また勝負させる。いずれも天皇以下の方々が見物なさる。左右九人ずつ計十八人。

四 「九日の節」は、九月九日の重陽の詩宴のこと。菊の宴ともいう。観菊の御宴だが、漢詩を作らせ、その講評があった。

讒者《ざんしゃ》を斥ける醍醐帝の慈愛

五 延長八年（九三〇）九月二十九日。

六 左衛門府の役人の詰所。内裏の東方、建春門内。

るままにこそ、中山[八]へはいませしか。官《くわん》[九]の庁《つかさ》の弁《べん》の曹司《ざうし》の壁《かべ》には、その殿の鷹のものは、いまだ付きて侍らむ。久世《くぜ》[一〇]の鳥・交野《かたの》の鳥の味《あぢ》はひ、参り知りたりき。『一半《かたへ》[一一]は虚事《そらごと》をのたまふぞ。試みたいまつらむ』とて、密《みそ》かに、二所《ふたところ》[一二]の鳥を作り交《ま》ぜて、印《しるし》を付けて、人の参りたりければ、いささか取り違《たが》へず、『これは久世の、これは交野のなり』とこそ、参り知りたりけれ。斯[一三]かれば、『ひたぶるの鷹《たか》飼《がひ》にてさぶらふ者の、殿上《てんじやう》にさぶらふこそ見苦しけれ』と、延喜に奏し申す人のおはしければ、『公事《おほやけごと》を疎《おろ》かにし、狩をのみせばこそは罪はあらめ、一度政事《ひとたびまつりごと》をも欠かで、公事をよろづ勤めて後に、ともかくもあらむは、なんでう事かあらむ』とこそ仰せられけれ」

（傍訳）とすぐ馬に飛び乗って　お出かけになりました　公忠殿飼育の鷹の糞　現在まだ付着したままでしょう　〔公忠は〕　〔その相違を〕　(某)　おためし申し上げてみよう　まぜて　調理し　差し上げたところ　ちっとも間違えず　(公忠)　久世の雉　雉だ　味わってその区別を　(某)　鷹飼専門ともいうべき男が　清涼殿に出仕するのは見苦しいことだ　醍醐天皇に　(醍醐)　公務をおろそかにし　狩猟三昧というのなら罪もあろうが　一度も政務を欠かさず　朝廷の公務を万事勤めた後で　どんな事をしようと　何の差し支えがあろうか　とそう仰せられたということです

大井河行幸御幸、宮滝御覧

「いで、また、いみじく侍りし事は、やがて同じ君の大井河[一四]の行幸に、富小路《とみのこうぢ》[一五]の御息所《みやすどころ》の御腹の親王《みこ》、七歳にて舞《まひ》せさせたまへりしばかりの事こそ侍らざりしか。万人潮垂《ばんにんしほた》れぬ人侍らざりき。余り御かたちの光るやうにしたまひしかば、山の神めでて、取り奉りたまひ

（傍訳）(重木)　さて　すばらしかったことは　やはり醍醐帝　雅明　感涙に咽ばぬ人はありませんでした　〔皇子の御身を〕

七　右大弁源公忠《きんただ》。八八九〜九四八。従四位下。鷹のほか香道に委《くわ》しく、和歌は三十六歌仙の一。

八　神楽岡の東、如意山の西で、その中間にある山だから「中山」というのだと『名跡志』にあるが、一説に、「神楽岡と黒谷の間に在り」とする。『山槐記』によると、「真如堂の西、吉田寺の東北二町余」とある。とにかく、その辺《へん》に狩場があったのであろう。

九　太政官庁の弁官の部屋の壁。

一〇　久世・交野の雉の味の違いを食べ分けることができた。「久世」は山城国乙訓郡久世村（京都市南区）。桂川西岸一帯の平野。「交野」は河内国交野郡（大阪府枚方市）一帯の平野。ともに鷹狩の名所。「鳥」は主として雉《きじ》をさす。「参る」は食べること。

一一　半分は。幾らかは。一部分は。「たいまつらむ」は「奉らむ」に同じ。

一二　久世と交野と。

一三　公忠さまがこんなにも狩猟に深い知識を持っておられたので。

一四　山城国葛野郡（京都市右京区）。上流を保津川、下流を桂川という。『扶桑略記』延長四年の条に、「十月十九日、天皇行二幸《ス》大井河《ニ》一。親王卿相皆以《テ》相《ヒ》従《フ》。太上法皇同《ジク》以《テ》御行《シタマフ》。雅明親王供奉《シタマフ》。」と見える。

一五　醍醐天皇皇子。実宇多天皇皇子。母従二位褒子。贈太政大臣時平公女。延喜二十年庚辰誕生。同二十一年十二月十七日為二親王一。延長七年十月二十三日薨年十。

一 仏道修行をなさったり観光遊覧なさったりして。竹生島・紀州・大井河・吉野・西河・川尻などに赴かれた。

二 大和国吉野郡、吉野川上流。応神天皇以降、歴代の離宮の在った辺り。急流が断崖の間に白い飛沫《ひまつ》を揚げて流れる。滝というより湍つ瀬である。宇多上皇の宮滝御覧は、昌泰元年（八九八）十月二十五日。是貞親王・菅原道真以下二十二人供奉《ぐぶ》。前駆は素性法師。

三 道真は、この時権大納言右大将。時平の次位。

四 「水引」とは麻を水に浸し、皮を剝いで繊維を製するから、麻糸のこと。「延へて」は、引き延ばして。「裁ち」は「旅立つ」の「立つ」に掛けた掛詞。宮滝の眺めを白布に譬え、初冬の寒さに掛け、旅衣に重ね着しようと詠んだもの。

五 底本（東松本）は「行幸」とし、「御歟」と傍書しているのは、「行幸」でなく「御幸」かの意。同系の諸本すべて「御幸」とし、池田本・蓬左本も「御幸」。「裏書」に「延長四年十月十日法皇 幸《ミユキシタマフ》二 大井河一。有《リシ》三 詠歌一 事」（大井河御幸事）とある。

六 『拾遺集』雑秋に「亭子院大井河に御幸ありて、行幸もありぬべき所なりと仰せ給ふに」とある。

七 前記詞書の続きに、「事の由奏せむとて小一条太政大臣」とあり、「小倉山峰のもみぢ葉」とある。

八 底本等「小」を脱落。古活字本に拠り補う。

九 「裏書」に「延長四年十月十九日行幸」。

一〇 歌の題。躬恒は凡河内躬恒《おおしこうちのみつね》。『古今』撰者の一人。

てしぞかし」

「その御時に、いと面白き事ども多く侍りきや。大方申し尽《つ》くすべきならず。まづ申すべき事をも、ただ覚ゆる事に従ひて、しどけなく申さむ。法皇の所々の修行[一]し遊ばせたまうて、宮滝《みやだき》[二]御覧ぜしほどこそ、いみじう侍りしか。その折、菅原[三]のおとどの遊ばしたりし和歌、

水引《みづひき》[四]の白糸《しらいと》延へて織る機《はた》は旅の衣に裁《た》ちや重ねむ

大井[五]の御幸《ごかう》も侍りしぞかし。さてまた、『行幸《みゆき》[六]ありぬべき所』と申させたまふ。『事の由奏せむ[七]』とて、小一条[八]の太政大臣《おほいまうちぎみ》ぞかし。

小倉山紅葉の色も心あらば今ひとたびのみゆき待たなむ

あはれ、優にも候ひしかな。さて、行幸《ぎやうかう》[九]に、あまたの題ありて、大《やま》和歌《とうた》仕うまつりし中《なか》に、『猿叫《さるさけぶかひに》レ峡』[一〇]躬恒《みつね》、

侘《わ》びしらに猿《ましら》な啼《な》きそ足引の山のかひある今日にやはあらぬ

[一一]その日の序代《じよだい》は、やがて貫之の主《ぬし》こそは仕うまつりたまひしか」

（重木）醍醐天皇の御治世に
総じて全部を
順序不同に
〔第一に〕
〔前後するかも知れませんが〕ただ思い出すまま
宇多法皇が 一諸所を廻って修行なさり遊覧あそばされて 二
すばらしい盛儀でした 三菅原道真公がお詠みあそばした和歌
布は
五 大井河 ございましたのですよ （法皇） 六 あって然るべき場所だ
忠平 八
法皇の御幸の後天皇の行幸まで待って散らないでくれ
ああ本当に 優雅な事でございましたねえ
わびしげに 猿よ泣くな この山の峡にとっては甲斐（光栄）ある今日ではないか
序文はその場にいた 承ってお書きになりました

純情優雅の朱雀天皇

（重木）「さてまた、朱雀院も優におはします《優雅でいらっしゃいます》とこそは言はれさせたまひしかども、将門《一二》が乱れなど出で来て、畏《おそ》れ過ごさせおはしましましほどに、やがて替らせたまひにしぞかし《一三 そのまま御位を成明親王にお譲りになった》。そのほどの事こそ《ご譲位前後の御様子は》、いと怪しう侍りけれ《たいへん不思議でございました》。母后《一四 ははぎさき》の御許《もと》に行幸せさせたまへりしを、（穏子）『かかる御有様《御位にある御様子が私の願い通りで》の思ふやうにめでたく嬉しき事』など奏せさせたまひて、（穏子）『今は《あとは》東宮ぞかくて見きこえまほしき《皇太子がこのようになられたお姿を見聞きしたいものです》』と申させたまひけるを、（帝）『心もとなく急ぎおぼしめしける事にこそありけれ《弟の即位を待遠しく早くと希望しておいでになってのご発言に違いない》』とて《とお思いになって》、ほどもなく譲りきこえさせたまひけるに、后の宮《きさい》《穏子》は、『さも思ひても申さざりし事を《私は別にそう考えて申し上げたのでもない事を勘違いなさって》。ただ行末の事をこそ思ひしか《ただずっと先の事を思い浮べて申し上げたのに》』とて、いみじう嘆かせたまひけり。さて、下《お》りさせたまひて後《譲位の後》、人々の嘆きけるを御覧じて、院《朱雀上皇》より后の宮にきこえさせたまへりし《母后穏子に申し上げられたお歌》。国譲りの日《「それはちょうど」ご譲位の日でした》、

（朱雀院）一五 日の光出で添ふ今日の時雨《しぐ》るるはいづれの方の山辺なるらむ

后の宮の御返し《御返歌》、

（穏子）一六 白雲《しらくも》のおりゐる方や時雨《しぐ》るらむ同じ御山《みやま》の由縁《ゆかり》ながらに

一一 貫之は「大井河行幸和歌序」（仮名文）を書いた。

一二 いわゆる天慶の乱。天慶二年・三年に起った叛乱。『日本紀略』天慶二年（九三九）十二月条に「二十七日癸亥、下総国豊田郡武夫ノ、奉二於平将門幷武蔵権守従五位下興世王等一謀反、虜二掠ス東国ヲ一。」とあり、関八州を一国とし、将門みずから新皇と名乗った。『将門記』に委《くわ》しい。京の朝廷は大騒ぎになった。

一三 乱は天慶三年に鎮定された。朱雀院時代はなお、五、六年続くが、天慶九年四月二十日ご譲位。

一四 藤原基経女の穏子《おんし》。仁和元年（八八五）生れ。十七歳の時、醍醐天皇のもとに入内《じゅだい》。保明・寛明（朱雀天皇）・成明（村上天皇）の三親王と康子内親王とを産み、太皇太后に至る。天暦八年（九五四）に七十歳で崩。「五条の后」と呼ばれた。天慶の乱の収まった天慶三年は、御年五十六歳であった。天皇は十八歳。成明親王は十五歳。天慶七年四月、朱雀天皇の皇太弟となり、天慶九年四月即位。

一五 「日の光」は成明親王をさす。「出で添ふ」は日が出て光を増す。弟の即位と、兄である自分の退位とをかけた。「時雨るる」は雨が降ることと、涙が出ることとを掛ける。「いづれの方の山辺」は、仙洞御所を、藐姑射《はこや》の山というところから、上皇の居所をさす。

一六 「おりゐる」は「雲がおりゐる」と「位を降り居る」とを掛ける。譲位する方で涙雨が降るだろうの義。二人とも同腹の兄弟で、どちらも醍醐天皇の血筋なのに。

などぞきこえ侍りし」

(重木)「院は数月《つきごろ》[一]綾綺殿《りようきでん》[二]にこそおはしましましか。後《のち》は、少し悔いおぼしめす事ありて、位に返り即かせたまふべき御祈りなどせさせたまひけりとあるは[三]、まことにや」

(重木)「御心いとなまめかしう《たいそう純情で優美》もおはしましし。御心地重くならせたまひて、[四]太皇大后宮《昌子内親王》の幼くおはしますを見奉らせたまひて、いみじう潮《しほ》垂《た》れおはしましけり。

[五]呉竹《くれたけ》の我がよは異《こと》になりぬともねは絶えせずぞ猶なかるべき

まことにこそ悲しくあはれに承けたまはりしか」

村上天皇の親愛と寛容

(重木)「村上の帝、はた[六]、申すべきならず《申すまでもありません》。『懐かしうなまめきたる方《(人)親しみやすく優雅でいらっしゃる点》は、延喜《醍醐天皇》には優り申させたまへり』とこそ、人申すめりしか。(村上)『我をば人はいかが言ふ』など、人に問はせたまひけるに、(人)『「ゆるになむおはします」《寛容であらせられる》と世には申す』と奏しければ、(村上)『さては褒むるななり《それでは褒めているらしい》。[七]王《国王》の厳《きび》しうなりなば、世の人いかが堪へむ《どうして堪えられよう》』とこそ仰せら

一「数月」と書いて、どう読むかであるが、多くの本は、振仮名を施していない。一番新しい注釈書『全集』に「つきごろ」と振仮名をしている。一番古い注釈書『校正大鏡註釈』にも「ツキゴロ」と振ってある。『大鏡詳解』は「つきころ」と振仮名。橘・岡・佐藤・次田の諸家はすべて「つきごろ」と振っている。

二 仁寿殿の東、温明《うんめい》殿の西、宜陽《ぎよう》殿の北にあり、天皇が入浴なさり、斎服をお召しになる所。ただ朱雀天皇は、天慶元年（九三八）七月二十七日以降、ここを常の御座所となさったようである。『九暦』天暦二年五月十七日の条、『本朝世紀』天慶元年九月三日の条、『西宮記』巻十一親王元服の項参照。

三 何に「ある」のか、単なる風説か。

四 朱雀天皇皇女、昌子内親王をさす。冷泉天皇の皇后になり、皇太后を経て太皇太后になった。『栄花物語』（月の宴）に、「えも言はずうつくしき女御子《みこ》一所ぞおはしましける」とある。

五『朱雀院御集』に、「御やまひ重くならせ給ひて、太皇太后宮のいまだ幼くおはしましけるを見奉らせたまひて」とあり、第五句「なかるべきかな」。「よ」は「世」に「節《よ》」を掛け、「くれ竹の」は「節」の枕詞。「ね」は「根」と「音」の、「なかる」は「流る」と「泣かる」の掛詞。

六 実際問題として、すぐれていらっしゃることは。

七「わう」と読む本もあり「きみ」とする本もある。

鶯宿梅の故事と貫之の娘

れけれ」
《(重木)》「いとをかしうあはれに侍りし事は、この天暦の御時《村上天皇の御治世に》に、清涼殿の御前《おまへ》の梅《むめ》の木の枯れたりしかば、求めさせたまひしに《〔天皇が代りの梅の木を〕》、何がし[八]主《ぬし》の《が》蔵人にて《蔵人で》在《いま》すがりし時《いらっしゃった時》、承けたまはりて、《(蔵人)》『若き者どもは、え見知[九]らじ。きむぢ[一〇]求めよ《その方捜してくるように》』とのたまひしかば、一京《ひときやう》《京中》まかりありきしかども、侍らざりしに《〔適当なよい木が〕》、西の京[一一]のそこそこ[一二]《どこそこの家》なる家に、色濃く咲きたる木の様態《やうだい》《枝ぶり》美しきが侍りしを、掘り取りしかば、家主《いへあるじ》の、《(家主)》『木に、これ結《ゆ》ひ付けて持《も》て参れ』と言はせ[一三]たまひしかば《〔召使に〕》、『あるやうこそは[一四]《何か子細があるのだろう》』とて、持て参りてさぶらひしを、《(村上)》『何ぞ』とて御覧じければ[一五]、女の手《筆蹟で》にて書きて侍りける。

勅《ちよく》なればいとも[一六]畏《かしこ》し鶯の宿はと問はばいかが答へむ

とありけるに、《〔帝は〕》怪しくおぼしめして、《(村上)》『何者の家ぞ』と尋ねさせたまひければ、貫之[一七]の主《ぬし》の御娘《みむすめ》の住む所なりけり。《(村上)》『遺恨《ゐこん》[一八]のわざをもしたりけるかな』とて、甘《あま》[一九]えおはしましける《工合悪そうにしておられた》。重木、今生《こんじやう》[二〇]の辱号《ぞくがう》は

八　桂乙本は「なにがしのぬし」と「の」がある。
九　木の好し悪しの、見分けがつくまい。
一〇　汝。もと尊称であったが、次第に敬意を喪った。
一一　底本及び同系の本は「西京」とあるが「西ノ京」と読むのであろう。古活字本等流布本は「西の京」。
一二　場所を明示しないでぼかして言う指示代名詞。
一三　「言はせ」の「せ」は使役の助動詞。
一四　「あるやうこそはあらめ」の省略。
一五　底本及び同系の本「御らんへけれは」とある。板本「御らんじければ」とある。蓬左本も底本に同じ。わずかに、桂乙本と久原本が「御覧ずれば」とする。板本のように「御覧じければ」の誤写とするか、または「御覧有ければ」の「有」の草体を「へ」と読み誤ったのかも知れない。それなら「御覧ありければ」となる。後考に俟ちたい。
一六　まことに恐れ多いのでこの梅の木は献上仕ります。但し、毎年この木を訪れる鶯が「私の宿は」と問うたならばどう答えたらよろしゅうございましょう。
一七　紀貫之殿のご息女。紀内侍《きのないし》。
一八　遺憾の所業。紀内侍に相すまぬ事をしたの意。
一九　過失を犯して詫びるべきところを、いい加減にごま化してしまうのを、「甘ゆ」と言う。
二〇　一生の恥辱。「号」は恥ずかしく思う自分の評判。人もあろうに貫之の娘の家の梅を召し上げた行為を恥じるのである。

これや侍りけむ。《多分この件になりましょう》[一] さるは、《(蔵人)》『思ふやうなる木持《も》て参りたり』とて、
衣被《きぬかづ》[二]けられたりしも、辛《から》[三]くなりにき」
とて、こまやかに《にっこり》[四]笑ふ。

秋の夕《ゆうべ》、琴《きん》を弾く斎宮の女御

重木、また、
《(重木)》「いと切《せち》に優《やさ》しく思ひたまへし事は、《優雅に存ぜられましたことは》この同じ御時の事なり。《やはり同じ村上天皇の時代のこと》承香[五]殿の女御と申ししは、《申し上げた方は》斎宮《さいくう》[六]の女御《にようご》よ。帝[七]久しく渡らせたまはざりける秋の夕暮に、琴《きん》[八]をいとめでたく弾きたまひければ、急ぎ渡らせたまひて、御傍《かたはら》におはしましけれど、『人やある』ともおぼしたらで、《そばに誰か居るともお気付きにならないで》せめて弾きたまふを、《一心不乱にお弾きになるのに》きこしめせば、《お耳を傾けあそばすと》
《(斎宮女御)》[九]『秋の日の怪しきほどの夕ぐれに荻《をぎ》吹く風の音ぞきこゆる
と弾きたりしほどこそ、切なりしか』《深い情感に動かされた》と御集《ぎよしふ》に侍るこそ、いみじうさぶらへ」《じつにすばらしい情景ですね》
と言ふは、余り忝《かたじけ》なしやな。《畏れ多い話ですね》

重木、貫之と和泉国へ下向

或《あ》る人、

一 実は。「さるは」は前文を受けて、「その事は」と説明する詞だが、順接と逆接があり、「その実」「実のところ」「本当の所は」といった逆接の場合が多い。
二 褒美の衣服を頂戴したのも。「かづけ物」といって、女の衣裳を肩に掛けてくれるのである。
三 かえってつらくなってしまった。苦《にが》い想い出となって残ってしまった。
四 「心から」の気持。
五 「承香殿」は、仁寿殿の北の殿舎。内宴や音楽の宴が行われた外に、後宮女御の居所としたこともある。ここは後者の方で、式部卿重明親王女、母は貞信公女。承平六年（九三六）九月、八歳の時、斎宮に卜《ぼく》定《じょう》、天慶八年（九四五）、母の喪に遭い退出。天暦に入り入内。規子内親王を産む。寛和元年（九八五）薨。五十七歳。
六 あの名高い斎宮《さいくう》の女御様ですよ。「斎宮」は、伊勢神宮の内宮《ないくう》・外宮《げくう》と同様に、「さいくう」と読む。
七 村上天皇の崩御は、康保四年（九六七）五月だから、この事のあったのは、康保三年以前の約二十年間のいつかということになる。このあと「切なりしか」のあたりまで、村上天皇の御集にも『斎宮女御集』にもある。
八 底本及び同系の諸本「こと」とあるが、「きん」（七絃琴）の誤りであろう。蓬左本・桂乙本に「琴」とあるのは「きん」と音読したものに違いない。

「城外《じやうぐわい》やしたまへりし」〔王城の地の外へお出かけになったことはございますか〕

と言へば、

（重）「遠国《をんごく》にはまからず。和泉国《いづみのくに》にこそ、貫之の主《ぬし》の一〇御任に下《くだ》りて侍りしか。（貫之）『一一蟻通《ありどほし》をば思ふべしやは』と詠まれし度《たび》の供にもさぶらひき。一二雨の降りし様《さま》」など語りしこそ、一三古冊子《ふるさうし》にあるを見るは、ほど経《へ》たる心地し侍りしに、昔に逢ひにたる心地して、をかしかりしか。〔「重木の話を聞くと現実に」昔の出来事に遭遇した気がして面白うございました〕

重木の妻の話

この侍も、いみじう興じて、〔たいへん面白がって〕

（侍）「重木が一四女《め》どもこそ、今少し細《こま》やかなる事どもは語られめ」〔奥さんなどは〕

と言へば、

（重木妻）「我は京人《びと》にも侍らず。高き宮仕《みやづかへ》などもし侍らず。若くよりこの翁に添ひさぶらひにしかば、〔連れ添ってまいりましたから〕はかばかしき事をも見たまへぬものを一五ば」〔これといって気の利いた事も見ておりませんから駄目でございます〕

といらふれば、〔挨拶しますと〕

（侍）「いづれの国の人ぞ」〔お国はどちらで〕

九「いつとても恋しからずはあらねども秋の夕《ゆふべ》は怪しかりけり」（『古今集』恋一、読人しらず）が、本歌。

一〇「おんまけ」「みまけ」と読むか。または「ごにん」と音読するか不明。

一一「蟻通」は「蟻通明神」の事。『枕草子』「社《やしろ》は」の段に見える。集成『枕草子』下の一三八頁、第二百二十六段に、社の名の六番目に「蟻通しの明神。貫之が馬のわづらひけるに、『この明神の、病ませたまふ』とて歌詠みてたてまつりけむ、いとをかし」とある。このあとに「蟻通説話」の紹介があるが、ここには省略する。この貫之の歌は、和泉国泉南郡長滝村（現、大阪府泉佐野市長滝）にある「蟻通神社」を知らずに通過しようとした貫之の馬が病んだので、明神に詫びる歌で、これは下の句。「かき曇りあやめも知らぬ大空にありとほしをば思ふべしやは」で、「星が有るとは知らなかった」と、神の存在に気付かなかった事を詫びた。

一二あの時の雨の降り方のひどかった有様などを語ったのは。重木の言葉から、草子地に移っている。

一三この話が古い昔の冊子に書いてあるのを見るのは時日が経過した感じがしましたけれど。

一四「めども」は「妻《め》ども」で、「奥さんなんかは」という風に婉曲にいうので、別に複数ではない。

一五「をば」でよい。「をは」と清音にしない方がよい。

と問ふ。

(妻)「陸奥国安積《あさか》の沼にぞ侍りし」[一]

と言へば、

(侍) どうして京に　出てきたのですか

「いかで京には来《こ》しぞ」

と問へば、

(妻) どういうお方かはっきりとは　歌をお詠みになった　奥方がおいでの

「その人とはえ知り奉らず。歌詠みたまひし北[二]の方おはせし守《かみ》[三]の御[四]

京へは上ってまいりました

任にぞ、上《のぼ》り侍りし」

(作者) 中務の君のことだなと聞きますと　それだけで頬笑ましくなりました

と言ふに、「中務の君[五]にこそ」と聞くもをかしくなりぬ。

(侍) 実にたいした事ですね　その奥方はお名前は何と仰しゃいました

「いといたき事かな。北の方をば誰とかきこえし。詠みたまひけむ

思い出しますか

歌は覚ゆや」

と言へば、

(妻) 歌の方面はよく存じませんので　上京なさった時

「その方に心も得で、覚え侍らず。ただ上《のぼ》りたまひしに、逢坂[六]の関

お着きになってお詠みになった歌なら　思い出します

におはして詠みたまへりし歌こそ、所々覚え侍れ」

と言って

とて、

一　「陸奥国《みちのくに》安積の沼」は、岩代国安積郡山野井村（福島県郡山市安積町）の安積山の麓にあったという沼。菖蒲の名所。「安積山」も「安積の沼」も歌枕。

二　中務のこと。宇多天皇の第四皇子敦慶親王の女《むすめ》。母は伊勢。歌人源信明《さねあきら》の妻。信明の五歳年下。

三　陸奥守。源信明。光孝天皇の後裔、右大弁源公忠の男。天禄元年（九七〇）没。六十一歳。

四　任期を終えられて帰京なさるお供をして。

五　生没年未詳だが、延喜十二年ごろ出生、永祚元年より後に八十一歳以上で世を去ったらしい。「中務の君」という呼名は、父の敦慶親王が、中務卿であられたため。村上天皇から円融天皇時代当時の女流歌人として最高の地位にあった。三十六歌仙の一。

六　逢坂山（大津市北西）にあった関所。東から帰京すれば、ここを経ないと都に入れない。

七　都では私の帰りをさぞ待っているでしょうから、逢坂の関まで来ましたと告げてあげようかしら。『玉葉集』巻八旅歌に「源信明朝臣、陸奥守にてまかりけるに伴なひて、任果てて上り侍るとて逢坂の関にて詠み侍りける　中務」の詞書で収む。但し、初句「都人」とある。『金玉集』（雑）には、一、二句「待ちつらむ都の人に」とある。この歌、もし中務が信明と陸奥に赴いた帰途の歌と解すると、信明の任陸奥守は「三十六歌仙伝」によると、応和元年（九六一）で帰任は康保三年（九六六）ごろであったろうから、その折の作という事になる。但し、この歌、天暦三年（九四九）

世次の妻の若いころの事ども

(中務)七「都には待つらむものを逢坂の関まで来《き》ぬと告げや遣らまし」

など、たどたどしげに語るさま、まことに《ほんとに》、男にたとしへなし《夫の重木の記憶のよさとは比較になりません》。

重木、

(重木)「この人《中務の君》をば、八『人と覚えず』かとよ。九さやうの方は覚ゆらむものぞ。一〇世間魂《せけんだましひ》はしも、いとかしこく侍るを《実にしっかりしておりますのを取柄》取り所《どころ》にて《にして》、え去り難く《ひまが出せずに》思ひたまふるなり《こうして連れ添っておるのでございます》」

と言ふに、世次、

(世次)「いで《いや》、この翁の《この爺の》女人《をんなびと》こそ《内儀さんはね》、いとかしこく物は覚え侍れ《実にしっかりしていて物覚えがよい》。今一一巡《めぐ》りが年長《このかみ》にさぶらへば、見たまへぬほどの事《私が拝見しておらない頃のこと》なども、彼《あれ》《彼女は》は知りて侍ンめり。〔彼女は〕染殿の后《きさい》の宮《明子》の洗《すま》し一二に侍りけり《でございました》。母も上《かん》の刀《と》自《じ》一三にて仕うまつりければ《のお役でお仕えしておりましたから》、〔彼女は〕幼くより参り通ひて《染殿に出入りして》、忠仁公《良房公》をも見奉りけり《お見上げしている》。童部《わらはべ》《童女》がたちのほど《姿の頃で》の、いと《そんなに》物穢《ぎたな》うもさぶらはざりけるにや《きたならしくもございませんでしたからか》、やむごとなき君《きん》《高貴など身分の》達《だち》も御覧じ入れて《お目にとめられて》、兼輔中納言《かねすけのちゆうなごん》一四・良岑衆樹宰相《よしみねのもろきのさいしやう》一五の御文《ふみ》《艶書》なども持ちて侍ンめり。中納言は陸奥紙《みちのくにがみ》に書かれ《檀紙にお書きになり》、宰相のは胡桃《くるみ》色《薄い褐色》にてぞ侍ン

実頼左大臣の五十の賀の屛風歌とする説（安藤太郎著『平安時代私家集歌人の研究』昭和五十七年、桜楓社刊）がある。この歌、御所本『中務集』に収載。歌句は『金玉集』と同一。

八「あの有名な歌人の中務さまをつかまえて、『誰だか思い出せない』だなんて、なんというせりふだ」と夫として妻を叱ったもの。「か」文字があるのは、東松本及びその同系統の近衛本・桂甲本・平松本だけ。蓬左本・桂乙本等も、流布本系もすべて「人と覚えずとよ」とある。「とよ」との接続は「か」が無い方がよいが、「人と覚えず」の詞に、疑問の「か」が付き、それに「とよ」が付いた形と思われる。

九 そのような和歌に関する方面の事は自然と思い浮ぶだろうに。女であれば歌なら思い出すはずの意。

一〇 世渡りの遣り繰りの方面となると。

一一 私よりもう一廻り上の年かさでございますから。世次は貞観十八年（八七六）丙申《ひのえさる》年の出生だから、十二支一廻り上は、貞観六年甲《きのえ》申年となる。但し、十干一廻り上は、貞観八年丙戌《いぬ》年である。

一二 樋洗《ひすまし》。便器の清掃に携わるひすまし童《わらわ》。

一三 宮中の御厨子所・台盤所などの女官たちの上官。

一四 冬嗣の曾孫。八七七～九三三。堤中納言と呼ばれた。

一五 良峯安世の孫。遍昭の甥。八六二～九二〇。

める」

(世次)一「この宰相ぞかし。二五十までさせる事なく《五十歳まで大していい事もなく》、朝廷《おほやけ》に棄てられたるやうにていますがりけるが、三八幡《やはた》に参りたうびたるに、雨いみじう降る。石清水《いはしみづ》の坂登り煩ひつつ参りたまへるに、御前《おまへ》の橘《たちばな》の木の少し枯れて侍りけるに立ち寄りて、

四ちはやぶる神の御前《みまへ》の橘ももろき《衆樹》もともに老いにけるかな

と詠みたまへば、神聞き、憐《あは》れびさせたまひて、橘も栄え、宰相《さいしやう》も思ひ掛けず五頭《とう》になりたまふとこそは承けたまはりしか」

と言へば、侍《さぶらひ》、

(侍)六「『賀茂の御前《おまへ》に』とかや、遥《はる》かの世の物語に、童部《わらはべ》申し侍ゝめるは」といらふれば、

(世次)七「さもや侍りけむ。ほど経《へ》て、僻事《ひがごと》も申し侍らむ。宰相をば見たてまつりしかど《衆樹様のお姿はお見かけ申しましたが》、人となりてこそ尋ね承けたまはれ《このお話は私が一人前の大人になってから人に尋ねて聞いたのです》」

といらふ《挨拶する》。侍、

一 これより世次の想い出話。

二 衆樹五十歳は延喜十一年(九一一)。

三 石清水八幡宮。「たうび」は「たまひ」に同じ。

四 「神」の枕詞。この歌、他書に見えない。「橘」に「立ち」が掛詞。

五 蔵人の頭《とう》。寛平九年七月七日蔵人。七月十三日従五位下。十二月十三日右兵衛佐。昌泰二年四月二日、右少将。延喜二年正月七日従五位上。延喜七年正五位下。同九年四月左少将。同十年従四位下。同十一年正月十三日右権中将。同十二年正月十五日、備前守。同十五年正月七日従四位上。八月十九日補蔵人頭。延喜十六年三月二十八日右中将。衆樹は延喜十七年参議に列したが、すでに五十六歳だった。延喜十九年に近江守となり治部卿を兼ねたが、翌延喜二十年五十九歳を一期として九月二十五日に卒去した。蔵人頭に任ぜられたのは、延喜十五年八月十九日。時に五十四歳。

六 侍曰く。その話は賀茂明神の社前での事だったとか、遥かな昔の物語だと、愚妻が申しておるようですよ。「ちはやぶる」の歌の第二句が「神の御前の」ではなく、「賀茂の御前に」であったというのであろう。

七 そうだったかも知れません。大分年月もたった事ですから、間違いを申し上げることもございましょう。

八 「右近中将」の誤りか。但し、それは『公卿補任』で『職事補任』には「左近中将」とあるから、大差はない。写本類、「左」と「右」とは誤写が多い。

(侍)「そはさなり（それはその通りだ）。その宰相（参議）は、（〔延喜十七年〕）五十六にて宰相（参議）になり、左近中将《さこんのちゆうじやう》[八]か（兼任して）けてこそいませ（おいでになった）しか」

(世次)「その折は、何とも覚え侍らざりしかど、このごろ（〔当時を〕）思ひ出で侍れば、[一〇]見苦しかりける事かなと思ひ侍り」

この侍、

(侍)「[一一]いかで、[一二]さる有識《いうそく》をば、物げなき若人《わかうど》にては取り籠《こ》められしぞ」

と問へば、

(世次)「さればこそ（それはですよ）。[一三]さやうに好《す》き惚《ほ》きさぶらひし者の、心にもあらず、世次が家にはまうで来寄《きよ》りては、恥にして（私を恥に思って）、いかばかりの諍《いさか》ひ侍り（どれほどか口喧嘩をいたし）しかど（ましたが）、[一四]さばかりに小掛《こか》け初《そ》めてあから目せさせ侍りなむや。さるほどに居付《ゐつ》きさぶらひては、翁を、また、一夜《ひとよ》も外目《ほかめ》せさせ侍らぬをや」

と頰笑《ほほゑ》みたる口付、いと[一五]をこがまし。また、

(世次)「この[一六]女《をんな》どもも、世次も、然るべきにて（前世からの因縁で結ばれた仲に違いありません）侍りけるぞ。かの女、二百

九「こそ」は底本及び同系諸本になし。蓬左本・久原本・桂乙本にもなし。古活字本等、流布本にあるので、語法上、補入した。
一〇 樋すまし童とはいえ、衆樹や兼輔のような貴顕に想われた女で、しかも一廻りも年上の女を私のような若年者が追いかけたのは、見苦しかった、の意か。
一一 底本「いかでか」とあるのを、「か」を抹消してある。「いかで」は、「いかにして」「どうして」。
一二 そのような教養ある立派な女性を、駆け出しの若者のあなたが物にされたのですか。
一三 そのように、大勢の君達《きんだち》とほれたはれたの恋愛三昧をした女が、ついうかうかと、この世次の家へちょくちょく立ち寄るようになってからは。
一四 その程度にちょっかいを出してから今更、ほかの男に色目を使わせるような事はしませんや。そんなこんなで、私のところに尻を落ち着かせるようになりましてからは、あの女、この私を、なんとまた、一晩だって脇見させずにひとり占《じ》めにしますんでね。「小掛け」は、「小出しにする」「小切る」「小突く」等に同じ。手出しする。ちょっと引っ掛ける。
一五 滑稽だ。見っともない。「をこがまし」は「をこ」に見えるのであるが、「間抜」「抜作」「ピエロ」が「をこ」にあたる。ここは世次の「のろけ」を嘲ったもの。
一六「女ども」の「ども」は複数でなく、婉曲表現。

歳ばかりになりにて一侍り。兼輔中納言《かねすけのちゅうなごん》・衆樹宰相《もろきのさいしやう》も、今まで後姓《あとかばね》二だに在《いま》せず、三いかがし侍らまし。世次も《私も》、今様《いまやう》の若き女ども、さらに語らはれ侍らじ」《近ごろの若い女の子なんかに決して誘惑されるような事はありますまい［から、あいつは安心というわけです］》

と言へば、

（重木）「斯かる四命長《いのちなが》の往《い》き逢《あ》はず侍らましかば、いと悪しく侍らまし」

とて、快く《機嫌よく》笑ふ。「げに《なるほど》」と聞えてをかしくもあり、語るも《頻笑ましくもあり また二人が語る事も》、現《うつつ》の事とも覚えず。《あまり古くさい話でとても現実とも思われない》

（世次）「あはれ《ああ［もし］》、今日具して侍らましかば《妻を伴っておりましたなら》、女房たち《［ここにおいでの］ご婦人たち》の御耳に《にとって》、今少しとどまる事どもは聞かせたまひてまし《興味ある話の幾つかを皆様お聞きになれたでしょう》。私《わたくし》の頼む人にては《［妻は］個人的な庇護者としては》、五兵衛の内侍の御親《おや》をぞし侍りしかば《にお縋りしておりましたから》、内侍の許《もと》へは、時々まかるめりき」《時々出向いていたように見受けました》

と言ふに、《と言うのを聞いてこれに対して》

「とは誰《たれ》にか」《と仰しゃるのは一体誰のことですか》

と言ふ人ありければ、

（世次）「いで《いや》、この《例の》高名《かうみやう》の琵琶《びは》弾《ひき》。相撲《すまひ》の節《せち》に、玄上《げんじやう》賜はりて、［天皇の］御前《おまへ》にて

一「にて」の「に」は完了の助動詞の連用形。つまり「二百歳ばかりに完全になった」という意。大宅世次は、貞観十八年（八七六）丙申の生れで、今年百九十歳というから、今年二百歳という世次の妻は十歳年上と考えられる。干支が一廻り上という場合、十歳上なら丙戌年で、貞観八年になる。干支一廻りが干でなく支の方なら、甲申年で、貞観六年になる。八年は応天門炎上の年、六年は富士山噴火の年である。

二 後裔。子孫。

三 兼輔さまや衆樹さまの妻妾にでもなっていたら、とっくに後家になって、今ごろは誰に縋って生きてゆけましょう。世次の家内になってよかったわけです。

四 このように寿命の長い男女が、もし出会わなかったとしましたら、ひどく工合が悪い事になっていたでしょうに、よくぞお二人が巡り逢い連れ添われましたね。ほんとに良かったですね。

世次、兵衛の内侍の琵琶を聴く

五「兵衛の内侍」は、本書のほか『無名草子』に次のようにある。「琵琶はなべて弾く人少なく、まして女などはたまたままねぶを聞くもいとめでたく心にくく、奥ゆかしくこそ侍れ。（中略）兵衛の内侍といひける琵琶弾き、村上の御時の相撲の節に、玄上賜はりて仕まつりたりけるが、陽明門まで聞えけるなどこそいとめでたけれ。（下略）」。これによると、内侍の親が弾いたのでなく、兵衛の内侍が琵琶の名手だった。

六 舞楽の曲の名。音楽は盤渉《ばんしき》調で唐楽《がく》に属する。二

人で舞う。鳥甲《とりかぶと》をかぶり、青海の波の模様と千鳥《ちどり》の模様のある衣装をつけ、千鳥の螺鈿《らでん》の太刀を佩《は》く。

七 醍醐天皇皇子克明親王の長子。琵琶・笛・琴などの名手。天元三年（九八〇）薨。五十九歳。ここに博雅の三位の事を書いているから、「兵衛の内侍」という女性は、博雅と同時代か、少し後輩なのであろうか。

八 兵衛の内侍の演奏する琵琶の音が非常に高く、遠くまで鳴り響いてきこえたことを言っている。「承明門」は内裏の南正面の正門。紫宸殿の真南にあり、その南側にさらに建礼門がある。

九 舞楽では高麗楽を右と言い、唐楽を左と言うから、左の楽屋へ行ったという説があるが、不審。「楽屋」は楽人が列座して奏楽する場所だが、恐らく、兵衛の内侍の演奏が、仁寿殿などでなく、清涼殿で行われ、左の楽屋の方が距離が近かったのだろう。

一〇 物事が見ばえがし、格式がよく整って万事乱れていなかったのも、村上天皇の御治世迄でした。「天暦」は「延喜・天暦」の天暦で、天徳・応和・康保も含む。

一一 康保四年（九六七）五月二十五日、宝算四十二。

一二 康保五年だが、八月改元で安和元年。

一三 「嘉辰」は、池田本「佳辰」に作る。「佳辰令月歓無極　万歳千秋楽未央」（『和漢朗詠集』祝）。「嘉」を「佳」に作るは、『江談抄』（第四）。つまり江家の伝本。

一四 催馬楽《さいばら》の呂《りよ》の歌『席田《むしろだ》』。「席田の　伊津貫川《いつぬきがは》に住む鶴の　千歳をかねてぞ　遊びあへる〳〵」。

『青海波《せいがいは》』[六]仕うまつられたりしは《を演奏なさったのは》、いみじかりしものかな《すばらしかったですねえ》。博雅[七]《はくがの》三位などだに《でさえ》、おぼろけには《簡単には》、え鳴らしたまはざりけるに《この玄上という名器を弾奏なさる事はお出来にならなかったのに》、これは承[八]《しよう》明院《めいもん》まで聞え侍りしかば、左[九]《ひだり》の楽屋《がくや》にまかりて承けたまはりしぞかし」

小野宮実頼ら村上帝を偲んで落涙

（世次）「かやうに、物[一〇]の栄《は》え、宜々《うべうべ》しき事どもも、天暦の御時までなり。冷泉院の御世になりてこそ、さはいへども、世は暮れ《日が暮れ》塞《ふた》がりたる心《閉じこめられた》地せしものかな《ような気が》。世の衰ふる事も、その御時よりなり。小《を》野《のの》宮殿《実頼公》も、一の人《摂政関白》と申せど、よそ人《びと》《天皇の血縁でない人》にならせたまひて、若く華やかなる御舅《をぢ》たち《伊尹・兼通・兼家》に任せ奉らせたまひ、また、帝は申すべきならず《ご病気で問題外であった》」

（世次）「あはれにさぶらひける事は、村上亡[一一]せおはしまして、またの年[一二]、小野宮《実頼邸》に人々参りたまひて、いと臨時客などはなけれど《行われなかったが》、『嘉辰令[一三]月《めでたい時・月》』などうち誦《ずん》ぜさせたまふついでに、一条の左大臣《源雅信》・六条殿《源重信》など拍子《はうし》取りて、『席田[一四]《むしろだ》』うち出《い》でさせたまひけるに、（実頼）『あはれ、先帝《せんだい》のおはしまさましかば』《村上の先帝がご存命であったらなあと仰せられて》とて、御笏《しやく》も打置きつつ、主殿《あるじどの》《実頼》を始め奉りて、事忌《ことい み》もせさせたまはず、表《うへ》の御衣《おんぞ》どもの袖濡れさせたまひにけり。さる事なりや（もっともな事ですね）。何事も、聞き知り見分く人のあるはかひあり（聞いて理解し見て分ってくれる人がいるのはやりがいがあり）、なきはいと口惜しきわざなり（そういう人物がいないのは実に物足りないものだ）。今日かかる（このような）事ども申すも、吾殿《わどの》の聞き分《わ》かせたまへば、いとど（ますます）今少しも申さまほしきなり（お話し申し上げたいのです）」と言へば、侍も甘えたりき（照れくさそうにしていた）。

（世）「藤氏《とうし》の御事をのみ申し侍るに、源氏の御事も珍らしう（目先を変えて）申し侍らむ。この一条殿（雅信）・六条の左大臣殿（六条左大臣重信）たちは、六条の一品式部卿宮《いっぽんしきぶきやうのみや》の御《み》子《こ》どもにおはしまさふ。寛平（宇多上皇）の御孫なりとばかりは申しながら（という点での利点はそれとしてそれ以外に）、人（お見受けする人柄は）の御有様、有識《いうそく》（博識有能のお方で）におはしまして、いづれをも村上の帝時めかし申させたまひしに（ご兄弟どちらをも村上天皇は重用なさいましたが）、今少し六条殿をば愛し申させたまへりけり（ほんの少々六条重信さまの方を寵愛申されるというところがありました）。兄殿は、いと余りうるはしく（どうもあんまりきちんとされ）、公事《おほやけごと》より外《ほか》の事、他分《たぶん》には申させたまはで（余分には仰しゃらないで）、緩《ゆる》きたる所のおはしまさざりしなり（ゆるやかな所がおありにならなかったのです）。弟殿《おとどの》は、密事《みそかごと》は無才にぞおはしまししかど（無能でいらっしゃったけれど）、若らかに（若々しく）愛敬《あいぎやう》づき、懐《なつ》かしき方はまさらせたまひしかばなンめり（〔兄の殿さまより〕すぐれておいでになったからであろうと）とぞ、人申しし（人が申し上げました）。父宮は出家《すけ》せさせたまひて、仁和寺

源雅信とその弟重信

一 不吉な事を言ったり行ったりする事を慎む事。「言忌《こといみ》」と書くこともある。
二 うへのきぬ（袍）。衣冠束帯の時に着る上着に対する敬称。
三 親しみをこめた言い方。あなた。世次が「侍」に向って言う。「聞き分かせたまへば」は、聞いてよく理解して下さるから。
四 源雅信《まさざね》。一品式部卿宮敦実《あつみ》親王の三男。母は時平女。延喜二十年（九二〇）生。三十二歳で参議。左大臣に至る。しばしば皇太子の傅《ふ》となる。和歌・音律・蹴鞠《けまり》などの芸能に堪能。娘婿が権力者道長であった為もあり、人望を集めた。正暦四年（九九三）薨。七十四歳。
五 源重信。雅信より二歳下の弟。三十九歳で参議。左大臣に至る。九二二〜九九五。七十四歳。
六 宇多天皇第八皇子敦実親王。母后は高藤女胤子《いんし》。八九三〜九六七。中務卿・式部卿などを歴任。天暦四年（九五〇）五十八歳の時、剃髪《ていはつ》して仁和寺へ隠棲。管絃の道に委《くわ》しかった。子息は、雅信・重信のほか、上に大僧正寛朝、下に僧正雅慶があり、また右京大夫寛信と五人。
七 「おはします」の複数形。
八 「ゆるく」と清音か。『名義抄』には「釈」を「ユルケタリ」と読んでいる。くつろぐ。ゆるくなる。
九 男女の間の内緒事の方は。
一〇 人を惹き付ける魅力がある事。愛と敬。「愛嬌」

ではない。
一一「狎《な》れ付きたい」が原義。いつもお側にいたいような気にさせる点は。
一二 京都市右京区御室《おむろ》。
一三 天暦十一年（九五七）九月十七日から天禄三年（九七二）までの約十五年間である。三十六歳から五十一歳までであった。「修理大夫」は修理職の長官。皇居の修理造営にあたる。
一四 往路は。
一五 左京（東の京）の南北に通ずる大路。大宮通を北に向って。
一六 底本のみ「みこたちのみこ」とす。同系統の他本はすべて「みこたちのなか」とする。蓬左本・久原本・桂乙本も同じ。親王は多く世間知らずの坊ちゃん育ちであるが、自分もそうだったからの義であろう。「なか」は改竄《かいざん》のにおいがある。「みこたちのみこ」でよくわかる。「親王を画に描いたような世間知らず」の意であろう。
一七 石清水八幡宮の祭。毎年八月十五日に行われる。放生会はその折の法会で、殺生戒を守るため、捕えた魚鳥類を放す。『水鏡』養老四年の条並びに『公事根源』参照。
一八 神馬。
一九 神事に用いる、白い布で製した狩衣に似た服。
二〇 八幡大菩薩の使者は鳩。

におはしましかば、六条殿（重信公）、[一三]修理大夫《すりのかみ》にておはしましほどなれば、仁和寺へ参らせたまふ往《ゆ》き返《かへ》りの道を、[一四]一度《ひとたび》は、[一五]東《ひむがし》の大宮より上《のぼ》らせたまひて、一条より西ざまにおはしまし、また一度は（帰路は）、西の大宮より下《くだ》らせたまひて、二条より東《ひむがし》ざまなどに過ぎさせたまひつつ、内裏《だいり》を御覧じて、破れたる所あれば、修理《すり》せさせたまひけり。いと手利《てき》きたる（行き届いたお心がけですね）御心ばへなりな」

(世次)「また、一条殿（雅信公）の仰せられけるは、『[一六]親王《みこ》たちの親王《みこ》にて、世の案《あ》内《ない》も知らず（誰も頼る所がなかったから）、たづきなかりしかば、さるべき（然るべき）公事《くじ》の折は、人より先に参り（参内し）、事果てても、最末《いとすゑ》に（一番最後に退出したりして）まかり出でなどして、見習ひしなり（政務を見習ったものです）』とぞのたまはせける。[一七]八幡《やはた》の放生会《はうじやうゑ》には、〔いつも〕[一八]御馬献《たてまつ》らせたまひしを、御使《つかひ》などにも[一九]浄衣《じやうえ》を賜はせ、御みづからも清まらせたまひしかばにや（ご自身も潔斎なさったからでしょうか）、御前《おまへ》（神殿の前）近き木に[二〇]山鳩《やまばと》の必ず居て（とまって）、牽《ひ》き出づる折に（神馬を牽き出す時に）飛び立ちければ、『かひあり』と欣《よろこ》び興ぜさせたまひけり。御心いとうるはしくおはします人の（雅信公が）、信《しん》を致《いた》させたまひしかば（信仰のお気持を捧げられたことですから）、大菩薩の（八幡さまがご納受あそばさ）受け申させたまへ

りけるにこそ」《れたのでございましょう》
(世次)「一[一]年の旱《ひでり》の御祈りにこそ《雨乞のお祈りのお礼詣りに》、東三条殿の御賀茂詣《まうで》せさせたまひしに
は、この一条殿も参らせたまひき。大臣にならせたまひぬれば、さ《摂関に随行》
る例なけれども《するという先例はないが》、『天下[二]の大事なり』とて、〔兼家公〕御出で立ちの所にはお《ご出発の所には駆け付けら》
はしまさで《れずに》、〔兼家公が〕我が御殿《おんとの》の前渡らせたまひしほどに《お渡りになった時分に》、牽き出でて具し《牛車を牽き出してお供あ》
申させたまひしなり《そばされたのです》。この生《しやう》には《ご生涯を通じて》、御数珠《ずず》取らせたまふ事は《手になさる事は》なくて、
ただ日毎《ひごと》に、『南無八幡大菩薩《なむはちまんだいぼさつ》[三]・南無金峯山金剛蔵王《きんぶせんこんがうざわう》[四]、南無大般若《だいはんにや》[五]
波羅蜜多心経《はらみつたしんぎやう》』と、冬の御扇[六]を数《かず》[七]に取りて、一百遍《いちひやくへん》づつぞ念じ申さ
せたまひける。それより外《ほか》の御勤めせさせたまはず。四条の大后宮[八]《遵子》
に、『斯くなむ』と申す人のありければ、聞かせたまひて、(遵子)『懐《なつ》かし《親し》
からぬ御本尊かな』《みの持てない》とぞ仰せられける」
(世次)雅信公「この殿こそ、『荒田に生《お》ふる』[九]〔の曲〕をば、なべての《普通の》やうには謡《うた》ひ変へ《曲調を変》
させたまひけれ《えてお謡いあそばしました》。一条の院の御時、臨時の祭の御前《おまへ》の事果てて《清涼殿東庭の儀式が終》、上
達部たちの物見に出でたまひしに《り公卿たちが祭見物に》、外記《げき》の隅のほど過ぎさせたまふ《外記の庁の角の辺りを雅信公がお通り過》

一 「一年《ひととせ》」は永延元年（九八七）。この年五月、雨が降らないので、諸所で雨乞の祈禱が行われた。摂政兼家五十九歳。太政大臣頼忠六十四歳。左大臣源雅信六十八歳。右大臣為光四十六歳という構成。為光が五月二十一日、賀茂社へ。二十四日、大極殿で祈雨。また神泉苑でも雨乞の読経が行われた。六月一日、依《り》二炎旱一、神泉苑の池水を放出した。ところが、六月三日、雷鳴とともに大雨沛然《はいぜん》と降り注いだ。そこで兼家が左右大臣を始め諸卿を従えて、賀茂社に赴き、お礼に競馬を奉納した（『日本紀略』）。
二 炎天下の雨乞祈願とその成就のお礼詣りは。
三 「南無」は梵語《ぼんご》。帰依《きえ》の義。
四 金峯山は、「金峯山寺」の事。そこに祀る蔵王権現に祈る。蔵王菩薩とも。
五 『大般若波羅蜜多経』は六百巻。その要点を一巻にまとめたものを『大般若波羅蜜多心経』という。
六 煽《あお》ぐためのものでなく、笏《しやく》の代りに持つ檜扇《ひおうぎ》。
七 檜扇の板を数えて計算の心覚えにする。
八 頼忠女。円融天皇皇后。天徳元年（九五七）生。入内して、女御、ついで皇后となるが皇子に恵まれなかった。長保二年（一〇〇〇）二月皇太后。寛仁元年（一〇一七）崩。六十一歳。四条の大后宮と呼ばれた。
九 風俗歌。「荒田に生《お》ふる、富草《とみくさ》の花、手に摘み入れて、宮へ参らむ。中つたへ」。地方民謡が宮廷に入ったもの。「富草」は稲。「中つたへ」は不詳。囃《はや》し詞か。

とて《ぎになる際》、わざとはなく《わざとではなく》、口ずさみのやうに謡はせたまひしが《ほんの口ずさみのようにお謡いになりましたのが》、なかなか《かえって》、優に覚え侍りし《みやびやかに感じられました》。『富草《とみくさ》の花、手に摘み入れて、宮へ参らむ』のほどを《あたりを》、例には変りたる《通例の謡い方とは》やうに承けたまはりしかば、『遠きほど《遠い所で聞いた》に《から》、老《おい》の僻耳《ひがみみ》にこそは《聞き違い》』と思ひたまへしを《存じましたけれど》、この《あの》[一〇]按察大納言殿《あぜちのだいなごんどの》も、しかのたまはせける《そう仰しゃっておいででした》。『（公任）殿上人にてありしかば《私はまだひらの殿上人でありましたから》、遠くて《位置が遠くて》、よくも聴かざりき。変りたりし《変った》様《やう》の珍らしう《工合が》、様《さま》変りて覚えしは、あの殿の《雅信公が》御事なりしかばにや《お謡いになったからでしょうか》。またも聴かまほしかりしかども《もう一遍聴きたいと思いましたけれども》、さもなくて《その機会もなくて》止《や》みにしこそ《そのままになったのが》、今に口惜しく《運悪く》覚ゆれ』とこそのたまふなれ《仰しゃっておいでの由》」

（世次）「この[一一]大殿《おほいどの》たち《左大臣達》の御弟《おとと》の[一二]大納言、優におはしましき《優雅でいらっしゃいました》。大方、六条の宮の御子《みこ》どもの、皆めでたくおはしまさひしなり《ごりっぱでいらっしゃったのです》。御法師子《ご》は、[一三]広沢の僧正・勧修寺《くわんじゆじ》の僧正、二所こそはおはしましか。大方《総じて》、そのほどには《ころには》、旁々《かたがた》につけつつ《その道その道につけて》、いみじき人々のおはしましものを《すばらしい人達がおいでになったものですよ》や」

〔世次が〕と言へば、

一〇 藤原公任《きんとう》。頼忠長男。康保三年（九六六）生。永延三年（九八九）二月二十三日蔵人頭。正暦三年（九九二）八月二十八日参議。二十七歳。長保三年（一〇〇一）中納言。寛弘六年（一〇〇九）三月四日権大納言。四十四歳。寛仁五年（一〇二一）正月二十八日兼按察使。五十六歳。治安四年（一〇二四）十二月十日致仕。従って万寿二年（一〇二五）以降は、前権大納言で、按察使だけが残されていた。そして万寿三年正月四日、解脱寺で出家。六十一歳。長久二年（一〇四一）正月一日薨。七十六歳。按察使であったのは、一〇二一年から一〇二六年までの五年ほど。雅信は正暦四年に薨じているから、公任が参議に任ぜられた正暦三年以前の出来事で、ここに「按察大納言殿」とあるのはこの折の現職ではなかった。公任は正暦四年には二十八歳でこの年の正月に近江守に任ぜられている。

一一 雅信・重信の二人の左大臣たち。

一二 雅信・重信の弟に大納言は存在しない。「裏書」によると、敦実親王の子息は、雅信・重信・寛信の三人が俗人で、寛朝・雅慶が僧侶。寛信は大納言に昇ったことはなく、右京大夫で終ったらしいから、「御弟の大納言、優におはしましき」は、作者の勘違いで、雅信の長子、時中ではないかと諸注に言っている。時中は、長徳二年（九九六）権大納言、長保三年八月大納言を辞し、十二月三十日薨去している上、諸芸に達しているから、この人物がふさわしい。

一三 寛朝と雅慶。ともに大僧正となった（「裏書」）。

(侍)「このごろも、さやうの人はおはしまさずやはある《そのようなりっぱな人はおいでにならないことがありましょうか》」

と、侍の言へば《が言いますと》、

(世次)「この四人の大納言たちよな《例の四人の大納言たちのことですね》。斉信《ただのぶ》[一]・公任《きんたふ》・行成《ゆきなり》・俊賢《としかた》など申す君《きん》達《だち》は、またさらなり《いうまでもないことです》」

(世次)「さてまた、多くの見物《みもの》し侍りし中にも、花山院の御時の石清水《いはしみづ》[二]の臨時《りんじ》の祭、円融院《ゑんゆうゐん》[三]の御覧ぜしばかり、興ある事さぶらはざりき。その折の蔵人《くらうど》の頭《とう》にては、今の小野宮の右大臣殿《実資》ぞおはしましし。御《お》[四]前《まへ》の事果てけるままに、(実資)『院はつれづれにおはしますらむかし』とおぼしめして、〔仙洞御所に〕参らせたまへりければ、さるべき人もさぶらひたまはざりけり。蔵人[五]・判官代ばかりして《御前に控えていて》、いといとさうざうしげにて《お寂しそうなご様子で》おはします。かく参らせたまへるを《実資が顔を出されたのを》、いと時よう《まことによい時に来てくれたと》おぼしめしたる御《み》気色《けしき》を、いとあはれに心苦しう《まことにおいたわしくお気の毒に》見参《みまゐ》らせさせたまて、『物《もの》御覧ぜ《祭の行列》よ《をご覧遊ばせ》』など御気色《みけしき》賜はらせたまへば《御意向を伺われますと》、『俄《にはか》には《突然では》、いかがある《どうだろうか》べから《差し支え》む《なかろうか》』と仰せられけるを、『[六]かくて実資《さねすけ》さぶらへば。また、殿上《てんじやう》[七]にさ《控え》

円融院譲位の翌年、石清水臨時の祭ご見物

一 『十訓抄』第一に、「すべて御門賢王にておはしけるにや。才臣・智僧よりはじめて、道々のたぐひにいたるまで、皆その名を得たり。中にも四納言と聞えしは斉信・公任・俊賢・行成なり。漢の四皓の世に仕へたらむも、この人々にはいかが優らむとぞ見えける」とある。

二 石清水八幡宮の臨時の祭を円融上皇がご見物。花山天皇の御代の石清水臨時祭は、寛和元年（九八五）三月二十六日と同二年三月十四日の二回であるが、寛和元年の折の事である。

三 円融院は第六十一代の天皇。永観二年（九八四）八月譲位。御年二十六歳。翌寛和元年八月二十九日出家剃髪。この段の事は円融院のご出家以前、まだ俗形のままでおられた御年二十七歳の時の事である。

四 天皇の御前における勅使差遣の儀。

五 共に上皇付の役人。蔵人は側近に侍する者。判官代は、院の庁の事務官。

六 こうして実資がおそばに控えておりますからには、何のお心遣いもなさることはございません。

七 院の御所の殿上の間に詰めております連中だけ引き連れて参りますれば、それで十分でございましょう。

ぶらふ《ている》男《を》の子どもばかりにて敢《あ》へ侍りなむ《支障はありますまい》』と唆《そそのか》し申させたまふ。御厩《みまや》の御馬ども召して、さぶらひし限り《院の御所に伺候していた者全部》、御前《ごぜん》仕まつり《前駆を奉仕し》、頭中将《とうのちゆうじやう》は、束帯《そくたい》ながら《のままで》参りたまふ。〔仙洞御所は〕[八]堀河の院なれば《堀河の御所ですから》、ほど近く出でさせたまふ《お出ましになる》に《と》、物見車《ものみぐるま》ども、[九]二条大宮の辻に立ち固まりて《群がって》見るに、[一〇]布衣《ほい》・衣冠《いくわん》なる御前《ごぜん》したる車の、いみじく《たいそう》人払《はら》ひ、なべてならぬ勢ひなる《並一通りの勢いではない車が》来《く》れば、『誰《たれ》ばかりならむ《どなた様のお越しかと皆々不審に思っておりましたところ》』と怪しく思ひ合へるに、頭中将、[一一]下襲《したがさね》のしり挾みて、[一二]移《うつ》し置きたる馬に乗りておはするに《おいでになるので》、『院《円融上皇が》のおはしますなりけり』[一三]と見て、車どもも徒歩人《かちびと》も、手惑《まど》ひし立ち騒ぎて《ひどく狼狽し》、いともの騒がし」

（世次）「二条よりは少し北に寄りて、[一四]冷泉院の[一五]築地《ついひぢ》づらに[一六]御車立てつ。[一七]御《ご》前《ぜん》ども下《お》りて、さぶらひ並《な》みたまふほどに、内裏《うち》より見物《みもの》しに《見物のため》引き続き出でたまふ[一八]上達部たちの《が》見たまふに、大路のいみじうののしれば《大通りがたいそう騒がしいから》、怪しくて、（上達部）『何事ぞ』と問はせたまふに、『院のおはしますなり』と申しけるを、『世にあらじ《よもやそんな事はあるまいとお思いになるが》』とおぼすに、『頭中将もおはし《頭中将さまもおいでに》

八　二条南・堀河東。

九　二条大路と大宮通の交差点。

一〇　六位以下の者が着る無紋の狩衣《かりぎぬ》を着た人や、袍に指貫袴《さしぬきばかま》をはいた略式礼装の人が、前駆をお勤め申している車が。

一一　下襲の裾（きょ）を石帯《しゃくたい》（石の帯）に挾んで。

一二　移しの鞍《くら》。華麗な鞍で、随身や行幸に供奉する公卿・殿上人が用いた。鞍の下に敷く下鞍《したぐら》が大きいので「障泥《あふり》」を付けないのが特色。下鞍は「おほなめ」とも呼ばれ、雲龍や虎豹の斑文などを描き、錦などで美しく縁取《ふちど》りしてある。「移し鞍」「移し」とも言う。乗り替え用の馬に置くもの。

一三　真相を知る「思い当り」の「なりけり」。

一四　大炊の御門通《みかどどおり》の南。堀川通の西に在った。

一五　土塀の前。土塀に面した所。

一六　円融上皇の乗っていらっしゃるお車（牛車）を。

一七　前駆の人々が馬からおりて、上皇のお車近くに警固《けいご》して並んで控えられる。

一八　公卿の別名。

ます』と言ふにぞ、『まことなりけり』と覚えつつ、御車より急ぎ降《お》りつつ、皆参りたまひし。大臣二人は、左右《さう》の御車の筒《どう》一うちおさへて立たせたまへり。東三条殿《とうさんでうどの》・一条《いちでう》の左大臣殿よ。さて納言以下《なふごんいげ》は、轅《ながえ》のこなたかなたにさぶらひたまふ。中々《なかなか》うるはしからむ事の作法《さほふ》よりも、めでたく侍りしものかな。舞人《まひびと》二・陪従《べいじゆう》三は皆乗りて渡るに、時中四の源大納言の、未《いま》だ大蔵卿《おほくらきやう》と申しし折ぞ、使五にておはせし。御車の前近く立ちとどまりて、『求子《もとめご》』六を、袖の気色《けしき》ばかり仕まつりたまひて、突《つ》い居《ゐ》たまッしままに、御鰭袖《はたそで》を顔に押し当ててさぶらひたまひしかば、香《かう》なる御扇《あふぎ》を差し出ださせたまて、『早う』と掻《か》かせたまひしかばこそ、少し押し拭《のご》ひて立ちたまひしか。すべて、さばかり優なる事、またさぶらひなむや。げにあはれなる事のさまなれば、人々も御気色変り、院の御前《おまへ》にも、少し涙ぐみおはしましけりとぞ、後に承けたまはりし。神泉の丑寅の角《すみ》の垣七の内にて見たまへしなり」

なられます　(上達部) 本当だった　から　公卿達は皆 [院の御前に]　兼家・雅信　左右両側に　かえって正式の儀式の折の　すばらしく見え結構でございましたよ　[馬に] [大路を]　円融院のお車の前近くで下馬し立ちどまって　(円融院) 早く行け　扇を振って合図なさいましたから時中殿は涙を　立ちあがられました　総じて　これほど優雅なことって　ほかにございますでしょうか　全く感慨深い情景でしたから　居合せた人々もしんみりし　上皇様　におかせられても　あとでお聞きしました　私(世次)はこの光景を　神泉苑の東北の隅の垣根の内部で拝観いたしましたのです

一 轂《こしき》の俗称。車の心棒。『倭名抄』に「轂。車乃古之岐、俗云レ筒。輻《ヤノ》所レ湊《アツマル》也」と見えている。

二 近衛府の官人、将監・将曹などが、この祭の舞人を勤めた。

三 東遊《あずまあそび》に、歌を謡ったり、楽を奏したりする地下《じげ》の楽人をいう。

四 時中は、大納言源時中。天慶六年（九四三）生。寛和二年（九八六）参議。四十四歳。正暦三年（九九二）権中納言。正暦六年中納言。長徳二年（九九六）任二大納言一。長徳三年按察使《あぜち》。長保三年（一〇〇一）薨。五十九歳。なお、時中が大蔵卿に任ぜられたのは寛和二年正月で、この臨時祭の時は、一年前でまだ大蔵卿になっていなかった筈。作者の誤りか。

五 石清水八幡宮への勅使の役。

六 「アハレ　千早振る　賀茂の社の　姫小松　アハレ　姫小松　アハレ　姫小松　よろづ代経《ふ》とも　色は変らじ」（『古今集』東歌、藤原敏行）という『求子』の舞を袖を少し振って形ばかり舞い、その場に膝まずかれたまま、鰭袖《はた》を顔に当て涙をおさえて控えておられたので、円融院は香染の扇を、お車の中から差し出されて。「鰭袖」は、袍などの袖を広くするため、あと一幅をつけ足した袖。

七 底本及び同系統の諸本すべて「見たまひし」と誤る。古活字本「みたまへし」。蓬左本・久原本・桂乙本も「みたまへし」。謙遜卑下、下二段の「たまふ」。

八 大江定基（九六二～一〇三四）。元、三河守が出

家してからの名。文章博士大江維時の孫。参議斉光の三男。文章博士摂津守為基の弟。『後拾遺集』『詞花集』『新古今集』等作者。寛和二年六月出家。法名寂照。長保五年八月渡宋。円通大師。長元七年、宋で入寂。七十七歳。
九　正しくは「入宋」。
一〇　餞別。送別の法会。
一一　高階成忠男。「法橋」は僧位で、法眼の次の位。五位に準じ、律師に相当。
一二　神々の光臨を勧請《かんじょう》する事。神に捧げるために読む経文。
一三　般若心経。
一四　法会の趣意を仏に告げ、来会者に知らせる事。
一五　「のたうぶ」は「宣《のたま》ふ」に同じ。
一六　平安時代中期の興福寺の僧。説経の名人で、文殊《もんじゅ》菩薩の化身《けしん》と言われた。長徳四年、権律師、長保元年没。『枕草子』に、①「朝座の講師清範高座の上も光り満ちたる心地して、いみじうぞあるや」（小白河の段）②「清範、講師にて説く事はたいと悲しければ、殊に物のあはれ深かるまじき若き人々、皆泣くめり」。また『今昔物語集』（十七ノ三十八）参照。
一七　亡くなった犬の霊魂は。
一八　成仏して極楽へ行くと九品蓮台の上に座す。
一九　「大和魂」。機智才覚。肚《はら》が出来ていて臨機応変に振舞うことができる事。

世次仏教に開眼、清照・清範の事

(世次)「まだ若く侍りし折も仏法うとくて《仏法には疎遠で》、世ののしる《世間が大騒ぎする》大法会ならぬにはまかり合ふ《参会する》事も無かりしに、まして、年積りては動き難く《出不精になって》さぶらひしかども、参河入道《みかはのにふだう》[八]の入唐《につたう》[九]の馬の餞《はなむけ》[一〇]の講師《かうじ》、清照法橋《ほつけう》[一一]のせられし日こそ、まかりたりしか《出かけたことでした》。さばかり道心なき者の《あれほど信仰心のない私でしたのに》、始めて心発《おこ》る事《発心》こそさぶらはざりしか《したのですがそれ迄に経験のない気持でした》。まづは神分《しんぶん》[一二]の心経《しんぎやう》[一三]、表白《へうびやく》[一四]のたうびて[一五]《仰せられて》、鐘打ちたまへりしに、そこばく《大勢》集まりたりし万人《ばんにん》、さとこそ《さっと一度に》泣きて侍りしか。それは道理の事なり」

(世次)「また、清範律師《せいはんりし》[一六]の、犬のために《亡き愛犬のために》法事《ほふじ》しける人《法要をした人》の、講師《かうじ》に請《しやう》ぜられ《招かれ》ていくを《て》、清照法橋、同じほどの説法者《せほふざ》なれば、(清照)『いかがする』《どんな説法をするのか》と聴きに、頭包《かしらつつ》みて《頭巾で》誰《たれ》ともなくて聴聞《ちやうもん》しければ、『ただ今や《ちょうどたった今》、過去聖《くわこしやう》[一七]霊《りやう》は、蓮台《れんだい》[一八]の上にてひよと《ワンと》吠《ほ》えたまふらむ』とのたまひければ、『さればよ《ああやっぱり》。異人《ことびと》、かく思ひ寄りなましや。なほかやうの魂《たましひ》[一九]ある事は、傑《すぐ》れたる御房《ごばう》ぞかし《お坊さまですね》』とこそ褒めたまひけれ。実《まこと》に承けたまはりしに《私も現場でうけたまわったところ》、をかしう《ほんとに面白うございました》こそさぶらひしか。これはまた、聴聞衆《ちやうもんしゆう》ども、さ《ワイ》ざと笑《ワイと笑って》ひて、まかりにき《帰って行きました》。一いと軽々《きやうぎやう》なる往生人《わうじやうにん》なりや。また、むげ《全くの》のよしなしごと《たわいもない話でございますけれど》に侍れど、二人の才々《かどかど》しく、魂ある事の、興《きよう》有りて《面白く》、優《いう》に覚え侍りしかばなり」《すぐれている人物だなと感じましたからお話しした次第です》

法成寺の五大堂供養

(世次)三「法成寺の五大堂供養《くやう》は、四師走《しはす》には侍らずやな《ではございませんでしたかな》。極めて寒かりしころ、五百僧なりしかば、御堂の北の《北側の》庇《ひさし》《庇の間》にこそは、六題名僧《だいみやうそう》の座はせられ《設けられ》たりしか。その料に《その必要があって》、その御堂の庇は入れられたるなり《造り足されたのです》。わざとの《特別に一人一人あての僧侶の食膳は設けられず》僧膳はせさせたまはで、湯漬《ゆづけ》ばかり賜ふ。七行事《ぎやうじ》二人に五十人づつ分《わか》たせたまひて、僧座せられたる《僧の座を設けられた》御堂の南面《みなみおもて》に、八鼎《かなへ》を立てて《足鼎を据えて》、湯をたぎらかしつつ、御物《おもの》《米》を入れて、いみじう熱くて参らせ渡したるを、(僧たち)『思ふにぬるくこそはあらめ』《多分ぬるいのだろう》と僧たち思ひて、九さぶさぶと参りた《召しあがっ》るに、はしたなき際《きは》に《とてつもない程》熱かりければ、北風はいと冷《つめ》たきに、さばか《それほど》りにはあらで《熱いとも思わないで》、いとよく参りたる御房たちも《大変たくさんおあがりになったお坊さん達》、一〇いまさうじけり。後に、(道長)『北向きの座にて、いかに寒かりけむ』など殿の《道長公が》問はせたまひければ、『しかじかさぶらひしかば《このようにお計らい頂きましたおかげで》、こよなく《この上もなく》温《あたた》まりて、寒さも忘れ侍

一 全く剽軽《ひようきん》な者（犬をさす）が極楽往生したものですね。

二 清範律師が才気縦横で、肚が出来ている事が。

三 「法成寺《ほふじやうじ》」が「法性寺」の誤りであることは、つとに『大鏡詳解』（落合・小中村共著）にも、『校正大鏡註釈』（同）にも指摘されているから「成」は「性」に改めるべきであるが、暫く元のまま。法成寺の五大堂供養は治安二年（一〇二二）七月の事で、寛弘三年（一〇〇六）十二月に行われた法性寺の五大堂供養に違《い》いない。「五大堂」とは、不動明王・降三世《ごうざんぜ》夜叉明王・軍荼利《ぐんだり》夜叉明王・大威徳夜叉明王・金剛夜叉明王の五大尊を安置した堂。この五大尊を祀ると修法に効験があるという。法性寺は忠平創建。九条河原に在った。

四 寛弘三年十二月二十六日であった。

五 〔供養に招いたのは〕百人の僧侶でしたから。「百僧」は、法要の時の僧の職名。七僧といって、講師・読師・呪願師・三礼《さんらい》師・唄《ばい》師・散華《さんげ》師・堂達の七種の僧と、これらの人に随従する伴僧を加えて、総勢百人の僧から成る。

六 供養の経文の題名を読み上げる役の僧侶。

七 世話人。世話役。

八 食物を煮るための金属製の器。平鼎《ひらかなえ》・円《まる》鼎・足《あし》鼎があるが、ここは足鼎で、三脚がある。

九 「ざぶざぶ」か「しゃぶしゃぶ」か。

一〇 「いまさうず」は「いまさひす」のウ音便。主語

りにき』と申されければ、行事《世話役の人たち》たちを、《(道長)》『いとよし』とおぼしめさ
れたりけり。ぬるくて《(よしんば湯漬を)》参りたりとも《差し上げたとしても》、別《べち》の勘当《かんだう》《格別のお叱りなど》などあるべきにはあ
らねど、殿《道長公》を始め奉りて、人に褒められ、行末《後々までも》にも、『さこそあり《あの時はこうこう》
けれ《でしたよ》』と言はれたうばむ[一一]《言われなさるということは》は、ただなるよりは《何も言われないよりは》、悪しからず《悪い事ではなく》、善き事《ずっといい》
ぞかし《事なのですよ》」

詮子四十の賀の陵王・納蘇利

《(世次)》「いでまた、故女院[一二]の御賀[一三]に、この関白殿《頼通》、陵王《りようわう》[一四]、春宮大夫《とうぐうのだいぶ》[一五]、納蘇《なつそ》[一六]
利《り》舞はせたまへりしめでたさは、いかにぞ《何に喩えればよいでしょう》。陵王はいとけたかく[一七]《崇高に》、
貴《あて》に《上品に》舞はせたまひて、御禄賜はらせたまひて《ご祝儀のお召物を頂戴なさったものの》、舞ひ捨てて《その場に舞いおとして》、知らぬ
さまにて入らせたまひぬる御愛《うつく》しさめでたさに、並ぶ事あらじ《匹敵する事はないだろう》と見
参らするに、納蘇利のいとかしこく《またしっかりと舞って》、また『斯くこそはありけめ』《この舞の本来の姿はきっとこうだったろう》
と見えて舞はせたまふに《と思われるように上手に舞われた事でしたが》、御禄を《ご祝儀のお召物を》、これはいとしたたかにおほん肩《今度は実にたくさんお肩に》
に引き掛けさせたまひて、今一返《いまひとかへ》り《もう一ぺん》、えも言はず舞はせたまへりし《何ともすばらしくお舞いになった》
興は《面白さは》、また『斯かるべかりけるわざかな』《これはまたこれで　このように舞うのがほんとだったな》とこそ覚え侍りしか。御《おん》[一八]
師《し》の、『陵王は必ず御禄は捨てさせたまひてむぞ。同じさまにせさ

は複数。単数の場合は「います」。

一一「たうばむ」は「たまふ」の音便「たうぶ」の未然形「たうば」に、助動詞「む」が付いたもの。「たまはむ」に同じ。

一二 東三条院詮子。九六二〜一〇〇一。兼家女。母時姫。十七歳で円融天皇に入内。やがて懐仁（一条）を産む。一条即位の後、皇太后。正暦二年（九九一）三十歳の時、落飾。初めて女院号を賜る。道長の姉。四歳年長。

一三 詮子四十の賀。長保三年十月九日。その年、閏十二月二十二日崩（『日本紀略』『権記』等）。道長三十六歳。頼通十歳。頼宗九歳。能信七歳。

一四 蘭陵王又は羅陵王という。略して「陵王」という。

一五 頼宗。底本及び同系統の本、蓬左本・久原本・桂乙本等すべて同じ。池田本・萩野本・古活字本等に「殿」がある。下文（三三二頁）に「大夫殿をいみじくかなしがり」とあるから、ある方が良いか。

一六 高麗伝来の舞楽。壱越調《いちこつ》。二人で舞う時は「納蘇利」、一人で舞う時は「落蹲《らくそん》」と言った。この場合は頼宗一人で舞ったのだから落蹲が正しいとすれば、古活字本・萩野本等に「らくそむ」とある方がよいようである。

一七「けだかし」は古く「けたかし」と清音。

一八 頼宗公に納蘇利をお教えした舞の師匠が。

せたまはむ、目馴れたるべければ、様《さま》変へさせ奉りたるなりけり』[一]『心ばせ優《まさ》れり』とこそ言はれ侍りしか。女院、[二]冠《かうぶり》賜はせしは、大殿をいみじくかなしがり申《ま》させたまへばとぞ。陵王の御師は賜はらで、いと辛《から》かりけり。それにこそ、北政所《きたのまんどころ》少しむつがらせたまひけれ。さて、後にこそ賜はすめりしか。型のやうに舞はせたまふとも、悪《あ》しかるべき御年のほどにもおはしまさず、『わろし』と人の申すべきにも侍らざりしに、まことにこそ、二所《ふたところ》ながら、この世の人とは見えさせたまはで、天童などの降《お》り来《きた》るとこそ見えさせたまひしか」

それと同じになさっては変化がなく気が利かないから　趣向を変えて舞うようご指導したのだ　詮子さまは　頼宗　さまをたいそう可愛いがっておられた　からという話です　〔位階を〕　つらい事でした　その御処置には　倫子さまは少々ご機嫌を悪くされた事でした　そこで　あとになって位をお与えになったようでした　よくない　お二人とも　地上の世界の人とはお見えにならず　天人が童子の姿で　お見えになりました

中宮彰子、大原野行啓

「また、この大宮の、[三]大原野《おほはらの》の行啓《ぎやうけい》は、いみじう侍りし。[四]殊に、雨の降りしこそ、いと口惜しく侍りし事よ。舞人《まひびと》には、誰々《たれたれ》、それぞれの君たちなど数《かぞ》へて、[五]一の舞《まひ》には、関白殿の君とこそはせさせたまひしか。[六]試楽《しがく》の日、[七]掻練襲《かいねりがさね》の御下襲《したがさね》に、黒半臂《くろはんぴ》奉りたりしは、珍らしくさぶらひしものかな。[八]闕腋《わきあけ》に人の着たまへりしを、未《いま》だ見侍

(世次)　現在の太皇太后彰子　すばらしい観ものでした　不運なことでございました　頼通　お召しになったのは　の下に掻練襲・黒半臂という姿は

一　この舞の師の方が、気が利いていて心配りがまさっている。

二　頼宗さまの舞師を従五位に叙せられましたが。「冠賜はせしは」は、底本及び底本と同系統の諸本及び蓬左本・久原本も「かうふりたまはせは」とある。桂乙本は「かうぶり給はせ」とあって、「しは」がない。池田本・古活字本等に従って改めた。底本は「し」を写しおとしたらしい。

三　寛弘二年、三月八日、中宮彰子大原野社に行啓。

四　「殊に」は不審。底本等皆同様。古活字本に「事ぞや」とあるのが正しいか。流布本すべて「事ぞや」とある。或いは「ことぞ」とあったのを「ことに」と誤写したのか。「ぞ」文字と「耳」文字から出た「に」とはよく似ている。

五　一番の舞の舞人には。一番はまず左が舞い、次に右が舞う。すべて二人ずつで一番とする。

六　公式に行う舞楽の時に予行演習をする。それを試楽という。『小右記』によると、二日前の三月六日。

七　「練」は、絹の脂を抜くために灰汁《あく》などで煮て、酢に入れる方法に依ったものをいう。平絹即ち羽二重であって、この練の絹を重ねた下襲（下に着る衣）で、表裏とも艶のある紅。裾は長く曳く。「半臂」は袍《はう》と下襲の間に着る、袖幅の狭く短い衣。ここはその色が黒かった。『小右記』に「今日頼通着二火色下襲、黒半臂一」とある。頼通は十四歳。従四位上、右近少将。

らざりしかは[九]。行啓には《行啓の日には》、入道殿《道長公》、それがしといふ御馬に奉りて《何とかいう名の付いた名馬にお乗り遊ばして》、御随身《みずいじん》四人と、[一〇]らんもんに揚げさせたまへりしは、軽々《かろがろ》しかりしわざかな。[一一]公忠《きんただ》が少し控へつつ所置き申ししを制せさせ《馬の手綱を絞って場所柄控え目にしていたのをそれには及ばぬと》たまひしかば、なほ《〔公忠は〕やはり》少し怖《おそ》り[一二]申《ま》してこそありしか。かしこく《よい塩梅に》、京のほどは《京の町中を通っていた時は》、雨も降らざりしぞかし。[一三]閑院《かんゐん》の太政大臣殿《公季公》の、西の七条より還[一四]らせたまひしをこそ、入道殿いみじう恨み申させたまひけれ。[一五]堀河《顕光》の左大臣殿は、御社まで仕まつらせたまひて《〔道長より〕》、[一六]御引出物《ひきいでもの》《として》、御馬あり。枇杷《びは》殿の宮《妍子》・中宮《ちゅうぐう》《威子》とは、黄金造《こがねづく》りの御車にて、まうち君たちの《廷臣たちの中から》、やむごとなき限り《家柄のよい者ばかり》選《え》らせたまへる御前《ごぜん》具し申させたまへりき《御前駆を付け申し上げられた》。御車の後《しり》には、[一七]皇后宮《妍子》の御乳母《めのと》、[一八]惟経《これつね》の主《ぬし》の御母、中宮《威子》の御乳母、兼安・実任《さねたふ》の主《ぬし》の御母、各々《おのおの》こそさぶらはれけれ《〔この二人の乳母が〕従われました》。殿の[一九]君達《きんだち》のまだ男《をとこ》にならせたまはぬ《元服がすんでいない方々が》、童《わらは》《童形で》にて皆仕うまつらせたまへりき《お供なさいました》」

大極殿の怪と兼家の態度

「また《(世次)》、ついでなき事には侍れど《話は飛びますけれど》、怪《くゑ》[二〇]《怪異》と人の申す事どもの、させる事なくて《別段の事もなくてすんで》止《や》みにしは《しまった事は》、前《さき》の一条院の御即位の日、大極殿《だいこくでん》の御装束す《飾りつけをす》

八　両脇を縫わないままで下着が見える袍。

九　感動の助詞。「か」だけでもよいが、「は」がいっそう強めている。

一〇　「羅文」説（佐藤球）と「乱文」説（橘純一）とがあるが、どちらがよいかわからぬ。漢字表記は不明だが、『国文口訳叢書　大鏡』（芳賀矢一）は「馬の曲乗の名」とし、『日本国語大辞典』（小学館）は「馬の庭乗りの一種」とした。この「曲乗り」「庭乗り」としておくのが穏やかであろう。

一一　随身の一人の名。

一二　御前を憚かって、極端に曲乗りを続けるのをいささか怖れて控え目にしておりましたよ。

一三　当時内大臣。師輔第十一子。この時、五十歳。

一四　公季は所労（病気）と称して引返した（『小右記』）。

一五　兼通の長子。当時は右大臣。六十二歳。

一六　引出物として、馬二頭を贈られた。

一七　「皇后宮」は「皇太后宮」の誤り。妍子は当時十二歳。妍子の乳母が、惟経の母。

一八　惟経は泰通長男。兼安は出雲守。実任は師長長男。

一九　道長公のお子さま方で。頼通・頼宗・顕信・教通・能信をさす。

二〇　「くゐ」は底本のまま。「くゐ」を約《つづ》めると「け」になる。下文（三三五頁）にもう一箇所出てくる。東松本が古態を残している一証。

とて《るというので》、人々集まりたるに、高御座《たかみくら》[一]の内に髪付きたる物の頭《かしら》[二]の、血うち付きたるを見付けたりける、あさましく《びっくりして》、『いかがすべき』《(行事) どうしたらいいだろうか》と、[三]行事思ひ扱《あつか》ひて《処置に困って》、『かばかりの事を隠すべきか』《これ程の大事を上役に告げずに始末はできない》とて、[四]大入道殿に『かかる事なむさぶらふ』《このような事がございます》と、何某《なにがし》の主《ぬし》して《を通じて》申させけるを、いと《[兼家は]》眠《ねぶ》たげなる御気色にもてなさせたまひて《ご様子に振舞われて》、物も仰せられねば《一言も仰しゃらないから》、『もし《(某) もしや》聞《き》こし召さぬにや』《お耳に入らないのか》とて《と思って》、また御気色賜はれど《再度ご意向を伺ったけれど》、[五]うち眠《ねぶ》らせたまひて、なほ御いらへなし《依然としてご返事がない》。いと怪しく《全く不思議で》、『さまで《(某) それほど》[六]御殿籠《とのごも》り入りたりとは見えさせたまはぬに《深く眠り込んでいらっしゃるとはお見えにならないのに》、いかなれば《どういうわけで》、かくてはおはしますぞ』《このように何も仰しゃらずにおられるのか》と思ひて、とばかり《しばらく》御前にさぶらふにぞ《控えているうちに》、うち《ふと》[七]おどろかせたまふさまにて《目が醒めたようなご様子で》、『御装束は果てぬるにや』《(兼家) 大極殿の飾りつけはすっかり済んだのかね》と仰せらるるに《と仰しゃるので》、『聞かせたまはぬやうにてあらむとおぼしめしけるにこそ』《(某) ああこれは耳に入らなかったということにしてすまそうとお考えになったのだな》と心得て《合点が往って御前を》、[八]立ちたうびける《お立ちになった由》。げに《確かに》、『かばかりの祝ひの御事《これほど大切なお祝いの行事が》、[九]また今日になりて止まらむも《一度決まったことをその日になって中止になるのも》忌ま忌ましきに《縁起が悪いから》、やをら引き隠してあるべかりける事を《そっと目に触れぬよう内密にしてすますべきところを》、心肝《こころぎも》なく《思慮分別なく》申すかなと、[一〇]いかにおぼしめしつらむ』と、後にぞ[一一]かの殿もいみ

一 即位・朝賀などの大きな儀式をする時に、天皇のおつきになる玉座。
二 何か判らない気味の悪い物のあたまの部分。
三 儀式担当者。奉行。責任者。
四 藤原兼家。一条天皇即位は、寛和二年（九八六）七月二十二日。「廿二日戊子、天皇即㆓位於大極殿㆒」とある。当時、太政大臣は藤原頼忠であったが、六月関白を辞し、代りに兼家が摂政となっており、即位当日の前日七月二十一日に従一位に叙せられ、二十二日は、頼忠・雅信（左大臣）・為光（右大臣）の三公の上席に地位が定まっていた。つまり最高権力者であった。兼家、時に五十八歳。「大入道殿」は後の呼び方。
五 眠り込んだ様子で。
六 貴人の眠ることを「大殿ごもる」「御殿ごもる」と言う。つまり「寝入りたり」に同じ。
七 「おどろく」は、はッと目が醒めるさま。
八 「たうび」は「たうぶ」の連用形。「たまひ」に同じ。
九 あらためて。
一〇 全く兼家公は私をどんなに気の利かない男と思し召したことかと。
一一 上文の「何某の主」をさす。某殿上人。

じう悔いたまひける《悔まれたということだ》。さる事なりかしな《その通りもっともな事ですね》。されば《ですから》、なでう事かはおはします《どれほどの不都合が生じたでしょう》。吉《よ》き事にこそありけれ《ほうって置いて吉と出たわけです》」

(世次)「また、大宮《彰子》のいまだ幼くおはしましける時、北政所《きたのまんどころ》[一二]具し[一三]奉らせたまて、春日《かすが》[一四]に参らせたまひけるに《参拝あそばされたところ》、御前《おまへ》[一五]の物どもの参らせ[一六]据《す》ゑたりけるを、俄《にはか》に辻風《つじかぜ》[一七]の吹き纏《まつ》[一八]ひて、東大寺の大仏殿の御前《おまへ》に落《おと》したりけるを、春日の御前《おまへ》なる物の、[一九]源氏の氏寺《うぢでら》に取られたるは、吉《よ》[二〇]からぬ事にや。これをも[二一]、その折、世人《よひと》申ししかど、永く御末嗣《すゑつ》がせたまふは、『吉相《きつさう》にこそはありけれ』とぞ覚え侍るな。夢も[二二]現《うつつ》も、『これは吉《よ》き事』と人申せど、させる事なくて《大した事がなくて》止《や》[二三]む様《やう》侍り。また、かやうに、怪《くゑ》だちて見たまへきこゆる事も《怪異がかって拝見したり耳に聞えたりする事も》、斯く吉《よ》き事もさぶらふな《このように結果が吉と出る事もございますな》」

世次、侍の才学を讃える

(世次)「実《まこと》は、世の中に幾《いく》そばく《どんなに多く》、あはれにもめでたくも《感動することでもすばらしいと思うことでも》、興ありて承けたまはり《拝聴し》、見たまへ《拝見し》集めたる事の《蒐集した事柄が》、数知らず積りて侍る翁どもとか《胸に溜っております老人二人と》、人々おぼしめす《皆様はお思いになりますか》。やむごとなくも《尊い身分の方も》、また下《くだ》[二四]りても、間近《まぢか》[二五]き御簾《みす》・簾《す》

一二　倫子。
一三　お連れ申し上げて。「たまて」は「たまひて」の略されたもの。
一四　奈良の春日社。
一五　神前に供えるお供物。
一六　神のみ前に差し上げお供えしたのを。
一七　旋風。ツムジカゼ。
一八　吹いて来てまつわりついて。つまり、風が捲《ま》き上げたのである。
一九　東大寺は聖武天皇の御建立で、興福寺が藤原氏の氏寺であるのに対し、天皇家のわかれである源氏の氏寺は東大寺ということになったらしい。
二〇　藤原氏にとっては不吉ではないかと思われた。
二一　この春日社のお供物が東大寺の大仏殿の前に落下したという事件が藤原氏にとり不吉ではないかという件も、当時、世人が取り沙汰したけれど、永く藤原氏のご子孫が栄えていらっしゃるのを見ると、この件は、かえって藤原氏に対して吉兆だったのだと存ぜられます。
二二　夢想夢告の類いも、現実に起る前兆の如きも。
二三　終ってしまう場合もございます。
二四　低い階層の人でも。
二五　ごく手近の御簾や簾垂がおろしてある内部、つまり女性方の世界だけは、よく判らない所が残って。

そういう方面の話であれ
垂《だれ》の内ばかりや、おぼつかなさ残りて侍らむ。それなりとも、各々《おのおの》、
宮さま　殿さま方　その次々の身分の方のお近くで
宮・殿ばら・次々の人の御あたりに、人の打聞《うちぎき》くばかりの事は、女[一]
奥向きの事も　人伝
房・童部《わらはべ》、申し伝へぬやうやは侍る。されば、それも、不意《ふい》[二]に、伝
てにうけたまわることがないわけでもございません
へ承けたまはらずしもさぶらはず。されど、それをば、何[三]とかは語
世間の出来事として　人がきっとお耳をおとめになるに違いなかった
り申さむずる。ただ世にとりて、人の御耳とどめさせたまひぬべか
このようにお話し申し上げるのさえ　実に愚かな男よといった眼差で私
りし昔の事ばかりを、斯く語り申すだに、いとをこがましげに御覧
の方に視線を送られる人もおいでのようです
じおこする人もおはすめり」
(世次)　あなた様が私の話を　相槌をよくお打ちに
「今日は、ただ、殿の珍らしう興ありげにおぼして、あどをよく打
なられるに　ついいい気持になって　この程度にも話の糸そ口を切りましたから　かえっ
たせたまふに囃《はや》され奉りて、かばかりも口あけ初めて侍れば、なか
て語り残した事が多く　これからも申し上げるべき事は　きりもなくございますのを
なか残り多く、またまた申すべき事は、期《ご》もなく侍るを、もしまこ
最後まで私の話を聞きたいお気持なら　迎えにお寄越し下さい
とにきこしめし果てまほしくは、駄《だ》[四]一疋《いっぴき》を賜はせよ。這ひ乗りて参
お住まいに参上して　あなたさまの学識の深さもうかがいたく
り侍らむ。かつまた、御宿りに参りて、殿の御才学のほども承けた
存じますが　その子細は　この数年来　これほどまでに　[五]私の
まはらまほしう思ひたまふるやうは、未《いま》だ年ごろ、かばかりもさし
話に受け答えなさる方に　〔私の話の途中で〕時々さしはさまれる　が
らへしたまふ人に対面《たいめ》[六]たまはらぬに、時々加へさせたまふ御詞《ことば》の、

一　侍女とか小女《こおんな》どもが申し伝えない筈がありません。
二　思わざる機会に。ひょっとした折に。
三　何だと言って人に語り申し上げることをいたしましょう。
四　駄馬。乗馬の馬にならない荷馬車用の馬。
五　「さしらへ」は、蓬左本・池田本・桂甲本「さしいらへ」。「さしいらへ」の約言か。
六　お目にかかった事がございませんし。

[七]見奉るは翁等《ら》が玄孫《やしはご》のほどにこそはと覚えさせたまふに、この知ろ[八]しめしげなる事どもは、思ふに、『古き御日記《にき》[九]などを御覧ずるならむかし』と心にくく《奥床しく》[一〇]。下臈[一一]はさばかりの才《ざえ》[一二]はいかでか《どうしてございましょう》侍らむ。ただ見聞きたまへし事[一三]を心に思ひ置きて《とめておいて》、斯くさかしがり申すにこそあれ《このように悧巧ぶってお話し申しあげるので》。《すよ》まこと人《びと》[一四]に遇《あ》ひ奉りては、おぼし咎めたまふ事も侍らむと、恥《こちら》づかしう《がきまり悪くなる程でいられるから》おはしませば、老《おい》の学問にも承けたまはり明か《あきらかに》さまほしう[一五]侍れ」

と言へば、重木もただ、

(重木)「かうなりかうなり《その通り その通り》。さらむ折は《そのような折は》[一六]、必ず告げたまふべきなり。杖《つゑ》に懸りても《すがっても》、必ず参り会ひ申し侍らむ」

と、頷《うなづ》き合はす。

(世次)「但し、さまでの《このお方ほどの》弁《わきま》へおはせぬ若き人々は《物の道理を弁別なさらぬ若い方々は》、『虚《そら》物語する翁かな』とおぼすもあらむ。我《わ》[一七]が心に覚えて《自分の心に意識して》、一言《ひとこと》にても、虚《むな》しき事加はり《事実でない事がま》て侍らば《じっておりましたなら》、この御寺の三宝《さんぼう》[一八]〔及び〕、今日の座《講座》の戒和尚《かいわじやう》[一九]に請《しやう》ぜられたまふ仏《ぶつ》

世次、嘘をつかぬと誓い長寿を自慢

七 お見受けしたところ、手前どもの玄孫くらいのお年頃と思われなさるのに。
八 いろいろ御存知であるらしいさまざまの知識は。「事どもは」は、東松本のみ。近衛本・平松本・桂甲本は「は」文字無し。ある方がよい。
九 古来の天皇・公卿の書き残された漢文日記。
一〇 あとに「覚え侍り」などを補って読むこと。
一一 世次が自分の事を謙遜して言ったもの。
一二 学識。
一三 自分の行為につける謙遜卑下の下二段の助動詞。「見たまへし事」「聞きたまへし事」の意。私が見聞き仕りました事。
一四 ほんとうに学問見識のある人に出会い申したら、お心のうちにお聞き咎めあそばすこともございましょうと。
一五 底本「ほうし」とするが、同系統の諸本に「ほしう」とあるにより改めた。池田本・蓬左本・桂乙本も「ほしう」。久原本は、ここ脱文。
一六 「さあらむ折」の約。「む」は未来・仮定。
一七 意識的に。
一八 仏・法・僧を尊んでいう。
一九 授戒には三師七証という証明師を必要とするが、「戒和尚」が首座で最高。その戒和尚によりこの場に勧請されなさる諸仏諸菩薩を。

菩薩《ぼさつ》を証とし奉らむ《証人にお立てしましょう》。中にも《特に》、若うより《〔私は〕若い時から》、[一]十戒《かい》の中《なか》に、[二]妄語《まうご》をば保ち《守っ》て侍る身《ております身》なればこそ、斯く命をば保たれてさぶらへ。今日、この御寺の[三]宗《むね》とそれを授《さづ》けたまふ講の庭にしも参りて、過《あやま》ち申すべきならず《妄語戒を破るような過ちを犯すはずがありません》」

世次、人間の寿命を論ず

(世次)「大方、世の始まりは《この世のはじめにおいては》、人の寿《いのち》は八万歳なり。それがやうやう《おいおい》減《げん》じもていきて、百歳になる時《寿命が百歳になった時に》、仏《ほとけ》は出《い》でおはしますなり《釈迦仏が誕生なさった》。されど、[四]生《しやう》死《じ》の定めなき由《よし》を人に示したまふとて、なほ今二十年を《さらにあと》約《つづ》めて八十《八十歳》と申しし年《と申し上げた年に》、入滅せさせたまひにき《世を去られました》。その年より今年まで、[五]一千九百七十三年にぞなり侍りぬる。釈迦《しやか》如来《にょらい》滅したまふを期《ご》にて、八十には侍れど、仏《ほとけ》、人の寿《いのち》を不定なりと見せさせたまふにや、このごろも、九十《九十歳》・百の人《百歳の人》、おのづからきこえ[六]侍ンめれど、この翁どもの寿《いのち》は希《まれ》なる事、[七]『甚深《じんしん》甚深希有《けう》希有なり』とは、これを申すべきなり。いと昔は、かばかりの人侍らず。神武天皇を始め奉りて、二十余代までの間に、[八]十代ばかりがほどは、百歳・百余歳まで保ちたま

一 仏教の戒律十をいう。殺生・偸盗《ちゅうとう》・邪淫・妄語・綺語《きぎょ》・悪口・両舌・貪欲・瞋恚《しんい》・愚痴を禁制するのを十善戒という。

二 妄語戒のこと。嘘は言わないこと。

三 主としてその妄語戒をお授け下さる菩提講のその席に。「しも」は強意。

四 生死に一定のきまりはなく、はかないものだという道理を。

五 「裏書」には、「壬申歳二月十五日入滅八十。当《ル》二周穆《ノ》王五十二年壬申一。自《ヨリ》二同《ジキ》壬申歳一、至《ルマデ》二後一条院《ノ》御宇万寿二年乙丑歳一、一千九百七十四年也」とある。

六 底本「侍るめれど」を近衛本・平松本・桂甲本により改めた。また、古活字本・萩野本も「る」がない。

七 甚だ深い意味があり、まことに珍しい事だ。「甚深」は仏の教えの意味深遠なこと。長命した事に宿縁の深い意味が存するの意。『法華経』の「提婆達多品《だいばだったぼん》」に、「此《ノ》経《ハ》甚深微妙《ニシテ》、諸経《ノ》中宝、世《ニ》所《ナル》二希有一」とある。このほか、『法華経』中に「甚深」「希有」の語はたびたび現れる。

八 神武百二十七歳、孝昭百十四歳、孝安百三十七歳、孝霊百十歳(『水鏡』百三十四歳)、孝元百十七歳、開化百十五歳、崇神百二十歳(『水鏡』百十五歳)、垂仁百四十一歳(『水鏡』五十一歳)、景行百六歳(『水鏡』百四十三歳)、成務百七歳(『水鏡』百九歳)、応神百十一歳、仁徳百十歳(『帝王編年記』による。『水

重木の年齢と高麗人の観相

へる帝もおはしましたれど、末代《まつだい》には、[九]けやけき寿《いのち》持《も》ちて侍る翁なりかし。斯かれば、前生《ぜんしやう》にも戒を受け保ちてさぶらひける《前世においても十戒をまもっておったものと存じますから》と思ひたまふれば、この生《しやう》にも破らでまかり帰らむと思ひたまふるなり《現世においても十戒を破らずにあの世に帰ろうと存ずる次第です》。今日、この御堂《みだう》に影向《やうがう》[一〇]したまふらむ神明《しんめい》[一一]・冥道《みやうだう》[一二]たちもきこしめせ」

とうち言ひて、したり顔に《得意そうな顔付で》扇うち使ひつつ、見交《みか》[一三]はしたる気色《けしき》ことわりに、何事よりも、公私《おほやけわたくし》[一四]羨ましくこそ侍りしか。

（重木）[一五]「さてもさても、重木が年《わたくしの年齢》かぞへさせたまへ。[一六]ただなる折は年を知り侍らぬが、口惜しきに《残念ですから》」

と言へば、侍、

（侍）「いでいで《さあさあ》」

とて《と言って》、

（侍）[一七]『十三にておほき大殿《おほきおほとの》《貞信公》に参りき』とのたまへば、[一八]十ばかりにて、[一九]陽成院の下《お》りさせたまふ年はいますがりけるにこそ。それにて推《すい》[二〇]し思ふに、あの世次の主《ぬし》[二一]は、今十余年が弟にこそあむめれば、百七十

鏡』を参照）の十二代あり、神功皇后（百歳）を加えると、十三代になる。

九 際立っている。異様なほどだ。異常だ。

一〇 神仏の霊が、時に応じてその本体を現す事。

一一 神。天地の神々。

一二 幽冥の中に隠れていらっしゃる神仏。

一三 世次と重木とが。

一四 公私両面に亘ってのその博い知識・記憶が羨ましいことでございました。本書筆者（記者）の感想。

一五 それはそうとして。話題を転ずる場合に用い、軽い感動の意を含む（松村博司氏）。

一六 池田本・古活字本・萩野本等は「ただなるよりは」とある。「人の寿命について、その由来をうけたまわった今は、自分の正確な年齢が知りたい」の意。底本・その同系本・蓬左本等の「折」によれば、「平素は年を知りませんのが」の意となる。

一七 本書の序に、「さて、十三にてぞ、太政大殿《おほきおほとの》（太政大臣貞信公藤原忠平）には参り侍りし」とある。

一八 「十ばかりにて」は萩野本に無し。

一九 陽成院御譲位の年は元慶八年（八八四）。

二〇 推測。推量。

二一 世次は重木より十数年年下のように見えるというので、事実に合わない。「主は」のところ、萩野本は「主には」とあり、その方がよいが、意改の疑いもあるので、そのままにしておいた。

には少し余り、八十にも及ばれにたるべし」

など、手《指》を折りかぞへて、

(侍)「いとかばかりの御年《みとし》どもをば《お二人のご高齢は》、相人などに相せられやせし《人相見などに見ておもらいになったのですか》」

と問へば、

(重木)[一]「さる人にも見え侍らざりき。ただ狛人《こまうど》[二]の許《もと》に二人連れてまかりた[三]《妻と二人連れ立って》りしかば、『二人長命』と申ししかど、いとかばかりまでさぶらふべしとは思ひ掛けさぶらふべき事か《全くこの年ごろまで生きていられよう》。『異事《ことごと》[四]問はむ』と思ひたまへしほどに、え申さずなりにき《申す事ができずじまいに》。それぞかし、昭宣公[五]の君達《きんだち》三人おはしまして、時平の大臣《おとど》をば、『御かたち傑《すぐ》れ、心魂《こころだましひ》傑れかしこうて、日本には余らせたまへり《もったいないくらい》。日本の固めと用ゐむに余らせたま《惜しいお方》へり』と相《さう》し申ししは《申し上げましたよ》。枇杷殿《仲平公》をば、『あまり御心うるはしくすな《きれいで》《素直で》ほにて、諂《へつら》[六]ひ飾りたる小国には、負《お》[七]はぬ御相《さう》なり』と申す。貞信公《貞信公忠平さ》をば《まに対しては》、『あはれ[八]、日本国の固めや。永[九]く世を嗣ぎ門ひらく事、ただこ[一〇]の殿』と申したれば、『我を《(忠平)》、あるが中に《三人の兄弟の中で》、才《ざえ》なく《無学で》、心諂曲《てんごく》[一一]なりと

一 そのような人。人相見と思われる人。「見え」は「見られ」であるが、「見せ」と同じ。

二 「狛人」は「高麗人」とも書く。『源氏物語』にも、「そのころ高麗人《こまうど》の参れるなかに、かしこき相人ありけるを」(桐壺巻)と見えている。

三 この「二人」は、重木と世次と見る注釈書もあるが、重木とその妻と見る方が自然であろう。狛人は「夫婦とも長生き」と言ったというのである。

四 「ことごと」は「他事」と表記もできる。「ほかの事」。

五 基経の子息たち。時平・仲平・忠平。

六 上の者にへつらい、行いを偽り飾る者の多い小国日本には。

七 相応しない。ふさわしくない。

八 ああ、全くこのお方こそ日本の国の柱石とも申すべきお方ですね。

九 末永く子孫が続き、藤原氏の一門が栄える事は。

一〇 ただもう、この殿さま(忠平公)が実現なさいます。

一一 心を曲げて人にへつらう男。「諂曲」は仏語。『法華経』方便品に「我慢自矜高、諂曲心不実」と見え、また勧持品に、「世尊、我等モ亦、当ニ是娑婆国中ノ、人ハ多ク弊害ニ、懐キ増上慢ヲ、功徳浅薄、瞋濁諂曲、不レ実ナラ故ナリ」とも、「悪世中ノ比丘ハ、邪智ニシテ心諂曲」ともある。

一二 「儀」は、法則。つまり狛人の人相判断の判定に寸分たがわぬ偉業を成し遂げたということ。

斯く言ふ《このように言うとは》、恥づかしき事』と仰せられけるは《仰せられたことでした》。されど、一二 その儀に《判断と》違《たが》はせたまはず、門をひらき、栄花をひらかせたまへば、『なほ《やはり狛人は》いみじかりけり《偉かった》』と思ひ侍りて《存じまして》、またまかりたりしに《〔狛人の所へ〕》、小野宮殿《実頼公》おはしまししかば、え申さずなりにき」

（重木）一三「ことさらに、あやしき《見すぼらしい》姿を作りて、下臈《げらふ》の中に遠く居させたまへりしを、多かりし人の中より《狛人はたくさん集まっていた人の中から》伸び上り見奉りて、指《および》を差して物を申ししかば《何か申しましたから》、『何事ならむ』と思ひたまへりしを《思っておりましたが》、後に承けたまはりしかば、『貴臣よ《あれは高貴なご家来だ》』と申しけるなりけり。一四 さるは、一五 いと若くおはしますほどなりかしな《その実　実頼公がまだごくお若くていらっしゃる頃の事だったのですよ》。一六 いみじきあざれ事どもに侍れど、まことにこれは徳至りたる翁どもにてさぶらふ《真実わたくしどもは人徳をきわめた老人どもでございます》。一七 などか人の許させたまはざらむ。また、一八 拙《つたな》き下臈のさる事もありけるはと、きこしめせ」

宇多法皇遊女御覧

（重木）「亭子院の、一九 河尻に二〇 おはしましに、白女《しろめ》二一 といふ遊女《あそび》召して御覧じなどせさせたまひて、『遥《はる》二二 かに遠くさぶらふ由、歌に仕うまつれ』と仰せ言《ごと》ありければ、詠みて献りし、

一三 実頼公は、わざと粗末な衣服をまとって、末席の身分の低い者どもの中にまじって遠くの方にすわっておられたのだが。「下臈」は身分の低い者。「居」は、すわる、腰をおろす。「立つ」の反対語。

一四 真相を説明する「なりけり」。

一五 前文を承けて、説明する語。「しかあるは」であるが、順接と逆接と二通りあり、多くは逆接。世の中は見かけと反対の場合が案外あるので、「実は…だ」と説明する場合、「さるは」と切り出す。

一六 ふざけたような話ばかりでございますけれど。「あざる」は、ふざける。

一七 〔ですからこの老人が何を申しましても〕なんで人が大目に見ないことがありましょう。

一八 賤しい私風情の下々の者でも、高貴な方々を近くでお見上げしたこともあったのだなと。

一九 「亭子院《ていじのゐん》」は宇多法皇。光孝天皇の第七皇子。貞観九年（八六七）五月五日生。承平元年（九三一）崩。六十五歳。寛平九年（八九七）、三十一歳で譲位。昌泰二年（八九九）に仁和寺で出家。三十三歳。

二〇 淀河の河口。「中村」という所（摂津名所図会）。

二一 『古今集』作者。江口の遊女。

二二 『大和物語』百四十五段参照。そこに「上達部、殿上人、親王《みこ》たちあまたさぶらひ給ひければ、下に遠くさぶらふ。『から遥かにさぶらふ由、歌仕うまつれ』と（下略）」とある。

一 浜千鳥飛びゆく限りありければ雲立つ山をあはとこそ見れ（飛びゆく力には限度がありますから）（あれはと遠く見上げております）

いといみじうめでさせたまひて、物被《かづ》けさせたまひき。『命二だに心に叶ふものならば』も、この白女が歌なり」

（重木）「また、鳥飼院《とりかひのゐん》三におはしましたるに、例の遊女《あそび》どももあまた参りたる中に、大江玉淵《おほえのたまぶち》四がむすめの、声よくかたちをかしげなれば、あはれがらせたまひて、上《うへ》に召し上げて、『玉淵はいと労ありて（たいへん勉強家で）、歌などいとよく詠みき。この「鳥飼」といふ題を、人々の詠むに、同じ心五（そなたの父親と同じ趣向で見事に和歌を詠んだら）に仕うまつりたらば、まことの玉淵が子とはおぼしめさむ』と仰せたまふを、承けたまはりてすなはち（即座に）、

六 深みとりかひある春に逢ふ時は霞ならねど立ち昇りけり

など」

めでたがりて、帝より始め奉りて、物被《かづ》けたまふほどの事、七南院の（是忠親王）七郎君に、うしろむべき事など（玉淵の娘の面倒を見るべき事などを）仰せられけるほどなど、委《くは》しくぞ語る。

一『大和物語』百四十五段に所載の歌と同じ。「浜千鳥」は白女自身を意味する。「雲立つ山」は宇多法皇の御席。「あは」は「彼《あれ》は」に「淡と《あはと》」（ぼんやりと）を掛け、更に「阿波国」が利かせてある。

二『古今集』離別に、「源実《みなもとのさね》が筑紫（九州）へ湯浴《あ》みむとてまかりける時に山崎にて別れ惜しみける所にてよめる　白女」の詞書で載っている歌「命だに心に叶ふものならば何か別れの悲しからまし」（命さえ自分の希望通りになるものならば、どうして別れが悲しかろう。明日知れぬ儚《はかな》い命だからこそ、別れが辛いのだ）。

三 大阪府三島郡鳥飼に在った離宮。この話も『大和物語』百四十六段から採録したらしい。

四 大江玉淵は、音人の子。従四位下。少納言。日向守。大江音人は、平城天皇皇子阿保《あぼ》親王の子。前の話の白女も大江玉淵女だという伝えがあるが、このあとの女性も玉淵女だというのなら、白女はどうなるのか。玉淵女が姉妹二人いるのか、或いは一方は別人か。

五『大和物語』百四十六段には、「この鳥飼といふ題をよく仕うまつりたらむに従ひて、まことの子かとはおもほさむ」となっている。

六『大和物語』には「浅みどりかひある春にあひぬれば霞ならねど立ち昇りけり」とあり、小異がある。但し、異本によっては『大鏡』と同じ本文もある。

七「南院」は、『拾芥抄』に「四条北壬生《みぶ》西、是忠親王家」とある。光孝天皇第一皇子是忠親王の七男、源清平。大宰大弐。

古今集と貫之・躬恒

（重木）「延喜の御時に、[八]『古今』抄ぜられし折《古今集を撰定遊ばされた時に》、[九]貫之はさらなり《いうまでもなく》、[一〇]忠岑《ただみね》や[一一]躬恒《みつね》などは、[一二]御書所《おほんふみどころ》に召されてさぶらひけるほどに、[一三]四月二日なりしかば、まだ[一四]忍び音《ね》のころにて、いみじく興じおはします。貫之召し出でて、歌仕うまつらしめたまへり。

[一五]こと夏はいかが啼《な》きけむ時鳥《ほととぎす》この宵ばかり怪しきぞなき

それをだにけやけき事に思ひたまへしに《すばらしい事と存じましたのに》、同じ御時、御遊び《音楽の》ありし夜《よ》、御前《おまへ》の御階《みはし》《階段の下》のもとに躬恒を召して、『月を弓張《ゆみはり》といふ心は、何の心ぞ。これが由《よし》《このわけを》仕うまつれ《歌に詠め》』と仰せ言《ごと》ありしかば、

[一六]照る月を弓張としもいふことは《特に「弓張月」というわけは》山辺をさしていればなりけり《矢を射るように入るからです》

と申したるを、いみじう感ぜさせたまひて、[一七]大褂《おほうちき》賜ひて、肩にうち《さっと》掛くるままに《掛けるとすぐに》、

[一八]白雲のこのかたにしもおり居るは天つ風こそ吹きてきぬらし

いみじかりしものかな《すばらしい詠みぶりですね》。さばかりの者を《躬恒のように卑しい身分の者を》近う召し寄せて勅禄《天皇じきじきのご褒美を》賜はすべき事ならねど、誹《そし》り申す人のなきも、君の重くおはしまし、また

八 延喜五年四月十八日に、その撰集の勅命が下った。
九 紀貫之は、御書所預《あずかり》。撰者の筆頭。
一〇 壬生《みぶの》忠岑。撰者の一人。
一一 凡河内《おおしこうちの》躬恒。貫之に次ぐ実力者。
一二 宮中の図書の管理にあたる所。承香殿の東の片庇《かたびさし》にあった。
一三 『貫之集』に、「延喜御時やまと歌知れる人を召して、昔今の人の歌献らせ給ひしに、承香殿の東《ひんがし》なる所にて歌選らせ給ふ。夜の更くるまでとかう言ふほどに仁寿殿のもとの桜の木に時鳥の啼くをきこしめして四月六日（書陵部蔵『貫之集』二日）の夜《よ》なりければ、珍らしがりをかしがらせ給ひて、召し出でて詠ませ給ふに献る。こと夏はいかが啼きけむ時鳥今宵ばかりはあらじとぞ聞く」とある。
一四 声をひそめた鳴き声。本格的に鳴き出す前の初音。
一五 これまでの夏にはどんな風に啼いていたのでしょうか、時鳥よ、今夜のお前の声ほど不思議に心を惹かれることはない。
一六 「照る月」「白雲の」二首、『大和物語』百三十二段に収録。
一七 ゆき・たけなどを大きく仕立てた褂。ご褒美として賜り、あとで実際に役立つよう仕立て直す。
一八 白い大褂が手前の肩におりて来たのは、天の風が吹いて来たからでしょう。宮中を暗示。「方」と「肩」、「織り」と「下り」、「来ぬ」と「着ぬ」が掛詞。

躬恒が和歌の道に許されたるとこそ思ひたまへしか。かの遊女《あそび》[一]どもの、歌詠み感《かん》賜はるは、さぞ侍る。院にならせたまひ[二]、都離れたる所なれば」

と、言ふ[三]こそ、余りにおよすげ[四]たれ。

この侍、問ふ。

(侍)「円融院の、紫野《むらさきの》の子《ね》の日《び》の日[五]、曾禰好忠《そねのよしただ》[六]いかに侍りける事ぞ」

と言へば、

(重木)「それそれ、いと希有《けう》[七]に侍りし事なり。さばかりの事に、上下《かみしも》を選ばず和歌を賞ぜさせたまはむに、げに入《い》らまほしき事に侍れど、隠《かく》ろへにて優なる歌を詠み出ださむだに、いと無礼《むらい》に侍るべき。殊に、座にただ着《つ》きに着きたりし、あさましく侍りし事ぞかし。小野宮[八]殿・閑院大将殿などぞかし、『引き立てよ、引き立てよ』と掟てさせたまひしは。躬恒が別禄[九]賜はるに、たとしへなき歌詠みなりかし。歌いみじくとも、折節・切目《きりめ》を見て仕うまつるべきなり。けしうは

世間から認められているから／お褒めいただくのは 当然のこと／［その上］都を離れた／所なのですから／老大家風の批評ぶりですね／滅多に見られぬ観物でした あれほどの盛儀に／誰しも参加したい／物陰に隠れていて上手な歌を詠み出そうとするのでさえ 実に 特に好忠は／召人の座に ズカズカと着座したのは 呆れ果てた事 実資公／朝光公 お命じに／なりましたのは てんで比較にならない愚かな歌詠みですよ／歌がどんなにすばらしくても 時と場合を見て詠むようにすべきです へたではない

一 白女や大江玉淵女のような遊女。

二 譲位なさってかなり自由な上皇におなりになり。

三 底本及び同系統の諸本は「優にこそ」とする。流布本の「いふこそ」の方が素直でよくわかる。古本形は、「いふこそ」が何らかの理由で「いふにこそ」と写し誤まられ、その「いふ」に、「優」の字を宛ててしまったのであろう。

四 老成ぶった言い方だ。「およすぐ」は、成長する。年寄じみた態度になる。

円融院紫野の御遊と曾禰好忠の恥辱

五 「子の日」を「根伸《ねのび》」にかけて祝う。正月の最初の子の日、つまり初子《はつね》の日に、野外に出、小松を引き若菜を摘み、遊宴して千代を祝った。

六 あの日、曾禰好忠はどうしたのですか。曾禰は、「曾根」とも書く。六位の丹後掾《たんごのじょう》・曾丹後《そたんご》・曾丹《そたん》と綽名《あだな》された。歌の伎倆はみとめられながら、身分が低い事と言動の奇矯な事から、貴族サロンからは爪はじきされた。むしろ死後にみとめられた。家集を『曾丹集』という。源順と親交があったらしいが、ここの事件は順の死（永観元年）後だから、恐らく孤立無援だったのであろう。『小右記』によると、この日招待された歌人の中に入っていたにも拘らず、好忠を忌み嫌う公卿によって追い立てられたらしい。見すぼらしいなりをしていたのであろう。

七 底本「興」を宛てているが、蓬左本等「けう」。

八 実頼は故人、頼忠は不参、実資とすべきであろう

あらぬ歌詠みなれど《歌詠みですけれど》、辛《から》う劣りにし事ぞかし《ひどく見劣りがしてしまった事ですね》」

と言ふ。侍、こまやかにうち笑《ゑ》みて、

（侍）「いにしへのいみじき事ども《すばらしいさまざまの事》の侍りけむは知らず、なにがし《小生が》物覚え《物心づい》て後《てから》、不思議なりし事は、三条院の大嘗会《だいじやうゑ》[一〇]の御禊《ごけい》の出車《いだしぐるま》、大宮《彰子》・皇太后宮《妍子》より奉らせたまへりしぞありしや。大宮の一《いち》の車の口[一一]の眉《まゆ》に、香　嚢《かうのふくろ》[一二]掛けられて、空薫物《そらだきもの》[一三]焚かれたりしかば、二条の大路《おほぢ》の、つぶ[一四]と煙満《けぶりみ》ちたりしさまこそめでたく《すばらしく》、今にさばかりの《あれほどの》見物《みもの》また無し」

など言へば、世次、

（世次）「しかしか《左様左様》。いかばかり《どれほど》御心に入れて《御熱心に》、挑《いど》みせさせたまへりしか《競争あそばされたことでしたか》は。それに《それなのに》、女房の御心のおほけなさは《図々しさは》[一五]、さばかり[一六]の事を、簾垂《すだれ》おろして渡りたうびにしはとよ《渡っておしまいになったとはねえ》[一七]。あさましかりし事ぞかしな《呆れ返った事でしたねえ》。物け賜《物を》[一八]はる口に乗るべしと思はれけるが《承る入口の方に乗るはずと思っておられたのが》、後《しり》に《車の奥の方に》押し下《くだ》されたまへりけると《座席を下げられたその仕返し》こそ《だと》は承けたまはりしか。げに[一九]女房の辛《から》き事にせらるれども、主《しう》のおぼしめさむところも知らず。男はえしかあるまじくこそ侍れ《とてもそんな事はできそうになく思われます》[二〇]」

か。当時、実資は従四位上、左近中将、蔵人頭、二十九歳。『今昔物語集』二十八ノ三は、兼家とする。
九 特別のご褒美を頂くのと比べると。

三条天皇の大嘗会の御禊の出車

一〇 寛弘九年（一〇一二）閏十月二十七日が御禊。大嘗会はそのあと十一月二十二日に行われた。
一一 「口」は車の前方。「眉」は庇を眉形に作るからいうので、「庇」の事。
一二 合せ香を入れて、帳台の柱に掛ける嚢。径五寸くらいの銀製の球で、中から開いて、香薬を入れる。但し、ここのは、中に火取があって、香をくゆらせた様である（『新講』）。
一三 四辺を香《かお》らす為に、煉香を焚くのを言う（『新講』）。
一四 すきまもなく。びっしりと。一面に。
一五 「大気《おおけ》なし」で、図々しい。大威張り。横着さ。
一六 それほどご主人が心をこめてなさった事を。
一七 「渡りたうびにし」は「渡りたまひにし」と同じ。
一八 「ものけたまはる」は「ものうけたまはる」の略。牛車の前の方の席をいう。
一九 なるほど車の奥の方に乗るのは、女房としては面白くない事になるけれども、主人の思し召すところを考えようともせず、そんな事をするなんて。
二〇 到底そんな風にはできそうにもなく。

一品宮の裳着と侍女の憤死

（世次）「大方、その宮には《妍子の御所には》、心[一]おぞましき人のおはするにや。[二]一品宮《いつぽんのみや》《禎子》の御裳着《もぎ》に、入道殿より《道長公から》、[三]玉を貫《つらぬ》き、岩を立て、水を遣り、[四]えも言はず調《てう》ぜさせたまへる裳《も》・唐衣《からぎぬ》を『（道長）[五]まづ奉らせたまひて、中にも取り分きおぼしめさむ人に賜はせよ』と申させたまへりけるを、『さりとも』《いくら何でも私が頂けるだろうと思っておられた女房が頂けないで》と思ひたまへりける女房の賜はらで、やがて、それ、嘆きの病《そのまま その事から その女房に》付きて、七日《なぬか》といふに《発病七日目に》亡せたまひにけるを、などいとさまで覚えたまひけむ《何でまあそんなにまで思い込んでしまわれたのでしょう》。罪深く[六]、まして、いかに物嫉《ものねた》みの心深くいましけむ」など言ふに《言うのを聞くと》、あさましく《呆れて》、「（記者）いかで《どうして》、かくよろづの事《こんなに何でもかでも全て》、御簾《みす》の内《うち》《奥》まで聞くらむ《向きの秘事まで耳にしているのかと》」と恐ろしく。

かやうなる嫗《おうな》・翁《おきな》なんどの[七]古言《ふること》するは、いとうるさく、聞かま憂きやうにこそ覚ゆるに《聞くのも不愉快のように思われるのが普通だが》、[八]これはただ昔に立ち返り会ひたる心地して、またまたも言へかし《もっと話せもっと語ってくれ》、さしいらへ事《応答したい事》、問はまほしき事多く《たずねたい事が多く》、心もとなきに《待遠しくじれったい気がしている時に》、

[九]「講師《かうじ》おはしにたり」

菩提講中止、世次たち行方不明

一「我の強い女房」（橘純一）。「我執の強い人」（岡一男）。「気が強くて激しい女房」（橘健二）。

二 妍子が産んだ三条天皇皇女、禎子内親王。「裳着」は、女子が成人して、結婚前に、裳を着ける儀式。禎子内親王は、治安三年（一〇二三）四月一日に裳を着けた。時に禎子十一歳。

三 裳・唐衣の模様の描写。

四 何とも言えないほど美麗に新調なさった裳と唐衣を。

五「まづ」は、底本及び同系統の本、蓬左本に「よつ」とあるけれども、「四領」も作ったとは考えにくい。そこで、桂甲本・久原本に「まづ」とあるのに拠った。「まず、宮がお召しになって、そのあと、お側に仕えていらっしゃる方の中でも取り分けお気に入りのお腰元にお下げ渡されるよう」と道長公が仰せられたのを。「奉る」は、貴人が着物をお召しになる意味。

六 執着の罪が深く、それにもましてどんなにか、嫉妬羨望の心が深くあらせられたことか。

七 昔話。古い追憶談。

八 この老人たちの話は、ただもうその昔に立ち戻って目前にその事に出会っているような感じがして。

九 今日の法会《ほうえ》の説教をなさる坊さまがお着きになった。話者は、人々。

一〇 世次の申した一品宮御誕生の折の素晴しい夢のお告げ（二九六頁）。

と、立ち騒ぎののしりしほどに《がやがや騒いだために》、掻き醒ましてしかば《すっかり興も醒めてしまったから》、いと口惜しく《大層残念で運が悪かったのだ》。「事果てなむに《説教が終った頃に》、人つけて《誰かに後をつけさせて》、家は何処《いづこ》ぞと見せむ《どこかと見届けさせようと思ったの》」と思ひしも《も》、講《かう》の半《なか》らばかりがほどに《説教の中途ごろに》、その事となく《何が原因だか分らぬが》、とよみとて《騒ぎだと言って》、擾い《わいわい》ののしり出で来て《怒鳴り立てる事が起って》、居《ゐ》込《こ》めたりつる人も皆崩れ出づるほどに紛れて《びっしり坐っていた人も皆なだれを打ってその場を出る頃に紛れて》、いづれともなく見紛《みまぎ》らはしてし《どれが誰やら見失ってしまった》口惜しさこそ《残念さこそ〔譬えようもなかった〕》。何事よりも《何よりも》、[一〇]かの夢の聞かまほしさに《知りたさに》、居所《ゐどころ》も尋ねさせむとし侍りしかども、ひとりび《あの中の一人》とりをだに《さえ》、え見付けずなりにしよ《見付ける事ができずじまいになってしまいましたよ》。

まことまこと《ああ　そうそう》、[一一]帝の母后《ははぎさき》の御許《もと》に行幸せさせたまひて《〔そのお帰りに〕》、[一二]御輿《こし》寄する事は、[一三]深草《ふかくさ》の御時よりありける事とこそ[一四]。それが先は《仁明天皇以前は》、[一五]下《お》りて乗らせたまひけるを、[一六]后宮《きさいのみや》《橘嘉智子》、[一七]「行幸の有様、見奉らむ《（嘉智子）》。ただ寄せて奉れ《じかに寝殿まで御輿を近付けて》」と申させたまひければ《后の宮の仰せ通りになさったので》、その度《たび》《その折》、さておはしましけるより、今は寄せて乗らせたまふとぞ《現在は寝殿までお乗りになるのだということです》。


一一「朝覲《ちようきん》の行幸」といって、新年に天皇が、上皇・母后の御所に年賀に行かれる事。

一二 鳳輦《ほうれん》を寝殿の御階《みはし》のところまで近寄せる事。

一三「深草の御時」は、仁明天皇の嘉祥三年正月四日から始まった。注一七参照。

一四「とこそ聞け」の下略。

一五 一旦、寝殿の御階を下りて御輿にお乗りになった。

一六 仁明天皇生母。嵯峨天皇皇后、橘嘉智《かち》子。

一七『続日本後紀』の嘉祥三年正月四日の条に、「（上略）吾処《ヲリ》ニ深宮之中《キ》一、未《ダ》嘗《テ》見ニ我《ガ》帝御《スル》レ輦《ニ》之儀《ヲ》一、今日《ノ》事、須《スベカラク》ニ眼下《ニシテ》登《リ》レ輿、使《ムズ》レ得《ルコトヲ》相見一者」とある。

朝覲の行幸に鳳輦を階下に寄せる由来

＊この最終記事は、関根正直博士の『大鏡新註』に、「此の一条は、上文の中に、後人の押紙し置きしが、離れたるを、更に後の人の末に貼り付けたるならむ」とあるように、『大鏡』とは関係がないから「え見付けずなりにしよ」までで、あとを除去すべきであるが、かなり古い時代に、『大鏡』の一部と誤認され、「まことまこと」の語句を末尾に添え、「補遺」めかしたものと推測される。これとほぼ同文のものが、仏教の霊験説話集『打聞集』（崇徳天皇の長承三年ごろの写本）にも書き加えられているので、『大鏡』がこれらの仲間の説話文学集のように解されることもあった事を示していて興味深い。目くじら立てて除去するにも及ぶまい。

解説

石川　徹

一　作者能信説の再浮上

『大鏡』は従来作者不明であったから、したがって成立年代の推測もまちまちであった。ところが、最近になって、松村博司氏が、作者について有力な手懸りを摑《つか》まれたから、今後急速に研究が細密になり、作者論も成立論も的《まと》が絞られてくる気配が見えてきたのは喜ばしい。そのお考えは、作者その人をつきとめたというのではないが、藤原道長の五男権大納言能信に親近した人とか下僚にあたる人、つまり能信周辺の誰かだろうとする説で、これは、きわめて信憑性《しんぴょうせい》が高い。山中　裕氏も、雑誌「文学」（昭和四十二年八月号）所載の「大鏡の道長批判」と題する論文の中で、能信説は、『日本紀私抄』に見える古説だから、十分再検討の余地があると述べておられたのだが、松村氏は、能信自身でなく、その部下とか親しかった人の述作と考えられたわけで、能信自身とするには難があるが、その周辺の人とすれば、いかにもありそうな話になる。こうして、古い伝承であった能信説が新しい装いをまとってにわかに浮上してきたのである。

古い伝えというのは、相州（神奈川県）金沢の称名寺の第二代長老、明忍坊剣阿（一二六一～一三三八）の書写と伝える『日本紀私抄』（東大図書館所蔵）に、「广訶大円鏡」（大鏡ノ異名）に注して、

自《ヨリ》二文徳一至《ル》二後一条《ニ》一十五（ママ）帝

自リ二冬嗣公一至ル二道長公ニ一七代歟

大納言能信ノ作、御堂関白道長息

とあるから、そういう古い言い伝えがあったらしい。能信は、西宮左大臣源高明（醍醐天皇皇子）の息女明子と道長との間に生れている人物だから、藤原氏の人でいて、源氏贔屓《びいき》だと考えられ、しかも、父道長の偉大さを後世に伝えようという願望を持っていたとして当然だから、まことに『大鏡』の内容によく合致しており、さらに、道長の息女妍子所生の三条天皇の皇女、一品宮禎子《いっぽんのみやていし》内親王（後ノ陽明門院）が、後朱雀天皇のもとに入内《じゅだい》した折、その中宮大夫《だいぶ》として禎子に仕え、後三条・白河両帝の功臣となり、そのため、白河天皇即位にともない、延久五年（一〇七三）五月、「贈太政大臣正一位」を追贈された人物で、『大鏡』の述作を発議した人として最もふさわしいから、筆者も、双手《もろて》を挙げて賛成したい。

この能信を作者に擬する古説は、嘗て萩野由之博士も、あるいはそうかも知れないが、にわかに断言はできないという意味のことを述べておられたそうである（岩波講座　日本文学　大鏡概説　山岸徳平　昭和八年一月）。また井上通泰博士は、『南天荘襍筆』（昭和五年二月十五日発行）の中で「大鏡の作者」と題して「源道方説」を提唱されたあとに、「右の考証によつて余は大鏡の作者は源道方に相違ないとまで云ふのでは無い。ただ一説として学者の批評を乞ふのである」（明治四十二年八月廿日稿）と結ばれたあとに、「追記」として、

鎌倉時代の古説に道長の子能信の作といふ説があるさうであるが今鏡藤波の下の巻『ますみのかげ』に此能信の才藻を叙して

閑院の春宮大夫と申すも高松（○明子）の御腹なり。贈太政大臣よしのぶと申。白河院の御お

ほぢ贈皇后宮の御おやにてまことの御娘にこそおはしまさねどもいとやんごとなし。この殿は詩など作らせ給けるとて人の語り侍しは

はるにとめる山の月はかうべにあたりてしろし

とぞきこえ侍りしまだ忘れ侍らぬ。これはふみを題にて作り給へるに呉漢とかいふ人とぞいひし。所の名などをもさすがにたどたどしくなん申しし。また御歌もうけ給はりき

くもりなき鏡の光ますますにてらさん影にかくれざらめや

と。白河院の御事を伊勢大輔よみ侍けるその御返しとぞきこえ侍し

とある。能信もし大鏡の作者ならば此ついでに、否主として大鏡を作りし事をこそ云はめ

（大正三年八月）

と述べておられる。「能信もし大鏡の作者ならば」以下の文は、『今鏡』の著者が、『大鏡』の作者が能信だと知っていたならば、能信の作った詩や歌を紹介するよりも、『大鏡』をまず第一に挙げるはずであるのに、それをしなかったのは、『今鏡』の著者は、『大鏡』の作者とは知らなかったか思っていなかったかのどちらかだろうという意味である。つまり、井上通泰博士は、能信作という古説を信じなかったらしい。但し、源道方では道長より二歳年少の人物で、『大鏡』の作者とするには高齢に過ぎる。

次いで、関根正直博士は、『大鏡新註』（大正十五年十一月五日発行、六合館刊）の中で、道方の子の桂大納言経信を作者に擬する考えを提出された。

このあと、昭和二年七月に、西岡虎之助氏は「大鏡の著作年代と其の著者」（史学雑誌第三十八編第七号）を発表、能信説を積極的に主張した。次いで山岸徳平氏が、昭和八年に、「岩波講座　日本文

学」の『大鏡概説』に「源俊明説」を提唱された。また昭和十一年に鎌谷春市氏が、「学芸」十二月号に、「大鏡の成立と作者」という論文で、能信説を唱えたが、宮島 弘氏は、山岸氏の俊明よりもむしろ源俊房の方がふさわしいとされ、西岡氏の万寿二年（一〇二五）成立とする能信作者説はこのころから学界から相手にされず、以下、源雅定とか、藤原資国とか、源顕房とか、源乗方とか、源雅実とか、大江匡房とか、その他さまざまの臆説が主張された。それらは最近の能信説と関係ないので、こうした説を一々紹介することは省略する。

西岡説は、『大鏡』が「序」で万寿二年を現在時として語っており、その年、能信三十一歳だから、『大鏡』に登場する若侍が三十くらいとあるのは能信自身だとされるのであるが、このような観点からの能信作者説では、大方の研究家を納得させることはむずかしかったのであろう。

松村博司氏と相前後して、山中 裕氏は、昭和四十九年発行の『平安朝文学の史的研究』（吉川弘文館）の中で、西岡説を批判し、「万寿二年説とは別に能信説は、もう一度考え直してみる必要もあると思う」と書いておられるが、能信の有する『大鏡』の作者にふさわしい人となり・境遇等から見てよく考えるべきだと言われたのは、至極もっともな見方であった。

こうして、近来の松村博司氏のお考えに到達したわけで、それによると、能信は直接『大鏡』の執筆に携わったのではなく、部下のような人物に、『大鏡』の述作を命じたのではないかと考えられたようである。なるほどそれなら、小一条院東宮退位事件に能信が姿を現して活躍しても、能信自身から親しい部下などが聞いて書いたのなら、少しも差し支えない。むしろ、ありそうな事でさえある。

松村氏は、

○（上略）能信は小一条院東宮退位事件の個所でも知られるように、自身が話の中に登場するし、能信自身が著作したとするには難がある。私は、能信自身が筆を執ったのではなく、能信周辺の人――たとえば能信に親近した人とか、下僚に当る一人――が、その命を受けてか、あるいはその意を体して執筆したのではないかと考える。……（中略）……、大鏡の原作者は、能信周辺の人であったのが、その主人の名をもって伝えられたのであろう。能信は治暦元年（一〇六五）まで生きた人であるが、周辺の人の執筆とならば、能信の死没は余り問題とならないであろう。強いていえば、能信は、後朱雀天皇の長暦元年（一〇三七）三月から、長久五年（一〇四四）まで皇后宮大夫を経験しているから、恐らくそれ以後の事で、死没した治暦元年よりも以前の事であろう。ここに皇后宮というのは、三条天皇と中宮妍子の女、禎子内親王の事で、第五巻巻末に、「こゝにありとて、さしいでまほしかりしか」――皇大后宮（妍子）に縁故の者ならここにおりますといってとび出したい気がした――とあり、また『栄花物語』巻三十四にも、「故皇太后宮（妍子）の御折より、この宮（皇后禎子）をばとりわきあつかひきこえさせ給」とあることばを勘案した結果である。

（昭和五十九年五月桜楓社刊『栄花物語・大鏡の成立』一六二頁以降）

と述べておられる。

　このようにして、能信を作者と伝える古説は、『大鏡』著述の発案者もしくは発起人として、作者代表の形で蘇ったわけである。現今でいえば、監修者というに近い。能信は、いかにも『大鏡』を書きそうな人物だが、地位が高過ぎて、実際の執筆に従事できそうにない。実際の起草者は、もう少し身分の低い人物に求めなくてはならないと思われる。

　筆者は、松村博司氏の説に大賛成であるが、少し異なる点もある。前記の引用文中にも見えるが、「下僚に当る一人」と書いておられるが、私は、この能信の命を受けたか意を体したかした人物を、三人もしくはそれ以上（たとえば四、五人）だったように考える。それから、「能信の死没は余り問題にならないであろう」と言っておられるのだが、実は大いに関係があり、能信薨去の治暦元年（一〇六五）という年は、多分『大鏡』に着手すなわち起筆の年だと見ているので、成立年代を決定する鍵と考える。結論を先に言えば、能信薨後、然るべき年月の後に『大鏡』は成ったものと思う。「然るべき年月」というのは、後述するが、『大鏡』原型の成立と、現在見る、六巻本『大鏡』の成立とは時間的に差があるはずで、原型の成立は、治暦元年以降ほぼ十年以内と見てよかろうが、六巻本の古本系『大鏡』の成立は、さらに下降するし、三巻本古本の成立は、またもう少し下降すると考えられる。流布の増補本の成立や「後日物語」の書かれるまでには、さらに日子を要したであろうが、本書は六巻本の東松《とうまつ》本を底本にしたから、これらあとあとの問題には深入りしない。

二　大宅世次の年齢と雲林院菩提講の年時

『大鏡』の伝本は、古本系統本と流布本と異本の三種に分類されているが、六巻本の東松本、三巻本の、近衛家旧蔵本・千葉胤明氏旧蔵本・桂宮旧蔵甲本・平松家旧蔵本・蓬左文庫本・桂宮旧蔵乙本・久原文庫本（大東急記念文庫本）・伝烏丸光広本（静嘉堂文庫本）等々は古本系統に属する。古本系の本文を有する断簡には、ほかに巻頭部分から帝紀の三条天皇の初めまで残存させている三条家旧蔵本がある。断簡なので六巻本か三巻本か不明だが、これは片仮名本で、十三世紀はじめの成立といわれている。流布本は古活字本・整版本等で八巻八冊が普通であるが、六巻六冊本もある。異本系統の本には、萩野本（九州大学付属図書館本）と披雲閣本とがある。

この三種類の本について、『大鏡』の最重要人物、大宅世次《おおやけのよつぎ》の年齢を検すると、古本は三条家旧蔵本も含めて、すべて「百九十歳」、流布本はすべて「百五十歳」となっている。異本系統の九大図書館の萩野本は百九十歳。披雲閣本は流布本の影響を受けたか百五十歳である。夏山重木《しげき》は、世次が百九十歳とある本では「百八十歳」、世次が百五十歳とある本では「百四十歳」となっているが、重木の年齢は確実でなく、第六巻での、侍の計算もふたしかであるから、今、問題にしない。世次の年齢が、この物語を読み解くための重要な鍵なのである。明治・大正から昭和の初めころまで、多くの注釈書は流布本に拠っているので、世次の年齢を百五十としているが、この考えは、第六巻の世次の妻の年齢を「二百歳ばかり」と記している所で、破綻《はたん》をきたすのである。

元来、もと「百五十歳」とあったなら、勝手に「百九十歳」に改めるということは、なんとも不可思議であろう。あとを読み進めると、「百九十歳」では、貞観十八年正月十五日出生だと称する世次の年齢が、世次の述べようとする万寿二年（一〇二五）には百五十歳のはずで、百九十歳では合わないので、「百九十歳」の方を改めたのであろう。つまり流布本は改竄《かいざん》本・改悪本なのである。「百九十」という年齢は、あまりに長寿過ぎて疑わしいし、「百五十」の方が穏やかだし、ついでに夏山重木の年齢の方も「百八十」くらいだろうと世次が言ったのを、これも安易に「百四十」と改めてしまったのだと思われる。原文について検討してみよう。
○年三十ばかりなる侍《さぶらひ》めきたる者の、せちに近く寄りて、「いで、いと興ある事言ふ老者《らうざ》たちかな。
さらにこそ信ぜられね」と言へば、おきな二人見かはしてあざ笑ふ。重木《しげき》と名乗るが方ざまに見遣りて、「『幾つといふ事覚えず』と言ふめり。このおきなどもは、覚えたぶや」と問へば（世次）

「さらにもあらず。一百《いつぴやく》九十歳にぞ今年《ことし》はなり侍りぬる。されば、重木は百八十に及びてこそさぶらふらめど、優しく申すなり。己れは、水尾《みづのを》の帝（清和天皇）のおりおはします年（貞観十八年。西暦八七六年）の正月の望《もち》の日（一月十五日）生まれて侍れば、十三代にあひ奉りて侍るなり。けしうはさぶらはぬ年なりな。まことと人おぼさじ。されど、父が生学生《なまがくしやう》に使はれたいまつりて、『下﨟《げらふ》なれども、都ほとり』といふ事侍れば、目を見たまへて、産衣《うぶぎぬ》に書き置きて侍りける、いまだ侍り。丙申《ひのえさる》の年に侍り」と言ふも、「げに」ときこゆ。

と明確に述べているから、貞観十八年（八七六）一月十五日誕生であることは動かない。

とすると、西暦八七六年に百九十年を加えると、雲林院で菩提講が開催された年時は、数えで、西暦一〇六五年、年号で言えば、康平八年である。八月二日改元で治暦元年と改まった年である。康平八年は、『大鏡』著作の監修者であり、発起人であったらしい藤原能信が、二月九日に薨去した年である。松村博司氏の説を敷衍《ふえん》すれば、能信に親近し、能信を崇拝し、能信に傾倒し、能信の遺志を嗣いで『大鏡』の著作に情熱を傾けた腹心の部下たちが、おそらく能信の霊前に誓い合い、道長伝の完成に情熱を燃やしたのは、必ずや、能信の没した治暦元年いや康平八年二月九日の通夜か、その葬儀の日を去ることいくばくも経たないころであったろう。

とすると、冒頭の「さいつころ、雲林院の菩提講にまうでて侍りしかば」の「さいつころ」は康平八年の五月ころで、世間に流布している多くの注釈書に、「万寿二年（一〇二五）の五月ころ」と注しているのは誤りということになる。ところが、康平八年には、能信までがその年の二月九日に七十一歳で世を去っており、能信の父御堂関白道長も康平八年を去ること三十八年前の万寿四年（一〇二七）に他界しているのだから、大宅世次と夏山重木とその妻が、互いに見かわして、

○年ごろ、「昔の人にたいめして、いかで世の中の見聞く事どもをきこえ合はせむ。この、ただ今の入道殿下の御有様をも申し合はせばや」と思ふに、……（下略）

と世次が重木に言う言葉は、うそいつわりだという事になる。うそでなければ、ボケ老人の語ということになる。

下文にも、「ただ今の入道殿下の御有様の、世にすぐれておはします事を、道俗男女《なんによ》のお前にて申さむと思ふが」とか、「入道殿の御栄えを申さむと思ふほどに」とか、「みな、この入道殿の御有様のやうにこそはおはしますらめ」とあるのは、すべて誤りということになる。これはどういう事か、いろいろ考えられるが、一つは、世次や重木が半ばボケ老人で、道長薨後三十八年という事を忘れ、まだ道長が栄花の絶頂にあった万寿二年ごろのまま、時間が静止したかのように錯覚しているのか、または、道長のもうこの世にはいない現実に目をそむけて、昨今の三十八年間を見ないように強いてつとめているのかのどちらかであろう。二老人の話が、四十年ばかりも昔に遡り、もう死んだはずの「入道関白」が現在も生きているように語られるのでびっくりした聴衆が耳を傾けると、貞信公忠平などという歴史上の人物の名が出てくるので、いたく興味をそそられて、視線を向けたり、近寄ってきたりしたとあるから、気違いとかボケ老人とも思われなかったらしい。「帝紀」に入る直前に、

○嘉祥三年庚午の年より、今年までは、一百七十六年ばかりにやなりぬらむ。

とある。嘉祥三年（八五〇）から百七十六年は、万寿二年（一〇二五）で、この年なら、道長は寛仁三年（一〇一九）三月二十一日に出家し、万寿四年（一〇二七）十二月四日に六十二歳で世を去ったのだから、「ただ今の入道殿下」で結構なのだが、つまり、治暦元年（一〇六五）に雲林院にやって来た百九十歳の大宅世次、百八十歳ばかりの夏山重木は、その四十年前の昔に遡って話を始めたことになる。

言い換えれば、世次は現在百九十歳だが、自分が百五十歳だった当時のころを振り返って、その時代までの歴史を語るのである。百五十一歳から治暦元年現在までの最近の四十年間の話はしないのである。今は一〇六五年だが、八五〇年から一〇二五年までの事を語るのである。

要するに、貞観十八年（八七六）生れの大宅世次は、万寿二年（一〇二五）には百五十歳であるが、雲林院の菩提講に参会した治暦元年（一〇六五）には、正に百九十歳であり、四十年前までのものはや過ぎ去った往時を語ったのである。したがって、東松本第五巻「太政大臣道長上」の中で、

○（上略）世次、年百歳に多く余り、二百歳に足らぬほどにて、かくまでは問はず語り申すは、昔の人にも劣らざりけるにやあらむとなむ覚ゆる。

と言っているのは、序に言う「一百九十歳」に合致するし、また第六巻の「太政大臣道長下」に、やはり世次の言葉の中に、

○いで、この翁の女人こそ、いとかしこく物は覚え侍れ。今一巡《ひとめぐ》りが年長《このかみ》にさぶらへば、（私が）見たまへぬほどの事なども、彼《あれ》（彼女）は知りて侍ンめり。

と言い、また、その少しあとに、

○かの女、二百歳ばかりになりにて侍り。

とあるのとも、よく合致する。

「今ひとめぐりがこのかみ」とは、干支《かんし》一巡を言うので、干か支がひとめぐり年長なのだから、干ならば十年、支ならば十二年である。世次は丙申年の生れだから、干においてひとめぐりなら、妻の出生年は丙戌年、すなわち貞観八年（八六六）になる。応天門炎上の年である。支ならば甲申年、すなわち貞観六年となる。富士噴火のあった年である。いずれにしても彼女は百九十歳の世次より一廻り

上で、十二歳上か十歳上だというのだから、二百二歳か、二百歳ちょうどだから、「二百歳ばかり」というのとぴったりである。世次が、雲林院の菩提講で、講師が到着するのを待つ間に昔物語をしていた時に、通説のように彼が百五十歳だったら、妻との年齢の相違がひどすぎる。やはり百九十歳でなければならない。従って昔語りをしていた時は、万寿二年ではなく康平八年すなわち治暦元年でなくてはならない。

ついでに触れておくと、第六巻で、重木の年齢を重木自身が侍に計算してもらうところがあるが、侍が、陽成院退位の年（元慶八年）に「十ばかり」だと言うのは不審で、世次がこの年は九歳だから、重木の方が年長になり、序文中の「百八十歳」に合わない。このあたりは不審であるが、侍が「年表」持参で、雲林院に参詣したわけでもあるまいし、ここの計算違いは明らかだから、問題にするほどの事はない。それかあらぬか、世次は侍と重木の会話を聞いて居ながら全く黙殺している。侍の言うところは誤っているのである。重木も侍に礼を言わない。間違いを教えられて礼を言う者はおらない道理である。

世次は治暦元年（一〇六五）に雲林院で昔話を始めるが、その下限を道長存命の万寿二年（一〇二五）に止めるから、実際の「今年」より四十年以前を「歴史的現在」として語るのである。だから、重木も「いで、覚えたまへ。時々、さるべき事の差しいらへ、重木もうち覚え侍らむかし」と言うのである。「おぼえ」は四十年以上の古い記憶を思い出して話すというわけである。去年、一昨年など近い時の事なら「いで、語りたまへ」と書くはずである。

三　『大鏡』の原型とその成長

尊経閣文庫蔵松雲公前田綱紀筆『桑華書志』に収められている「古蹟歌書目録」（守覚法親王喜多《きたの》院《いん》御室《おむろ》御所所蔵目録）に、

○「大鏡五巻又二帖」

とある由である。守覚法親王は、後白河法皇の第二皇子で、式子内親王の同母兄。建仁二年（一二〇二）寂。五十三歳。これによると『大鏡』は、当初「五巻」の巻子本《かんすぼん》が作られたわけだが、その後、別に二帖の冊子本が加わり、計七部の書物がひとまとめにされていたことがわかる。「七部」とは五巻の本と二帖の本の意である。これが、四巻と二巻計六巻に整理され、一つに取り合されて、六巻本ができた。そして、さらに、上・中・下三冊の書物に作り直されて三巻本『大鏡』ができた。と、このような成長をしているようである。それがさらに改訂増補されて流布本となり、またさらに「後日物語」が付け足されるという順序で成長していったのであろうが、本集成では、六巻本の東松本に依って本文を立てたから、かなり古い時期の本文である。

たいへん勝手な想像で、松村氏からお叱りを受けるかもしれないが、このように考えるのには、理由がある。元来、道長には五人の男子がある。土御門の左大臣源雅信《まさざね》のむすめ倫子との間には女四人、男二人があった。男二人とは、頼通《よりみち》・教通《のりみち》である。西宮左大臣源高明のむすめ明子との間には、女二人、男四人があった。四人のうち顕信は、早く僧侶となったから、在俗の男子は、頼宗・能信・長家の三人であった。頼通は栄進めざましく、二十六歳で摂政内大臣となり、三十歳で左大臣、七十歳で太政大臣、八十歳で出家。承保元年（一〇七四）、八十三歳で薨去。教通は二十六歳で内大臣、五十二歳で右大臣、六十五歳左大臣、七十三歳で関白、七十五歳太政大臣。承保二年八十歳で世を去った。要するに、倫子の子の頼通・教通は、順調の栄達をなしとげたと言ってよかろう。頼宗は、二十二歳権中納言、二十九歳権大納言、五十五歳内大臣、六十八歳右大臣、康平八年（一〇六五）すなわち弟の能信と同じ年の正月五日に出家し、その年の二月三日に七十三歳で薨じた。能信に先立つ事六日であった。能信の十歳弟の長家は、倫子の養子となったせいもあってか、昇進順調で、十九歳で権中納言、二十三歳で権大納言、三十三歳兼按察使《あぜち》、三十九歳民部卿、四十一歳兼中宮大夫、康平七年、六十歳の時、病を得て二人の兄に先立って没した。

　要するに、倫子の子二人は、長寿で昇進も順調だったが、明子の子息の方は、頼通・教通に劣る。それでも頼宗・長家の二人はまずまずの昇進であったが、能信は、中ごろから出世が止まったままになる。当初は、兄頼宗と雁行《がんこう》して、十九歳非参議、二十三歳権中納言、二十四歳兼中宮権大夫、二十六歳兼左兵衛督、二十七歳権大納言。三十九歳兼按察使、四十一歳中宮大夫、四十三歳皇后宮大夫、五十一歳兼春宮大夫、五十二歳春宮大夫、六十六歳の時「大春宮大夫」と号するが昇進はなく、六十七歳も春宮大夫、以後一度も昇進なく、春宮大夫のまま康平八年、すなわち治暦元年に七十一歳で世を去った。春宮大夫のまま、その春宮（皇太子）尊仁親王の即位を見る事なく、禎子内親王とその子尊仁（後三条天皇）に奉仕しただけであった。頼通・教通はいわば禎子の敵ともいうべき人物であったのに、その二人が生き残り、禎子と尊仁親王を庇護し奉るという、古風にいえば、その忠臣であった能信が後三条天皇の治世に遇うことなく、頼通・教通より先に世を去ったのだから、さぞかし能信は無念だったろうし、能信の部下たちも非常に残念だったであろう。能信が順調だったのは、父道長が存命であった万寿四年（一〇二七）ごろまでで、禎子内親王が後朱雀天皇の皇后になられ、能信が皇后宮大夫になってからは、頼通側からはあちら側（明子側）の人として扱われ、その後皇后宮大夫から春宮大夫となっただけで、結局四十一歳から七十一歳まで三十年間、昇進栄達は皆無であったわけである。

能信の旧部下たちは、道長が存命であったころが能信のしあわせであった時だから、百九十歳の翁をして、四十年昔の万寿二年までを語らせて、頼通・教通栄華の時代を物語ることは止めたのであろう。

「序文」によると、

○年ごろ、「昔の人にたいめして、いかで世の中の見聞く事どもをきこえ合はせむ。この、ただ今の入道殿下の御有様《ありさま》をも申し合はせばや」と思ふに、（下略）

とあるから、著述の目的は、「昔物語」と「道長の有様」の二つを語ることだった事になる。さらに、読み進むと、

○昔物語して、このおはさふ人々に、「さは、いにしへは、世は斯《か》くこそ侍りけれ」と聞かせ奉らむ。

とあって、「昔物語をして古代の世の有様を知らせよう」としたとあり、また、

○昔、さかしき帝の御政事《まつりごと》の折は、国の内に、「年老いたるおきな・おむなやある」と召し尋ねて、いにしへの掟の有様を問はせたまひてこそ、奏する事をきこし召し合はせて、世の政事は行はせたまひけれ。

とあるから、古代の法を知って政治を行なったとして、やはり昔を教えようとしていると理解できる。異母兄頼通の政治の遣り方を批判しているようにも読める。さらに語を継いで、

○まめやかに（真剣に）世次が申さむと思ふ事は、こと事かは（ほかでもない）。「ただ今の入道殿下の御有様の、世にすぐれておはします事を、道俗男女《なんによ》のお前にて申さむ」と思ふが、いと事多くなりて、あまたの帝王《みかど》・后《きさき》、また、大臣《だいじん》・公卿《くぎやう》の御上を続くべきなり。その中に「幸ひ人におはしますこの（道長の）御有様申さむ」と思ふほどに、世の中の事の隠れなく顕《あら》はるべきなり。

と述べているから、道長の有様を言おうとして、天皇、皇后、大臣、公卿（三位以上の上流貴族）の事にも触れざるを得ないというので、やはり、道長の話と、昔から道長時代に至るまでの身分の高い人々についての二つを書こうとしている事がわかる。つまり、二通りの目的の下に『大鏡』は書かれるのだと述べているのである。

そのあと、「帝紀」を述べたあと、「大臣伝」に入る前に、重木の、

○明らけき鏡に逢へば過ぎにしも今行末の事も見えけり

の歌に対して、世次が、

○すべらぎのあとも次々隠れなくあらたに見ゆる古鏡かも

と返歌したあとに、

○よしなき事よりは、まめやかなる事（大切な事）を申し果てむ。よくよく誰も誰もきこし召せ。今日の講師《かうじ》の説法は、菩提のためとおぼし、翁らが説く事をば、日本紀聞くとおぼすばかりぞかし。

と言うのだから、『大鏡』は一つには、『日本書紀』に始まる『六国史《りつこくし》』のような官撰の国史に近いものでもあるのだと、自負の言を吐いているから、内容は⑴道長伝と⑵昔物語との二つだが、同時に、

あわよくば、⑶六国史を継承した著述にまで到達したいのだと、胸を張っているようである。

とすると、康平八年二月九日の能信の死の直後、恐らく四十九日ころまでの間に、能信の部下たちは、何回も集会を持って、『大鏡』執筆について討議を重ね、役割の分担を相談したのではあるまいか。あくまで私見による想像だが、中にしっかりした取り纏め役が居て、この人物Ⓐが中心になって執筆することにし、その際、Ⓐは天皇・皇后、次いで藤原北家の大臣たちから道長に至る事までを書き、Ⓑは藤原氏の氏神や菩提寺の事、つまり宗教関係、寺社などの事を受け持つ事にし、Ⓒは、必ずしも藤原氏や道長に関係ない、延喜・天暦の往時を懐古顧望して、いわゆる天皇親政の良き時代への郷愁を満足させるような話を書く事にし、Ⓓは一人でも複数でもよいが、面白い有益な話柄があったら、持ち込むというような材料蒐集役、補足役というような分担を取り決めて、書き出したのではないか。

そうして、Ⓐの仕事が進捗《しんちょく》して、まず完成し、同志の前で読み上げられたのが、五巻の巻子本であった。これに励まされて、次々と出来上がったのが、Ⓑ担当の「藤原氏の物語」と、Ⓒ受け持ちの「昔物語（雑々物語）」ではなかったか。しかし、ⒷⒸの書いたのは冊子本で、これが二帖あった。直ちにこれを統一して、一部の書物にするはずが、たとえばⒶが世を去るなどの変事があったりして、暫く放置されたのが、『古蹟歌書目録』に言う「大鏡五巻又二帖」ではなかったか。やがて誰かによって五巻の内、終りの五巻目と、Ⓑの「藤原氏の物語」、Ⓒの「昔物語」との三部の書物を調整して二巻に書き改め、Ⓐの書いた初めの四巻と一緒にして六巻本『大鏡』が成ったものではあるまいかと想像する。

三巻本は、六巻本の、五・六巻を第三巻とし、「太政大臣道長」と記している。五巻の巻首に「太政大臣道長上」と記し、六巻の巻首に「太政大臣道長下」と書くと、五巻の内容は道長の事だからよいが、六巻の内訳は、ほとんど道長伝と関係ないので、五・六巻を一つにしたのだろう。一・二巻を第一巻とし、三・四巻を第二巻とし、五・六巻をまとめて第三巻とすれば、第三巻の巻首に「太政大臣道長」と書けば、「道長上」「道長下」と上下に分つ必要がなく、恰好がつくので、三巻本が出来、これに定着したもののように思うがいかがなものであろうか。私の考えは、あくまで推測であって、確定的な事は言えないのであるが、こんな風に推移したのではなかろうかという一つの臆説である。大方のご批判を仰ぎたい。

四 『六国史』を嗣ぐもの

「日本紀聞くとおぼすばかりぞかし」が、単なる「道長伝」や、古代の世の中はこうであったという「昔物語」というばかりでなく、『大鏡』が『六国史』のあとに続くものになる事をも庶幾したかもしれないのなら、ここで、その六国史に目を向ける必要があろう。

『六国史』は、『日本書紀』『続日本紀』『日本後紀』『続日本後紀』『文徳実録』『三代実録』の官撰になる六部の国史の書物である。そこで、これらの書物の撰修事業にどれくらいの年月を必要としたか、また主としてそれらの著述に携わったのはいかなる人物か、また、その記述内容に『大鏡』と共通したものがあったかなかったかの三点について、しるす事にする。以下の調査は、坂本太郎氏の『六国史』（昭和四十五年十一月、吉川弘文館発行）に拠ったものである。

まず撰進に要した年数であるが、右、坂本氏の著書によると、

(1) 日本書紀　三十九年
(2) 続日本紀　三十三年
(3) 日本後紀　二十一年
(4) 続日本後紀　十四年
(5) 文徳実録　八年
(6) 三代実録　八年

となっている（同書、一九頁）。それぞれ、内容年月に違いがあるし、執筆方針に差があろうから、一概には言えないが、『大鏡』の場合、最も短期間で撰修を終えた『文徳実録』『三代実録』と同じくらいの年月を要したとすると、治暦元年（一〇六五）から書き始めて、能信の七周忌に当る延久三年（一〇七一）に書き終え、能信の霊前に供えたとすると、あまり時日が経過しないで結構だが、正味六年では無理かも知れない。そこで、延久五年だと、ちょうど、『文徳実録』や『三代実録』と同じ八年ばかりとなる。この延久五年という年は、能信が白河天皇の即位により、五月六日に、

「太政大臣正一位」

を追贈された年で、不遇だった能信にせめてもの没後の栄誉が与えられた年だから、この年か、翌年の延久六年、即ち改元されて承保元年あたりに功成ったとしてはいかがなものだろうか。かりにこの時、『大鏡』が完成したとしても、「五巻また二帖」の七部に分けられていたままの『大鏡』だったろう。延久五年は二月九日が能信の祥月命日だから、五月六日の贈位があってから、急遽《きゅうきょ》、五巻に「二帖」が追加され、「五巻また二帖」の『大鏡』が翌延久六年（八月に承保と改元）の二月九日の十周忌

の命日に霊前に供えられたと考えるのはどうであろうか。すでに能信が奉仕した禎子内親王は、治暦五年、改元あって延久元年（一〇六九）に、女院号を賜り、陽明門院の称号を受けられていたのである。従来の、『大鏡』の成立年代考の中では、故保坂弘司氏の「承保元年（一〇七四）から永保三年（一〇八三）まで」という説に合致する。

右は、「五巻また二帖」の成立期だから、六巻本『大鏡』、三巻本『大鏡』は承保元年より後の成立となり、流布本の成立はさらに後れよう。

次に、『六国史』はいかなる人物が著述に当ったかということであるが、『日本後紀』以下の四史の序の終末に署名があるのを参考にすると、『日本後紀』は「承和七年十二月九日」の日付のあとに、「左大臣藤原緒嗣・右大臣左大将源常・中納言藤原吉野・中納言藤原良房・参議朝野鹿取・前和泉守従五位下布瑠宿禰高庭・従五位下大外記《げき》山田宿禰古嗣」の七名が連記されている。『続日本後紀』は、「貞観十一年八月十四日」の日付のあとに、「太政大臣藤原良房・参議式部大輔春澄善縄」とあり、『文徳実録』は、「元慶三年十一月十三日」の日付のあとに「右大臣藤原基経・参議菅原是善・従五位下大外記嶋田良臣」とあり、『三代実録』は、「延喜元年八月二日」の日付のあとに、「左大臣左大将藤原時平・従五位上大外記大蔵善行」とあるから、『続日本後紀』以外は、最後尾にいずれも「大外記」某の氏名が誌《しる》されているので、大外記が、こうした官撰国史の実際の筆者のように思える。

けれども、途中で死亡したり脱落したりした人物もあって坂本太郎氏の前記著書の説明によると、必ずしも序文の筆者ばかりではなく、『続日本後紀』の場合は、「序文」の中にも見えているが、最初は文徳天皇の命により、藤原良房・同良相・伴善男・春澄善縄・県犬養貞守の五人によって撰集が始められたが、後、斉衡二年（八五五）に、藤原良相と県犬養貞守が抜け、新たに少外記安野豊道が加わり、四人となった。ところが、伴善男は応天門の事件によって伊豆に遠流となり、良相は、世を早くし、結局良房と善縄だけで、清和天皇の治世に奏進されたのである。善縄は良房の庇護下に在ったから、二人のコンビはうまく往ったらしく、結局、良房の意のままに善縄が執筆したらしいから、この書は、必ずしも大外記のような役人を必要としなかった。善縄は学者で文章博士から参議となった人物である。

また『文徳実録』も、初め六人の者が命ぜられたが、いろいろ変更があり、最後は、前掲の三人が元慶三年に奏撰したのだが、この書の執筆は、最初の六人中の一人、都良香が全力を挙げて執筆に随い、遂に元慶三年（八七九）二月二十五日、完成の九箇月前に仆《たお》れたのであって、撰述の功は大部分都良香に帰せられるべきであったようである。

このように必ずしも、大外記等の国史編修の職掌でない人物が述作に当った場合もあるが、総じて『六国史』の編集に際しては、外記が担当したようである。『続日本紀』の場合は、大外記になった秋篠安人と中科巨都雄の功績が大であった由である。安人は、左少弁、左中弁、右大弁などの弁官をも務めた。『続日本紀』の後半の撰修に携わった上毛野大川は、天応元年（七八一）に大外記になっている。

『日本後紀』の場合、坂上今継・嶋田清田が大外記、山田古嗣は、天長五年少内記、同六年少外記、承和元年大外記になった。

『続日本後紀』の場合は、安野豊道が少外記。

『文徳実録』は、大外記善淵愛成、少内記都良香（既出）が加わっている。大江音人は、少内記・大内記・右大弁などを経て参議になっている。嶋田良臣は初め散位であったが、後に大外記となった。

『三代実録』は、大外記大蔵善行のほか、三統理平が大外記から大内記に遷っている。このように、例外はあるが『六国史』の多くは、大外記の筆になるもののようである。

当時、太政官の役人は、三局に岐《わか》れていた。次の図の如くであるので、参考にしていただきたい。

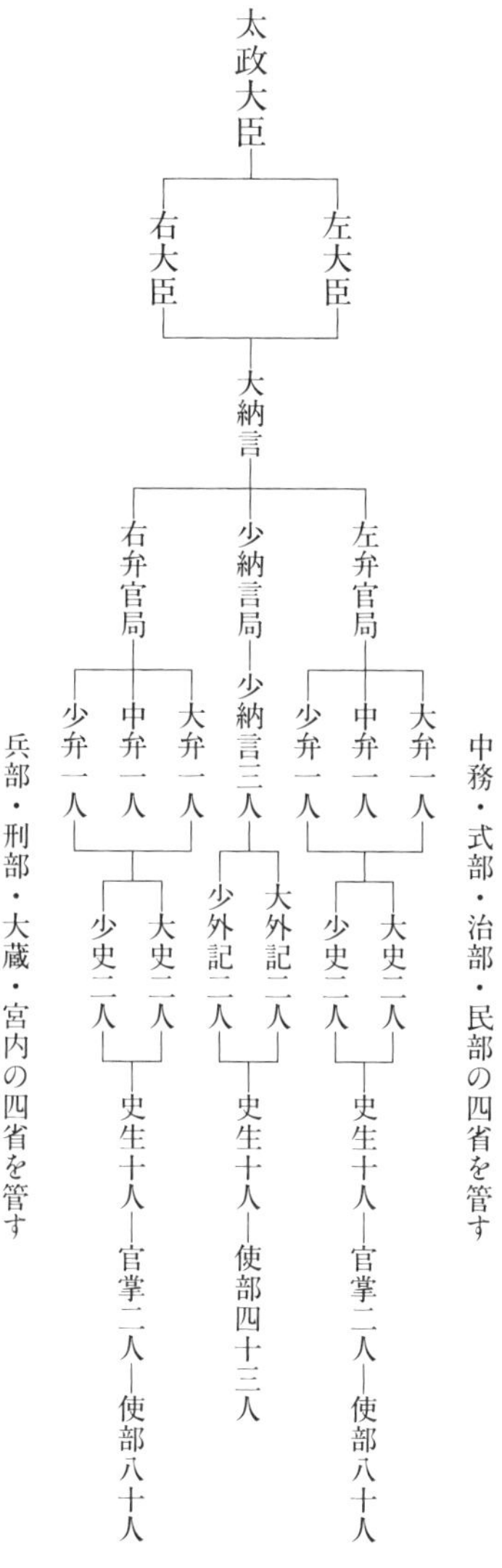

『大鏡』は後に「裏書《うらがき》」が作られたが、これを『大鏡裏書』『大鏡陰書《かげがき》』『大鏡異本裏書』『大鏡異本陰書』等と呼ぶ。「裏書」は東松《とうまつ》本（本書の底本）のような巻子本《かんすぼん》にだけ存し、巻物の紙の背に書き付けた本文の注解を言う。冊子本の場合は、本文と本文の間に「裏書」を移して分けて書いたから「裏書分注」と言う。古本三巻本系の裏書分注本に、「助教師安が筆」とある「助教」は、大学寮の職員で、博士を助けて、教授や、学生に課する試験に携わったりした。正七位相当の官で、定員二名。中

原師安（一〇八八〜一一五四）が助教であった保安四年（一一二三）十二月から保延五年（一一三九）までの十七年間の注記である。保安四年は崇徳天皇の初世で、保延五年は、その末ころになるから、『大鏡』の成立は、鳥羽天皇以前であることは明白であるが、大外記の役は、後に清原・中原二氏が独占して代々この役についたのだから、『大鏡』は『六国史』並みに扱われていた事がわかる。

　とすると、能信の遺臣で、これに親近した人物は、あるいは大外記の職にあった人物ではないかとも考えられる。そのほか、弁官であってもおかしくない。松村博司氏は、

○能信周辺の人というのは、すでに一部の人によって指摘されているように、紀伝道を修めた学者の環境に育った人で、具体的には、下層貴族の蔵人あたりに求めらるべきであろう（前掲書の一六四頁）。

と述べておられる。「一部の人」というのは、藤沢袈裟雄氏（『大鏡論』昭和四十七年七月、角川書店）・迫徹朗氏（「大鏡作者の条件と大江匡房」〈『王朝文学の考証的研究』昭和四十八年、風間書房〉）のことと注記を加えておられるが、ここに、「蔵人説」が提出されている。松村氏の言われる「能信周辺の人」は、私見に当てはめると、まず(A)なる人物であるが、(B)(C)も加えてよいかもしれない。

　つまり、外記ことに大外記、または弁官、または蔵人の中に求めるべきで、そうした人物で能信と昵懇《じっこん》の人物は誰かという事になる。私が今まで調査したところでは、すでに諸家の指摘のある、源経信とか大江匡房など、幾らも適任の人物が現れるので、その人物と能信との親近度を調査しなくてはならない。私には、現在もはや時間的余裕がないので、若い熱心な後学の方々にこれから調査していただくほかはない。

　次に、『六国史』と『大鏡』の似通っている点であるが、これも坂本太郎氏の前掲書の御指摘を参

考にしながら述べる。

まず、第一に『日本書紀』であるが、これはすぐ気が付く事だが、『大鏡』で、世次が語るところと異なる伝えを、侍が口にするという箇処があるのは、『書紀』の「一書《ニ》曰《ク》」として異伝を録す往き方に倣《なら》ったものであろう。『続日本紀』については、特に記すことはない。

次の『日本後紀』は、「人物の伝記」の叙述が傑《すぐ》れている。文は簡潔だが、批判の言辞が痛烈で、その人の長所と共に短所を挙げて公平であり、胸のすくような爽快感を覚えさせる点に特長がある事である。『大鏡』も批判性において傑れている点が相似ている。また、和歌をよく記録しているが、この事も『大鏡』の承けた所であろうか。

『続日本後紀』は、有名な百十三歳の尾張浜主の舞のすばらしさを述べ、また興福寺の大法師等の天皇の宝算四十の賀の行事を叙べ、浦島・柘枝の伝説と長歌を記録しているが、『大鏡』にも、この種のめでたくも美しい描写が出てくる。さらに、物怪《もののけ》の記事の頻出は、両書に共通する所である。

『文徳実録』は人物の伝記を記すところが多い。これも『大鏡』と共通する。特に温く人間の立場に共感して述べているが、『日本後紀』のような批判性は乏しいが、情味がある。これも『大鏡』のよき先達となっているように思われる。外祖父として孫をいつくしむ坂上田村麻呂を描いたり、小野篁《たかむら》に同情して遣唐使の件を詳述するなど人物伝に特色がある。

『三代実録』は、天皇の即位・元服などは必ず記し、また祥瑞・災異も「撮《と》りて悉くこれを載す」という方針であったが、『大鏡』も大体『三代実録』のこの方針をも学んでいるようである。

以上、『大鏡』の執筆者は、恐らく『六国史』を読んでいる人物で、『三代実録』のあとに、七番目の国史が撰述されたとしたら、『大鏡』の執筆者、(A)(B)(C)、特に(A)と(B)などは、その撰修に多分加えられて然るべき人々であったろうという事を言いたかったのである。
『三代実録』の完成は延喜元年（九〇一）八月二日であり、その後、国史の撰修は絶えたままであった。一条天皇の長保二年（一〇〇〇）はもはや『三代実録』が出てから百年目であり、そろそろ国史撰集の議が起っても不思議ではなかった。果して、行成の『権記』を繙《ひもと》くと、その長保二年から更に十年後の寛弘七年（一〇一〇）の八月十三日の条に、次の記事がある。

〇大弐未年首途、与小野宮侍従同観、参内。左大臣於陣被定臨時御読経事。匠作執筆。頭中将仰大臣。修国史久絶、作続之事、可定申。諸卿申。令外記勘申先例可被定行。奏聞此旨。依定中云々。即被仰大外記敦頼朝臣。

というのである。しかるにその後国史撰述の事が沙汰止みになり実現しなかったのは、恐らくまもなく一条天皇が崩御あらせられたからであろう。能信が逝去したのは、この寛弘七年から五十五年後の康平八年（一〇六五）であった。大外記などの職掌にあった者なら寛弘七年ごろからは、国史執筆の意欲に燃えて資料の蒐集なり整理なりをして準備していたかも知れないのに、残念な事であった。そのようなぬか喜びをした者などの中に、『大鏡』の作者が居たかもしれないのである。この『権記』の記事を見ても、大外記などが国史つまり『日本紀』のたぐいを執筆する人として恰好だったのである。寛弘七年から五十五年も降っては、ここに名が挙げられている大外記敦頼朝臣では老齢でその任にふさわしくなくなっていたろうが、康平八年ころの大外記はどうであったろうか。

五　内容年代と成立年代との差違

以上により、『大鏡』は、⑴昔物語をする事　⑵道長を賞讃する事　⑶『六国史』の欠を補う事　という三つの目標をもって書き記されたものであったということが、明らかになったと思うのであるが、第二節にしるした大宅世次が、康平八年（一〇六五）その百九十歳の五月ごろに、雲林院で、『大鏡』の内容を語った時に、康平八年に降ることなく、四十年前の万寿二年（一〇二五）を現在時として、語ったのはなぜかという事について、述べておこう。

まず、『大鏡』執筆目的の上記三項目から言っても、第一項の「昔物語」をする目的に従えば、万寿二年から康平八年までの四十年間というのは、近時の世相であって、「昔」ではないから、これを語るべきではなかったからであろう。次に、第二項の「道長賞讃」をするためには、万寿二年以降の、もはや栄華の絶頂から下り坂に入った、万寿三年・四年の落ち目の道長を語る必要はなく、これを敢えてすれば、道長礼讃の主旨からは逆効果になるし、万寿五年以降となると、道長の薨去後だから、全然意味をなさないので、万寿二年にとどめたのである。次に、第三項は、『大鏡』が『六国史』の後を補うものとするのだが、文徳・清和・陽成・光孝の四天皇時代は、『六国史』にあるから、それを承けた繫ぎの部分であって、『大鏡』全篇を読み終って、文徳・清和・陽成はほとんど何も書かれておらず、光孝天皇には少し触れているが、宇多・醍醐天皇になってはじめて詳細になる。そして、朱雀・村上・冷泉・円融・花山・一条・三条から、後一条の前半までで『大鏡』は終っている。つまり天皇十三代から十四代半ばまで記している。『日本書紀』四十二代、『続日本紀』八代、『日本後紀』四代、『続日本後紀』仁明一代、『文徳実録』一代、『三代実録』三代だから、『大鏡』の十三代半はりっぱなもので、『六国史』と重複する文徳・清和・陽成・光孝の四代を除いても、九代半の天皇について語っているから、『日本書紀』には及ばないが、他の「五国史」を凌駕《りょうが》する。これで十分で、「後朱雀・後冷泉」朝にまで踏み込む必要はなかったのであろう。

一体、物語文学というものの成立年代とか執筆年代とかいう事と、その中に書かれている内容年代とか記事年代とかいう両者の関係は、わかりきった事だが、必ず、後者が古く、前者が新しいという法則がある。この法則は平安・鎌倉時代に頻出した「作り物語」においてまず言えることであって、『源氏物語』も『宇津保物語』も『落窪物語』もすべて、その中に書かれている記載内容は、成立時期より古くから存在する事物である。稀に同時代のものが出て来ても、当然の事ながらそれは少差のもとに、成立年代の方が後である。成立年代の方があとにずれこむ。たとえば、有名な話だが、『源氏物語』の中には「きんのこと」と称する七絃琴が出てくるが、この種の「こと」は紫式部時代にはほとんど弾く人がなく、やがて衰滅する。幕末、水戸烈公のころに、中国からきんを弾く者が来日し、烈公は水戸藩士十七名に習得させたが、明治に入って弾く人は全く居なくなった。平安時代では、桂大納言経信が弾じた由であるが、一般には弾かれなくなっていた。それは、紫式部がまだきんの琴がよく聞かれた村上天皇時代にのっとって作品の年代を定めていたからである。『浜松中納言物語』も、主人公が渡唐するが、これが渡宋でなく、まだ遣唐使が存在したころ（寛平六年以前）に時代を設定した時代小説だったから、三吉野の姫君の母君である尼上（帥宮の遺女）がきんの名手であると設定されている。『落窪物語』の中に、或る容器が出てくるので、この物語の執筆年時を、それが製造されはじめたころと考証した学者が昔あったが、それは誤りで、その容器が出現してからあとの成立という事しか言えないのである。そして、ずっと後かもしれないのである。

ただ作り物語にあっては、このように、その作品に出てくる年時推定の根拠となる事物より、さらに執筆期・成立期は後れるのが普通であるが、いつ執筆したとは書いてない。ところが、『大鏡』は、幸いにして『六国史』に倣ったためであろうか、執筆期を暗示してくれているようである。それは何かというと、『六国史』のうち、『日本書紀』と『続日本紀』を除いて、四つの書物は、成立時期を明示しているのである。

『日本後紀』には、「承和七年十二月九日」の序がある。『続日本後紀』は、「貞観十一年八月十四日」の序を持つ。『文徳実録』には「元慶三年十一月十三日」という序が見える。『三代実録』は「延喜元年八月二日」という序がしるされている。

この「承和七年（八四〇）」「貞観十一年（八六九）」「元慶三年（八七九）」「延喜元年（九〇一）」という年号は、これら四書の成立期を明示している。従って、撰進者たちが執筆に専念していたのは、序に示されている年月日より前ということになる。どのくらい前かは、はっきりとはわからないが、書かれている内容の記事年代の一番新しい、最後尾の年月日と、これらの序文の年月日との間ということになる。『日本後紀』の記事は、桓武天皇の延暦十一年（七九二）から始まり淳和天皇の天長十年（八三三）を以って終っているが、その序文は、承和七年（八四〇）十二月九日だから、『日本後紀』の記載内容の年時は、七九二年から八三三年までの、約四十一年間の記事であって、これが記述されるまで、八三三年から八四〇年までの約八年を要したことになる。『続日本後紀』は、天長十年（八三三）二月から嘉祥三年（八五〇）三月までの約十七年間の記事が記述されているが、その完成は、序文の記される貞観十一年（八六九）八月十四日で、十九年を要した。『文徳実録』の場合は、嘉祥三年（八五〇）三月から天安二年（八五八）八月までの約九年間の出来事の記述であるが、序文は元慶三年（八七九）十一月十三日で、約二十一年かかっている。『三代実録』は、天安二年（八五八）八月から仁和三年（八八七）八月に至るのであるが、その間二十九年間で、序文は延喜元年（九〇一）八月二日だから、十四年を要している。『大鏡』は、文徳天皇の即位の嘉祥三年から、後一条天皇の時代の万寿二年（一〇二五）までの記事内容だから、百七十五年間で最も長い。四書の中、『日本後紀』が四十一年間の内容に約八年かかっているのに倣えば、三十数年から四十年近く要するわけで、万寿二年までの歴史を書いた『大鏡』が四十年後の、康平八年（一〇六五）にようやく完成したとしても不思議はない。『続日本後紀』『文徳実録』『三代実録』の速度だと、『大鏡』の内容を書くには、さらにそれ以上の年月が必要になる計算になる。私見では、『大鏡』に明示されている康平八年という時期は、執筆完成期ではなく、執筆開始期のように思えるのだが、あるいは一段落した大体の完了期——つまり中間期かもしれない。

　万寿二年までの歴史を書くのには、三十年くらい後にならないとむずかしかったのであろうが、四十年まで降ったのは、道長の幸運が万寿二年あたりで停まり、さらにその二年後世を去ったから、それに時期を合わせたためであったのには相違ないが、幾ら覆面で執筆しても、歴史殊に人物の評伝を忌《き》憚《たん》なく書けば、関係者に生存者がいると、必ず差し障りを生じ、自由な発言ができないから、『大鏡』の作者もそれに制約されて、万寿二年まででとどめざるを得なかったのであろう。

　語り手の大宅世次が、雲林院で語ったのは、彼が百九十歳の年の康平八年だと、作者が序文で記しているのは、多分この年が『大鏡』の執筆の開始期、つまり「起筆年時」だったからではあるまいか。

作者(A)(B)(C)(D)たちが、能信から『大鏡』の著述を勧められたのは、もっと早い時代であったかもしれず、あるいは康平八年以前に一部は執筆されていたかもしれないし、構想がすでに成っていた箇所もあったかもしれないが、能信の訃《ふ》に接した康平八年二月九日にその通夜や葬儀に馳せ参じた「能信周辺の、能信に親近した人々」が、かねてからの能信の慫慂《しょうよう》督励にこたえようと衆議一決した『大鏡』成立にとって記念すべき年が、能信逝去の康平八年だったように、筆者には思われる。そこに、序文の「一百九十歳」の記述が、感慨をこめて記された理由があるのだと思う。『六国史』に倣って、今までの作り物語とは異なる、奇妙な、事実と虚構を綯《な》い交ぜにした新風物語を創造した作者が、その記念すべき始発の年時をしるしとどめておいたものと考えられる。作り物語というものは、ついにその執筆年時を明らかにしようとしないが、全くの作り物語ではない『大鏡』は、一方で作り物語を模倣して、仮託の人物の語りに拠る虚構の物語を述作しながら、他方、『六国史』の序文のように、作成年時を、世次の語りの始まる前に明らかにしておいたものと、筆者は思うものである。

一体、批判性を以って、縦横に歴史を論じようとすれば、ある事件の背後にひそむさまざまの要因や諸事情を知らねばならず、その事件の起った直後では、とても書けるものではない。ただの「昔物語」を書くなら、簡単であるが、「道長の栄達」という事の由って来たるところを明らかにしようとすれば、そう簡単にはゆかない。たとえば、終戦後に、太平洋戦争について語ろうとしても、直後には到底不可能で、あとになってからさまざまの長年に亘る要因や事例を知って始めて書けることであろう。『平家物語』が、文治元年（一一八五）の平家の滅亡のあとに、すぐに書けたであろうか。壇の浦の戦から五、六十年経過したころに、やっと書き始められたのではあるまいか。『大鏡』の成立も、万寿二年までに到達した道長の全盛時代を叙述するためには、万寿二年直後の数年では無理で、四十年の後続期間を観察する事、及び、とりわけ万寿二年に到るまでの諸事情を十分に調査する事が必要であり、作者は、慎重に誤りなきを期したのであろう。

いずれにしても、百九十歳の老人が、四十年の昔に立ち返って、自分が百五十歳であった当時を回顧して語るという構想は、まことに傑《すぐ》れたものであった。百五十歳の人物が百五十歳の現在の事を語るのでは「昔物語」を語るのでなく、ホットな現在のニュースになり、それでは『大鏡』の本質に反するものとなったであろう。

なお、大宅世次が百九十歳である事を明確に述べるところに、「已れは、水尾の帝のおりおはします年の正月の望の日生まれて侍れば、十三代にあひ奉りて侍るなり」とあるのは、一見「十五代」の誤りのように見えるが、実はこの「十三代」というのは、世次一歳の清和天皇時代と、九歳初めまでの陽成天皇を除き、光孝・宇多・醍醐・朱雀・村上・冷泉・円融・花山・一条・三条・後一条・後朱雀・後冷泉の十三代を指すのであろう。なぜなら、「十三代にあふ」というのは、世次は光孝即位の後、その皇后、班子女王に仕えたからで、清和・陽成の二代は、世次はまだ宮廷に仕えていなかったからである。そして序文に見える康平八年という年は後冷泉天皇の治世の年号なのである。つまり、『大鏡』は後冷泉天皇時代以後に成立した作品である。

六　源俊賢の登場場面が目立つ事

藤原能信以外に、『大鏡』の製作に影響を与えたと思われる人物を一人だけ挙げると、源俊賢が居る。
⑴「小一条院東宮辞退事件」(師尹伝)で、能信にアドバイスする人物として現れるし、⑵「吹く風に」に始まる貫之の歌の見える条(師輔伝)で、道長と親しく会話を交わしているし、⑶書で有名な藤原行成を、蔵人頭から参議に昇進する後任に一条天皇に推挙している(伊尹伝)し、⑷花山院の御性格が、常軌を逸しておいでになるけれど、外見はさほどでなかったのを、冷泉院の異常さと比較して、「冷泉院の狂《くる》ひよりは、花山院の狂ひこそ術《ずち》なきものなれ」と俊賢が言ったのを、道長が「いと不便《ふびん》(不都合)なる事をも申さるるかな」と言いながら、腹を抱えて大笑いしたという話(伊尹伝)が載せてあるし、⑸道隆の薨去直前、子息の伊周に内覧の宣旨が下った時、勅使として俊賢が道隆邸を訪問した際の記述ぶりの如きは、よほど親しい人に俊賢が語った趣がある。また、⑹道長が土御門第で酒宴を催した時、隆家が居なくては面白くないと道長が呼びに遣り、隆家がやって来たまではよかったが、胸元の襟の紐を解いてくつろぐようにと、道長が言ったところ、近衛の少将であった藤原公信《きんのぶ》(為光男。九七七年生)が、隆家の背後に廻り、「お解き申しましょう」と近寄った時、隆家の機嫌が悪くなり、「隆家は不運な身の上だが、お前たちに、こんな事をされる人間ではない」と言い放ったから、一座の空気がさっと緊張した時、俊賢がオロオロして、「事出で来なんず。サァ大変」と顔色が変ったとあるのは、その場に居た人物が、俊賢を見ていた趣がある。

おそらく、これらは、俊賢と能信が親しく同席していた場合だったらしく、その事を暗黙の裡《うち》に物語っている。俊賢は道長に近付いていたし、能信は道長の五男だから、道長と俊賢と能信と三人が同席していた場合も多そうである。⑸の如き、「御かたち(容貌)ぞ、いと清らにおはしましし」と道隆の美男ぶりを叙したあと、「帥殿(伊周)に、天下執行《しゆぎやう》の宣旨《せんじ》下《くだ》し奉りに、この民部卿(俊賢)殿の、頭弁《とうのべん》にて参りたまへりけるに、『御病ひいたく逼《せ》めて、御装束もえ奉らざりければ、御直衣《なほし》にて御簾《みす》の外《と》にゐざり出でさせたまふに、長押《なげし》（敷居）を下《お》り煩はせたまて、女装束御手に取りて、形《かた》のやうに被《かづ》けさせたまひしなむ、いとあはれなりし。こと人のいとさばかり（重態）なりたらむは異様《ことやう》なるべきを、なほ（ヤハリ）、いとかわらかに（コザッパリトシテイテ）、貴《あて》におはせしかば、「病ひづきてしもこそ、かたちはいる（必要）べかりけれ」となむ見えし』とこそ、民部卿（俊賢）殿は、常にのたまふなれ」とある。勅使の頭弁源俊賢を迎えて、病苦のため束帯が着けられず、やむを得ず平服のままで、俊賢を迎え、敷居を越えようとして、病気のため、越えられず、それでも、勅使への禄の女の衣裳を、俊賢の肩にどうやらやっと掛けたのがお可哀そうだったと、俊賢は言う。この話を、俊賢は、一体誰に常々語ったのだろうか。恐らく能信のような親しい人間に対してであったろう。『大鏡』の執筆者は、能信からこの俊賢の毎度の話を聞かされていたのであろう。多分、酒席などで俊賢は能信に語り、能信また酒席か何かで、能信の「周辺の人々」「親近する人々」に語ったのに相違あるまい。このあと間《ま》もなく、中関白道隆は、その息女一条天皇皇后定子に想いを残しつつ世を去ったのだから、おそらく道隆がまだ生きていた時の姿を最後に見た大物は俊賢だったのであろう。だからこの話は、俊賢にとって取っておきの実見談だったに相違ない。

俊賢は、安和の変で、大宰府に流罪となった西宮左大臣源高明（醍醐天皇第十皇子）の息。道長の妻高松殿明子の兄、道長より六歳年長で、また道長と同じ万寿四年（一〇二七）に六十八歳で薨じた。能信より三十五歳年長。俊賢の子息は、「罪無くして配所の月を見ばや」の言葉で著名な顕基（一〇〇〇〜四七）と、かの宇治大納言隆国（一〇〇四〜七七）の二人。俊賢は明子の兄で、能信の伯父にあたるから親しいのは当然だが、俊賢と能信とは、またほかの縁でつながっていた。

能信の妻は、実成（九七五〜一〇四四）の長女だったが、その次女（妹）が、俊賢の長男顕基の妻になっていた。姉妹の母は、藤原陳政のむすめ。男の兄弟に公成《きんなり》（九九九〜一〇四三）があった。実成の父は公季（師輔十一男。仁義公。九五七〜一〇二九）である。妹の顕基室は資綱を産んだが、万寿二年（一〇二五）に薨。姉の能信室には子がなく、彼女は、兄公成のむすめ茂子を養女とした。この茂子はのち後三条天皇の女御となり後の白河天皇を産む。要するに、俊賢と能信とは仁義公公季の一門と姻戚関係になっていたわけである。

俊賢のほかにも、能信に話のネタを提供してくれたらしい人物としては、能信の父の道長自身が存在するのであろう。また「七日関白」の道兼の薨去直前に訪問した小野宮実資が後に懐旧談をしている（二三〇頁）が、その話を聞いたのは、能信ではなかったかと思われる。

七　問答形式で戯曲的な構成を有する文学

『大鏡』の叙述法は、雲林院の菩提講に参会した大勢の聴衆が、講師の僧侶が姿を現すまで、大宅世次の語りを聴く話だが、世次のほかに夏山重木とその妻の二人が主体的な語り手で、これに時折、相槌を打ったり、疑問を投げかけたりする三十ばかりの侍が介在し、その四人が言うところを傍で聞いていて聞き書きを取っている人物が存在するという形で、五人による人物構成になっている。あとは周囲に居る老若男女というわけである。マラリヤのため来られなかった世次の年長の妻は、世次の話の中に稀に姿を現すだけである。傍聴している人物の「聞き書き」が『大鏡』という文学作品になったのだという形式になっている。

きわめて巧妙だが、現在の『大鏡』は、当初、重木の妻は何も語らず、巻六に入って急に雄弁になるし、「五巻また二帖」という未整理の作品が、ほぼそのまま、六巻ないし三巻にまとめられただけで、十分に整理されているとは思われないのは、残念である。五巻の巻子本と二冊の冊子本とが、ごく機械的に合綴《がってつ》された趣がある。それで、私は能信周辺の人が、(A)(B)(C)の三人で、(A)が五巻を、(B)と(C)とがそれぞれ一帖ずつ「藤原氏の物語」と「昔物語」とを分担執筆したのだろうと見ている。ほかに、資料提供や補足係の(D)が居たかもしれない。たとえば、「時平伝」の菅原道真配流事件の叙述などは、文体や語調がほかと異質のように見えるから、(D)が書いたかというような臆測をしているのであるが、あまり確信は持てない。

(B)の書いたらしい「藤原氏の物語」はかなり拙劣で、一ばん劣っており、あまり面白くない。第五巻の「藤原氏の物語」が一応終り、「無量寿院」に話が移り、「道長」が再び登場するあたりは(A)の執筆した原五巻にあった部分らしく、この前に「藤原氏の物語」が挿入されたように見える。多分(B)は藤原氏に属する人物であったろう。これに続く第六巻の大部分は、源氏に属する人が執筆したように見える。つまり(C)は源姓の人物だったのであろう。(C)の「昔物語」は、(A)に劣らぬ巧みな叙述で、これを除いたら『大鏡』はやや平板になるだろう。重木の妻が物を言うようになるし、世次の妻が、世次の口を通してではあるけれど、にわかに存在価値を示す。「道長伝」には関係ないが、延喜天暦の古えを懐かしむ想いが、読者を摂関政治以前の昔に誘ってくれるのである。

なお、歴史上の実在人物の逸話の中に、虚構による仮託された人物が登場するというような虚実入り乱れた記述があるのも、この『大鏡』という書物の特徴で、このような事は、『今鏡』『水鏡』『増鏡』などの後続作品には全く無い事で、『大鏡』の持つ特異性である。このような事をなぜ敢えてしたのかという事は、一つの研究課題で、今ここで論ずるのは差し控える。

八　『大鏡』の有するさまざまの特色

上記の、虚像と実像の混淆《こんこう》という奇妙な特徴のほかにも、『大鏡』には種々の特色がある。たとえば、史上の人物の逸話によって人物像をうかびあがらせる手法は、『今昔物語』などと共通する説話文学性を『大鏡』に賦与したのであって、歴史の書物というより説話文学集ではないかと思われるところがある。

また、この書には、卜占や夢占いの話がしばしば出てくる。この種の話は、作り物語にもかなり見えるのであるが、『大鏡』は、とりわけ多く出てくるのであって、中でも、「道長伝」に見える、相人が侍女たちの尋ねるままに、道隆・道兼・伊周らの人相をうらなったが、一人について占うたびごとに、「道長様がよい人相をお持ちだ」と言うので、侍女たちが「どうして道長さまがすばらしいと一々引き合いに出して褒《ほ》めるのか」と問うと、「道長公のご運は『虎子《こし》如渡《にょと》深山峰《しんせんぶ》』（虎の子が深い山の頂上を渡るようだ）という相で、天下第一の相だ」と言うくだりや、第六巻の終りのところで、高麗《こま》の相人が昭宣公基経の子息たち、時平・仲平・忠平をうらなってそれぞれ異なった判断を下す条や、その後、また清慎公実頼がわざと身分の低い者の姿で大勢の民衆の中に交っていたのを、相人が伸び上がって実頼を指さして「あのお方は貴臣だ」と指摘したという話など、この種の話に面白い話が多い。

また『大鏡』は後の『愚管抄』に先立って、「道理」を重んじており、一種の道理物語である事、また批判的性格が強い文学である事なども指摘されている。

また、「王法」「仏法」のいずれが上かというような問題も、それまでの女性好みの文学には扱われなかった点であった。

このような本書の特色は枚挙に遑《いとま》がないので、末尾に掲げた研究参考文献に譲ることにする。

九　書名について

本書の書名の、『大鏡』は、底本の東松本には外題も内題もないので、当初、書名は付せられていなかったように思われるが、天理図書館蔵の建久三年（一一九二）書写本や、同じく天理図書館蔵の三条家旧蔵片仮名本断簡に、すでに『大鏡』とあるから、かなり古く成立した名称であったらしい。他に、蓬左文庫本のように、題簽《だいせん》に『世継物語』とある本もあるのであるが、岡一男氏が、朝日新聞社刊行「日本古典全書」の『大鏡』（昭和三十五年四月三十日初版）の中で、

大鏡といふ名は、管見では、藤原伊行の「源氏釈」（書陵部本）の「夕顔」に、忠平伝の一節――貞信公が南殿の鬼におびやかされて、公の宣旨を振りかざして追ひ退けた話をひいて、「大鏡にこの事あり。」と註してゐるのが最初であらう。

と述べておられるように、平安最末期には、『大鏡』と言われるようになったのであろう。

『今鏡』や『水鏡』の書名が、『大鏡』を受けている事は明白であるから、次第に、「世継物語」の名

では呼ばれなくなり、『大鏡』の名に統一されたのであろう。『日本紀私抄』に『摩訶《まか》大円鏡』とあるのは、同書に『水鏡』を『水大円鏡』と呼んでいるのを見ると、こうした呼称は、仏徒の呼び方だったらしく、一般には『大鏡』と呼んだのであろう。けれども『愚管抄』が、「世継が物語」とも「世継の鏡の巻」とも言っているのを見ると、やはり当初書名がなかったように思われる。本文について見ると、「帝紀」のあと「大臣列伝」に入る前に、重木の歌、

明らけき鏡に逢へば過ぎにしも今行末の事も見えけり

に対する世次の翁の返歌が、

すべらぎのあとも次々隠れなくあらたに見ゆる古鏡かも

であるのを見ると、能信に親近した執筆者(A)は、どうも能信の代表歌(前出)、

くもりなき鏡の光ますますに(異本・ますますも)照らさむ影にかくれざらめや(今鏡・古本説話集)

を思い浮べて、この「すべらぎのあとも」の歌を作ったように考えられ、執筆者の能信に対する思い入れの並々ならぬことを感じるのであるが、筆者の思い過しであろうか。

一〇　文学史的地位

『大鏡』に先立って、『栄花物語』が編年体の歴史物語として誕生した。歴史物語の元祖であり、『源氏物語』を模倣した筆遣いで道長の栄華と、そのころの宮廷史を語ったものである。『大鏡』は『栄花物語』の着目する宮廷貴族の生活史とは異なる、逞しくしたたかに生きる人間どもの力強さや哀れ

さや滑稽さを、著名人の逸話を通して描くという『栄花物語』と全く異なる筆致で語っており、そこに出現する人々の人間像は明確で魅力的で各人物の面目躍如たるものがある。

『大鏡』はさきに述べた大宅世次・夏山重木・重木の妻、三人の語り手と、聴き手である三十ばかりの侍と、参集した老若男女と、それをノートにとる記者（筆者）という立体的な戯曲構成を採用した。この方法は、空海の『三教指帰《さんごうしいき》』や『源氏物語』帚木巻の「雨夜の品定め」に拠ったものだと言われ、また『法華経』その他の経典の記述様式を採ったのではないかとも言われ、また日本古来の語り部の昔語りに基づくとも言われている。これらの中では、『源氏物語』の「雨夜の品定め」が、馬頭・藤式部丞・頭中将の三人のうち、年かさの馬頭が大宅世次にあたり、聴き役の若侍が黙って半ば眠りながら聴いている光源氏に相当し、記者（筆者）が紫式部という事になるから、やはり一番『源氏物語』から享《う》けているということになろう。『源氏物語』は、帚木巻の「雨夜の品定め」の箇所だけの構想だが、『大鏡』は全篇をこの方法で押し切っていることになる。

『大鏡』のあとに、『今鏡』『水鏡』『増鏡』の三作品があり、これを「四鏡」（古くは『今鏡』を除いて「三鏡」と言った）と言って珍重するが、『大鏡』はこれらの模倣作の開祖という意味で、「四鏡」を「鏡物」と言っている。また、江戸時代の荒木田麗女の『月の行方』『池の藻屑』もこの仲間に入れることもある。ほかに『水鏡』と『増鏡』の中間、順徳天皇の建保六年（一二一八）に成立した『秋津島物語』は、秋津島という国号の由来から始め、天地開闢《かいびゃく》の古えから神武天皇の降誕にまで及んでいて、『水鏡』の扱っている以前の時代を書いているから、これも鏡物に加えるべきかも知れない。ただこれらの作品は、『大鏡』の問答体・戯曲構成をほとんど捨て去っているから、内容から『大鏡』の系列と言えるだけで、文学の様式としては『大鏡』の発展というより、その亜流であるに過ぎない。

『今鏡』『増鏡』は、むしろ『栄花物語』に近い。

歴史物語以外の作品で問答体・戯曲形式という文学様式を模した作品としては、『無名草子』『梅松論』『三人法師物語』などがあり、また『中村本夜の寝覚物語』の如きもあるが、『大鏡』の面白さが、特に発展させられているとも思えない。要するに、『大鏡』が問答体・戯曲形式を採用してかなり成功を収めたのは、『大鏡』一代きりのものであったということになるようである。また『大鏡』の有する批判精神は『愚管抄』等の歴史文学に伝えられたもののように思われるが、『大鏡』の虚構によるユニークな文芸性はついに後続の文学を持たなかったと言えるであろう。

一一　本書の発見と今後の課題

筆者が本書に記した新見は、要するに、大宅世次の雲林院菩提講時における年齢が百五十歳ではなく、百九十歳であり、世次が語った内容は、文徳天皇即位の嘉祥三年（八五〇）から、後一条天皇中期の万寿二年（一〇二五）までの百七十六年ばかりの「昔物語（歴史）」である事が第一点である。第二点は、貞観十八丙申年に生れた世次は、その語る「昔物語」の下限と定めた万寿二年には百五十歳であり、語っている世次の年齢は百九十歳が正しいのだから、その時期は、万寿二年ではなく康平八年（一〇六五）当時で、四十年も昔になった古い事を語ったとわかったのである。要するに、世次が語る話の内容は、一ばん新しくても四十年昔の百五十歳当時の回想で、語っている当人の現在の年齢は百九十歳だということである。

従前は、雲林院に参会した時の年齢を百五十歳と思い誤ったために、嘉祥三年から万寿二年の現代までの昔から今の新しい時代を含む話を世次がした事にしてしまったわけで、万寿二年は、世次が話をしていた康平八年から四十年も以前の昔話なのであった。

右のように解する事によって、今後これまでの研究・注釈に変更を加えなくてはならない事項が若干出てくると思う。筆者は本書の校訂注解をお引き受けした時、既存の注釈書・研究書に従うと、世次の年齢がはっきりしないので、一旦は執筆をお断りしたが、懇請やみがたく受諾してから、この世次の年齢の問題をずっと考え続けて来て、数年前、ようやく上記のような見解に到達したのである。大方のご吟味ご訂正をお願いする。

底本についての覚書

一、本書の本文と『古典文学大系　大鏡』の本文との相違点は、次の七箇所である。

(1)　大系一七七頁15行目「おはしまし〻はや」の「はや」は影印本によると「見セ消チ」ながら抹消してあるから、無い方を本文とする方がよい。

(2)　二〇四頁3行目「あがりてのよに」とあるが、影印本は「あがりてのよにも」と「も」文字が傍記してある。

(3)　二一七頁9行目「ちかくてみたてまつ」とあるのが、影印本「ちかくて」の次、「みたてまつ」の前に、「え」文字がある。従って次行に続けて読むと、「ちかくてえ見奉りたまはぬ」であったと考えられる。

(4)　二二〇頁3・4行目「内大臣殿はいかゞおはすなどとふに」とあるが、影印本によると、「内大臣殿はいかゞおはするととふに」が正しい。「おはす」は本来四段動詞でなくサ変動詞である。

(5)　二二二頁14行目「つぎにぞ帥」とあるが、「ぞ」は斜線で抹消してあり、「つぎに帥」が正しい。

(6)　二五二頁1行目「ち〻やがて」とあるが、影印本「ち〻がやがて」とあるから、「が」を入れなければならない。

(7)　二六四頁3行目「いかでかさる有識をば」とあるが、影印本は「いかでか」の「か」文字を斜線で左から右に抹消している。

以上が筆者の目に付いた松村博司氏の翻刻との相違点である。お調べ願いたい。

一、本書の本文はさらに、他の古本若干と校合した上で作成したが、その場合、戦前まだ「東松本」が発見されないころに善本と言われた「蓬左文庫本」(新訂増補国史大系所収)を重視、これを底本に校訂した昭和六年刊行の、昔の岩波文庫本『大鏡』を、筆者は昭和三十一年九月に蓬左文庫に赴き、七日間かけて比校した。その際、問題の箇処は、原本の字体をも臨摹《りんも》して念入りに調査した。また、それ以前、昭和二十九年に、「古典文庫本」(昭和二十二年十月刊)を校合した。この本は裏書分註のある桂宮乙本で、山岸徳平氏の校訂である。また、昭和三十六年に、松村博司氏の御好意で、「平松本」を影印した本を拝借、同年十二月に比校した。『新潮日本古典集成大鏡』の校注を依頼されてから、さらに秋葉安太郎著『三巻本大鏡』（桜楓社、昭和四十八年四月十日発行）に拠り、近衛家旧蔵本と桂宮甲本（裏書分註のない本）とを比校、また天理図書館善本叢書『大鏡諸本集』（八木書店、昭和五十年五月十四日発行）に拠り、千葉本・建久本・池田本・片仮名本を比校、千葉本はさらに念のため、小久保崇明氏の『千葉本大鏡』（笠間書院、昭和五十四年七月発行）も参照し、また、戦前手許に購入、書架に在った「久原文庫本」（昭和八年十月発行の改造文庫本）とも校合した。本書執筆中に発行された根本敬三氏の『対校大鏡』（笠間書院、昭和五十九年七月発行）を著者から戴いたので、異本系統の萩野本・披雲閣本、それから流布本の古活字本・整版本をも一瞥することができた。ここに誌して、関係者各位に厚くお礼申し上げる。名古屋在勤中、種々お世話になった蓬左文庫の織茂三郎氏には特に深謝の意を表したい。

主要参考文献一覧

一　「注釈」の部

(1)大鏡短観抄　五巻　大石千引著

文化七年（一八一〇）三月刊。国文註釈全書（明治四十二年）・日本文学古註大成に収録。『大鏡』注釈の魁。但し、兼通伝の初めまで。大石千引は、加藤（橘）千蔭の門人。明和七年（一七七〇）生れ。天保五年（一八三四）九月十三日没。六十五歳。芝、法泉寺に葬る。

(2)大鏡詳解　落合直文・小中村義象共著

明治三十年七月二十日、明治書院刊。緒言に「明治二十九年三月十一日」とある。始めての全註であるから広く読まれたが、内容に杜撰なところがあり、後にやはり明治書院から出た佐藤　球氏の同名の書に取って代られる運命にあった。

(3)校正大鏡註釈　鈴木弘恭著

明治三十年十月十三日、青山書房刊。和《わ》綴《とじ》三冊。のち洋装本一冊に合巻。(2)とほぼ同時に世に出た。やはり誤りがあるが、共に先駆的業績を評価したい。

(4)新釈大鏡　小林栄子著
大正四年八月十日発行。私家版。表紙と内題には『新釈おほかゝみ』と仮名書き。本文（流布本）がなく、口語訳と頭注だけ。後、大正十四年に『大鏡活釈』と題して大同館から刊行。

(5)国文口訳叢書第二編　大鏡　芳賀矢一著
大正五年九月二十日、文会堂書店刊。流布本本文を上段に大きく組み、下段に小さく口語訳。巻末に二百十一項目の語釈が付載してある。

(6)新註対訳大鏡　池辺義象著
大正十年十二月十日、田中宋栄堂刊。上欄に語句の注。下段に本文と口語訳。池辺氏は「日本文学全書」「国文叢書」の『大鏡』に頭注を付けた人であり、小中村姓の時に、前記(2)を落合直文と共著で出した。

(7)校註大鏡　佐藤球著
大正十一年三月、明治書院刊。戦前、旧制高校・大学予科・専門学校等の教科書として版を重ねた。

(8)大鏡新註　関根正直著
大正十五年十一月、六合館刊。巻頭に、①概論、②著作の時代、③著者に関する三説、④書名の出拠、⑤校本及び註釈について記してある。③で、鎌倉時代の古説として「能信作」を紹介、⑤で、新田文庫の印章を捺した六冊本が善本の由を書いている。この六冊本は関東大震災で焼失した由。

(9)校註日本文学大系第十二巻　大鏡　山岸徳平著
大正十五年、国民図書株式会社刊。桂宮本（裏書分註のある本）を底本にし、流布本本文を枠内に書き、簡単な頭注が付けてある。

(10)大鏡詳解　佐藤球著
昭和二年二月十二日、明治書院刊。「はしがき」は大正十五年五月、和田英松氏の「あとがき」は大正十五年十二月で、著者はその年の内に死去したとあるから、本書は没後の出版。私事に亘って恐縮であるが、筆者が旧制高校二年生の折に、『大鏡』が教科書として使用された時のテキストは(7)であり、その際、筆者が予習に使用したのが(10)である。ここに謝意を表する。

(11)参考大鏡新釈　滝沢良芳著　昭和三年、大同館刊。

(12)大鏡　藤田豪之助著
昭和四年、広文堂刊。頭注だけ。

(13)校註標準大鏡　三浦圭三著
昭和八年、啓松堂刊。今日では認められないが、作者に関して、あるいは紫式部ではないかと述べているのが変っている。注は簡略。

⒁挿註大鏡通釈　橘　純一著
昭和九年、慶文堂刊。本文は「見出し」を掲げ、「通釈」だけを載せた。また、「大鏡人物年表」を掲げたのが特色でもあり、かつ有益。

⒂大鏡（物語日本文学）　平林治徳著
昭和十年、至文堂刊。

⒃現代語訳　大鏡　五十嵐力著（現代語訳国文学全集）
昭和十三年、非凡閣刊。名訳と言われている。

⒄原文対照大鏡新講　橘　純一著
昭和二十九年、武蔵野書院刊。⒁に本文を付けたから、注釈書として整った。

⒅現代語訳日本古典文学全集　大鏡　岡　一男著
昭和三十年四月十五日、河出書房刊。⒃の五十嵐力の名訳を再現しようと努めた由。現代語訳だけで、本文はない。

⒆日本古典全書　大鏡　岡　一男著
昭和三十五年四月三十日、朝日新聞社刊。⒅を発展させたもの。「解説」が詳細で、「年表」「系図」も付けてある。東松本その他の古本を参照した由であるが、惜しい事に、古本と流布本との混合本文を作るという過誤を冒し、貞観十八年（八七六）に出生した大宅世次は万寿二年（一〇二五）に百五十歳でなければならないのに、その年百九十歳としているような致命的な誤りを冒している（同書六一頁）。世次が百九十歳になるのは、さらに四十年後の康平八年（一〇六五）である事は、計算すればすぐ判ることで、本書の「解説」並びに本文の「頭注」に説明した通りである。

⒇日本古典文学大系21　大鏡　松村博司著
昭和三十五年九月五日、岩波書店刊。東松本を底本に、「原状」を明らかにし、「読法」欄に、蓬左本・千葉本・建久本・池田本との校合を示し、「頭注」の外、「補注」欄を設けて完璧を期し、解説も、書名・巻数・作者・作製年代・構成・著作の目的・大鏡に描かれた藤原道長・批判性等、十全を期している。また、東松本に存する詳細な裏書が紹介された。本書によって『大鏡』の研究は、大いに進展の基礎を獲たと評して過言ではない。筆者も、この書によって執筆の基盤を固め、読解を進めることができた。著者のご努力に深く感謝の意を表する。『大鏡』研究の金字塔と評して差し支えない。

(21)大鏡新講　次田　潤著
昭和三十六年四月、明治書院刊。流布本八巻本によった注釈書。佐藤　球氏の「詳解」に、橘　純一氏の

「新講」を参考にして口語訳を付けた趣があり、さらに有職故実や、諸事項の「参考資料」が付けられていて親切である。年表・系図・付図等も付載されて初学者向けの好著。

㉒角川文庫　大鏡　佐藤謙三著
昭和四十四年十二月十日、角川書店刊。好著である。「新訂増補国史大系」に収められた蓬左文庫本を底本にし、その校異を参照し、さらに、東松本・千葉本・近衛本・久原本の本文を参照し、重要な異同を脚注に入れたとある。本文の釈義も脚注に記す。「解説」も独自のものがあって有益である。小さい書物なのに、人名・地名・語句索引も入っている。

㉓大鏡新考　保坂弘司著　学燈社刊、全三冊。
総釈・論考篇上下二冊（昭和四十九年六月刊）、総論・索引篇一冊（昭和四十九年七月刊）の大著。東松本の裏書に註を加えたり、ところどころに論考を加えたりしているので、膨大な書物になったと思われる。昭和三十一年から同四十九年まで雑誌『国文学』に連載したものを、のちにまとめて刊行したもの。第三冊には、総論・解説・年表・系図・地図・索引各篇があって至れり尽くせりの観がある。なお底本は東松本だが、蓬左本・桂宮甲本・平松本・近衛本の古本系の外に流布本系の岩瀬本・木活本・整版本、それから異本系の披雲閣本を参照している。

㉔日本古典文学全集　大鏡　橘　健二著
昭和四十九年十二月、小学館刊。平松本を底本に、東松本・千葉本・建久本・片仮名本・池田本・蓬左本・桂宮乙本・久原本・橘文庫本・萩野本・披雲閣本・古活字本・岩瀬本・整版本により校訂。三段式で、中央に本文、上段に頭注、下段に口語訳というこの全集の形式は、研究者に至便。付録中の「年譜」と「人物一覧」に特色がある。

㉕大鏡全評釈上・下　保坂弘司著
昭和五十四年十月、学燈社刊。㉓の訂正版。主として口語訳・語釈を改めた由。前著の「総論・索引篇」に加筆、また新論文を加え、『大鏡研究序説』として独立させたもの。大体は㉓に同じ。

㉖完訳日本の古典　大鏡一・二　橘　健二著
昭和六十一年六月（第一冊）・同六十二年二月（第二冊）、小学館刊。㉔をやや初学者向けに改めたもの。前著にあった「年譜」「人物一覧」を取り除いた。初学者には不要と見たか、もしくは意に満たぬ点があったかと思われる。

＊以下、部分注釈の書を若干列挙する。
(27)文法解明大鏡要解　渡辺三男　昭和二十九年刊、有精堂
(28)大鏡新釈　峯村文人　昭和二十九年刊、金子書房
(29)大鏡の新しい解釈　松村博司　昭和三十年・三十四年（増訂版）刊　至文堂
(30)最新国文解釈叢書　大鏡・増鏡　臼田甚五郎　昭和三十一年刊、法文社
(31)日本古典鑑賞講座第十巻　堤中納言物語・大鏡　山岸徳平　昭和三十四年刊、角川書店
(32)国文対訳シリーズ大鏡　守随憲治監修　野村精一著　昭和三十四年刊、評論社
(33)講座「解釈と文法　4」の内「大鏡」担当石川徹　昭和三十五年五月刊、明治書院
(34)鑑賞日本古典文学14　大鏡・増鏡　山岸徳平・鈴木一雄　昭和五十一年一月刊、角川書店
(35)鑑賞日本の古典5　枕草子・大鏡　稲賀敬二・今井源衛　昭和五十五年五月刊、尚学図書（小学館発売）

二　「文学史書・研究書・雑誌論文」の部（昭和五十一年七月以降）

紙幅の関係で、古いものは雑誌『国文学』の「解釈と研究」第二巻第十二号（昭和三十二年十二月）の「大鏡・増鏡研究文献総覧」及び小久保崇明氏の『大鏡の語法の研究　続』（昭和五十二年一月刊、桜楓社）に付載されている『**大鏡文献目録**』（明治以後、昭和五十一年七月までの研究文献）に譲り、それ以降の文献を掲げる（洋数字は発行年月）。

(1)有斐閣選書　中古の文学　秋山虔　藤平春男　51・7　有斐閣
(2)日本文学全史2中古　市古貞次　秋山虔　53・5　学燈社
(3)大鏡論漢文芸作家圏における政治批判の系譜　目加田さくを　54・4　笠間書院（笠間叢書107）　九四七頁の大著
(4)＊平安末期政治史研究　河野房雄　54・6　東京堂
(5)改訂版歴史物語――栄華物語・四鏡とその流れ――　松村博司　54・9　塙書房
(6)大鏡の主題と構想　松本治久　54・10　笠間書院
(7)歴史物語考その他　松村博司　54・11　右文書院
(8)中古日本文学史　木村正中　54・11　有斐閣
(9)＊「論集　中古文学4」平安後期　物語と歴史物語　中古文学研究会編　57・2　笠間書院
(10)歴史物語研究余滴　松村博司　57・3　和泉書院
(11)「大鏡」と「古今集」　森下純昭　岐阜大学国語国文学第15号　57・3
(12)歴史物語の新研究　河北騰　57・3　明治書院
(13)平安朝文学成立の研究　散文編　増淵勝一　57・4　笠間書院

⒁平安時代私家集歌人の研究　安藤太郎　57・4　桜楓社
⒂「大鏡と伊勢物語」　森下純昭　57・6　今井源衛教授退官記念「文学論叢」
⒃*栄花物語・大鏡の成立　松村博司　59・5　桜楓社
⒄古文研究シリーズ14　大鏡　松村博司他八名　59・5　尚学図書
⒅対校大鏡　根本敬三　59・7　笠間書院
⒆『大鏡』巻五・六「藤氏物語」「昔物語」の作者をめぐって　森下純昭　岐阜大学国語国文学第17号　60
⒇*栄花物語続篇新考㈦～㈧上・下　岩野祐吉　雑誌『平安文学研究』第七十四～六輯　60・12、61・6、61・12　平安文学研究会
(21)大鏡「藤氏物語」「昔物語」追考　森下純昭　61・2　国語国文学研究第21号　熊本大学文学部国語国文学会
(22)歴史物語論考　河北騰　61・3　笠間書院
(23)原型本『大鏡』復原試案　松村博司　61・12　名古屋大学国語国文学第59号
(24)歴史物語の史実と虚構——円融院の周辺——　安西廸夫　62・3　桜楓社
(25)日本文学研究大成大鏡・栄花物語　河北騰編　63・2　国書刊行会
(26)*百九十歳の老翁に語らせる『大鏡』の警抜な構想とその抱負　石川徹　帝京大学文学部紀要国語国文学第20号　63・6

右のうち*印を付けたものは、『大鏡』著述の企画発案者と思われる藤原能信について触れている論考であって、参考になると思う。

付録

一、十干十二支組み合せ一覧表

本書『大鏡』の本文中にたびたび六十干支が出てくるが、「よみ方」はしるしてない。したがって「訓読み」にするか「音読み」にするかは読者の自由である。それで読者が『大鏡』を声に出して読むための参考にこの表を作った。

甲《カフ》子《シ》《きのえね》	甲《カフ》戌《ジュツ》《きのえいぬ》	甲《カフ》申《シン》《きのえさる》	甲《カフ》午《ゴ》《きのえうま》	甲《カフ》辰《シン》《きのえたつ》	甲《カフ》寅《イン》《きのえとら》
乙《オツ》丑《チウ》《きのとうし》	乙《オツ》亥《ガイ》《きのとゐ》	乙《オツ》酉《イウ》《きのととり》	乙《オツ》未《ビ》《きのとひつじ》	乙《オツ》巳《シ》《きのとみ》	乙《オツ》卯《バウ》《きのとう》
丙《ヘイ》寅《イン》《ひのえとら》	丙《ヘイ》子《シ》《ひのえね》	丙《ヘイ》戌《ジュツ》《ひのえいぬ》	丙《ヘイ》申《シン》《ひのえさる》	丙《ヘイ》午《ゴ》《ひのえうま》	丙《ヘイ》辰《シン》《ひのえたつ》
丁《テイ》卯《バウ》《ひのとう》	丁《テイ》丑《チウ》《ひのとうし》	丁《テイ》亥《ガイ》《ひのとゐ》	丁《テイ》酉《イウ》《ひのととり》	丁《テイ》未《ビ》《ひのとひつじ》	丁《テイ》巳《シ》《ひのとみ》
戊《ボ》辰《シン》《つちのえたつ》	戊《ボ》寅《イン》《つちのえとら》	戊《ボ》子《シ》《つちのえね》	戊《ボ》戌《ジュツ》《つちのえいぬ》	戊《ボ》申《シン》《つちのえさる》	戊《ボ》午《ゴ》《つちのえうま》
己《キ》巳《シ》《つちのとみ》	己《キ》卯《バウ》《つちのとう》	己《キ》丑《チウ》《つちのとうし》	己《キ》亥《ガイ》《つちのとゐ》	己《キ》酉《イウ》《つちのととり》	己《キ》未《ビ》《つちのとひつじ》
庚《カウ》午《ゴ》《かのえうま》	庚《カウ》辰《シン》《かのえたつ》	庚《カウ》寅《イン》《かのえとら》	庚《カウ》子《シ》《かのえね》	庚《カウ》戌《ジュツ》《かのえいぬ》	庚《カウ》申《シン》《かのえさる》
辛《シン》未《ビ》《かのとひつじ》	辛《シン》巳《シ》《かのとみ》	辛《シン》卯《バウ》《かのとう》	辛《シン》丑《チウ》《かのとうし》	辛《シン》亥《ガイ》《かのとゐ》	辛《シン》酉《イウ》《かのととり》
壬《ジン》申《シン》《みづのえさる》	壬《ジン》午《ゴ》《みづのえうま》	壬《ジン》辰《シン》《みづのえたつ》	壬《ジン》寅《イン》《みづのえとら》	壬《ジン》子《シ》《みづのえね》	壬《ジン》戌《ジュツ》《みづのえいぬ》
癸《キ》酉《イウ》《みづのととり》	癸《キ》未《ビ》《みづのとひつじ》	癸《キ》巳《シ》《みづのとみ》	癸《キ》卯《バウ》《みづのとう》	癸《キ》丑《チウ》《みづのとうし》	癸《キ》亥《ガイ》《みづのとゐ》

注1　漢字の右側は、訓読で日本よみ。左側は、音読で日本に伝わった古代中国風のよみ方。音よみも訓よみも、「旧仮名遣い」(歴史的仮名遣い)。

注2　「甲」は「カフ」だが、「甲冑」などの時は「カッ」と変化する。

「乙」は「オツ」のほか、「イツ」と読むこともある。

「未」は「ビ」のほか「ミ」と読むこともある。

注3　表の最初の「甲子」の年を平安朝で見ると、桓武天皇の延暦三年長岡遷都の年で、六十年後の「癸亥」年は、仁明天皇の承和十年で、翌承和十一年が再び「甲子」年になる。

二、年号読み方諸説一覧

『大鏡』には、ところどころに年号が出てくるが、その読み方のわからないものがある。諸説紛々として決定しがたいものもあれば、一定しているものもある。読み方の一定している年号を明らかにし、諸説のあるものは、そのいろいろの読み方を明らかにしておいた方が、読者に親切と考えて、この表を作った。その場合、『大鏡』の内容から考えて、前掲の「十干十二支組み合せ一覧表」の最初の甲子《きのえね》年である「延暦三年」（七八四）のあたりから始め、院政期の「嘉保」までとした。読み方が一定している年号には〇印を付しておいた。諸説ある場合は、大体支持者の多い順に並べたが、必ずしも厳密にその順に従ったわけではない。諒とせられたい。なお、年号の下の洋数字は西暦で、改元のあった年（元年）である（延暦を除く）。

参考　〇山田孝雄著『年号読方考證稿』（宝文館、昭和二十五年六月刊）

〇延暦 784 エンリャク
大同 806 ダイドウ　稀にタイドウ
弘仁 810 コウニン　稀にカウニン
〇天長 824 テンチャウ
承和 834 ソウワ　セウワ　ジョウワ　ゾウワ
嘉祥 848 カシャウ　カジャウ
〇仁寿 851 ニンジュ
斉衡 854 サイカウ　サイコウ

天安 857 テンアン　テンナン
貞観 859 ヂャウグヮン　デウグヮン
元慶 877 グヮンキャウ　グヮンギャウ　ゲンケイ
仁和 885 ニンワ　ニンナ
寛平 889 クワンピャウ　クヮンヘイ　クヮンベイ
〇昌泰 898 シャウタイ
延喜 901 エンギ　エンキ
〇延長 923 エンチャウ

承平 931 セウヘイ　シャウヘイ　ジョウヘイ
天慶 938 テンキャウ　テンギャウ　稀にテンケイ
天暦 947 テンリャク　稀にテンレキ
○天徳 957 テントク
応和 961 ヲウワ　オウワ　ワウワ
康保 964 カウホウ　稀にコウホウ
安和 968 アンワ　稀にアンナ
○天禄 970 テンロク
天延 973 テンエン　テンネン
貞元 976 テイグェン　テイゲン　ヂャウグェン
天元 978 テンゲン　テングェン
永観 983 エイクヮン　ヤウクヮン　エウクヮン
寛和 985 クヮンワ　稀にクヮンナ
永延 987 エイエン　稀に、ヱイエン　ヤウエン
永祚 989 エイソ　稀に、ヱイソ　ヤウソ
正暦 990 シャウリャク　稀にシャウレキ
○長徳 995 チャウトク
長保 999 チャウホウ　稀にチャウボウ
寛弘 1004 クヮンコウ　稀にクヮンカウ
○長和 1012 チャウワ
○寛仁 1017 クヮンニン

治安 1021 ヂアン　チアン
○万寿 1024 マンジュ
長元 1028 チャウグェン　チャウグェン　チャウゲン
長暦 1037 チャウリャク　稀にチャウレキ
○長久 1040 チャウキウ
○寛徳 1044 クヮントク
永承 1046 エイセウ　エイゼウ　エイシャウ　エイジャウ　ヤウジョウ　エイジョウ
天喜 1053 テンキ　テンギ
康平 1058 コウヘイ　カウヘイ　カウベイ
治暦 1065 ヂリャク　チリャク
延久 1069 ヱンキウ　エンキウ
承保 1074 セウホウ　セウホ　ゼウホウ　ジョウホウ
承暦 1077 セウリャク　セウレキ　ゼウリャク　ジョウリャク
永保 1081 エイホウ　ヱイホウ　ヤウボウ
応徳 1084 ヲウトク　ワウトク　イヨウトク　オウトク
寛治 1087 クヮンヂ　稀にクヮンチ
○嘉保 1094 カホウ

（以下略）

皇室・源氏系図 一

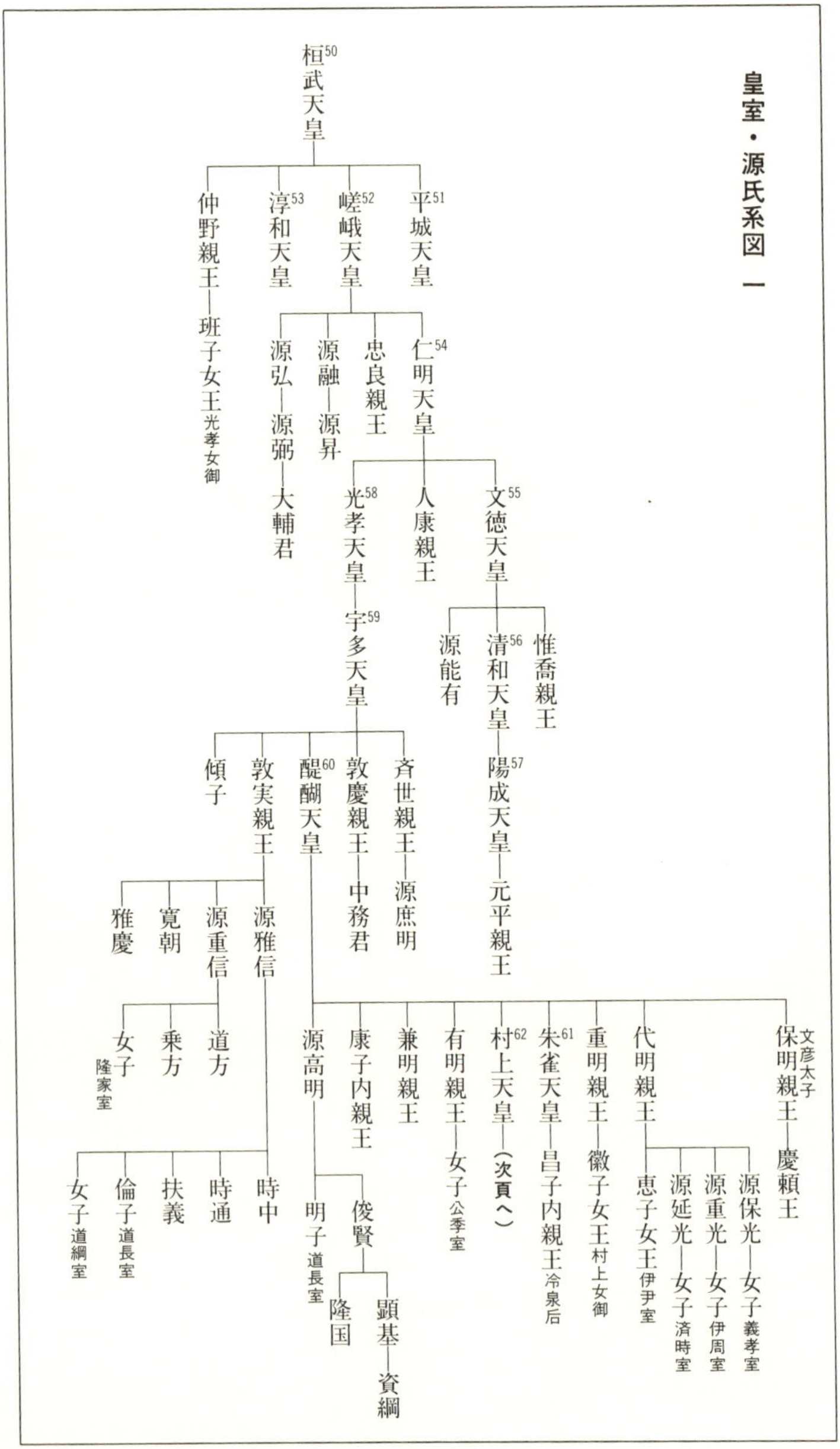

桓武天皇 50
平城天皇 51
嵯峨天皇 52
淳和天皇 53
仲野親王
班子女王 光孝女御
仁明天皇 54
忠良親王
源融
源昇
源弘
源弼
大輔君
文徳天皇 55
人康親王
光孝天皇 58
惟喬親王
清和天皇 56
源能有
陽成天皇 57
元平親王
宇多天皇 59
斉世親王
源庶明
敦慶親王
中務君
醍醐天皇 60
敦実親王
傾子
源雅信
源重信
寛朝
雅慶
道方
乗方
女子 隆家室
時中
時通
扶義
倫子 道長室
女子 道綱室
保明親王 文彦太子
慶頼王
代明親王
源保光
女子 義孝室
源重光
女子 伊周室
源延光
女子 済時室
恵子女王 伊尹室
重明親王
徽子女王 村上女御
朱雀天皇 61
昌子内親王 冷泉后
村上天皇 62
(次頁へ)
有明親王
女子 公季室
兼明親王
康子内親王
源高明
俊賢
顕基
資綱
隆国
明子 道長室

皇室・源氏系図 二

- 村上天皇[62]
  - 冷泉天皇[63]
    - 花山天皇[65]
    - 三条天皇[67]
      - 敦明親王（小一条院）
      - 敦儀親王
      - 敦平親王
      - 師明親王
      - 当子内親王
      - 禔子内親王
      - **禎子内親王**（一品宮 陽明門院）
    - 為尊親王
    - 敦道親王
    - 宗子内親王
    - 尊子内親王
  - 広平親王
  - 為平親王
  - 円融天皇[64]—一条天皇[66]
    - 敦康親王—嫄子
    - 後一条天皇[68]
    - 後朱雀天皇[69]
    - 脩子内親王
    - 媄子内親王
  - 具平親王
    - 源師房
    - 隆姫
  - 永平親王
  - 昭平親王
  - 承子内親王
  - 盛子内親王
  - 輔子内親王
  - 資子内親王
  - 選子内親王（大斎院）

藤原氏系図 一

- 鎌足—不比等
  - 武智麿（南家）
  - 房前（北家）
    - 真楯—内麻呂—冬嗣
      - 長良
        - 国経
        - 基経（次頁へ）
        - 高子（清和后）
      - 良房—明子（文徳后）
      - 順子（仁明后）
      - 良相
        - 常行
        - 多美子（清和妃）
      - 良門—高藤—胤子（宇多妃）
    - 魚名—末茂—総継
      - 沢子（仁明妃）
      - 乙春（基経母）
  - 宇合（式家）
  - 麻呂（京家）

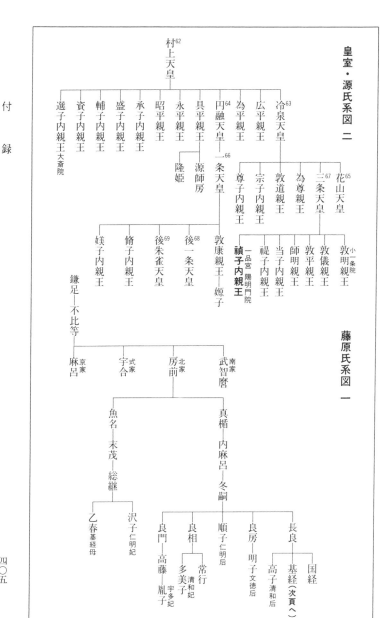

藤原氏系図 二

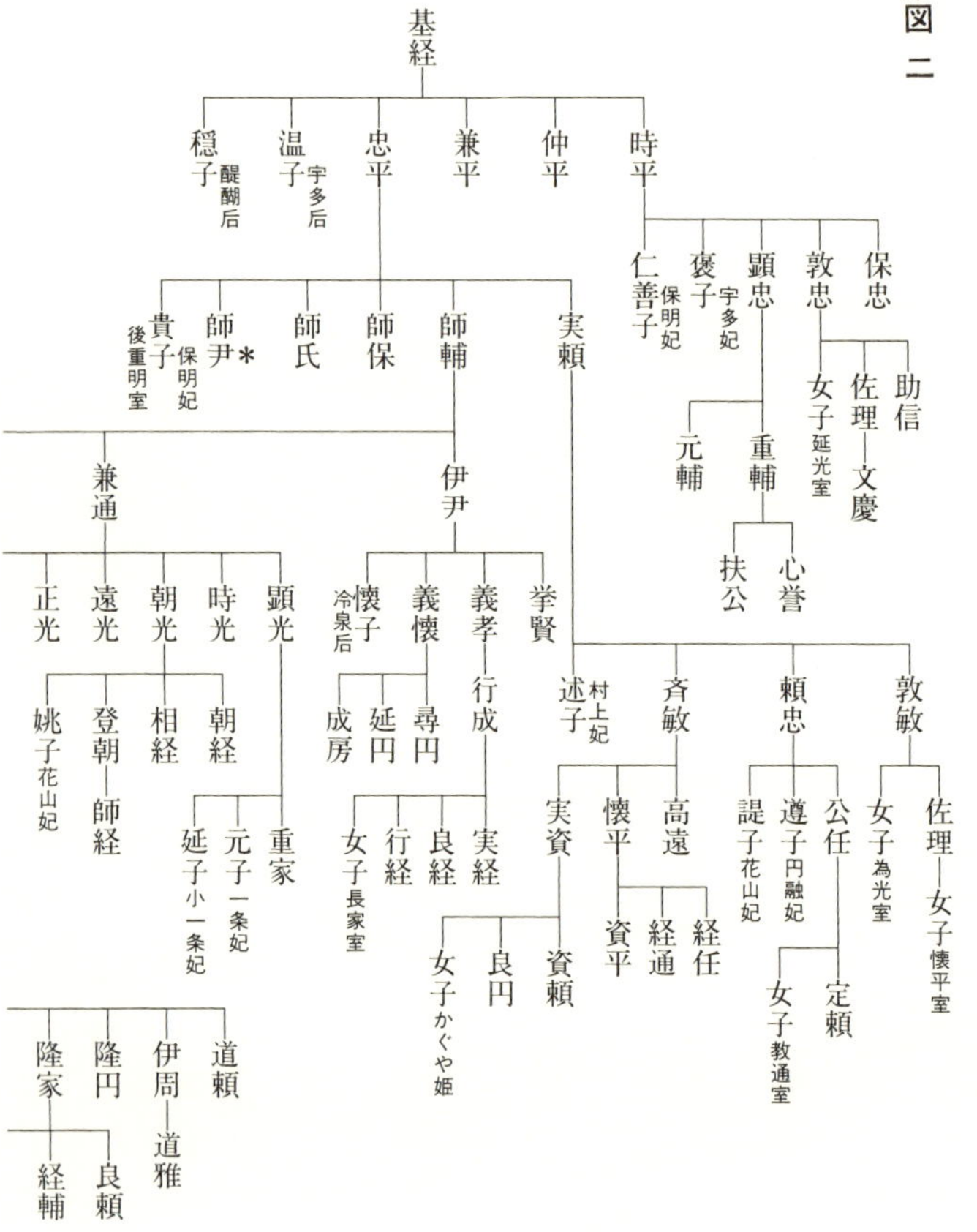

基経
時平
仲平
兼平
忠平
温子 宇多后
穏子 醍醐后
保忠
敦忠
顕忠
褒子 宇多妃
仁善子 保明妃
実頼
師輔
師保
師氏
師尹＊
貴子 保明妃 後重明室
助信
佐理
文慶
女子 延光室
重輔
元輔
心誉
扶公
伊尹
兼通
挙賢
義孝
義懐
懐子 冷泉后
行成
尋円
延円
成房
実経
良経
行経
女子 長家室
顕光
時光
朝光
遠光
正光
重家
元子 一条妃
延子 小一条妃
朝経
相経
登朝
師経
姚子 花山妃
敦敏
頼忠
斉敏
述子 村上妃
佐理
女子 懐平室
女子 為光室
公任
定頼
女子 教通室
遵子 円融妃
諟子 花山妃
高遠
懐平
経任
経通
資平
実資
資頼
良円
女子 かぐや姫
道頼
伊周
道雅
隆円
隆家
良頼
経輔

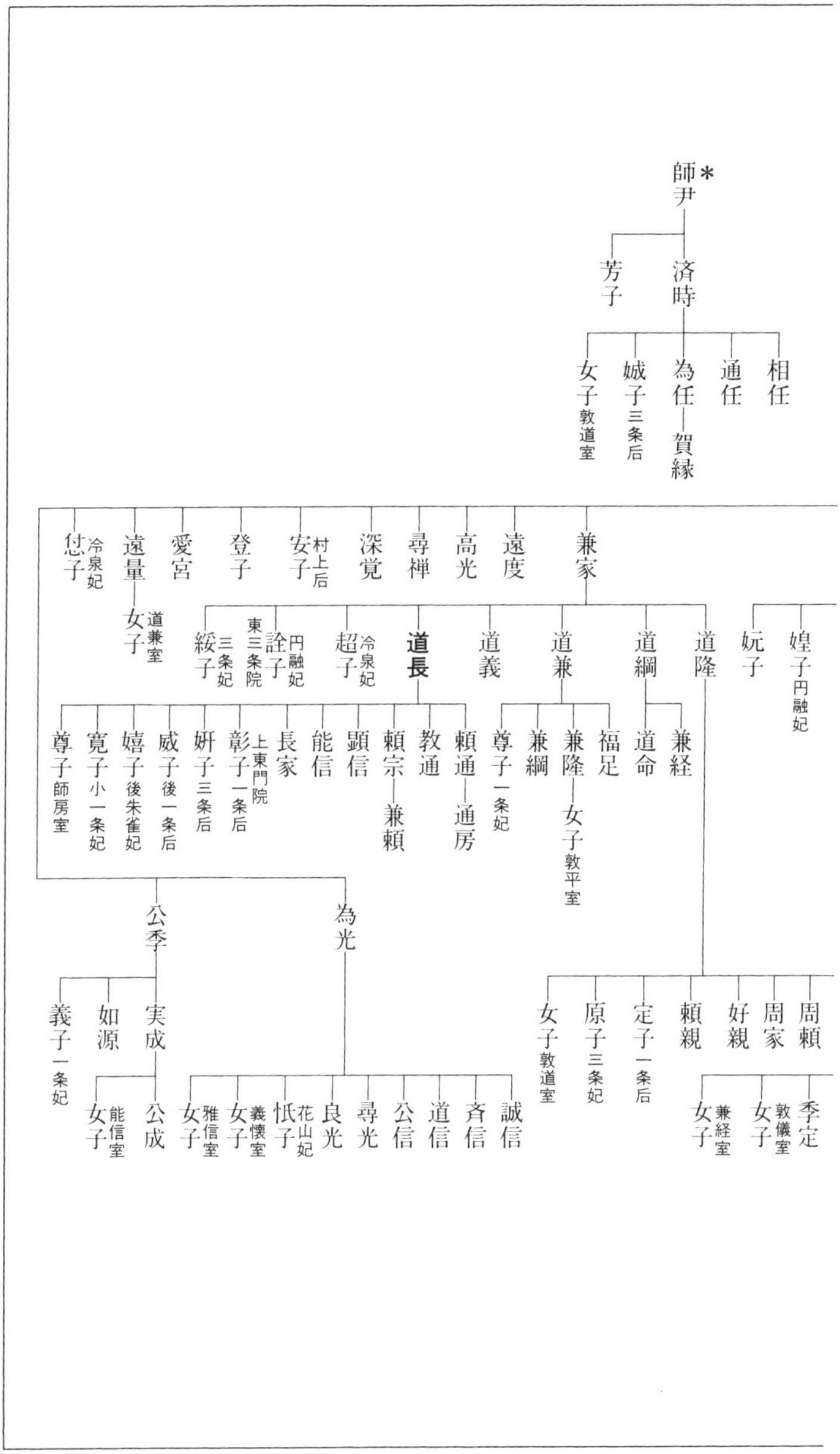
師尹*
芳子
済時
女子 敦道室
娍子 三条后
為任
賀縁
通任
相任
兼家
遠度
高光
尋禅
深覚
安子 村上后
登子
愛宮
遠量
女子 道兼室
忯子 冷泉妃
道隆
道綱
道兼
道義
道長
超子 冷泉妃
詮子 円融妃 東三条院
綏子 三条妃
媓子 円融妃
娍子
兼経
道命
福足
兼隆
女子 敦平室
兼綱
尊子 一条妃
頼通
通房
教通
頼宗
兼頼
顕信
能信
長家
彰子 一条后 上東門院
妍子 三条后
威子 後一条后
嬉子 後朱雀妃
寛子 小一条妃
尊子 師房室
為光
公季
実成
公成
女子 能信室
如源
義子 一条妃
誠信
斉信
道信
公信
尋光
良光
忯子 花山妃
女子 義懐室
女子 雅信室
周頼
周家
好親
頼親
定子 一条后
原子 三条妃
女子 敦道室
季定
女子 敦儀室
女子 兼経室

皇室・藤原氏外戚関係 一

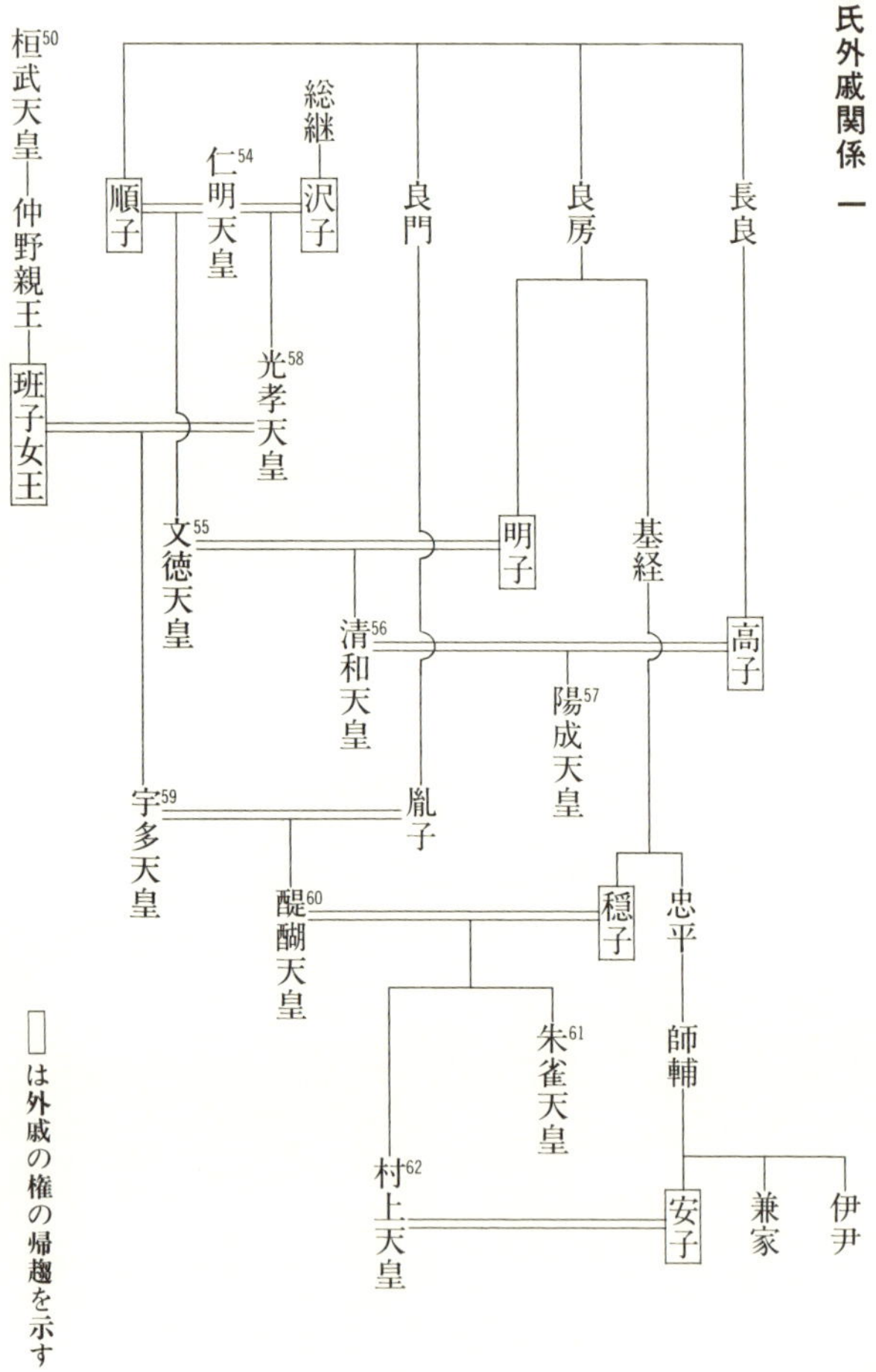
長良
良房
良門
総継
仁明天皇 54
沢子
順子
桓武天皇 50
仲野親王
班子女王
光孝天皇 58
文徳天皇 55
明子
基経
清和天皇 56
高子
陽成天皇 57
宇多天皇 59
胤子
醍醐天皇 60
穏子
忠平
朱雀天皇 61
師輔
村上天皇 62
安子
兼家
伊尹
□は外戚の権の帰趨を示す

皇室・藤原氏外戚関係 二

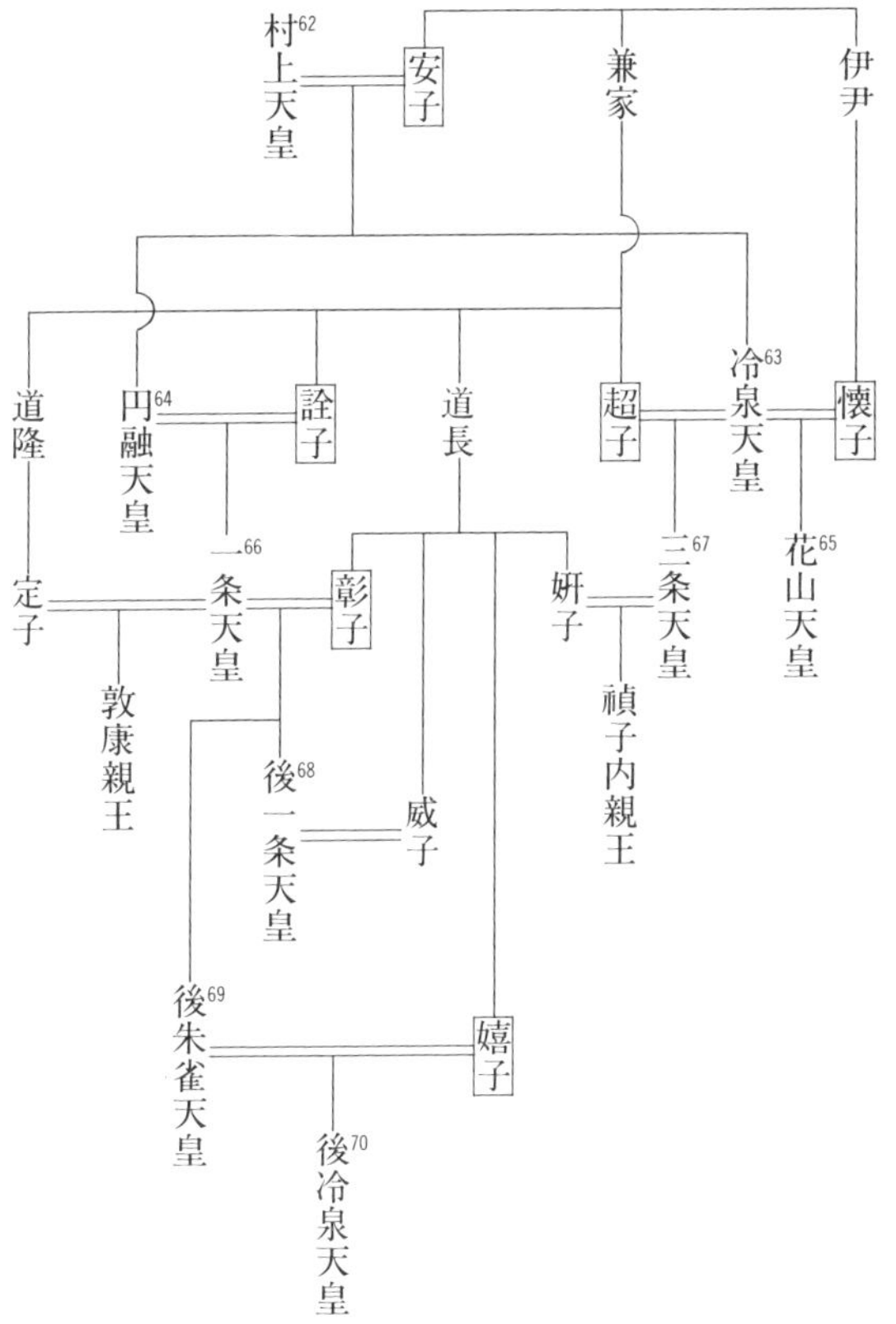
伊尹
兼家
安子
村上天皇 62
懐子
冷泉天皇 63
超子
道長
詮子
円融天皇 64
道隆
花山天皇 65
三条天皇 67
妍子
彰子
一条天皇 66
定子
禎子内親王
威子
後一条天皇 68
敦康親王
嬉子
後朱雀天皇 69
後冷泉天皇 70

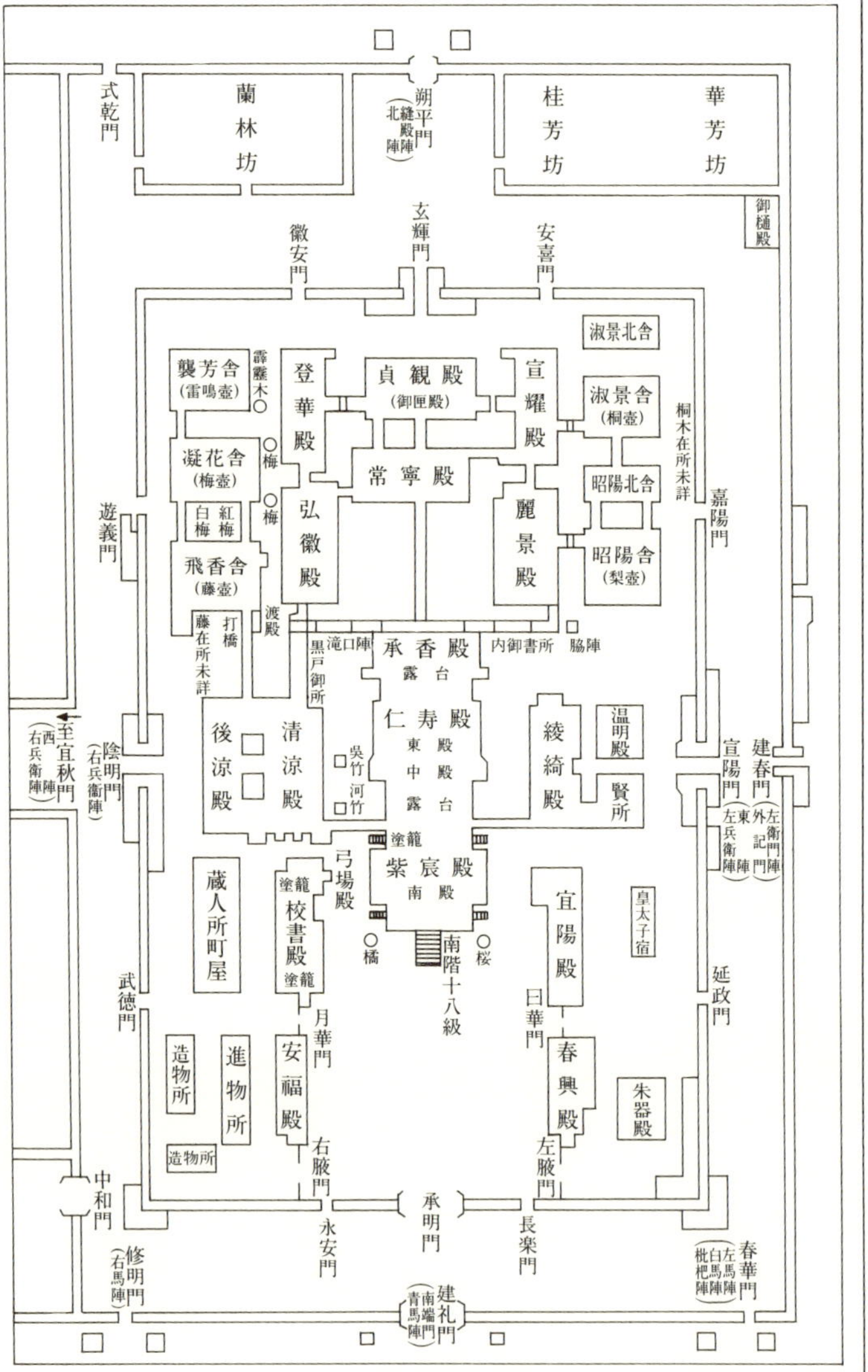

式乾門
蘭林坊
朔平門
(北縫殿陣)
桂芳坊
華芳坊
御樋殿
徽安門
玄輝門
安喜門
淑景北舎
襲芳舎
(雷鳴壺)
霹靂木
登華殿
貞観殿
(御匣殿)
宣耀殿
淑景舎
(桐壺)
桐木在所未詳
凝花舎
(梅壺)
梅
梅
常寧殿
昭陽北舎
白梅
紅梅
弘徽殿
麗景殿
嘉陽門
遊義門
飛香舎
(藤壺)
昭陽舎
(梨壺)
藤在所未詳
打橋
渡殿
黒戸御所
滝口陣
承香殿
内御書所
脇陣
露台
仁寿殿
東殿
中殿
露台
後涼殿
清涼殿
呉竹
河竹
綾綺殿
温明殿
賢所
至宜秋門
(西右兵衛陣)
陰明門
(右兵衛陣)
宣陽門
(左兵衛陣)
建春門
(左衛門陣)
東外記門
塗籠
紫宸殿
南殿
弓場殿
蔵人所町屋
塗籠
校書殿
塗籠
橘
桜
南階十八級
宜陽殿
皇太子宿
武徳門
延政門
月華門
日華門
造物所
進物所
安福殿
春興殿
朱器殿
造物所
右腋門
左腋門
中和門
承明門
永安門
長楽門
修明門
(右馬陣)
建礼門
(南端門
青馬陣)
春華門
(左馬陣
白馬陣
枇杷陣)

(1) 内裏略図

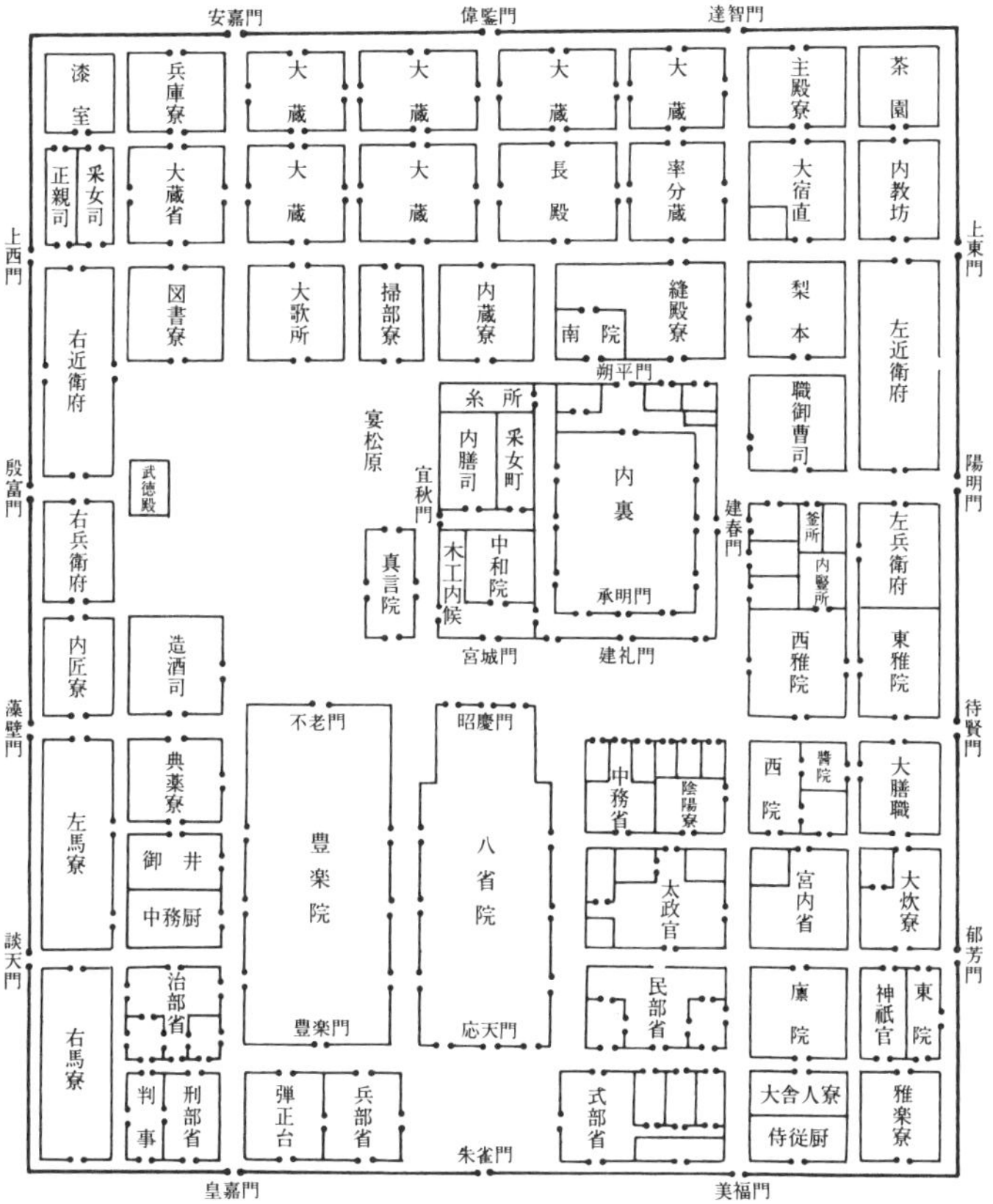
安嘉門
偉鑒門
達智門
漆室
兵庫寮
大蔵
大蔵
大蔵
大蔵
主殿寮
茶園
正親司
采女司
大蔵省
大蔵
大蔵
長殿
率分蔵
大宿直
内教坊
上西門
上東門
右近衛府
図書寮
大歌所
掃部寮
内蔵寮
南院
縫殿寮
梨本
左近衛府
朔平門
糸所
宴松原
内膳司
采女町
内裏
職御曹司
陽明門
殷富門
武徳殿
宜秋門
建春門
釜所
右兵衛府
真言院
木工内候
中和院
承明門
内豎所
左兵衛府
内匠寮
造酒司
宮城門
建礼門
西雅院
東雅院
藻壁門
不老門
昭慶門
待賢門
典薬寮
中務省
陰陽寮
西院
醬院
大膳職
左馬寮
御井
中務厨
豊楽院
八省院
太政官
宮内省
大炊寮
談天門
郁芳門
右馬寮
治部省
民部省
廩院
神祇官
東院
豊楽門
応天門
判事
刑部省
弾正台
兵部省
式部省
大舎人寮
侍従厨
雅楽寮
朱雀門
皇嘉門
美福門

(2) 大内裏略図

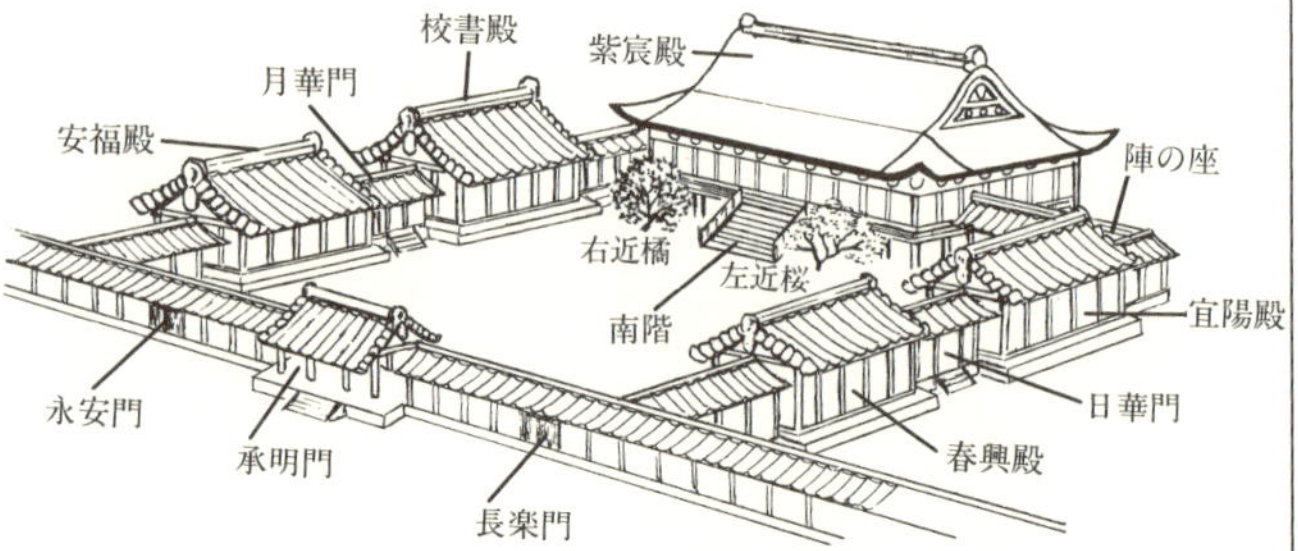

(3) 紫宸殿鳥瞰図

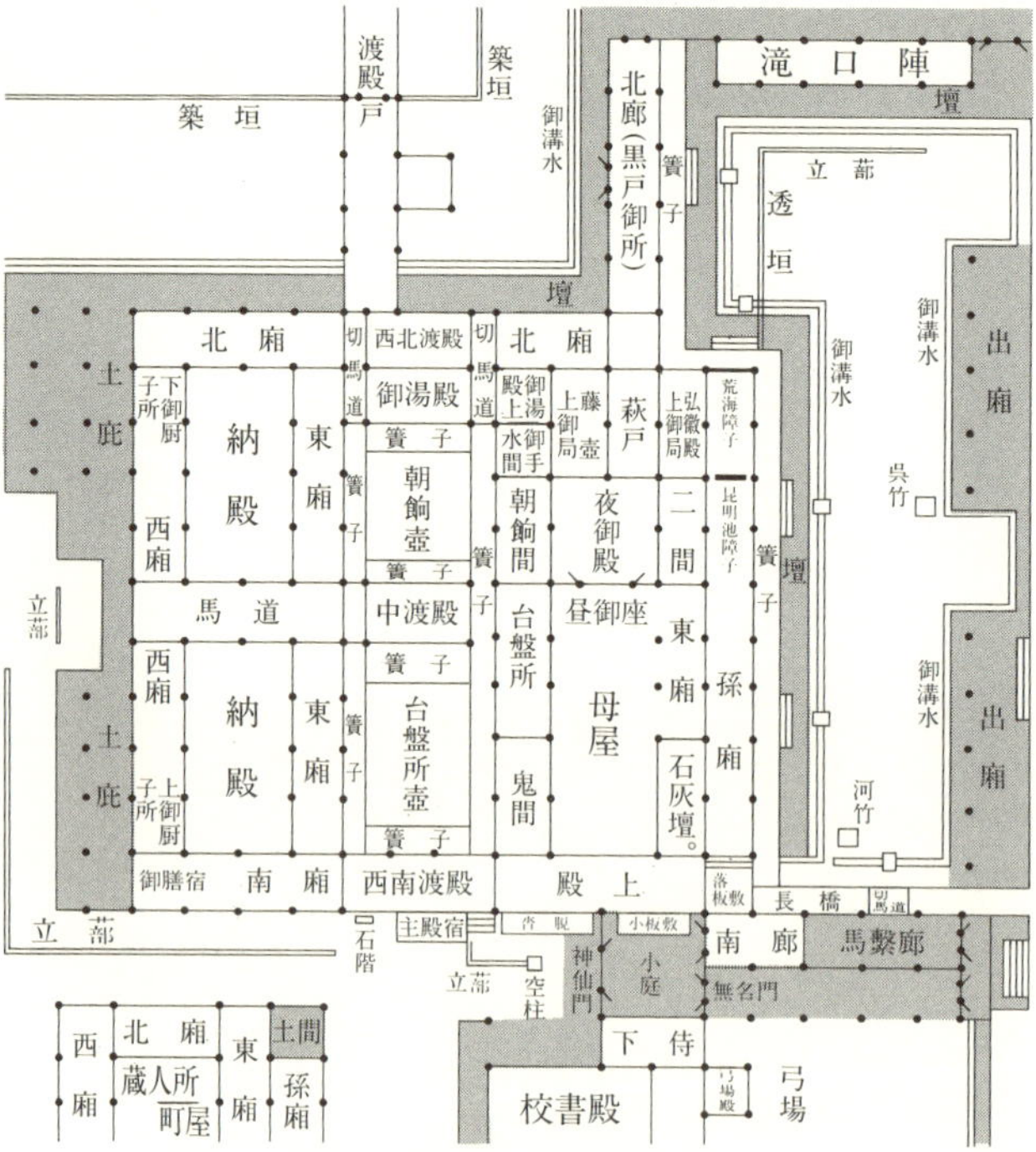

(4) 清涼殿平面図

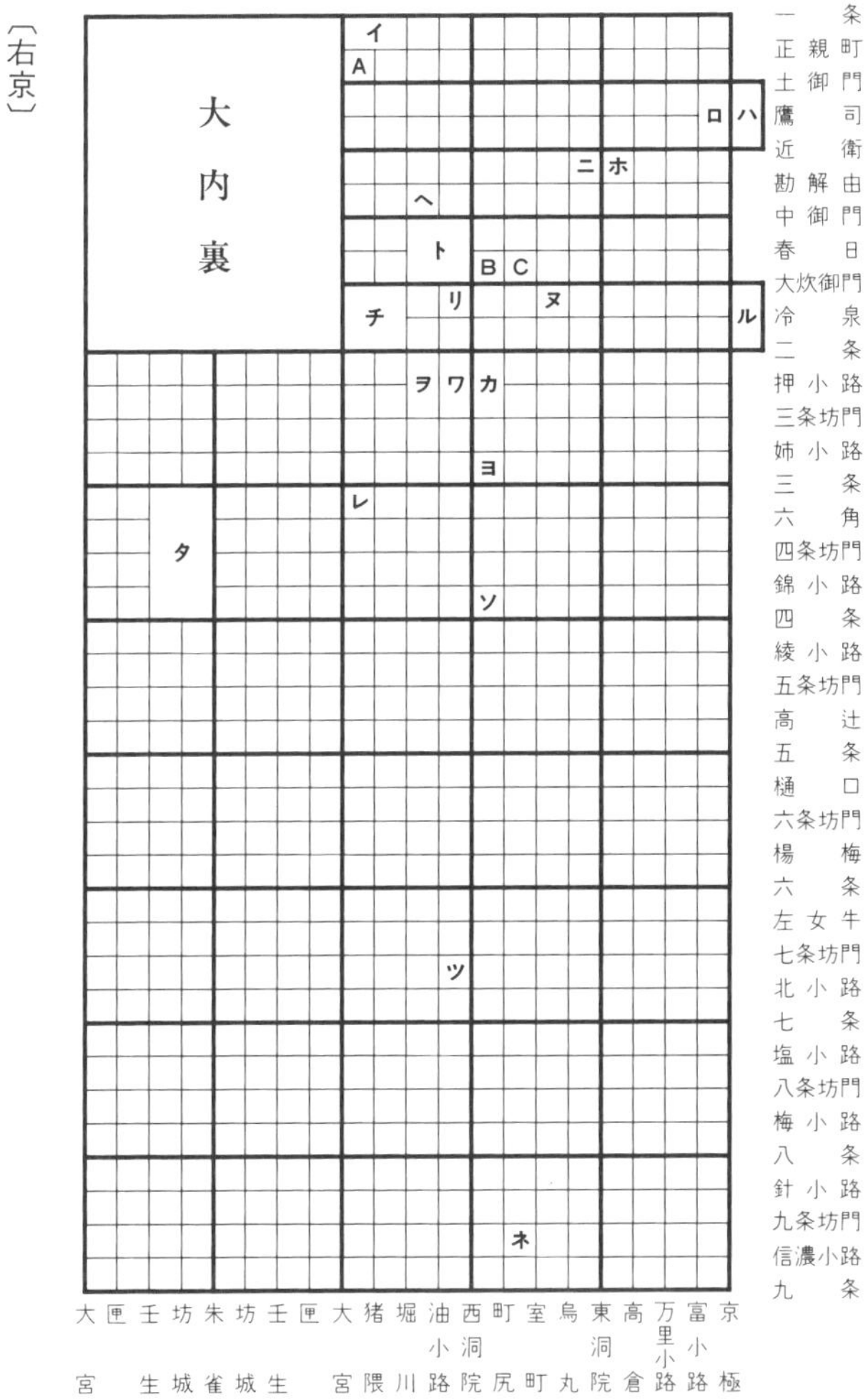

A 大宅世次の家　B 世次の父親の家　C 光孝天皇の式部卿宮時代の邸
イ 一条殿　ロ 土御門殿　ハ 法成寺　ニ 小一条殿　ホ 花山院　ヘ 本院
ト 高陽院　チ 冷泉院　リ 陽成院(二条院)　ヌ 小野宮　ル 法興院
ヲ 堀川院　ワ 閑院　カ 東三条殿　ヨ 三条殿　タ 朱雀院　レ 三条院
ソ 四条宮　ツ 亭子院　ネ 九条殿

(5) 平安京図

新潮日本古典集成〈新装版〉

大《おお》鏡《かがみ》

平成二十九年一月三十日 発行

校注者 石《いし》川《かわ》徹《とおる》

発行者 佐藤隆信

発行所 株式会社 新潮社

〒一六二-八七一一 東京都新宿区矢来町七一

電話 〇三-三二六六-五四一一（編集部）

〇三-三二六六-五一一一（読者係）

http://www.shinchosha.co.jp

印刷所 大日本印刷株式会社

製本所 加藤製本株式会社

装画 佐多芳郎／装幀 新潮社装幀室

組版 株式会社DNPメディア・アート

乱丁・落丁本は、ご面倒ですが小社読者係宛お送り下さい。
送料小社負担にてお取替えいたします。
価格はカバーに表示してあります。

ISBN978-4-10-620831-7 C0393

新潮日本古典集成

- 古事記　西宮一民
- 萬葉集　一～五　青木生子　井手至　伊藤博　清水克彦　橋本四郎
- 日本霊異記　小泉道
- 竹取物語　野口元大
- 伊勢物語　渡辺実
- 古今和歌集　奥村恆哉
- 土佐日記　貫之集　木村正中
- 蜻蛉日記　犬養廉
- 落窪物語　稲賀敬二
- 枕草子　上・下　萩谷朴
- 和泉式部日記　和泉式部集　野村精一
- 紫式部日記　紫式部集　山本利達
- 源氏物語　一～八　石田穣二　清水好子
- 和漢朗詠集　大曽根章介　堀内秀晃
- 更級日記　秋山虔
- 狭衣物語　上・下　鈴木一雄
- 堤中納言物語　塚原鉄雄
- 大鏡　石川徹
- 今昔物語集　本朝世俗部　一～四　阪倉篤義　本田義憲　川端善明
- 梁塵秘抄　榎克朗
- 山家集　後藤重郎
- 無名草子　桑原博史
- 宇治拾遺物語　大島建彦
- 新古今和歌集　上・下　久保田淳
- 方丈記　発心集　三木紀人
- 平家物語　上・中・下　水原一
- 金槐和歌集　樋口芳麻呂
- 建礼門院右京大夫集　糸賀きみ江
- 古今著聞集　上・下　西尾光一　小林保治
- **歎異抄　三帖和讃**　伊藤博之
- とはずがたり　福田秀一
- 徒然草　木藤才蔵
- 太平記　一～五　山下宏明
- 謡曲集　上・中・下　伊藤正義
- 世阿弥芸術論集　田中裕
- 連歌集　島津忠夫
- 竹馬狂吟集　新撰犬筑波集　木村三四吾　井口壽
- 閑吟集　宗安小歌集　北川忠彦
- 御伽草子集　松本隆信
- 説経集　室木弥太郎
- 好色一代男　松田修
- 好色一代女　村田穆
- 日本永代蔵　村田穆
- 世間胸算用　金井寅之助　松原秀江
- 芭蕉句集　今栄蔵
- 芭蕉文集　富山奏
- 近松門左衛門集　信多純一
- 浄瑠璃集　土田衞
- 雨月物語　癇癖談　浅野三平
- 春雨物語　書初機嫌海　美山靖
- 與謝蕪村集　清水孝之
- 本居宣長集　日野龍夫
- 誹風柳多留　宮田正信
- 浮世床　四十八癖　本田康雄
- 東海道四谷怪談　郡司正勝
- 三人吉三廓初買　今尾哲也